U0932831

MEMORY HOUSE

记忆坊文化

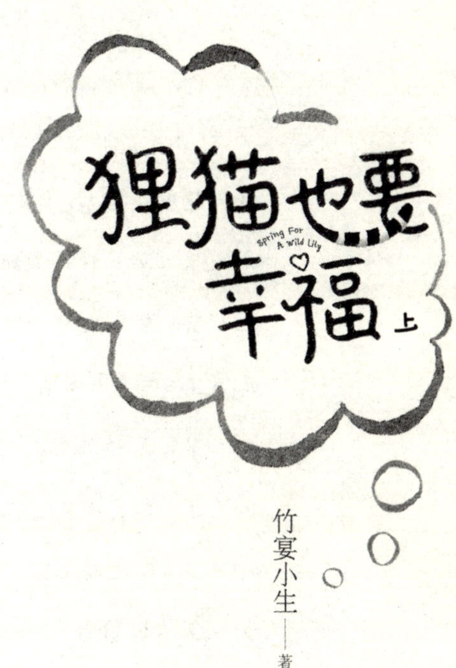

竹宴小生——著

江苏凤凰文艺出版社
JIANGSU PHOENIX LITERATURE AND ART PUBLISHING, LTD

Contents

目录

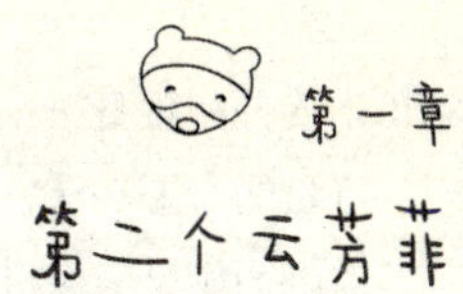

第一章

第二个云芳菲

舒盼重新戴上墨镜，挺了挺胸，端起一副标准的冷美人姿态，伸手转动门把，傲然地从 M 台的办公室缓缓走出，整套动作一气呵成。

13 厘米的细高跟在光洁的大理石地面上踏出枯燥而冰冷的节奏，长廊的声控灯忽地亮起，在地上倒映出她曼妙而窈窕的身影。

经纪人易南听到开关门的响声，焦急地迎了上去，紧盯着眼前这个和云芳菲有八分相像的女孩。

“怎么样，同意你替拍侧脸镜头，剩下的等云芳菲回来再补拍吗？”易南的话虽沉稳，声音里却还是泄露了内心的紧张。

舒盼非常心虚地看了易南一眼，想给他一个安慰的笑容，无奈她大部分的容颜都被墨镜遮盖，使得这个笑容带着些许意味深长的胜利。

易南的心中莫名燃起了一丝希望，他眼中的舒盼仿佛自带女神滤镜，比那个终日胡闹，动不动就给自己丢个炸弹的云芳菲不知道高了多少。

然而还不待他开口细问，那扇刚关上的办公室大门忽地重新打开，直砸出一沓半本字典厚度的文件到舒盼的后脑勺上。

“滚——”

舒盼还来不及喊痛，又被门里传来的怒吼吓得打了个寒战。

那来自门另一端的怒火犹未消除，夹杂着几句听不大清的怒骂：“从哪个片场扒来的便宜替身……”

舒盼的身形一滞，仿佛被这句话戳中了要害，心底的某处钝疼起来。

就因为她是个像极了云芳菲的替身，却又不是云芳菲本人，这些投资商才能放飞自我，什么脏话都骂得出口。

易南愣了下，方才明白过来，急忙走过去，温声安抚着：“就当作什么都听不见。他们的脾气都大得很，等云芳菲真的回来，他们又都骂不出口了。”

舒盼无声地笑了，淡淡地回应道：“没什么。都是靠老天赏脸吃饭，要是我再大几岁，指不定就说是云芳菲长得像我了。”

此刻她脸上的美艳成熟气质荡然无存，而弯弯的笑眼灵动起来，是和浓艳妆容极不相符的浪漫少女姿态，竟叫易南这样接触过娱乐圈各色美人的老油条也看得入迷了。

他初见舒盼时，单单一个侧影，就感觉和云芳菲有六成相似，如今她谈笑间又有一股宛然天成的清丽，这正和云芳菲出道之际公司制定的形象定位不谋而合，只不过云芳菲本人对这个安排不甚满意，以至于人设崩了几次之后就彻底抛弃了。

舒盼并不知易南此时心中的动容，还在兀自苦恼：“再不然我晚出生个几年，就能用云芳菲私生女的招牌赚钱了。”

这个圈子的时运便是这样，长得有几分相似的人，哪怕只比你提前一天有了名气，你也终生逃不脱她的影子，连打响名头的方法也全仰赖前者的光环，什么“小云芳菲”“神似云芳菲”，甚至百年之后还能有“云芳菲转世”的名号。

生得像视后，她可真抱歉。

易南察觉到舒盼有些辛酸的自嘲，不由得多看了她几眼。

此前，他按照陆辰良的要求，把人家的背景翻了个底朝天。

舒盼的父亲去世得早，她一人肩负着照顾幼弟和母亲的责任，可偏偏母亲染上了赌瘾，终日在赌桌和牌局上荒唐度日。

高中辍学后，舒盼被一家小规模的经纪公司相中，可极不平等的工作条约，让她除了担任女星文替之外，还要在片场打杂。

即便是这样巨大的工作量，所获得的酬劳也只够一家三口勉强度日，甚至还逃脱不了追债人日日上门围堵的困局。

此刻两个人的心情都不轻松。

易南苦恼的是，如果资方不买舒盼的账，那他去哪里找回那个任性失踪的云芳菲？可他不能责怪舒盼，更不敢对投资商有意见，毕竟这只是目前的权宜之计。

可问题是，在没有到达燃眉之急的当口，谁也不愿意将就。

好在，这个叫舒盼的丫头表现一直妥当，超乎他想象地妥当。

出了M台的后门，老天似乎有意不让两人离开，瓢泼大雨围困得庞然的M建筑宛如一座孤立无援的小岛。

易南的心理活动已经上升到千万匹羊驼奔腾而过都难以形容的地步了，他不得不再充当起绅士的角色，提议自己冲出去买伞。

然而刺骨的寒风吹得舒盼一个激灵，她伸手阻止了易南悲壮的步伐："易南，我能再见见陆先生吗？"

是啊，她不甘心就这么离开。

她想再去求求陆辰良，既然他有意让易南带自己来电视台，也许他还能有其他办法让自己留下来，即使，只是从云芳菲的仿冒品做起，她也愿意去尝试。

只要能开工，她就离还清母亲债务的时间更近一点，只要能站在镁光灯下，她就能暂时忘记那个阴冷潮湿的出租房。

只要坚持下去……

也许有一天，她也能成为另一个云芳菲。

"还是别……"易南很想直接拒绝舒盼，但一瞥见她诚恳而悲切的眼神，那些残忍的话语又生生憋了回去。

舒盼却浑然不觉易南的神情异样，她的视线早就盯在了前方一辆银色的SUV上。

她认得这辆轿车，那是公司给陆辰良工作出行配备的！

"是陆先生的车。"舒盼的语气中带着一股说不出的雀跃和激动。

"舒盼——"易南还来不及阻拦，身边的舒盼已经冒雨朝着轿车的方向跑了过去。

完了，要坏事！

SUV的车前窗，两排雨刷一下下规律地扫动着。

陆辰良望向窗外，整个A市在他眼中，就像是个双重曝光过后的猎奇失败品，无人品得出内里，自然也就没有了鉴赏的意义。

他隐约想起，云芳菲走的那个夜晚，也下了一场大雨。

她没有拿任何一件公司给她的赞助品，甚至没有带一把能用的伞，却偏执地带走了五年前公司培训期间的所有行李。

愚蠢得让人不知该作何评价。

雨刷交替的片刻间，一个模糊的人影出现在他的视线里。

陆辰良定睛一看，又一个蠢人上赶着来让他心烦。他斟酌了几秒，微皱了皱眉头，还是决定拿把雨伞，推门下车。

陆辰良撑起雨伞，几步来到舒盼跟前。

此刻的舒盼早已是狼狈不堪，浑身都被雨水打得湿透，C-Cion新季赞助的浅棕色风衣里紧紧包裹的身子，在瑟瑟颤抖着。

他抬起伞沿，面无表情地对上她恳切而热烈的目光。

“可惜了，这件风衣是云芳菲赞助当中最贵的一件。”他云淡风轻的一句话，却格外冰冷刺骨。

舒盼见他全然没有了初见时温和的态度，心中一片凄然：“陆先生，我真的没有其他机会了吗？”

陆辰良朝舒盼走近几步，将她娇小的身子包进伞中，又脱下外套扔到她的肩头。

近处看来，舒盼巴掌大的小脸上，妆容虽已半花，但一双灵动的眸子仍未减色丝毫，更显我见犹怜的柔弱姿态。

舒盼伸手拉了拉外套，指尖触碰到陆辰良掌心的温热，心中忽地生出一股孤勇：“再、再给我一次机会吧，我一定会拿到替拍的机会。我……”

“舒盼，”陆辰良缓缓唤她的名字，声音冷漠而疏离，仿自冰窟一般叫人心胆俱寒，“云芳菲总有一天会回来，而你呢？舒盼，你想过自己存在的理由是什么吗？”

雨声渐小，淅淅沥沥地落下来，滑进舒盼那双沉痛惊惧的双眼之中。她被迷了视线，麻木地伸手去擦拭脸颊，却也不知脸上的究竟是泪水，还是雨水。

云芳菲失踪，她能做一时的替身。一旦云芳菲回来，她学得再像，也逃不开做一个无人欣赏的影子，只要她在这个圈子里不出头，永远只能生活在食物链的最底端。

陆辰良似看透她心中的委屈和纠结：“你还没想清楚？”

舒盼向后退了两步，脑海中一片混沌：母亲抛弃自己和弟弟离去的决绝背影，债主上门不断地威逼恐吓，经纪公司的卖身合同……

可怕的现实几乎将舒盼逼入绝境，背后便是深陷于浓雾之中的茫茫黑海，而她竟是再无路可退。

舒盼仍想留住陆辰良，却连半个字也开不了口。

远处的易南此时追了过来，他见两人在原地僵持良久，也不知方才谈论了些什么。

他现在真的是自己打自己的脸，怎么就觉着舒盼这丫头妥帖呢？转头就给自己上手一万点暴击，直接堵住老板的车！

但易南没有抱怨，而是扶住已冻到僵硬的舒盼：“淋湿了会感冒的，我先送你回去。有什么事情以后慢慢再谈吧。”

他用目光求助陆辰良，他们都清楚舒盼的底细。既然早知她是无背景无人脉的可怜人，又何必逼她太紧，给她太多不现实的希望。

陆辰良的态度没有丝毫软化，他又不是慈善家："没有以后，也不用再谈了。"

易南几乎要跳脚了，这两个人何苦在冷雨中这样死缠！

如果迫切如舒盼是因为求得一个真正入行的机遇，那素来都从容行事的陆老板又到底是为了什么？

一声惊雷炸响，银白色的闪电自三人的身后险险划过，猛地照亮了整个夜空。

一刹那，仿佛把舒盼身后背负的重担劈裂，她下定决心，往前急急迈了一步："陆先生，让我成为第二个云芳菲吧。"

陆辰良只觉得手上一紧，竟是原本毫无生气的舒盼死死握住了他撑伞的手腕，那种力度本不应是一个纤弱细嫩的女孩所有的。

"在她回来之前，我就是她最好的替身。在她回来之后，我要用舒盼这个名字，重新开始！"

陆辰良深看她一眼，只见她那双明眸中似点燃了一盏不灭的灯火，将她眉目间原本怯懦悲情的气质驱散得一干二净。

陆辰良的嘴角扬起一抹几不可见的弧度。

他不禁回想起三个月前，第一次见到这个女人的那一天。

2 月，早春初萌。A 市的古城两面环山，乡野间的杏花开得浓烈，几乎要缀满半个山头，连清晨稀薄的空气里都荡漾着一股清甜的味道。

陆辰良随手翻着手中的剧本，视线扫过扉页的几排姓名，突然又觉得有些头疼。

这部正在象山拍摄中的戏，是由陆辰良监制，知名大导演徐喻铭导演的大型古装剧《明凝传》，女一号正是陆辰良公司旗下的视后云芳菲，其余一众角色也都不可小觑。

这两年大女主戏成了收视重头，若能得到徐喻铭和陆辰良的双份加持，不少人还是相当看好这戏未来的发展潜力。

陆辰良一边低头翻着本子，一边开口问："你没有提前联系易南吧？"

孟开有些忐忑，想着昨天夜里一点多，陆辰良和其他出品人紧急开会后，临时起意要去片场监工。时间匆忙，他还没来得及知会在同一片场跟班照顾云芳菲的易南。

"没有。"

“没做准备也好。”陆辰良的语气里带着一丝隐隐的恶趣味。

孟开敏感地察觉到，陆老板此行的工作重心已经跑偏，他开始同情起易南——接受一个有强迫症的老板的突袭检查，绝对不会是一个愉快的经历。

好在，易南自有他游刃有余的相处之道。

在接到陆辰良的半个小时内，易南一直都在致力于吐苦水，按理说亲自陪同云芳菲的苦差是轮不到他的，偏偏这次古装剧组是个横跨中国大陆和港台地区的联合部队。

港台来的导演班底向来规矩忌讳多，演员表中有名的主演群却是被大陆演员占了大半，这简直是人前对戏交流和幕后生活习俗的双重障碍！

易南找遍全公司的助理，还真找不见似他这样，从香港赶来大陆打拼，又深谙影视剧拍摄和明星脾性的经纪人。

最后，他只能自己出马。

陆辰良听完，面上看不出半分喜怒神色，只有那双清明的眼睛里透着几分玩味：“徐喻铭很难搞吧？”

易南边为陆辰良引路，边小声说：“那可不，徐导每场武戏都得亲自到场监督。”

开工不过一个礼拜而已，徐喻铭导演已经因为种种不满意，和大陆的两个武指大战了几百回合！这在别的剧组简直无法想象。

陆辰良薄薄的嘴唇轻抿向上，半自嘲半威胁地反问：“哦？会比我还难搞？”

易南瞬间无言以对，自己的老板还真是……认知清晰！

易南赶紧转移话题：“徐导就在前面。我刚才过来找你的时候，余施洛和芳菲的替身正在B组对戏呢。估计正好有空。”

整个片场闹哄哄的，陆辰良没听清易南的话，兀自朝着摄像机前走去。

陆辰良在来片场的路上，正好翻过正在拍的这场戏，对内容已经有了大概的了解。

这场戏其实是余施洛的主场，女一身受重伤，弥留之际回想起昔日在教坊与姐妹抚琴歌舞的残影，女三余施洛在其中有一场水袖舞蹈的展现。

只不过现在在场上的两个人，都是替身。云芳菲用的是替身，余施洛也是。

摄像镜头里，一个二十多岁的女孩，她身着素色及地锦缎长裙，一头漆黑长发及腰，长袖舞动之间宛若流云，偶有正脸在镜头中惊鸿一现，女孩娇艳如杏花的容颜，一对凤目灵动流转之间风情无限。

徐喻铭发现走近的陆辰良正紧盯画面，不觉好笑，伸手擂他一拳，用不甚流利的普通话问：“怎么样，余施洛小姐的替身是不是比真人还上镜点？”

“余施洛的替身？”

“你看的，难道不是正在跳舞的那个？”

徐喻铭顺着陆辰良的目光移过去，才发现他在欣赏的，竟不是那灵巧飞舞的素裙女孩，而是她身边那个胸前携有一支断箭的女孩。

她白色囚衣上满身血污，一双纤纤玉足被道具镣铐锁住，锁链凌乱地缠绕了一地。

原来他们入眼的居然不是同一个人！

徐喻铭有点惊讶：“你已经练出……一眼能看出自家艺人替身的功力了吗？”

陆辰良这次眉皱得更紧：“她是云芳菲的替身？”

他哪里有一眼认出云芳菲文替的能力，何况本尊的样子，他都快记不清了。

二人对话间，镜头里两位替身已经按照流程走位，完成了两次对戏。

徐喻铭对舞替的表现十分满意，微微点头表示可以通过。至于一旁没什么表现机会的云芳菲替身，他只觉得妆容还算到位，至少上镜也没露馅，没做什么评价就匆匆放过。

两个文替女孩一听戏份得过，恭敬弯腰感谢导演，相携着走到角落准备休息。

刚落座，凳子还未坐热，不知从哪儿走来一个场务装扮的男人招呼那囚衣女孩：“舒盼，你动作快点卸妆。茶水组还等着你去忙。”

“好！”

清脆的应答声稚气未脱，似是怕男场务认不出自己，声音的主人胡乱抹了抹脸上夸张的妆容，又伸手回应招呼。

陆辰良向声源处寻去，原来正是那囚衣少女。女孩的脸蛋只得巴掌大小，鹅蛋脸形，妆容虽是一塌糊涂，但难掩一双明眸似寒星闪烁，亮得叫人移不开目光。

徐喻铭转而多看了几眼镜头里狼狈不堪的舒盼，这才发现原来这姑娘光裸在地的一双灵巧小脚好看得紧。

陆辰良回过神来，正好对上徐喻铭颇有深意的目光，他被看得有点不自在：“怎么？”

徐喻铭坏笑几声，却没做任何一句解释。

他和陆辰良都不是会在片场之内乱找女人的性格，但看戏审戏，又难免会带着雄性特有的审美情趣。

陆辰良忽然想起另外一个问题，没有理会徐喻铭那突然燃烧起来的八卦之魂：“你有空在 B 组检查替身对戏，A 组是男主演的戏份。那女主演呢？去哪里了？”

徐喻铭听到这话缓了几秒，试图从有限的中文词汇里面，找一些客气平和的来回答陆辰良，于是他真诚而遗憾地道："云小姐啊，她被我'请'去睡觉了。"

陆辰良的瞳色顿时暗了几分。

片场的冷空气凝结，弥散着一种不知名的紧张气息，而另一处的化妆间，却是荡漾着几分轻快。

舒盼抱着道具脚铐，小跑着拐到角落，也不顾身边经过的群演是男是女，几下脱了囚衣戏服，打开化妆箱开始卸妆。

一旁那个素色长裙的女孩见她动作伶俐迅速，啧啧称奇："什么时候我要是有你这速度抢盒饭就好了。"

舒盼和这个舞替的女孩并不很熟络，据她粗略估计，这个古装剧至少分了四组拍摄，各类排列组合应该都有，今天难得和余施洛的替身分到一起两次，便混了个脸熟。

素衣女孩见舒盼没有回话，也不气恼。她靠近舒盼坐了几步，嘻嘻笑着去看舒盼的真容。

只见舒盼皮肤白皙粉嫩，一张小脸干净得没有任何斑点，那双细长柳眉尤为引人注目，似被水墨细细描画过一般。

"哇，你长得和云芳菲真的好像啊。"她不由自主地发出一声赞美，但又觉得自己的感叹有些失礼，毕竟人家又不是故意照着云芳菲长的。

舒盼却丝毫不介意，她有几个角度的确和云芳菲几乎一样，这也导致她在做云芳菲替身这条演艺道路上特别顺利，她讨巧地回了句："你也很像余施洛啊。"

素衣女孩捧着脸蛋，一派清纯无辜的神情："唉，其实我倒希望不像。"

此时，几个游客打扮的人扎堆围了过来，其中一对学生模样的情侣走近素衣女孩身边，女孩激动而热烈地上前：

"能和我们合个影吗？"

素衣女孩受宠若惊，单手指着自己："我？你们要和我合影吗？"

情侣女点点头："我们来 A 市旅游，知道这里在拍戏，休息时间跟着群演混进来，想要张照片做纪念。"

舒盼在一旁已经戴好口罩，刚准备离开，眼底便出现一个相机。那小情侣请求着："麻烦您帮忙拍张照片吧。"

素衣女孩同样小心翼翼用央求的目光看着舒盼。

舒盼有些迟疑，她很想告诉这位余施洛的替身，眼前的小情侣想要的很可能不是和她的合照，但想想又不知道该如何侧面提醒，于是默然接过了小情侣的快照相机。

三人合照完毕，情侣女又发话请求道：“能请你签上名字吗？”

素衣女孩爽快地接过签字笔，在照片背后签上了名字，只听那情侣女孩讶然道：“你不是余施洛吗？”

情侣男似是早有预料，嘲讽又宠溺地细语道：“我都说了不是。”

“我看着像啊。”

“余施洛怎会随意坐到角落休息？我就说是替身演员而已，你这么稀罕来要照片签名……”

“我以为是她嘛。这名字我又不认识，谁要个不认识的签名啊……”

两人耳语了一阵，最后无比尴尬地僵持在原地。

素衣女孩也早已明白了始末，在这种尴尬氛围中，憋红了一张脸，泪在眼眶中打转。

舒盼心下一声叹息，这种场面她之前在片场已不知经历过多少次，既无奈又好笑。她们虽是替身，但也算是半个艺人，不好和本尊的粉丝正面急眼，要是被传出去了，估计这碗饭都不好吃。

舒盼上前，随手取回情侣手中那张刚刚显形还热乎的快照，语气毫无波澜：“下次要照片，至少记清自己偶像长什么样子！”

言毕，她不再理会两人，回过身温柔挽起素衣女孩的手，轻快地安抚道：“你要不要和我一起去抢剧组盒饭，听说今天前二十个人加鸡腿。”

素衣女孩眼中泪光闪闪，抽了抽鼻子，嗫嗫地问道：“你、你怎么知道？”

舒盼狡黠地笑了，灵活的眼波中，充满了一种无法描述的智慧光芒：“因为，今天我发盒饭。”

素衣女孩被舒盼轻快的语气逗笑了：“那好，我先去把戏服换了。”

舒盼费力搬盒饭的一会儿工夫，许珊已将素色长裙换成了深色休闲装，她帮着舒盼给过路的员工递着盒饭。

眼看来来往往的演员和工作人员都拿得差不多了，许珊眼尖地发现，竟然还有六个盒饭没人拿，她朝舒盼使了个眼色，小声地道：“这该不会是那六个主演的午饭吧？”

许珊是科班出身，被人介绍来片场做余施洛替身之前，已经拍过不少广告了。所以她知道，如果是比较有要求的主演，用餐肯定是有自己专门的出处，盒饭嘛，一概是不会碰的。

既然没人吃，不如就拿出来分了？

许珊脑子一抽，伸手就想把剩下的盒饭拿走。

舒盼赶紧扯住她的手：“不能拿的。”

“他们又不吃。”许珊噘起小嘴，略有些不满地嘟囔，“剩下六个鸡腿多浪费。”

“又不是从你身上掉肉。”舒盼忍着笑，“再说了，这些盒饭也是有用处的。反正……等你待得久一点你就知道了。”

许珊似懂非懂地点点头，又好奇舒盼的经历：“那你待了多久？”

“我？”舒盼脸上笑意渐敛。

大大小小，条件或好或坏，三年来这样的片场，她不知待过多少个，更不知以后还要待多少个，才够填满她年少无知签下的那一纸荒唐合约……

“你不会想知道的。”舒盼的声音低低的，似乎是在自言自语。

许珊发现，眼前的女孩虽看起来和她年龄差不多，但似乎具备了太多这个年纪不应该有的成熟和稳重，那种被世事打磨出来的小心翼翼，叫人不敢深究她背后的经历。

她只好装作饿坏的急切模样，拉着舒盼扎进了角落的群演堆里，准备开饭。填饱肚子要紧，别人的悲惨经历有什么好听的？至少许珊自己也没有多幸运。

许珊将注意力完全转移到盒饭上来，她扫了一眼舒盼的饭，却发现里头塞了满满一盒的素菜。

“舒盼，你怎么不给自己也留个带肉的盒饭啊？”

“我不敢吃。”舒盼很无奈，她倒是想吃啊！

问题是开工以来，徐导好像有虐待女主演的倾向，严格限制云芳菲的吃饭问题，唯恐她在镜头前拍起来走样，失去了剧中人纤细柔弱的姿态。

舒盼是云芳菲的替身，身形、侧脸、背影自然都不能和本尊相差太多。因此云芳菲节食，她也就必须跟着瘦下来。

不过，舒盼心中却并不怪徐喻铭的严苛，她甚至觉着在普遍为流量小生小花低头的当下，这样的导演真的是难能可贵。

昨天等着开工的时候，她抽空把剧本通读了一遍，接下来几天都要拍女主病弱伤重的戏份。要达到剧本甚至原著要求的“如娇花照水，如弱柳扶风”，一定要在身材上做好约束。

主演不入戏，才是导演最忌惮的地方。

“算了吧，云芳菲可真没少吃，你再瘦下去不像她了，到时候这工作怎么整？”许珊翻了个白眼，看不下去了，她拨了一半卤肉到舒盼碗里，“趁有的吃赶紧吃吧！”

许珊是艺校大三的学生，主修古典舞，几乎日日为保持身材而苦恼。自从来了片场连着熬大夜，不仅没胖，还把春节养的膘全收回去了，连胸部都隐隐有了缩水的迹象。

事业线要是没了，估计也就没什么搞头了……

许珊用老母亲一般慈爱的眼神扫过舒盼胸前的几两肉，又对比了旁边一个还来不及脱掉戏服的宫女。

舒盼被这几眼看得一阵发毛，低头猛扒饭不说话。

片场附近，云芳菲的保姆车正停在一隅，树荫正好，无人打扰。

谁都知道云芳菲十八岁出道，二十二岁爆红，三十岁不到就稳坐一线女星的宝座，她的星途一直捆在陆辰良的麾下，然而，她给陆辰良惹下的麻烦却也不少。

陆辰良用和善的眼神看了一眼正埋头吃着盒饭的易南，然后脚步生风地经过他身边，拉开了车门。

陆辰良这一眼，直让易南心惊肉跳。

很明显地，经过他家老板和导演的深度交流，已经把批评教育的首要对象，定在了近期状态极其不佳的云芳菲身上。

他想追上去，提醒正在车上抽烟的云芳菲情况不妙，可惜已经来不及了。陆辰良快他一步踏入车厢，直直被扑面而来的烟雾呛得黑了脸。

车座后排的云芳菲瞥见陆辰良忽然出现，微微一愣，手上动作极快地收了烟。

陆辰良反手关上车门，身子落在副座上，那俊美无俦的面容上，仿佛结了一层薄霜。

“易南告诉我，你已经戒烟了。”

“戒了瘾，断不了根。”云芳菲伸手开窗透气，声音轻柔绵软，带着一股说不出的哀愁和诱惑。

陆辰良受不了女人一副话中带话哀婉做作的样子，他皱了皱眉，眼中的不耐烦溢于言表：“别忘了，你是来做什么的。”

云芳菲的手紧攥住衣角，心脏被猛地扎了一下，也顾不得冷艳佳人的形象，登时反问：“那你呢？”

几年来，陆辰良虽时常有花边新闻，但云芳菲是唯一一个没被他亲口否认的绯闻对象。平日陆辰良也常会透过易南，对她的工作进度表示关心。

时日长了，云芳菲看着新闻里两人出入成双的登对模样，感觉虚假的绯闻也有了几分真意。

他既是那个带她入行的人，怎么就不能是那个陪伴她从巅峰退下的人?

“你现在只能用不专业来形容。”陆辰良懒得搭理她的反问，只毫不客气地批评道，“要不是我到现场问了徐喻铭，简直不敢相信那是你的水准。”

他现在心情很不好。

云芳菲的演技虽然一直没什么值得评价的地方，但胜在既能守得住经营出来的形象，又能让普通观众买账。现在倒好，她仅有的优点也被不着边的贪心给掩盖了。

“你、你真的是为我来的吗？！”云芳菲却故意忽略陆辰良所有的指责，满心欣喜地回头，紧紧盯着陆辰良，似乎想要从他那双波澜不惊的眼中看出些门路。

陆辰良没有回答，他也实在不知怎么回答。

因为他根本想不起来自己做了什么，才让云芳菲鬼迷心窍一般，就认定他对她有情。

上车以来，他还是第一次看见云芳菲的正脸。她虽化着妆，可是看上去十分憔悴，皮肤半分光彩也无，不知从何时起，她一步步将自己捯饬成这副模样。

陆辰良知道这个话题不能多做纠缠，他沉下脸来：“云芳菲，你能不能不要时时刻刻惦记着感情的问题，我和你，根本不可能。”

“为什么——”云芳菲失声尖叫起来，她病态的脸庞上，那种焦灼和热烈几乎就要燃烧起来。

“因为我是你老板。”陆辰良再也不看她，“现在，收拾清楚下车。你和我去见徐喻铭，去向他证明自己，我不想浪费成本在没用的人身上。”

陆辰良下车，重重关上车门。

易南一脸苦相地站在车旁，就知道老板来这里又要开启大杀四方的模式，艺人还不识相表现不佳，这款“夹心饼干”做起来也太艰辛了。

易南只得赶紧上车查看云芳菲的情况，只见她扑在座前嘤嘤哭泣，心中还是有些不忍。

云芳菲是他亲手带的第一个艺人，科班出身，家境殷实，背景简单，没有太复杂的过去，皮相中上，符合观众审美。

然而仅凭这些基础，云芳菲本不会大红。

只因她遇上了观众群体的精神娱乐需求从无到有的黄金十年，加之经纪公司提供的上乘资源，让她高冷美艳的荧幕形象逐渐深入人心。就连陆辰良似乎也有意抬举，配合制造了一段长达五年的莫须有的暧昧关系，来提高她的曝光度。

人设纯粹，感情单一忠贞，这样的女星似乎没有人不喜欢。

可问题坏也就坏在这里了。

易南身为经纪人，站在离云芳菲最近的位置，自然看得明白。影视圈竞争激烈，云芳菲的演技虽在一堆新人之中仍不落下风，但已经没有太大的晋升空间。

而她本人，似乎对此毫无察觉，反倒将心思渐渐放在了做陆辰良的“真”女朋友上。

这是云芳菲自己挑错的人生剧本，恐怕只有由她自己醒悟看清了。

云芳菲默默擦去眼中的泪水，心中似下了决断，狠狠地对易南挤出三个字：“回片场。”

身后响起脚步声，云芳菲的步履稍稍停顿，想要回头去寻找那个令她求而不得的身影。

“别伤心了，你应该知道先生为什么生气。”易南温雅的声音令她内心升腾起的希望再度湮灭，云芳菲不得不再度加快脚步来掩饰自己的失落。

她知道的，她当然知道陆辰良是恨铁不成钢，但到她这个年岁，对于日日反复的拍摄，她其实已经有了些许厌倦。

毕竟不是谁都可以更上一层楼。

易南又提醒了她一句：“陆先生不喜欢你……身为女一居然输给了其他人。”

“我没有输！”云芳菲终于忍不住咬唇反驳，身形微微凝滞。

片场的界限近在咫尺，外面和内里俨然两个世界，穿梭过忙碌的人群，她的目光正好落在女三号余施洛身上。

这位就是造成她被请出现场的元凶。

而正在场边休息等待开工的余施洛，与云芳菲不巧四目对上，顿时眸中浮现几分讥讽之意——居然这就来了？还以为云芳菲“小公举”要继续在自己的房车里龟缩几日呢。

她本就看不起这位科班出身，却又依靠他人不断追捧才能起势的女星，可谁让人家“咖位”胜过自己呢，凭空抢戏更是毫不留情。

其实她和云芳菲本是没有什么恩怨的。

可在半年前，就在她为《浮狱》女二号的档期特意推掉了三个广告的时候，半路却空降了云芳菲，直接拿了女一的位置，同时还捎带着把女二也给打包替换掉，余施洛就这样和角色失之交臂。

大约是想起自己之前那个被凭空换掉的角色，余施洛的脸色又变得难看起来，手紧紧握成拳头。

二人的目光短兵相接，便已经胜似暗战现场，谁也不清楚这其中的风起云涌到底来源于何处。

只有云芳菲心里清楚，之前她被徐喻铭请出现场去“休息”，是余施洛默不作声的手笔，而她被陆辰良逼着回来，就还要继续和余施洛正面相迎。

无论如何，这一场是绝对不能输了。

因为，那个人在看。

云芳菲想着，动作优雅地步入场内，在她身后的易南不由自主松了口气。

“芳菲姐，你可来啦。休息得怎么样了？你不知道，刚才伏潇潇被徐导骂得可惨了。”余施洛暗损了一句，说话仍旧皮笑肉不笑的。

云芳菲冷眼看了看余施洛：“你管好自己吧，徐导愿意骂倒是好的。”

嗬，在戏外也做戏，谁能比得过眼前这个余施洛。

易南从徐喻铭那边匆匆跑了过来，和云芳菲低语了几句，待会儿直接就上场演了，让她做好准备。

云芳菲点点头，坐到自己的靠椅上，慢慢地闭上眼睛，她一定要好好准备接下来的这场戏。

这场戏里，云芳菲所饰演的女主角遭黑化了的故友余施洛欺压，在雨中直被逼迫到角落，又被狠狠打了几个耳光。昔日姐妹情断，至此逐渐拉开女主复仇的序幕。

“准备开始，所有人员各就各位——”徐喻铭的声音在场边响起，云芳菲和余施洛也由化妆师补完妆起身走到场内。

一声招呼，场务上前利落地打板。

镜头里，以余施洛为首的众人徐徐紧逼女主角，云芳菲单手扶着朱墙，身体颤抖地后退到墙角。

白衣女子此时入了戏，那双清水瞳眸已然情绪饱满，这样直接的情绪令现场所有人都屏住呼吸，静静地看着场内对垒的二人。

余施洛是讨厌云芳菲的，那种讨厌从对方抢了自己角色开始就已经酝酿到无法收拾。

然而她不得不承认，此刻完全进入状态的云芳菲，不愧是曾经夺得视后的人，那弱柳扶风的姿态真是楚楚可怜得紧。

徐喻铭凝视着监视器，镜头的画面正好定格在云芳菲饱满的表情上，这位向来苛刻的大导演终于露出一抹笑意，回身向来人说：“不错啊，你一过来，她就恢复状态了。”

这一场对垒，余施洛完全压制不住云芳菲的表现，甚至连摄影镜头都不自觉地在云芳菲的脸上做定格处理。

显见真正将心思放在演戏上的云芳菲，的确是一名悍将。

陆辰良唇边也难得地浮现一丝淡然的笑意，然而下一刻，笑意却已经凝滞。

云芳菲忽然间握住余施洛高高扬起的手，直直站起身来，反而让余施洛被吓得一个踉跄，往后退了两步。

徐喻铭站起身来，不满地大声道：“停！”人工雨骤停。

“余施洛，你这眼神怎么回事？现在剧本是你要打她，不是她要吃了你，你怕什么？”徐喻铭一针见血地点出了事实——余施洛明显被云芳菲压戏了。

他已经开始不耐烦了，这场戏耽搁好几天，再不拍完，这建好的布景和租赁的人工降雨设备都要浪费了。

余施洛面色惨白，她没料想云芳菲还能有这种本事，心中隐隐有些不痛快，咬着下唇，想开口辩解几句。

云芳菲却比她还先动作起来，面露痛苦之色，整张俏脸都扭曲在了一起。

易南见状赶紧亲自拿着干毛巾上去，披在她肩膀上，询问她情况。

云芳菲摸着自己的右膝盖，缓缓开口：“没事，老毛病了。不过我看这余施洛没几十条是过不了了。前面的部分我已经过了，下面你安排替身上一下吧。”

余施洛气得几乎要发抖，云芳菲闲闲走过她身边，眼里全是讥讽：“抱歉了，接下来的戏让我替身和你过吧。”

舒盼被人叫过来的时候，已经换好女主角同款长裙，有点茫然，她当然没有任何的意见，多演一场就可以多拿一场的工钱。

然而当开工之后，舒盼却发现对戏的女演员有点不对劲。

余施洛的长相本就偏向甜美系，如今演着恶角，虽故意画了眼尾上扬的浓浓眼线，但也盖不住原本清秀稚气的容颜。

可现在，余施洛却死死盯着舒盼的脸蛋，仿佛要将她给生吞活剥了一般，眼中燃烧着不可名状的愤怒，那种感情仿佛不是来自角色本身，而是……而是恨着云芳菲本人！

啪——

舒盼才反应过来，脸上就已经重重挨了一下。

她当场呆住了，右颊顿时麻木，还没感觉疼，口腔中已经带了腥甜味道。

舒盼抬头看向余施洛，发现余施洛也正看着她，嘴角带着一抹诡异的笑意。原本清纯可人的面容显得无比狰狞，眼中尽是轻蔑和不屑。

她对着舒盼轻轻扬了扬手腕，上面有两串好看的银镯碰撞出清脆的声响。这一巴掌不仅用了狠劲，更是借了手腕上的银镯发力。

这突如其来的一巴掌，让周围的人都是一愣，一旁好几个人都忍不住大叫出声，易南也是错愕不已。

余施洛凝视着正在现场发愣的舒盼，怪只怪她的命不好，替云芳菲承受了太多的事情。

这场打脸的戏，余施洛本想借机直接扇在云芳菲的脸上。

没想到那女人居然找了替身来，既然如此，她也就不需要客气，她已经很久没有这么火大了。

“你怎么回事，刚才的表现还是不对！”远处，徐喻铭的喊话传了过来。

按理，现场这种突然扇巴掌的问题并不大，素来严苛的徐喻铭更是没有放在心上。毕竟他认识的不少体验派演员也会在这种环节亲自上阵，为的就是戏真。

何况余施洛这一下也许不是故意。

只是小姑娘面色红红地呆站在那里，被打过后的神情恍惚自然落在所有人眼里，令不少人都开始同情起这个小替身来。

余施洛摆弄了下自己的手腕，冲着跑过来的执行导演回了句：“我也不是故意的，这个力度真的很难把握呀，真的是不小心的，对不起啊小姑娘。”

舒盼愣了下，她能说什么，只好点点头表示可以继续。

执行导演又交代了句：“行了，那就继续，徐导的意思是你打的姿态倒是对，可是那表演不对，情绪和动作要协调一致，明白吗？”

余施洛笑着应：“知道了，知道了。”

“OK，准备就绪——”徐喻铭接收到信号，又举手示意准备开始。

啪——

又是一下，重重扇在舒盼的脸上，这一次她做好了防备，却清晰地知道自己根本不能挪步。

只是这再一次摔下的巴掌，令全场都开始鸦雀无声，第一巴掌说是手滑，这第二个巴掌，还能是不小心吗？

徐喻铭皱着眉头看监视器里的画面，他是个精益求精的导演，不管是对现场控制，还是对每个环节，所有只要是他参与的剧作大多打着精品的烙印，这一巴掌的确是狠，可余施洛的表现……却并不精彩……

徐喻铭稍微有些纠结了，他已经能看出余施洛是在找这小替身的麻烦，恐怕那个身影单薄的小丫头不知道什么时候得罪了余施洛，但让他此刻放弃拍这场戏是不可能的。

这世界本就残酷，不会有人关注到小替身现在的感受——所以徐喻铭高声喊了句：“余施洛，再来一次！”

舒盼于风雨中站着的身影有些瑟瑟，仅就是这样的画面，也令人生出些许不忍之心。这女孩若是此刻说不演也是情有可原，可她偏偏姿态挺拔，神情浅淡，如果不是脸上已经有些红肿，恐怕都不会让人觉着今天被打的人是她。

正在一旁观戏的许珊终于忍不住喊出了声：“舒盼，咱们这窝囊的替身，不演算了！我就不信还找不到别的工作了！”

许珊冲上前去拉舒盼，也有好几个群众演员过来挡着舒盼，不让余施洛上前。

剧组本就是两极化的存在，明星是明星，咖是咖，可群众演员也是人不是吗？

余施洛和云芳菲的一场纷争，让原本就存在的矛盾激化起来。

现场开始有些混乱，眼看着这场戏都拍不下去了。

“哎，你们还想不想干了啊？这是做什么？都不想演就全滚蛋！”副导演是个大汉，说话更是不留情面，“人家小姑娘都没说委屈呢，这么多人围在那里算什么？！”

“先停了吧。”这是陆辰良的声音，冷冷清清，清清淡淡，听不出任何波澜。

徐喻铭见有人给台阶，立刻举手应和：“停停停。全场休息十分钟。”

陆辰良扫了眼稍稍混乱的场面，沉声说了句：“这事我来处理。”

他是出品人的代表，本就是用在处理这种麻烦的人际关系上的。

徐喻铭点了根烟消磨时间，反正有人去解决这麻烦的情况，他自然乐得坐享其成。

易南刚要去场内看看舒盼的情况，却被云芳菲给拉住了。

云芳菲深深地看了易南一眼，又不着痕迹地摇了摇头：“过去做什么，一个小替身而已。”

易南看着云芳菲的眼神，仿佛自己未曾认识过这人一般。

“你这么生气做什么？”云芳菲仍带着冷冷笑意在一旁看戏，“难道让余施洛打了我，你就开心了？”

“你……”易南眉宇深蹙，“你知道我在气什么？我在气曾经的那个云芳菲，居然已经心狠到这个地步。明明自己可以解决的事情，非要让一个替身上去承受巴掌，现在她的经纪人要代表她去慰问和解决问题，她这个罪魁祸首却无动于衷！”

云芳菲一愣，她从未见过易南这般严厉的样子，他可从来都是最亲切温柔地对待自己的。

易南轻轻叹了口气：“你和我去一趟吧，这件事说大不大，说小不小，但总要解决的不是？”说完，便率先进入场内。

舒盼的脸已经肿了大半，可她的羞耻大过疼痛，一言不发只埋着头，活像一只被淋湿受伤的小动物。

偌大的一个片场，因为余施洛的一个巴掌，陷入了一场莫名的风波。

“大明星了不起？就可以这样欺负人吗？”许珊鼻子有点酸，忍不住骂了句。

舒盼正想叫她不要过于激进，忽然间，头顶一暖，仿佛被柔软的感觉所包围，舒盼这才后知后觉，发现一条宽大的毛巾落在自己的头上。

“你先到旁边去休息十分钟。”声音很冷，可又很好听，舒盼小心翼翼地抬头，就看见一双古井无波的眸子，幽深处仿佛有星辰。

“谢谢您，陆先生！”许珊认得陆辰良，立刻激动地弯腰鞠躬，匆匆将舒盼往旁边带。

云芳菲也被易南领了过来，触到陆辰良双眸的瞬间，蓦地变得委屈起来：“我……”

陆辰良皱眉：“你知道你在做什么吗？”

“我知道啊。”云芳菲眼圈也开始微微泛红，“你不是都看见了，我旧伤发作，而且那个余施洛还在现场找我麻烦。先生你是知道我的旧伤在哪里的，被那雨水一打就疼得钻心。”

云芳菲解释完便没有说话了，因为陆辰良那本就暗沉的眸子显然泛上了一层怒意。

她不明白，她怎么又惹他生气了。

或者说，陆辰良怎么那么容易生她的气？她说自己旧伤发作难道还有问题吗？

“我再问你一句，待会儿的戏，你上不上？”陆辰良一字一句地问着。

这几分钟的时间，仿佛很长，长到云芳菲几欲脱口而出的话都变得破碎不堪。

最终，她还是咬牙回答：“我不上。我腿真的疼。”

陆辰良凉凉瞥了她一眼便不再看她，转而与易南说：“你再去问问那个女孩，她愿不愿意上。不愿意的话就换个身形差不多的男孩。”

易南只好觍着脸去问舒盼能否再次代替云芳菲。

潜台词是，能否继续代替云芳菲被打。可是易南问得自己都心虚，目光根本不敢往舒盼身上放，可是一放，却有些愣神。

这是他第一次仔细去看这个女孩，她浑身衣衫都沾染了泥水，右颊红肿，看起来既娇小又柔弱，一张脸只比巴掌大一点，一双明眸似有着夜星一般的闪烁光彩。

这女孩居然有种让人叹惋的美丽。

许珊好似一只护崽的母鸡，她十分警觉，拉着舒盼背过身去，不满地道：“你什么意思？”

易南也不大好意思，但时间紧迫，他只好挑了最重要的条件来说：“三倍，这场戏出三倍价钱，只要你做完这场戏的替身。”

许珊翻了个白眼：“你走吧，不做不做。你爱找谁做谁做，别来吵舒盼了，又不是卖身给你们了。”

她们虽是替身，又不是真的婢女奴仆，这上去就被人打脸耻笑，还不能还手的窝囊气谁要去受。

舒盼却因这个意外的条件，有些犹豫了。

这几年来，舒盼都在片场努力赚钱，除了吃住费用，剩余的全部省下来打回家还债。就这样还不够，每次都只能险险还上些利息。毕竟母亲欠下的赌债还真不是一天两天能还清的。

这都算好的了，如果不能及时打钱回去，只怕债主找不到自己，就会追去弟弟的学校了……

不行！绝对不行。

舒盼猛然清醒，她回想起高中时期，后桌日日耻笑自己是个无父无母又背债的孤儿。她已经受过的苦，难道要弟弟再经历一次吗？

易南不死心，他还想再问问舒盼。

舒盼咬咬牙，她抬起了脸，定定地看着易南，右脸的掌痕清晰可见："好，我做。"

徐喻铭恰好抽完一根烟的时候，陆辰良规定的十分钟也到点了，而易南正带着舒盼回来交差。

许珊拉着舒盼的小手，她撇着嘴，一脸的不自然："如果余施洛就是有心要打人，就算你两边的脸都被打肿了，这条也不会过的。"

化妆师正让舒盼闭上眼睛，要给她刚才被打的右脸重新修容，粉扑触碰到红肿的脸颊上，舒盼的手顿时攥紧了，额头也冒出了细细的汗珠。

化妆师也不忍心："你这皮肤太薄了，估计再给打几次就要肿得不能看了。"

许珊十分同意这个说法，她摇着舒盼的手："挨打这活儿，我们不做了好不好？"

舒盼紧紧闭着双眼，始终一言不发，许珊虽然也是替身，但处境始终还是和自己不同的。只有到了连吃住的钱都支不出来的绝境，才能唤醒一个人内心深处对生存最大的渴望。

许珊见她固执得难以撼动，心中有些生气了，她一心为个刚认识不久的人着想，人家却上赶着去挨打，真叫人郁闷。

许珊转头狠狠瞪了易南一眼，将这一切的错误都怪罪在他的身上。

易南却不恼怒，他虽然必须为云芳菲解决问题，但对片场所有人一向都是温和客气的，不轻易开罪任何一个小透明，免得他日留人话柄。

易南深谙娱乐圈世事无常的道理，他刚才和云芳菲生气，并非完全是不忍舒盼挨打，实际上一半是因为她没和替身商量就让人挨打不厚道，另一半却是不希望让有意攻击云芳菲的人借题发挥。

易南谨慎地再度确认舒盼的意愿："你叫舒盼是吗？舒盼，你如果真不愿意做，现在还可以拒绝。”

舒盼坚定地点点头，许珊也拿她没办法。

余施洛没预料到，舒盼一个小小的替身，当场受辱之后还敢再站在自己面前对戏。她本想借用这种方法逼着云芳菲亲自上场，现在却因舒盼的掺和计划落空，免不得开口就对舒盼冷嘲热讽：“这年头为了钱，有些人真是连脸都不要了。”

余施洛捂嘴笑着，俏丽的脸蛋上满是尖酸刻薄的神情：“哎哟，我倒忘记了，替身在镜头前是不用看脸的。”

舒盼依旧没开口，但徐喻铭早已不满余施洛的态度，阴着脸坐在陆辰良旁边，他也不指名道姓，张口就批评道：“净废话。谁不是凭本事赚钱的，片场哪个人开工不拿钱。再不赶紧开工就是在烧钱。”

场地、设备、往返路费，哪个不是开销，徐喻铭听到余施洛这个耽误进度的人居然还敢提工钱，气得想用粤语骂人。

明眼人都看得出骂的是余施洛，余施洛恨恨地哼了一声，扯着裙摆往场子里去了。舒盼低着头紧紧跟了上去。

陆辰良抬眼扫到舒盼的背影，这替身刚才被云芳菲摆了一道上场挨打，现在又被余施洛当场挤对，居然都没有发作出来，不是真沉得住气便是真的好欺负了。

像长期做这类工作的人，通常无法在这圈子出头，即使侥幸被挖掘培养，从前小心翼翼的性格却被内化了，堪担主演的气质也被消磨殆尽。

即使长得再漂亮，也永远上不了大台面。

他没空多在一个小角色的委屈上多作思考，能让一场戏正常运转才是解决问题的关键。

徐喻铭已经开始指挥片场再度运作起来。

同样的场景，同样的片段，余施洛表演里依然带着真实的恨意。与此前不同的是，她更加肆无忌惮了，上一次她打舒盼，是为了让云芳菲当场难堪，没想到却正中了下怀。

这次，云芳菲的经纪人付钱让替身上来挨打，难道她还会客气吗？折辱一个区区替身，简直像碾死一只蚂蚁一样简单。

余施洛的手掌紧紧绷直，一个巴掌毫不犹豫地再次落在舒盼的脸上，她刚要得意，目光却正对上了舒盼的眼睛。

那是一种怎样的眼神……

她浑身猛然僵住，这眼神中有着深深的窒息，是一种被人抛弃后的无助和孤独，是走投无路的绝望。

但在这样的情绪之中，舒盼的脸上居然还带着一抹轻笑！

余施洛震惊不已，整个人都不由自主地为舒盼的笑容而动容，沉浸在那种深沉的情感当中。

她的笑充满悲痛和嘲讽，仿佛不是来自舒盼自身，而是某个十分熟悉的角色，某个次次付出真心，却次次遭受背叛欺骗而又坚强的女人。

那不正是剧本的女主角本身吗……

余施洛恍然，她绷住的手掌无法抑制地颤抖起来，掌心沁出细细的一层冷汗，心中惴惴不安，竟再也不敢去看舒盼的眼睛。

她无法相信也不敢去相信，一个露不了脸的替身，居然真的能有这样的演技！

徐喻铭忽然站了起来："谢天谢地，这个余施洛总算开窍了吗？"

他此前反复强调过，这出戏里的反派角色并不是光靠狠毒和打人就能演的形象，更要有和女主恩断义绝的哀恸，但余施洛只顾着逞凶斗狠完全没去理解角色。

眼前这一幕，余施洛的表现才像是拿捏住了这点精髓，看来今天自己的指导终于起了作用。

陆辰良皱了皱眉，他紧盯着镜头里的画面，这才看出了破绽，他打断徐喻铭的欣慰："恐怕她这开窍不是因为你。"

余施洛的神情虽然传达比较到位，但整体转变还是能够看出突兀的地方，尤其在打了一巴掌之后，便不敢再和对戏的人互动了。

徐喻铭反应过来，他有些不可思议地看着陆辰良："你的意思是……那个替身？"

那个挨了余施洛两个巴掌的替身，居然能带余施洛入戏？

陆辰良点点头，他看向仍在戏中投入的舒盼，有些玩味地笑了，嘴角带着一抹几不可见的弧度，眉眼间的阴郁沉闷淡淡地化开来，线条硬朗的面庞上因这个一闪而过的笑容，增了几分少年的清俊。

他搭上徐喻铭的肩头："你这片场，总算有点意思。"

几段来回之后，这场戏终于得过，舒盼只觉得整个身体都虚脱了，脚步虚浮，眩晕，可是仍懂得给别人让道。

她倚着许珊，默默挪着步子到了角落。

许珊拿来冰袋供她敷脸，设身处地地想，如果她哪一天在众目睽睽之下被人打脸三次，估计羞耻得都要晕过去了，哪里还愿意回答别人的问题。

她张开外套，对舒盼大方道："来吧，不用客气了。怀里借你躲，肩膀借你休息。"

今天对舒盼来说，已经足够漫长，足够可怕，还是先放她好好休息吧。

“小姑娘们，让让啊。”略有些疲惫的声音在耳畔响起，许珊和舒盼都略微意外地抬眼，就见一个身着老妪服装的女人站在那里，似乎想到更深处的无人角落里去。

这个老太太……说老实话，喜欢电影的人都会认得，她的身世说起来也是一段辛酸史：少年成名，芳华绝代，一跃成为那个时期最红的女星，几乎无人不晓；中年却因为做了几件错事，得罪了大佬，被万众指责。

恰好那个时代的香港容不得艺人身上有污点，而内地的娱乐圈尚在流行港台艺人，所以一落千丈之后根本没有人敢请她拍戏。在最黄金的时代，她不得不下海接了几部三级片，被主流圈子彻底抛弃。

如今的于卿双已是暮年，这位曾经的当红明星却无人关照，在这样的大剧组中同样打着酱油，跟组常驻，哪里有需要就往哪里搬。

大约是感觉到有人在看自己，于卿双也将目光落在舒盼的脸上。

“前辈好。”舒盼规规矩矩轻声喊了句，她是看过于卿双少年时期的那些影片的，可以说光芒万丈，棱角分明，灵动万分，只要于卿双在镜头前，似乎别人都失去了光芒。

这样的人最后落到这般地步，的确是种遗憾。但舒盼仰慕这样的才华，即便那才华转瞬即逝，所以她这声“前辈”叫得心甘情愿，恭恭敬敬。

于卿双要挪过去的步伐稍稍停顿，而后那双木然的眸子重新看向舒盼的脸。

舒盼脸上的红痕自然未消。

“你这个丫头啊，刚刚怎么就站着任她真打呢？明明有很多种方法可以避过这一巴掌。”于卿双这人，年轻时候是个刺头，年老了打酱油，说话依旧刺头僵硬，态度同样倨傲，可舒盼到底听出了几分教导的意思。

舒盼愣了下，问了一句：“前辈……能说说吗？”

大约是舒盼的一声“前辈”令于卿双听着熨帖，她在角落坐下以后，点了根烟，烟雾将那略显苍老的面貌遮掩后，表情看起来终于不再倨傲：“你不躲，是因为你觉得那是角色设计。”

舒盼敏锐感觉到于卿双不想外人看见她们在交流，自己也便压低了声音回答：“前辈厉害啊，居然看出来了。”

“年纪轻轻不骄不躁，只是做个替身还去通读剧本。”于卿双不疾不徐地说着，“是野心，还是认真？”

那疲累的眼神隔着缭绕的烟雾，却仿佛透彻照进舒盼的眼眸。舒盼定定瞧着，便也低低回着：“因为喜欢。”

舒盼想了想，又坚定了几分这信念：“对，前辈，因为喜欢。”

于卿双忽然间笑了，那笑容带着几分意味深长。

角落里的谈话还在继续，却已经无人在意这两个小角色了，剧组开始收工，将二人的谈话掩埋在一片嘈杂声里。

后来，于卿双离开了此处，不知不觉间，舒盼在嘈杂的环境里竟然睡着了，还做了个噩梦。

梦里她成了万人追捧的荧幕女郎，母亲赌瘾得解，家人不必为追债交租日日烦恼。午夜往返机场，记者粉丝争抢涌出，闪光灯对准她拼命拍摄，将她团团围住不放行。

她有了自己的小金库，有意送弟弟舒凡出国读书，让他去父亲曾经求学过的地方圆梦。哪知他却心心念念要和自己一样进娱乐圈，怎么劝说都听不进去。

舒盼只得把脸上的大墨镜摘下，叫家人看个仔细。而那乌黑的镜片遮挡之下，她的半张脸竟然流脓溃烂，模样恐怖至极。

舒盼骤然惊醒，一身冷汗，大口大口地喘气。

片场已是暮色蔓延，收拾仪器的员工来来往往，许珊还倚在柱子上玩着手机，她的休闲外套却披在舒盼身上。

舒盼心中一暖，正要说话，倒是看见许珊收了手机凑过来："醒啦？我刚才一直在看于老师的资料。你说她到底是大忽悠想从咱们这儿找存在感，还是真的想帮我们啊？"

"怎么会是忽悠呢。"舒盼将外套脱下来递还给许珊，"她说的很有用不是吗？这样的经验之谈太过难得。"

于卿双没说完就被别人叫走开工了，她起身之后似乎又恢复成卑微的、试图通过一场场戏来赚点生活费的过气女星，哦不，她已经连"星"这个字都够不上了，其地位和舒盼、许珊并没有太大区别。

然而她留下的那些只字片语，却足够许珊和舒盼消化很久——演员是场中的灵魂，但更需要注意眼观六路，耳听八方。

这全场从工作人员到拍摄组好几百人，只要到表演的时候，就是以演员为中心辐射向全场，那一刻，就要学会观察。

譬如舒盼和余施洛的那一场，摄影机要抓拍余施洛的动作，一定不会拍到脚，那么你可以通过巧妙的走位、摄影死角等来处理避让问题。

演戏也是一门学问，于卿双说的这些恐怕正是她自己的宝贵秘籍。

舒盼正若有所思，细细品着之前于卿双的话，而旁边的许珊正舞弄着手机，手指在屏幕上飞快点触。

"你在发微博吗？"舒盼收了心神，凑过去好奇地询问，许珊也不躲避，大方地将内容亮给她看。

“我在发今天拍摄的图片呢，你看这个，是我做舞替的组图，才发上去一会儿就几千赞了。”舒盼扫了扫图片，发现许珊其实很上镜，面容清新，穿着最普通的运动服都盖不住凹凸有致的身材。

“剧组有协议不让透露拍摄进度吧？”舒盼谨慎地询问。

许珊大大咧咧地解释：“哈哈，这你就不知道了。昨天有记者访问剧组，余施洛为了制造和员工关系融洽的证明，所以就拉我合影发微博喽。为了看起来像真的，她经纪人就让我再发一些剧组合照的图片出来，我就把这些偷偷放在后面啦。”

舒盼打趣她：“你倒不吃亏。”

许珊没顾得上舒盼的小玩笑，还来了兴致，赶紧撺掇舒盼：“快点快点，我加你微博吧，带你一起从小透明变成大V！”

舒盼也拿出手机，通过搜索，找到许珊的微博后点击了添加好友。

许珊对着舒盼的微博名大笑：“哈哈哈，这是什么幼稚的鬼名字，盼盼熊猫乐园。”

舒盼撇撇嘴：“熊猫这么萌，你嫌弃什么。”哪里幼稚了，她以前还就希望能买个专门养熊猫的动物园呢！

愿景是熊猫，可惜如今只能当一只小狸猫。舒盼摸了摸鼻子，心想。

许珊笑得猛拍舒盼大腿：“谁嫌弃熊猫，我是嫌弃你。这么大个人了，要笑死了。”

舒盼猛戳了几下许珊的头像解气，这才注意到她的名字是“妖孽，叫你一声敢答应吗”。

许珊霸气地挑眉：“这名字不错……吧。”或许急于求肯定，她的重音一不小心就落在了最后的“吧”字上。

舒盼坏笑：“叫妈不叫爸。有你这么好看的女儿，我很欣慰啊。”

许珊反应过来，伸手去拧舒盼的腰肢：“舒盼，你敢占我便宜。”

舒盼机敏地躲开，两个女孩嬉作一团，就当她们亲热到要拜把子的时候，车子终于来了，司机招呼她们上车。

司机大叔是个话痨，一路上嘴巴闲不下来：“这几天剧组里可不太平，你们小姑娘啊都得当心点。听说有几个男替身，仗着有群头包庇，半夜躲在人家姑娘房子里，结果被人抓着了，直嚷着要报警。还是制片人给压了下来，拿钱把闹事的几个都给打发了。”

女场记见许珊和舒盼两人色变，赶紧安慰道：“别听他添油加醋瞎说，那天徐导后来也来看过了，报警把那家伙给抓了，徐导说了要公事公办，不能让自己组里的人吃亏。”

司机师傅扫了眼内视镜里的几个女孩子，高深莫测地道：“说到这个啊……前天夜里至少有四个姑娘，主动送上门去给那个什么香港徐导的，我夜班回去正好撞上了。你们猜结果怎么样？”

舒盼眯眼假寐，这种事情不听也罢。许珊一脸鄙夷，怕是这种事情司空见惯了。其他几人倒是燃起了好奇的欲望，连连追问。

司机师傅吊足了大家的胃口，这才揭晓答案：“人都没见着，就被导演助理给轰出去了。说是半夜找晦气，直接给开了，以后都不让用了。”

许珊惊讶，答案怎么和自己预想的不一样，原来徐喻铭还是个真品格的柳下惠？

司机看出几人神色各异，于是继续道：“嘿嘿，香港人最怕晚上女人穿红色喊门。这不，连续几天被红衣服的女人敲门，出门前还吵着要换房间。拿豪华套房换个普通的标间，你说这香港人还会不会享福了……”

后面的话舒盼也听得不太清，迷糊间又睡了一觉，直到两人到了酒店。

许珊、舒盼两人走到前台报房间号码。

“你们这间已经被人住了呀。”前台小姐翻着电脑记录，“请问两位是不是哪里搞错了，这间 1088 房半个小时之前被人换走了。房卡和钥匙都拿走了，还多付了个旺季调房间的钱。”

许珊一脸蒙：“舒盼，你这间换给谁了吗？”

两个替身住一个标准间，刚才在片场的时候，许珊以为今晚肯定是和舒盼住在一起，所以就没再要自己的号码。

舒盼也一脸蒙：“我人都和你在一起，还能怎么换房间？”

前台小姐见两人茫然，于是又仔细查了一遍：“是这样的，那位调换房间的先生应该也是你们剧组的，徐喻铭先生，请问你们认识吗，方不方便联系一下他？”

舒盼渐渐反应过来，估计是徐喻铭抽中了她们俩的标准间，和他的豪华套房调换了。

许珊猛然醒悟：“那我们是住他原来的房间吗？”

前台小姐带着标准的微笑：“是的，女士。因为徐先生没有把客房服务取消，所以明天的早餐服务会由我们为您送上。”

舒盼、许珊互看对方一眼，她们这下是中了头彩了？

第二章 

给你一次机会

两人拿着烫金的房卡，有些沉甸甸的，可心里滋味爽啊。

走到半路，暖色调的灯打在舒盼的脸上，红肿得更明显了，许珊看着有些心疼。

来这个剧组，对于许珊而言，认识了同病相怜的舒盼，恐怕是最大的收获。毕竟演艺圈这条道路并不好走，能有人结伴同行总归不会太寂寞。

许珊停住脚：“你等下，我想起来有个姐姐那里有消肿的药。你先回房间，我去借过来。”

舒盼摇头，嘴巴里鼓鼓囊囊地塞着一口沙琪玛：“不……不用了，明天就好了。”

“那不行，咱们的脸就算现在上不了镜头，说不定未来是大明星呢，可不能让她们这样糟践，你等我。”许珊不由分说，将自己的包包丢到舒盼手里，转身就朝着楼下跑。

舒盼叹了口气，倒是没有再拒绝许珊的好意。她一人刷卡打开房门，顿时只觉华贵之气满溢。

温度和灯光都已经被人调试完毕。大片厚实地毯上染着朴素庄严的咖啡色，细腻的图案回旋排列。绿色的不知名植物在角落里静默着。典雅的装饰廊柱隔出了一个个相对封闭的小空间，娱乐厅、卧室，最后一间应该是浴室，该有的设备应有尽有。

她走过去细看，发现椅子、茶几都泛着实木的光泽，连椅座的用料都是真皮。

将灯光调暗，舒盼在座椅上放下背包，整个人扑到整洁如新的大床上。

套房的大床上有着一层轻薄的防蚊纱帐，织绣着点点星空图样，在柔和的光线照应下，斑斑驳驳地留在天花板上。

舒盼伸手去摘眼前的星星，象征性地放在自己胸口。今天于卿双问，她一个替身也去通读剧本，到底是野心，还是认真呢？

她不想否认自己的野心，因为有一些姿容，所以能被选中入行，没有谁不希望带着野心走到万人之上的位置。所以她也曾幻想自己也像那颗星星一样，泛着令人不可抗拒的光芒，正如她梦中所经历的那样，变成一个真正的巨星。

更何况人这一辈子能有多少喜欢可以去抉择，去坚持。

走到万人之前的仍旧是少数，在这个行当里砥砺前行的，不还是舒盼、于卿双这些积年累月贡献自己年华的人。

能睡到这么舒服的床上，看来今天一天的辛苦都没有白费。

舒盼想着，也没有委屈自己，伸展身体闭上眼睛，打算先眯上一阵等许珊回来再说。

忽然间床头响起一阵陌生的铃声，这分明不是自己的，也不是许珊的……

舒盼一个激灵坐起来，爬到床柜前去看，这才发现一台正在充电的陌生手机正不停响着，不一会儿又进来一封短信。

发信人显示着易南。

易南……

她在脑海里思索了一下，记得好像是云芳菲的经纪人。

可这台手机的主人又是谁呢？

舒盼心中有种不祥的预感。她没敢接陌生人的电话，这么一来，反而感觉房间之中处处透着不对劲，她回想起，司机师傅说过前两天发生过房间内潜入色魔的传闻，心中顿时不安起来。

这原来可是导演的房间，难道她们和导演换了房间的消息这么快就被有心人知道了吗？

舒盼拔下充电的手机，手机的振动停了，但细听之下，房间里却传来了更瘆人的动静。

果然有人！

舒盼想打电话给许珊，可因为手抖根本拨不出去，又怕立刻出门有声音惊动了对方。她只好放下手机，下床猫着腰，去寻声音的来源。

这一找不要紧，舒盼这才发现浴室那头居然有个男人的身影走了出来。

她吓得腿软，这人能胆子大到在导演的套房里洗漱，不是剧组里脑子有问题的狂徒，就是导演的什么朋友。

可她现在一个人出现在这里，如果是坏人，她对付不了。如果是导演的朋友，她更解释不清楚了！

男人的身影越来越近，舒盼只得退回卧室。

哪知道背后的男人却也跟着她进了卧室，将她的出路给活活堵死了。

舒盼哭笑不得，匆忙间躲进了卧室里的衣柜，双腿蜷缩起来，幸好衣柜里还有一套薄薄的粉色浴衣能挡住她娇小的身子。

她偷偷从浴衣后露出一双眼睛查看外面的情况，眼前的男人只着一件蓝色浴衣在卧室中走动。

这男人不是别人，正是白天在片场监工的陆、辰、良！

陆辰良看了一会儿，随后似乎想起了什么，直接朝衣柜的方向走来。

舒盼一阵心惊肉跳，她祈祷着许珊赶紧回来，她们就能和对方一起把事情解释清楚，又或者是一起报案处理坏人。

有生以来，她虽遭遇过种种窘迫，却没有一次像今天这样，对接下来会发生的事情一点办法也没有。

她正手足无措地紧紧扒住柜门之时，却发现男人的目标并不是衣柜，而是那张柔软的大床。

舒盼心下一宽，可下一秒，她揣在口袋里的手机便响了起来。

陆辰良皱了下眉，只觉得莫名，自己放在床头充电的手机，没来由跑去其他地方了？他立刻站起身来，四下寻找手机。

舒盼一阵慌乱间将来电给挂断了，脑袋却生生砸在了衣柜门上，发出一声巨响，粉色浴衣也被震得整件掉到了她的脑袋上。

男人忽然回头，紧紧盯着衣柜，快步走过来，伸手拉开柜门。

舒盼正揉着自己的脑袋，一个没使劲，就让对方直接把门给打开了，顺手再把她头上的粉色浴衣拿开。

她头发凌乱，面色通红，一身片场专用的旧牛仔衣上污迹斑斑，整个人都显得无比狼狈。

陆辰良呆看了几秒，有些玩味地开口："你是来找徐喻铭的，还是来找我的？"

舒盼结结巴巴地开口："那个、那个……"

陆辰良捡起被摔在地上的手机，冷冽的眼神不偏不倚地落在她身上。

舒盼认得这双眼睛，深邃而严峻，犹如波澜不兴的黑海，仿佛只要他愿意，就能轻松地将纳入眸中的一切剖析个干干净净，从皮相到肌里，再到骨骼，甚至是最深处的灵魂。

而毫无疑问，此刻能有这种被观察的“荣幸”的人，正是她自己。

舒盼一个激灵站起来，却忘记了自己此刻是身处狭小的橱柜内，动作间险险些要撞上镶满了倒钩的橱柜架。

陆辰良反应极快，他伸出手拉住舒盼，顺势将她带出了橱柜。舒盼一只脚踏出橱子外，堪堪踩在木地板上，另一只根本挪不动步子。

她在里面担惊受怕地蹲太久，大半身子早就麻木了，现在被陆辰良这突如其来一拉，失去重心，整个人直直地朝外面倒去。

“哎呀——”

一声轻呼夹杂着陆辰良后背撞地的沉闷声响，两人以极其暧昧而尴尬的姿势同时落地。

舒盼紧紧闭着眼，脸颊上却传来了不正常的温度，她吓得猛睁开眼睛，这才发现自己的脸竟然贴着陆辰良的胸膛！

舒盼赶紧挣扎着爬起来，她想寻找力点支撑，伸手胡乱地摸了几下，却越发觉得不妙——自己的右手正放在陆辰良滚烫的胸膛上，左手更是不知何时死攥住了他的白色浴衣，而身下男人胸前那一片大好春光……好像正是被她在惊慌之中强行扒出来的。

而那裸露出来的上半身，却和舒盼白天见到的清俊挺拔的身姿有着极大的反差。

白皙颈部的精致锁骨，让那种俊朗的气质稍稍有迹可循，而自脖颈之下，那分明的肌肉线条，隐隐可见的腹肌轮廓，无一不透着男性独特的荷尔蒙和浓厚的野性魅力。

舒盼已经看呆了，她仿佛着了魔一般，不知所措地保持着原动作呆立在原地。

陆辰良也有点愣神，其实他早就预备好了后背会结结实实地挨一下，却没料想，对面这个压过来的女人格外地轻，仿佛连骨头的重量也不存在。

当他回过神来，视线却被停留在自己胸上的那双纤手给吸引了。

左手解衣服，右手直接袭胸……

这么快的手法，他倒是再没见到过第二个能有这么直接的目的性，半夜自荐的女人。

“我、我不是故意的。”

舒盼似乎注意到了陆辰良的注视，整个人如遭雷击，右手从陆辰良的身上弹开，她下意识想捂住嘴，但又想起刚刚碰过陆辰良的胸，赶紧又把手从嘴上放下来。

陆辰良没开口，但他的目光凉凉地平移到了舒盼的左手，那里还抓着他的上衣。

舒盼赶紧松手："这个也不是故意的……"

她知道自己这话并没有什么说服力，于是万分歉意地又用两根手指夹着浴衣，重新给陆辰良拉上去盖好。

舒盼别着脸，用小小的音量犹豫着开口问道："我能起来了吗？"

"那你还打算维持这个姿势多久？"

陆辰良猛地伸手抓住舒盼的手腕，整个人半坐了起来。舒盼只觉得手上一紧，赶忙转头回来一看，却正好对上陆辰良的正脸。

四目相对，陆辰良紧盯着近在咫尺的舒盼，双唇微张，好似连呼吸都滞在了对视的一瞬间。

他松开了手，如果这个小替身是因为渴望得到角色而急于找关系，这种攻略的手段也未免太稚嫩了，但要说她是专门来上演清纯的戏码，却又总能恰到好处地破坏美感。

白天的时候，陆辰良便注意到了这个小替身，但对她并没有过多的期待，而现在，既然她敢来深夜自荐，也许自己代替徐喻铭给她个试戏的机会也未尝不可。

"既然你要机会，我就给你一个。"

男人发间一滴还未擦干的水，顺势落下，正好打在舒盼的指尖。

舒盼这才惊醒过来，努力抽回了自己的手，仓皇地立刻从陆辰良的身上离开。她这一急不要紧，却在起身的时候没找准下脚的地方。

她竟然直接踩在了陆辰良的脚上！

陆辰良疼得发出一声闷哼，被压在地板的时候至少后背是全部受力的，即使承受重物也不会有尖锐的疼痛，现在却在不设防的时候被这个女人仗着体重，狠狠来了一脚。

他刚才怎么会觉得她体重还算轻呢？

接二连三的错误让舒盼更觉得惶恐，她开口努力地辩解："陆先生，我真的……"

不是故意的。

这后半句话，连舒盼自己也不好意思再重复，她只得巴巴地又到陆辰良身边想去帮他一把。

陆辰良一阵无语，哪怕刚才心中曾有过一丝丝绮丽的念想，也在这瞬间消散了。他努力让自己忘记脚上的疼痛，佯装无事地站了起来，似乎有意要忽略刚才发生的踩踏事件。

可对方偏偏不领情。

“是不是很疼？”

舒盼盯着陆辰良不善的表情，紧张地问道。

一系列的意外下来，舒盼此时脑中陆陆续续有了一丝担忧。陆辰良身为出品人，要是深夜在这酒店的房间里，被自己踩出了什么毛病，后果简直不堪设想。

“你……”

陆辰良又一阵无语，也顾不得她问这话到底是什么心理，总不能真的和一个女人动气吧，他只得郁闷地答道：“还好。”

“陆先生，要不要把徐导找来送你去医院？”

扑倒也扑了，踩也踩了，惊喜和惊吓的效果都达到了，现在正题也就该来了。

陆辰良解读着舒盼的这句话，他深吸一口气，猜想舒盼果然是来找徐喻铭的，而出现在这间房间里也绝不是一个单纯的意外。

陆辰良的神情又恢复了冷漠和平静，仿佛刚才那个因被踩了一脚而愠怒的人根本不是自己，他缓缓开口：“不用叫徐导了。我刚才已经说了，我个人给你一个机会。”

舒盼明亮的眸子蒙上了一层困惑：“机会？”

“我的意思你应该很清楚。我给你一个试戏的机会。至于时间和地点……”陆辰良定定盯着舒盼，“时间是现在，地点就是这间酒店，我的房里。”

舒盼被陆辰良的话弄得有些摸不着头脑，但她联系前后，忽然想通了一个关键的地方。

那就是从开始到现在，她和陆辰良似乎从来都没真正搞清楚过，对方之所以会和自己出现在同一个地方的原因。

而现在陆辰良愿意给的这个所谓试戏的机会，很有可能是误解了她的来意。

舒盼忽然有些郁闷，如果她刚才没有吓到藏起来，而是选择直面陆辰良，这件事情其实完全可以用一句话解释清楚。

可偏偏发生了那么戏剧性的意外，而许珊却又因为拿药迟迟没有回来。

“陆先生，我想你应该误会了。”

舒盼只得斟酌着开口，她不想得罪任何一个像陆辰良一样高位的人，但更重要的是，她不愿意被陆辰良定义成那种自荐到导演床头的演员。

“我说过了，并不好奇你是来找徐喻铭还是我。”陆辰良走到冰柜前，打开柜门拿出一罐听装饮料。

“好好把握机会。”他这话意有所指，一是暗示她不用再浪费时间辩解已经暴露的行径，二是联系到了白天片场上舒盼意外用演技带着余施洛入戏。

即使挨打都要继续上片场的人，没有理由放弃任何一个可能出头的机会。

一声易拉罐开口的轻响，仿佛拨动了舒盼的心弦。

舒盼不是听不出陆辰良的言外之意，多少她这个位置的小角色，用尽手段，不就是想求得被导演、监制和出品人多看一眼的机会。

如今这个机会阴差阳错地来了，又有谁能拒绝这种诱惑呢？

浓密的泡沫前赴后继地从易拉罐口冒了出来，又相继在空气中湮灭，只留下破裂时细碎轻微的声响。

舒盼在心里苦笑了一下："陆先生，谢谢你的机会。"

如果等许珊回来了，两人能把误会解释清楚，那时候陆辰良还愿意给机会试戏的话，那舒盼无疑会更感谢陆辰良的"好意"。

她此刻心中竟是五味杂陈，内心既期待许珊下一秒就能按响门铃出现，从而彻底破解这个无比难堪的局面，又不得不对这个突来的机遇存有一丝希望。

陆辰良低头轻抿了一口饮料，忽然有了想法："稍微给你点时间。你就试一段《明凝传》女主作为间谍参加晚宴的戏吧。"

听到这话，舒盼不禁回想起来，这正是云芳菲三天前拍过的一幕戏，甚至还被剪进了这剧的商用宣传片段当中。

在这段情节中，女主人公被布置了特殊任务，不仅被要求记住每一个来参加晚宴的王公大臣，同时还要完美地扮演一个混入其中的商妇。

此前徐喻铭曾对云芳菲讲过这场戏的要领，女主不仅需要表现出商妇对稀珍食物的渴求，用餐吃食的粗鄙举动，甚至还要有角色本身一些自然流露的小动作，来证明女主在细致观察着周遭重要人物的机敏。

之前也正是这场戏让云芳菲暴露了不佳的状态，从而和找事的余施洛闹得很不愉快。能让一个风格和演技都成型的女演员陷入为难，更说明了这是一段难度不小的戏中戏。

舒盼正沉浸在几天前云芳菲拍戏时费力演绎的情景当中，门铃却忽地响了起来。

会是回来的许珊吗？

然而此时的许珊正拿着膏药走进电梯，按亮了二十二层的按钮，正当电梯门要关上的时候，却险险地冲过来一个人影。

许珊好意为来人按住了电梯门，等对方进来以后，她定睛一看，却发现这人是白天见过的熟面孔。

不是别人，正是那个故意让舒盼上场挨打的大明星云芳菲的经纪人易南。

“是你？”

许珊语气不佳，她今天眼睁睁看着同伴受辱，所有感觉都感同身受，自然对这个经纪人易南毫无好感。

易南赶电梯赶得有些费力，他刚找到了已经在呼呼大睡的徐喻铭，两人一交流，这才知道中间出了大乌龙。

原来徐喻铭一心换掉那个晦气的房间，找了助理草草处理，结果完全忘记了陆辰良的存在，甚至也忘记了之前把备用房卡给了对方。

易南大觉不好，按照陆辰良的个性，如果房间里无缘无故多出两个女人，他虽不会像徐喻铭一样当场发飙把人赶出来，却会叫别人比被赶出房门更加难堪。

他最擅长的是精神攻击……

许珊见易南半天不按楼层，有些不耐烦起来：“去几楼？”

易南伸手又按亮了刚才灭掉的二十二层按钮，微笑地表达着歉意：“我去二十二层，谢谢。”

他也去二十二楼？

许珊撇了撇嘴，感觉事情有些古怪。她记得云芳菲住在十二层普通套房，而二十二层只有寥寥几间豪华套房，而按照常理来说，经纪人不是都和明星住在一层，方便处理各种突发事件和阻挡狗仔记者采访什么的吗？

她狐疑而警惕地看了易南一眼，最近剧组里不太平，这个看起来一本正经的经纪人不会就是传说中深夜犯案的坏人吧。

许珊的手偷偷伸到背包里，以寻找能够防身的工具，时刻准备着要和色狼战斗。

易南似乎察觉到许珊的异样，有些莫名地询问：“怎么了？”

许珊向后退了一步，她的手已经暗暗抓起了前几天女场务送她的防狼喷雾：“你……你不住二十二层吧，那你没事去那里做什么？”

你不是也不住二十二层，怎么你个小姑娘能去我就不能去了？

易南心中嘀咕了几句，面上仍带着亲切温和的微笑：“我去 2212 找陆先生谈点事情。”

“你撒谎也不打草稿啊，”许珊嗤笑一声，“徐导已经把 2212 房换给我和舒盼住了好不好，舒盼就在里面呢……”

易南听到这话，心中一咯噔，整个人逼近许珊：“你把刚刚的话再说一遍！”

许珊被他这话问得一紧张，手里的防狼喷雾登时举了起来：“你想怎么样？我、我告诉你，我现在不回去，舒盼马上就会来找我，她、她马上会报警。”

许珊将喷雾举到自己的面前，拇指已经紧紧攥在了喷头上，几步退到角落作戒备状："我警告你，别过来啊。"

易南对许珊的误解和极度戒备的举动哭笑不得，如果他现在再不去找陆辰良，不知道一会儿先去报警的到底会是谁。

"前台弄错了你们的房间，现在舒盼和陆先生估计都还不知道。"

"啊？"

许珊的脑回路一时难以消化这句信息量巨大的话，她的手不由得一紧，下意识按下了防狼喷雾的喷头。

"我就是为了解释这件事情来的，还有……"

易南的后半句话还来不及说出口，就看着一股喷雾已经朝着许珊的脸直直扑了过去。

"啊，我的眼睛——"

许珊的眼睛直接中招，双眼辣得她直在电梯里跳来跳去，心中几乎要骂娘了，好一会儿她才回过神来："疼死我了，疼死我了……你说什么，还有什么？"

易南很无奈："现在没事了。"

其实从刚才许珊拿出喷雾自卫起，他就很想告诉她一件事情——她似乎把喷雾的头给拿反了。

整个电梯间被刺辣的气息包裹住，场面是一片混乱。

站在2212房门口的舒盼，很显然没等来许珊，开门就迎来了满满一餐车小吃夜宵。

陆辰良对星级酒店的服务效率十分满意，他虽然还不饿，但是这一桌吃食恰好能派上试戏和试人的双重用场，也算是物尽其用了。

他挥手示意舒盼："准备好的话，你就可以开始了。"

陆辰良的这句话，仿佛是对舒盼的某种审判，她的心跳仿佛骤停了几拍，手心也沁出了一层薄汗。

"有什么问题吗？"陆辰良见舒盼久久没有动作，语气不善地催促道，"难道你进组前连个面试都没有吗？"

实际上，这并非舒盼第一次得到试戏的机会。每每进这种大制作的剧组，即使是做个替身，也有副导演出面对他们做基本的把关。

但以往试戏前，她总能最大限度地酝酿出代入感，从而大致把握角色表达的要求，可今天脑海中却是一片混沌。

原因无他，她现在满脑子都是刚才的陆辰良，以及现在的陆辰良。

那时候她的手……舒盼的目光不由自主地落在陆辰良仍旧裸露的领口部分，白皙的皮肤上还点缀着几滴水珠，昏黄灯光的映照下，舒盼的脑子瞬间便轰地一下炸开了朵烟花。

舒盼的面色有些煞白，不得不开口询问道：“陆先生，能再给我点时间吗？”

换个时间，换个地点，至少让她能把那些对眼前考官的奇怪念想统统赶出脑海，而不是像现在这样，紧张得连手脚都不知道怎么放。

陆辰良好似看透她心中的纠结和紧张，他单手提着饮料罐，几步走到她的身边，似笑非笑地反问道：“怎么，开始紧张了？”

她半夜讨来的试戏机会，不是理所应当比其他白天排着队等人过目的人，要做更充分的准备吗？无论是针对接下来要试的戏，还是接下来要发生的任何事情。

“你是怕了这场戏，还是怕了我？”

舒盼被这个问题惊得大窘，陆辰良的这个问题就是个陷阱。如果她承认前者，就会沦为一个不合格的自荐者，但一旦她默许后者，那就是妥妥的动机不良啊。

结论就是，她怎么回答都不对。

陆辰良仍是一副戏谑的神情，他步步逼近舒盼，舒盼却根本不知如何应对，只得步步后退，身子僵着直直退到了餐桌前。

她下意识伸出手掌，将五指紧扣在玻璃餐桌的边缘，佯装镇定地看着眼前的男人：“不是怕……”

陆辰良不以为意地点点头，他提起易拉罐，仰头喝下最后一口饮料，喉结耸动之间勾勒出一抹近乎诱惑的弧线。

“既然如此——”

陆辰良倾下身子，整个人却只险险停在舒盼的眼前，两人之间的距离近得诡异，舒盼的手还死死撑着桌面，她再度别过脸，始终不敢再去看陆辰良的眼睛。

生怕一看，就要再度暴露自己的窘迫。

“那就请吧。”陆辰良竟是直接越过了舒盼，将空罐轻放在了餐桌上，“就把它当作和你对戏的人吧。”

舒盼看了一眼易拉罐，又偷瞄了一眼陆辰良。

即使是因为演技不合格被责骂，好像也比此刻僵在这个男人的眼前挣扎来得容易。

她现在是个初出茅庐又想入非非的少女，怎么可能演得出来陆辰良要的感觉？

最终，舒盼如获大释地点点头：“好。”

陆辰良心中不禁好笑，他仍有些看不懂舒盼的真实意图，不过倒也懒得深究。对他来说，一旦舒盼开始表演，一切就都明白了。

他伸手为舒盼拉出了一张座椅，又在离她不远的另一个位置坐下。

舒盼的脑海中回放着云芳菲的表演，她低垂着脑袋，缓缓坐到位子上。等再抬头对着餐桌的时候，她的眼神已然变了，一遍遍用贪婪的目光扫着食物，最后对着眼前的餐具伸出了小手。

陆辰良漫不经心地看着舒盼的动作，她用眼神表现商妇的粗鄙和饥饿，虽是个有效的方式，却有些公式化。

这是长期试镜锻炼出来的本能，算不得一个演员真正的优势和天赋。

再看时却发现舒盼越过了眼前的筷子，直接用手去抓——她竟将一份肉菜直接提溜起来，匆匆塞进口中。

这倒是个有些想法的小替身。

舒盼的举动令陆辰良有一丝意外。一般来说，像她这种身形的文替，只替演过斯文秀气的角色，没什么机会演这种戏剧张力需要通过夸张的肢体动作来传达的丑角。

陆辰良的猜想只对了一半，舒盼的确少有过饰演丑角的经验，但在正式做文替之前，她却是从千百个群众演员当中成长起来的，死囚、路人、丫鬟、乞丐，甚至是战场上的尸体也是演过一段时间的。

小人物的喜怒哀乐，正是她平日打杂经验的积累。

舒盼中规中矩地演着，但当她对准第四份小吃狼吞虎咽的时候，陆辰良却忽然开口打断了她的表演："舒小姐，你知道自己在演谁吗？"

舒盼心下一沉，塞到嘴里的包子只嚼了几下，便下意识地吞了下去，嘴边的油渍泛着狼狈的油光："我在演……"

陆辰良对舒盼的表现并不满意。她现在的这场试戏，和白天与余施洛对戏的时候那种迸发出生命力的演技不知道差了几个等级。

"云芳菲。"陆辰良缓缓开口，语气中带着几分愠怒，"你根本就是在演云芳菲！"

次日，清风之中骄阳之下的片场，道具组的工作人员来往匆忙。下一场要准备爆破的戏份，场务来回招呼群演和一众替身迅速离开埋点的场地，以免被烟火误伤。

片场的角落，许珊顶着一副宽大的墨镜，无精打采地坐在小板凳上，而在她的肩头，轻伏着低垂脑袋的舒盼。

半晌，许珊忽然想起了什么。

她探了探四周没人，好奇地凑近舒盼耳边，悄声问道："我昨晚疼得都没顾得上问，你和陆先生是不是发生过什么。我上去的时候，你们两个……看起来怪怪的。”

舒盼鼻息一窒，竟是无法直面许珊的这个问题。

昨天晚上她表现得并不好，这一点舒盼很清楚，原因无他——如果没有之前的那些乌龙，恐怕她也不会表现失常。

昨晚陆辰良冷冽的声音还残留耳畔：“你演的根本就是云芳菲！”陆辰良的身形高大，立在面前仿若高山，只那一刻的气场便已经令人心头寒战。

那画面在脑中略过，舒盼又止不住轻轻打了个哆嗦，难怪陆辰良在圈子里素有“凶神恶煞”的美名，明明长得并不可怕，可昨天他训斥她的模样，居然令她只觉害怕，恨不得……恨不得夺路而逃。

但是那时的舒盼慢慢地放下手中的食物，头也不抬地回了句：“我本来就是她的替身，怎么像她……才是我的工作。”

舒盼不敢抬头，她怕抬头便会泄露自己此刻的心情，之后如释重负地爬起身，对着对方弯腰鞠躬：“陆先生，我已经试完了，是不是可以离开了？”

舒盼并不清楚当时的陆辰良是怎样想的，以至于昏黄灯光的尽头，那人的声音仿佛仍在云端：“现在就离开，你甘心吗？”

舒盼几乎是刹那间抬头看向陆辰良的眼睛。

那双仿若星辰的眸子里冰冷如常，却仿佛在光线的映射下，泛着一种奇异的瞳色。

她瞬间面红耳赤，不知如何应对这句话的袭击。

甘心吗？他大概就认定她是自荐枕席的那种类型吧！

然而舒盼被这双眼睛锁定着，却好像她已变成野兽口中的美食，哪里还能有半点挪动身体的可能性？

怎么办……怎么办……

忽然间门“嘀”一声，外面传来两个人的声音，一个在喊舒盼，另外一个则在喊陆辰良。

好在，昨天晚上许珊和易南还是赶来了。

“哎？你怎么不说话呢？昨天我眼睛被辣得根本看不清，好像……好像陆先生穿着浴袍。你们之前没做什么吧？”许珊的话极其暧昧，瞬间拉回了舒盼的回忆，后者的脸立刻变得通红。

“做什么？能做什么……”舒盼尴尬地回了句，“他给了我一个机会试戏，但是我彻底搞砸了……”

“我的天，居然给你机会试戏？”许珊的眼睛试图瞪大，却因为受伤的缘故反而显得极其可笑，她下意识揪住舒盼的胳膊，愤慨地说了句，“这么好的机会你居然搞砸了！啊，我都替你不甘心了啊！”

舒盼也说了句“不甘心”，无奈地托腮看着前方。

昨天夜里她一夜未眠，也在考虑“甘心”这个问题，当时陆辰良和她在房间里的一场乌龙，无异于无数个选择题放在面前，而最后一道选择题便叫“甘心不甘心”。

然而她根本控制不了。

依着她往日搏出头的心态，如果有这个机会，她一定会用尽全力的，所以在昨天那样的前提下得来试戏的机会，她自然是……不甘心。

只是既然结果已经如此，舒盼便选择安然接受。

毕竟不是谁都会那么幸运不是吗？她就是那种机会到了眼前，还不知道怎么去把握的人！

“哎？昨天都那样了，你要是选择睡一下，说不定……”许珊意有所指地碰了碰舒盼。

舒盼奇怪地瞥了眼许珊，忽然间嗤笑回答：“真要是那样，陆先生肯定会把我赶出来的，我就算再傻也能看出来他是在试探，而不是真的有兴趣，人家什么美女没见过。”

舒盼嘀咕了句，再说陆辰良有云芳菲那么个正宫女朋友在酒店里，谁知道正宫会不会突然间跑过来，而且许珊也拿着房卡呢，那么多可怕的未知因素放在原地，她要是和陆辰良继续纠缠，才是世界第一傻子！

所以尽快离开是非之地，才是最佳选择。

幸好后来许珊和易南及时出现，她也成功洗脱了自己身上“自荐枕席”的污点，如果她在那时候因为“不甘心”而留下，污点还在，说不定所有人都会看轻她。

毕竟吃相也未免太过难看，明知道是夹缝中的时间，还要去挑战极限。

舒盼自问她只是一个小替身而已，相貌也未必比云芳菲美多少，对方应该不至于饥不择食。

许珊见舒盼始终精神恍惚，猜到昨天晚上对这个可怜的小家伙而言，应该是特别刺激的进展，可惜啊可惜……许珊摇了摇头，拿起手机刷起微博。

舒盼瞥了眼许珊的手机，忽然间摸了摸自己的口袋，噌地一下站起身。

许珊被舒盼突如其来的动作吓了一跳，莫名侧头：“你这是怎么了？受刺激了啊？”

“不、不……我的手机。”舒盼结结巴巴地冲着许珊道，“手机落在那个房间了。”

昨天晚上她惊慌失措近乎夺路而逃，根本没有意识到手机还落在那里。

难怪她总觉着今天清静过头。

“怎么办？”舒盼和许珊大眼对眯缝眼，她真的不想见陆辰良，在对方有女友的前提下还搞出那样的乌龙事件，她现在想想都觉着臊得慌。

万一被云芳菲误会她在勾引她男友，那她真的是跳进黄河也洗不清。

许珊歪着头想了半天，伸手点了点前方热火朝天的地方：“要不你去找他？”

舒盼愣了愣，脑海中闪过那张冰冷得近乎刻薄的俊脸，打了个寒战，还是算了吧，她决定采取曲线救国的方式，去找一下易南。

易南得知舒盼的请求，指了指不远处片场临时搭建出来的帐篷：“陆先生应该在里面休息，”想着，又补充了一句，“但不排除还在开会的可能。”

陆辰良的工作狂名号由来已久，易南深刻地了解即使是简单的督工，他也一定会力求完美。

“易先生，待会儿能麻烦你……帮我进去，拿一下手机吗？”

舒盼的声音低低的，一对明眸不安地忽闪着，眼底却流露着些许期待的光芒。

她知道，易南愿意领路其实已经是好心在帮忙了，可考虑到云芳菲和陆辰良的恋人关系，以及昨夜那不明不白的“机遇”，舒盼认为，自己绝对不能再做任何越矩的事情了，尤其是会让任何旁观者误会自己和陆辰良的关系的举动。

易南轻咳了几下，显然也有和舒盼一样的顾虑，但他不认为自己帮着拿手机是个正确的选择。

很明显，按照昨天陆辰良给这个小替身的待遇，他对舒盼是有些不同的。至于能不同到哪种程度，原因又具体是什么，易南一时之间却还把握不准。

思考了十几秒，他欣然决定先打个电话试探口风。

易南道明来意，而电话那一头，陆辰良冷漠而淡定的声音缓缓响起：“你很闲吗？”

易南的话头被堵得一滞，这绝对是陆辰良最擅长的精神攻击：“我闲着，可你不是很忙吗，那手机的事情……”

“让她自己来拿。”陆辰良放下手上的资料，不容置疑地重复道，“走进来，自己来我面前要。”

他毫不犹豫地挂了电话，口袋中另一个手机却又应声响起。

这是今天那个小替身的第十个电话了，陆辰良耐着性子拨亮手机屏幕，却发现来电的依然是他今早无意接通的那个熟悉号码。

而这个号码，在舒盼手机中的备注，正是来自她那个已经多日不见的——母亲。

易南猝不及防地被陆辰良挂了电话，他有些尴尬地瞄了一眼满心期待的舒盼，只好对着早已挂断的电话，装模作样地道："好的，我会让舒盼自己进去的。"

易南故作为难地开口道："你听见了吧，这不是我不帮你。"

"可我现在进去不太合适吧？"舒盼不安地搅动着手指头，仿佛一个做错事情的小学生。

"舒盼，我个人建议你应该亲自进去一下。"易南亲切地提醒道，"你也应该当面对陆先生道个歉。"

"道歉？"

舒盼一头雾水，她有些理解无力。

换错房间的事情，别说她不是主谋，甚至还算得上是另一个受害者呀。

易南高深莫测地点点头："是的，其实陆先生昨天夜里还有一场和编剧的会议，但是因为昨天的插曲，所以取消了。我想正常人被耽误了工作，都不会太开心吧？趁这个机会你去道个歉，那么这个误会也就彻底消除了。"

他的言外之意，这个延误陆辰良工期的锅，这个小替身是背定了。

"好，那、那谢谢你。"

舒盼感觉这个理由诡异得有些难以接受，昨天陆辰良可是用浴袍来"接待"的自己，哪里像是一副还要继续工作的样子？

但她直觉上认为眼前温和而亲切的经纪人并不会坑害自己，于是只好接受了这个建议。

舒盼转头认命地走进了帐篷，却没看到易南在自己背后轻轻摇了摇头。

易南感慨，他编出这么个像样的理由容易吗？

这年头，怎么什么工作都不好做呢……

而此刻帐篷内的工作状况，也并不比外面片场轻松，没有了高呼声和来往匆忙的工作人员，一点意料之外的声响都足以引起所有人的关注。

陆辰良将舒盼的手机调到静音，可屏幕呼吸灯依然不断闪烁，显然是对方不肯放弃地拨打着。

将手机反扣到桌面上，他实在是没兴趣再接一个这样的电话。

就在今天清晨，陆辰良发现了舒盼落下的手机不断地有人来电，出于礼貌，他接通了这个电话，并试图稍微解释一下手机并不在原主人手上的事实。

对方是个声音略显疲惫的中年妇女，别扭地提了几句希望向舒盼借钱的打算，可当发现手机并不在舒盼手上，她的态度立刻发生了极大的转变。

只听得那中年女人提高了音量，试探地问道："你是盼盼男友吧？"

陆辰良正欲否认，中年女人却先一步做了判断："不是男朋友，你随便接什么电话？”

“你误会了，我会提醒她你来过电话的。”陆辰良黑着脸，他对窥探别人的隐私本就没有兴趣。

没料到对方死赖了上来，连忙开口阻止：“哎，小年轻，你别急着挂电话呀。阿姨就是问问，你们年轻人的事情，我可管不了。我这个当妈的，就是想再多了解了解女儿在外的情感状况，不然总也不安心嘛。”

这几句话的逻辑根本说不通，却配合着反差巨大的亲切语气，让陆辰良听得浑身不自在。

电话那一头的女人对陆辰良的态度毫无察觉，几句之后，她终于缓缓暴露了真正的目的：“小年轻，你听说过自愿性连锁盈利企业吗？”

陆辰良不语。

中年女人见陆辰良迟疑，兴奋地将语调提高了八度：“现在这种企业在市面上可不多了，入股的机会就更少了。阿姨费了好一番功夫才拿到一个名额，这不到处凑份子，也是为了让盼盼一起入伙，你要是有一起做的心思，我就把这个给亲闺女的机会让给你吧！”

陆辰良仿佛听到了一个来自二十世纪的词语——入伙？

“看在盼盼的面子上，阿姨能给你打个折扣。”

话说到这个份上，陆辰良的思路渐渐清晰起来：“你要钱？”

“哎，你这孩子，讲钱多难听……”

陆辰良反问：“哦，那你不要钱？”

中年女人似乎对这套说辞很熟练：“这倒不是。不如一口价五万吧。我们这个企业的产品都是有国家专利的，一年，只要一年！就能利润翻倍，变成五十万甚至是五百万。”

陆辰良沉默了，他忽然觉得这个套路有些熟悉了。只不过他的私人号码一般不留给外人，这种性质的电话根本没有机会正面骚扰自己。

中年女人有些急了，她当机立断地减价：“四万五！”

可电话这头依旧是一阵沉默。

“三万，不能再少了！你以后可是要和盼盼处关系的……”

后面的话陆辰良实在没办法听下去，他不得不粗暴地结束了中年女人的谈话。

那个小替身的母亲居然还和传销组织有关。

等等，难道那个小替身也是从传销组织里出来的？

舒盼走到陆辰良面前的时候，自己那台老旧的手机正倒扣在桌面上，没有任何动静。

她为了方便，甚至都没有设置屏保密码，只希望从昨天到现在还没有任何人动过这台手机吧。

舒盼心急拿手机，但又不想打扰陆辰良，只好试着偷偷对着自己的手机伸手过去。

陆辰良却忽然发作，猛地抓住了那只来历不明的手。

“陆、陆先生。”舒盼不出意外地被抓包了。

陆辰良抬头看向身后的舒盼，轻轻一笑，仿佛早已洞察一切：“你是来拿手机的？”

面对陆辰良的疑问，舒盼点点头，但随即又摇摇头。除了拿手机，她还肩负要向陆辰良道歉的责任。

陆辰良用怀疑的目光上下打量着舒盼，生怕她下一秒就要说出和电话里中年女人一模一样的台词。

他索性当先开口：“你别说了。”

“你知道我要说什么吗？”

陆辰良看看四周无人注意，压低了音量对舒盼严肃道：“这种事情，你以后就别做了。我不希望片场被弄得乌烟瘴气。”

舒盼不明就里：“我、我只是想……”

她想向出品人道歉然后顺利把手机拿回来，后果有这么严重吗？

陆辰良见她居然还想再次煽动自己，不禁怒极反笑道：“你想什么我当然知道。”

他拿起自己的手机，点亮的屏幕，露出检索页面上的文字内容：“我刚才，都已经查过了。”

舒盼凑上去紧盯着手机屏幕，发现搜索内容的关键字居然都是和传销有关的内容。

半晌，她回过神来，终于理解了从开始到现在陆辰良的种种异常——原来他不仅动了自己的手机，甚至还接了一个根本不应该接的电话。

舒盼的语气忽地变得冰冷而陌生：“你是不是接我的电话了？”

陆辰良一愣，眼前的这个女人仿佛变了个人，和那个乖巧安静的小替身完全不搭边，甚至也没有了昨晚在酒店套房里初见时的羞涩和腼腆。

“请问陆先生，你凭什么接我的电话？”

舒盼清澈的目光带着浓浓的质问和谴责，仿佛透过眼神的接触，直直打在陆辰良心上。

舒盼的母亲，这是她最不愿意为人所触到的痛处。可偏偏，母亲荒唐的生活被这个已经对自己有偏见的男人无情地揭穿了。

不是其他人，偏偏是这个看得出自己对演员生涯的渴求，看得出自己生活拮据窘迫，让自己没有任何后路余地的陆辰良。

而陆辰良甚至毫无根据地将她和母亲归到一类——她们都是四处诈骗维生的投机分子。

这明明是比自荐枕席更离谱的误解。

无数的羞愤最终化作一句苍白的话，从舒盼的心中吐露出来："我不是！"

她这提高音量的一声，引得帐篷内的众人侧目，舒盼此时也顾不得那许多，抄起桌面上的手机就夺门而逃。

"你……"

陆辰良本能地站了起来，就要朝着她离开的背影追去，可前头的舒盼没跑几步，就被迎面而来的人撞倒在地。

"走路不长眼吗？！"

舒盼还来不及喊疼，只觉得对面那人的怒气比她更甚。等她定睛一看，却发现云芳菲正站在自己面前。

陆辰良伸手给地上的舒盼，示意她赶紧起来，舒盼却并不领情，和陆辰良发生的所有事情都仍令她心有余悸。她站起来拍了拍灰，打算继续自己的任性出走，事情都做到这个份上了，此刻再回头才真的是颜面扫地。

陆辰良却先她一步开口："你不用走了。"

刚进来的云芳菲满心以为这话是对她说的，忙不迭地接口道："我就是来找你的。"

陆辰良没有理会云芳菲，他的视线穿过一脸期待的云芳菲，停留在舒盼的身上："我说的是她。"

舒盼呆若木鸡，她努力催眠自己，陆辰良要留的人肯定不是她。但云芳菲的声音在身后刺耳地炸响："我还想问，她怎么会在这里？"

云芳菲哪里受过这样的无视，她的脸因屈辱感而涨得通红，指尖颤抖着怒指舒盼，毫不客气地讽刺道："一个连演员都算不上的替身，她有什么资格出现在主创的帐篷里，当坐在这里工作的人都瞎了吗？"

云芳菲这话说得很难听。她的音量虽不大，听到的人却不在少数，而话中的意思，更是直指舒盼的出现侮辱了在场有所人的脸面和工作态度。

云芳菲的男助手看不下去了，他客气地靠近舒盼，伸手示意道："请吧。"

舒盼如获大释，抬脚就要走。

陆辰良抬眼，漫不经心地扫过暴怒失态的云芳菲，语气从容而镇定：“我说了不许舒盼走，谁敢让她走。”

这句话仿佛炸响在舒盼的脑袋里，真是神仙吵架，凡人遭殃，这陆辰良分明是要在云芳菲面前拿自己当挡箭牌啊！

同样愣在原地的还有那位男助理。他虽然是为云芳菲办事的，可拿的是嘉扬经纪公司发放的工资，简而言之，陆辰良才是最大的老板。

舒盼和陆辰良四目相对，眼波流动间尽是难说的暧昧情愫。云芳菲将这一幕看在眼底，她颓然地后退了两步，恨恨地开口却止不住地颤抖：“好……好。”

她哆嗦着将手伸进提包内，胡乱地摸索寻找着什么，不知是气得还是急得，一时没拿住，手提包掉了下来，开口朝下，里头的一大堆东西顿时散落一地，除了化妆品，居然还夹杂着几罐药品。

陆辰良眉宇微皱，从前云芳菲虽然时常胡闹，却从没有在公众面前有过今天这样动气的丑态。

舒盼赶忙蹲下去帮云芳菲捡包里散落的物品，云芳菲却更是气不打一处来，她连提包也不管了，只顾用力推开站在前面的男助理：“滚，你别挡着我。我现在就走。”

男助理一时不察，被云芳菲这发泄性的动作弄得一个趔趄，一米八几的个子就朝着帐篷口后倒去，正踩中恰巧走进来的徐喻铭。

“哎哎，我的鞋——”

徐喻铭新买的运动鞋被男助理踩了个脚印，他郁闷地从背后扶住了站不稳的男助理。

云芳菲见来人是徐喻铭，指着舒盼劈头盖脸就是一句：“徐导，你补拍镜头难道真的要用这个小替身吗？”

“是啊。有什么问题吗？”

徐喻铭被问得发蒙，他一个导演，用个替身拍戏难道还要向云芳菲一一报备吗？

云芳菲回头狠狠瞪了舒盼一眼，仍将这笔账记在心里：“好，既然导演都这么说了，那我可无话可说。我身体不舒服，就不奉陪了。”

她最后又看了一眼陆辰良，悲愤地走出了帐篷。

“喂喂，云芳菲你走什么，等下也有你的镜头啊——”

徐喻铭拦都拦不住云芳菲，他满脑子的问号，耸着肩膀，摊开双手举到半空，对着陆辰良困惑道：“你能给我解释一下发生了什么吗？”

“先去外面。”

陆辰良黑着脸从徐喻铭身边经过，径直出了帐篷。他感觉云芳菲要出大问题了，她开始连导演都不顾虑了，简直是走火入魔。

徐喻铭更疑惑了，他抱着一丝希望看向舒盼：“那你说说，云芳菲这是怎么了。”

舒盼犹豫良久，左右为难地开口：“我……”

徐喻铭摆摆手：“算了，算了。”

这乱糟糟的情况已经不言而喻，像徐喻铭这种老江湖根本不需要过多询问，眼不见为净最好，何必惹多余的是非。就这片场每天来来往往的是非，还不够多吗?

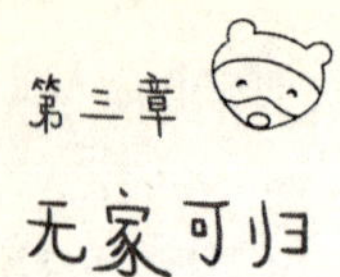

第三章 无家可归

小插曲过后，工作仍要继续，接下来轮到补拍镜头的工作现场。

徐喻铭一面把控着现场进度，一面仍然止不住对刚才整个事件的始末好奇，他压低声音询问陆辰良："刚才到底谁在搞事情啊？"

今早，他和包括陆辰良在内的主创针对现在的进度开会，共同决定了补拍几组镜头，而其中就包括女主在河边戏水的戏份，用来补充剧情上的需要。

这组镜头，不仅要求女主演的脸蛋出镜，甚至要选择四肢做特写，于是徐喻铭早早地就安排通知云芳菲过来工作，但转念又想起此前给云芳菲拍特写的不愉快经历。

纵观云芳菲本人的形体条件，从脸蛋到四肢，其实在同类型的女星当中都属上乘，可唯独一双没什么美感的脚是最大的缺陷。

徐喻铭对女性极致美感的追求，让他不得不考虑将替身舒盼找来。

谁知道他离开了一小会儿，还没来得及派人去叫，几个上镜的角色却都主动集中到了一起。

"一场误会而已。"陆辰良双手交叉于胸前作冷漠状，否认了徐喻铭的猜测。他留住舒盼本就是为了工作，至于云芳菲的心理活动，根本不在他的考虑范围之内。

徐喻铭摇了摇头，他不是不知道陆辰良和云芳菲的情侣关系实为炒作，只是认着买卖不成情意在的道理，忍不住开口劝道：“你也别逼得太紧了，人家到底是为你工作的。”

“为我工作？”陆辰良挑眉反驳，“我可受不起。”

陆辰良对云芳菲很了解，说到底，她并不是对他本人有多深的爱慕。

云芳菲渴望的，是将屏幕情侣变成现实的美名。只有这种在旁人眼中永不落幕的情感戏码，才能满足她内心深处所有的虚荣。

演了几年，她却还想把自己的生活也过成一出戏，这不荒唐吗？

两人说话间，执行导演那边已经举手示意可以开拍，这才将精力再度投入了戏中。

镜头中，那个文替的女孩已经在景点就位，鞋袜褪尽，只留得一双雪白的玲珑玉足，修长中带着娇俏，纤细的脚踝上系着银色铃铛，在风中清脆作响。十根指头细嫩如葱白，脚形偏瘦但匀称适度，脚弓微蜷，侧面曲线极尽柔美。

最令人啧啧称奇的，还是那白净中透着粉红的足部肌肤，竟然如同初生的婴儿的皮肤一般通透光亮，细看之下，甚至能观察到皮下微微跳动的细小血管。

舒盼倚靠着溪边的石头坐下，只拍身体一个部分特写的镜头，对她来说难度并不大。但当足尖徐徐地撩过水面，身子却不自觉地打了个寒战。

这水好凉。

她忍着寒意，将脚背试着没入浅浅的溪水之中，感觉仍有些冰凉刺骨。此时尚在春潮之际，景区天气凉爽，日照也不怎么强烈，而自山涧流下的泉水又总是比人工布置的洒水还要低上几度。

舒盼摒弃杂念，按照徐导的要求，伶俐地动着自己的双脚，她以足尖点过石子面，逆着水流而上，溅起水花斑驳地落在她周身，连那件淡紫色的戏服裙尾上也沾染了点点水汽。一系列动作如同乐章上跳动着的音符，轻快而自然，透着宛若天成的清新。

更重要的是，这一双脚的动态，其实很符合剧中女主演还未体验世情的少女情怀。

认可这组镜头的徐喻铭爽快地结束拍摄，却发现一旁的陆辰良静默良久，好似还在静静回味。

徐喻铭联想到云芳菲那双和舒盼形成极大反差的脚，这才后知后觉地领悟出来。

陆辰良潜意识不接受云芳菲，该不会就是因为她的脚长得不好看吧？

徐喻铭对陆辰良喜好的臆测其实只对了一半。

陆辰良本就对舒盼这双脚有些印象，如今再看它的品相，也觉得十分合眼，连带着刚才和云芳菲闹事的不愉快也忘得差不多。

真正的美人看的是骨相，而非皮相。陆辰良之所以对脚有着极高的关注度，正因为从足骨可以对个人整体骨骼的完美程度窥探一二。

云芳菲的脚显然不在陆辰良的欣赏范围之内。

而眼前长在小替身舒盼身上的这双——才算勉强越过了他欣赏的及格线，自然也就值得镜头多作停留。

足部镜头补拍结束，舒盼立刻把脚从水里挪开。

她可不想因为受寒而中招感冒，一旦在医疗条件一般的景区生病，估计等到这出戏结束自己都痊愈不了。

灯光师粗声招呼舒盼赶紧离开场地，他还要站在这个位置为云芳菲补光，多耽误一秒都是麻烦。

舒盼来不及擦干脚上的水，只好提着鞋袜，湿漉漉地踏在石子路上行走。

云芳菲冷若冰霜地看向舒盼远去的背影。

就让这小替身因为得到陆辰良的欢心再开心一会儿吧，因为很快，她就没什么机会再出现在任何片场了。

舒盼还苦恼于不知该怎么找机会和云芳菲化解误会，这梁子可结大了。

“舒盼，你补完了吗？”许珊的声音让舒盼暂时从郁闷的情绪当中抽离出来，可她找了一圈，根本没发现许珊人在哪里。

再仔细一看，她面前有个花了脸的白衣女人——貌似声音正是从这人嘴里传出来的。

舒盼很怀疑这个人的身份：“大姐，请问你是谁啊？”

许珊气结，只好将没化妆的侧脸转过来，和她相认：“老大，是我呀，就是丑了点，你也不用这么损我吧。快过来救救宝宝的脸。”

原来刚才紧接着一场爆破戏后，余施洛要画个毁容的骇人妆容，为了不让镜头穿帮，化妆师给许珊的侧脸也狠狠地化了几道伤痕。

上戏前许珊来不及看到效果，等去厕所一照镜子差点把自己吓个半死，这才急着跑到角落卸妆。

舒盼看了许珊的另一边脸蛋好半天，这才认出她来，伸手接过许珊手上的化妆棉帮着她擦了擦鬓角。

“这是特效妆吗？怎么阴影打得这么重啊！”舒盼见许珊厚妆之下的脸蛋几乎都被擦红了，有些心疼，“你这估计要拿专用的卸妆乳才能去掉了。不能乱来的，否则估计脱一层皮都卸不掉。”

“脱皮，天哪！”许珊想起自己皮肉分离的血淋淋的画面，浑身起鸡皮疙瘩，

“我现在就去找化妆的小姐姐拿。”

她刚要走，忽然又想起什么，恶作剧似的一把搂过舒盼的腰肢：“算了，都牺牲这么大了，总要留点纪念吧。你过来和本妖女拍张合影发微博。”

舒盼被她逗得咯咯笑：“你不怕以后就长成这个样子吗，还有心思自拍啊？”

“这都是以后拿出来对记者诉说的艰苦奋斗的经验好吗？简称黑历史！快来，就当我给你做陪衬了。哈哈哈哈！”

许珊咧嘴笑得开怀，手上几下就组装好了自拍杆，举起手，找到四十五度的绝妙角度，对着自己和舒盼猛拍了一阵，又快速地挑了几张好看的传上微博。

舒盼好意提醒许珊：“你貌似忘记美颜了……”

许珊颇为遗憾地摆了摆手：“算了，真的勇士才敢直面拥有素颜和丑照的人生。”

舒盼摊手打趣她：“反正这照片也没人认得出来是你，可我就惨喽。”

许珊不甘示弱地回击：“我以前怎么没发现你嘴这么快呢，你再损我，我就不把你男朋友寄来的礼物给你啦。”

男朋友，她哪里来的什么男朋友？

许珊神神秘秘地从背包中拿出一个包得严严实实的快递箱子：“你就别装了。我帮你拿的时候都问过快递大叔了，这人几乎隔几天就给你寄信或者送礼物，不是你男朋友还能是谁？”

舒盼茫然地接过快递，等眼神扫过寄件人那一栏，这才知道了许珊口中这个所谓的“男朋友”是什么人物。

舒盼扑哧笑出声：“这是我弟弟！”

“弟、弟弟？”许珊睁大了眼睛，一脸的怀疑，“亲的？”

“嗯。”舒盼点点头，“高三毕业，刚成年不久。”

“原来是这样啊。”许珊撇撇嘴，顿时没有了继续八卦的热血，“我还以为是……”

舒盼歪着脑袋，仍是止不住笑意：“想什么呢！”

距离下一场试光的时间还有一小会儿，舒盼告别了许珊，随便找了个台阶坐下休息，掂量着手上的快递，一时还猜不出舒凡给自己寄了什么。

自从工作以后，弟弟要求自己辗转到哪一个片场都要向他报备。一开始舒盼并不明白舒凡的用意，后来才发现，弟弟把平时打工和省下的生活费都用在了她的身上。

舒盼耐心地打开包裹，这次舒凡给她寄了一只熊猫玩偶。

玩偶背带裤的口袋里还藏着一张小贺卡，舒盼伸手拿出来后打开，跃然纸上的正是舒凡熟悉的字迹："姐，高考在即，遗憾不能去你身边给你庆祝。不过这只国宝会代替我完成使命，生日快乐！"

舒盼呆呆地看着玩偶，忽然醒悟过来，拿出手机查看日历，这才发现今天正是她一年一度的生日。

是小熊猫呢。

她忽然想起父亲还在时，常跟她念叨希望自己能跟国宝一样富贵平安。

俗气的愿望却带着朴实的祝福。

只可惜，生活总不如愿，现在的老妈甚至连生日这天都不放过向她要钱的机会。

舒盼望着手机上不停闪烁的未接来电，心头一阵惆怅。

她觉得比起熊猫，她现在更像一只狸猫，一只因为跟熊猫长相相似，而得以生存的小狸猫。

但她并不灰心。

熊猫有熊猫存在的价值，可小狸猫也有春天啊，总有一天她要走出云芳菲的光芒，找到她存在的理由。

舒盼举起熊猫玩偶，想起懂事的弟弟舒凡，她的心中有说不出的暖意。

生日快乐，舒盼，她轻轻对自己说。

另一头的休息区，云芳菲正在翻看着剧本，那一沓十几万字的内容，其实早就在脑海中过了数次。

可最近她隐隐感觉，自己的注意力不比当初了，遇到长镜头独白的时候常有失误，甚至偶尔忘记对手接戏的台词。

也正因为这样，她才考虑用替身，反倒给舒盼这个小替身接近导演和陆辰良的可乘之机。

烦躁的情绪涌上心头，云芳菲感觉自己的脑袋疼得厉害，她以买水为理由支开男助理，亲自前往保姆车上拿备用药，却发现易南正坐在后排。

"你怎么在这里？"

云芳菲没把药拿出来，反手戒备地将副座上的抽屉关紧。

"我在等你。"易南神色如常，他把云芳菲的手提包递到她面前，"助理说你刚才把这个落在帐篷里了。"

云芳菲想了想，没有立刻伸手去接，凉凉地反问道："什么时候这种小事也让你这么紧张了？"

易南沉默良久："你明知道，我这是在关心你。"

云芳菲愣了几秒，生冷的态度有些软化。她被陆辰良彻底冷落的这一年多来，好似都活在梦中，终日浑浑噩噩地度过，与人交往时又尖锐得如同暴怒的刺猬，一不留神就将所有接近她的人扎得满脑袋是包。

她黯然地向易南道歉：“对不起，是我最近状态不好。”

易南叹了口气：“芳菲，别忘记了，换掉一姐的事情，在嘉扬也不是头一次了。”

听见“换人”这两个字，云芳菲吓得几乎花容失色，她哑然道：“他、他真的有这想法？”

看着云芳菲惶恐的样子，易南忍不住又开口安慰了几句：“不如等这次收工了，你考虑先回新西兰度个假？”

易南的这句话，成了压垮云芳菲心防的最后一根稻草，令她的精神几近恍惚。

她没有回答易南，侧脸朝向车窗。光滑的窗面上映着她憔悴不堪的容颜，那双漆黑如墨的眸子，竟然半点神采也无。

她自言自语道：“度假……多好听的理由。我走了，他以为就能光明正大地去提拔那个长得像我的小替身了吗？”

“芳菲？”易南有些迟疑，从这个角度他看不清云芳菲的神色，也听不见她的回答。

“好，我会慢慢考虑的。”

云芳菲轻答了一句，伸手打开窗户，看向依旧忙碌热闹的片场，心中一片凄然。

所谓度假，不过是变相地把她发配去无人注目的角落而已。

为嘉扬拼搏了这么久，为陆辰良的屏幕女友演了这么久，对陆辰良痴心了这么久，到头来她就只得到这样的安排吗？

陆辰良未免对她太不公平！

此刻，还未卸去妆容的舒盼已经在茶水组里忙碌着，从货车上卸下来一箱赞助商的饮料，她负责给道具组的成员每人发放一瓶，并拍摄他们喝饮料的照片上交。

她这边正忙着，却见一个男场务几步朝她走了过来，伸手翻了翻舒盼脖子上的临时工作证：“舒盼是吧？你手上的活先停了。跟我来，有事情吩咐你。”

舒盼有些莫名，这男场务看起来有些脸生，自己从前似乎从没见过。但场务临时找人办事的情况在片场并不少见，于是她乖巧地朝场务点点头：“好的。”

她紧跟着场务走到休息区外，只见那男场务站定之后，就从怀里掏出了个白色的信封。

“你来点点看这里的数目对不对吧。”场务将白信封递给舒盼，“这里结算了包括你做文替、群演和在茶水组打杂的所有工钱。”

舒盼心中有种不祥的预感，以至于她没敢伸手接信封：“今天不是还没到发工资的日子吗？”

而且平常发工资这么敏感的事情，片场一般都有特殊的人员经手，不会轻易换人。

加上舒盼的情况特殊，她跨两三组一起进行工作，结算费用的时候通常都是由每组的负责人压到最后发放的，没道理今天给得这么爽快。

“场务组是不负责发工资，可是负责赶人哪。”男场务嘴里嚼着口香糖，将白信封硬塞到舒盼手中，嘴里含糊不清地对她催促道，“赶紧算好钱收拾东西走人，别给我添乱。”

她被辞退了？这是什么时候的事情？

舒盼呆愣在原地，整个人如遭雷击。她曾猜到了惹怒出品人和女主演可能会给自己在片场的工作带来不小麻烦，可不曾料想给她的处分居然是直接开除。

“走吧走吧。”男场务见舒盼并不反抗，以为她和其他群演一样容易打发，于是粗声催促她回去整理行囊。

舒盼快当机的脑中只有一个念想，她几乎本能地回了一句：“我不走。”

她的十指紧紧地蜷回掌心，直到绷紧成一个小小的拳头，一字一顿地道：“给我个合理的解释，否则，我绝对不会走的。”

辞退一个文替，也许对身为甲方的制片方来说只是微不足道的小事。但与此正相反，对舒盼而言，忽然没了工作被赶出片场，简直是一场噩梦。

舒盼所在的签约公司有着五个月工期的死命令，甚至严苛到少一天都要倒扣工钱的地步。

更严重的是，这还会在舒盼的履历上留下一个致命的污点，尤其是在这么大的古装戏剧组里，如果她就这么不明不白地被赶了出去，以后哪个片场还敢要她？

单单是拍摄中途被无故开除这一条，都足以让所有有意找她工作的剧组，对她的能力和品性产生怀疑。

舒盼执拗地将信封又放回男场务的手上，这钱她不能要，一拿走这信封，就等于默认了自己要离开片场的事实。

“你！”男场务有些意外，他没想到，自己眼前这个有些单薄瘦弱的小替身居然敢公然对抗。

“不知道原因，这钱我一分也不会要的。不然，我会去找制片方问个明白。”

事关她的信用和前途，更重要的是，舒盼的自尊不允许自己轻易接受这个安排。她虽是一个小替身，但也不是任由他人搓揉驱赶的杂役。

男场务发现舒盼油盐不进，于是动了手，他粗暴地拦住了舒盼，从怀中又拿出一个白信封，和先前手上的那个放在一起："找制片啊？你不就是想多要点钱吗？还好上头有人早就猜到你会赖着不走，这多出来的钱就当赏给你了。"

男场务说罢，不屑地将两个信封直直拍在舒盼的脑袋上。哪知这信封的开口折叠得并不严实，几次推搡之间竟然开了口，里头的人民币从舒盼头上散下来，落了一地。

舒盼看着鲜红的纸币，就这样一张张从眼前飘落，心中忽然一阵恍惚。

他说的这个"早就猜到"……

上头的人是谁？

舒盼从失神当中恢复过来，她蹲下身，将钱一张张地捡起来，又一一重新放回白信封里。

她将腰杆挺得比以往任何时候都要直，把手上的两个白信封折叠封好再次交还到了男场务的手上："是，我们这些在底层讨生活的是需要钱，可是如果我拿了这笔钱，将来的日子会更难过。我毁掉的是长久以来的努力。"

男场务的脸有些绷不住了，眼前这个小替身眉眼清亮，双眸更是如碧波般清澈明晰，叫人一时移不开眼睛。

"工钱我帮她收了。"于卿双不知什么时候出现在两人面前，她的脊背略微弯曲着，手上夹着半根香烟，说话间吞吐出一阵烟雾。

于卿双不紧不慢地对男场务道："给她点收拾东西的时间吧。"

男场务认得于卿双，他虽不怎么买她的账，但大约是被舒盼这件事情折磨得有些头大了，随口吩咐道："那行，就给你弄吧。让她收拾收拾走了，记得别闹得太难看。不然你就跟着一起卷铺盖走人！"

舒盼没想到于卿双会插手管她的事情，但依旧恭敬地道："于老师。"

于卿双斜了她一眼："没出息。只会傻傻地不要人家的钱有什么用，都欺负到你头上了，还不如趁现在就去问个清楚。"

舒盼的眼睛忽然亮了："您的意思是……"

于卿双饱经沧桑的双眼流露出一丝精明："场里刚来了一拨采访的记者，估计现在还没空顾得上你的事情。快去吧，把能找的人都找找。"

既然都要被人阴得没饭碗了，那么舍下脸皮去求几个熟人有什么要紧的？

舒盼的脑海中不知怎么想起了陆辰良那张冷漠清俊的面容，耳边响起当日他温和地叫自己名字的声音。

陆辰良，会是自己最后的希望吗？

舒盼的心中燃起了一股莫名的希望，她猛地点点头："我知道了。"

舒盼赶到主创休息区的时候，发现那里果然已经围上不少的记者。

这种片场内的采访不比场外，参加的人数和规模都受到一定的限制，有些栏目的记者甚至都要由参演明星的经纪人过目一二，以免混进来一些刺头抛出尴尬的话题，影响接下来拍摄的气氛。

舒盼从没想过，她居然会有胆大到去截堵出品人的一天，更不会想到，她要去围堵求助的这个对象，会是那个不怒自威，拒人于千里之外的陆辰良。

可眼下，她已经没有其他退路，只得不断向前走去。

舒盼随手抱起一盆道具盆栽作为掩护，假装道具组的员工，努力从左侧挤进了十几个采访记者的包围圈。

她尽力将自己的脸蛋藏在盆栽浓密的深绿色枝叶的后面，眼神则不住地往那摄像闪光灯的集中点搜寻着。

闪光灯下，一众主创和导演悠闲地并排站着，从容有度地回答着各类和剧组有关的话题。

徐喻铭和香港来的男演员一同站着，两人都说着一口带着浓重口音的"港普"，时不时便给访问增添意外的笑料。

余施洛和男二号也没闲着，他们虽然站在最外圈，但也不停地对媒体做出一些角度好看的摆拍造型。现场的整体气氛意外地十分和谐。

其中最引人注目的，便是站在最中心位置的银幕情侣——陆辰良和云芳菲。

尽管媒体对两人的恋情状况不断追问，但云芳菲都一一应对，并且三句不离剧组宣传的中心，引得徐喻铭当场宣布以后要在剧组内部多引进几对情侣。

面对徐喻铭的调侃，云芳菲不胜娇羞地挽着陆辰良，在回答问题之余，还不忘时常对着陆辰良耳语几句，后者也对她频频回以微笑。

看着陆辰良的笑容，舒盼呆愣在当场。

她从来不知道，原来眼前这个男人竟然也是会笑的。

一名女记者忙着抓拍陆辰良和云芳菲，她往左挤了几步，不经意间推搡到了舒盼，舒盼一时不察，手上的盆栽竟被撞得滑掉了下来。

瓷片碎掉的声音将不少人的注意力吸引了过来，舒盼赶忙蹲下身捡碎片，压低声音道歉："对不起，对不起，道具弄掉了。"

见大家都分了神，那名抓拍的女记者见缝插针地提了一个八卦问题："陆先生，对于前几天一名女性替身自爆曾半夜进出您房间这件事，请问您是怎么看的呢？"

舒盼心中一惊，她抬头，不幸正对上陆辰良的目光。

舒盼慌忙假装拾起一块瓷片，手掌却不慎被割伤，一阵钻心的疼痛让她倒抽几口冷气。

陆辰良微皱了眉头，他显然也看到了舒盼就在角落，但眼下也顾不上她，快速扫了一眼女记者所属的娱乐栏目和名牌，心念一动，很快神色恢复如常。

他平淡地答道："有人半夜来我房间，这是真事。"

众记者哗然，镜头赶紧对准云芳菲的反应猛拍不止。

陆辰良不慌不忙地继续道："那人，今天恰巧也在这里。"

他言毕，徐徐转头笑看着云芳菲，还伸手为她整理了额前的一缕乱发。

"请问那位是您的——"女记者还欲在这个问题上多作纠缠。

云芳菲好似被这个问题问得涨红了脸颊，她不好意思地轻拍了拍陆辰良的手，眼波流转之间颇具少女特有的羞涩与不安。

众记者了然于心，哦，原来这个所谓的"女员工"根本不是别人，其实就是云芳菲啊。人家小两口玩着变装幽会呢，却正好被酒店的服务员误会成陆辰良偷腥了，反而捏造出一个莫须有的人物自爆内情，这是娱乐周刊的老把戏了。

徐喻铭见时间差不多了，于是开口主动收拾战局："各位记者朋友，多为戏写点内容啦。不然，我怕明天自己看了报道，我会控计不住我几已（控制不住我自己）啊。"

众人对徐喻铭故意的口音错误心领神会，哄笑了一阵准备收场，陆辰良站起身来，透过前排记者留下的缝隙，眼神冰冷地看着角落里的舒盼。

舒盼也看着陆辰良，良久，她才忽然明白过来——原来，陆辰良并不相信自己。

他选择完全抹灭她曾经出现过的事实，并非是因为解释的方法只有这一种，而是这一种才能让她彻底闭嘴。

她摊开手掌，发现那里已经被伤口沁出的鲜血弄得狼狈不堪，亮红色的液体顺着她的掌纹一点点蔓延开来，可她竟忽然察觉不到任何来自手心的疼痛，只是胸口闷闷的，仿佛自己的心脏在缓缓地下沉着，也不知道哪里才是尽头。

云芳菲显然也看到了舒盼，她却诡异地笑着，紧接着侧过身子，在众目睽睽之下，猛地覆上了陆辰良的双唇。

陆辰良双眸猛地一沉，到底还是让云芳菲亲到了唇角，只这一幕，已经足以让所有人惊异万分。要知道这两个人虽然霸占着荧幕情侣的位置，可至今仍旧在和记者打太极拳，不承认不回避，自然也不公开。

这举动是要公开了吗？

咔嚓，咔嚓……

又是一大堆相机竞相争抢拍摄的壮观画面，舒盼背过身，慢慢地闭上眼睛，周围嘈杂的一切仿佛都已经不存在了，只剩下陆辰良那个带着怀疑、质问和谴责的眼神。

可在几分钟之前，她居然还想过，舍弃自尊也要向这样从未相信过自己的人求救。

舒盼心思游离着，不知不觉就走到了储物间。

“盼盼？”

舒盼眼前一黑，好像被一双手给蒙住了眼睛，又听得一个熟悉的女声在背后轻唤着她的名字。

“猜猜我是谁啊。”

这是许珊的声音，舒盼没开口说话，只回过头来，发现许珊果然正站在自己的背后，手上还提着一盒小巧精致的生日蛋糕。

“你这手是怎么了？！”

许珊突然发现舒盼手心淌血，惊得手上的蛋糕都掉在地上，直凑过去查看她的伤势。

舒盼扑进许珊温暖的怀里，心中的酸涩愤怒冲上鼻尖，呛得她几乎当场掉泪，她有些哽咽。

“我要走了。”

“去哪儿啊？”许珊一时没反应过来，“我陪你一起去吧，你这手现在不太方便。”

“许珊，我要离开这个片场了。”舒盼长出了一口气，“现在就走。”

许珊错愕不已：“你的工作不是还没结束吗？怎么忽然就要走了？”

舒盼拿出钥匙，打开自己狭小的储物柜，一件件将里面的行李全部拿出来，她的声音闷在柜中，带着一股说不出的压抑：“我是临时决定要走的。”

许珊见舒盼神色不对劲，赶忙拉住她整理的手：“是不是余施洛搞的鬼？”

除了那个真正展露过恶言恶行的余施洛，许珊还没在片场将其他人定性为“坏人”过。

舒盼笑着摇摇头：“是我自己的问题。”

两人正说话间，易南忽然出现在门口，他见大门半敞开着，轻叩了几下：“方便打扰一下吗？”

许珊因舒盼要离开的事情受到暴击，随口答道：“不方便，别打扰我们。”

易南耸耸肩，并不在意许珊的粗暴，自顾自走进来，舒盼刚收拾好所有的东西，她神色复杂地看向易南，一时之间竟不知该开口说些什么：“易先生。”

易南对舒盼的态度依旧温和而亲切，他指着手表，客气地道：“我听说，你因为家里有事情要先走，所以来送送你。”

“家里有事？”舒盼故意重读了这四个字，她猜想易南和云芳菲那么亲近，应该知道自己被辞退的真正原因，可不知为何，却说了个根本无关的理由。

“不是吗？徐导是这样说的。”易南善意地提醒舒盼，“在他的片场，可是轻伤不下阵的。但是职员家里有事，他也不能拦着不让走吧。”

易南这话说得十分得体，他借徐喻铭导演之口，将舒盼被辞退的理由改为家事告急，也是变相对舒盼保证了不会在她的履历上留下污点。

他又伸手到衣服里衬，拿出一张机票：“已经吩咐外面离场司机多留一会儿了，等下你直接上车，他会负责带你到车站。”

舒盼接过易南手上的机票，行程正是从片场直达自家的城市，时间是两个小时以后。

原来不知从什么时候开始，易南就对自己那点背景了如指掌了，舒盼忽觉有些嘲讽，可以给她机票，找人送她离开片场，又曾调查了她的家庭背景，可唯独——就是不能给她留下来的希望。

难道这一切，从始至终，都是陆辰良的意思吗？

她抬头看向易南，终究是什么也没问出口。

易南笑了，他对舒盼的沉默很欣赏，他提醒道：“你应该赶得上今晚回家的飞机。”

许珊见舒盼的离开似乎已成定局，她不舍地拉住舒盼的手：“你真的一定要现在走吗？吃……吃块蛋糕也好啊。”

“又不是以后都见不到了。我怕再迟走，会辜负了易先生的好意。”舒盼轻拍了拍许珊的手，转身毅然走出了大门。

舒盼的心中满是不舍，她虽然只在这里工作了短短两个月，可这个古装剧组是她文替生涯当中规模最大的一个。

而像于老师这样的人物，也许以后也难遇到，即便偶遇，大概也没心思再教她这种笨学生功课了吧。

可比起离开片场的不舍，舒盼更担忧的是失去工作后带来的一系列反应：该如何应对赔偿经纪公司的霸王条款，如何分出工钱来给母亲还债，甚至是如何付得起一家三口下个季度的房租。

当下生活的重压，让她的身心疲惫不堪。眺望前途，却又是一片看不到曙光的黑暗。

“等等。”易南叫住舒盼，“舒盼，以后再见，你就叫我易南吧。先生这个称呼，太不适合我了。”

他原来就知道这丫头有些伶俐劲，但今日才看清，她还有难得的骨气和忍耐性。出了这片天地，他日能有更大的造化也尚未可知。

舒盼顿住了脚步，她听得出，易南这话其实也在暗中给她希望。事在人为，她的心中不由得生出些对几人下一次见面的希冀，而这种期盼，犹如在未知黑暗中的一盏小小的烛台，给人带来了一丝勇气。

她抬起手对背后两人轻摇了几下，以示和两人最后的告别。

她离去的背影太过潇洒，以至于没有人能真的看得出她心底的辛酸和沉重。

多年后，舒盼回想起来，却发现那一次的道别，原来不只是自己和许珊的，同时也是与自己文替生涯的告别仪式。

舒盼走后，许珊呆站了许久，颓然地坐回位子，最后竟重重地趴在桌面上饮泣起来。

易南被许珊突如其来的崩溃弄得措手不及：“你这是怎么了？舒盼只是辞职，又不是辞世。”

他生平最怕见女人掉眼泪，很少来跟片场工作之后，对这件事情的免疫力更是大大下降。

许珊抬头怒瞪易南一眼：“闭上你的乌鸦嘴。我哭别的不行吗？”

易南忍俊不禁：“比如？”

“我、我的蛋糕没人吃了，辛辛苦苦求司机师傅带我到外面买的。”许珊边抹眼泪边拿出塑料刀具，“这么大的蛋糕，还这么贵。”

“那你都吃了也不亏啊。”易南随手从蛋糕包装中拿出一个碟子放在许珊面前。

许珊将塑料刀具恶狠狠地插在蛋糕上：“可都吃了就长胖了，长胖了就更亏了。”

易南扑哧一声笑出声，许珊看了他一眼，哭得更厉害了。

“好好好……”易南赶紧又拿了一个碟子，“我陪你吃。千万别哭了，不知道的还以为我把你怎么了呢。”

他赶忙去拿刀具切蛋糕，想以示自己的决心，哪知道这下没抓住刀具，却恰好和许珊的手握到了一起。

许珊侧脸就要怒怼易南几下，可偏偏两人再度极有默契地选择了同一边转向，顿时四目相接，而两人之间的距离，近得几乎能在对方的眼睛里看清自己的脸。

许珊长卷浓密的眼睫毛上还挂着一滴没掉下来的眼泪，她傻愣地眨了眨眼，晶莹的泪花掉下来，打在两人之间那点缀在蛋糕中心的玫瑰花上。

场面一度十分尴尬。

易南率先反应过来，他后退两步挪开位置，不自然地道："我刚才没注意，这个、这个蛋糕里好像有芒果，我……我对芒果过敏。"

许珊茫然地拔出插在蛋糕上的刀具，指着易南道："哦。"

易南别开眼前的塑料刀尖，这人近看还行，就是老喜欢用不太安全的东西防身："怕胖你就别吃这个了。等这戏结束了，我请你别的吧。"

许珊扔了刀，也咳嗽了几声，眼睛故意看向别处："好啊。不过说好了，不贵的我不吃。"

易南笑了。

许珊似乎没有意识到，他请客的机会，重点还不在于食物的价值，而是对面这个引荐人的身份。

处理好舒盼的事情，易南几乎是直奔酒店而去。

因为那里还有着一个刚刚经历了悲剧事件的上司——陆辰良。

易南赶到套房门口，发现秘书孟开不知什么时候也从 A 市赶赴了灾难的前线阵地。

"你怎么也来了？"

"我下午刚到的，有些资料需要陆先生亲自过目。"孟开算是易南的半个学弟，他做秘书不过第二个年头，对陆辰良的好多习惯还没适应。

他小声地询问易南："先生以前也会把自己一个人锁在房间里，几个小时都没反应，然后只循环《命运交响曲》听吗？"

这次已经严重到放《命运交响曲》了？以前可都是只放《英雄》啊。

"你确定是《命运交响曲》？"易南侧耳贴到套房的门上，低声道，"我怎么没听见声呢？"

孟开学着他的样子，也侧耳过去："咦，忽然没动静了。"

完了，连《命运交响曲》也拯救不了陆辰良几欲暴走的心情吗？易南的心中忽地升起一股悲伤。

这个不省事的云芳菲，肌肤触碰下的一个吻，都把老板害成什么样子了！

孟开不知道易南的心理活动，他凑上去仔细研究，却感觉渐渐浑身恶寒："学长，我怎么觉得怪怪的，好像、好像平时我做错了事情，陆先生盯着我看的那种、那种……"

易南连连点头，他对孟开的描绘深有感触："风暴来袭！"

易南说完这话，感觉空气都忽然安静了，他们两个对视一眼，不约而同地后退了几步——他们意识到，陆辰良现在很有可能正站在眼前的这扇门背后，用猫眼窥探着两人的一举一动。

果不其然，两秒过后，豪华套房的房门自动打开了，从里头扔出来一个小瓶子，正巧滚落到了易南的脚边，而门里面几个小时以来，陆辰良第一次开口了："你给的这药，吃了，没用。"

孟开刚准备拉门进去，那门却又在他眼前猛地合上了，带出一股神秘的杀气，把他额头前的几缕刘海吹得飞起来。

易南捡起脚边的小瓶子，葫芦形状，通体碧绿，正面的包装上非常走心地油印着几个小字——速效救心丸。

他连这个药都用上了！

易南一把抓过孟开逼问道："我离开的时候，陆先生都做了些什么？"

孟开摸着脑袋："也就是洗了两个小时的澡，其间让我买了二十几种漱口水，还有一盒速效救心丸。然后就把我赶出来了。"

易南仰头四十五度角忧伤地看着天空。彻底完了，陆辰良这下不知道能不能恢复过来。

孟开不明就里："陆先生病得很重吗？要不要叫救护车？"

易南点点头："叫吧。顺便报个警。"

孟开更糊涂了："报、报警？"

即使以易南在陆辰良手底下丰富的工作经验来看，云芳菲闹出来的这出，也是根本无解的，倒不如干脆报警把她给抓起来算了……

离家越近，舒盼的心情就越发不轻松。大多数时候，她更愿意待在剧组，即便想念弟弟，她也不想回去面对那个满目疮痍的家。

舒盼目前的住处，在A、B两市交界的城郊区，算起来距离A市中心和B市中心都差不多，这倒是方便舒盼回家了。

而这个住所只是之前被追债追到无法安宁，辗转几次换的临时住所，很破旧，从外观看起来更像是个烂尾楼，左边几栋楼上还有红色的油漆画出大大的"拆"字，巷道深处的幽暗光线下，看起来更有几分摇摇欲坠的味道。

到了家门口，她弯腰盯着自家门口的那株薄荷，伸手在盆栽的底部摸索了几下，却什么也没找到。

那里，本应该放着舒凡给她预留好的钥匙。

舒盼皱着眉头，她有些不好的预感。舒凡自己有一把钥匙，又多在家门口留了一把钥匙的原因，正是担忧自己这个糊涂姐姐出门忘记带钥匙。

她正是因为知道这个秘密的所在，难免偶尔心生惰意，有时干脆就不拿钥匙出门。谁知道今天，偏叫她撞上了钥匙失踪的情况。舒盼狐疑着推了推门，破旧的木门吱的一声便被直接推开，家具与台灯倒了一地，所有的抽屉都被撬开，墙面上更是写着数个硕大的血色“债”字，看着更是触目惊心。

舒盼的眼皮瞬间不断跳动起来，自小经历过数次这样的场面，她原本以为自己可以镇定点的……

舒盼立刻抄起手机打电话，不待电话那头的人说话，她就压低声音说：“家里……家里出事了，可是妈不见了。”

“姐，你怎么回来了？”电话那头的弟弟舒凡讶异到了极点，但他很快就急促地说着，“家里我已经好几天没回去了，姐你也赶紧出来，别待在那里。我告诉你地址……”

新地址离这里不远，舒凡也是临时落脚，舒盼气喘吁吁赶到的时候，舒凡那双好看的眼睛里布满红色的血丝，她鼻头一酸，眼泪也快跟着下来了。

当初她出去拍戏还曾经欠下的债务，她害怕面对眼下的情形，常年待在剧组，而舒凡在学习之余要打工，要养妈妈，要想办法带着这个破碎的家庭东躲西藏，又要应对随时可能会被洗脑的传销危机，她的这个弟弟，确实太累了。

舒凡见舒盼居然哭了出来，马上用手在腿上拼命擦了擦，过来扶住舒盼的肩膀：“姐你别哭，一切都好。”

舒盼捂着眼睛转过头去，站在布满锈铁的窗边，好不容易冷静下来才问他：“妈去哪里了。”

舒凡苦笑：“还能是哪里，她认为那个地方是最安全的。”舒凡的声音仿佛有千斤重，对于他来说，这个世界仿佛没有一个地方是安全的，甚至连他的学校，都很少觉得安稳。

而母亲，却在传销窝点收获了无穷的骄傲和自信，从而觉着那样的地方比家更加安全。

舒凡说着，手里的电话也拨过去了，电话那头传来母亲的声音：“喂，小凡哪，联系上你姐了是吗？她都不接我电话，这死丫头是要彻底不管我们母子了吗？”

舒盼刚要说话，舒凡拦住，神情略带疲累地回答道：“没有，姐在剧组还忙着呢吧，你也别去打扰她，她是那种人吗？”

“谁知道呢。小凡你不知道，她现在在外头找了个男人，好像姓陆什么的……”舒母丝毫没有听出儿子话语中的不满，开始和他念叨，“我都说了，不管她在外面找谁，但作为女儿，是不是应该支持下妈妈的事业？那个姓陆的我看也不是什么好人，手上也没有钱，他要是知道咱们家现在是这情况，能不管吗？入个股做点事业，咱们的债也就能清算了……”

舒盼听着这些，满心都是烦躁，直接坐在弟弟身边的小铁床上，曾经她也有幸福的家庭，可那些都随着父亲的去世告终。

那时候舒母正处在差点崩溃的边缘，一双儿女无人照应，长辈们也因她丈夫的死责怪她，当时二叔乘虚而入，让她带着家里仅有的一点存款拿去赌博，最开始的确是翻了几番，她以为是丈夫在天之灵护佑，以至于越陷越深。

赌债欠得多了，舒母带着儿女辗转换了几个住处，没想到就是在那个即将拆迁的地方，被人坑进了传销窝点。精神崩溃之余，被洗脑的舒母一直心心念念要靠传销赚大钱发大财，这样就可以还掉赌债，也可以回到家乡扬眉吐气。

舒盼的手紧紧握成拳头，其实欠债不怕，她和弟弟都已经成人，舒凡如果能到国外学到更多的知识，将来也必有远大的发展。

至于她自己，在剧场虽然蹉跎，但也不是不能赚钱，姐弟二人踏踏实实，总能将债务还清。可是……母亲却陷入更大的陷阱。

“妈！”舒凡看见舒盼的眼睛一点一点红了起来，知道向来坚强的姐姐恐怕又要哭了，立刻打断了舒母的话，“你在胡说什么呢？姐为了咱们付出得还不够多吗？”

舒母被儿子顶了一句，未免有点噎住，于是又开始絮絮叨叨让舒凡想办法，从学校喜欢他的小女孩的父母那里入手，说不定能弄到点投资，这样谁的日子都好过。

和母亲的交涉结果，自然是无疾而终。

“姐，妈说的那个陆先……生……”

“误会。”舒盼回答，声音饱含戏谑，“我这样的人，拿什么去找男朋友，还是别拖累别人比较好。”

“会有的。”舒凡将舒盼的肩膀搂住，让疲累至极的姐姐靠在自己怀里，“我姐姐那么优秀，总有那么一个人，会包容这些。如果……如果姐姐真的喜欢上谁，哪怕断了和家里的来往都可以，我不希望这个家拖累你一辈子。”

“胡说什么。”舒盼笑着拍舒凡的手，而舒凡定定望着姐姐那清秀至极的面容，到底那句话他没能说出口，他知道姐姐不会同意，可是他是家里的顶梁柱，凭什么让姐姐一个人在外辛劳，而他在学校里坐享其成？

他做不到。

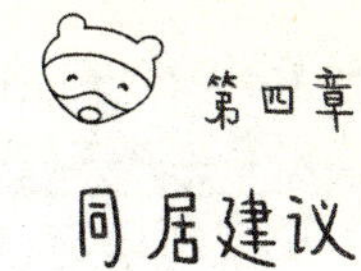

第四章 同居建议

A 市难得会阴雨绵绵，如同此刻易南的心情。

他正开车赶往公司，握着方向盘的手也几度暴出青筋，最终好脾气的他也开始连声唾骂。是的，就在上个礼拜，他接到云芳菲助理的电话，那边哭着说菲菲姐不知道跑到哪里去了。

按照他对云芳菲长久以来的认知，一部戏拍完，她的确是会要想尽办法地休息一段时间，这个他是能够理解的，但知道云芳菲失踪前曾经去找过陆辰良，最后还跑到以前公司替她安排的宿舍闹了一通时，他才知道问题大了。

恐怕“小公举”不是故意作，是真的痴魔过头玩失踪呢。

易南冲进陆辰良的办公室，他连脸上的雨水都没抹，直接用机关枪一般的语速攻击对方：“陆总，我不管你对芳菲有多不满，可是平时她再闹腾你也都忍了，毕竟她身上背着的不是公司一点点利益关系，而是超过想象的利益关系。她要是再不出现，投资方会吃了我们不说，那些停滞的通告怎么办？一个通告违约可是上千万的赔款，十个加在一起就是上亿！陆总你是不是这次也过火了点？”

陆辰良坐在白色的办公桌前，桌上摆着一杯热气腾腾的咖啡，他岿然不动，只瞥了一眼满头大汗的易南：“你觉着呢？”

易南又要暴走了。

他觉着呢？他要是知道怎么处理这种破烂关系，他早就解决掉了好吗？早前他不止一次提出不让云芳菲公开自己的感情生活，可是大小姐死活不肯，觉着时间久了总能有结果。

但是易南是特别懂陆辰良的人，他这样说总不是无的放矢，自有他的道理。所以暴走完毕后易南总算冷静下来，盯着陆辰良的眼睛看，之后豁然开朗："你的意思是……她是有预谋的？"

也就是说和陆辰良吵架不过是个理由，她想借机跑掉，顺势还能把责任推到别人的身上。

易南想起之前的云芳菲，她虽然骄纵，虽然任性，但是她不会轻易去撩陆辰良，准确地说，她不敢，因为她知道有些行为过界了恐怕没有好果子吃。

可这次她不但做了，还跑了。

所以她是故意做出这样的举动，而后给自己离开的空间？可是为什么呢？她为什么要这样做？

易南狐疑地问陆辰良，希望从他那里得到肯定的答案。

陆辰良端起咖啡啜了一口："我不知道。你是她最亲近的人。"

易南略有些汗颜，如果他能提前感觉到原因，也许可以阻止这一场措手不及，然而显然已经来不及了。

"接下来怎么办？"易南问陆辰良，他知道这么短的时间里，私下报警各方面的措施都要去做，可明面上的那些问题如何处理？

"我会派人去她老家看看，包括她可能去的所有地点都会去找。"易南先说了自己这边的解决方案，但是接下来呢……接下来如果以不可抗力去解除各种合约，公司的名声也将会遭受巨大的冲击。

何况云芳菲这种有预谋的离开，她恐怕正躲在哪里偷偷看着这一切，是报复还是有苦衷？这时候如果真的报警会不会又惹来麻烦？

种种问题易南都觉着棘手无比。

"那个替身……"陆辰良的声音很冷静，冷静到易南觉着前面这些棘手问题仿佛都不存在一般，"你有关注她最近的情况？"

不知道为什么陆辰良突然间提到替身，易南下意识地点点头，毕竟作为陆辰良的左膀右臂，该留心的人他不敢耽误："知道，她回老家了，听说因为在《明凝传》剧组提前离开这件事，她的那家公司极其生气，认为她不告而走，所以这两个月她都没有开工，一直都在打小零工，偶尔接点小的模特单子在做。"

易南后知后觉，说话语速减慢："你的意思是……"

"对。"陆辰良这次的语速快了些许，"明白了就去办，不要拖沓时间。"

易南仍旧保留狐疑，但基本已明白陆辰良打算怎么处理："是，我明白了。"

5 月，春末的湿潮和夏初的热烈交织在一起，融成一道虚无的屏障，笼罩在A 市四周，叫人越发难以探寻发生在其中的各色故事。

从 2 月的遇见，到此刻的纠缠，舒盼是被易南从 B 市接回来的，却没想到又是面临另一番窘境。

车内的温度因为开启的暖气而陡然升高，舒盼打了个喷嚏，瞬间便从回忆中清醒过来。

在这个无路可走的雨夜里，她浑身湿透地拦在陆辰良车前，挣扎着寻求一线希望。陆辰良给她机遇，但前提是要她在荧幕前变得更像云芳菲。

而易南的建议则提得更直接——更像的前提，是要在脸上动些手脚。

舒盼的决心有些动摇，倒不是因为厌恶感，而是源于恐惧。她从心底里畏惧整容，害怕那种针头和刀子在身上运作的感觉。以至于她上车后沉默了很久，仿佛那把整容的手术刀正悬在自己脑袋上，一不留神就要掉下来了。

因为这种可怕的想法，舒盼的脑子明显有点内存不足转不动了。

陆辰良看着不断把自己的身子蜷缩到角落的舒盼，他刚才已经和她说了太多话，现在近看她那张和云芳菲有点相像的脸，被强吻的不美好回忆涌上心头，以至于他对舒盼也惜字如金：“安全带。”

舒盼肩上虽披着陆辰良的外套，身体却极力保持着和他的距离，她看了眼陆辰良边上还没拉开的安全带。

这难道是……要求自己帮他系安全带?

舒盼甩着几乎能滴下水来的袖口，极力申明着：“不、不太方便吧，我刚刚淋湿了。”

易南负责驾驶，他从内视镜偷瞄了一眼背后的两人，顺势接话道：“咳咳咳，那个雨夜路滑，这边可能查得比较紧，后排的安全带也是很必要的，万一被拍下来就很麻烦了。”

舒盼认命地看了眼易南，咬了咬下唇，别过脸，半眯着眼睛，侧身过去找安全带的位置。

她试图用最少的眼神和肢体接触、最短的时间、最快的速度，给陆辰良系上那该死的安全带。可没敢用眼睛看准方位的结果，无疑就是惨烈的失败。

舒盼第一次下手，拍在了男人的大腿上，第二下，直接摸上了男人的腰部。

面对这种公然吃豆腐的行为，陆辰良莫名其妙，他猛地抓住舒盼不安分乱动的手：“你在做什么？”

舒盼的第三下扑了个空，她睁开眼睛，也有些莫名：“系、系安全带啊。”

陆辰良对上舒盼那双写满了无辜的双眼，她哪只耳朵听到，他的安全带要她来动手？

“算了……那你快点。”

他闭眼松手，索性任由眼前这个脑筋搭错的女人，摆弄自己跟前的安全带。

舒盼屏住呼吸，她平移到陆辰良面前，迅速地扒住安全带扣上，只听得一声脆响，所有动作一气呵成。之后她又缩回自己的角落里待着思考整容的事情了。

陆辰良睁开眼睛，侧头扫了舒盼一眼：“就这样？”

舒盼一脸问号：“还要我做什么吗？”

陆辰良无可奈何，俯身向前，直接凑近舒盼的跟前：“衣服淋湿了，你脑子也进水了？”

舒盼看着他近在咫尺的面容，忽然有种恍如隔世的错觉。

几个月前，在那个错换了的房间里，陆辰良也曾经这样看过自己。无论误会与否，无论何时何地，无论何种状况，好像只要这样一个眼神，这个男人就能轻易地，让自己回到那个错误相遇的开端。

那个，最不应该悸动和慌张的时刻。

陆辰良的视线离开舒盼的观察范围，手中已经拿住安全带一端，似笑非笑：“还是说，你就等着我为你服务？”

她下意识地摇了摇头，想否认陆辰良的说法，却忘记了两人太过接近的距离，从而直接甩了他一脸的雨水。

“对、对不起。”

正在拐弯的易南感觉车内的温度骤降了几度，他意识到后排不对劲，稍微一观察便发现了陆辰良被甩了一脸水的悲剧。

不妙啊，之前云芳菲突袭强吻，现在舒盼又趁着他洁癖发作的时候毛手毛脚，估计陆辰良这下又要两天不说话了。

而在后排，叮的一声脆响，安全带从陆辰良的手上忽地松开，又缩回了原位。

陆辰良早已瞬间黑了脸，他被舒盼的甩头杀当面暴击，颤抖着手，万分嫌弃地擦了擦脸上的雨水，坐回原位，忍不住还是开了口：“我从一开始，就是让你扣自己的安全带！”

易南等着陆辰良发作，听见他居然还能开口说话，心中略感意外。

难道陆辰良对舒盼的种种行为具有特殊的免疫能力？之前住错房间也是类似的情况，以往陆辰良要是知道别人在保洁之后，还动过自己的房间，肯定是不会住进去的。

果然老板的心，海底的针啊……

“哦，哦，好好好……”舒盼听罢，这才反应过来，立刻手忙脚乱地拨弄着安全带，结果急着按下去几次，都没有成功系上。

陆辰良叹了口气，最终还是伸手过去，覆在她的手上，帮着她完成了这个简单的动作。他渐渐意识到，舒盼的无措可能并不只源于和自己共处一室的不安，更有可能是其他的原因。

陆辰良语气淡漠地发问：“你不想动刀？”

舒盼没想到这么直接被他戳穿了心事，她费劲地点点头：“可以……不切我的脸吗？”

一提到整容，舒盼的脑子里便浮现出各种刀子、剪子在脸上切切划划的血腥画面，她连着打了几个冷战，感觉浑身不寒而栗。

前排的易南瞄到舒盼在后面瑟瑟发抖的可怜样子，忍俊不禁道：“舒盼，你别在那里乱想了。好好一个小姑娘，对美容的认识怎么还停留在上个年代？现在的医美技术肯定不是你想的那样，包括一些指法上的按摩、水光针、玻尿酸的注射，很多根本都不用刀子。更何况，现在不少演员为了满足上电视的需求，都会去做一些微调整，让脸看起来更精致一些。”

易南经常陪同艺人进出美容院，对这些微整形的项目简直如数家珍，一谈起来就没完没了。

舒盼忽闪着那双好奇的大眼睛，仿佛生平第一次听说这些新奇的内容：“陆先生，易南说的是真的吗？”

陆辰良故意摇摇头，玩笑道：“这些我不知道。你还是拿出要动刀的决心和毅力比较好。”

舒盼一脸苦相，她还要说些什么，车子却忽然一个急转弯，她整个人朝前方倒去，几秒之后，舒盼预料中额头中招的疼痛却没有如约而至，她感觉到自己额前垫了一块软软的东西。

退后一看，原来正是陆辰良下意识伸手挡在前面，垫在她的脑袋前，避免了她直接撞到前排靠背的悲剧。

陆辰良的声音在她的耳边低低地轰炸着：“你能不能先学会护好你的脸？”

她想回答能，但是想想最近自己的各种举动，最后只得闷不作声，静静捂住自己的脸，如同小鸡啄米一般朝陆辰良点点头。

陆辰良无话可说，他拿开手，揉着掌心：“易南，怎么回事？”

只听得易南轻砸了一下方向盘，忍不住骂了一句脏话。

“陆先生，我们好像……被狗仔盯上了。”

易南说着，扫了一眼后视镜中三辆紧追不舍的车辆。他迅速捕捉住黄灯闪烁的瞬间，变道拐弯驶入了另一条小道，险险将其中一辆跟踪的轿车甩在了后面。

还有两辆。

他决定专心应付后面的两个小尾巴，于是开口提醒道：“坐稳了，一会儿估计还要再来一次。”

陆辰良思忖着，语气严肃起来：“你看到了吗？这就是成名要付出的代价，以后的每天每小时，甚至每分每秒，你都会有被他们剥夺私生活的危险。”

舒盼第一次见识这种阵仗，整个人有点不在状态，她听着陆辰良说的话，此刻心中难免产生一阵后怕。他提的这些，都是方才自己冲出去拦车的时候万万不会顾虑到的隐患。

时刻生活在秘密曝光的恐惧当中，她的内心，真的强大到可以选择这样的生活了吗？

陆辰良看出她片刻的犹豫，他缓缓地继续道：“现在给你两个选择：第一，我下车，让易南现在送你回家，刚才所有的提议，就当没有发生过；第二，回我家，但是你答应了，以后就没有回头路了，你要演就必须要演到最好。”

“没有回头路的意思是……”

“你的家人、朋友，甚至所有以前认得你舒盼这个身份的人，在你的工作结束前，统统都不能认，不能探望。”

陆辰良这句话，犹如惊雷在舒盼的耳边炸响。是啊，她怎么没考虑到这一点呢，一旦要演云芳菲，她和妈妈、弟弟，短时间内是肯定不能再相聚了。

而工作期间，甚至是她在片场结识的许珊，还有不少曾经接济过自己的朋友亲戚，全部……都不能再见了。

因为，她不再是舒盼，而是云芳菲。

可真实地作为她自己活着，她又能做些什么呢？她没有能力替母亲还债，没有能力给舒凡一个完整的家，甚至连成为演员这个梦想的门槛都接触不到。

作为舒盼，她对生活的压迫根本无能为力。

易南静静地等待着舒盼的答复。他知道，这是陆辰良给舒盼的最后一次全身而退的机会，同时也是给销毁“替身计划”的最后一次机会。

至此之后，前方便是有再大的困难，他们三人也必须把这场戏给接下去。

舒盼咬了咬下唇，转而对易南拜托道：“去陆先生家吧。”她看向陆辰良，坚定地选择了两个选项中的后者，“我选好了，以后也不会变。”

她需要嘉扬的一纸合约，用来摆脱前公司的桎梏，同时也为了日后拿到相对丰厚的酬金，去还母亲欠下的债务。

陆辰良的一张脸上仍是出奇的平静，似乎她的决定并不令他惊讶：“你先过得了眼前再说吧。”

他侧过头，对着车窗，嘴角勾起一抹小孩子恶作剧得逞的标志性微笑，而背后的舒盼对这个笑容一无所知，只得在心中暗自揣度他的喜怒。

顺着那个男人的目光，舒盼不禁也看向车窗外漫天的雨幕，不知何时 A 市的这场大雨才能有个结尾。

而正是这场风雨，似乎将他们三个人紧紧捆绑到了命运的同一条道路上，如同江涛中飘摇前行的一艘小舟，缓慢地，驶向未知的前方。

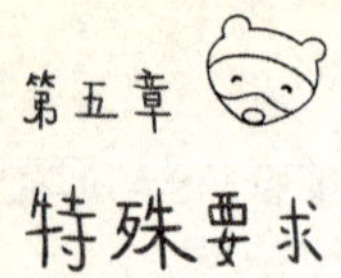

第五章 特殊要求

彻底在家门口丢掉了烦人的小尾巴，陆辰良的心情大好，这才有空关心一两句其他事情的进度：“云芳菲的家人还是那个说法吗？”

易南伸手揉了揉自己的太阳穴：“还是一样。说是不用太过担心，芳菲出门散心两三个月一定会回来。看样子的确是知道她下落的，只不过死撑着不愿意说而已。”

“不愿意说？”

陆辰良坐定下来：“先找人继续盯着吧。现在不愿意说，恐怕以后还要求着别人听。”

他们这一家人，对云芳菲的失踪，既不惊讶也不报警，只有两种可能，其一是完全配合云芳菲演一出出走的闹剧，其二就是以云芳菲现在的状态，她已经难以在屏幕前继续工作了。

陆辰良冷冷地抛出一句：“无论怎么样，等云芳菲回来，你该好好整理一下了。”

易南听到这话，冷汗都差点下来了：“芳菲的事情，的确是我失职失察，这样的错误，不会再有第二次了。”

说到底，云芳菲是他手底下的人，和老板闹得不可开交甚至玩失踪，这也是他逃不开的责任。

“第二次？”

陆辰良的指尖轻划过桌面，想起舒盼那张和云芳菲有些相似，气质上却是截然不同的脸庞。

易南赶紧接口道：“不会有的。我已经给舒盼订好了全面的计划，包括演技培训、形体训练、衣着打扮……”

陆辰良敏感地点出了问题的关键：“可这些，你想过要在哪里进行吗？你家？”

易南很想告诉他自己正是这么考虑的，但他和先生相处多年的敏感神经此时发挥了巨大的作用，直觉阻止了他如此诚实地开口。

“我觉得，或许……在你这里更合适一些？”

他斟酌着语气和用词，说出了一个最合适的答案：“你这里没有狗仔和记者敢来闹事，舒盼住这里也比较能学得进去。”

一声撞倒桌椅的闷响，引得绷紧了神经的易南回头去看，这才发现不知何时舒盼已经走了出来，此时正站在两人的身后。

她满脸的惊异，只因为刚才听到的两人谈话的最后一句。

什么……

她要住进陆辰良家？

陆辰良对舒盼的出现并不忌讳，既然打算用她了，以后的计划肯定是要对她全部坦白的，只不过眼下他的注意力显然已经转移到了其他事情上。

他挑眉，几步走到舒盼的身边，伸手提起她肩上衣料的一角：“你穿的这衣服是怎么回事？”

陆辰良刚才吩咐李嫂带舒盼去换衣服，没想到他在这边和易南商量的空当，舒盼却根本没把衣服换下来——她依旧穿着那淋湿的风衣，看起来不过是刚才勉强烘干了一次，整件风衣皱巴巴地披在她的身上，还带着残留的雨渍。

易南好意地提醒舒盼：“是不是芳菲的赞助，你不太满意？”

“不，不是不满意。”

是不想去动属于别人的东西。

当然，舒盼在潜意识里，更不愿意去思考，为什么这么多属于云芳菲的赞助，会出现在陆辰良的家里。所以那些赞助虽然漂亮得不可思议，可她不过略略看了几眼，便匆忙披上刚才弄脏的外套。

陆辰良沉着脸：“那你还继续穿着身上这件？”

舒盼低垂着脑袋，说着连她自己都不太能相信的理由：“云小姐的衣服，似乎……都不太适合我。”

易南很少见到有女人能拒绝名品的呼唤，他的常识无法解释这件事情，于是试着将自己投入少女心态去理解："你是不是觉得幸福来得太快了，有点不真实？"

其实足以令人产生不真实感觉的，又何止是那些衣服呢？她的出现，简直和这里所有的一切都格格不入。

"那些衣服，毕竟不是我的东西。"她不知道该怎么阐述自己心中此刻油然而生的卑微和畏惧，只得将头埋低，活像一只受了伤的鸵鸟。

陆辰良阴着脸，他实在不喜欢看到人一副低到尘埃里的姿态。他倒宁愿舒盼能拿出刚才拼命拦车的那种架势，怎么进了他家，想让她好好换一件干净的衣服，反倒把她所有的勇气和决心都磨没了？

想到这里，他心中忽地一股烦躁，伸手一把拉起舒盼的手腕："你跟我来。"

舒盼只觉得手腕一紧，她对上陆辰良那双带着怒意的眸子，紧张得连一句拒绝的话都说不出来，身子便已经不由自主地被带着紧跟他的脚步。

易南赶紧也追上去，这丫头一天之内大幅度调动陆辰良的情绪多次，现在又直接拒绝他的好意，这是要搞事情的节奏啊！

陆辰良拉着舒盼一路来到试衣间里，他猛地关上门，紧跟在外的易南一个不留神差点直接撞了上去。

易南皱着鼻子站定，他呆看着在眼前紧闭着的大门。这几年来，他已经很少见陆辰良这么情绪化，又或者是对某一个艺人的事情如此上心。这种种的异常，都让易南不禁猜测，陆辰良似乎又有了想要亲自带上屏幕的人。

易南彻底被困在门外了，他虽然对陆辰良很了解，但面对这种状况一时之间也是蒙了。

他知道陆辰良对喜欢的女人一向都是与众不同的，而且从行动到示爱的一系列做派可谓是雷厉风行。可眼下陆辰良没道理不知道自己还跟在门外，况且在这种工作状态下，陆辰良完全把自己和舒盼隔离起来，他到底是要做什么？

是为了让舒盼学会第一课而付出的悉心教导，还是发泄他自己被拒绝好意之后的意难平？

真是令人既忧虑又浮想联翩啊……

燃烧起来的八卦和好奇，险胜过易南此刻坚守的对先生的忠诚，于是他决定光荣地进行这个听墙根的任务。

门里头，陆辰良走到衣柜前，伸手一把拉开帘子，立柜上大幅的镜子顿时出现在两人的眼前，而那里面，清晰地映照出他和舒盼的面容。

"看着镜子。"

陆辰良毫不客气地道："刚才你告诉我，不想动你的脸。我没有拒绝你，可你看看自己——"

舒盼睁开眼，看向镜中的女人，她单薄的身子上披着一件发皱的驼色风衣，头发散乱，整个人仿佛弥漫着一层愁云惨雾的气息，那双本应明亮清澈的眼睛里如今却没有了什么光彩。

这样的人，真的能胜任云芳菲的角色吗？

舒盼别过脸，她不愿再看向镜子里的自己。她害怕去承认，对面那个眼神中流露着怯懦自卑，周身都狼狈不堪的女人，正是现在最真实的自己。

陆辰良伸手，强硬地将舒盼的头转向镜子一侧："一个连她的赞助衣服都不愿意试穿的人，拿什么说服我，即使不动脸，你也是那个最适合在屏幕前扮演她的人？"

他望向镜中仍在沉默的女人，他的手绕到舒盼的腰前，轻轻拨弄开那驼色风衣上的腰带，声音低沉中带着一股说不出的磁性："脱了。"

"脱？"舒盼心里错愕不已，这算是个什么……奇怪的要求。她咬着下唇，抱住自己的双臂，死撑着不愿意脱外套，以她现在的脑回路，已经彻底对陆辰良的这句话理解无力了。

陆辰良的食指抵在舒盼尖俏的下巴上，微一用力，轻扬起她那张因会错意而绯红不已的小脸。

他继续循循善诱，似乎没有丝毫的不耐烦："衣服在什么场合都是很重要的，它是你站在人前，面对所有人的第二层皮肤。你的外套脏了，就像你的脸上染了颜料。用这样的脸对待镜头，这就是你的工作态度吗？"

听着他的话语，舒盼紧绷着的神经渐渐松懈下来，她重新审视镜中的自己，眼神中的不安和惶恐慢慢消散，剩下的依然是那股熟悉的倔强和诚恳。

很长一段时间以来，她演着云芳菲的侧脸、背影、任意一个从镜头前闪过的身影。可如今，这份工作的性质已经大大不同了，她要"成为"云芳菲，完全以她的身份接人待物，甚至是在片场的镜头前演戏。

无论出席什么场合，以后自然要用她的赞助，穿她的衣服，甚至是……彻底学得像她。

如果仅仅试穿几件衣服，就能刺激到她自尊的底线，那又何谈以后呢？

陆辰良知道话说得差不多了，这才慢慢点出了问题的关键所在："你以为自己拿着的是云芳菲不要的东西吗？"

舒盼被说中了心事。的确，她一时放不开的，便是心中仍有的一点点骄傲，这些衣服的所有者是云芳菲，这也是她原本无法解开的心结。

“你错了。这些都是嘉扬给你的，是我给你的。”

舒盼听罢这句话，松开双臂，深吸一口气，主动脱下了那件泥渍斑斑的脏外套：“那些衣服我会好好穿的。”

衣服落在地上，发出轻微的响声，如同划开她心间的薄雾，天地忽然开阔起来，陆辰良深看舒盼一眼：“想通了？”

舒盼点点头，终于露出了这两天和陆辰良重遇以来的第一个微笑。

陆辰良利落地拉着舒盼后退两步，收起立柜前的镜子，露出里头琳琅满目的两排女性时装新品：“很好，现在给你一个任务。”

“什么？”

“从这些衣服里面，试出一件最上镜的。”

事实证明，舒盼选择衣服的品位和陆辰良对时装的欣赏，两者契合度估计不到百分之十。不是没有想法，而是恰恰想法太多了，因此她根本不知道该从里面捕捉哪一个，才是靠谱的选择。

于是乎，舒盼想着陆辰良说过的“最上镜”的这个小提示。她彻底放飞自我，先把所有能在颁奖晚会上穿的礼服都拿出来过了一遍。

而这其中，一件挑眼的酒红色的露肩小礼服几乎在瞬间俘获了舒盼的少女心，她对着镜子拿在身前比画了几下，感觉基本过关，于是便兴冲冲地进去试穿。

哪知道，她亲自试验出来的效果十分尴尬。而这种尴尬，在舒盼勉强穿着这件小礼服，出现在陆辰良和易南面前的时候，到达了顶点。

礼服上半部分V领大开，舒盼胸前的风光暴露无遗，而下半部分的布料也少得惊人。她非常不习惯这种近乎残暴的剪裁设计，走出来的时候单手捂胸，单手扯着裙角，郁闷得简直手脚都不知道该摆放在哪里。

易南在女艺人对服装的选择上还是很专业的，他在心中暗自比较了一下舒盼和云芳菲两人身形和肤色的差别，明显感觉到前者的肤色还要更雪白亮眼一些，浑身上下露出来的地方几乎没有一个斑点。

陆辰良见易南看得认真，顾不上去想他看的是哪个部位，不动声色地拿杂志挡在他眼前，又对着舒盼道：“在颁奖的时候适当显露曲线是好选择。不过你这件有点过了。”

舒盼老实地在心里记着小笔记，这件太暴露，那就选一件保守一点的准没错了！

在第一次错误的尝试后，第二件，舒盼毫不犹豫地落眼在一件纯色复古蕾丝长裙上，乍看之下，这件裙子就厉害了——从脖子到脚踝，能露出来的部分全部都给严严实实地包了起来，而且裙尾长得简直惊人，活像个美人鱼的尾巴。

舒盼信心满满地换上它，几分钟后出来，她手里还托着几节鱼尾巴裙摆。走了几步，她感觉这件衣服的胸围有点紧了，尤其是腰部，还用中世纪风格的腰封来固定曲线。美则美矣，就是苦了她的上围被紧紧包裹在蕾丝里，动弹不得。

易南在外关切询问的声音传了进来："舒盼，你还没好吗？"

"好、好了。"舒盼赶着时间，为了暂时把自己完美地塞在裙子里头，她只好绷着呼吸，小口小口地吐气，就这样走了出来。

易南见到第二套裙子，顿时感觉眼前一亮，他赞许地点点头："这个好，这个不错。"这件衣服的色系和裁剪，基本上沿袭了之前云芳菲在种种晚会上高贵典雅的风格，算是中规中矩的选择。

陆辰良对这个颜色还是比较满意的，但他刚想评价，舒盼却憋不住那口气了，一呼一吸之间，腰封上的第一颗扣子便遭了殃。

一声诡异的声响后，扣子毫无预兆地弹开来，从她身上直直地滚落到地上，又一鼓作气地滑到了陆辰良和易南的中间。

空气忽然安静了。

陆辰良捡起纽扣，几步走过去，把它静静地放到舒盼手上。而这位把扣子崩开的罪魁祸首已经羞愧得要当场崩溃了。

原来比起穿上去脱不下来，还有更危险的事情。

舒盼垂头丧气地道："我好像把衣服弄坏了。"

易南汗颜："你这才几个月啊……胖这么多了吗？"

舒盼狂摇头。天地良心，她虽然罪过地撑爆了一颗扣子，可绝对和腰围没有关系啊，她的腰围可是几年都没有变动过了，怎么可能两个多月就胖到撑爆扣子了。

陆辰良居高临下地看着舒盼，眼神正好掠过她胸前那若隐若现的乳白，几不可察地笑了："应该不是腰，是胸。"

他的手从舒盼的耳后绕过，伸进她上衣背后的领口。舒盼不自然地往后缩了缩，但双脚还在原地没动，男人的手划过她脖颈后雪白姣好的肌肤，顺势往下触碰到了她的第二节脊柱，再往下……

指尖冰凉的触感透过肌肤，跳动在她每一根警觉的神经之上。

手……陆辰良把手伸进自己衣服里做什么？！

陆辰良的手停在蕾丝裙上的衣服品牌签上，他翻过扫了一眼，颇为遗憾地对舒盼低语道："看来，这件和刚才淋湿的那件风衣差不多贵。"

他倒没看出来，这女人原来是个专门挑贵衣服进行毁灭的可怕角色？

陆辰良刚欲开口，却恰好对上舒盼带着求情和错愕的小眼神，心中又觉得好笑。

“对不起，我会拿去修好的。”舒盼还没从刚才被陆辰良袭击的震惊感中解脱出来，以为他看品牌纯粹是为了计算自己的损失。

陆辰良的眼底有着浅浅的笑意，右手挪移到舒盼的腰间：“一件衣服而已，你别闭气了，抬头，呼吸，把背挺直。”

舒盼犹豫着照做了，她害怕自己再次爆扣，可陆辰良的左手移到她腰间，一颗接着一颗，把那用来点缀的腰封给解了下来。

他耐心地对舒盼道：“所谓‘最上镜’的衣服，首先是要适合你的身体，能为你在各种场合的肢体语言起到最佳的辅助作用。其次，你要站在云芳菲的角度去挑，而不是选你认为好看的。”

舒盼愣愣地看向陆辰良，他脸上的亲切和温雅正定格在她的脑海之中。此前几次相处，他对她总是隔着戒备，冰冷而陌生，今天的种种却是截然不同的体验。

陆辰良教她挑衣服的样子，带着温柔的慎重，一双眼睛里好似蕴藏着苍穹间无数不知名的星点，简直亮得不可思议。

她心尖那种对美好情感的悸动，又在某处暗暗叫嚣着，好像下一秒就要破土而出，长出一株奇异而熟悉的幼苗。

“懂了吗？”

舒盼不自觉吞咽了一下，似懂非懂地点点头。

所有的耐心耗光，陆辰良片刻间便恢复了原来的画风：“一天之内，毁了两件衣服，我希望你下次穿出去之前，好歹要把它们恢复原样，否则出去被赞助商看见，以后你连再爆扣的机会都没有了。”

看来这件裙子不修好，她这辈子都要被取笑爆扣这件蠢事了。

舒盼还想为自己的形象争辩两句，陆辰良却不由分说地催促她道：“快去换下一件！”

带着在陆辰良面前被抓获窘态的愤愤不平，舒盼开始自暴自弃，第三件她顺手拿了件不应季节的高领羊毛衣，搭配超短裤，再加上一双及膝长靴，然后华丽登场。

陆辰良对羊毛有些过敏，他用手捂着口鼻，万分嫌弃：“你不热吗，脖子都没了，换。”

第四件：“腿短，换！”

第五件：“比例不协调，换！”

“换，换，换……”

舒盼精疲力竭。一个小时之内，她连着试了十几套，依然没有一件叫陆辰良满意的。

易南也颇为苦恼，因为每一季开头的赞助种类都不会太多，大部分都是参加各种记者会和晚会搭配的，休闲款和云芳菲原来的私服都是不囊括在其中的。

舒盼抱着最后的希望，回想着刚才陆辰良说要站在云芳菲的角度去思考。

于是她试了一件记忆中云芳菲曾在片场穿过的浅色背带裙，既然是本尊都有过的搭配，穿出来总不会有大错吧。结果舒盼一走到两人面前，陆辰良拿在手上的杂志便应声落地，神色顿时古怪起来，易南忽然意识到了什么。

原来，这件衣服错就错在，和那次云芳菲强吻陆辰良时穿的那件相比，除开换了个浅蓝的色系，基本就是同一个牌子，同一个款式的。再加上舒盼这么个六成相像的脸蛋，陆辰良看着估计会爆炸的！

舒盼见两人都不讲话了，走近了几步，试探地问道："这件可以了吗？"

易南先陆辰良一步开口："不行。这件最不行。"

舒盼既困惑又疲惫，她费劲地靠近了几步，试图听听陆辰良的看法："为什么是'最'不行？"

易南发现自己又说漏嘴了，赶紧低头喝茶来掩饰尴尬。陆辰良捡起地上的杂志挡住脸："你先退后五步，我就告诉你原因。"

舒盼不明就里，但是还是乖乖照做，朝后退了五步。

陆辰良移开眼前的杂志："你穿这件，看起来像一瓶过期的，一点用处都没有的速效救心丸。"

"咳咳咳咳咳——"易南呛了几口，看着舒盼越来越迷茫的神情，不知该如何解释这个梗的由来。

陆辰良憋不住了，即使是距离五步之遥，他看着云芳菲的同款也糟心得很，他起身，故意只盯着易南开口："那就先这件吧。易南，外面的人应该走得差不多了，你先送她回家休息，然后从明天开始，再和她详谈美容院的一切内容。"

他说完竟然看也不敢看舒盼，起身直接走上了二楼。

舒盼很委屈，但更多的感觉是一头雾水。怎么话说得好好的，忽然间就变脸了，而且她从头到脚，到底有哪里像速效救心丸……

易南试图安慰一直不在状态的舒盼："不是你的错，没事的。不过以后嘛，你最好私底下还是别太照云芳菲的样子去学了，这个度——"

陆辰良在二楼砰的一声关上门，易南浑身一震："这个度，你还是自己把握吧。"

舒盼似懂非懂地点点头，而后随着易南一起离开此处。

人生轨迹，自此转变。

夏末秋初，A 市在连着阴雨三天之后，终于堪堪有了一点要放晴的迹象。

舒盼的医疗美容计划也最终确定下来。易南联系好美容院，从国外专门聘请美容师，再加上一系列的保密措施，使这项计划的准备工作足足耗费了好一段时间。

到了医院，舒盼放好自己的行李，扫了一圈康复病房的格局。空间不大，但环境极佳，看起来不像是一座医院，反而更像是一所与世隔绝的度假村。屋子里所有休闲设备都是现成的，中央一块硕大的LED屏幕十分吸睛，她找了找遥控器，想打开电视来看看。

舒盼已经太久没有看过电视了。平时她和弟弟时不时要伪装家中无人，从而躲避债主上门，根本不敢在屋内开电视甚至是大声说话。如今出了门，似乎才有了片刻的轻松。

易南的手里拿着一沓日程表，走到舒盼身边，给她交代日程："医生护士那里已经全部打点好了，两个小时以后开始手术，因为只是局部注射，所以术后恢复五天就可以了。在这期间统一叫你陈小姐，这样既不会暴露芳菲，也不容易让人联想到你。"

一听到手术，舒盼就开始紧张了，她胡乱地摁了一下遥控，又放到沙发边上："好……好的。"

易南发现了舒盼的焦虑，开口关切地询问道："还是很紧张吗？"

舒盼可怜兮兮："等会儿会打麻醉药吗？"

易南看了看时间，他也差不多该离开了，只得对舒盼表示了口头的同情："麻醉是有，不过是局部的。你人还得醒着，一旦有任何不适应的地方，方便立刻停止。"

虽然手术要进行的几个项目都属于微整形的范畴，可舒盼不比身经百战的云芳菲，这是她对医美的第一次接触，任何可能的情况都应该考虑到其中。

易南走后，舒盼认命地叹了口气，最怕明明清醒着，没有疼痛感，但针头刺入皮肤的触感却是骗不过神经的，只怕等下医生拿出装备来给她看上一眼，她都要吓得晕过去了。

"现在就怕了？"

一个熟悉的声音从房间里未知的角落传了出来，舒盼吓得一个激灵差点没坐到地板上。她抱着手上的病号服，探头探脑地站起来，伺机环顾病房一圈，没找到任何能发出疑似人类声音的东西。

是不是她太紧张以至于出现幻觉，怎么好像听到陆辰良的声音了？

舒盼固执地等了几分钟，再没听到这种诡异的幻声以后，她才放下半颗心来，给自己找了个靠谱的理由——估计是最近和陆辰良的空间距离忽然缩短了，一时之间难以接受，所以才会产生幻听。

“是我给你的，是嘉扬给你的。”

舒盼回想着陆辰良曾经说过的话，不禁摇摇头。

如果他真的在自己面前，八成不会给自己好脸色，甚至会因为自己的临阵退缩而生气吧？毕竟他最不能原谅的，就是吃着公粮却浪费公司资源的艺人。

她清了清嗓子，学着那个男人的腔调：“是我给你的，是嘉扬给你的。”

舒盼伸手脱掉身上的帽衫换上病号服，她傻笑着闷头将衣服往上拨，露出里头打底的黑色小背心，谁知她刚脱到最后一步，脑袋还没来得及从衣服里面出来，耳边却又传来那见鬼的声音。

“你对我这句话，有什么意见吗？”

舒盼不敢笑了。她这次听清了，肯定是陆辰良的声音！她的脸还埋在衣服里，既不好意思继续脱掉，又不敢钻到外头去找，只好以一种诡异而搞笑的姿势，双手慌乱地捂在胸前，茫然地朝向四周转头。

“陆、陆先生，是你吗？我怎么没看见你啊？”

那声音一阵沉默，随后又应声发问了一句：“请问，你现在这个样子，能看得见谁？”

舒盼反应过来，赶紧顺手把衣服套回身上，这才又站起来寻找房间里的两次平白消失又出现的陆辰良。她把能翻的东西都翻了一遍，最后视线定在墙上的LED 屏幕上。

怎么想，也许就只有这个东西，能有通信作用了吧？

她狐疑地先侧身靠了过去，伸出食指快速地点了点屏幕，又猛地缩了回来，生怕这一下的动作，便会立刻把什么奇怪的画面给带出来。

“你在 LED 里还看不到我吗？”

舒盼附耳过去听，发现陆辰良的声音的确是从屏幕的发声口传出来的，但声音并不是很清晰：“我看不到啊。难道你看得到我吗？”

“嗯，我一直都看得到你。”

舒盼捂住胸口：“那你刚才怎么不……”

“我以为你知道。”

舒盼被堵得一句话说不上来。想想也知道，她要是刚刚知道的话，怎么可能在陆辰良的监视下犯傻学着他的样子讲话，而且还肆无忌惮地换病号服？

她气冲冲地走向墙壁，郁闷得都有想把这块LED屏幕给抠下来的冲动了：“这东西怎么关掉？电源在哪里？遥控器呢，断电了是不是就没了……”

舒盼的脸贴着屏幕，手上胡乱地摸着边缘的按钮，没来得及思考便顺手按了下去，只听得一阵微小的电流声音过后，LED 屏幕上出现了个模糊的男人身影，等到几秒聚焦清楚之后，那个男人棱角分明的脸庞跃然于屏幕之上。

舒盼愣在原地，保持着脸贴屏幕的动作，瞄向画面，里头出现的人显然就是和她通话的本尊——陆辰良。

陆辰良的语气波澜不惊：“我看见你脸上的毛孔了。”

舒盼捂着脸，赶紧后退两步，以适应眼前这个高清版本的陆辰良：“你、你、你到底怎么出来的？”

不会是陆辰良有远程遥控来监视自己的恶趣味吧？

陆辰良冷漠状，他盯着惊恐万分的舒盼，淡定地解释道：“这东西应该是你亲手打开的，只不过一开始没开摄像头。刚才，你又亲手把摄像头一起摁开了。”

舒盼仍在垂死挣扎，这怎么可能是她亲手造的孽，从她进房间开始，明明没有动过任何其他的东西，除——除了那个一开始就手贱不小心拿起来的遥控器！

“想明白了？”

通信那头的人明显对舒盼此刻的表情理解得十分透彻：“易南给你安排这个东西本来也只能联络我。我只是没想到，你这么快就用上了。”

“我……”

舒盼本来就是半个电脑白痴，加上平日里几乎没有什么机会接触这种智能仪器，现在碰起来真是异常蒙，她的余光扫到陆辰良身后的陈设布置，那应该是典型的办公室环境。

她立刻意识到自己又犯了错误。陆辰良工作狂的作风，她之前在片场的时候就有所领略，现在他因为自己意外打过去的视频通话，而中断了工作进度，估计心情会很不愉快吧。

舒盼很识相，她扑到沙发上手忙脚乱地找到遥控，登时就要把视频给挂了：“对不起，我这就关了它。”

陆辰良却饶有兴致地阻止了舒盼：“等等，我还有五分钟，刚好把你这五天的功课给布置了。”

舒盼挥舞遥控器的手停在半空中：“功课？”

自从上次完成那个挑衣服任务，完美地因为自己的上围而爆扣之后，舒盼现在本能地畏惧的词除了“整容”之外，又追加了一个“功课”。

“把易南给你准备的行李箱打开，里面所有的资料，你要在这五天之内背熟。”

舒盼拉开箱子，看着里面五本字典那么厚的资料，她的心肝在颤抖："这些都是什么？"

"云芳菲所有的人际关系，还有她之前拍摄过的一些作品的记录。你全部都要记下来，以防哪天在任何节目上被人问起。全部当成台词来背的话，应该没有问题吧？"

陆辰良这句话不带任何的情感色彩，可那种似要穿透屏幕而出的命令语调，就已经注定了接受问题的人不能提出任何的反驳。更何况，舒盼已经签下的那份协议里面，就包括了要熟知和云芳菲有关的一切内容。

舒盼没有权利拒绝，她也不可能拒绝，演好一个角色的基本条件，便是从他的生平事迹揣摩内心，最后再外化展现出来。能拿到云芳菲的第一手资料，已经是陆辰良给的莫大帮助了。

"我会好好背的，陆先生。"

陆辰良对舒盼的反应略感满意，但表面上并不显露喜色，他继续道："行李箱里，应该还有个东西。"

舒盼翻到箱底，发现了一个礼盒，简单几下拆开之后，打开盒盖，里面是一只价格不菲的手机。

"这个手机只能拿来工作。"

舒盼咬咬牙："这个我清楚。"

"我的意思是，既然只能用来工作，里面当然存了我的电话。"

舒盼抬头，她看向屏幕中那个淡漠得看不出神色变化的男人，感觉自己的脑内好像炸开了一朵绚丽的小烟花，那些明艳的色彩在心隙间不断跳跃飞舞着，连语气里都带着孩童般的欢喜："那我……可以打给你吗？"

陆辰良也正看向舒盼，那眼神带着令人屏息的柔和，仿佛长久以来一直不曾看向别处："你要打给易南，我也不介意。"

舒盼站了起来。如果不是她的错觉，那么陆辰良最近对待自己的这些举动，是不是有些好得太不真实了？三个月前，陆辰良是否也曾经这样，对待过那个如今已经失踪的云芳菲呢？

而此刻在距离康复中心两公里远的三环公路上，开车的易南连打了两个喷嚏，他终于记起来，刚才似乎忘记给舒盼介绍房间里最重要的通信设备了。

不过不要紧，以他对陆辰良个性的了解，即便是舒盼能忍住好奇一时半会儿不去碰房间里的设备，陆辰良也有办法给她布置各种功课，让舒盼所谓的"病假"生活的每一天都过得无比充实。

陆辰良结束了和舒盼的通讯，看了看时间，貌似距离自己预计的五分钟已经超出了不少。秘书孟开拿着整理好的资料敲门进来，他要请陆辰良过目嘉扬接下来几天的通稿。

“关于云芳菲小姐的所有消息，已经全部剔除在外了。对外也一致以易先生的解释为准。只不过目前又正好是《明凝传》的宣传期，对于几个主演的动态，媒体都追得比较紧。”

陆辰良的指尖轻滑过平板的界面，眼神中闪过一丝嘲讽的意味：“让他们追吧，咬得越紧越好。”

花别人的钱和精力为自己旗下的艺人做宣传，他有什么好不乐意的。更何况，云芳菲在媒体前消失所带来的关注度，其实远比她在的时候要高出许多。

对于《明凝传》未播先火的一片大好形势，恐怕包括徐喻铭在内的一干看客，早已在心里偷着乐了。

孟开虽紧跟在陆辰良身边，但对云芳菲走失的内情并不甚了解，于是他傻傻地提出担忧：“只是云芳菲小姐的下落——”

在孟开的理解里，找到一姐云芳菲的下落才是目前的当务之急，培养新人代替其实算是下下策了。他搞不懂为什么精明如易南和陆辰良两人，宁愿采用这样的下下策继续激怒云芳菲，也不愿意多派人手去搜寻她的所在。

陆辰良头也没抬：“她会主动回来的。不过那对嘉扬来说，已经不重要了。”

无论云芳菲现在身在何方，她的家人还紧盯着公司的所有动态，一旦有任何风声，都会第一时间转给云芳菲。可他现在要做的，恰恰就是让嘉扬不再主动露出任何关于她的消息。

真正的平静对一个艺人来说，才是致命的伤害。

等媒体对这件事的关注渐渐过去，他自会以重新出发的名义重塑“云芳菲”这三个字的形象。届时，即使云芳菲主动回来，也不能再似从前一般活在镜头前了。

孟开始终不能把握陆辰良这句话的精髓，不过他乐于尝试去揣摩老板的心：“那要不要把派出去找的人都叫回来？”

陆辰良放下手上的签字笔：“孟开，你和易南真是一个学校毕业的？”

孟开乖巧而骄傲地点点头：“易先生是我的直系学长。”

“那你们的老师，在毕业的时候，有没有和你说过这样一句话？”

“是……什么？”

“你们是我带过的最差的一届。”

舒盼隐约感觉到自己回到了学生时代，而事实上，她这几天记进脑子里的资料，应该不会比期末考临时抱佛脚背得少。

云芳菲的人际关系，云芳菲演过的角色，云芳菲曾经上过的综艺……舒盼满眼睛满脑子都是云芳菲，现在看看镜子都能想起她来，一种生无可恋的感觉油然而生。

背诵资料之余，舒盼常会戴着口罩出门散步。而在康复中心散步的最大乐趣不是它的景色，而是和她一样散步的人。因为，在这里能偶遇太多荧幕上熟悉的面孔，甚至还有几个人团购了项目结队来整的，估计术后效果看起来和连连看差不多……

舒盼稍微数了数，发现按照这个频率和客流量，估计 A 市能露脸的艺人和网红，不少都有过在这里住院的经历。

原来易南说的所谓娱乐圈常态，真不是单纯地在安慰自己。

而且易南特地转达过陆辰良的意思，只说所谓的微调是为了更加精致上镜，以及能够快速地进入气色最佳的状态，如果一年以后不进行修补就会逐步恢复原状，譬如三八线位置的修补能让她看起来更年轻美貌，又或者是打水光针保持面部肌肤的光泽度等，这些都不是只为了让她看起来像云芳菲。

易南还略有些痛心疾首地补充道："像而不像，恐怕才是先生的本意。"

其实这些微调的效果，都还在舒盼的理解范围内。唯独让她倍感神秘的，就是易南想了想又添加进来的另一个项目，被主治医生亲切地解释为——夫妻宫填充。

这是个……什么项目?

舒盼很困惑，她以前曾和一个片场的老人有过一些关于面部穴位的交流。夫妻宫，顾名思义就是可以展现旺夫运的地方。特意加了这个调整项目进来，让她简直一头雾水。

对此，易南几乎要笑成一个和蔼的老妈子了，可他的解释是："不可说，不可说。"

等到脸上稍微消肿了，舒盼拿着镜子近距离观察效果，这才安下心来。镜子里那个人没有多像云芳菲，反而更像是自己加强以后的 2.0 版本。比起惊艳，舒盼只觉得脸上的很多细节顺眼了不少，做起各类表情来很流畅，似乎没怎么受到填充物的影响。

舒盼朝着镜子做了个鬼脸。

她第一次感受到，也许这就是镜头要求的无死角美颜?

当发现自己并没有变成另外一个人，舒盼才慢慢放下心来，可心里……还是对陆辰良这个举动有许多的不解：如果不要她的脸彻底变成云芳菲，将来要如何应对外面的流言蜚语？外面的人会相信她是……真的云芳菲吗？

舒盼甩了甩脑袋，实在是想不透这些深奥的问题，但她并不怀疑对方的用心，因为这是陆辰良的决定，他的决定从来不会出错。

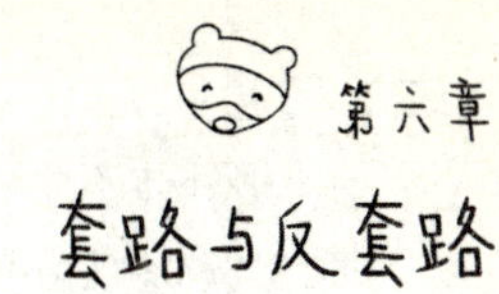

第六章 套路与反套路

这天傍晚，舒盼正和一个五官差不多全被包起来的病友在比画着交流，余光扫过病友背后一个熟悉的人影，这一看不要紧，舒盼发现这人好像已经盯着自己仔细看了好一阵子。

她在A市认识的人不多，将可能性转移到云芳菲的熟人身上后，舒盼忍不住惊出了一身的冷汗。

真是冤家路窄，这戴着墨镜的女人不是别人，偏偏就是前不久刚和云芳菲在片场结怨的余施洛！

病友招呼了舒盼几下，她却僵在原地不敢回头。她和嘉扬签订的协议里明确地指出了，不能在任何场合暴露自己的真实身份，同时要在一切需要扮演云芳菲的场合，无条件配合公司履约。

舒盼脑内还在思考着对策，余施洛却依然徐徐地朝这个方向走了过来。

电光石火之间，舒盼心念一动，赶紧转身背对着余施洛。

要不，还是先逃吧?

谁想到，正是舒盼的这个动作彻底激起了余施洛的好奇心，她快步走到距离舒盼五步之远的地方，开口便招呼道：“本来我还不确定是你，你这一躲，看来我猜得没错？”

舒盼的心中咯噔一声，暗道不好，她缓缓转过身，正对上余施洛。只见对方已经摘下了墨镜，正用一种令人毛骨悚然的眼神，细细地上下打量着她。

完了，这下走不掉了。

舒盼的思路忽然前所未有地清晰起来。在这种正面相遇的情况下，再强行逃避只会适得其反，因为很明显对方已经认出了她，而且还是用那种标志性的搞事的眼神。

也许她和云芳菲为数不多的共同点之一，就是都不喜欢余施洛了吧。虽然隔着一层口罩，但通过上半张脸认出一个宿敌，这种难度对女人来说根本不算什么。

舒盼微昂起下颚，她的双手闲闲放在口袋里，似在等待着对方的下一步动作。病友歪着脑袋，对舒盼忽然间的转换有些无力接受，伸手又比画了几下无果之后，只得转而凑到其他人的身边聊天。

余施洛双手交叉在胸前，她沉不住气了，顾不得周围还有不少的围观群众，她几步走到舒盼的面前，压低了声音，语中带刺地道："稀客啊，真没想到能在这里见面。"

舒盼斜了余施洛一眼，颇有几分傲然睥睨的味道。

她缓了口气，故意对余施洛语气里的讥讽装作不知，淡淡地道："我也以为，我们遇到的概率应该不高了——毕竟在片场应该是遇不到了。"

余施洛被堵得一滞："你……"

舒盼的话正中她的心事，她近来的通告虽然多，但似《明凝传》那般优质剧本的影视邀请却寥寥无几。

好在余施洛也不是第一次被云芳菲这样打击了，她很快恢复镇定："我以为有些人端着那么高的架子，有多清白干净呢，现在连眼角都开了还要端着。演技这么好，这点我可是真服了。"

其实云芳菲倒是真的挺清白的……

舒盼在心里小小地为云芳菲默哀了一下，虽然她也没少出入这里，但眼睛的确是没动过刀子。只不过她的眼睛本来就比云芳菲大，现在戴着口罩，看起来更明显一些。

"要别人评价演技，首先得要有这个东西吧？"

为了严守合同里嘉扬的尊严，舒盼不敢恋战，她擦了擦手心沁出的汗水，对着余施洛展开了最后一击："管好自己吧。有了脸，也不见得就有人愿意看你。"

她说罢这一句，便独自扬长而去，以这场嘴仗胜利者的姿态，留着余施洛一人在走廊上气得跺脚。

离开了战场，舒盼长出一口气，这才渐渐从扮演云芳菲的状态当中脱离出来。回味刚才的经历，虽然和余施洛不动声色开撕的是她，把余施洛气得五官扭曲的是她，但无辜接受攻击的一直是……云芳菲。

这种怒怼仇人，对方还还击不到自己身上的体验——

怎么莫名地有点爽啊！

如果是云芳菲本人，就是在医院偶遇了十个余施洛，估计也算不上什么大事。但在特殊时期要特殊对待，舒盼立刻想到要把这件事情上报给领导。

那么问题来了，她手机里只有两个工作号码，是先打给易南，还是先打给陆辰良更好一些呢？

舒盼的眼前浮现出两人对待自己截然不同的态度。易南既亲切又温和，对待同志就像春天般温暖和煦，事事都细微周到，至于陆辰良……

陆辰良的态度始终是个谜。

舒盼是个聪明人，她不会把心思或者情感放在多余的事件上，因为她的生活不允许她这样去做。

可在《明凝传》剧组最后的那些日子，她也重新清晰认识到自己的定位——对于这些人而言，替身就是替身，代替品就是代替品，绝对不可能超越正主。

陆辰良和云芳菲就是天造地设的一对，而她现在，是来工作的。

老板给的好，她能接就接住，接不住就想办法让开，但千万别自讨没趣，否则就会重蹈覆辙。错的路，绝对不走第二遍，这就是舒盼自己的人生准则。

厘清头绪后，舒盼决定还是像工作分工那样，找自己的直属领导易南比较合适。

至于先生嘛，应付应付就好了。人家给个号码，她还真能直接找过去吗？

想到这里，舒盼已经准备给易南打电话，手机却先来了条短信。

陆辰良的信息：“开视频。”

得了，等于她刚才费心思考虑的一切都是空谈，最后陆辰良怎么安排，她都要照做。

没有犹豫，舒盼几下开了视频，乖乖坐回位置等通信。这是她脸部消肿后第一次和陆辰良通话，不由自主就有些局促紧张，舒盼不知道该把手放在那里，便乖乖地摆在腿间，像个准备上课的中学生。

嘟嘟嘟——通信连接上，画面中赫然出现陆辰良的身影。

这不是他办公室的摆设，应该是在家里休息……画面上的男人无疑是让人赏心悦目的，即便让他去做演员，恐怕也是相当到位的水准，可陆辰良足够吸引人的并不是他的外貌，而是……气场。

他是天生适合去当领导或者掌控者的那种类型，他有居于上位的那种傲然，也有拒人于千里之外的冷薄。所以让人心生敬仰的同时，却又不敢靠近。

“你的脸不肿了吧，过来看看。”

舒盼听罢乖乖地站起来，几步走近屏幕，眼睛却不由自主地朝向另一边，实在不敢直视着陆辰良。

“还不错。”陆辰良这句话说得很中肯，舒盼眨了眨眼，貌似听出了一丝表扬的味道，于是她有些不好意思地将一缕乱发掠到了耳后：“我也觉得还、还不错……”

“也很贵。”

舒盼拨弄头发的手猛地缩地回来，咬着下唇，偷瞄了陆辰良一眼，小声嘀咕着：“这个我也知道。”

陆辰良瞥见她的小动作，反问道：“花钱的效果，还满意吗？”

“这里环境很好，没有人打扰，针口也好得很快。”

“舒盼，我问的不是这个，你对镜子里的自己还满意吗？”几句交流总算把视频开始的尴尬抹去，让陆辰良也逐渐变成外人眼中的那个酷吏般的存在，说话不留情面，语言铿锵有力，甚至还带着几分洗脑式的情绪。

舒盼的笑意渐渐淡去，她的眼神闪烁了一下，回想起术后第一天从镜子里看到自己惨不忍睹的肿脸，然后到慢慢消肿，再到彻底镇定完毕能欣赏的几个阶段。

不知道是不是手术修复开始与结束的美丑差别太强烈，初看到“新”颜的那一刻，她真的觉得自己变好看了。

可变好看和满不满意，对舒盼来说，却完全是两码事。

刚开始的时候，她一直担心着最后会从镜子里看到一张和云芳菲完全一模一样的脸，可最后出来的结果，的确是出乎意料的。她的长相和云芳菲依旧有着差异，而且看起来更像另一个人，更像是二十岁出头的她自己。

那张脸，其实是舒盼刚入行时候的长相。云芳菲爆红，甚至掀起了一阵仿妆仿容的风潮，经纪公司更试图从她的长相里多捞油水。但观众不是傻子，一波热度之后，便对同款长相的演员免疫力增强。

没想到，兜兜转转一圈，她居然因机缘又回到了那个开端。

“满意。”舒盼歪着脑袋，伸手轻轻捏了一下自己的脸，“就是看着还不太适应。”

舒盼站了起来，她差点忘记正事，想起尚且能通过脸型和眼睛就认出自己的余施洛：“对了，我在医院……被人认出来了。”她对陆辰良简述了事情的经过，“我想躲也躲不掉，所以就直接上了。”

陆辰良反问：“你想过后果没有？”

“我想过。”舒盼有些迟疑地回答，“但以后我就是云芳菲，我不希望第一关就那么难过，如果我立刻躲躲闪闪，恐怕之后面临的问题更加复杂，不如正面杠上，至少……她没有认为我不是云芳菲。”

陆辰良难得开口肯定她：“你做的是对的。不过你估计要提前出院了，看看楼下。”

舒盼走到窗口，扫了眼楼底下医院的大门，这才发现那里已经聚集了一小拨的记者，他们正团团堵住了出路。

她不由得有些慌了神：“这么快就来了。那要、要怎么办啊？”

她总不能就这么出去，真让云芳菲被拍到整容的实锤吧。

陆辰良似早有准备：“等。他们上不来医院的楼层，只能在门口等，明天易南会去接你，在那之前，不要见任何人。”

“那之后呢？”

比起现在出不出得去，舒盼更好奇以后。陆辰良究竟会怎么处理云芳菲一个月不见忽然长得不一样的 bug，毕竟对那么多媒体和路人粉丝，最后都是要有个交代的。

陆辰良一脸戏谑：“我还没想过。如果你有什么不错的计划，我可以考虑。”

“哎，你……”

“我很忙，下了。”

舒盼正要继续问。

一开始合同里都写得清清楚楚的，明显他已经有了个完整的计划，否则怎么会行动得这么快？现在和自己说没想到，明显就是骗人的……

舒盼想冲到屏幕前追问，陆辰良却根本没给她机会，话声刚落，人就没影了。她只看到了黑屏上映照出自己的脸，叹了口气，低头瞄见自己病号服上的兔子图案：“不然你告诉我，我该怎么办？”

兔子十分平静，它当然回答不了这个问题，舒盼愤愤不平地伸手怒怼了它几下：“黑心兔子！”

那头忽然又传来陆辰良的声音：“兔子惹你了吗？”

舒盼被吓得一屁股坐到地上，忙不迭地挂断通信。

看来她的阴影词，以后又要多一个了……

彼时，易南等自家老板挂完视频电话，才走至陆辰良的面前，递上一份公司的文件，等着他签署。

陆辰良心情愉悦：“舒盼那边的情况，你应该了解了？”

易南点点头，记者聚集到医院的第一时间，就已经有人把消息传达给他了。

“嘉扬这边统一口风。各种小道消息都已经上热搜了，就等着我们明天一早的动作。

陆辰良坐回沙发："这么大的阵仗，她应该看得到了。"

易南听到陆辰良这句话，摊手作无奈状："芳菲人是不见了，可信用卡消费记录却还没停过，想来过得应该也不错。按照她的个性，看到自己整容的消息以后，估计会飞奔回来找我算账吧。"

他想了想，又笑着摇摇头："都说二十岁以前的脸是父母给的，二十岁以后是自己活出来的。我现在看着舒盼，倒觉得她不怎么像芳菲了。"

"不像最好。"陆辰良干脆地道，"免得舒盼下个月出道的时候，总有人拿着云芳菲的名字挡路。"

原本陆辰良也想过在舒盼脸上动手脚，是为了让她更像云芳菲，可不知从何时开始，他改变了主意。他需要的只是让舒盼和云芳菲人物重叠的一个契机而已，至于脸有多像，已经不重要了。

易南有些惊讶："这么快？"

原本计划是等舒盼进康复中心微调后，顺势扔出云芳菲整容的消息，逼着她为了自己的名声回来，然后再彻底和这个走火入魔的女人分道扬镳，重点培养舒盼作为新人出道。

只是没想到，这一切被余施洛横插一杆，使得两人不得不加快了计划的进度。

陆辰良站了起来，拍拍易南的肩膀："五年，够了。"

一个没有任何后路的聪明人，给了她一点点生机，都足以爆发出惊人的潜力。

陆辰良深看易南一眼："还有，你的工作风格也该改了。"

他知道易南一向对手下的艺人温和礼遇，但是娱乐圈对人脾性的影响太大了，一旦任由艺人陷入类似云芳菲的那种恶性循环的怪圈，结果必然是难堪收场。

易南深吸了一口气，等处理完云芳菲的事情，以舒盼崭新的出道为起点，他也是时候重新出发了。

暮色渐深，落日的余晖点染着支离破碎的云层，徘徊在初秋的天际久久不散。A 市的城区逐渐亮起点点霓虹，准备迎接这座繁华都市别样的夜生活。

舒盼吃完了护士送进来的晚饭，她咬着一个苹果来到窗前，顺手拉过窗帘，粗略一看，楼下堵在门口的记者人数非但没有减少，反而激增了一倍，其中一些甚至直接蹲在门口吃盒饭。

她摇摇头，不知明天易南该怎么带着自己从这么可怕的包围当中突击出去。推开阳台的门透气，舒盼却发现隔壁一栋病房的阳台上，恰巧也站了一个病人，正探头探脑地看向自己这边。

舒盼皱着眉头，小口小口地咬着苹果，打量着对面的病友，只见她身上穿着的是和自己一样的兔子病号服。

那人似乎正伺机偷看着她这边的动态，然而恰好遇上她来阳台透气，于是猝不及防地，两人四目相接，就这么定定地看了彼此十几秒。

对面那人反应极快，她三两下脱掉身上披着的宽松的病号服，竟露出藏在怀里的终极装备——照相机，对着舒盼这边猛拍了几下。舒盼被闪光灯糊了几下眼睛，惊得目瞪口呆，对面这个，八成就是装成病人专门来抓自己现行的记者啊！

在舒盼僵在原地的空当，对面的小记者好像做了什么重大的决定，她慎重地放下手上的相机，手脚并用地利落地攀上了阳台的边缘，半蹲着身子，伸手比画着两个阳台之间的距离。

这是个什么阵仗，难道……她要跳过来？

虽然身份暴露的结果足以令舒盼产生畏惧，可眼前这人不要命的做法更让她慌了神。舒盼顾不上许多，几乎是本能地开口阻止道："你别想不开啊，这里可是十六楼啊。"

小记者对舒盼的劝阻置若罔闻，她将重心压低，目光直直地锁定了眼前的这个阳台，一副跃跃欲试的样子。

"你……"

舒盼后一句的劝告还卡在嗓子眼里，对面的小记者已经化身一道不太优雅的弧线，轻巧地在两栋楼层的阳台之间，干脆利落地迈开了一个大跨步。

真跳了？！

只见那小记者的身影忽近，转眼间似已到了舒盼的跟前，但她双手上下挥舞着，仿佛下一秒就要重心不稳，向后摔去。

舒盼的大脑一片空白，她下意识地丢了手上的苹果，整个人飞扑向阳台的边缘，伸手使劲拉扯住小记者的一只手臂。

听得两声尖细的惊呼，小记者整个人的重量全朝舒盼的身上压过去，两人双双落地，狼狈地倒在阳台上。

那被主人扔到一旁的苹果也恰落地，在两人的身边挣扎地滚了几下，最后缓缓地停止了运动。

舒盼的呼吸仿佛停顿了，她睁开眼，对上一双灵气十足的凤目，而那双眼睛的主人也正愣愣地看着舒盼。世界静得仿佛只能听见两个女人惶惶不安的心跳。

沉默了良久，身下的那个小记者终于开腔了："你、你扑过来做什么？"

"……我怕你掉下去。"

小记者摸了摸鼻子，不好意思地笑道："这种楼我爬得多了。"

舒盼板起云芳菲式标准的冷漠脸："你不起来吗？"

小记者吐了吐舌头，她立刻起身，拍了拍身上刚才蹭墙留下的灰尘，站定之后，又伸手给舒盼想拉她站起身。舒盼犹豫了一下没敢回应，自己以手撑地找了找重心，一下站了起来。

小记者的手尴尬地停在半空中，她只好慢慢地收了回来："我叫杜攸，我已经跟了云小姐两年多的新闻，不知道您对我有没有一点印象？"

即使是真正的云芳菲，也没有理由要熟悉一个娱乐记者吧？

舒盼没有正面回答她的问题："我不想和你废话。给你个从正门出去的机会，你现在不走，我就让保安'请'你出去了。"

没想到小记者杜攸非但没有被吓到，反而十分淡定地摇摇头："你不会的。"

舒盼皱了皱眉，对杜攸来说，今天为了能从自己身上挖到一条新闻，尚且可以搏命到翻过一栋楼，可对自己来说，守住对嘉扬的合约和云芳菲的秘密，又何尝不是自己在娱乐圈生存的最后转机呢？

她心中带着守住饭碗的坚决，那气势丝毫不比刚才杜攸准备翻楼的时候要逊色，她一步步地靠近小记者，直逼得后者步步后退，倚靠在了阳台门上。

舒盼抬起手，重重地压在门上，居高临下地对眼前的杜攸道："你什么意思？"

杜攸被舒盼这个气势汹汹的"壁咚"给压制住了，她看着眼前这张比云芳菲还要具有威胁性的脸蛋，缩了缩脖子，但语气仍保持着那种从容："因为你不是云芳菲啊。"

舒盼心中一震，哎？这是个什么情况？就算这人是辛辛苦苦跟了云芳菲几年的狗仔，也完全没有理由在几句话之间就看破自己的身份啊。

小记者杜攸笑得狡黠："我不知道嘉扬在搞什么名堂，居然想出找人来假扮云芳菲这么一招。这条新闻写出来，反响一定很大。"

舒盼按捺住心中的种种思虑，捂着脸轻笑起来，仿佛听到什么天大的笑话："你怎么写是你的权利，有必要特意跳到我面前告诉我吗？"

杜攸被堵得一滞："你……"

其实，她一早便写好了一篇通稿，文题正点出失踪多日的云芳菲的所在，等着第二天发头条。可谁知她的稿子还没被焐热，云芳菲藏身 A 市医院整容的消息却更快地传播开了，生生给她来了个截和！

杜攸缓了口气，她意识到眼前的这个角色虽然不至于眼睁睁看着自己从十六层楼掉下去，可也并不是什么头脑简单的笨蛋："我只不过想找出真相而已。"

舒盼揉了揉太阳穴，满脸的不耐烦："既然不想用自己的脚出去，那就等会儿让别人送你出去吧。"

舒盼伸手转动门把，杜攸的后背随着阳台大门的开启猛地往后倒了几步，她伸手抓住舒盼的手臂：“在新西兰医院拍到的那个人是你吗？”

被线人给的消息坑害，这种事情对娱乐小报的记者杜攸来说，也不是一次两次了，这次的爆点又和同行相差这么多，这让她不得不分外地慎重。

原来如此……

舒盼听杜攸这么说，这才明白过来。之所以杜攸先前能这么有底气地质疑自己，竟然是已经掌握了连陆辰良和易南都还无从得知的云芳菲出走后的动态！

想来，杜攸原本光凭这一点独家消息加上照片来佐证，就足以引起轰动，可偏偏遇上了余施洛乱入的这场爆料，反倒打乱了她的节奏，将众人的注意力引到了自己的身上。

既然杜攸知道云芳菲的下落，那么眼下的当务之急，反倒不是继续伪装自己是云芳菲了，而是要彻底将这个消息弄到手。

想到这里，舒盼继续演了下去，她冷冷地甩开杜攸的手：“同样的话，我不想再说第二遍。”

她作势要按紧急按钮叫来护士和保安，杜攸赶紧出手阻止。

杜攸此刻的内心是复杂的，她既不愿意相信自己又被人坑了一次，又不愿意放弃眼前这个采访头条的大好机会。

她索性死死抱住舒盼的手，耍起无赖来：“哎，云小姐，你先别找保安哪。我……我刚才只是一时想岔了，你说我跳过来多不容易啊，什么都没采访到就要被保安扔出去，我还不如直接跳回去呢。”

舒盼止住了手上的动作：“有些地方上来很容易，再想下去，恐怕没那么简单吧。”

她其实还是能理解这个小记者，刚才是抱着什么样的希望跳到这一头的。对她们这种人来说，为了饭碗而拼搏，估计除了卖身，应该没有什么事情是不能做的。

可现在没有那么大的动力了，加上天色已黑，逼着杜攸直接跳回刚才那栋楼，这几乎是不可能的事情。

杜攸听得舒盼的口风松动，赶紧接口道：“云小姐，您看，都是各凭本事吃饭嘛，我这都上来了。不然您和经纪人商量商量，就把您术后这第一次露面的新闻交给我，不然、不然随便给我一条您和陆先生的恋情进展新闻也好啊。”

她和陆辰良自然是没有恋情这个说法的。如果是云芳菲这个正主回来了，陆辰良便不用天天对着笔筒睹物思人了。或许等他把女朋友哄好了，两人又能愉快地在媒体面前，给一众单身人士怒发几拨狗粮。

对舒盼而言，这半个月来，夹在这对情侣之间的日子，真是太不容易了。

她可是亲眼见证好几次陆辰良为爱神伤：先是劳心劳力地找来自己替演，为女友保住后路，紧接着封锁公司的消息，不让一丁点谣言出现来损害云芳菲的形象。虽然最后一点被余施洛无情地破坏了，但只要能掌握云芳菲的消息，让老板重新抱得美人归……那她就是半个功臣啊！

这么一想，舒盼觉着自己真是睿智到了极点，演起戏来精神就更足了，她故作思索地点点头，凑到杜攸的耳边，轻轻地道："可我很记仇的。"

杜攸咬咬牙，举起手大声地道："底片，我把底片给你！"

看来是彻底上钩了！

舒盼眨眨眼睛："这样看来，你也算有点诚意啊。"

杜攸疯狂地点头："那当然了。只要能让云小姐消气，我做什么都愿意。不然，我们进去慢慢谈吧？"

舒盼眼底都是笑意："可以考虑。"

杜攸向后退了几步想给舒盼让道，以示尊重，舒盼在杜攸的前面走进了房间，但她走了几步停了下来，伸手拉住了门把，转过身来正对着杜攸。

杜攸捉摸不透舒盼的意图，她困惑地道："云小姐？"

舒盼微笑了一下，下手转动门把，杜攸察觉到事情不妙，想上来拉住舒盼，可舒盼快她一步，飞快地将阳台的门给带上，反锁，一系列动作一气呵成。

几秒之间，杜攸就眼睁睁看着那扇门，在自己眼前重重地合上了。她冲过去，猛转了几下门把，发现已经打不开了。

啊？说好了要好好谈一下新闻的，现在她把自己反锁在阳台上，算是个什么套路？难道刚才云芳菲和自己说了那么多，真的就是为了让她放松戒备，好把她锁在阳台上进行报复吗？

舒盼当然知道，把杜攸锁在阳台上是一个很烂的策略，但她的确另有目的。

事不宜迟，舒盼赶紧从自己身上的口袋里摸手机，可找了半天，那本来放在自己病号服口袋里的手机居然谜之消失了！

一阵敲玻璃的声响从背后传来，舒盼回头，发现玻璃窗的那一头，杜攸的手上正拿着自己的手机，坏笑着冲她做了个口型："你在找它吗？"

舒盼很想点头，她伸手在玻璃上，狠狠地挠了几下那扇玻璃窗后自己的手机。理论上，她的计划是完全行得通的。可回想刚才，她才渐渐记起来，似乎是她为了拉住杜攸，两个人一起摔倒的时候，顺便把自己的手机也给落在阳台上了……

为了维护自己最后的尊严，舒盼逼着自己闭上眼睛，不去看近在咫尺那部手机，那是她找易南做外援的唯一希望啊。杜攸摇摇头，看起来满脸的遗憾，她轻敲了敲玻璃窗，示意舒盼道："云小姐，开门吧。你要怎么消气都行，我们这样谈不了正事啊。"

舒盼看着外面渐深的夜色，心中越发焦急，虽说明天易南也会过来接自己，难道杜攸就要在外面等一个晚上了吗？谁知道这几个小时，杜攸还会不会闹出什么事情，她可是当着自己的面都能翻楼过来的奇女子啊。

等等，说到外援，其实她的外援，又何止易南一个呢？

舒盼抬头看了看不远处那台有着强烈存在感的通信设备，几步扑到沙发上，慎重地按下了那个小巧的遥控器上的按键。

没想到，这个专门安排来满足陆辰良恶趣味的设备，今天竟然还能有派上这么大用场的时候。

只希望陆辰良这个时候，还愿意接通自己的视频邀请……

门外的杜攸在不停地敲着门。舒盼的心跳被外面的响动一下下地牵动着，她焦急地在房间里踱来踱去，感觉等了快有一个世纪那么长，等到以为陆辰良肯定不会出现的时候，视频却接通了。

陆辰良面无表情："最近给你布置的作业是不是太少了？"

舒盼赶紧凑上去解释："不不不……是有人搞事情。"

陆辰良皱眉不出声，仔细看了看通话里的舒盼。

她的外套被胡乱扔在沙发上，身上只披了一件宽松的病号服，黑色的细肩带在轻透的衣领间若隐若现，锁骨的线条清晰圆润，上排的两颗扣子还漏扣了一颗，丰满的上围似要随着她紧张的气息呼之欲出。

在昏暗灯光的映衬下，更显诱惑的是，那双在冰冷地面上不安分地乱动的小脚丫。

这架势……

"你是在提醒我，你要搞事情吗？"

舒盼被陆辰良的眼光看得发毛，顺着他目光集中的地方扫了一眼自己身上的穿着，这才醒悟过来，赶紧随手抓了一件外套穿上。

这是刚才她和杜攸激战周旋之后的恶果，她一心只想着快点解决云芳菲的事情，又抓不准陆辰良会不会接通话，这才会忘记要在他面前注意仪态。

她急得咬了下舌头："不是我，是云芳菲！也、也不太对……"可她总不能一上来就说，陆辰良你女朋友在外面搞事情被人发现了，现在快点过来领消息找人吧，这样未免太不给他面子了。

越是紧要关头，越不能得罪发工资的人，她斟酌了一下："有个好消息和坏消息，陆先生，你要先听哪一个？"

陆辰良眼见着舒盼重新把自己包裹得严严实实的，唯独还是剩下了那双脚，仿佛留下了随时随地引爆情欲的导火线，他深吸一口气，不置可否地道：“先把坏的说来听听。”

舒盼脱口而出：“有个记者，她带着云芳菲的消息来堵我。”

“……那好的呢？”

“我把她锁在阳台了！”

陆辰良有点想笑，显示屏上的女人还真是时时刻刻能给自己惊喜感：“别急，我让易南过去一趟。”

舒盼点点头，有了陆辰良的话，她很安心。

易南一路飙车赶赴康复中心。

他终于明白，为什么派了那么多人手去找还抓不到云芳菲的理由了。她居然直接去了公司给她安排好的度假场所——新西兰。

这个太明显的地点，反而成了搜寻当中的一个盲点。

可另一个疑问随之而来，一个名不见经传的小记者又是从哪里弄到这种消息的？

易南终于匆匆地抵达医院，却遇上普通电梯满员，而 VIP 电梯又恰好维修。顾不上再等电梯，他咬牙直接跑上了十六层，先去隔壁的病房把那台杜攸留下的相机给收了。

阳台上正在打电话的杜攸看到易南拿了自己的相机，一脸仿佛撞鬼的表情：“喂喂喂，你不许碰我的相机啊，里面的东西都是……”

她拼命敲打着阳台门：“云小姐，说好商量的，你这样太不厚道了吧？以后我还要追你的新闻啊，追到你结婚，生孩子，还有生二胎……”

舒盼被杜攸这半威胁半耍赖的话语弄得哭笑不得，如果她个人能做决定，交换新闻就交换了，不过是给个顺便而已。可她现在顶着云芳菲的脸，这要是出了什么事情，背锅的可都是云芳菲本人，那陆辰良这个正牌男朋友能放过她吗？

舒盼的后背紧贴着阳台门，嘴里嘀咕了一句：“有本事以后你就追我的新闻啊，等我不做‘云芳菲’了，保证你连我是谁都不知道。”

易南急切按动门铃的声音将舒盼吓了一跳，她小跑过去开门，只见易南手里攥着一沓胶卷：“我找了，这里面没有芳菲的照片，可能被她藏到其他地方了。人呢？”

舒盼伸手指了指阳台：“还在外面，只是忽然没动静了。”

易南重重地放下相机，几步过去拉住门把手：“她在外面做什么？”舒盼摇摇头，自从刚才杜攸扬言要拍云芳菲生二胎以后，她就很久没出声了。

难道又翻楼跑路了？

易南毫不犹豫地转动门把，只见对面一个娇小的身影正气势汹汹地撞了过来，他下意识地往边上闪了闪，迎面而来的杜攸却遭了殃，胡乱扯着易南的衣服，正脸却朝门内光滑的地板上摔了下去。

事情发生得太快，短短几秒之间，三个人都无力阻止这场意外的发生。

完了，这下摔得一定很疼……舒盼紧紧地闭上眼睛，不忍直视杜攸的惨状。果然一声闷响过后，待她缓缓地再睁开眼，杜攸已然正脸朝地，摔出了个极其不优雅的姿势。

而再看易南这边，他上半身的衬衫扣子被狠狠地扯掉了一排，从清瘦的胸膛到隐隐现出肌肉线条的腹部，走光得一干二净。

四散的扣子滚落在地，其中几颗还落在了杜攸的头上。

易南愣了愣，显然没预料到自己一个开门的动作，会使得里面的人撞门不成，直接面部着陆。他赶紧过去查看杜攸："你还好吗？"

"别碰我！"

舒盼已经到了杜攸的身边，她伸手想扶杜攸起来，哪知她一声大喝，生生地将舒盼的手吓了回去。

杜攸躺在地上缓了几分钟，这才先动了动手，从自己的脑袋上拿下了几颗衣扣，紧接着脑袋也挪动了几下，慢慢地抬起头来。易南和舒盼齐齐地看过去，发现一行鼻血已经挂在杜攸的脸上。

她颤颤悠悠地捂住了出血不止的鼻子，委屈地道："云小姐，现在能……好好商量了吗？"

事发后一小时，易南以同意给杜攸先发一条有关云芳菲整容内情的消息为代价，得到了一条重要的消息——云芳菲本人极有可能就在新西兰。

他迅速找来在新西兰的亲信前往拍照的地点查证，果然确认了云芳菲仍在医院就诊的消息。

易南不动声色地找来保安先将杜攸送了出去，而杜攸虽然对整件事情依然存有疑虑，但毕竟挖到了第一手的消息，也就顾不上那么多了，还是先回去发新闻要紧。

杜攸走后，舒盼碰了碰面色凝重的易南："她发了云芳菲整容的消息，真的不会出问题吗？"

易南缓和了神色："即使不是她，明天所有的媒体也都会这样一致报道的。"

舒盼没能明白易南这句话的深意。保住女友的荣誉和地位，这不就是陆辰良找来自己扮演云芳菲的目的吗？怎么临了，说好的计划却又变卦了？

易南没有向她多作解释，只是温和地安慰着舒盼：“你最近辛苦了。”

现在整容的消息放出去了，云芳菲的下落也找到了，无论是利用哪一条，想必都足以让他实施计划把云芳菲捉回来了，至少舒盼不必再每日提心吊胆地扮演别人了。

舒盼勉强地笑了笑，在她听来，这句话简直就相当于发放了工作上的好人卡——你最近辛苦了，以后就不用来工作了。可既然她已经尽了该尽的责任，离开的时候就应该像电影主人公一样潇洒才对。

主人公，可是从来不回头看爆炸和流泪的场面的。

门口的记者早就因为易南造访医院而骚动起来，这使得两人的出行格外地不便，在一圈保安和助理的保护下，舒盼依旧拼命护着自己的脸，这倒让易南对她这种演戏演到底的精神有了几分佩服。

两人一路逃到停车场，易南拿出车钥匙摁了摁：“舒盼，恐怕现在的情况，我不能送你回家了……”

舒盼顺从地点点头，这段时间以来，易南对她的态度一直都很好。而从现在的情况来看，她已经差不多该结束这场替演了，到了该收拾东西回家的时候。

“不过你别怕，有人会送你回去的。”

送她回去？

一道有些刺眼的光亮从不远处照射过来，直直打在舒盼的脸上，她下意识伸手挡了挡，等她松手的时候，看见那辆故意打着远光灯的车，已经开停到了自己的面前。

易南笑着催促舒盼道：“快去吧。”

舒盼怀疑着向前，定睛一看，只见那车前驾驶座上的男人，不是别人，正是已经等候多时的陆辰良。

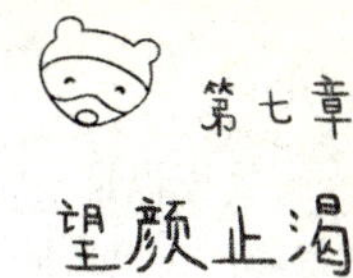

第七章 望颜止渴

舒盼愣在原地，她以为易南应该会安排个助理送自己回去，却没料到是陆辰良亲自来送她，这难道是嘉扬彻底要和自己结束的暗示？

陆辰良挑眉，摁了摁喇叭作为提醒。他虽然不赶时间，可是外面还围着一堆时间紧迫要拍照的记者，易南晚一分钟出去，估计明天的头条编出来的花样就能多个十几种。

而事关一级机密的云芳菲事件，他不得不选择亲自出马来接人，增添了这么多麻烦和负担，他真是恨不得把那个任性出逃的女人给拧成麻花丢海里喂鱼。

舒盼赶紧绕到后座准备上车，她刚拉开车门，陆辰良就冷冷地开口了：“前面。”

舒盼赶紧缩回手，莫名绕回到前座，低低问了句：“我坐这里，好像不太适合吧……”

陆辰良的这辆新车，估计还没有载过除他自己以外的任何人。这台劳斯莱斯，外观覆盖件以正红色涂装，复古风十足，同时车身线条也不失贵族的优雅风度。别说是坐在副座了，舒盼觉得自己要踏上这辆车的座位，都是一种罪过。

可豪车的主人陆辰良显然存了另一种心思。他对舒盼的犹豫以及她不明智的座位选择，感到很不满意。他淡淡地侧头看向她：“不然你要站着吗？”

这女人到底脑子里装了什么东西，一上来就直奔后排而去，真把他当成专用司机了？

反正也是最后一次了，不坐白不坐，舒盼劝服自己安心坐下来，偷瞄了陆辰良一眼，发现他今天好像哪里有点不太一样：“哎？眼镜……”

平日里，她见到的陆辰良，可是从来都没有戴眼镜的。

陆辰良伸手扶了扶鼻梁上的乌金边眼镜，不动声色地转移了个话题：“安全带的事情，你还想再来一次吗？”

舒盼赶紧低头，几下系好安全带。天地良心啊，什么安全带的事情再来一次，如果可以的话，她真希望自己在陆辰良面前永远不要再犯蠢了！

陆辰良见她终于消停，扣好安全带，这才启动车辆，从康复中心的正门大摇大摆地开了出去。

他之所以选了这辆车，是因为虽然它的外形引人注目，但车牌号还从未在媒体面前露过面，用来接人至少不会被追踪。

“你家，是往哪个方向的？”

一听到陆辰良有心把她直接送回家门口，舒盼委婉地开口拒绝：“把我送到地铁口就行了。”

易南倒是曾经用车送过她回出租屋，不过现在她搬家后住的那个地方，胡同和分岔路口多得跟迷宫似的，估计陆辰良的这辆车根本就找不到地方停，更别说顺当地开进去再返回来了。

陆辰良单手握着方向盘，对舒盼的建议权当没听见：“合约期间，乙方一切和工作及家庭债务有关的事项不得对甲方蓄意隐瞒，否则——”

否则视作违约。

舒盼当然听得出这句话，正是从自己和嘉扬的协议末尾当中截取的。可明明现在这份协议就要终止了，难道在这个节骨眼上，她还要因为这种小事情葬送了自己的薪水吗？

舒盼忍不住反抗道：“这都明明不算……”

“哪个方向？”

舒盼有些困惑地看了眼对方，她和这人交流时间并不算多，但眼下也很清楚这是个说一不二的人，此刻他双眸古井无波地望着车外的风景，似乎根本不在意她是否会抗议。

兴许……这大爷是因为有了女朋友的下落，所以心情愉悦，要送佛到西天？毕竟她是这件事中间的大功臣！

这么一想，舒盼就坦然了，认命地看着陆辰良：“左拐。上三环，然后开到尤喜洲桥头，往下两公里，先停在逢高村。”

不过一想到以后，舒盼不由得眼神一黯。今天回家之后，想必她和嘉扬的关系，也就只剩下计算这段时间的薪水和解除合约这两个步骤了吧。

而像这种小事情，肯定轮不到陆辰良亲自处理了。

抱着这种心情，舒盼忍不住多看了陆辰良几眼。他侧脸的轮廓本就堪称完美，如同刀刻一般棱角分明却又不失柔和，仿佛一尊活动自如的立体雕像，不过如今这尊雕像上又多了一副乌金边的框架眼镜，反而多添了几分清俊谦和的气质。

车子开了许久，而这一路上，舒盼都在不间断地偷看着陆辰良，直到最后三分之一的路程，豪车徐徐停在一个十字路口的红绿灯前，舒盼偷看陆辰良的眼神却一时没停住。

陆辰良突然的一个侧目，惊得舒盼的双眼都没地方躲了，只得直愣愣地看向副座抽屉上的两杯果汁。

陆辰良似乎对邻座舒盼的偷窥毫无察觉，反而开口问道："看了这么久，你很渴吗？"

舒盼猛地点点头，故意咳嗽了几声，努力吞咽着口水，装出一副非常口渴的样子。

"自己拿吧。"

舒盼听到这一句，猜想对方的确是没发现自己的小心思，立刻如获大释，伸手拿了一杯果汁放在手里，正准备下口的时候看了看，发现原来是一瓶芒果汁。

完了，她对芒果一沾就过敏。总不能和陆辰良说自己盯着这两瓶饮料这么久，居然还没能发现它们是两瓶芒果饮料吧。

舒盼在心里安慰着自己，也许等这个红灯过去，陆辰良专注开车，就会忘记饮料的事情了。

可舒盼忘记了，这个离家最近的十字路口，它的红灯足有一百四十几秒，直到她提着饮料的手都等酸了，才过去了一半时间。

陆辰良看着舒盼诡异暂停的举动，玩味地反问道："忽然又不渴了？"

舒盼苦笑着："渴，我当然渴了。"

自己偷看惹的锅，最终还是要自己背起来……舒盼考虑打开饮料之后，小小地假装抿一口，以此来表示自己喝过了。

没想到对方又来了一句："哦，所以你偷看我，也是为了解渴？"

一声清脆的响动，舒盼拧开瓶盖，却因为陆辰良这出乎意料的一句僵在原地。陆辰良伸手阻止了舒盼喝饮料的动作："还是，你渴到已经忘记自己对芒果过敏了？"

舒盼将拧好的瓶盖又转了回去，像个做错事情的小学生，顺手把饮料又放回了原位，摆放得端端正正，这才小声地抱怨道：“原来你知道啊……”

陆辰良侧脸看着舒盼，眼底深邃：“你都和嘉扬签合约了，不会现在还存有公司对你一无所知的幻想吧。”

可她的这份合约，不是就要结束了吗？

舒盼对陆辰良话中的深意愈加困惑，纠结地盯着他看了一会儿，直看到路灯都由红闪为绿色，但见陆辰良的眼神忽地又玩笑起来：“在承认偷看我和过敏之间，你宁愿选择后者？”

陆辰良迅速通过十字路口，将车子停当后抽出钥匙离座，只留着舒盼一个人在副驾座上继续蒙着。

她到底这么心虚做什么。其实偷看了就看了，只要陆辰良能不误会，她就是光明正大地欣赏他的颜值也根本没有关系，可是看刚刚陆辰良的态度……

明显就是误会自己对他有猫腻啊！

眼看陆辰良已经停车下去了，舒盼缓了口气赶紧跟上去，她觉得自己有必要把刚才那件事情解释一下：“陆、陆先生，我偷看你，绝对不是为了解渴。不不不，我偷看你，也解不了渴。也不对……”

陆辰良回过头，无可奈何地道：“你到底想说什么？”

舒盼好不容易顺上来一口气：“你相信我，我偷看你，纯粹是因为你好看，和口渴没有半毛钱的关系！”

陆辰良的反应十分淡定，他点点头：“嗯，这件事我知道。”

陆辰良知道什么了？

舒盼急得要跳脚。

毕竟谁都喜欢并且乐于欣赏美的事物不是吗？她这都要彻底结束合约了，再给陆辰良留个居心不轨的最后印象，这口气她还真的咽不下去了。

舒盼迈着悲壮的步伐，快步地走到陆辰良的跟前，拦住了他的去路，语气里带着前所未有的慎重：“陆先生，虽然我马上就要和嘉扬解约了。但我真心地，祝愿您和云芳菲百年好合，早生……”

贵子。

她这最后两个字还卡在嗓子眼里，却见眼前的陆辰良早已从先前漫不经心的态度中迅速地转变，他神色复杂地扫视了一圈四周的环境，最后开口问了一句完全不相关的话：“你一直以来就住在这种地方？”

“是啊。”

舒盼答得丝毫不心虚：“虽然搬了一次家，但是大致上没有离开过这里，住了快有十年。”

等等，怎么一件事情还没说清楚，她就又被陆辰良带着走了！

舒盼张开双臂挡在陆辰良面前，探头探脑地试图遮住他已经离题的视线，奈何整整矮了对方一个头，怎么踮脚好像都挡不住：“陆先生，我的意思是……”

陆辰良伸手将舒盼的脑袋拨到另一边去，他顺着灯光昏暗的小巷极目望去，大片瓦灰色的墙壁直堆砌到两边田埂里头，不少墙面上都用红漆涂画着触目惊心的“拆”字。

一幢幢有着暗色墙体的老旧房子参差不齐地排列着，再往深处一些，甚至连一盏像样的路灯都没有。

她居然能在这种地方住十年。

舒盼被拨到一边，趔趄了几下，她摸着脑袋又迎上去：“陆……”

陆辰良干脆地道：“以后别住这里了。公司会给你再安排住处的。”

给自己搬家?

舒盼恍然大悟，看来陆辰良的正题在这里，他一直送自己到这种偏僻的地方，八成是并不认可她的忠诚度，要为了云芳菲的事情再三确认，并且让她封口。

于是她卖力地表现着忠诚：“解约之后，关于云小姐的事情，我一个字都不会说的。所以应该没有搬家的必要了吧？”

一片静默之中，陆辰良看向舒盼。深沉的夜色之中，看不清他那清俊的脸庞上有任何的表情，舒盼只觉得他的呼吸距离自己很近，近得仿佛再多一厘米，都能碰到他那副冰冷的眼镜框。

陆辰良的语气中不带一丝波澜，仿佛刚才荒唐的一切都不曾发生。

“是谁告诉你，你可以直接离开嘉扬了？”

一道刺眼的白炽光朝两人的方向照过来，舒盼的眼前顿时一片光明，她微眯着双眼，带着满心疑问看向眼前的陆辰良：“你送我回来，不就是为了结束合约吗？”

陆辰良还未回答，旁边那束手电的灯光却不安分地扫动着，在陆辰良和舒盼的脸上来回探照着，最后手电的主人急急开口道：“姐，是你吗？”

舒盼听得熟悉的声音，她用手勉强挡着手电筒的光亮，只在指缝间露出一点光亮，再朝前方出声的地方看去，看见那个拿着手电筒的少年，原来正是自己的弟弟舒凡。

“舒凡，是我。”确认过眼神，是亲姐弟啊。

舒凡开着手电，一路领着舒盼上楼，他时不时回头看一两眼后面的陆辰良。终于到了家门口的时候，他忍不住开口问道：“你是易先生的助理？”

之前易南来家里找舒盼的时候，正好舒凡也在场，所以他只认得易南。

更何况，易南温和亲切自带柔光效果的形象一直深入人心，这极大地获取了舒凡的信任，他觉得姐姐有可能是找到了更好的工作。

可今天冷气场全开的陆辰良，却让舒凡再度陷入了怀疑。

该不会这个人就是上次那个嫌弃姐姐出身的什么陆先生吧？

陆辰良看着面前这个语气不善的少年，感觉自己的情绪控制也快要到了临界点，他往前一步正要发作，舒盼抢先一步挤到两个男人中间，打着圆场：“是，他是。是易南派他送我回来的。”

她说完，赶紧把舒凡一把推到门里去，又低声朝着陆辰良求情道：“陆先生，你就帮我这一次吧。上次你不小心接了我妈的电话，结果我全家都知道有个陆先生，很难解释清楚。不如你就装一下……”

“装一下易南的助理吗？”陆辰良这句话仿佛是从唇齿之间费力挤出来。

舒盼疯狂点头：“就一次，你就当救救我吧，嗯？”

陆辰良反问：“要是我不呢？”

门内的舒凡忽然探头出来：“姐，不进来吗？”

“来了，就来了。”舒盼随口应付着，目光忽然在舒凡手上握着的一柄重物上顿了顿，几秒后，她转过头，更加恳切地对陆辰良做着口型，“求你了。”

陆辰良挑眉，余光扫了一眼门里头的少年，只见他手上抄着一件有些反光的物体，仔细一看，居然是一个沉甸甸的扳手。

他犹豫了一下，转而迎上舒盼求情的可怜模样，生生地又挤出一句话：“好的。舒盼小姐，那我们进去吧。”

出租屋的房间不过十几平方米，屋子里一下子塞进来三个人之后，舒盼才第一次发觉家里格外地拥挤。

在舒盼几番的明示和暗示下，舒凡以修水管的名义，迫不得已去了阳台。

客厅里只剩下舒盼和陆辰良两个人。

舒盼找了条干净的毛巾给陆辰良擦脸，等到确定弟弟已经听不到两人在屋内的声音了，她终于开口紧张地问道：“陆先生，我们刚刚是不是谈到合约的事情了？”

陆辰良直直地看着舒盼，一字一顿地道：“是的，舒盼小姐。”

舒盼猜想他对伪装易南助理的身份仍在记仇，于是忍不住在心里嘀咕了几句，面上依旧笑容可掬地询问道：“我还是不太明白公司以后对我的安排。要不，还是陆先生你说得清楚一点？”

陆辰良将毛巾扔在桌面上：“云芳菲没彻底从新西兰回来之前，你要做的工作还有很多。即使她回国了，情况也比你想的复杂得多。”

他还不打算太快地将整个计划对舒盼明说，其一是为了让她在培训期间保持必需的紧张感，其二却是因为云芳菲的旧账根本没必要和舒盼全部翻开来详谈，以后上了荧幕，只会给她带来不必要的负担。

舒盼误解了，她以为陆辰良这是拉不下脸来追回出走的云芳菲。她这一提，反倒让陆辰良扎心了。

真是可怜的老板……

陆辰良感受到舒盼身上那股奇怪的忧郁，他狐疑地问道："你对这件事情有什么高见？"

舒盼认真建议道："如果你亲自去接云小姐，她肯定会愿意回来的。或者你带她在新西兰玩几天，回来以后对媒体稍微正面表达一下你们的关系，"她点点头，带着极其八卦的微笑，"那估计就搞定了。"

集中谈到云芳菲这个话题，陆辰良的眼中极快地闪过一丝厌恶："我不会去找她的。以后也不想再见到她。"

在舒盼听来，陆辰良的这句话不过是对出走女友的置气而已，她继续循循善诱地道："你都没试过，怎么就知道不行了呢？"

他到底为什么要去试这种事情，云芳菲又不是他真的女朋友，即便是，这女人从哪里看出来自己像是会去苦苦求人回来的样子？

陆辰良只觉得莫名："呵呵，不去。"

舒盼却当他是嘴硬，需要有个人给他个台阶顺着下来："还是去吧。"

"不去。"

"去嘛。"

他有些头疼，想不明白为什么舒盼就能如此热衷于这种把他推向女魔头怀抱中的事情。

"你很希望我去吗？"

舒盼眼波转动，让陆辰良求复合这件事，似乎看起来对自己百利而无一害啊，于是她努力地点着头："我个人很支持你去。"

陆辰良想着其他事情，忽然打岔问道："这么看来，以前拿这种套路对付你的人，应该也不在少数了？"

一牵扯到自己的情感史上，舒盼忽然来劲："这不是套路。如果一个人真心地想要挽留你，那从他浑身上下每一个地方都能看得出来。"

"从哪里？"

"眼睛。"

她徐徐转头，得意地对上陆辰良的脸，准备继续分享自己的经验之谈。暖色的灯光透过树脂镜片，在他乌金边眼镜的周围留下一圈淡淡的光影，那双深如幽潭的眸子淡漠而深沉，让人看不出一丝一毫的情绪波动，越发猜不透他眼底的深意。

陆辰良淡淡地开口：“你看到什么了？”

舒盼的笑容有着片刻的凝固，说不清在那片刻之间，她到底从陆辰良的眼中看出来什么。于是她摇摇头，轻松愉悦的神情渐渐收敛回来。

“什么……什么也没看到。”

她总不能说，在陆辰良的眼睛里，看到了自己吧？

陆辰良没在意舒盼别扭的情绪，他环视了整个房间一圈，做了最后的通知：“你住在这里不方便。接下来还有很多工作需要你处理，希望你能服从易南的安排。”

舒盼考虑了一下，如果职责在身，当然外宿工作也是必要的，就和当初她在片场熬夜等场是一个道理。

做这一行很多时候没那么多选择，尤其是她还签了那么大数额的合约。

陆辰良补充道：“和该说的人把故事圆清楚，然后整理东西搬来我家。”

他可不希望下一次偶遇舒盼这个麻烦弟弟的时候，他还拿着那个骇人的扳手“热情”迎接。

舒盼还来不及细想，舒凡忽然从阳台走进来，抬起角落里的工具箱，眼神万分戒备地盯着陆辰良。

舒盼连忙拦上去再次挡在两人之间，对着陆辰良示意道：“好的，我很快会搬去‘宿舍’的，也转告易先生，请他不用担心了。”

陆辰良皮笑肉不笑：“客气，客气。”

舒凡见两人之间的关系看起来仍旧古怪，他重新抄起手电，快步走到陆辰良的面前。他的个头比陆辰良稍矮一些，气势上却不甘示弱，狐疑地盯着陆辰良。

陆辰良对上少年的目光，还是施以一贯的冷漠回应。

两人僵持了一阵子，还是舒凡先憋不住了，他将手电不断地放在手中掂量着，侧头对舒盼问道：“姐，要我送送客人吗？”

“不用！”

“好啊。”

舒盼和陆辰良同时发声。前者担忧着一旦由弟弟多送陆辰良几步，他的身份必定露馅，到时候后患无穷；后者却做好了打算，要让这个看不顺眼的少年在送客的路上对自己低头认错。

舒盼哭笑不得地拉着陆辰良，背过舒凡，压低声音道：“陆先生，你好人做到底吧。我答应你，明天！明天，我就搬过去。”

陆辰良扶了扶眼镜，恍若完全没听到舒盼的求情。他几步逼近到舒凡的跟前，居高临下地将舒凡握着的手电一把拿了下来：“不用送了。”

舒凡手上忽然一握空，也抬眼愤愤地回应他：“客气，客气。”

舒盼推着陆辰良到门口，几下打开门，顺着把他送了出去：“快走吧，走吧，我们明天见啊。”

陆辰良被推出门外，听得背后关门的巨大响声，震得楼道里的灯应声全部活跃起来，整整点亮了一个走廊。他不甘心地回头又看了一眼舒盼家的大门。

陆辰良隐约觉得，在云芳菲这事情上，舒盼的某些理解已经根深蒂固到了可怕的程度。

他以前怎么没发现和舒盼进行交流，会是一件这么困难的事情呢？

舒盼听见门外陆辰良脚步离去的声音，这才彻底放下心来。回头一看，舒凡已经放下手上的工具箱，安静地坐在位子上。

她伸了个懒腰：“今天有点累了，我先去洗洗睡了。”

“没什么话想和我说吗？”舒凡并不打算轻易放过舒盼，一针见血地戳穿了她拙劣的伪装。

舒盼眨眨眼睛：“没有啊。”

舒凡语气颇为凝重：“姐，我觉得你变了。”

舒盼第一反应是自己的脸。

毕竟她出门的时候只说了要工作，却没告诉弟弟可能脸上会有点变化。

“我的脸其实是……”

“姐，你的新工作是不是不太顺利？”

哎？说起来，其实还算挺顺利吧。鉴于她之前也没做过这种全方位的替身活动，能做到现在这种程度应该还算不错吧。

舒盼走到弟弟身边，拿过一张椅子坐下来，伸手过去就冲着舒凡的脑袋揉了几下：“不是。我换了个很好的工作，只是接下来应该会经常不在家了。如果……如果妈回来，你要多照顾一下。”

舒凡的刘海被弄得凌乱，可他也不躲避，只认真看向舒盼：“姐，你该多为自己想想了。”

舒盼的手止住了动作，她低垂着眼帘，声音轻柔而温和：“舒凡，你是不是一直觉得，我是为了你和妈才一直走不开的？”

舒凡沉默了。

从小在他的印象里，姐姐从来不哭。而唯一一次落泪，就是得知老妈去她经纪公司借钱的时候，而那天却偏偏是父亲的忌日，她一边摆祭桌一边无声地哭着。他亲眼看着，感觉那些眼泪仿佛流进了自己心里。

他的姐姐原本应该是一只富贵平安的小熊猫啊！如今却为了自己和妈妈，离这个可爱的形象越来越远，站出来成了为一家子挡风遮雨的角色。

“不是的。”舒盼果断地否认了弟弟心中的猜测，“我留在这里，不是为了任何人。”

虽然不能够直接成为人见人爱的熊猫，但她这只小狸猫，也总会有春天的。

舒盼从口袋里拿出一张金色的名片：“以后我会更努力。”

舒凡将那张写有“嘉扬”字样的名片拿在手上：“刚刚那个人，也是这个公司的？”

舒盼点点头：“嗯，是。他是代表易先生来和我谈员工福利的，虽然态度不太好，但是条件很实在啊。因为公司离家太远了，所以明天起安排我住在宿舍。”

舒凡见状，这才安心地将名片放进抽屉收好，慎重地开口：“姐，我刚才一直想告诉你一件事情。”

“什么？”

“其实我没洗头。”

第八章 舒盼，欢迎你

次日清晨两点多，某Y姓女星出面爆料自己熟知云芳菲整容的内幕，但在她故弄玄虚的时候，某娱乐小报就直接出了实锤，将Y女星真假参半的言论扑过去了——云芳菲曾因情伤前往国外，近日回国后才又进行了微调。

一时之间，这个惊人的消息席卷了整个娱乐圈。所有曾和她接触过的明星友人，几乎都遭到了牵连性的访问。

舒盼当日出院的照片，更是在各大标题底下频繁出现，各路粉丝、路人不断讨论着云芳菲整容的具体部位，并且强烈请愿要求她在公众面前再次出镜。

而经纪人易南采取的不回应政策，不仅没有熄灭话题的热度，反而使得一系列关于这位视后的报道全部被默认成了事实。

与外界的愈演愈烈的形势相比，嘉扬内部虽然各自忙碌着，却静得可怕。谁也不敢想象，一个身上压着十几个代言的一姐忽然整容，会给合约造成什么样的麻烦。

可无论是A方案还是B方案，这麻烦总要去面对和解决。

会议厅内，陆辰良和易南刚刚结束了和最后一位资方代理人的谈话。小秘书孟开跟着送客出去，两人才得以中场休息。

易南叫助理送来两杯浓浓的美式咖啡。很明显，他昨天就一夜没睡，在公司处理了整整几个小时的来电和私信，可比这更气人的是，新西兰那边居然传来了一个坏消息——云芳菲连夜出院了。

他往咖啡杯里丢进去一块方糖，糖块在滚烫的棕色液体中以肉眼可见的速度融化着，他拿着汤匙稍微搅拌了几下，低头微抿一口，心中仍是意难平。

易南摇着头，脸上写满了荒唐感："我昨天就应该连夜飞过去找她，明明给了不止一次的机会，她怎么还能抛下这么多年经营出来的形象逃走！"

陆辰良没动眼前的咖啡，他拧开一瓶纯净水放到桌上："易南，你现在还认为她只是单纯不想回来吗？"

易南手里夹着的方糖直接砸到了咖啡杯的边缘："你的意思是……"

云芳菲并不是不想回来，而是因为某些原因，现在根本就回不到荧幕前来。

易南被他的这种说法惊出一身的冷汗，他回想起曾经无意撞见过云芳菲服用的那些药品，以及她临走前丑态频发的几次争执和歇斯底里，这一切的一切，仿佛都透露着一个信息——这场有预谋的失踪，是为了避免暴露她已经无法工作的真实状态。

陆辰良无声地默认了易南的猜测，他仰头喝了一口水，继续道："查。即使她人不回来了，这种把柄也绝对不能落到别人手上。"

他起身来到易南面前，将一颗方糖稳稳地投入他的杯中："至少，我们做对了一步。让资方提前掌握云芳菲整容的动态，这是完全正确的决策。"

易南只能对陆辰良的定力再次表示佩服，他稍微缓和了情绪，这才慢慢吐露出自己更深层的担忧："现在已经到了芳菲该露面的时候。再拖个几天，大众的厌倦期上来，情绪肯定会反扑的。"

陆辰良对此并不意外，他的指尖从容地在办公桌上点过："要云芳菲出面，我们就给他们一个。别把精力再花在没价值的人身上了。今天之内，云芳菲的家人肯定会自己来示弱的。你回去休息几个小时吧。"

他之所以还能维持镇定，不外乎早就预判好了两种结果。最好的，不过是云芳菲回来彻底解约后开始新篇章；最差的，也还能继续培养舒盼暂时顶替云芳菲的位置去活动。

如今应验了后者，只能说是绕回了原路，不得以使用的下策。

易南很无奈，虽然还没来得及和舒盼明说出道的计划，但这样一来，计划明显就要延后了。

为了大局，他很快出声同意："我会尽快安排好的。"

陆辰良并不担心舒盼没有机会曝光。《明凝传》的宣传期还远没有结束，将舒盼安排进去配合宣传，是一件太过容易的事情。

易南和陆辰良的想法不谋而合，他迅速行动起来，当即联系了徐喻铭将来意说清，并且安排好了舒盼的日程。

陆辰良选择的这家西餐厅位于A市的洪山路，闹中取静，整体的装修风格静谧而优雅，连水晶灯都泛着淡淡的暖色，餐厅中的每一处无不透露出细致的用心：原木色的桌椅、精致的吧台，以及墙面上云朵状的壁灯。

与此相匹配地，在这样的环境中用餐的客人，都格外地温和平静，时不时小声地谈笑几句。

餐厅的氛围虽好，可惜舒盼实在没心情感受，她一踏入这家店的大门，就感觉到今晚受邀这件事情很不妙。她自从遇到陆辰良，就对陌生而精致的环境格外地警惕。而经验告诉舒盼，这种大手笔的背后，往往都藏着陆辰良不可告人的目的。

可舒盼还来不及缩回去，就看到了不远处正淡淡看向自己的那个男人。

出乎意料地，在看到她的那一刻，男人微皱的眉宇松懈下来，冰冷如霜的面庞上有了一丝明显的动容。

舒盼看得移不开眼睛，身子不自觉往前进了一小步，只见那个男人的嘴角微微勾起，带出一抹轻柔的弧度，整个人看起来仿佛被包裹在和煦的清风当中，简直温柔得不可思议。

舒盼没有挪动步子，她在周围找了一圈，发现也没什么别的人，但依旧不敢相信陆辰良是对自己展现笑容。身边一位高大而清秀的应侍生好意提醒："那边的先生好像是在找您。"

舒盼有点傻眼，她小声地回了应侍生一句："你确定吗？我怎么看都感觉不是他认错人了，就是他吃错药了。"

话虽是这样说，可她一看见陆辰良的笑容，就好像难以控制自己的脚步了，着魔了一般朝他的方向走去。就这样几步又几步，等舒盼回过神来的时候，她已经站在陆辰良面前了。

舒盼不得已落座，对面的陆辰良仍有着笑意："我等你很久了。"

套路，这绝对是套路，一定有记者在偷拍，所以陆辰良才故意在她面前上演这种贴心恋人的戏码。

舒盼反复地安慰着自己，以此来缓解这个微小的冲击。她接过应侍生手里厚重的菜单，把自己的视线挡得严严实实的。现在她只有隔绝了陆辰良的"笑颜杀"，才能有稍微自由的呼吸和思考。

缓了好一阵子，勉强对上菜单上满满天书般的字母，才看了两行，对面的陆辰良就发话了："你拿反了。"

舒盼如同被烫了一下，慌张地把菜单又翻过来扫了几遍，可还是看不懂。她叹了一口气，扫了一眼周围正在用餐的几桌，基本都是来这里约会的情侣在甜甜蜜蜜地聊天或者互相喂吃食。

唯独侧后方一桌坐着一家三口，那小孩看起来十三四岁上下，他桌面上放着一份超级可爱的童餐。

“陆……”

“童餐不可以。”

“算了，今天暂时不为难你。”陆辰良的心情看起来好得有些诡异，他对应侍生耳语了几句，直接为舒盼点好了单。

舒盼对周遭的环境适应得极差，从刚才起她就很困惑，自己的衣着和整个餐厅都格格不入，是怎么被允许进来的？

她轻咳了几声，压低声音道：“陆先生，如果有记者要拍，你应该稍微提醒我一下，我这个样子被拍进去，云小姐回来会杀了我的。”

她现在很有身为云芳菲的自觉，很可惜这次却用得不是时候。

陆辰良对为红酒开瓶的应侍生微微致谢，他稍微晃了晃玻璃高脚杯：“紧张感是对的。不过如果刚才有人在拍，你就是零分了。”

舒盼很想问问陆辰良的基准是多少分制的，因为再待下去，她很可能就出现负分的情况了。但她很快察觉出这句话的假设性质，于是闷闷地开口道：“没有人拍，那我和你吃饭，还有什么意义吗？”

她心中各种疑惑纠结成一团，问又问不出口，简直如同数万只可达鸭在上下奔腾。没有人拍，陆辰良对她笑得这么好看做什么；没有人拍，陆辰良忽然对她这么温柔做什么，简直可怕啊。

陆辰良因她这句话收敛了笑意：“舒盼，食物和住所，对你来说的意义是什么？”

“吃和睡啊。”

陆辰良微微举杯：“我猜，你应该很久没有真正享受过这两个东西了吧？眼睛骗不了人，云芳菲的眼里不可能会有那种疲惫和辛苦。我不期望你能完完全全演得像她，但至少你不能在别人面前露怯。她该有的骄傲和该享受的权利，你都应该在我给你的机会里，去学，去体验。”

只有在基础的物质上得到满足，舒盼才会安心去寻找自己的价值和意义。

陆辰良很早就发现了，舒盼天资聪颖却未免过于谨慎，说她像只狐狸吧，卖起蠢来不输给任何人；说她是人畜无害的熊猫吧，未免有失神韵……

狸猫！眼前这个女人现在就像极了一只躲在自己身后的小狸猫。

舒盼不知道陆辰良心中所思，她撇了撇嘴，不再说什么。从很早以前，她就发现，陆辰良所说的每一句话都有着无可挑剔的正确性。

可有的时候，她实在难以理解陆辰良实施的方式，因为他用的永远是最直接暴力的那一种，从来不和别人商量可接受的程度。

她学着陆辰良的样子晃了晃红酒杯，看着红色的液体在透明的杯体中荡漾着，仿佛她此刻心中的动荡："我能再问个问题吗？"

"如果不让你问，你就不问了吗？"

舒盼思忖着摇摇头，她看向陆辰良："我今天可以不问，但是以后就说不准了。"

陆辰良微抿了一口红酒："只有一次机会，你想清楚再问吧。"

舒盼犹豫了一小会儿，她此刻最想问的其实是陆辰良刚才为什么对她笑，尤其是还笑得那么好看。可是比起这个，接下来她要和陆辰良同居了，似乎这才是她心中更过不去的坎。

"我非要和你住在一起吗？"

陆辰良举杯和舒盼的杯子对碰，发出一声清脆的声响："好问题，这也是我今天找你出来的目的。舒盼，云芳菲暂时回不来了，所以我们的合约要正式进行了。"

他下午接了个电话，随后迎来了云芳菲的母亲，她几乎是带着哭腔将云芳菲的情况全盘托出了。在一番交涉之后，云芳菲反而成了更迫切需要舒盼代替的一方，于是陆辰良顺水推舟提出了封口要求，并很快做出了要正式启用舒盼的决定。

舒盼喝了一大口红酒压惊，只觉得杯中的液体酸涩的口感层次分明，回味中还带着浓浓的甜辛后劲，她稍微镇定了一下，可云芳菲暂时回不来是什么概念，这么严重啊。

"她是不是被……绑架了？！你们报警了没啊？"

这是舒盼所能想到的最可怕的情况。

陆辰良将食指竖到嘴边，做出一副讳莫如深的样子："那边的警方应该已经介入处理了。"

舒盼赶紧噤声："好，好，我不说。可你不去救她吗？"

陆辰良摇摇头："警方的意思是，国内少一个人知道，她就多一分能被救下来的希望。"

原来最近陆辰良种种反常的举动，都是因为女朋友遇到了这么大的危险啊。舒盼忽然有点同情陆辰良了，他应该是承受了很大的精神压力，最后才决定要留在国内找人来顶替女友的位置的。

刚才看着自己的那个笑容，一定是心疼远方女友的笑容，所以笑得恍惚，笑得悲伤，笑得那么好看……

毕竟这种被人绑架的事情，应该是他和云芳菲终身的噩梦了。这样的话，她和陆辰良住在一起，不是更不合适了吗？

她傻傻地说："这样的话，我就更没理由去你那里住了啊！"

陆辰良眼见舒盼已经将云芳菲出走的理由理解差了个十万八千里，他也不解释，只徐徐将剩下的理由道来："你去不了云芳菲买的房子住，公司可以安排宿舍给你住，可是你觉得以云芳菲的身份，她会愿意和普通艺人混住吗？还是你已经有自信和谁打交道都能演出云芳菲来？"

完了，她还真的没这个自信。

可舒盼还是不死心，最后挣扎了一下："那易南呢？我可以住在他家里。"她这一句话一出，顿时感觉周围的气温都下降了几度，可抬眼仔细看看陆辰良，又察觉不出来他有什么变化。

陆辰良漫不经心地回道："哦，这个我和易南商量过，可他拒绝了。"

看来，易南也是挡不住陆辰良要亲自守护女朋友的荧幕形象的决心了。

舒盼深深地看了一眼陆辰良，忽然觉得他这个为女友坚守阵地的痴情形象，十分光辉伟岸，好像之前他对自己所做的种种不正常的行为，如今都有了一个正当的理由。

舒盼决定不再纠结同居的事情，她今天要好好补充能量，争取努力工作，为陆辰良和云芳菲可歌可泣的爱情续上一秒！

她对着刚上来的主食和桌面上的刀叉研究了一会儿，正准备下刀，陆辰良却将一份已经切好的肉放到了她的面前。

换过舒盼面前那份还没动过的牛排，陆辰良继续动着餐刀，优雅而利落地处理着餐盘中的食物："而且你好像对我家有什么误会。你住过来不是来享受度假的，是来专心受训的。"

舒盼看着他动刀的姿势，顿时感觉自己对他的担忧都是多余的——差点忘了，她现在才是陆辰良化思念为动力，放在砧板上那块待改造切割成云芳菲的原料……

陆辰良切好牛排，抬眼看了看正在埋头吃肉的舒盼，缓缓地道："舒盼，欢迎你。"

陆辰良开车回陆家的路上，恰好和一辆货车在同一条道上偶遇。

货车在这条别墅区的道路上举步维艰，开得十分痛苦，陆辰良索性将车暂靠在别墅区门口的斜坡上，让出一条道来给货车出去，准备和舒盼一起下车步行回家。

陆辰良往后视镜扫了一眼，发现紧随着货车的出入，几名眼生的青年正顺着慢悠悠地走上来。

舒盼对这里的环境没有陆辰良熟悉，自然对生人的来临浑然不觉，她跟在男人背后进了一条林荫小道，小步小步地走着。

只见远方的几幢别墅在法式梧桐的装点下若隐若现，别致而典雅，在奶黄色的灯光包裹中更温暖得像个城堡。唯独陆辰良的那栋别墅打着冷光，与四周的画风迥然不同，仿佛黑海中高傲而孤独的灯塔，叫人不敢擅自接近。

两人一路无话，但舒盼对饱餐后消食的散步运动很满意，很快走到了陆家门口。只差几步的时候，前面的陆辰良忽然转了过来，对着舒盼，严肃而正经地道："抱我。"

舒盼完全不在状况内："……你确定？"

他再怎么想云芳菲，这样对待自己也实在是过分了，根本就是把自己当成供他思念云芳菲的道具，这和让她在舞台剧场上演一根木头有什么分别。

"抱我。"依旧是陆辰良不容置疑的语气。

舒盼看到他冷冽的目光，不自觉地打了个冷战，脑子稍微清醒了一点，她上前走了一小步，凑到陆辰良耳边："是不是刚才有记者混进来了？"

陆辰良见她靠过来，顺手一揽便将她拉进了怀里："如果不是有人在拍，我抱你有什么意义？"

继眼神攻击之后，舒盼感觉心脏又被陆辰良狠狠地怼了一下："至少告诉我人在哪里吧。"

陆辰良的手温柔地覆上舒盼的头发："你演戏的时候看着摄像头就会演得更好吗？"

好有道理，她真无言以对。舒盼的手空挠了几下，最后还是无力地慢慢地放上陆辰良后背。这是她第一次和这个男人距离如此之近。

陆辰良的体温透过她手掌轻抚的位置，慢慢地传到她心底的某处，而在她腰际的男人宽厚的手掌，好似带着奇异的温柔，竟叫她浑身都动弹不得。

耳边静得听得到陆辰良的呼吸声，以及她律动得不正常的心跳。

陆辰良此刻好似对舒盼毫无察觉，他灼热的气息从她耳际掠过："微笑。"舒盼勉强提了提嘴角，可陆辰良犹觉得不够，"笑得好看一点。"

舒盼立刻照办，结果咧嘴笑成个花痴状，又遭到了陆辰良的嫌弃："你笑得很不专业。"

她几乎要气结了，这个专业要从哪里考证？她要掌握的到底是女朋友的专业还是纯粹被记者摆拍的取巧？此刻陆辰良冰冷的语气配合着如此亲密的动作，更是在她面前形成了极大的反差。

无论从哪个角度来拍都应该是一对情侣热情的拥抱，可只有舒盼自己知道，现在她正在经历着冰火两重天的尴尬境地。

舒盼撑着一张笑脸，从唇齿间挤出一句吐槽的话："陆先生，哪一对'专业'的情侣会在自家大门口抱成这个样子，早就飞奔进去该做什么做什么了。"

陆辰良深以为意，他戏谑地来了一句："没想到你能看得这么透彻，不过这种建议你应该早提啊。"

舒盼捍卫自己站陆辰良和云芳菲这对荧幕情侣的尊严："我向你远方受苦受难的女朋友保证，我们不做。现在不做，以后不做，死都不会做的。你放心吧！"

两人僵持了好一会儿。陆辰良忽然深深地感觉到，还是很有必要解释一下这个症结所在，他用少见的耐心开口道："云芳菲不是我女朋友。"

舒盼尽力帮他圆话，鬼知道陆辰良现在这话是不是气话："那算前、前女友吗？需要我重新保证一遍吗？"

陆辰良开始头疼了，他怎么就和这人说不通了？正在他要爆发之际，陆辰良家的铁门忽然自动打开了，李嫂从里头提着两个大塑料袋慢悠悠地走出来，刚好看到门口正在表演亲密的两个人。

李嫂对着面前的情况微微一愣神，虽然知道舒盼要住进来，可还不知道她已经和男主人发展到这种地步了。

舒盼却是反应得极快，她猛地松开陆辰良，自如地和李嫂打招呼："李嫂，东西重不重啊，我帮你拿吧。"

那个被招呼的对象仍是没有反应过来，舒盼已经戏很足地迎了上去，将她手上两个沉甸甸的袋子拿了起来，自顾自地走远。

李嫂手上一空，一脸蒙地看着自家的男主人，陆辰良耸耸肩回应李嫂，他双手插裤袋："随她去吧。她现在脑子不清醒。"

李嫂很苦恼地回道："可过了这个点就不方便处理垃圾了呀。"

陆辰良挑眉："垃圾？"

李嫂忧虑地看着远方费劲提着袋子的舒盼："我拿的两袋都是分类好的垃圾，今天出门迟了，快赶不上收垃圾的环保车了。舒盼小姐现在拿走了，等下会有点难办啊。"

这出戏的后果就是——舒盼在收拾房间的整个过程，都半开着房门方便进出，而陆辰良在客厅快意的笑声如同魔音一般在她的耳边萦绕不绝。

这件事情都过去三个小时了，陆辰良这才正式笑出来，反射弧也未免有些太长了吧。而且她搞不懂到底有什么好笑的，不过就是她错拿了李嫂的垃圾，然后不得已戴上口罩和帽子追在垃圾车后面喊师傅停车而已！

虽然她被师傅骂了个狗血淋头，最后还差点被认出来，可总算是顺利完成了任务啊。

舒盼听着陆辰良不间断的笑声，既好气又无奈，一番挣扎过后，竟也不自觉地笑了出来，可她明明觉得好羞耻，简直想一头摔进被子里闷死算了。

这才是正式住进来的第一个晚上，就这么出糗，以后真不知道该怎么面对李嫂了。

舒盼走出门，探头看了一眼在楼下客厅沙发上的陆辰良。他的笑点真心好奇怪，难道平时云芳菲就不用出门丢垃圾了吗？！

她就不信平时没有人错过扔垃圾的时间，她只不过是不想因为自己的错误给李嫂增加负担而已，在陆辰良看来到底有什么好笑的……

陆辰良忽然回头，将背后偷看的舒盼抓了个正着："有事？"

舒盼赶紧摇摇头，她转身走回房间，猛地关上门，倒在床上将被子盖过脑袋，抱着熊猫玩偶，双腿在床上猛蹬了几下。

外头的动静渐渐听不到了，舒盼整个人都闷在被子里，口中喃喃自语道："他不是平时不爱笑的吗？"

她现在是真搞不懂陆辰良了，是不是云芳菲被绑架这件事对他的刺激太大了，所以现在的精神很脆弱，容易大喜大悲？又或者是云芳菲的事情还另有隐情？

舒盼在梦境中无限脑补着关于陆辰良和云芳菲的故事，但她不知道的是，自这个夜晚起，她和陆辰良的故事才刚刚开始。

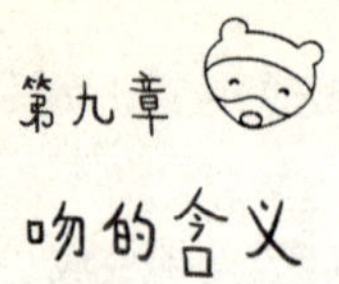

第九章 吻的含义

次日早晨六点，舒盼被手机的振动加铃声轮番攻击。迷糊之间，她闭着眼就接起了自己旧手机的电话，电话那头是陆辰良的声音，只有简单的两个字：“起来。”

“嗯……”

舒盼挂了电话，艰难地坐了起来，还没缓过来几分钟，新手机的铃声又响了起来。

她随手摸了摸屏幕，接起来一听又是陆辰良的声音，这次他说了一句足够长也足够让舒盼清醒的早安问候语：“起来，我有你房间的备用钥匙。十分钟后，我就上去开门了。”

住进陆辰良家几天了，舒盼几乎天天都要经历早起这个格外痛苦的过程。

以往在片场熬夜时间颠倒，导致她很长一段时间以来都没能调整好生物钟。而根据易南的说法，康复中心制定的训练日程，正是通过有氧运动和饮食将她亚健康的身体状态进行管理，从而为她即将开始的日程做准备。

她现在依旧很困，而且丝毫没有感受到这个计划的效果。

陆辰良在她面前打了个响指：“你在走神吗？”

舒盼调整着呼吸，她早晨起来以后已经在这台机器上慢跑了一小会儿，陆辰良既不加速，也没有让她停下来的打算。于是她小喘着开口：“我、我在思考。”

陆辰良挑眉，在平板上将舒盼一个星期以前的体检报告翻了几页，他将平板放到跑步机前："看来你的情况不容乐观，只有几项还稍微过得去。"

舒盼边跑边凑近屏幕查看，满满一页检测项目上被圈上了几个重点，身高、体重、三围、血常规等，怎么这里还有个子宫年龄……

舒盼大窘，她连忙伸手过去挡住屏幕："为什么会有这个？这个测来做什么？"

陆辰良耸耸肩："你很介意吗？"

舒盼深吸一口气，机械地摇了摇头。她当然介意，不是介意做身体年龄测试，而是介意这些第一手的资料还未经她过目，却全都到了陆辰良的手上，就好像整个人在他面前都无所遁形，不能存有丝毫的秘密。

虽然仔细想想，她好像也没有秘密能隐瞒陆辰良了……

舒盼对着平板胡乱向后滑动几页，想把这屈辱的篇章翻过去，却不小心点出了娱乐头条，整版关于云芳菲的新闻便跳了出来，她还来不及关掉页面，陆辰良却伸过一只手来阻止。

陆辰良一针见血地道："你该不会还没看过和云芳菲有关的新闻吧？"

舒盼的确还没关注云芳菲的娱乐八卦，但她自有别的根据："易南说，不需要去纠结别人是怎么看我的。"

陆辰良将平板上的头条点击放大，重新摆到舒盼面前："他这话只对了一半。如果是云芳菲或者任何一个曾经被热点困扰过的艺人，当然不应该过分关注外界的风评。可你不一样，没有过经历，怎么谈放下？"

舒盼很不想承认，自她出院以后，的确刻意回避着娱乐新闻。

无论许珊有多么热烈地想和她讨论八卦，她都提不起劲来，以至于还没用手机看过几条娱乐新闻。尤其是关于云芳菲的新闻，她更是直接屏蔽了。倒不是舒盼一点都不好奇，只是当她自己成了"云芳菲"以后，每次看到新闻当中的人物都觉得古怪得很——那热点的主人公，好像是她，可又分明不是她。

陆辰良放缓了跑步机的节奏："你应该看的，以后每天这个时间段，你都应该来看看自己的一言一行是怎么影响外界的，是怎么影响'云芳菲'这三个字的。"

舒盼由慢跑渐渐转变为快步行走的节奏，她努力调节着心率和呼吸。

陆辰良递了一杯水给舒盼，示意她稍作休息。

舒盼接过水杯，为表决心昂头喝了一大口，这才敢点开娱乐资讯浏览。

最上面的一条俨然就是她和陆辰良在大门口的亲密照，大写加粗的标题是："整形初见成效，云芳菲重获 L 君欢心。"

舒盼差点没一口水喷在平板上，她微调的成果和陆辰良有什么关系？！

陆辰良对这类新闻免疫已久，他扫了眼新闻的配图照片，调侃道："这张拍得还可以。"舒盼不死心，她一把拿过平板从跑步机上走下来，连续翻了好几条新闻：

"云芳菲默认因情伤整容""云芳菲和L君恋情成谜""L君默认云芳菲整容，暗示两人将公布恋情""云芳菲与L君同居，力证情伤系谣言"……

居然每一条都要和陆辰良扯上点关系。

舒盼皱着眉头看向陆辰良："这风向也变得太快了吧。"她以为，看客们至少还会对云芳菲整容的事情多留心在意，没想到最吸睛的部分还是她和陆辰良的恋情进展。

陆辰良十分淡定："能联系起来的内容一个都不放过，这就是媒体的娱乐精神。你以为单单一个整容的新闻能够热闹几天，早就不够满足观众的好奇心了。"

舒盼心里还有其他困惑，她小心翼翼地道："我能问……"

"问。"陆辰良只说了一个字，他早已习惯舒盼发问的频率，几乎每一件关于云芳菲和他的事情都值得她发问。

"你和云小姐为什么从来都不公开呢？"

这是一个让舒盼颇感古怪的地方。

明明云芳菲和陆辰良的亲密照满天飞，可两个人从来不承认关系，而且对恋情的说法从不统一。这直接导致他们的爱情故事被媒体编造成了N个版本。

无论是什么场合，什么访问里，陆辰良都只将他和云芳菲的关系描述为普通朋友，对其他的绯闻也从不给予反应。而云芳菲的态度则截然不同，她几乎做什么事情都乐意打上"陆辰良"的标签，对各类"CP站"的应援更是给予积极的反馈。

这样一比较，云芳菲仿佛就是对公司老板痴心等待的苦情女艺人，而陆辰良……则是典型的渣男人设。

她这个问题问得既真诚又愚蠢，让陆辰良都有些忍俊不禁。他本来就是一个对外界的看法很淡漠的人，既乐得帮公司一姐地位的人做戏，又懒得理会云芳菲如何把这种暧昧关系做利益最大化。

久而久之，陆辰良自然被后者捆绑了。

可炒作归炒作，公开的女朋友这个位置，他一分一秒也不愿意让一个自己不喜欢的人占着。

陆辰良走过去收起舒盼手上的平板："我和她没有什么好公布的内容。媒体拍到的那些就是全部，剩下的别人怎么脑补，我根本不在乎。"

这似乎是个避无可避的问题，可舒盼总觉得陆辰良每次都有意只回答一半："那云……不对，那我呢，有必要继续和我拍这种照片吗？"

陆辰良站了起来，他走到舒盼的面前："第一，我要他们知道，云芳菲已经和我复合了，这样你才能顺理成章地出入我家；第二——"

陆辰良将手上干净的粉色毛巾扔到舒盼头上："你和她不一样。以后私底下我禁止你把自己和云芳菲混在一起比较。你还是多集中精力在接下来的考试上吧。"

舒盼被毛巾盖住脑袋，她随手擦了几下脸，拿下毛巾，发现陆辰良已经不在自己眼前了，急急地追上去问道："什么考试？你说得明白一点。"

陆辰良猛地回头，逼得她在后面急刹车，两人差点就正面相撞："第一，你要出席徐喻铭的电视剧的宣传会；第二，你们剧组要顺便聚餐送送他，因为他就要回香港了。"

这句话的信息量有点大，舒盼过了一遍脑子，还没回味过来。

陆辰良看着舒盼神色转换，渐渐没有了八卦自己情感生活的心情，他感觉心情大好，又补了一句："本来我也要去，不过想想，既然你这么不满意和我同框，那我今天还是暂时不要去好了。"

舒盼没注意陆辰良的后一句话，她只觉得自己的头皮都开始发麻了。聚餐？这么说整个《明凝传》剧组和云芳菲对戏的主人公都会在场……

李嫂从杂物间里走出来，她用饱含慈爱的目光，从二楼的这个窗户看下去，正好能看到陆家的男主人和新入住的舒盼小姐在底下交流感情。

多么有朝气而美好的画面啊。

下午三点，易南新派的助理小欢就位了，她带着舒盼来到新的美容院，为晚上出席活动做准备。

易南的贴心程度超乎舒盼的想象，小欢对整个计划的情况十分了解，但又不至于越界询问一些隐私，这让舒盼减负了不少。两个年纪相仿的女孩，不过十几分钟便熟络了起来。

在烫卷头发的时候，舒盼收到了一条来自许珊的信息："盼盼，我给你发张图片，你猜猜我现在在哪里。"

其实这三个月她们两个的联络并没有断过，但碍于舒盼签署的保密条款，她只得对自己近来的工作三缄其口，谎言说得多了，反而感觉有些愧对许珊待她的真诚了。

可许珊似乎对此毫无察觉，她最近参加了 K 台一个舞蹈类的选秀节目，开挂一般一路杀进了半决赛，依旧每天不间断地发着配了自拍图的微博。

等图片缓冲出来，舒盼点开一看，哎？巧了，许珊好像也在类似美容院的地方做造型。于是她立刻回复：“你在美容院？”

许珊看起来非常兴奋，她连发了三个激动流泪的表情：“我的节目明天就要播了，预播的片段有特写，居然有我正脸的好多特写！！！等会儿要补拍一个赛前视频，我求着师姐带着我们这组去美容院蹭个 VIP 弄发型。就是之前我和你说的死贵死贵的那家，我现在就在这里等着和明星偶遇呢。”

舒盼笑了，如果许珊现在就在自己面前的话，两个人估计要抱着欢呼了。她将图片双击放大看看，更巧了，许珊这家美容院似乎还是她现在所在的这家的分店。而她再一细看，这张照片背后的人影也有点眼熟……

舒盼下意识地抬头，扫了一眼镜子中自己的打扮，这才感觉有点不妙——许珊这图拍的不就是自己的背影吗？！

舒盼的头发还被烫发器向上束起，她向后小幅度地转了半圈，扫了一眼不远处的沙发，果然发现许珊正和其他几个女孩一起坐在那里。

小欢看见舒盼的动作，迎上来询问：“你要什么东西吗？我帮你拿吧。”

舒盼的表情一言难尽，她压低声音道：“恐怕我有麻烦了，有个朋友也在这里。”

小欢立刻警觉：“是认得你，还是云小姐？”

之前易南调她过来做事情的时候，特别吩咐过要将舒盼一切的服务翻新，所以她特意选择了原来那家美容院最新开的分店。这家店虽然所处的位置不够好，但胜在人员充足，用来分流其他店面的客户是完全足够的。

可巧的是，避开了云芳菲的冤家，却躲不掉舒盼的熟人。

舒盼边通过镜面观察着动态，边向小欢解释现状：“她两个都认得。”

镜子里，坐在角落的许珊和周围几个女孩互相推搡着，似乎正朝自己这个方向小声议论着些什么，随即许珊站了起来。

舒盼急着一把拉过小欢挡在自己身边：“来了，来了。”

许珊朝舒盼的方向走过来，可她看也没看，径直越过了舒盼，走向了离她三四个座位远的位置。

哎，原来她不是来找自己的？

舒盼拉着小欢做人肉挡板，继续偷偷观察着许珊的下一步动作。邻座坐了个刚刚做完造型正闭目养神的男人，只见许珊手上拿着不知从哪里弄出来的一支签字笔和小本子，小心翼翼地递给了座位上的男人。

小欢凑到舒盼耳边：“你朋友好像去要签名了。”

舒盼点点头：“看来是没看到我。”两人的焦点齐刷刷地移动到邻座的男人身上，舒盼这才隐约认出这人貌似是自己在资料中读过的人物。

他是黎……

小欢和舒盼互看对方一眼："黎剑辉。"

邻座的那个男人旁边还站了一位衣着干练的中年女子，应该是他随行的经纪人。

从远处看去，男人留着一头栗色短发，单一个侧颜剪影也十分吸睛，高鼻梁，深眼窝，嘴唇和下巴的线条完全符合美男子的黄金比例。不知是不是上完妆的缘故，他的皮肤质感极佳，看起来比一般的女星还要白嫩妖孽。

这么标志性的阴柔长相，这不正是五年前和嘉扬闹天价解约的黎剑辉吗？

许珊索要签名的举动显然打扰了他的清净，但黎剑辉似乎对这样的状况屡见不鲜，他微笑着接过她的签字笔和本子，迅速地写了几个签名，递还到她手上。

两人紧接着又拍了几张合影，隔着老远，舒盼都能感受到许珊激动的情绪，她抱着签名的本子兴奋得不行，低头连声感谢着黎剑辉，随后转身对着同行的女孩们比了个胜利的手势，仿佛是个初次传递情书的少女。

舒盼看得乐了，许珊果然到哪里都是许珊，她正准备放下一颗悬着的心，旧手机却在桌面上因为微信消息而振动个不停，舒盼赶紧抓起手机调成静音，可经过她背后的许珊听着这动静却停顿了脚步。

许珊感觉有些纳闷，怎么自己每发一条，这附近就有一阵振动声伴随着响起。她转身四处找了找，看到一双手正紧握着一部款式老旧的智能手机。

这手机倒有些眼熟，可是这人……会是舒盼吗？

舒盼浑身的血液好似都要停止流动了，就在许珊快要过来搭话的那一刻，她忽然急中生智将自己的旧手机塞给了小欢，用命令的口吻道："我难道没和你说过工作的时候要关机吗？"

小欢心领神会地配合着舒盼，她接过手机顺手直接给关了，低头连连道歉："对不起，我以后会注意的。"

许珊的这声问候卡在嗓子眼里，她转头仔细盯着这个开口训斥助理的女人，眼神中充满了怀疑。虽然这人的侧脸长得和舒盼有几分相像，但细细看来，两者的气韵却迥然不同。

舒盼做事带着一股独特的亲和力，仿佛那种温和和谦逊早已成为她内化的气质，从而在她举手投足之间都让人感觉到善意。眼前这人虽然好看，却美得让人不想靠近，她说话时微微昂起尖俏的下巴，冰冷刻薄的语气，哪里有一点她家盼盼的萌感？

要真的比较起来，这女人还比较像那个最近爆出整容风波的云芳菲呢！

许珊心中对自己认错人的看法确认无误，她不想招惹这种难搞的人物，于是缩回了身子，从舒盼的边上悄悄地走开了。

许珊坐回沙发后不久，终于等到了造型师服务的空位。舒盼眼见着许珊和同行的那一群女孩一起被带到了自己看不到的位置，这才放下心。

小欢将舒盼的手机还给她，舒盼客气地道：“谢谢，不过这件事情……你可以不告诉易南吗？”

她之前曾被易南建议过，工作时间要把一切私人物品都收起来，可是她没有照做，毕竟现在她浑身上下也就手机这一个东西还属于自己，剩下的全是云芳菲的标配。

小欢眨着眼睛，一脸的玩笑：“虽然我是易南调来的，可是也不一定要事事向他汇报啊。我有分寸的，不过你这手机太危险了，平时还是关机吧，免得再闹出事情来。”

舒盼长出一口气，她吐了吐舌头，将旧手机塞进包里：“好，听你的。”

许珊这个小插曲过去十分钟后，舒盼的卷发造型终于新鲜出炉了，理发师最后给她上了一遍蜡，便宣布了发型部分的结束。

舒盼不敢在外面继续待下去，生怕许珊什么时候折回来就会和她撞个正着。小欢领着她准备去单间试穿衣服，两人途经柜台的时候，却恰好目睹了大堂经理正在被刚才黎剑辉身边的女经纪人责骂。

“你们的服务质量下跌得这么严重，现在是什么人都能放进来了？”

大堂经理保持着一贯的谦和态度：“女士很抱歉，我为刚刚那位小姐的行为向您道歉。是我们考虑得不周到。”

女经纪人的不满没有丝毫的消减：“道歉就不用了。刚才那个要签名的，还有她那一群没教养的朋友，我要你把她们请出去，否则我们阿黎现在就退了会员。”

大堂经理对她蛮横的解决方案十分无奈：“您的要求……我们会和店长传达，还希望您耐心等待。”

女经纪人摆摆手，不耐烦地道：“你这套说法我听得多了。她刚才的行为已经严重打扰到了阿黎休息。我就不信了，像那种货色的丫头会是你们店里的客人，你去给我把店长叫来，我要看看她的会员资料，如果她不是 VIP，凭什么能随便进出二楼？”

大堂经理一听这话，顿时面露难色，虽然许珊那一行的客人并非是 VIP 客户，但的确是某个人物托了关系安排进来的，就这样贸然把人拉进黑名单，万一开罪了哪个托事的高层或者贵客，这责任他肯定担当不起。可要是不遂了眼前这黎剑辉经纪人的要求，恐怕闹大了美容院也不占理啊。

听着女经纪人还在用各种难听的字句形容许珊，舒盼低垂着头，她的手不自觉地攥紧。她想起当时在会议厅里和云芳菲的代言商交涉的情景。

当时资方故意将易南留在门外，偏留她一个替拍的人在里面接受种种不满和辱骂，而他们说得最多的一句，不过就是“像她这种替身”……

小欢对舒盼小声地耳语道：“本来这种事情也没什么，不过黎剑辉的经纪人Coco姐出了名的不讲理。所以这次估计你朋友不太好办了。”

舒盼拉了拉小欢的手臂，低声道：“小欢，我可能要闯祸了。但这件事情不怪你，责任我一个人扛，你记得完整地汇报给易南。”

小欢一听这话，还没反应过来意思，手上一松，转头一看舒盼，她已经迎着前方还在争论不休的两人走了过去。小欢在心中暗道一声不好，也只得赶紧跟了上去。

舒盼徐徐走到大堂经理的身边，伸手一把摘下他的名牌，放在手中把玩：“你的工作牌暂放在我这里。去把店长叫来吧，我正好也要退会员。”

她的话音量虽不大，但足以引起柜台附近所有人的注意，女经纪人和大堂经理也都微微一愣。

细看之下，眼前说话这人的容貌有些熟悉，却和记忆中的样子差别甚大，而但凡稍微看点娱乐新闻的人都会认出她来——这不是已经好久没露面的云芳菲吗？

众人因为舒盼的忽然出现而起了一阵骚动，但大堂经理率先恢复了理智，他从容地开口：“请问云小姐对我们的服务有什么不满意的地方吗？”

舒盼双手交叉叠放在胸前，她踩着高跟鞋，在光洁的大理石地面发出有节奏的响声：“有。而且我和这位女士一样，对你们的服务质量很不满意，所以我才要退会员。”

“请问……”

舒盼没有看大堂经理，反而转身对着那位女经纪人道：“我不明白，为什么我推荐来的客人，不能和我一起待在二楼，反而要被其他人赶出去呢？”

舒盼说的这句话，直冲大堂经理和黎剑辉经纪人的争论中心而去。一时之间，两人都没有再开口，因为谁也没想到，那个咋咋呼呼地找黎剑辉要签名的女孩，居然是云芳菲推荐过来的客人。

大堂经理充满困惑地看向边上的助理小欢，他所在的这家美容院本就是靠高品质和好口碑出名的，这种所谓被名人推荐过来的情况并不在少数。

但他显然也有点搞不清现在的状况了，明明云芳菲是由他下午亲自接进来安排服务的对象，根本不存在什么同行的伙伴。

小欢小幅度地点着头，拼命朝大堂经理使着眼色。舒盼就这么走上去为朋友解围，现在拖云芳菲的名字出来背锅，估计是唯一能快速解决的办法了。

黎剑辉的经纪人 Coco 看不懂几个人之间的信号，尤其是这个忽然冒出来和自己作对的云芳菲："刚才那个要签名的丫头，是云小姐的朋友？"

舒盼将大堂经理的工作牌轻轻地压在柜台上："片场认识的几个小朋友。刚才我也看到她向黎先生要签名了，年龄小嘛，没见过世面不懂事是正常的。"

Coco 变了变脸色，她本来只打算赶走几个不重要的小角色，没想到还钓出了一条大鱼："这么说，云小姐的客人，就能随便出入 VIP 厅了？"

舒盼转头看着大堂经理，冷冷地道："那你来解释一下，我到底有没有这种权利吧。"

大堂经理观战了一轮，终于在心里将局势把握清楚了，他不慌不忙地道："实际上云小姐的确可以这样做。"

舒盼之所以能这么有底气，正是因为知道，云芳菲其实并不是这家美容院简单的客户而已。

她之前在医院读过的那沓资料里头，还包括了易南为云芳菲打理的一些投资和副业，其中她在 A 市做得最早的几项风险投资当中，就有这家美容院的名字。

外界盛传嘉扬在云芳菲身上下了大手笔，每次做造型都会包下整整一层 VIP 厅。然而真相却是，这家美容院拿出股东的标配待遇给云芳菲享受而已。

小欢今天选择这家美容院的时候，舒盼便想到了这一点，没想到最终能在这种时候派上用场。

Coco 听罢经理的解释，知道今天估计是要吃瘪了，但她仍不死心，还欲分辩些什么。舒盼适时地凑了上去，客气地道："Coco 姐，我本来就是想上来替她向黎先生道个歉的。想到底，她们用我的名字进来的，就这么被人赶出去了，说出去多难听啊。"

Coco 深看了舒盼一眼。

她之前因为黎剑辉的缘故和嘉扬的艺人从不打交道，这才知道原来平素以高冷形象示人的云芳菲倒是个极有心思的人，处理这种事情竟然也游刃有余。

她眼中的怒火和轻蔑的情绪仿佛在片刻间消散，转而换上了一副受害者的面孔："既然云小姐都这样说了，那算我们阿黎今天倒霉好了。"

舒盼正欲开口，不远处刚才邻座那个拥有牛奶一般皮肤的男人却自顾自走了过来，横在了舒盼和女经纪人之间："Coco，我觉得刚才那个要签名的小朋友也挺可爱的，就不要计较了吧。"

黎剑辉这话虽是对着经纪人说的，目光却停留在舒盼的身上。Coco 还想解释些什么：“阿黎，这件事情……”

黎剑辉却笑着摇摇头：“就这样吧。在这里都有人喜欢我，应该开心才对。”他默默地覆上舒盼的手背，将她的手猛地抓住。

他的手好凉。

舒盼被黎剑辉毫无预兆的动作弄得浑身一激灵，她下意识抽回了自己的手，抬头却又不偏不倚地对上了他的目光。

黎剑辉的脸上仍带着浅浅的笑意，可这种笑容让人难以忘记。要说长相好看的程度，这人并不比陆辰良或者她曾见过的男星优秀太多，但他的笑实在赏心悦目得很。

人说男生女相，大概便是这种感觉。黎剑辉拥有一双不比任何女人逊色的桃花眼，睫毛长卷而浓密，嘴角上扬，一举一动之间都带着扑面而来的危险气息。

黎剑辉的手指在舒盼的手心上浅浅地掠过，将经理的工作牌拿了出来：“Coco，你放轻松点，别把这件事情看得太严重了。我不想为难经理，更不会赶走云小姐的客人。”

Coco 看着黎剑辉的眼色，这次终于没有出声。

这分明是一段被黎剑辉和他的经纪人演出来的和解，舒盼听着，只感觉浑身不舒服。

小欢之前根本没有上场的机会，她几步走到舒盼跟前，故意对她说道：“我们该去试衣服了。”舒盼顺势装作不耐烦的样子，略微点了点头：“好。那就这样吧，经理你帮我好好送黎先生出去。”

眼看一场战局就要结束，小欢赶紧上前拉着舒盼背对着黎剑辉两人往回走，舒盼忍不住回头多看了一眼黎剑辉。

这个黎剑辉到底什么来头，怎么偏偏资料里对他一句都没有写。按照时间来看，黎剑辉解约的那一年，云芳菲刚刚进嘉扬，怎么他看着自己的目光好像两个人原来是认识的？

一楼闹出的这一场骚动，在二楼修剪刘海的许珊还一无所知，她和理发师交流着保养头发的秘诀，为即将到来的决赛录制而兴奋不已。

《明凝传》宣传会前半小时。

保姆车上，一切准备就绪的舒盼正等待着承受易南的愤怒。在有了她的首肯后，小欢已经毫无负担地一字不漏地将美容院事件的经过报告给了易南。

舒盼低着脑袋，她不用抬头都能感受到对面易南可怕的气场：“我、我看到许珊要被欺负，我的脑子就忽然缓不过来。然后……”

"你遇见黎剑辉了？"易南一脸凝重。

舒盼有些惊讶，但迅速反应过来："是，他还下来劝走了自己的经纪人呢。我感觉他好像认得云小姐，所以没敢搭话赶紧走了。"

易南放下心来："舒盼，黎剑辉的事情有点复杂，等过一阵子，我会和你细说的。但你要答应我，以后无论在什么场合遇到这个人，都不要太接近他。"

舒盼点点头，她也不愿意多回想那个男人，因为黎剑辉的眼神总让她觉得有一种说不出来的阴郁和算计，就好像没人能解释得清，他为什么当面对许珊那么客气温和地签好字，转脸就让经纪人去赶走她一样。

但舒盼不想将错误推到别人身上，她集中精力反思自己的错误，咬了咬下唇："我今天这样算不算是预支了薪水啊……"

云芳菲的盛名和各项待遇本就可以算作工作当中的变相福利，她现在活儿都还没干，好处却一个都没少占，易南还对她这么好，感觉真的有点心虚。

易南拍了拍她的肩膀，调侃道："这你就要等会儿亲自去问陆先生了，我可给不了你答案。"

"他会来吗？"舒盼有些意外，陆辰良明明说过他有一堆日程要忙，今天绝对不会和自己同框。

易南一看就知道舒盼又被骗了，他以过来人的口吻道："你等下上台的时候呢，他估计没空。不过徐导的那一顿饭，无论他之前怎么对你说他没空，都肯定会过来。"

陆辰良告诉舒盼的日程当然并不全是谎话，当舒盼忙着为《明凝传》宣传的时候，他正在嘉扬传媒召开的记者会上代表股东发言，主要是针对近来云芳菲整容导致的股市变动，以及公开下半年的练习生招募计划。

陆辰良的谈吐极佳，嘉扬公关通稿的质量也属业内上乘，加上他天生一副好皮相，无论走到哪个场合发言都是记者不容错过的跟拍焦点。

等到记者自由提问的环节，陆辰良做出的回答也是游刃有余，直到后排的杜攸抢着站起来发问。

"陆先生，据我们所知，您除了是嘉扬的重要股东之外，还是业界非常有名气的导演。我想替不少想参演您作品的艺人问个问题，今年您还有关于电影方面的计划吗？"

陆辰良微微侧目，看了看这个被挤得站在角落的小记者，用无奈的语气回答道："这是我今天听到的最难回答的问题了。"

杜攸也非常捧场，她故作为难地道："陆导，该问的都被别人问了，我也只能替您的电影死忠粉问个问题凑数了。大家都觉得还欠您一张电影票呢。"

场下众人都是一阵配合的哄笑，陆辰良的神色却忽然认真起来：“好，那我也对等着还我票钱的观众表达一下看法吧。如果有好的剧本，无论何时，我都会回来和大家见面的。如果没有，宁缺毋滥。”

以杜攸的这个私人问题为结尾，陆辰良顺利地结束了这场记者会，他上车看了眼时间，距离他和徐喻铭约定的饭点还有一会儿，但估计是赶不上舒盼第一次在媒体面前亮相了。

于是他头也不抬地对前排驾车的小秘书孟开道：“直接去酒店吧。”

孟开启动车辆，看了一眼仍在平板上翻阅资料的陆辰良，他神色犹豫地开口道：“陆先生，刚才宣传会上发生了一些事情，学长来过电话。”

陆辰良的手顿了顿：“舒盼惹麻烦了？”

“是云小姐的麻烦，找上她了。”

陆辰良眸光一凛，吩咐孟开赶紧去现场。

陆辰良来到保姆车上的时候，小欢正在动手给舒盼脚上的伤口消毒，舒盼闭着眼睛不敢朝自己的脚上看，她的脸别到一边去：“小欢，你别涂这么多红药水，一会儿干不了还会印在长裙上的。那裙子是赞助的，很贵，我今天才穿了一次。”

舒盼一对小脚正架在座位上，小欢的右手上拿着棉签：“盼盼姐，你别叫了，你这伤口虽然不深，但看着怪可怕的，我这都没敢下手，还没涂呢。”

陆辰良走过去，一把将小欢手上的棉签拿过来，小欢一抬头便看到一张冷若冰霜的面容。陆辰良示意她不要出声先下去，自己伸手将蘸了红药水的棉签重重涂抹在了舒盼的伤口上。

“哎，小欢，你轻点啊……我这都够惨了。”

“你还知道疼啊。”

舒盼转过来，正对上陆辰良不善的眼神：“你、你怎么来了？”她吓了一跳，刚才顾着回车上处理伤口，小欢帮她把身上穿的那条累赘的长裙都提了上来，现在看过来，估计就和一条短到不能再短的迷你裙差不多。她在陆辰良面前露腿又露脚，简直太羞耻了……

舒盼也顾不上疼，赶紧把脚从座位上缩回来，紧紧用双手护住：“别看了，就伤到了一点点。小欢帮我涂个药就好了。”这话才刚说完，就看到助理小欢已经不争气地打开了车门，她边开车门边道：“那个什么，易先生叫我出去一下，我去去就回来。盼盼姐，你等着我啊。”

舒盼伸过手去挽留小欢，至少别在这个时候留下自己和陆辰良单独相处啊。小欢只得用眼神对舒盼致以抱歉，她最擅长察言观色，早就看出来陆辰良对舒盼的心思，才不敢在这种时候留下来做电灯泡。

车门猛地一下被关上，舒盼的手在空中无力地挥舞了两下。

陆辰良的手上还拿着红药水和棉签，他挑眉示意舒盼将放在脚上遮挡的手拿开：“坐好。我帮你涂药。”

舒盼摇摇头，她把双脚挡得更严实了，在足控面前露脚，四舍五入一下，不就等于在男人醉酒后脱衣服吗？这是赤裸裸的勾引啊。

陆辰良开始不耐烦了：“拿开。”

舒盼往后又缩了缩，活像一只被猎人逼到角落的无助的小狸猫，她继续猛摇头：“我不要。”

陆辰良对她极大的反抗感到不可思议，一脸荒唐地道：“你在怕什么？外面还站着这么多人等你出去，我还能在这里把你怎么样吗？”

他这话说得还挺有道理的。可舒盼又考虑了一下，她也不傻，虽然现在是不能，回家就不好说了。再加上陆辰良的冤家还在新西兰生死未卜，一个为情所苦的男人可是什么都做得出来的。

“我、我知道你有一点喜欢我的脚。所以说，我光脚的时候会尽量和你保持距离，以免云小姐回来不开心。”

陆辰良这次有些动怒了：“我要告诉你几遍？云芳菲不是我女朋友。”

“前……”

“也不是前女友。”

陆辰良俯身过去，将舒盼困在车厢的一角：“你能把自己的想象力用在应该用的地方吗？我从来没有喜欢过她，媒体写的那些故事，从头到尾根本就不存在。”

舒盼一脸的不可置信：“不对啊。如果这些你都没有和云芳菲做过，那为什么对我……”

她并非感受不到陆辰良对她的特殊待遇。可多次纠结以后，舒盼得出来的结论统共只有一个——那就是她长得像云芳菲，而陆辰良又对云芳菲用情很深，以至于对她这个替身有些说不清道不明的暧昧。

可如今忽然间被他亲自推翻了这个说法，那陆辰良对自己的种种，不就彻底说不清了吗？

陆辰良的语气中带着戏谑：“再问下去，你希望得到什么答案？”

舒盼不愿意继续往深了想，生怕得到那个让自己无法承担的答案：“我、我不知道，我也不想知道。”

“可我现在想说。你确定不听吗？”

陆辰良的目光深邃，他修长的手指略过舒盼的脸颊，他的身子微微前倾，抚上舒盼的后脑勺，稍微一用力揽到自己的面前，漂亮的薄唇轻轻覆上她的唇瓣。

舒盼脑内一片空白，唇上那种冰凉而柔软的触感，以及男人轻缓的呼吸声，一切都是那么真切。

真到足以让她彻底当机，无论是墨色车窗外被保安拦截在外的记者，还是走在车边上的孟开和小欢，或者是那些场外疯狂舞动的应援荧光牌，仿佛全部都定住了。

整整一分钟内，全世界，只剩下陆辰良这个绵长而细腻的吻，还在继续着。

舒盼的脑子渐渐清醒过来，她立刻站起来要挣脱这场突袭，却忘记了自己还在狭小的车厢内，一下就撞上了车顶，所幸陆辰良反应及时，放在她后脑勺上的手游移上去，又替她挡了一下。

这一下撞得太过结实，加上两个人同时的动作，整辆保姆车都被弄得一震。正站在车外的孟开和小欢不约而同地回头看了一眼车子，这是……什么情况？

车内的舒盼也是一惊，她赶紧把陆辰良的手抓过来：“是不是撞得很疼，怎么每次我犯傻结果都是你受罪啊？”

陆辰良也是无可奈何，他看着舒盼将自己的右手捧着，苦恼地翻来翻去查看，那紧张的样子居然比刚才接吻的时候还有意思。或许是感觉到陆辰良那种看戏的眼神，舒盼反应过来，赶紧松开了陆辰良的手。

“现在，你是要我用手帮你上药，还是继续用嘴讨论这个话题？”

舒盼看向陆辰良幸灾乐祸的眼神，真是搞不懂刚才那个吻的含义……

如果那个吻是陆辰良对自己有点好感的确认，那这个好感能达到什么程度，能达到让她这样压着债，即将失业，什么都没有的人，去奋不顾身地谈一场恋爱吗？如果不是，那陆辰良又何必特意澄清他和云芳菲的关系呢？

这表现得一点都不像他。

她叹了一口气，与其知道陆辰良对她有一点好感，然后天天去计算这种好感有多少，甚至滋生出希望得到更多喜欢的妄想，还真不如不知道来得痛快呢。

舒盼决定暂时妥协：“那你帮我上药吧。”

陆辰良对她的反应并不意外，他没有继续进攻的意思，只是半蹲下来，伸手向着舒盼的右脚：“抬高。”

舒盼犹豫了一下，最后还是乖乖任由陆辰良将她的脚腕抬起，放在他的手上，陆辰良转过伤口，粗略看来，他面前白皙匀称的右脚背上有几道三四厘米左右的伤痕，道道渗着血丝，交错红肿，看起来触目惊心。

“到底怎么回事？”

第十章

有些事情，做之前不用问的

比起伤口的疼痛，舒盼似乎更怕继续遭到陆辰良的精神攻击，她舔了舔干瘪的嘴唇，终于开始讲述刚才宣传会上的遭遇。

半个小时前，舒盼和一众《明凝传》的主创现身A市某会场。导演徐喻铭控场，整个宣传会气氛热烈，不少喜欢主演的粉丝到场应援。

只可惜主演却未到齐，包括云芳菲这个女主演在内，只来了三个主演角色，连一向活跃在宣传第一线的余施洛都没有到场。

像这种有陆辰良的熟人却又不算太大的场面，正适合舒盼小试牛刀，在这里主动作为“云芳菲”发言。

话筒轮到徐喻铭的手边，舒盼正坐在他边上，按照以往云芳菲的个性，基本不会单独在现场和粉丝记者互动，但破天荒一般，这一次，她却稳稳地接过了徐喻铭递过来的话筒。

舒盼清了清嗓子，笑对满场的记者道：“我是云芳菲，很高兴和大家见面。我在这次《明凝传》中饰演南宫凝，也是最近一段时间以来，我个人很满意的一个角色……”

她想要集中在电视剧宣传上的努力很快就被记者搅乱了，一进入提问环节，前排的一位男记者便问出了那个快被问烂了的问题。

“云小姐，请问你对外界盛传这三个月你为情伤前往国外整容的事情是怎么看的呢？”

舒盼的手握紧了话筒，看着不远处正紧张地等待着自己答案的易南，张口就道：“感谢大家对我的关心。最近，在我身上的确发生了一些变化，而这个变化，我相信大家都已经看出来了。”

承认了，云芳菲这是直接承认整容了呀！

外围的粉丝因为舒盼的这句确认的话而情绪激动起来，易南却深以为意地点点头，这丫头不愧是陆辰良亲自带的，那些上镜时候的坏习惯这才几天就全部改掉了，官话也说得漂亮。

继男记者之后，又一位记者扑上来点火：“我记得您一向对自己的五官很自信，是什么促使您做出这么大的改变？”

舒盼非常诚恳地道：“我一直觉得改变并不是一件坏事。至于最大的原因，应该是希望自己接下来能以更好的状态，出现在像《明凝传》这样优秀的作品当中。同时我也期待和徐导的下一次合作能够有更大的突破。”

她现在不会放过任何一个能绕回主题的机会。这几天陆辰良教出来的最大的成果，就是让舒盼学会了要在公众场合时不时夸奖一下参演作品以及合作导演，这是他个人身为导演的经验之谈——为作品所用的绯闻热度，才是出品人和导演乐于看到的宣传效果。

舒盼笑着放下话筒，她被徐喻铭探求八卦的目光盯着，一丝一毫不敢松懈，生怕被他看出些什么端倪。

徐喻铭倒也懒得去细想眼前这位“云芳菲”的变化到底是为了什么，他对表扬十分受用，顺着这句话便又牢牢抓回了宣传主题，还顺便提了提自己要回香港的事情，坐在他右手边的女二号伏潇潇十分配合地用带着口音的中文搭腔。

可镁光灯下的众人，却怎么也不会想到，在一间狭小黑暗的房间内，一个长发女人正愣愣地看向屏幕，她身形单薄，只穿着一件蓝白相间的病号服。

在模糊的光线照应下，仍能看清她那张和舒盼相似的面容上已垂着两行清泪，纤细的双手随着十指攥紧而越发惨白。

她恨恨地低喃道：“陆辰良，你下的这一步好棋，连最后的退路都不留给我，真是好狠的心……”

身处现场的舒盼对正主窥屏之事完全不知，不过这也许并非坏事，将阴暗面摒弃于身外，才是对自己最大的保护。

舒盼正低头投入地模仿着云芳菲签字。她这几天在陆辰良的指导下苦练字迹，这会儿终于有了个能施展的地方，当然不能轻易放过。

因此她完全没有注意到，边上一名男粉丝明显情绪不太对，这人在向伏潇潇要过签名之后，居然也没伸手拿回来，只站在原地紧紧地盯着舒盼。

舒盼偶然抬头，看见男粉丝正锁定了自己，她一时没反应过来，反而傻傻地开口："你也要一张我的吗？"

易南见情况不对，赶紧冲上前去，可仍是慢了一步。只听得一声闷响，那名行动诡异的男粉丝已经飞身越过了签名桌，将迎面亲切询问他的舒盼扑倒在地。

舒盼手上的签字笔吓得都掉了，她对男粉丝这突如其来的撞击简直毫无防备，直被撞到签字桌后半米多远，右脚一侧在地上猛地刮擦了几下。

她还来不及去感觉痛，就发现了更可怕的情况——她的腰部以下，都已经被那人用一只手紧紧地抱住了，而另一只手还在扑腾着向她的上身袭来。

现场一阵混乱嘈杂，可舒盼还隐约听得清那个男人从牙缝间断断续续挤出的质问："你、你怎么能为了别人整容？我不信，我不信，我要看你的脸……"

真是天道好轮回，刚刚用完云芳菲的名字闯祸，现在云芳菲的粉丝就要替她讨回来了！

舒盼忍不住在心里骂了一句脏话，她费力地抽出左手，死死地架开了那只朝自己脸蛋伸过来的贼手，那人仗着一股狠劲依旧死命挣扎着，松了锁住舒盼下半身的一只手，直拼着就要爬上来摸她的脸。

舒盼顺势脱身，她反手抓住男人的手腕，朝他的脉门上狠掐了一下，紧接着又抬起左脚，重重朝这人胸上踹了下去。

这一脚用的力道可不小，直踹得舒盼脚上那双金闪闪的高跟鞋都飞了出去。

这十几秒的工夫，易南先冲到了舒盼的面前，伸手拉开了闹事的男粉丝。随后保安和各路员工都赶到，直接就将那人扣了下来。

舒盼已经完全傻了，她瞪着眼，表情痛苦而愤怒，身体却还保持着与人搏斗的姿势，易南摇了摇她的肩膀，可她一点反应都没有，只是大口大口地喘着气。易南问："芳菲，你还能走吗？"

徐喻铭也蹲在舒盼的边上，见她如此狼狈，赶紧将外套脱下披在她身上："云小姐，你还好吗？"

舒盼听得两人重叠起来唤的这一声，脑子才慢慢有了点反应，她结结巴巴地道："鞋、鞋……"

"你说什么？"

"帮我、帮我把赞助的鞋子给、给捡回来。"

陆辰良将舒盼的脚轻轻地放在座位上："说完了？"

舒盼老实地点点头："嗯，我的右脚是蹭到地上弄伤的。不过飞出去的鞋子没坏，徐导帮我捡回来了。"

“你还顾得上鞋子？”

“我……”舒盼看着地上那双闪闪发亮的高跟鞋，泄气地道，“你不是提醒过我，所有的赞助品都要保存完整地还回去吗，不然就要自己掏钱买下来，我哪里有钱买啊。”

陆辰良摇摇头，忽然带着笑意反问道：“你什么时候这么听话了？”

难怪刚才徐喻铭一直用很同情的眼神看着他，对方八成是以为他的公司情况很不乐观，以至于连艺人的一双鞋子都这么斤斤计较。

舒盼很不理解：“有什么好笑的？”

陆辰良却越发止不住笑意：“不好笑。”

舒盼越是拦着，对面这个平素里清冷到不行的男人就越是笑得开心，连带着她也有些莫名地想笑，结果两个人就这么对视着笑了起来，越笑越觉得好笑。

她还真不知道当时怎么就一时脑抽，这么死心眼地要把鞋子捡回来，结果一路上被徐喻铭用看怪胎的眼神目送。

陆辰良笑了一阵子，他扫了一眼舒盼脚上的伤口，渐渐又收敛了笑意：“你打算怎么处理这件事？”

舒盼也不笑了：“那个人会被送去公安局，不过易南也说了，这种情况估计关几天就出来了。”

陆辰良语气不善：“你倒大方。”

舒盼昂起下巴，故作骄傲地道：“我演的可是云芳菲，太刻意处理这种事情反而不像她了。不过我觉得那个人出来以后，也不会有什么好日子过。”

云芳菲在被“私生饭”扑倒这件事情上，简直是任重而道远。她出道初期便十分受男粉丝欢迎，因此被追踪、寄信、当场求爱这种事情已经屡见不鲜了，她本人根本就懒得再费精力去诉讼。

网络时代的个人隐私本就是岌岌可危的，也许那闹事的人不会在公安局里待得太久，但是出来以后，他被云芳菲粉丝人肉搜索的可能性却是极大的，这种在现实生活当中的制裁，估计远比关上他几年的代价要来得重。

纵然舒盼的想法是合理的，陆辰良心里却完全没有要放过闹事者的念头，他不欲在这个话题上多作纠缠：“你送给徐喻铭的临别礼物还真是独特，我想他很久都不会忘记你了。”

舒盼忽然惊叫起来：“对了！徐导的那顿饭……”

陆辰良伸手压住她，淡淡地道：“别去了，早都结束了。”

“陆先生，虽然饭是没得吃了，可我、我还是想再亲自送送徐导。”

她不知道如果云芳菲在场的话会怎么行事，但是作为文替的舒盼的确很感谢徐喻铭在片场的种种指导和帮助。

作为导演，徐喻铭虽然严格，但从不曾对哪一个替身恶语相对，就这一点，已经算是一种颇佳的品质了。

陆辰良看她说得诚恳："如果你真的想去，那我们就一起去机场送他吧。"

他说得这么轻松，反而让舒盼有些慌乱了："我想去就能去吗？可他不也是你朋友吗，要不你打个电话问问？不然忽然一起出现在机场，是不是不太好？"

陆辰良也不抬头看舒盼的正脸，只轻轻地将她的脚放在地上："有些事情，做之前，是不用问的。"

A 市机场候机厅。

徐喻铭从上到下打量着陆辰良，目光又游移到边上一瘸一拐的舒盼。这两人戴着同款的情侣墨镜，同款的帽子，甚至是同款的口罩，全副武装正站在自己面前。

好一出虐狗大戏……

徐喻铭不自在地道："搞什么，又不是生离死别。这么隆重，弄得和要上刑场一样。要来也不说一声，现在周围都是偷拍你们的记者，我想安静走都不成了。"

陆辰良双手交叉在胸前，略歪了歪脑袋："是她想来，不是我。"他兀自对着舒盼道，"人你看到了，有什么想说的快说吧，免得他嫌我们打扰他清净。"

"哦、哦……"舒盼还没见过陆辰良和徐喻铭私底下互怼的相处模式，她紧张地走到徐喻铭面前，微微低下了头，伸出了自己的手，"徐导，谢谢你。真的希望以后有机会能听你讲戏。"

她还真的存有那么一点希冀，期望以后能以舒盼的身份参演徐喻铭的作品。

徐喻铭皱着眉头，他缓缓握住了舒盼的手："你太客气了，阿良公司的人，我哪里有不帮的……"他这话只说了一半，剩下一半全淹没在舒盼手掌柔软的触感里了。

原来如此……

徐喻铭从刚才以来的种种疑惑终于得到解答，他虽然和云芳菲接触并不很深，但对她那双手还有些印象。

大体来说，造物者对云芳菲已经很公平了，给了她好看的脸蛋和身段，可细节之处却不甚完美，这也是之前拍戏的时候，他频繁要求文替出场做手脚部特写的原因。

徐喻铭抬头，定定地看向舒盼身后站立的男人，而陆辰良也正从容地对他回以眼色。这一眼，却更让徐喻铭心头有了解不开的疑惑，这三个月究竟发生了些什么，能让他想出这么荒唐的计划，让舒盼顶上云芳菲的位置，又精心部署实施到了现在？

陆辰良轻摇了摇头，示意徐喻铭不要在舒盼面前多问。徐喻铭心领神会，但他拍了拍舒盼的肩膀，继续道："我没有不帮你的道理。慢慢来吧，以后总有机会再见面的。"

他说完这一句犹自不够，恶作剧似的凑到舒盼的身侧又补了一句："不过，阿良这个人真的很难搞，私底下你要是被欺负得受不了了，就用今天抓变态那招对付他。你信我，肯定管用。"

这是什么意思？让她私底下用擒拿手抓陆辰良玩，口味这么重啊？

舒盼不知内情，她装作已经听懂了的样子点点头，松开了手又对他连道了几句谢。

陆辰良走到两人中间，对着徐喻铭问道："多谢。"

徐喻铭顺手擂了陆辰良一拳："你什么时候和我客气过？"他说完这一句，便头也不回地推着行李箱离开了候机厅。

舒盼看着徐喻铭远去的背影极尽潇洒，不禁也有些出神，陆辰良在她眼前打了个响指："你和徐喻铭很合得来吗？他跟你说了什么？"

舒盼没把陆辰良的话听进去，她依旧朝着徐喻铭远去的方向，捧着自己这只遭遇颇多的右手，感慨道："今天回去不洗手了。我和徐导握了手，又和黎剑辉握了手，还用这只手制服了变态。"

陆辰良脸色突变，他将舒盼整个人转过来面对自己："你刚才说，今天和黎剑辉碰面了？"

舒盼呆呆地回道："易南没有向你报告吗？"

"他最近倒是很会为我着想啊。"

舒盼没想到自己一句无心的话，会间接导致易南接下来几天里，都没得到陆辰良的好脸色。她本来还想从易南那里搜寻一些关于黎剑辉和陆辰良之间的关系的情报，也都宣告了失败。

倒不是她不想直接向陆辰良提问，而是后者最近根本没给她机会。即使住在同一个屋檐下，舒盼最近也极少和陆辰良碰面，基本的交流都是由其他人代为传达。

所幸这两天舒盼的工作量也不小，倒也没空思考太多和陆辰良之间的关系的变化。

舒盼先是跟着易南，把之前云芳菲剩下的时尚杂志封面拍摄完了，紧接着和那些一直要求和云芳菲本人见面的资方，轮流走了一遍过场。

工作紧密，唯有吃饭的时候，她才得以喘息去思考，这一切到底是因为她和陆辰良之间那个不明不白的吻，还是因为那个忽然冒出来的黎剑辉。

她既不敢告诉易南自己和陆辰良接吻了，又没有其他在身边的朋友能给个主意，想来想去，舒盼还是找了许珊，以她某个朋友的角度将整件事情转述了一遍。

结果许珊的答案非常暴力——让她拦住陆辰良再亲一次，然后彻彻底底地问清楚。

这个计划太可怕了，舒盼立刻一票否决，她连回想上次的那个吻都觉得快要崩溃了，怎么会想不开到再送上去亲陆辰良一次。

晚餐过后，舒盼和易南走进电梯间，她松了口气，拿出旧手机正打算继续回复许珊，手上一空，手机直接被迎面走进电梯间的人拿走了。

"工作时间内聊天，没收。"

舒盼听着声音抬头，看见她和许珊话题中的焦点男人——陆辰良正站在自己的面前。

舒盼那半句话还没打完，她下意识扑过去想拿手机，但看清来人的时候又没那个胆子去抢了，尴尬地保持着伸手的姿势："别看！"

陆辰良拿着手机，冷冷地道："我对你私人的事情不感兴趣。不过，原来我不在的时候，你们的工作态度就是这样的？"

你们？

舒盼回头看了看易南，正好抓获了后者将手机迅速收回口袋里的举动。

她忽然明白——原来刚才好巧不巧，陆辰良进来的那一刻，易南也正在低头刷手机呢。

"你们还没交流够吗？"

舒盼狠狠感受了一把和易南一起被人赃并获的默契，她这才慢慢地抬头，看向这个已经快有四十八小时没见到人影的同居男人，那张标准的扑克牌脸，清冷的质问语气，外加一场赠送的突袭检查。

明明是这么糟糕的开场白，怎么反倒让她熟悉得有些安心呢？

完了，绝对是因为她已经习惯被虐了……

陆辰良提溜着舒盼的手机，在她眼前晃动了几下："没话说了？"

此刻舒盼已经顾不上和许珊的聊天了，她有些木讷地对着陆辰良探询的目光，只结结巴巴地吐露出了短短的几个字："好、好久不见。"

陆辰良把玩手机的动作滞了滞，他倒是没想到，自己好不容易把这女人的胆子养大了，两天不见又缩了回去。

面对面的时候，舒盼还是那副怯生生的可爱模样。

陆辰良玩心忽起，他将手机递给易南："我不看你的信息内容，不过，作为惩罚，你和易先生交换手机过目一下——”

陆辰良淡漠的眼神从易南身上扫到舒盼身上：“我就不过问内容了，毕竟你们两个都很会为对方保守秘密。”

舒盼仿佛后脑勺被人狠狠拍了一下。会玩，陆辰良居然还能想出这种招来让她和易南互相伤害！

易南也咳嗽了几声，陆辰良记仇这个特点有着一贯性。而显然，自己试图隐瞒某件事的过错，仅仅两天的时间还不足以让陆辰良彻底遗忘。

为了表示清白，易南一咬牙，干脆地拿出手机递给舒盼。舒盼小幅度地摇了摇头，她求情的目光在眼前的两个男人间来回流连。

陆辰良根本不看舒盼，他直接将手机塞到了易南的手上，静待着对方的下一步动作。于是易南在这种两难之中，只好选择了无视舒盼的信号。

而在陆辰良的监视下，舒盼也认命地接下了易南的手机，眯着眼睛罪恶地扫了一眼弹出来的微信。

舒盼只看了一眼，就觉得没眼睛看了。

易南手机上跳出来的第一条信息发送者备注为“小妖精”，而两个人之间的对话也是充满了暧昧。她倍感尴尬，这是不小心把易南和女朋友的对话给偷看了吧。

可再一看这人的微信自拍头像，舒盼的心中忽然涌出一股莫名的熟悉感。

哎？这个所谓的易南的女朋友，头像看起来怎么好像许珊啊。舒盼再仔细看了看对方的微信号，这下确定了，这哪里是像许珊，这人根本就是许珊！

舒盼和易南不约而同地来了个对视，易南眼中的惊讶也丝毫没有少于舒盼，只不过他身经百战，很快便平复了心情，接受了眼前这个事实——他们两个人同时在和许珊这个小妖精聊天。

只不过他们两个，一个是许珊的闺密，另一个则是许珊的男朋友。

陆辰良将两人的神情尽收眼底，他玩味地道：“看来，又是你们两个之间的秘密了？”

易南将手机还给舒盼，亲切地建议道：“向家人报平安是对的，不过以后换个时间吧。”

舒盼看了眼应对非常自然的易南，学着他的样子开口：“你也是，看来伯母也很关心你啊。”

“哦。”陆辰良笑了，“原来是这样啊，这么说的话，其实我看看内容也无妨了？”

舒盼生怕陆辰良又玩出什么花样，赶紧将手机塞进大衣的口袋里，然后气势汹汹地迎上前，对陆辰良摊开了手掌："你……"

陆辰良挑眉："有什么意见吗？"

舒盼将摊开的手掌直直地朝陆辰良招呼过去，然后迅速地缩回去四个指头，只剩一根指头，险险地擦过陆辰良的左肩，指了指他背后电梯间的按钮。

她堆出一张甜甜的笑脸："您忘记按电梯了，请问去几层啊？"

陆辰良转了个方向，并肩站到舒盼身旁："顶层。"

舒盼扫了一眼面无表情的陆辰良，也搞不懂他要去顶层做什么，只乖乖地按了三十二层。电梯很快到了，陆辰良却没挪动步子，他看向后方的易南："你先回去吧。一会儿我直接载舒盼回家。"

易南如释重负地道："好的。"

舒盼感觉头皮发麻，两天不见陆辰良，一见面就要在陆家之外的地方独处，她对陆辰良的下一步动作根本无法预测。

她紧跟着陆辰良的步子，走到三十二层之高的天台上，深秋的风裹挟着一股凉意顺着她的脖颈直到全身，舒盼往后缩了缩，让出一段和陆辰良之间的距离，以策安全。

"上来。"

她还没站稳，明明没有回头的陆辰良就好似预料到她的举动一样，直接开口要求她站到自己身边。

舒盼撇了撇嘴，她向前跨了一大步，不情不愿地道："陆先生，我们来这里做什么？"

陆辰良伸手，将她对着自己的脑袋往前方轻轻转动了一下："看对面。"

舒盼漫不经心地从三十二层的高空朝对面看了过去，只见得浓浓夜色之中，对面那一栋稍矮一些的写字楼上那幅巨型的海报忽然铺展开来。仔细一看，海报上那个妆容精致、笑容清新的女人，根本不是别人，而恰恰是舒盼自己。

男人清冷的声线当中带着一股说不出的暖意："感觉怎么样？"

舒盼伸手过去量了量对面那张海报上的自己："原来拍出来的效果，我的脸这么小啊。"

她的手往下移了移，停留在海报女郎丰满的胸部上："不过，这胸——"

舒盼的面色通红，她这后半句说不下去了，犹记得第一次去陆辰良家试衣服的时候，就因为这胸爆扣了，一生的耻辱啊……

陆辰良自然是联想到了这点，他几不可察地笑了几声，才转回了正题："这几天，我在忙另一部电视剧的试镜。"

舒盼脑子还没转过来，没好气地道："哦。"

她一语既出，又觉得自己的态度实在不算好，于是偷瞄了一眼陆辰良，发现他的脸上全无玩笑的意味，反而语重心长地道："易南应该告诉你了。明天你要自己去国外秀场露面了，怕吗？"

舒盼听着他的话，笑着摇摇头，她指了指写字楼对面的海报。她本来的确有些不安，但托了陆辰良的福，能在去战场前看到这幅海报，感觉也没那么害怕了。

陆辰良对舒盼的答案很满意，他多补充了一句："舒盼，我最近会很少回家，但这些都和你脑子里思考的那些没有关系。不要为了多余事情，影响工作表现。"

陆辰良这是……在向自己解释吗？舒盼深吸了一口气，脑子里忽然闪过许珊的那个计划，她低低地道："我是想了很多，可到现在都没有得出结论。所以，我想请陆先生帮我个忙。"

"说说看。"

舒盼往前凑了一小步，走到陆辰良的跟前："让我抱一下吧。"让她像许珊说的那样拉过陆辰良强吻，画面实在太可怕，但是降低一个尺度，让她拥抱陆辰良来试探一下，这个方法估计是可行的。

"我不是告诉过你，有些事情做之前，是不用问的吗？"

舒盼怔住，好像心底的方寸之地甜了一口，几乎就要沦陷了。

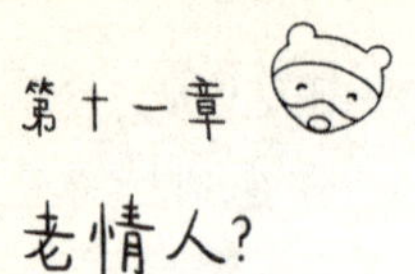

第十一章 老情人?

小欢摇了摇舒盼的肩膀，她猛地从梦中惊醒。

舒盼从座位上弹坐起来，脸上的墨镜歪歪斜斜地扣着：“我们到哪里了？”

小欢把保温杯转开，倒了一杯热牛奶递给舒盼：“盼盼姐，你是不是倒时差很难受啊？我们从机场回来以后，你都睡四个多小时了。”

舒盼接过牛奶一口喝完，奶香味在她的口腔中绕了个弯，连带着把她沉睡的神经渐渐唤醒：“我还以为自己睡了整整四天呢。”

的确，走完那一趟秀场，她感冒的症状伴随着水土不服加重到了一个新高度。

可工作还要继续，在勉强和几个脸熟的设计师合影后，舒盼老老实实地在法国的大街上拍了三套街拍，连带着机场的两套私服，这才把前一阵子云芳菲本人落下的出镜率给补上了一点。

而她梦里，和陆辰良的拥抱是真的，那是出国之前的最后一次见面。

那天过后，陆辰良无端地提到了舒盼在公司的合同，言辞间尽是暗示她在云芳菲回来之后，会修改一份合同给她交代。

交代？她要的哪门子交代，恐怕正主回来，她就得卷铺盖走人了。陆辰良这话说得古怪，导致她连着几天做噩梦，还不争气地染了感冒。

每天休息的时间，她都想发个信息给陆辰良问个清楚，但想到时差的问题，也都全部作罢了。

舒盼舒展了几下手臂："小欢，你把广告台本再拿给我过一遍吧。"

她看了这几天的行程，回国后的第一天就要和一位新晋的小生萧然合作，拍摄国内一线的洗发水 G&K 的广告。G&K 这牌子属于中法合资，在国内外都有着很高的知名度，连研发工厂也是在全国各地驻扎。

而在各国发布的短广告更是独具匠心，这一个系列的剧本，基本出演的女主都固定不变，而男主则轮番由新人上阵。

优秀的团队加上注资的大手笔，出来的画面效果往往有着电影一般的质感。

抱着这样的期待，保姆车载着舒盼和小欢抵达了目的地。小欢拉开车门，正打算招呼舒盼下车，一抬头却发现易南早就堵在了车门口。

小欢感觉有点古怪："易先生，你今天不是没空来的吗？"

之前易南打过招呼，让小欢全程负责舒盼拍摄进程中的事宜。

易南几步走上车拦在舒盼面前，示意舒盼先不要下车，严肃地道："舒盼，今天这个广告有些变动。"

舒盼的第一反应是剧本，不过这种剧情精简的广告，即便剧本有很大的改动，只要稍微给一些时间消化也完全不是问题。于是她自然地有了另一个猜想："是不是要换人？"

易南没有正面回答舒盼："如果接下来要和你搭档的这个人，和云芳菲的确有些关系，你还有把握做好吗？舒盼，如果你没有做好准备，这个广告，我可以选择帮你推掉。"

不拍了？这个广告一直以来可都是由云芳菲接手的，而且前阵子因为她的出走已经生生地耽搁了，G&K 方本就为了迁就云芳菲百般忍让，甚至提高了薪酬，如果就这么当场走人了，传出去不知道要被说得多难听。

最重要的是，嘉扬正站在风口浪尖上招募新的练习生，如果因为她拒拍广告而搞砸了口碑，一切都不太好办了……

舒盼拉住易南，她很少能看到对方如此紧张慎重："你能告诉我要和我拍的人是谁吗？他和云芳菲亲密到什么程度，该教的陆先生都教我了呀。"

舒盼是由根本就不熟悉云芳菲的人教出来的，这点才是最让易南担心的地方。一提到陆辰良的亲自教导，易南几乎要哭笑不得了："陆先生教了你多少先不谈，不过拍广告这人不是个简单的角色。"

舒盼脑海之中忽然闪过一个名字，略带试探地问："是……是黎剑辉？"

易南对眼下的变动颇觉头疼，答案是肯定的："嗯。他和嘉扬有些恩怨，所以你来决定吧，到底去不去，嘉扬始终会尊重你的选择。"

他甚至有理由相信，这黎剑辉抢着顶上这个广告，根本就不是为了广告本身。

虽然违约有可能造成种种不良后果，但本着安全至上的原则，他是没有立场逼着舒盼上阵的。

舒盼听到易南亲口提到“嘉扬”这两个字，她的心头忽然点燃起一束热血小火苗，仿佛一切的奋斗都有了一个共同的理由——嘉扬。

她在片场来来往往做了这么多替身，从来没有真正感觉到自己属于过哪一个剧组。然而在此时此刻，她却能深深感觉到一种归属感。

在她的身后站着的是那个一手把自己拉到这个位子上的男人，以及那个男人坚守着的传媒公司。

舒盼戴上墨镜，嘴角带着一抹淡淡的笑意：“我既然是嘉扬的艺人，哪有让公司赔钱的道理？”

易南领着舒盼来到法籍男导演跟前问好，导演 Sid 正在和一名穿着紫色小西装的女人用法语交流。

舒盼一看才发现，那女人正是之前在美容院闹过一出的经纪人 Coco 姐。

见到女主演过来，Sid 十分客气地和舒盼握了握手，对于她的迟到并不很介意。

而Coco姐对舒盼的态度亲切到了恐怖的程度，她直接过来拍了拍舒盼的肩膀道：“阿黎已经等你很久了。虽然临时换人比较仓促，但是好歹你和阿黎还有些交情，希望你们能合作愉快。上次的事情是我不对，后来阿黎还说了我一顿呢。”

舒盼感觉 Coco 的那只手仿佛是一条攀在自己脖颈上的毒蛇，多和她说一句都要催命，只得应付性地微微颔首。

易南见势走过来故意打岔，几句话的工夫便顺利地将 Coco 引向了别处。

相比之下，黎剑辉的态度就算正常多了，他微笑着和舒盼打了个招呼：“云小姐，好久不见了。”

舒盼也笑答：“黎先生，你好。”她摘下帽子给小欢，拿着手里的新台本翻了翻，大致上感觉没什么改动。

黎剑辉缓缓合上剧本放到一边：“我们就不要先生、小姐地叫了，你叫我阿黎好了。”

舒盼感觉这个称呼也不算太过，一场广告最多要耗时半天，她一直绷着不和黎剑辉讲话也是不可能的，于是她自然地点点头：“好。阿黎，要告诉 Sid 我们已经准备好了吗？”

黎剑辉的目光停留在舒盼手上拿着的台本上：“你看的这个似乎和我的还有一些出入。”舒盼不解其意，她拿起黎剑辉刚才放下的台本，翻了两页，果然发现台本上有几行用红笔做了修改和批注，但扫进她眼睛里的竟是一些看不懂的法文。

这……什么情况，导演要改本子她能理解，但是为什么不写点演员能看得懂的?

黎剑辉走到舒盼的背后，撑住座椅将她整个人环绕在其中，指了指红字的部分：“刚才Sid和摄影师商量着改了一些部分，不过还来不及翻译过来。我记得你以前是可以和法国的设计师无障碍交流的，这点小事应该难不倒你吧？”

不会这么巧合吧，偏偏云芳菲以前是会这种文字的人？！

舒盼的笑僵在脸上，她试探着问道：“你也会法语吗？”

黎剑辉忽然弯腰俯身下来，他的轻笑浅浅地摩挲过耳际，半玩笑半拜托地道：“我不怎么会，可是刚才 Coco 姐把我会法语的话给说大了，现在导演还以为我不用翻译也能看得懂。结果惨了，这几行字我都看不懂。看来还要拜托你了，小云。”

舒盼往右侧躲了躲，她不喜欢黎剑辉这个带有侵略性的姿势：“你、你叫我什么？”

黎剑辉对舒盼的抗拒似乎毫不在意，他继续小声在她耳畔请求着：“小云啊，我明明记得以前你做练习生的时候，交过一两个法国男朋友的。我可真不想被别人看笑话。你就大概说说，这几行是个什么意思就好了。”

舒盼感觉自己的脑子里好像炸了一串鞭炮，差点被吓得整个人从椅子上掉下去。这信息量太大了，首先是云芳菲和黎剑辉两个人从练习生时期就有交情，然后是云芳菲不仅会法语，而且是精通?

这么重要的事情，偏偏易南和陆辰良连一句都没和舒盼提过，让她这戏还怎么演下去!

舒盼沉默了快一分钟，她要把那一行红色字体看出花来了，可还是没想出要怎么完美地瞒下去。这时场务向两人走过来：“两位没什么问题的话，Sid 建议你们可以去整理造型了。”

黎剑辉忽然将舒盼手上的剧本合上，他转头客气地对场务道：“好的，谢谢。”

舒盼深吸了一口气，她抬头想解释两句，哪知道黎剑辉却先开口为她找了个理由：“法语这么难，时间久了，你忘记了也是有可能的。不要紧，我让 Coco 去联系翻译问一下吧。不过——”

黎剑辉伸出手放在舒盼的头上，揉乱了她的刘海：“小云，你不会因为陆辰良的事情，还在生我的气吧？”

舒盼被黎剑辉这接二连三的亲密攻击弄得快精神崩溃，而且这次又涉及了陆辰良和云芳菲两个人的关系。

要是云芳菲本人在场的话会怎么做，是任由黎剑辉摆弄下去，还是干脆翻脸反击？坏就坏在，她根本就不知道对方的深浅，可对方看起来掌握了一堆云芳菲的内幕。

易南从远处看到黎剑辉的种种举动，他立刻暂停和Coco的纠缠，走到两人的面前查看情况。只见舒盼已经站了起来，她面露怒意，脸上的神情倨傲得很，一双星眸中带着点点寒光，高冷的气场全开。

舒盼徐徐拿开黎剑辉的手，冷笑着道："这么久不见，我没想到你的工作态度还是没有什么变化。陆先生知道的话，会很失望的。"

提到陆辰良，黎剑辉的眼中闪过一丝意义不明的深意，他的笑意更深："小云，我是没变，可你倒是变了不少。我很好奇，等下的广告，你还能和从前一样一条就过吗？"

易南装作劝架的样子横在两人中间，提醒舒盼道："芳菲，该去换衣服了。"

舒盼冰冷的视线依旧停留在黎剑辉身上，她拿走了那本有标注的台本，一句话也没有多说便和易南走开了。易南看着神色还没缓和下来的舒盼，温声安慰道："没事了，别紧张。"

舒盼早就惊出了一身的冷汗，还好她脑子转得快，能搬出陆辰良这尊大佛来跟黎剑辉相爱相杀，不然这广告还没拍，已经被人全部看穿了。

她紧张地抓着台本，翻到了有导演红字批注的那页："易南，云芳菲会法语吗？她当练习生的时候，交过法国男朋友吗？"

易南一头雾水："芳菲做练习生的时间很短，谈什么恋爱，学什么法语，她最不喜欢读书了。你怎么忽然问这种问题？"

舒盼转头看了一眼仍站在背后的黎剑辉，只见他脸上的笑意不变，那双眼睛仿佛能隐隐透过套在她身上的那层伪装，直看到她那颗不安的心之中。

如果她没猜错的话，所谓剧本改动，云芳菲的过去，都不过是对方抛出来试探虚实的鱼饵而已。

舒盼将台本递给易南："易南，帮我找个翻译问问这上面法文的意思。"

实情果然如同舒盼的推测一样，黎剑辉所说的剧本改动根本就不存在，那些标记只不过是导演Sid写下的一些无意义的随笔而已。

易南缓了口气，他将云芳菲和黎剑辉的往事对舒盼简述了一下，其实这两个人曾在嘉扬有过一段交情。而据他所知，黎剑辉追求过云芳菲，但似乎始终无果，当然这点后来也成为他和嘉扬解约的原因之一。

易南对接下来的拍摄很担忧："除了试探，黎剑辉是不是还为难你了？"

舒盼也颇为苦恼："暂时还没有。"

不过黎剑辉最后说的那句话，分明是要在接下来的拍摄里试探云芳菲的水准了，想到一会儿就要对这个不符合她审美的电灯泡男人，演出一眼倾心的情感，她就倍感压力。

他们这个广告第一幕便是在这间情调浪漫的夜场之中。

华灯初上，繁华都市的夜晚正渐渐拉开序幕，为爱失落的男主人公坐在角落之中，和一众风情无限的女郎频频举杯碰撞，而舒盼则要一派长发飘飘状地从舞动的人群里穿过。主要突出两人一见钟情的宿命感。

所有人员都准备完毕，Sid 一声令下，舒盼便从酒吧外慢慢走了进来，身着飘逸清新的白色纱裙，在鼓风机的配合下，她的裙摆和长发飘逸得越发动人，如同古希腊神话当中象征爱与希望的女神一般高贵无双，让人不敢擅自亲近。

可她迷失在灯红酒绿的都市之中，缓缓地踱着步，随着轻柔的鼓点，从那个命定的男子眼前经过。

一个无意间的侧身回眸，让两个无处停泊的灵魂寻找到了完整的契机。

舒盼看向不远处的黎剑辉，而黎剑辉也正放下了酒杯，抬头凝视着她。他的眼神之中原本带着浓浓的落寞，而就在和舒盼对上目光的那一瞬间，却闪烁着发生了微小的变化，那神情并非是单纯对爱情的动容，而是一种为命运本身所惊奇的震撼感。

舒盼对上那双饱含情感的眼睛，忽然感觉很不妙——糟了，她居然在这条广告里被黎剑辉压戏了？

"停一下。"

舒盼被导演 Sid 的一声指令拉回了现实，她刚才的确为黎剑辉眼睛里的戏所动容，一瞬之间反而忘记了自己该有下一步反应。

黎剑辉随手拿起刚才放下的酒杯对着舒盼笑了笑，神情自如地举杯喝了一口，好像在庆祝自己第一局的胜利。

舒盼咬了咬下唇，他的这个笑容，分明就是在挑衅！

导演 Sid 让翻译下达重新来一次的指令，趁补妆的片刻，舒盼低着头仔细思考着对策。黎剑辉不知道什么时候已经走到了她身边，不温不火地道："你当真以为，离开陆辰良这几年，我就一点进步也没有吗？"

要不是她知道陆辰良和黎剑辉都是直男，真以为两个人过去那一段恩怨其实是爱情使然了。

但是输人不输阵，她现在好歹也是陆辰良名义上的女朋友，于是舒盼对他反唇相讥："你的进步要是都在广告里，估计他想看到都难吧。"

黎剑辉并不生气，反而用规劝的语气道："那你呢，他又什么时候真心待过你？你为了他还在脸上动刀子，一提到他就整天心神不定，连这种小儿科的东西都对付不过去。"

两人在短暂的互放狠话之后又重新投入拍摄当中。可实力上的差距，加上对手在精神上的压迫，还是让舒盼在之后的拍摄当中频繁出错。

NG 六次之后，Sid 提议全场暂时休息。易南顺势来到舒盼的身边察看情况，而舒盼已经被镁光灯照得出汗了，小欢在她跟前帮着补妆，她小声絮叨着："盼盼姐，你这还感冒着呢，不然今天不拍了行不行。"

易南看了一眼小欢，示意她这个时候不能多嘴。他带过的艺人大都经历过拍戏卡壳的阶段。虽然舒盼目前面对的只是商业广告，但对个人成长而言，这样的考验是避无可避的，只能由她自己撑过去。

舒盼微微喘了口气，她下车前刚吃完感冒药，现在药效直冲头顶，感觉整个人晕乎得很。导演 Sid 带着翻译过来非常委婉地表达了希望云小姐能加快进度的意愿，因为他实在是等不起了。

之前因为云芳菲出走的耽搁，这位法籍导演带起来的一众团队，全部都为了她将手上的工作延后。

现在女主演好不容易来了，如果这一两天还拍不完的话，真是谁也说不过去了。

舒盼点点头，可几方的因素纠结在一起，她现在如坐针毡，等导演走开一段后，舒盼拉住了易南，她压低声音问道："易南，黎剑辉是对云小姐单恋，这件事情你能确定吗？"

易南小声给了回答："是的，当时我刚刚上手带芳菲，什么事情都亲力亲为。况且那小子追求芳菲的事情整个嘉扬内部都知道，只是当时他们两个都是新人，没什么可以炒作的油水，所以才没有闹出绯闻来。"

"那好。我大概有个主意了。"

舒盼咬咬牙，这个节骨眼只能兵行险招了，黎剑辉和她玩心理战，她现在就奉还这人一局大的！她往身上披了件外套，不动声色地走到还在补妆的黎剑辉身边："走吧，我们去天台透口气。"

黎剑辉还没回答，站在他身边的 Coco 姐却出声阻拦："云小姐，这不太方便吧。这么多人看着呢。"

黎剑辉摆了摆手："不要紧，小云估计是想和我谈一谈台本，我跟她去就是了。"

他闲闲地站起来，跟上舒盼的脚步，两人走到酒吧后门，又顺着楼梯往上走了一层，直走上了天台。

易南猜想舒盼八成已经有了办法，于是只让小欢守在后门口等待。

正午时分，天台外的阳光正暖，和光线幽暗的室内仿佛是两个世界。黎剑辉走上天台，伸了个懒腰，轻笑着开口："在里面没聊够，怎么还有兴致出来说话？"

舒盼转过身子，正对上黎剑辉，面容平静得看不出一丝喜怒："阿黎，别再用那种眼神看我了。"她慢慢地走近黎剑辉，一步步地直将对方逼到了墙角。

黎剑辉对舒盼突如其来的攻击性感觉古怪，他背靠着墙面问道："不过一场戏而已，有必要这么认真吗？"

舒盼单手压在墙面上，脚上那双细长的高跟鞋使得她此刻的身高不过比黎剑辉略低一些，要象征性地给这人一个"壁咚"也不是难事："阿黎，你该不会到现在都还忘不了我吧？"

黎剑辉看着眼前这个姿容更胜从前的女人，没来由地愣了愣。

舒盼将手收回来，轻抚过黎剑辉西装上的领带，声音轻柔绵软："戏里戏外，那种眼神都让我很不舒服。该断的都断干净了，你还这样未免太难看了。"

黎剑辉抓住舒盼的手："小云，你……"

舒盼的手猛地从他的钳制当中抽离出来，凑到他耳边道："一直以来我只看着一个人，而那个人，你永远也比不上。"

"你激怒我也没有用……"

舒盼忽然笑了，眉眼间全是同情和讥讽的意味："我只是想提醒你一句，因为接下来，我才真的开始而已。"

拍摄正式开始，镁光灯照亮了整个酒吧布景。

酒吧内，那个身着白纱衣裙的女人在轻柔优雅的爵士乐中漫步着，经过形形色色的男女，行至半路，她再次为角落中那个和自己命定牵绊的男人所吸引，人群之中，两相对望。

导演 Sid 的镜头赶紧切近，在推车上缓缓地放大了两个主人公的镜头。

舒盼那双原本波澜不惊的眸子在扫到黎剑辉身上的时候，视线骤然停摆。凝眸处，那个男子的身影如同在宣纸上化开的淡墨一般在她的眼前渐渐消散，随之而来的，却是心头那一抹说不出来的惊艳和感慨，曾几何时，舒盼也曾因为瞥见了某个男人的容颜而失神赞叹。

那个人戴着眼镜的俊美侧颜，那人眉宇微皱的怒容，那人戏谑调侃的轻笑，那人难得抚慰的温和，还有那人萦绕在耳畔的一句低唤……

而当她心头再度重影之时，眼中所见的男人却分明已经不是黎剑辉了，而是那个早就被她故意藏在内心深处的身影，那个她无法说出的名字。

想着那个男人，舒盼的嘴角勾起一个极具魅惑的弧度，灿若玫瑰，仿如天地初开之际那朵火红色的生命之花，一点鲜艳却以燎原之势缀满那个男人的心尖，生生不息。

可短暂的惊艳过后，她的眼中迅速闪过一丝羞涩，好似畏惧自己的心动被那男人窥探察觉出一二，只得转身欲走。黎剑辉看着舒盼的笑容，忽然有着片刻的失神，他急急地追了上来，只来得及触碰到她那一头柔软纤细的长发。

佳人远走，只留一室馨香。

“很好，这条过了！”

Sid从摄影推车上跳下来，连声鼓掌。他激动地用最原始的肢体语言来表达对这个片段的满意程度，女主人公的那个笑容可真是点睛之笔。

小欢第一个冲过去给舒盼披上外套，这个广告拍得简直是跌宕起伏，要不是亲眼看着局势扭转，她差点就以为舒盼今天这关过不去了。

舒盼心中当然也是激动不已，但碍于黎剑辉还在背后，总不能太直观地表现出自己的喜悦，于是干脆直接背对着黎剑辉走到别处去休息了。

易南远远地朝舒盼走过来，正经过黎剑辉的身边，黎剑辉忽然拦住了易南，仍是那副不变的笑脸：“易南，芳菲这几年的长进倒不小，只是头脑还是一根筋地单恋着陆辰良。你身为经纪人，不该劝劝她吗？”

易南也颇具风度地回他一个笑容：“你的好意我会转告陆先生的。”他说完这句，连正眼也不再看黎剑辉，拔脚便走。

黎剑辉也不气恼，他坐回座椅上，接过助手递过来的矿泉水，深深地看着舒盼周围聚集的那一堆人物，神色阴郁。

度过了最艰难的节点，舒盼接下来几条的拍摄都一直顺风顺水，晚上十点左右，她终于顺利地结束了G&K的这个广告。

舒盼一一和工作人员道别，其中黎剑辉走得最快，据说他还要赶行程，只匆匆感谢了导演几句便走人离场了。

没了这个碍眼的电灯泡男，舒盼当然乐得自在。小欢对她从天台下来之后如有神助的表现十分好奇：“盼盼姐，你刚刚在天台上是怎么找到灵感的？”

舒盼莞尔一笑，吐了吐舌头：“不告诉你。”

这次拍摄除了帮她彻底克服了镜头前的恐惧之外，倒还有个意外的惊喜——通过这个广告，舒盼隐约明白了自己心中其实深藏着对陆辰良的好感，只不过碍于之前种种，即使明知道他有意接近，却只能无动于衷。

可现在，她只想把完成工作的这份喜悦告诉陆辰良，然后无论结果怎么样，也要努力地朝他那里迈出一步。

她打开自己的旧手机，找到陆辰良的号码准备拨打，可一条自动弹出来的娱乐新闻犹如一记闷锤砸在了舒盼的脑袋上。

那醒目的标题上赫然写着“Y 姓女郎惨遭抛弃，陆导试镜另觅新欢”。

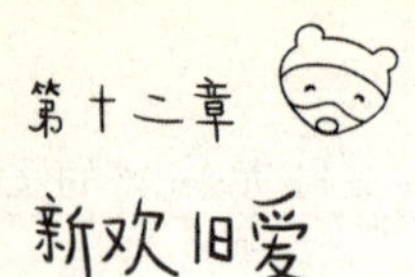

第十二章 新欢旧爱

而此刻的八卦男主角陆辰良，尚在回程的车上闭目养神，这几天由他监制的古装剧《汉宫飞燕》开机了。

作为注资人之一，他和导演安成之间也有些默契，在选角方面更是一路顺畅无碍，定了在大银幕小有所成的陈初阳饰演男主，古装气质极佳的沈夕作为女主，就连女配都是近来因恋爱绯闻而人气激涨的顾千千。

“易南联系过你吗？”

孟开答得顺口：“易先生联系过您的私人号码。”

陆辰良睁开双眼，拿出手机翻了翻，果然发现易南给他发了几张舒盼在广告拍摄现场的照片。

既然易南有空向他报告情况，那丫头也应该差不多渡过难关了。他翻到最后一张合照，眉宇微皱，手上的动作停了停。

孟开感觉周围的气温都明显下降了几度，他斟酌地道：“需要告诉学长您回来了吗？”

陆辰良看着屏幕上那张舒盼和黎剑辉的广告合照封面，心头升起一股不悦，他摆了摆手：“不必。”

黎剑辉这个人老早就在硌硬他的道路上越走越远，陆辰良根本懒得理会，反倒是这张合照给他提了个醒，除了自己，黎剑辉还最擅长顺带硌硬他身边的其他人。

估计这个广告换人的破事，不过是个开始而已。

此时，同样因为照片而情绪微妙的，除了陆辰良，还有已经在床榻上的舒盼。

网传陆辰良在《汉宫飞燕》的开机宴上看中了这部戏的女配顾千千，甚至有记者跟拍到了两人亲密结伴出门，有说是顾千千半夜去敲了陆辰良的门，更有说是两人早在选角的阶段就有暧昧。

此事一出，不少人到云芳菲的微博底下围观求真相。

有人比她还好奇真相："仙女菲快出来说句话啊，陆先生是不是勾搭别人了？"

有人已经开始为云芳菲站队了："女神别怕，谁敢拆你们这对 CP，菲迷不会放过那些妖艳贱货的！"

更有路人和舒盼一样一脸蒙："顾千千不是对秦隽死忠吗？"

顾千千这个名字可是和天王级歌星秦隽有着牵扯不清的关系，虽然两人前阵子宣布了分手，但仍有着隔空秀恩爱的迹象，反而在分手之后多了一拨 CP 粉。

这娱乐圈虚虚实实的，到底哪对看起来才是真的？

怀着满脑子的问号，舒盼再度抓起手机，用熊猫乐园的微博号登录讨论得正热烈的娱乐版面，发出了令她自己都感觉到羞耻的提问帖《陆辰良真是渣男吗？求个实锤》。

舒盼又刷了几遍，发现估计是标题取得太没水平，以至于下沉得很快。她又在自己帖子里复制了几遍标题，终于在自己睡觉前将它人工置顶到了新帖的第一页，这才心满意足地关机睡觉。

第二天舒盼洗漱完刚想打开帖子，忽听得大门的门铃响了，而李嫂的手上还正抱着一摞被单："估计是新盆栽送来了，盼盼你帮我搭把手，我出去开门。"

舒盼见李嫂十分吃力的样子，于是一手帮她分了些被单，便自告奋勇出去开门。她脚上踩着一双木屐拖鞋，安全起见，舒盼先打开了个小门察看情况，谁知这一打开，便看见门口站着个陌生的男人正准备按门铃。

这男人身材颀长，身着一件灰色休闲西服，五官俊朗，目光清明，双眸之中似有点点繁星，更为标志性的是他唇畔挂着的那抹礼貌温和的笑意，衬托着整个人格外儒雅的气质。

舒盼愣了愣，显然眼前的这个男人也因为她的忽然出现有些意外，他的笑意微敛，开口道："请问李嫂呢，你是——"

一听到男人开口，舒盼脑子里出现的那个名字终于和眼前这人的容颜匹配起来，这人不是赫赫有名的影帝沈清淮吗？！

沈清淮顿了顿："新来的佣人吗？"

舒盼还处于初遇影帝的震惊之中，沈清淮和陆辰良的至交关系原来不只是资料上那一行文字描述而已，此刻他就站在陆家的门口，而且还和自己说话了！

沈淮清仔细看了看舒盼，好像隐约认出她来："你是云小姐？"

糟了，舒盼从粉丝心态当中抽离出来，这才发现自己现在的身份有点尴尬："您、您先进来吧。"她大力招呼沈清淮进门，态度十分恭敬，"陆先生出门了，没说什么时候回来。"

沈淮清进了门，目光还停留在舒盼的脸上。都说云芳菲在脸上做了点手脚，可他总感觉这人不可能是云芳菲，首先是阿良不可能让她住进来，其次是从气质上来看，眼前这人也和之前的云芳菲相差甚远。

舒盼被看得有点不好意思，她也摸不准陆辰良有没有要对沈清淮坦白她身份的打算："我去叫李嫂。"她虽然很想和影帝多相处一会儿，但想到可能导致的后果，就只能先退场了。

谁知道她正要走的当口，随着大门的打开，又进来一辆轿车，而这车正是陆辰良在嘉扬的御用座驾。

车子就这么在舒盼和沈清淮的边上停了下来，陆辰良推门下车朝两人走过来，他先是对着沈清淮笑了笑："你来了。"

"那……你们聊？"舒盼有点想溜，被陆辰良一把抓了回来。

陆辰良和沈清淮并肩而立，他把舒盼的事情简述了一番。沈清淮忽觉得有些好笑，他侧头对陆辰良问道："看来我们没见面的这段时间里，你过得倒挺有意思。"

陆辰良轻摇了摇头："何止是有意思。"

自从舒盼来了他家以后，发生各类意外的概率都翻倍增加，生活堪称精彩。

舒盼十分不好意思，她畏畏缩缩地向沈清淮伸出手："沈先生你好，你、你拍过的每一部作品我都看了好几遍。"

沈清淮好脾气地和舒盼握了握手："客气。我也不是每一部都满意。"

影帝的气质果然与众不凡，连谦虚起来都这么帅气啊。

陆辰良的目光落在两人交握的手上，又发觉舒盼的崇拜感似乎有些过热，他的心头一酸，又等待了良久，发现舒盼完全没有要理他的意思，他挑眉道："你不觉得该做点什么吗？"

舒盼和陆辰良对视了一会儿，没看出来他的意图，只能装作恍然大悟的样子："那我就不打扰你们谈正事了。我先……"

陆辰良拉着舒盼的小圆领把她拦下来："不想和你偶像多待一会儿吗，我要和他谈的事情，正好和你也有点关系。”

沈清淮淡定地从书桌边拉出一张转椅，动作十分熟练，看来是熟客：“两位，我们坐着谈吧。”

陆辰良将一沓台本放到桌上：“这戏是梁先主笔的，我看了看感觉还不错。大概三四个月以后就会正式选角开机。”

沈清淮微笑着将本子推到舒盼的面前：“你拿去看看吧，我已经大概了解情况了。这个故事的完成度很高，每个角色也很丰满，我昨天赶着看完了。今天就是来这里给阿良答复的，如果条件都允许的话，应该会给梁先捧捧场。”

陆辰良一针见血地道：“给我答复？我看你是顺便来和我谈价钱吧。”

沈清淮丝毫不否认，坦荡地道：“薪酬当然是重要的条件之一，舒盼小姐你说呢？”

舒盼听着两人一来一回地交手，她才刚刚翻开台本的封面一页，看到上面油印的两个大字“巾帼”：“我觉得工资是挺重要的——”

陆辰良淡漠地扫了舒盼一眼，舒盼赶紧补上一句：“当然我现在的情况，有戏演就很开心了，工资少点也不打紧。”

沈清淮有点意外：“你的思想觉悟很高啊。”

舒盼勉强笑了笑，光有觉悟有什么用，她现在的演技水平还发挥不稳定，和熟人打交道每天都过得提心吊胆的。

“你慢慢把本子看完，到时候你会有一个试镜机会的。”

陆辰良很少下承诺，但这句实在说得太霸气，引得舒盼惊讶连连，她伸手戳了戳《巾帼》的剧本：“这部剧我也能参演吗？”

陆辰良的语气依旧平静：“不会是主角。试镜看你自己的能力，没后门可走。”

云芳菲毕竟还是个演员，即使舒盼现在不能真的挑大梁，在自己的片里演个重要的配角还是很有必要的。既能保全一点前者的名头，又能锻炼舒盼的演技。

一举数得，何乐而不为?

舒盼眼底闪烁，她等了这么久，终于有个正式的试镜机会了！她的目光从陆辰良身上游移到了沈清淮的身上，激动得呼吸都颤抖了，她将《巾帼》的台本抱在胸前：“我会努力的，如果到时候能、能和您同框拍一场也好。”

沈清淮能感受到舒盼的真切，他以过来人的口吻对舒盼略略鼓励道：“期待你的表现。”

陆辰良看着前辈后生之间温馨交流，而把自己晾在一旁的画面，眉宇微皱，很好，他还没离开几天，舒盼的底气倒是足了不少，已经可以自如地和圈里人进行社交活动了。

沈清淮已经站起身来，递了一张纸条给陆辰良："阿良，这个是价格底线，你考虑一下。"陆辰良接过纸条来扫了一眼："你今天来我这里，看来还有别的目的。"

沈清淮笑了："什么都瞒不了你，我想去问问李嫂上次那道甜点的配方。我带回去给某人吃过以后她念念不忘，可偏偏有一味食材猜不出来。"

陆辰良心领神会："要是哪天江晓有空，找李嫂切磋厨艺也好。"

沈清淮道谢后便下楼去找李嫂了，书房里只剩下陆辰良和舒盼两个人，舒盼直勾勾地盯着陆辰良手上的那张纸条，喉间吞咽了一下。

陆辰良将纸条放到她面前："想看？"

舒盼点点头，她对沈清淮开的价格真心好奇。沈清淮在屏幕上的形象是精神觉悟很高的老干部，她实在难以想象能让这样的男人记挂的数额，到底能达到多少。

陆辰良思忖了一下，把纸条收了回来："还是不要让你看了，太伤自尊。"

陆辰良将那张纸条夹在文件档案当中，漫不经心地问道："没什么其他想问我的吗？"

舒盼心里一声惊叫，这人莫不是在自己身上装了什么监视器吧，怎么什么事情都没办法在他面前敷衍过去？

好在最近发生的事情也不是一两件，她随便挑了个轻的来回复："黎剑辉好像怀疑我了，用了些方法试探我，不过没成。"

陆辰良眼底闪过一丝玩味："你觉得黎剑辉是个什么样的人？"

长得白，笑起来妖，真要是施展起来，估计比女人还好看……虽然这些描述都是真的，可舒盼觉得陆辰良想要的不会是这些答案，她认真地道："他是个坏人。"

陆辰良饶有兴致地继续："怎么说？"

舒盼努力思索着当时的情景，慢慢地回答："说不上来。我觉得他不厚道，把云小姐当作刺激你的筹码，明明心里还喜欢她，可是为了报复，尽说你的坏话，挑拨离间。"

"那你觉得他达到目的了吗？"

"我、我不知道。"舒盼定定地看着陆辰良，黎剑辉这个报复战术的效果，主要取决于陆辰良到底有多在意云芳菲。

陆辰良走到书架面前，伸出手来回找着东西："以前倒是没什么用处，不过现在难说了。"

舒盼没听出陆辰良的弦外之音，她的心大得很："陆先生你别担心，我不喜欢他那个类型的。我喜欢大众情人，像秦隽或者是沈清淮那样的！”

陆辰良从书架中抽出两张CD碟片，呛了几口灰尘又没来由地被舒盼这话堵了一下，轻咳了几声，戏谑地道：“你倒会选，可惜那两个都已经有主了。这是当年黎剑辉那一拨练习生的影像资料，你要是真不安心，有空看看这个吧。”

陆辰良这间书房里还放了一些嘉扬的老东西，仅作个记录的用途。他指了指舒盼手上的另一张CD：“这张就是你要做的功课。里面有云芳菲最优秀的几个作品，拿去看熟练熟，别偷懒，到时候我会亲自来考你一段。”

舒盼记得自己接下来还有个综艺活动的安排，但大抵时间还是充裕的：“什么时候？”

陆辰良喜欢小狸猫这副认真努力的样子，他的眼底有着隐隐的笑意：“等你准备好了，来找我就是。我就在你工作场地的隔壁监工。”

一个小时后，舒盼便来到了C市，这里是著名的国内鬼都影城。

舒盼站在太阳底下和综艺导演罗博稍微交流了一会儿，沁出了一后背的汗水，天气这么热，难怪剧本上写这期活动的主题是纳凉恐怖特辑。

这次参加的综艺是今年ZMJ台新出的《来吧！男神女神》，顾名思义，这个节目主打的就是让颜值超高的艺人们组合搭配，在节目中做各类任务。

这款综艺目前只出了三期，还属于为固定班底的成员各自找人设定位的试水阶段，因此罗博大力邀请了不少综艺新人来做一两期的特邀嘉宾，以此来制造火花。

等人期间，舒盼拿出自己的手机玩了一会儿。这次易南没跟她来，只派小欢跟着，一来是为了保住云芳菲的秘密，二来倒有点提拔小欢以后做经纪人的意思。

小欢发现舒盼在逛着讨论陆辰良是不是渣男的帖子，她十分惊讶：“盼盼姐，你也看这帖子啊。”

舒盼言不由衷地摇摇头：“就随便看看……”

她没动帖子的这几天，不知怎么回事，这楼愈盖愈高，还有人深扒了陆辰良和各大女星出轨的时间线，而诸位女星小花的粉丝在底下撕得不可开交，都不知道离题到了哪里去。其中一个叫“悠悠球”的网友评论画风更为新奇。

她点进悠悠球的论坛信息，发现这人是八卦娱乐的高产楼主之一，最擅长扒帖深挖艺人的秘密，其中帖子里涉及最多的就是云芳菲，而在资料一栏她更是信誓旦旦保证要追踪仙女菲，直到她生二胎。

这说话的语气……不就是那个在医院遇到的小记者杜攸吗？

微博认证的记者杜攸很快通过了她的好友请求，上来就是一句：“有事说事啊，我还在外面追料，想知道第一手消息，就拿其他情报来换！”

得了，这人还真是个绝对不吃亏的角色。

舒盼没了逗杜攸的心思，她放下手机，稍微扫了一眼集合的人物，这下有点傻眼了——新卡司位置的成员从左到右，女艺人依次是许珊、袁晶、余施洛，男艺人之中则有一个亮得透光的麻烦精黎剑辉！

一番安排之后，嘉宾们就位，录制火速开始。

进入第一个配对环节，主持人给双方艺人发了对方五个人的名字，他们先选择一个异性成员作为自己的搭档。互相匹配成功的一组，就能占先机出发进行任务。

先不管一会儿任务中会不会撞上其他女艺人，舒盼扫了一圈现场的男星，除了黎剑辉，还有来自成信传媒的萧然，电影新人张宪旻，剩下两个就是 T-Time 男团成员顾淼和 Mae 了。

实际上，其余的选谁都无所谓，舒盼只要战略性地避开黎剑辉就可以了。

她在提板上飞快地写了个“萧然”，好歹这人还号称秦隽的师弟，应该差不到哪里去吧。结果她狠狠打了自己的脸，萧然和余施洛互选了对方，直接就配对成功了。当主持人问他理由的时候，这人居然毫不避讳地说：“云芳菲姐姐我怕 hold 不住，我们可能会有代沟。”

谁是他姐姐啊！更何况按照实际年龄算的话，她比萧然年纪还小好吗？

袁晶很自然地和自己电影里的男主人公张宪旻分到一组，剩下的战局就很混乱了。许珊选了同公司的黎剑辉，剩下几人都是交叉互选，没一个中弹的，可当主持翻开黎剑辉的牌子，果然这人写的就是云芳菲，他还颇为亲切地解释道：“我和芳菲是老朋友了。”

舒盼气得真想一个牌子飞过去击中黎剑辉那张笑脸。这么玩下去，说不好她不仅要最后一个出发，而且会和黎剑辉分到一起。

可到了第二轮选择的时候，让人匪夷所思的局面出现了——顾淼和 Mae 两人居然放着同龄的偶像不选，都选了云芳菲。而为了决出胜负，主持人更是撺掇两人对云芳菲进行一轮告白！

舒盼有点蒙，难道这两人的本子上就是这么写的？她怎么一点都不知道？这不是纳凉特辑吗，搞得和情侣真人秀一样。

再看一旁的许珊已经急得有点委屈了，她两轮都选了黎剑辉，可偏偏黎剑辉只对云芳菲感兴趣。

在少女氛围极其浓厚的台词过后，舒盼索性闭着眼睛选了顾淼，破罐破摔吧，虽然语言不通，但好在不用和那个麻烦的黎剑辉在一起。

就这样，舒盼怀着对许珊的愧疚和顾淼一起乘船出发了，如果说之前她只不过是对黎剑辉没有好感，这次可真的就是厌恶他了。明明是一个公司，不照顾许珊就算了，怎么还尽给人家难堪呢？

舒盼气呼呼地踩着踏板，这轮她要和顾淼一起踩着这艘船到对岸的影城去做任务。

“呃……前辈，你踩得太快了我跟不上。”

舒盼反应过来现在还在节目录制中，她听得顾淼这句中文说得很好，不由得赞叹道：“你会说中文的啊。”

顾淼尽显自己大男孩的姿态，俊俏的脸上正挂着明朗的笑容：“你要是愿意，和我说英文也好。”

舒盼正忙着和小鲜肉录节目的时候，微博上传出的她和黎剑辉拍洗发水广告的路透照片，却引来了关注。

倒不是广告本身有什么问题，而是那几张照片上，舒盼正站在一辆豪车的边上，和车内的某男子说笑。那车内男子的脸在照片上看得并不真切，舒盼却是被记者结结实实拍到了带笑的侧脸。

这照片一出，把云芳菲粉丝团中侦探级别的人物都诈了出来，他们纷纷揣测云芳菲这次是终于对陆辰良死心了，有意要另结新欢。

其实网友会这样推测的原因很简单，根据时间来判断，那个时候陆辰良多半还在《汉宫飞燕》的剧组里忙着会新人，根本不可能和舒盼出现在同一地点。

再从这款全球限量的豪车来看，这位云芳菲新情人的来头，绝对不会比陆辰良的来头小。总结一句话，这几张路透照片出来，恐怕陆辰良和云芳菲这对情侣之间又有新戏看喽！

小秘书孟开正翻着手机看八卦，他刚吃完剧组的盒饭，正站在陆辰良的附近休息，随手翻了几页娱乐新闻，恰巧就看到舒盼私会新情人的照片。

哎哟，这舒盼看起来还挺机灵的，怎么做这种事情的时候，偏偏被拍下来了……

孟开偷瞄了一眼在平板上办公的陆辰良，往陆辰良后头挪了挪位置，正打算明哲保身撤离现场的时候，忽然感觉脖颈后一凉。

他猛地回头盯着陆辰良，发现他正在平板上看一条新图片信息，再仔细一看——这图不正是方才他想极力避开的那张吗？

发信人那栏更是赫然写着“易南”两个字。

孟开擦汗，他这个可爱的学长，还是这么一如既往地对嘉扬绝对忠诚啊……

孟开仍是谨慎地看了看陆辰良的脸色，语气慎重地道：“陆先生，要不要找学长处理一下？”

“处理？”

陆辰良皱了皱眉头，找了易南又能处理什么，这么几张简简单单的路透照片，难道就能把舒盼这个丫头捉回来认罪？即便是她真的和别人闹出些什么，搬出合同来，里面也没明确规定履约期间不能谈恋爱。

看着那几张模糊得像是打了厚码，但还能隐约看清舒盼笑脸的照片，陆辰良忽然有点心塞。

节目录制已经过半的舒盼，对此却毫不知情。

她和顾淼目前成绩排在中间位置，和许珊这一组的速度不相上下。

也不知道黎剑辉是脑子转过来了还是怎么了，他忽然放开了对云芳菲的纠缠，开始敬业地扮演花美男前辈的角色，一路上和许珊串了不少教科书一般的浪漫情节。

两人颜值匹配，套路满分，引来路人的连连围观。

很快几个队伍聚头，来到了重头戏鬼屋的门前。最后一轮的任务很简单，每组都要在鬼屋里抱三个灌了水的气球，最后将水倒出来测量水位，最高的获胜。

垫底的两组先一起出发，舒盼倒不怎么害怕，可她有点担忧后面的许珊，许珊之前在剧组是出了名的又怕鬼又怕黑，提一点点灵异的事情都足够让她整晚熬夜不睡等天亮。而一进了光线灰暗的鬼屋，舒盼明显感觉到顾淼似乎也很害怕。

“你还好吗？”

顾淼的恐惧不像是演出来的节目效果：“前辈，你能把手从我肩膀上放下去吗？”舒盼顺口安慰他道：“我又不会吓你，不过顾淼，那手不是我的。”

顾淼瞪着一双惊恐的眼睛看向舒盼，发现她双手果真都老实地抱着气球，而乍看之下，他的肩头上多出来的手臂，正是从旁边的黑幕当中伸出来的！

他惊得跳了起来，弄丢了手上的一个气球，还没等捡回来，黑幕里忽然冒出一双红色高帮的运动鞋，直接把水气球给踩爆了。

踩出来的水花溅了顾淼一脸，他愣了愣，旁边明了一切的舒盼急急地将那只捣乱的手给抓了出来，只听得一声嘤嘤的叫唤，许珊被从幕布后拉了出来，怀里抱着的两个气球也掉在地上。

顾淼的反应极快，意识到这是综艺典型的互坑环节，于是一脚过去把许珊送出来的两个气球都一起踩爆了。

舒盼这才发现拉出来的人竟是许珊，赶紧松了手：“伤到哪里没有？”

许珊听到这声忽然感觉有些恍惚，她一时没站稳一屁股坐到地上，舒盼想伸手去帮一把许珊，可想了想又生生地忍住了。

许珊坐在地上，她借着幽暗的灯光朝来人看过去，觉着眼前这云芳菲怎么看怎么有点像舒盼，明明上一次在美容院还没有丝毫相像的感觉，可这次从声音、体态到神情都找得到一点舒盼的影子了。

她这不是真撞鬼了吧?

黎剑辉也从黑幕后走出来，他一把拉起许珊，发现自己这组已经少了两个气球，语气颇为遗憾："看来我们偷袭没成功。"

原来这是节目组为他们准备的逆袭桥段，安排黎剑辉和许珊先一步到位，然后在鬼屋中等待后一组来抢夺破坏气球。本来是想让黎剑辉和顾淼对抗，展现一下男友力，可是黎剑辉不稀罕多几个镜头，只好由咖位较小的许珊顶上偷袭。

舒盼听得生气，黎剑辉一个一米八多的男人不护着许珊就算了，还尽添堵。黎剑辉非常无辜地回看了舒盼一眼，那意思很明显，要不是舒盼选了顾淼，现在许珊也就不会因为选错了人而吃那么多苦头了。

接下来，两队一起走。许珊虽然想看清云芳菲的脸蛋，但鬼屋内部实在太骇人了，她真的自顾不暇。

不论是白骨森森的骷髅军队，还是漂移出没的白衣女人，甚至是道具蝙蝠和染红的残肢，这些都足够让许珊恨不得趴在黎剑辉身上。

而行到半途，许珊的承受能力实在是到了极限，终于忍不住蹲下身子啜泣了起来。

黎剑辉在一旁轻抚着她的后背，赶来查看的导演组还没来得及开口问，黎剑辉却一脸怜惜地先表态了："我们弃赛吧。小珊这样估计是不行了。"

导演组有点为难："许珊你的意见呢？"

"我……"许珊还想挣扎，但黎剑辉根本没给她说话的机会，他温柔地拦腰将她抱了起来："乖，我先抱你出去。"

现场的气氛忽然怪异了起来，舒盼正想走上去插手，没想到顾淼拉住了她，示意她看边上的镜头。虽然刚才许珊出了意外之后有两台停录了，但是仍有一台正对黎剑辉的还在亮灯，明显还在拍摄当中。

舒盼有点困惑："这是……还在拍？"

顾淼将舒盼带到边上，简略地解释了一小句："如果真出了问题，不可能导演组只来一个人。两个艺人的经纪人肯定都会跟过来的。"

这竟是还在做综艺效果!

黎剑辉游刃有余地将许珊抱起来，回头深看了舒盼一眼，那眼神，简直比这鬼屋里任何一样设备都让舒盼毛骨悚然。

他要演深情王子就好好演，看自己做什么，难道还期待自己吃醋，上去抢人不成？

顾淼看着两人离去的背影，一张清秀英气的脸蛋上忽然浮现出淡淡的忧愁："完了，这期为了补满他们的感情线，不知道我们会被剪掉多少镜头……"

舒盼扑哧一声笑出来："你刚才不是很怕吗，怎么现在反倒担心剪辑了？"顾淼很诚恳地道："比起鬼怪，出去就丢了饭碗好像更可怕。"

舒盼看着这个年纪不过比舒凡大一点的男孩，她忽然硬气起来："他们能做到的，我们也能。攻气十足的小姐姐搭配年下男，肯定不会比那种传统的感情线看点少。"

舒盼进行了一下表情管理，她伸手轻轻拂过顾淼的双眼："快开始了，你就把眼睛闭上跟着姐姐走吧。"

顾淼愣了愣，随即闭上眼睛，他感受到一只纤细温热的手正紧紧拉着自己，心中忽然有种说不出的动容："前辈，你缺男朋友吗？"

舒盼仔细看着底下的台阶，录制已经重新开始了，只以为顾淼这话是综艺套词，于是反应道："小心走路。"

"没有的话，我做个候补行吗？"

黎剑辉远远地看到舒盼他们两人的互动愈显暧昧，他站起来往舒盼的方向观望了一下，身边的许珊也好奇地跟着黎剑辉站起来："云小姐的脾气好像变好了，刚才在鬼屋的时候还扶了我呢。"

黎剑辉仍看着前方和小男生谈笑的云芳菲，眼底有着隐隐的困惑："你也觉得小云变了吗？"

许珊丝毫没有察觉到黎剑辉称呼的改变，她没心没肺地道："她以前可凶了，在片场和余施洛吵架吵得陆先生差点没……"

黎剑辉转过来，语气中带着一丝玩味："你见过云芳菲，也见过陆辰良，听说连之前上的舞蹈选秀还是易南推荐的机会？"

许珊瞥见一旁 Coco 姐不善的眼色，这才反应过来，慌忙地道："我是不是说错话了？对不起。"

黎剑辉眉眼间的笑意更浓，他凑近许珊，伸手轻轻帮她将一缕乱发夹到耳后，声音既温柔又魅惑："别怕，我只是发现，原来我们两个缘分不浅。以后，私下也可以多交流。毕竟是一个公司的，该帮的，我会帮你的。"

许珊哪里见过男人施展这样的手段，登时整张娇俏的小脸就涨红了起来，她支支吾吾地道："好、好的。"

黎剑辉看着许珊的目光，却并不单纯，而是带着几分狡黠的意味，他偏过头去，落在舒盼的身上，忽地一笑，直叫人瘆得慌。

舒盼顶着几个仇家的注目，大大方方地上前和导演罗博道了谢，表示自己要提前离开。一是再待下去，舒盼真怕自己忍不住过去把许珊从黎剑辉这个祸害身边挪开；二是她的确有个要紧的行程——去陆辰良那儿探班。

舒盼一路低调地来到了横店影城，易南此前的安排是尽量先不要被人发现，等和陆辰良见面之后，再由他来决定这次探班要不要找记者来写几条报道。

她走到陆辰良的身后，压低了自己的声音："陆先生，我来了。"

此刻，正是片场休息的点。陆辰良对接下来的戏份改动有一点意见，于是独自找了个清净的地方想思考一下一会儿主创开会的内容。他听得这声熟悉的低唤，手上的笔猛然停住了。

陆辰良站起身，他回过头，皱眉看着眼前这个戴着鸭舌帽，穿着简单朴素得和片场工作人员无异的女人："让你低调点来，结果就穿了这么一身？"

舒盼开口正想辩解两句，陆辰良却伸手一把将她揽进了怀中，在她耳边低声道："算了，反正你要见的是我这个旧情人。"

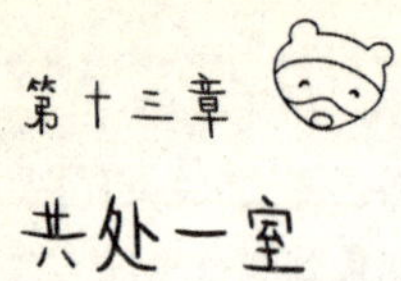

第十三章 共处一室

舒盼被陆辰良抱得一愣，她的脑袋低低地伏在男人的肩头：“陆先生，有人在拍吗？”

陆辰良没回答舒盼的问题，只觉得从舒盼身上传来一股淡淡的馨香，好像是从前未曾察觉过的香味：“最近换什么新化妆品赞助了吗，味道闻起来不太一样了。”

舒盼把自己的手臂从陆辰良的后背绕上来，仔细闻了闻：“应该不是化妆品，是 G&K 的新洗发水。就是我拍广告的那个。”

陆辰良淡淡地道：“哦，就是你遇到新欢的那个广告？”

舒盼撇撇嘴，果然还是逃不掉，她努力挣扎了几下想从陆辰良的怀里出来：“这个姿势不宜谈话，反正你也没打算让人拍下来，那我们坐下来慢慢谈吧。”

陆辰良丝毫没有放开她的意思，反而越搂越紧：“人来了。”

舒盼怀疑地探出脑袋往四周找了找：“哪有人？”以陆辰良在片场的脾气，她不觉得除了自己这个自动上门报告的傻瓜以外，谁还会特意来打扰他修改剧本的工作。

“别动。”

陆辰良这声警告话音还未落，舒盼便看到不远处有一小拨人，正朝着他们这边走过来，不过看样子来人并非是安排好的记者，而是《汉宫飞燕》剧组的工作人员。

“来、来这么多？”

舒盼差点没吓得腿软，不是说好低调行事吗？

陆辰良缓缓地松开了舒盼，眼底带着几分笑意：“我要让他们看见的是你，不是云芳菲。”

又打什么哑谜，她现在不就是云芳菲吗？

两人正说话间，不远处的几个工作人员已经走到了陆辰良的面前，为首的正是这出古装戏的导演安成。安成稍微拦了拦身后的几人，独自上前对陆辰良道：“去棚里开会吧，人差不多都到了。”

舒盼伸手压低了自己的帽檐，巴不得能就此隐形消失在众人面前。

陆辰良点点头：“好，我也差不多想好了。”他说着直接牵住了舒盼的手，“一起去吧。”

舒盼惊恐地抬头看了一眼陆辰良，他在剧组改戏份开会带上自己算是个什么意思？她脱口而出地道：“不去……我这没名没分地就去了算是什么意思。”

陆辰良侧头挑眉问道：“那你告诉我，给你个什么名分才愿意乖乖陪我进去？”

“哎、哎，我不是这个意思……”

陆辰良哪里管这么多，他牢牢地牵着舒盼，不由分说地就跟着安成那拨人进了帐篷。

舒盼一路低着脑袋，数着地上进出帐篷的脚步，根据她的推测，进来的差不多有二十几个人，也就是说整个剧组的主创差不多都在这里了。

哎……这人怎么就非要这么不明不白地做事情呢？真要扮作云芳菲光鲜亮丽地来探陆辰良的班自然没问题，可现在陆辰良既不承认她是云芳菲，又要带着她见别人，这可真演不下去了。

舒盼凑到陆辰良耳边，愤愤地开口：“陆先生，我现在到底要做什么，你倒是吱个声啊。”

陆辰良伸手拉了拉她的帽檐，温声安慰道：“你怕什么，这里的人根本就不会把你来过的事情说出去。这戏都还没开始宣传，就算要宣传了，用点什么主角的料不好，非要在我一个监制身上找新闻。”

舒盼扫视了整个会议桌一圈，发现现场该来的人物都来得挺齐的，各位经纪人都在自家演员附近守着，而演员们则忙着翻看新修改的剧本，在场的除了几个刚才在外面见过她的以外，几乎没有人在注意她。

她松了口气，舔了舔因为郁闷而干燥的嘴唇：“那你不早说，我脖子都要断了……”

陆辰良被她生生地回了一句嘴，这才发现舒盼这趟出门，不仅找了个新欢，连胆子都大了不少。

“这是惩罚。”

“什么？”

舒盼没听得太清，她没了负担，对主创团队的好奇很快便压制了恐惧，时不时看向那几个翻着剧本的主演。从左到右，依次是气质古装女星沈夕，在电影大银幕初有所成的男主演陈初阳，其余几个配角也都是在电视剧里常见的老戏骨。

这个阵容真是不错啊，再配合上安成导演，陆辰良监制，舒盼差不多能预料到这片播出时候的热度了。

舒盼往主演堆里多看了几眼，忽然发现数来数去好像少了一个人。对了，那个演绝色妖妃赵合德的顾千千怎么反而没看到……

陆辰良也看了在场的主演一圈，开口问道：“顾千千人呢？”

还不待工作人员回答，帐篷门忽地被打开，风风火火地走进来一个披着牛仔外衣的女人。她穿着一身杏色的华美汉服，长袖宽衣，腰间还扣着一条火红色的腰带，长发微卷着到了腰际。一双水灵的眸子甚是生动，明艳娇俏的小脸上带着抱歉的微笑：“不好意思，我来晚了。之前安导说好迟到罚钱，我带钱来了。”

顾千千将一张十元纸币轻巧地拍在桌上，那气势足像放了一张数额不菲的支票。

沈夕忍俊不禁地道：“不知道的还以为拿钱赎身呢！”顾千千吐了吐舌头，利落地坐在沈夕的旁边没再说话。

安成见人到齐，很快便切入了会议的重点：“之前赵合德的戏份调整了，我和陆监制讨论了一下，干脆把后面有改动的地方统一拿出来说一下，分别是……”

舒盼细细地听，在心中一一做着笔记，以前做替身的时候根本没有机会接触到整个剧组的主创开会，现在能坐在陆辰良身边听课，倒也实属稀奇。

大约说了半小时后，陆辰良抬了抬手：“我也说两句。”

舒盼微微往边上挪了挪位子，她仰头看着那个顶着一张扑克牌脸讲话的男人，忽然之间便有些恍惚。

几个月前，她在《明凝传》的剧组里，好像从没见到过陆辰良如此认真讲话的样子。他虽无十分的严厉，但言辞之间透出的威严感却让人不敢小觑。

说到重要处，他骨节分明的手指轻轻击打在桌面的台本之上，而顺着那修长的手指向上看去，恰好能看见他半挽起袖口的小臂线条，再往上，是陆辰良几乎完美的侧面容颜……

舒盼摸了摸自己的脸，说好的听课，她怎么到了一半就对着陆辰发起花痴来了？

陆辰良说得不多，仅仅两分钟就结束了自己的发言。他早就和安成分配好了任务，组里主演对他的脾气最为畏惧，所以重话都得由他来说，该鞭策的鞭策完了，安成之前的诸多内容才能让演员都记进心里去。

接下来就是场务通知日程上的一些安排了，陆辰良示意要出去接个电话，结果顺带把舒盼也拉了出去。

舒盼没反应过来，直等到她被带出了帐篷，才看到孟开正拿着电话恭敬地站在两人面前。她看了一眼陆辰良的手机，这才发现原来这个电话是陆辰良让孟开打的。

舒盼纳闷道："你不继续开会吗？"

陆辰良从衣服口袋里拿出一张房卡："开完会，我还有其他事情要做。你先去房间等我吧。"

舒盼接过房卡，心中还是有点感动的。只要剧组到景区拍戏，酒店的房间总是很紧缺的，虽然陆辰良一路态度都冷冰冰的，但毕竟还有心给自己提前安排了休息的房间，从这点上看，就比以前那个无良公司的老板强多了。

"谢谢。"

陆辰良十分淡定："不客气，你和我住同一间。"

舒盼听了这句话，感觉手心的房卡都有些烫人了，差点没给直接扔出去。

陆辰良看向舒盼，淡淡地问道："你应该知道剧组在景区入住，房源情况总不会太好吧？能有地方住，你应该满意才对。房间里的东西你都可以用，但是阳台的门坏了，记得没事不要进出，免得把自己锁在里头。"

舒盼伸出手想拉住陆辰良却扑了个空，孟开反而站上来挡在她的面前："我带你去陆先生房间吧。"

舒盼极度郁闷无处发泄，她没好气地瞄了一眼孟开："你是不是早就知道他这么安排了？"

孟开哭笑不得，他要是真告诉了舒盼，也不见得她就能逃得开陆辰良一个人回 A 市。说到底他对舒盼也是很忠诚的，不过这个忠心只能曲线救国了。他好心安慰舒盼："你放心，陆先生近期做不了剧烈运动。"

舒盼差点一口血喷出来："做不了剧烈运动？"她倒是没看出来，原来陆辰良有事没事还会和孟开交流"运动"方面的话题。

孟开凑到舒盼的耳边，非常贴心地解释道："先生的老毛病犯了，进组之前刚去看过医生，最近都在吃药，所以……"

舒盼跟着孟开往外走了几步，直走到看不到陆辰良背影的地方，这才敢开口问：“他哪里出问题了？”

孟开讳莫如深：“这个就太私人了，只能看陆先生愿不愿意告诉你。”

舒盼越听越迷糊，陆辰良平时在家里可都好好的，工作之余，不更是精神抖擞地在折磨她吗？如果一定要猜陆辰良有什么难言的病症，还和剧烈“运动”有关的话……

莫不是陆辰良性冷淡？！

孟开不愿意再多透露一个字，舒盼心中却是好奇得不得了，她追着孟开发问，一时不察被一根缠了红丝带的矮树枝拦了路。

舒盼停下脚步抬头一看，只见前方一米开外，两棵参天的木棉树正以古怪而缠绵的姿势交织生长在一起，它的树皮呈现微微的墨绿色，郁郁葱葱的枝蔓宛如游龙一般在挺拔的躯干上盘绕着。

最为惊艳的是，那无数梢头挂着数不清的红丝带，微风过处，随着枝叶迎风招展，甚是引人注目。

孟开停下来解释道：“这是当地的许愿树，游客大多会在这里祈福，顺便挂个红宝牒上去许愿。不过近年来似乎也不太灵，信的人不多了。”

舒盼对着木棉树看得入迷，舒凡快考试了，别人家的父母也是到处求神拜佛，来都来了，不妨就求个试试吧。

孟开陪着舒盼走到一旁的服务台，掏钱买了两张宝牒。

他看见舒盼先挑了一张出来，写了个祈求舒凡高考顺利的愿望。而另一张上写的字因舒盼故意挡着，他便看得不分明了。

舒盼一气呵成写完两份，然后走到树下奋力向上一丢，终是把心中那一点念想也给挂了上去。

至于能不能应验，倒是两说了。

顺手许过愿后，舒盼来到陆辰良的房间。

她方才问过前台，得知这里还真的没有其他空房了，这才彻底死心，决定晚上坚守这房间的沙发度夜，决不能向陆辰良的诱惑低头。

陆辰良这次住的套房，并没有之前在《明凝传》剧组里那间来得宽敞，但是该有的陈设一个不差。在房源如此紧张的景区，也算是一种奢侈了。

为了避免尴尬发生，舒盼早早地洗漱完毕准备躺上宽大的沙发装死，结果一坐上去，感觉自己的屁股就被什么不明物体给硌了一下。她反手抓起来，发现是个半满的药瓶，草草读了一遍功效发现是强力镇定止痛药。

舒盼猛地坐了起来，这药会是陆辰良的吗？

她实在感觉古怪，又怕自己贸然去问惹怒了陆辰良，于是只好找了外援易南，没想到易南略微有些紧张："陆先生的右腿膝盖疼得很厉害吗？"

原来陆辰良的右侧膝盖曾动过手术，如今钢板还在里头支撑，一遇到昼夜温差大的节气，难免有些刺痛。可他从不曾对外人提起过，除了身边几个亲近的，基本没人看得出陆辰良的异常。

舒盼回想起陆辰良每次回家略带疲态的样子，忽然有些揪心："他是……怎么伤到的？"

易南还没来得及解释完，套房开门的声音突兀地响了起来，舒盼赶紧把手机收起来，侧身将被子拉过头顶，只有耳朵还细细听着脚步声。

陆辰良走进客厅，他一眼便看到躲在沙发上的舒盼，几步走过来，一把便拉开被单："睡了？"

睡了睡了，早就睡了，谁也叫不醒！

舒盼双目紧闭，她的心口怦怦地跳着，手上还死死地掐着一小角床单不放。陆辰良使了使劲，发现拉不动被单。双方就这么僵持了十几秒，就当她以为对方即将放弃的时候，只听得他轻轻地说了一句："睡着了更好。"

陆辰良的嘴挑起一抹戏谑的弧度，他不再说话，而是直接动起来，也躺上了沙发，伸手自背后搂住了舒盼。他的手闲闲地停在舒盼的锁骨处，拨弄着她及肩的几缕长发。

这是趁她睡着要为所欲为的节奏啊，说好的不做"运动"呢？

陆辰良温热的鼻息仿佛就在她的耳后，而那握在他手中的几缕长发仿佛也有着别样的触感，直从发梢那段痒到了她心里。

舒盼强作镇定，她缓缓地转了个方向，装作睡眼惺忪的样子推了推陆辰良，想把他弄下去，没想到却被对方一下子抓住了手。

"没想到你连睡觉都演得这么不到位？"

舒盼睁开眼，正对着面前男人衬衣微开的领口，刚才那声音仿佛途经陆辰良上下耸动的性感喉间之后，又自那胸腔之中传出。这散发着浓浓荷尔蒙气息的场景，看得她差点要背过去，结结巴巴地道："哪里、哪里演得不好了？"

似乎是注意到舒盼过于热烈的目光，陆辰良的身子在狭小的沙发上挪动了几下，直到能让舒盼平视自己双眼的位置，这才开口道："哪有人睡着的时候呼吸这么急促的？"

舒盼定定看向陆辰良的脸，从清俊的眉目扫过高挺的鼻梁，再到那张微微闭合着的嘴唇。她忽然没来由地想起上次和陆辰良的那个吻，赶紧试图爬起来逃跑，却被陆辰良的手臂死死地又给扣了回来。

舒盼这才后知后觉，刚才转过来简直是一个愚蠢的选择。因为直面陆辰良，她的胜算简直是零，也许原本背对着还能抵挡一下的，现在眼睛简直都不知道该往哪里看了！

她又挣扎了一下，索性再次背对着陆辰良面壁，沉默了良久，终于忍不住问道："你的膝盖到底是怎么弄的？"

陆辰良眼中带着淡淡的倦意，他似是猜到了舒盼会问这个问题，声音低沉："你安静一下，我就躺一会儿，今天有点累了。"

累了？

是不是膝盖太疼了，所以导致陆辰良今天看起来格外疲惫？

舒盼想起易南刚刚的说法，心头有点别扭："那、那今天你吃药了吗？"陆辰良的笑声从她的耳际掠过："你这话我没法接。"

舒盼反应过来，刚才那句话太像在骂人了，于是赶紧道歉："我不是那个意思……"

陆辰良缓缓地开口，解释的却是此刻舒盼最好奇的一件事情："拍第三部电影的时候被设备砸伤的，结果进医院一查粉碎性骨折了，养了大半年。"

她想了想，终于主动转过来看着陆辰良："那你现在还疼吗？"

陆辰良的笑容有些自嘲："手术请的是最贵的医生，自然要对得起付钱的人。"

舒盼忽然感觉到一股说不出的心疼，伸手过去轻轻地摸了摸陆辰良右腿的膝盖："里头夹着的钢板也不知道好用不好用……"

陆辰良微愣了愣，他看着舒盼那双饱含诚恳的双眸中，闪过一丝说不清的情愫，他极快地握住那只如同青葱一般的食指，另一只手撑着沙发，猛地将舒盼压在了身下："我回答了你想知道的，所以现在要问你一个问题作为回报。"

舒盼没跟上陆辰良的节奏，她呆呆地道："什么？"

"你是不是心里有人了？"

舒盼真是无话可说，每次当她以为自己在和陆辰良敞开心扉谈感情的时候，都会被后者一句话的反杀无情地打脸。可她也不笨，很快便反抗道："这个问题和工作无关。"

陆辰良完全不吃这一套："那我换个问法，那辆车是怎么回事？"

舒盼歪了歪脑袋，语气里有着幸灾乐祸的味道："那车不是你的吗？你都在媒体面前承认了。"

陆辰良不怒反笑："我替你的新欢背了锅，难道你不应该做点什么表示感谢吗？比如……”

他那双寒星似的眸子凉凉地从舒盼的脸上扫过，到她那精致白皙的脖颈间，再往下便是她丰满上围的那一抹春色。

舒盼双手抱胸，陆辰良却没在她的胸上多作什么停留，他挺身坐起来，顺着舒盼曼妙的身躯一路向下，竟是一把捏住了她柔若无骨的脚踝。

这不会是要让她肉偿的意思吧？

舒盼惊得挣扎起来，可陆辰良用的力道很奇怪，她的脚腕明明被钳制着动弹不得，却一点没觉得疼，只是痒得厉害，只听得男人似笑非笑地说道：“还不打算说吗？”

新欢、新欢，她到底哪里来的新情人！

舒盼一时没绷住，也顾不得笑话陆辰良，赶紧开口辩驳道：“那车是广告导演的，我就是在边上站着和他道个别而已。这种事情你不也被媒体报道过很多次了吗……”

陆辰良闲闲地坐在沙发上：“既然你也知道我的绯闻大都是捏造出来的，怎么还这么有闲心去论坛上问我是不是渣男？”

舒盼浑身汗毛倒立：“这你都知道？”

陆辰良将舒盼做错事被抓包的慌乱尽收眼底：“你心也真大，居然用自己的微博号发帖，如果稍微有心的人去翻一翻，你猜结果会怎么样？”

舒盼赶紧爬起来去掏手机：“我这就把它删掉。”

陆辰良走过来止住她的动作：“已经找人处理了。你对我的私生活这么好奇，大可以直接问我，就像我也会直接问你一样。你先回答我，你到底是不是已经有中意的人了？”

舒盼缓缓抓住自己的手机，忽觉得自己这一路走来，还是被陆辰良戏弄的时候居多，到了现在还是分不清楚他哪句话是真，哪句话是假。

可就单单这一次，面对陆辰良的这个问题，她想回答真话。

“有。”

大约是上次那个吻以后，舒盼就已经在心底有了这个判断，此后对陆辰良的种种着迷和纠结，大概也是她心之所向的症状而已。

陆辰良还打算继续追问，舒盼的手机却不合时宜地响了，她拿起来一看是许珊打来的。这个关键时刻，陆辰良对其他的事情没有丝毫的兴趣，他果断拦住她的手腕：“别接。”

舒盼想了想，在节目录制现场，许珊看她的眼神就有些怪异，再加上黎剑辉借许珊宣传的事情，心中不由得有些不安：“许珊很少直接打电话，我要是现在不接，她可能会打到家里去，舒凡还在家里呢。”

陆辰良仍是拉着她不放，两人僵持了一会儿，舒盼露出了求情的神色，商量道：“你先去洗漱，然后等下我们再聊，反正我今晚就睡这里，又不会飞走是吧？”

长夜漫漫，她飞走倒是不会，不过要让这个女人一直保持着正常的脑回路对话，估计难度不小。

陆辰良无可奈何地看了她一眼：“别睡沙发了，床让给你。”

他也已经累了一天，刚才抱着舒盼躺倒在侧的触感着实不错，虽然稍微纾解了他这几天监工的疲惫，但必要的休息自然也是不能少的。也许等到洗漱出来，便没有了调戏舒盼的心情也未可知。

舒盼安心看着陆辰良离开的背影，这才接起电话，踱步走到了阳台上。

许珊无精打采的声音在那头响起来：“盼盼，你个没良心的，终于接电话了。我还以为你不要我了。前几天我在节目里看见云芳菲了，差点看错当成了你。”

舒盼吐吐舌头，许珊的眼神倒是真不错。不是看错，而是那个云芳菲真的就是自己。

“你最近不是谈恋爱吗，还顾得上我啊？”

许珊有点惊讶：“你怎么知道我恋爱了？”

舒盼吃了一惊，赶紧含糊地道：“我从你微博里猜的，你稍微注意点啊，太过了你公司肯定不会放着不管的。”更何况许珊还是和对手公司的经纪人谈恋爱。

许珊有点头疼：“唉，微博里和黎剑辉的恋情是假的，都是公司炒绯闻用的。其实我真正的男朋友另有其人。”

原来许珊真的被她的经纪公司塑造成黎剑辉的恋人了！

“你怎么就答应了呢，那易……”舒盼急得差点说漏嘴，“你男朋友知道了吗？”

许珊叹气道：“他说能理解公司的做法，但是不能原谅我现在才和他商量。我原本以为只是在节目里炒炒热度，没想到今天通知我，过几天就要直接对媒体公布了，还把新合约都列出来了，我脑子一热……就签了。可现在吧，又有点后悔了。”

舒盼将手搭在阳台的栏杆上，看向远处景区内剧组的点点灯光，还有正在为收班而忙碌的工作人员，脑子里忽然闪过了第一次在片场见到许珊的模样。

她和自己一样，渴望成为那无数星星当中的一颗。只是分别以后，两人走的路却不尽相同了。

“盼盼，如果你是我，只要一段假的恋爱关系就能换回来更好的经纪合约，你会答应吗？”

舒盼旁敲侧击地道："那要取决于对象是谁了。至少得是个没存了坏心眼，不令人讨厌的人吧。"

许珊对舒盼的提醒丝毫没有察觉："我觉得师兄挺不错的，他上节目的时候还挺照顾我的，就是有时候看起来有点阴沉，让人猜不透。唉，现在也只能走一步算一步了。"

电话那头传来几声嘈杂的动静，依稀能听清是场务催促许珊上场。两人只好短暂地道了个别，挂断电话后，舒盼联想到易南面对许珊这个决定的悲催感，估计是要好久才能缓过劲来了。

她转过身想回房间里头去，谁知猛地转了转门把，它竟然自动掉了下来！

完了，陆辰良貌似说过这个房间什么都能用，除了这个阳台的门是坏掉的……

陆辰良洗过澡出来，在房间内找了一圈都没发现舒盼的影子，心中正感觉古怪的时候，忽听得阳台上传来了一阵敲门的响动，走过去透过玻璃窗向外看，果然发现舒盼可怜兮兮被锁在外面。

"你这是为了躲我，不惜把自己锁起来？"

舒盼猛摇头，一脸认真地道："说起来你可能不信，是门先动的手。"

天地良心，她虽然不记得这阳台的门是坏的，可刚才出去的时候明明没锁门，是后来被风吹得关上的。

两人沉默了一会儿，陆辰良率先开口道："舒盼，无论刚才你的答案是什么，都别让任何感情影响你履约。"

舒盼转头努力看着房门，似乎是想透过这扇门，看到背后陆辰良的神色。良久，她终于低低地道："我知道了。"

她对陆辰良的喜欢现在倒不见得会影响履约，可是禁不住对方这么一而再地诱惑呀！最近舒盼就常常感觉到有点刹不住车，像今天这种只有一张床的处境，要是真的睡在里头，保不齐就会发生点什么。

正当她暗自庆幸的时候，窗户忽然被人从里头打开了，舒盼凑过去一看，这窗户的宽度正好够她钻回去。

陆辰良站在窗边看着她，眼底戏谑："当真想在外面过夜？"

舒盼心中欣喜，她正朝着那希望的开口探出身子过去，忽觉得对面的男人笑得有些不太正常，还不待她反应过来，陆辰良便已经俯身到眼前作势要吻她，而他声音低沉的话语更是耐人寻味："我说的任何感情里，不包括我自己。"

屋内的空气混杂着陆辰良身上特有的味道，而伴随两人之间距离的骤减，这种清冷却让人无法抗拒的气息，猛然侵略着舒盼的神经。

陆辰良那句作弊一样将自己排除在外的要求，本就让她略微错愕，就在男人覆身过来的片刻，舒盼做出了一件自己也难以理解的事情——她竟主动吻了上去。

陆辰良眼底闪过一丝奇妙的愉悦，他对舒盼这个意料之外的举动有些惊讶，但也很乐于接受。

是唇齿间从未有过的缠绵，当舌尖抵开她牙关的瞬间，舒盼的呼吸不由得抢了半拍，耳边的心跳声早已乱得数不清了。唯有她那双寒星似的眸子还迟钝地睁着，将这个吻的案发过程尽收眼底。

陆辰良似也意识到这个问题的所在："你的眼睛是好看，但这种时候，能稍微闭上一下吗？"

舒盼极心虚地闭上眼睛，感觉周身快要被点着了。她纤细白嫩的手指在陆辰良的肩头渐渐蜷紧，指缝之间是男人胸口米白色浴衣的紧密褶纹，如同此刻正在两人心底涌动的情欲波澜一般，久久不散。

"我们进去。"

陆辰良揽住舒盼的腰际，作势要将她直接从窗外抱进来。一阵凉风袭来，突兀地吹散舒盼及腰的长发，滑过她那透着可怕热度的脖颈，忽然将她整个人吹了个清醒。

舒盼放在陆辰良胸口的手推了他一下，双目圆睁，想也不想便道："你、你干吗又亲我？"

陆辰良猝不及防地向后退了两步，待站定之后，笑着反问道："我亲你？"

舒盼避开陆辰良的目光，她抓紧窗户，朝反方向拉得更开一些，单膝盖靠在窗台上作为支点，手忙脚乱地爬了进来。进了房间以后，她关上窗户喘了口气，这才对着陆辰良心虚不已："当然是你了。"

陆辰良居高临下地逼近她，半玩笑半威胁地开口道："你确定吗？"还不待舒盼反驳，她的肚子却先叫了——这种饥饿感来得很及时，偏偏在这个最香艳的时刻。

陆辰良愣了愣："你来的时候没吃晚饭吧？"

舒盼摇了摇头："吃了。"

可她肚子里那声叫唤仍带着一声余韵，使得她的这句回答一点说服力都没有："又饿了……"

一抹无可奈何的笑容在陆辰良的脸上绽放，清冷的面容上有着些许温柔，使得他看起来和平日里工作的样子迥然不同："算了，给你叫份夜宵。"

陆辰良干脆地点了份吃食，拿着一沓资料独自坐在沙发上翻看，舒盼警惕地坐在他的对面，一刻也不敢放松。直到客房服务上来了，陆辰良才稍微提醒了她一句："别在我面前吃，有味道。"

舒盼撇撇嘴，好像他就真的不食人间烟火一样，明明在家品尝李嫂做的新菜一次都没有落下。

她拿了夜宵，一个人躲在厨房独享完毕。等她再回到房间的时候，瞥见床铺仍是没有人动过的痕迹，而陆辰良却是直接躺在了刚才她挣扎过的沙发上，已经沉沉入睡。

她轻手轻脚地走过去，蹲下来欣赏了一会儿陆辰良的颜值，想伸手摸摸他的脸，最终还是缩回来帮着提了提被子。

陆辰良说所有感情不包括他自己，那么是不是意味着，至少在清闲的时候，让她暗恋一下这个男人是可行的呢?

真伤脑筋啊……

次日清晨，舒盼的手机振动个不停，迷糊之间她抓起手机看了看，居然是杜攸给她发了十几条消息，而后几条则涉及了一个爆炸性的信息。

"你和前几天去世的尹璐有什么关联吗?我的警察朋友说，最近要传召你回来做笔录。"

去世，谁去世了?

舒盼坐起来，茫然地揉了揉眼睛，杜攸所说的"你"自然是云芳菲的身份了。

舒盼这才想起来，其实尹璐这个名字她还是有点熟的，这人曾经在嘉扬做过一段时间的练习生，而且是云芳菲在圈中少数几个维持至今的好友之一。

不过这人只在嘉扬短暂地停留了三年，出道的时候曾是万人追捧的清纯女星，此后签约了万宇传媒，却因爆出一段被逼陪酒的不良视频而从此形象一落千丈，只能靠走穴和接零星的通告维生。

近几年，随着人们对往事的渐渐遗忘，尹璐的职业生涯也迎来了转机。

至少在云芳菲离开之前，正有她一部主演的苦情大戏《在你身边》在热播，或许是因为观众总能联想到尹璐自身经历的缘故，这部戏的风评总体还算不错。

最近电视剧播出之后，尹璐的活跃度也算逐渐提升了。

这样一个好不容易抢救回自己事业的女人，就这么……放弃了生命?

舒盼检索了一下信息，发现铺天盖地都是警方确认尹璐三天前自杀身亡的新闻，而凡是生前和她有一点联系的圈中人，几乎都被问了，其中最先证实信息的就是云芳菲。

昨天凌晨一点多，云芳菲更新了一条微博，而上面没有一句话，只发了三个蜡烛的图标。

这大抵便是对好友死讯的力证了。

舒盼查到这条微博是用云芳菲同款手机发的，而且没有错误登录的操作，一次成功又能表述得这么准确，心思如此缜密，想必不会是被人盗了微博号，应该是易南代替她做出的表态。

可是出了这么大的事情，易南怎么可能不和她商量一下就发微博？即使能镇住一时，可再过一段时间，云芳菲总是要出面吊唁故友的吧？

这点就很奇怪了。

舒盼揣着心事跟陆辰良来到片场，今天有一场赵合德被逼自杀的重头戏，陆辰良有意让她在旁学习。舒盼看着镜头中的顾千千在丫鬟的服侍下，颤抖着一一褪去身上华贵的衣衫和头饰，只留一件薄薄的单衣，再披上一件深宫罪妇标志性的白衫。

画面中，赵合德看向铜镜中自己苍白的面容，凄然一笑，转过身跪倒在地，决绝地接下了宫人手中的圣旨。

她轻轻举起白瓷酒杯，一饮而尽，一滴泪水恰好自眼角落下，她的嘴角却带着一丝似有似无的笑意。

一代美艳佳人，就此香消玉殒。

舒盼看得入迷，可在她的眼底，顾千千这张美艳绝伦的脸蛋上却突然覆盖了另一张脸，正是资料图上尹璐的那张面容，双眸含忧带愁，似乎有着说不出的冤情。

舒盼有些精神恍惚，站起来的时候打翻了边上的盆栽。

“怎么回事，旁边那个道具组的，没你的活安静待着也不会吗？”

安成站起来向四周寻了一遍，对末尾乱入的杂音很不满，他这戏要求片场收音，搞出一点动静后期处理的成本都要增加，而效率也会随之降低。

陆辰良皱眉看了一眼舒盼，他走过去一把拉住舒盼的手腕，将她带到角落：“没带脑子出门吗？还是故意和我对着干？”

舒盼深吸一口气：“我刚才走神在想一件事情。陆先生，你故意将我留在这个剧组，除了让我学习，是不是还有其他目的？”

陆辰良紧紧钳住她的手腕：“你想说什么？”

“尹璐自杀之前，是不是联络过云小姐？”

片场午饭时间，陆辰良将舒盼带到车上，他一开始就没打算把这件事情解释得太过清楚，只怪舒盼无意间和杜攸有了些联系，这才对尹璐的事情得知了一些内幕。

大概在陆辰良通知舒盼要来横店探班的那天，他就从公安局那里收到了一点消息，说是尹璐在A市的房子中吞药自尽了，稍微查了查手机之后，发现她临走前利用微信给圈中不少人都发了求助信息。

因为暂时还不能确定死因，所以要传召与尹璐有着最后联络的一批人，而这其中不乏她朋友圈中的几个正当红的艺人，云芳菲更是首当其冲。

尹璐明明发了微信，证据上也显示已读，舒盼却没收到。那便只有一个可能，就是远在国外的云芳菲曾经登录过微信，并且在舒盼之前收到了这条信息。

易南得知此事后当机立断地压着整件事情，直到后来查清了尹璐的死因，这才借云芳菲的微博第一个表态了。

舒盼缓缓说出自己的判断："现在尹璐的死因查清了，公安局那边不会对笔录抓得那么紧了。可是过几天就是尹璐的葬礼了，我猜，你是想拦着我，不想让我以云芳菲的身份去吊唁吧？"

陆辰良眼底深沉："我不认为这件事情适合由你出面解决。你想过吗，回了A市，你要面对什么？"

他故意多留舒盼几日，首先想到的当然是舒盼应对这种事情的能力不足，其次是根本没必要。尹璐的去世，是所有人都不愿意看到的结果，但辜负她求助的不是舒盼，而是云芳菲本人。

舒盼定定看向陆辰良："我回去既要面对记者，又要面对尹璐的家人，还有双方的粉丝，甚至警察也会再来调查。不过，"她的语气坚定，"我还是要回去。"

舒盼继续道："就算消息传得再慢，过几天云小姐也会知道尹璐去世。到时候无论怎么样，她应该都会回来送送朋友的。我这个时候回A市，就能顺利交接上了。"

舒盼能想得到的，陆辰良怎么可能不知道，他早就安排好了人在A市等着云芳菲的出现。可就像上次一样，没有人能预料到她究竟会不会回来，再加上这次又牵涉一条人命在里头，更是没有理由让舒盼去蹚这浑水了。

陆辰良不认可舒盼的说法："你们有什么好交接的？如果她回去了，你的工作就可以直接结束了。"

只有赶紧把云芳菲的这破事了结了，对于舒盼而言，才是正式开始的机会。

"所以……我才更要回去。"舒盼不卑不亢地道，"陆先生，很感谢你留我在这里，但我觉得始终不太合适。只有我和云芳菲同时出现在A市，然后由她去葬礼露面，这样才最安全。"

陆辰良思忖了一下："既然你都想得这么清楚了，那你就去吧。"

目前看来，只要云芳菲一天不回来，这种情况势必会再三重复，与其让她先回去制造混乱，不如让舒盼赶在前头回去，还能稍微牵制一下。

毕竟云芳菲不至于蠢到让两个“自己”都暴露在媒体面前。

舒盼的眉目清明，语气里透着一股难得的轻松和坦然：“而且这样的话，云小姐也不会有什么误会了。”

陆辰良看向舒盼，忽然有些头疼。不知道是不是关于他的浪子传闻实在太盛，这女人太容易误会他的意图，从而主动从自己身边退开。

她大抵以为他瞒着一切将她留在身边，是临别前最后的一点礼物。而等到云芳菲重新面世，她便不再具有价值。

陆辰良缓缓伸手搭上舒盼的肩膀：“舒盼，那些八卦报道里的我，和现在站在你面前的我，你更相信哪一个？”

舒盼愣了愣：“这……我、我也不知道。”

如果她全部信了那些乱七八糟的报道，那估计一开始就不可能对陆辰良动心，但要说完全没受那些内容的影响，现在她喜欢的人就在面前，还有什么让她犹豫纠结到现在也不敢告白呢？

看来是一半一半了。

陆辰良眼底淡漠，他在精神审美这方面一向不喜木头美人。也算相处了一段时间，如果舒盼到现在还想不明白，也许日后能想通的概率也不大。

“让孟开送你回去吧。”

舒盼一脸茫然，她不过是为扮演好云芳菲努力而已，怎么反倒惹怒了陆辰良：“我做错什么了吗？”

陆辰良转身离开，只留下冰冷的一句话：“没有。就是因为你做得太好。”

这个让他稍微有点动心的女人，本质上仍然像一只受惊的小狸猫。

日日全副武装着，哪怕一分钟也不肯主动朝他靠近，刻意和他保持距离，刻意漠视他的各种明示暗示。而她所做的一切，不过是因为签下了那一纸合约，努力在为生计拼搏而已。

人是他拉到身边的，可也是他亲自推远的，这才真叫他无话可说。

舒盼最终还是义无反顾地选择回去。

易南早就在 A 市的机场等待舒盼，包括孟开在内，出现在公众视线当中的整个团队都是一身黑色的标配，舒盼更是连个稍微亮眼一点的配饰都没带。

易南紧紧跟在舒盼身边：“别打招呼，也别四处看，直接上车。”

舒盼戴着一副宽大的眼镜，她的余光瞟到周围举着牌子，围堵上来的粉丝和跟拍的娱乐记者，心口无端地发闷。当一个人的言行在公众眼中被无限放大的时候，各种误读和批评也随之而来。

尹璐，是不是就在这样的压力下离开人世?

上了车，易南稍微夸奖了一番小欢的机灵，正是她提醒舒盼要把所有招摇的赞助都收起来，连衣服都挑了一套最素的。

舒盼沉默着，易南反而先开口苦笑道："我以为你不会回来。"

他心底多少还是希望舒盼能赶在云芳菲之前回来，毕竟以云芳菲现在的状态，即使赶回来，在公众面前出现也有诸多的不便。

舒盼摘下墨镜宽慰他道："我这不回来了吗。云小姐呢，她有消息了吗？"

易南实话实说："暂时还没。不过公安局那边的笔录你不用去做了，我已经替你解决好了。重点还是在明天的追悼会，现在有很多人盯着你的动态，如果不去，恐怕是说不过去了。"

舒盼故作轻松地道："我会去的。这种场合里，焦点应该不会在我身上。过去以后，就当替云小姐尽点心意吧。"

易南缓缓分析道："我担心的有两点，一是尹璐的家人对她的去世还是放不下，可能会对你有些情绪，毕竟尹璐走前有求生的意愿，可没有一个人帮她；二是在场的还有一些芳菲以前的朋友，黎剑辉也在。"

舒盼的情绪也在低谷，一路思考过来，始终还是不能理解陆辰良莫名的怒气，而越想到尹璐的死讯，她的内心也就越沉重，那毕竟是一个曾经在电视上见到过的鲜活生命，不过几日而已，就这么没了。

她将车窗稍微拉开一点，A 市暮色渐深，从高架桥上看去，远处林立的一幢幢商业大厦间早已亮起点点霓虹。

"我会处理好的。"

因为这也是她工作的一部分。

为了参加追悼会，舒盼做了最简单低调的打扮，一身黑点高领的白色雪纺长裙，墨绿色小高跟，搭配一件灰色小斗篷，戴着一顶黑纱的圆形硬礼帽。

而等她到了现场，才发现这里的气氛有些微妙。

通往追悼会现场的这条路虽然已经戒严，可是仍有不少人源源不断地步行到围栏前面拿出手机凑热闹。明显能看出来，比起真正来送尹璐的人，这里还聚集了太多闻风而来的记者、粉丝和路人，这使得保安的维稳工作进行得格外吃力。

舒盼低着头，她身边只跟了小欢一个助理。挤在围栏边上的一些人认出了她，刚开始只是小声地叫着她的名字，到了后来，有些人索性低声叫了起来，伸手想要和舒盼打招呼。

"云芳菲，是云芳菲哎，她也来了！"

“哇，她最近好漂亮啊，怎么能连憔悴都憔悴得这么好看。”

“能上去要个签名吗？”

小欢拉着舒盼往前面急走了几步，朝前方不远处一位同样黑衣的女郎压低声音道：“不好意思，请让一让。”

黑衣女郎停了脚步，她身边的助理也停住了，两人齐齐转身过来。黑衣女郎看了一眼舒盼，索性站着不动了，张口便是一句：“我给你让的路，你敢走吗，云芳菲？”

舒盼见这人看自己的目光着实古怪，于是掀开了自己帽檐前的黑纱，仔细看了看这人。

纤细的腰肢，曼妙的身段，精致的妆容下显得越发娇艳的面容，一双涂抹着“姨妈色”的厚唇尤为性感。这样具有侵略性的长相，又是和云芳菲熟识的人物，除了袁晶，舒盼也想不出第二个了。

舒盼没和袁晶正面交流过，也摸不准她的性子，于是只好淡淡道：“我们还是各走各的吧。”

袁晶虽穿着一身低调的黑色纱裙，后背却是性感镂空的款式，加上她堪比出席活动的架势和装束，本就和前来追悼的人格格不入。舒盼此刻正巴不得甩掉追踪自己的无数镜头和视线，怎么会心大到想在半路上和袁晶吵一架。

可显然她冷漠的态度更引起了对方的不满，袁晶脸上露出一抹讥讽的笑容：“装什么，你来这场追悼会，不就是想让你的粉丝看看你多有人情味吗？怎么，他们叫你，你也不回头看看吗？”

舒盼转过身，看了看仍旧执着于呼喊云芳菲名字的粉丝，忽然感觉无比头痛。这年头，艺人都是要为粉丝买单的，他们在别人追悼会外面如此行事，隔天云芳菲就要被报道点名骂个狗血淋头。

她想了想，抬脚几步走向围栏前。一直不懈努力着试图引起云芳菲注意的几名粉丝见她居然真的走过来，情绪十分激动：“云、云芳菲，好像看到我们了！”

舒盼停在围栏前，摘下墨镜，静静地看了他们数十秒，方才还喋喋不休的几人在看到舒盼的那一刹那忽然愣住了。

大明星本人就在眼前，他们却怎么也兴奋不起来了，因为这位仙女菲的表情平静得可怕，一张巴掌大的脸蛋上看不出任何喜色，唯有眼底流露着薄薄的怒意。

舒盼缓缓地抬手，对那几名吵闹不休的粉丝做了个噤声的手势。

他们既然喜欢云芳菲，就应该多为她考虑，而不是不分场合，不分情况地追着。今天她回头给这几个粉丝提个醒，也算是做个榜样。《巾帼》马上就要试镜了，任何一点不利的传闻都有可能影响资方的判断。

无论是路人粉还是真爱饭，可千万别在这个点上给云芳菲招黑。

舒盼做完这个动作，随即转身离去，不再理会后面的情况。她走到袁晶身边，又徐徐戴上墨镜，语气冰冷地道："既然都是来送尹璐的，就消停点吧。"

小欢紧跟着舒盼的步子往前，将袁晶和她的助理几步甩在了后头。小欢小声嘟囔了几句："你看她那个样子哪里像是来追悼的，更像是来开自己的粉丝见面会呢！"

舒盼赶紧止住小欢的吐槽："小欢，这种话不能说。"

她心中隐隐有个不好的预感，袁晶这身打扮虽然出格，但绝对不会是今天的个例。

相较于外头的嘈杂混乱，追悼厅内的气氛就正常多了。舒盼手上拿着一朵白色的玫瑰花，她轻轻走过去，蹲下身，将花朵放在尹璐的大幅黑白画像底下。

舒盼朝画像深深鞠了一躬，静静地凝视着照片上的尹璐。她的条件在同类型的女星当中算不上出众，但胜在样貌清丽，又有一张冻龄的童颜，虽然几经波折，但出道至今颜值丝毫没有减损。

她本已撑到得见曙光的那日，可惜却终究没熬过去。如今不过和云芳菲一般年纪就走了，最难接受的应该还是家人吧。

舒盼看了一眼站在右侧的尹璐亲属，为首的一位中年妇人面容憔悴，鬓角的白发格外显眼，而另一位中年男子搀扶着她。两人并肩而立，对着进来的宾客亲友微微点头，偶尔与来人握手交谈，说到动容之处，虽是声音哽咽，但终究没有落下一滴眼泪。

白发人送黑发人，真让人心里不好受。

难过归难过，舒盼想起易南的忠告，还是打算早点退场到边上，暂时别刺激尹璐的家人。她刚转身欲走，便看见另一朵花被人放了下来。舒盼侧头一看，竟是已经几日不见的电灯泡妖孽黎剑辉。

"难得见到你和袁晶主动搭话。"

舒盼忍不住在心里翻了个白眼："不过恰巧遇上而已。"

不是她要搭话，是袁晶就和你一样处处堵着路，不让人走好吗?

黎剑辉鞠过躬后，走过来伸手搭在舒盼的肩膀上，低声道："你看看在场这些人，除了尹璐的家人，有几个是真心来看她的?"

舒盼扫了一眼厅内形形色色的人物，袁晶那身打扮虽不算庄重，但她看起来却很是伤情，进厅之后除了和尹阿姨打招呼之外没有再说一句话，只是静静地看着尹璐的画像出神。

反观厅内的其他人，不仅有衣着出格抢眼的，还有几人扎堆聊天的，整圈扫下来，真正有心来送人的，倒的确没有几个了。

舒盼有感而发：“生前都没心做的事，走了以后做出来又给谁看呢？”

黎剑辉愣了愣，似是没想到舒盼会说出这话来，半晌，他又开口道：“来都来了，不去安慰安慰尹叔叔尹阿姨吗？”

她就是不想去给这两位老人添堵，才躲一边的好吗！

“我……还是不去了吧。”

黎剑辉不由分说地带着舒盼走向右侧正擦着眼泪的中年夫妻，舒盼的肩膀被他扣着，虽然很想反抗，但总不好在安静的追悼厅内闹开，只好半推半就地被黎剑辉带着走。

舒盼心里没底，她僵硬地走过去，给中年妇人递了张纸巾：“尹阿姨，尹叔叔……”

中年妇人见到递纸巾的人是“云芳菲”，忍了许久的泪水终是涌了出来，眼眶发红，声音颤抖着道：“小云啊，你来了。”

舒盼叹了口气，主动过去握住了尹阿姨的手：“阿姨，是我。”

中年妇人听着她的这一声安慰，不知想起了什么，忽然哀恸起来，抱着舒盼失声痛哭：“璐璐就这么没了，没了啊。让我可怎么活得下去……”

舒盼被抱得一愣，她原本以为对方会因为微信的事情迁怒自己，却没想到这位母亲的竟然把她当成亲人一般流露出了最脆弱的一面。

舒盼不自觉地也湿了眼眶，温声安抚着这位可怜的妈妈。

整个追悼的过程并没有持续很久，舒盼搀扶着尹阿姨站在右侧的家属一排，直到默哀结束后，尹阿姨才渐渐止住了眼泪。

过了一会儿，等媒体和粉丝纷纷散场后，戒严的街道也终于重新开放了。

易南姗姗来迟，他从侧门进了追悼厅，见舒盼情绪不太对，于是将她拉到角落：“你先回去吧。我陪尹璐父母守着，说到底这也算是芳菲的私事。你别太受影响了。”

舒盼点点头，怀着莫名沉重的心情最后看了一眼尹璐的画像，这才和小欢起身走出追悼会，可刚走到门口，却发现门外有快递员在搬运一个巨大的花圈。等放定之后，她扫了一眼赠送者的名字，居然正是云芳菲！

舒盼伸手拉住快递小哥，急急地问道：“送花圈的人在哪里？长什么模样？”

快递小哥翻了翻手上的单子：“哦，这花圈是急件，有位穿着白色裙子的女士吩咐我们送到这里，刚刚还在后面，我看看名字啊……”

舒盼着急地望了望四周，恰好见到一个身形与云芳菲十分相像，穿着白色衣裙的女人在人群中匆匆走过。

她正欲追过去，快递小哥却一脸蒙地抓住了她："云芳菲小姐，哎？这花圈不就是你要求送的吗？"

舒盼此刻也顾不上许多，随口答道："是我朋友以我名义送的。"她转头朝着小欢吩咐了一句，"你快去通知易南。"

舒盼说完这句便向云芳菲的方向追了过去，她穿着双坡跟的圆头皮鞋，跑动起来十分不便，等她避开路人追出来，只见得那白衣女郎一个回眸，直接和舒盼来了个对视。

舒盼这一声呼喊卡在喉咙里："云……"

她迎着云芳菲的目光看去，心中一惊。虽然眼中看到的这张面容和荧幕中的云芳菲相差无几，可她满脸泪痕，面容憔悴得十分吓人，一双眼中更似带着刺骨的恨意。

云芳菲只看了她一眼，便飞快地回头拦下了一辆出租车。舒盼匆匆赶至后面，只来得及扫了一眼车牌号，眼睁睁看着车辆启动，很快便淹没在了街道的车流之中。

溜得这么快？！

她真的搞不懂云芳菲怎么每次都只能这个样子出场，又不是做了什么亏心事！

正在行驶的出租车上，司机通过内视镜扫了一眼刚刚上来的白衣女郎："小姐，请问要去哪里？"

白衣女郎正低头在手提袋中慌乱寻找着什么，似乎完全没注意到司机的问话。司机多看了她几眼，似乎觉得对方有些眼熟。

"小姐好漂亮啊，你是不是那个明星云芳菲啊，长得真好看哎。"

白衣女郎吞服下两颗药，这才渐渐镇定下来，她颤抖地戴上口罩："我不是。"

"可是你长得好像……"

白衣女郎恨恨地道："不像，那个女人到底哪里像我！停车，我要下去。"

司机莫名其妙地嘀咕道："夸你漂亮还不愿意了。不过这里不能停车，有摄像头的。"

"我现在就要下去！"白衣女郎不顾司机的反对，直接伸手去拉开车门，司机吓得赶紧踩了刹车："小姐你搞什么啊，以为拍电视剧啊，停都没停就开门要出人命的。"

白衣女郎好似没听到他的斥责一般，扔下一张钞票便打开车门离去。

司机被她搞得一头雾水，摇着头自言自语道："这人是不是精神有问题啊。"

尹璐的丧事如常举行，几天之后，渐渐地没了娱乐热度，也鲜少有人再提这个名字，毕竟世人都很擅长遗忘。

那天云芳菲偷偷来追悼会送花圈，事后易南顺着舒盼给的车牌号追查下去，得知云芳菲的确曾用假身份回来过。

舒盼一度担忧自己跑出追悼会寻找云芳菲的消息会闹上头条，可八卦新闻的方向出奇地统一——报道了她在追悼会外当场对粉丝黑脸赶人的事情，言辞之间暗指她因尹璐的去世而情绪失控。

虽然原本云芳菲的形象就是高冷的，但也极少主动和粉丝产生冲突。这次的事情一出，在明面上便闹得有些不愉快了，不少人纷纷来到云芳菲的微博下围观，其中心疼她的自然占了一半，剩下的一半却责备她不应将自身的情绪发泄到粉丝身上。

第十四章 所以，我喜欢你

舒盼翻着微博下的评论，觉得有点郁闷：“我哪里有赶人，从头到尾，我都没说上一句话呢。”

等候试镜的时候的确无聊，但看着看着舒盼又觉着网络的世界更加无趣，便放下手机看向旁边的易南。

易南反而觉得轻松：“这种伎俩你还不知道吗？不过是有心人抓到点上，夸大来写而已。”

舒盼没明白过来：“你的意思是有人针对云小姐？”

易南笑着摇摇头：“不一定是针对芳菲本人。”他拿起桌面上《巾帼》的试镜台本，“可能和这场试镜有关。”

舒盼似懂非懂。她现在参加试镜的这个角色，只是《巾帼》当中女主的母亲乔氏而已，连女二都算不上，充其量算是个戏份比较多的女三号而已。况且就目前公布出来的消息，女主角的选角不是也还未定下吗？怎么就有人偏偏冲着乔氏这个位置来呢？

幸运的是，虽然云芳菲现在的情况是忧喜参半，但目前看来，暂时不会对舒盼参加《巾帼》试镜产生任何的阻力。

她现在试的这个角色，是《巾帼》当中女主的母亲乔氏。“我已经让小欢去拿一套襦裙了，等下你换上。”易南宽慰她道，“乔氏这个角色，虽然只是女主角的母亲，但是演绎的跨度比较大，需要从少年演到晚年。”

舒盼点点头。她拿到的试镜戏份，就是乔氏少女时期的某个桥段，所以换上一件未出阁女子的轻便襦裙，再稍微将头发分梳两边，束成八角模样，这个造型应该是能基本入戏了。

她正打算埋头再温习一遍台本，小欢却抱着衣服走了进来，她有些为难地将服装往桌上一放：“盼盼姐，我看这衣服好像有点不对。”

舒盼拿起那套素色的襦裙来端详了一下：“这衣服没毛病啊？”

小欢回想着刚才的所见：“我刚才去拿的时候看到了同一批试镜的人，她们有些已经换好衣服梳好发髻了，可是她们都是妇女打扮。我刚才去问了造型师姐姐，她说本来好几个都是一样的襦裙八角发髻，可是来之前统统说要改成已婚妇人的发髻，说是……说是试镜的内容可能有改动。”

舒盼看向易南，她感觉有些莫名。且不说别人都知道换了试镜内容，唯独嘉扬的艺人不知道这一项很离谱，就是试镜的资方、导演和编剧也未必会心血来潮，在这么短的时间内就把考题给改掉吧？

易南神色如常，语气十分镇定：“去换衣服吧，舒盼。你不用想那么多，陆先生在里头等你。”

哎？这话……怎么感觉乔氏这角色有点内定的意思了，想到此，舒盼的心里反倒有些紧张了。

她太了解陆辰良工作时候的处事风格了，等会儿要是表现得不够好，第一个把自己赶出来的人，八成就是陆辰良。

“大家好，我是云芳菲，来自嘉扬传媒，今天要试镜的角色是乔凌。”

舒盼扫了一眼前排端坐着的几人，大半是导演组的骨干力量，剩下几个是由资方直接敲定的演员。她先前苦苦记忆的内容总算是派上了一点用场，从左到右，舒盼稍微能看出样子的人，无不是资料当中排名靠前的人物。

加上中间坐镇的那张扑克牌脸陆辰良，这可真算得上是电视剧拍摄方面尖端的团队了！

“云小姐，你知道我们今天要试镜的人物是乔氏，你穿成这样，不如说说看，对她年轻的时候有什么特殊的理解吧。”

发问的人正是坐在陆辰良边上的梁先，他今天穿着一件黄色格子衬衫，头发微卷，直留到及肩位置，看起来却并不别扭，反而十分具有文艺气息。

舒盼早有准备，她利索地答道：“乔氏这个角色的年龄跨度很大，年轻时期的经历对她后来教育李丹柔起到很大的作用。乔氏一直鼓励女儿去尝试，而不是极力帮她去绕开挫折，那是因为其实女主和她很相像。年轻的时候，乔氏就是在错误当中成长起来的。”

梁先点点头：“有点道理。”话音未落，右边最末位坐着的男人忽然开口道：“云小姐你带过孩子吗？”

这算是什么问题？

舒盼颇为古怪地看向那个发问的人。这男人的年龄在三十岁左右，五官棱角分明，虽俊美的气质不足，但在那对浓眉的映衬下，整个人都显得英气十足，与当下流行的俊俏美男形象形成了极大的反差，一看便是典型的硬汉风格。

梁先顺口解释道：“这位是林琛，就是乔氏的丈夫。”

林琛的身份有些特殊，他既是乔氏丈夫的扮演者，又算是豫州影业的第二股东。这次他亲自出面为乔氏这个角色把关，也算是给资方一个交代。

舒盼老老实实地回答：“算是……带过。”

她是不清楚云芳菲的实际情况如何，但弟弟舒凡的确是她亲手带大的。

林琛果断地道：“那好。既然大家试镜的内容都一样，也不能因为你是嘉扬推荐过来的，就有什么例外。也不需要再选其他片段了，还是乔氏责打女儿那段，小演员会和你配合。稍微准备一下，我们先面试后面的人。这样你同意吗？”

梁先心中暗道不好，虽说临时让小演员配合云芳菲演一段不算大事，可这林琛八成是在为难云芳菲，这其中的缘由，还是因为原先内定的女演员袁晶被拒了，一会儿要是再无端挑刺，和陆辰良闹起来，那场面想必不会太好看。

可他看向边上的陆辰良，他仍是神色淡漠如常，只略微点头表示了同意。

舒盼虽然认得林琛，但并不知道中间还有袁晶那一层关系，只以为是面试当中的插曲。于是她点点头，直接由助理带到角落去做准备了。

和舒盼一组搭戏的小女孩名叫林筝，是近来小有名气的童星，非常惹人喜爱，一张肉乎乎的小脸仍是遮不住她的灵气。

舒盼仍是那一身少女装扮的素色襦裙，可在镜头中看来，当她面对小女孩林筝的时候，身上却一丝稚气也不复存在了，一举一动之间正是一位为贪玩晚归的女儿而忧虑的少妇。

梁先推了推陆辰良：“哟，这贤妻设定蛮带感的。”

陆辰良斜了他一眼，梁先耸耸肩，目光悄移向一边看起来最严肃的林琛，只希望云芳菲能真的发挥出视后的实力，等下才能让林琛这货彻底闭上嘴。

台上的小女主已经完全进入状态了，舒盼饰演的乔氏微微背过身去，严厉地道：“跪下。”

林筝跪下来，小心翼翼地解释道：“娘亲，我瞧着那些花灯太好看……一时、一时便忘了时间，您别请家法出来，柔儿下次不敢了。”

舒盼转过身来，手上已拿着一把长长的戒尺，尽力保持着语气平静：“既然你已知错，伸手出来吧。”

小丹柔吓得连连后退，畏畏缩缩地将双手藏到了身后：“娘亲您别打我，柔儿知错了，知错了。”

乔氏没有说一句话，只是静静地看着女儿，可那眼神之中流露出的威严是不可抗拒的。渐渐地，小丹柔的泪水已经在眼眶里打着转了，她委委屈屈地将手心摊开来，眼睛直直地盯着那骇人的戒尺，仿佛害怕它下一秒就要重重地打在自己的手上。

陆辰良眉宇微皱，一直到了这个部分，舒盼和小演员配合得还算不错，两人演得都算中规中矩，但就这样还不足以彻底打动林琛。

终于，舒盼所扮演的乔氏开始动作了。她将自己的左手缓缓地盖在了女儿的手上，另一只手的戒尺则毫不犹豫地打了下去，而这一下，却结实地打在了乔氏自己的手上。

小丹柔原本紧闭的眼睛忽地睁开了：“娘亲，您这是……”

舒盼打的这一下，着实出乎在场几个人的意料。一直未曾开口的林琛有些动容，他忽然低头猛翻了几页台本，这里试戏的部分写的分明是让乔氏责打李丹柔——可放在云芳菲这里，却整个反了过来！

女儿犯错，最难受的还是母亲。舒盼饰演的乔氏，将母亲应负的责任和痛心，既严厉又慈爱的纠结都尽数表现了出来，算是把这人物给演活了。

一段戏演完，看着母女二人静静相拥的画面，梁先笑着喊停：“可以了。云小姐还真是一如既往地不叫人失望啊。”

陆辰良低头，嘴角扬起一抹好看的弧度，舒盼到底还是没让他失望的。放松下来以后，他丢了个包袱给林琛：“林先生觉得呢？”

林琛沉默一阵后开口：“只有一个问题，虽然后来李家家道中落，但是家境应该没到贫苦的程度，希望到时候正片出来，云小姐苦情的感觉能稍微减弱一些，不然未免有些抢戏了。除了这点，我无话可说。”

加上林琛这句点评，资方、编剧加上导演三方基本上就全体肯定了舒盼的表现。

舒盼悬吊着的那一颗心终于落了下来，她伸手将林筝抱着站起来，背过众人朝她俏皮地吐了吐舌头。林筝歪着脑袋，眼泪还挂在睫毛上，也冲舒盼回以一个鬼脸。

“好啦，漂亮娘亲，试镜都结束了，你放我下来吧。我要去我爹那里啦。”

舒盼将林筝稳稳地放到地上，勾了勾她的鼻子：“哪个爹？”

“当然是亲爹啊。”

林筝一落地便活泼地蹦跶起来，几下就蹿到了林琛的身边，甜甜地问道：“老爸，你说我和哪个娘亲配合得最好啊？”

哎？这个小鬼灵精原来是这个硬汉林琛的宝贝女儿吗？

结束试镜后，舒盼被易南叫过去陪导演组的人聊天。明眼人都看得出来，这个安排不过是顺便而已，云芳菲和陆辰良的关系本就是一个公开的秘密。此刻她出来露个面，既是以女配角的身份，又是以陆辰良女友的身份。

舒盼端起一张笑脸站到陆辰良身边去，可陆辰良不知道为什么只绷着一张脸，不乐意接着她这戏演下去。

梁先不忍心看着美人冷场，于是又主动提了些和《巾帼》这戏有关的事情。

“云小姐，阿良和你说了吗，顾千千就是这戏的女主演，等她《汉宫飞燕》杀青以后，这边就能开工了。”

舒盼笑得脸疼，看来这梁先真是个话痨：“见过一两次。”

旁边一位制片人忽然阴阳怪气地道：“云小姐，怎么这么有兴致来男朋友投资的戏里演个配角？”

这人叫曹焕，他和林琛一样算是豫州影业那边的班底。原本选角这种事情轮不到他操心，可这人偏偏看出了林琛对云芳菲的不满，挑准了时机投其所好想拍个马屁。

舒盼顿时警觉，她现在代表的不仅是自己，更是嘉扬和陆辰良的脸面，于是她立刻羞涩地朝着陆辰良笑了笑：“阿良让我来，我就来了。”

陆辰良挑眉，饶有兴致地继续看戏。舒盼的这声“阿良”，叫起来倒是挺顺耳的，他还真想看看在自己不回应的情况下，这女人能自娱自乐演到什么程度。

梁先给曹焕使了个眼色，人家云芳菲愿意和陆辰良夫唱妇随，不计排位在戏里做个绿叶，外人管得着吗？

曹焕看见陆辰良不接话，自以为得逞：“我还以为陆先生会给梁导推荐你做主演呢，毕竟比起顾千千，陆先生和云小姐的关系应该更好吧？”

挑拨离间，赤裸裸的挑拨离间啊！

舒盼对曹焕的这种伎俩简直侧目，还是个男人呢，居然想用几句话就让她和顾千千互掐起来。

遗憾的是，她对顾千千的印象可是很好的。

虽然外界盛传她通过天王歌手 Finn 上位，可是就舒盼亲自探班那几天的所见来看，这位新晋的女演员，工作敬业，性格讨喜，实在是没什么让人挑剔的地方。

“可我觉得阿良多选一些新人是对的，”舒盼故意笑得带有深意，双目含情地看着陆辰良，“毕竟当初我也是这么走过来的。”

曹焕继续补刀：“那云小姐还真是大度啊，无论是排位还是男朋友，都……”

林琛看不下去了，他捂着女儿的耳朵，打断了曹焕的话：“够了，曹焕，我女儿还在这里，少说几句。”

林筝无辜地眨了眨眼睛：“爸，曹叔叔，我好困了，我们早点收工回家好不好？”

林琛顺势拉着曹焕下了台。曹焕有些不满，他明明是想为林琛赚回几分面子，没想到却被云芳菲装聋作哑地给混了过去，真是有些不甘心。

待他二人离开后，舒盼终于松了口气。她刚才一直演着一个迷恋陆辰良的痴女，眼睛还要跟长在他身上似的，含羞带笑，现在电力耗尽，只觉得眼睛已经酸得不行了。

梁先怕云芳菲真的对顾千千有微词，赶紧开口解释道：“云小姐啊，你别听那曹焕瞎说，顾千千那姑娘挺不错的，虽然是阿良推荐过来的，但是实力也是很过得去……”话说到一半便戛然而止，他反应过来自己越描越黑。

沉默了良久的陆辰良终于出声了：“顾千千的确不错，但我也不会亏待自己人。”

他说着便看向舒盼，那双如同古井一般波澜不惊的眸子里，流露出一丝难得的肯定：“如果我有新作品，会把你排在前面考虑的。”

梁先顿时迷茫起来。他虽以为阿良和云芳菲有点暧昧关系，但远没有到他能考虑为她创作的程度。这次云芳菲微调回来，他却隐隐感觉到不仅是云芳菲的改变极大，两人的关系更有着明显的突破，这发展的走向简直难以预料，估计能写个长篇悬疑爱情小说。

待梁先走后，陆辰良拉住了正在找保姆车的舒盼：“我们也走吧。”

舒盼故意不看陆辰良，费力地四处张望搜寻着小欢的身影：“我的车去哪里了？”

陆辰良挡在她前面：“别找了，我让他们开走了。”

“什么？”

“意思就是你不跟我上车，今天就别想回去了。”

舒盼不情不愿地跟着陆辰良上了车，刚刚坐进来，便看见他的车窗前挂着一件眼熟的东西。仔细一看，正是之前去陆辰良那儿探班的时候，她亲手挂在树上的红色许愿宝牒，虽然字迹有些模糊了，但依稀还能辨认出上面留有自己的名字。

舒盼忍不住问道：“这不是景区那个许愿树上的……”

陆辰良启动车辆，扫了一眼那只被红色丝线紧紧缠绕着的许愿宝牒：“嗯，前几天回来的时候，恰好遇到当地的部门要把那棵树保护起来，说是负重太过了要整改，所以先把上面的宝牒拿下来一部分。我路过的时候恰好看到你的，顺手拿回来了。”

“哪有这样的！”舒盼心疼地将宝牒放在手心上端详了一下。她当时一共写了两个，一个是祝愿舒凡高考顺利，另一个上面写的内容多少和陆辰良有点关系，而现在被从树上抛弃的这个正是第二个。

陆辰良丝毫不觉得可惜：“你还信这种东西？如果愿望都这么容易实现，怎么还会有那么多人努力工作。”

舒盼撇撇嘴：“算了，反正也实现不了，那我就拿回去了。”

陆辰良将车缓缓停在线后，前方是一个八十几秒长的红灯，他转头看向舒盼，眼神戏谑：“你怎么知道实现不了？我看了看，觉得实现的概率应该不小。”

陆辰良单手放在方向盘上，神色坦然：“每天许愿的人那么多，那棵树能撑到你也来许愿，真是不容易。”

舒盼的手里紧握着许愿的红色宝牒，愤愤不平地道：“投诉，我要投诉。怎么能这样嘛，摘下来就算了，怎么还能随便给别人拿走了？”

陆辰良看她一副誓要讨个公道的样子十分有趣：“你的意思是，它被当成垃圾丢掉和落到我手里，这两者之间，前面那个还更合你心意一些？”

舒盼无话可说：“我……”

她当初写的时候，可是抱着绝对不会被陆辰良看到的念想，谁知道偏偏绕了一圈又回到自己手里。

陆辰良的语调上扬，眉眼间带着淡淡的笑意：“况且，我要是不看，怎么知道原来你想——”

谈起宝牒上写的具体内容，舒盼顿时紧张起来，脸都红到了耳根：“我是喜欢你……戴眼镜的样子！”她极力解释着，“那个……我一向就喜欢戴眼镜好看的男人，就和你喜欢脚长得好看的女人一个道理。你可以理解吧？”

红灯的秒数在舒盼的话末耗尽了，绿灯迅速接替上来。可陆辰良没说话，也没启动车辆，直到后排的车辆按响喇叭提醒，他才有了动作。

舒盼憋着一口气等陆辰良的回答，可见他一点反应也没有，实在沉不住气了，索性全盘托出：“你就给我来个痛快吧。我只是写了，希望能多看见你戴眼镜的样子，又没非要你照做，就偷着看看而已。我又不会扑上去把你怎么样。”

“你扑上来想怎么样？”

舒盼盯着陆辰良那近乎完美的侧颜，喉间不自觉地吞咽了一下，呆呆地道：

“……还没想好。”

眼见着前方都能看到陆辰良居住的别墅区了，他却忽然一个急转将车驶入了另一条街道，直接停了下来。舒盼大为困惑，她一只手已经扶上了车门：“你要干吗？”

陆辰良直接俯身过来，将舒盼困在了副驾座上，他似笑非笑地道：“我帮你想。”

又来？！

舒盼赶紧伸手拉门想逃跑，动了几下发现没用，回头一看，原来是陆辰良早就先她一步，锁住了轿车的门窗。她赶紧回头，结结巴巴地抗议道：“等下！我们谈谈，谈好了，你再、再亲我。”

陆辰良随手松了松自己的领带，慢慢地靠近，压住了舒盼胡乱挥舞的两只手臂：“谁说我要亲你了？”

舒盼避无可避，只得看着这个清俊得仿佛不食人间烟火的男人，再次向自己逼近。就在她闭上眼的前一刻，陆辰良停住了，似笑非笑地道：“除了脚好看的，胸、腿、腰长得好看，我也喜欢。”

舒盼心口憋闷得很：“真不公平……我还只选了一个写呢，要是你去写，肯定整棵树都写满了。”

她的脑子里忽地闪过那一长串陆辰良绯闻女友的名单，如果把那些都挂在树上，到时候红丝带迎风招展飘扬，全都是陆辰良的后宫，那场面一定相当壮观。

“这些条件，你一个人都符合了——”

陆辰良在她耳边轻轻地道：“所以我喜欢你。”

舒盼怔住了，这几个字说得太快，仿佛还没从她的脑子里过滤一遍就消失了。她眼见着陆辰良说完这句就准备走，一个激灵居然死死地拉住了他，整个身子真的扑了过去。

“你、你再说一遍。”

陆辰良就这么姿势诡异地被舒盼压在了身下，他皱眉道：“原来你还真的会扑过来。”

舒盼也顾不上那么多，她急道：“你上一句说了什么？”

她正悬着一颗心，既然扑都扑过来了，要是还问不清楚答案，那可就亏大了。

可偏偏这时候，一阵突兀的喊话声从外面响起，舒盼只扫了一眼，便吓得挣扎着要从陆辰良身上移开。原来外头正有一名交警，站在门外透过车窗往里头探看。

交警的语气不善：“搞什么，怎么停在这里？”

陆辰良伸手拉住舒盼："你别急着动，他从外面看不清里面有没有人，一会儿开张罚单就走了。"舒盼的脑袋埋在他颈间，低声抱怨道："你怎么不找个能停得久点的地方？"

陆辰良反问："停得久点，你要和我做什么吗？"

舒盼气得朝陆辰良的颈间象征性地咬了一口："你都没说清楚呢，我可不吃亏。"

陆辰良没感觉到痛，那种牙齿轻轻刮擦过他锁骨的触感，反而让他心痒难耐，甚至连体温都有着渐渐上升的趋势。他揽住舒盼的那只手有些不安分起来："我们回去，慢慢算账。"

舒盼观察了一下四周，所幸这附近正在修路，连一盏像样的路灯都没有，加上陆辰良车上这层深色的镀膜，倒也没人能看得清里头的情况："别闹了。还好他看不清……"

她只想着自己还是云芳菲的身份，万一被抓拍了疑似和陆辰良"车震"，还被交警贴罚单的新闻，传出去实在太可怕。

谁知那交警的确是看不清车内的动静，可他也不急着开罚单，而是拿起对讲机："我是 A7561，则徐路中段这里有一辆挡着修路的车，估计今晚要先拖走，让车主明天来取了。"

拖走？！

第十五章

想你，所以来了

当这条劲爆的“车震”绯闻彻底曝光的时候，已经是第二天下午了，舒盼正喝着一杯咖啡提神。

前几天她在易南的首肯下终于从一堆商业广告中抽身，选了个比较有意思的公益广告。

虽然作秀的性质很强，但也算是定期维护云芳菲良好社会形象的必须手段了。而舒盼在前往拍摄的路上，果不其然，杜攸就又来找她想要爆料了。

她模棱两可地回复，他们两个因为这事情吵架了，估计这几天不会碰面了。

这是舒盼暂时的计划。她自然不是因为和陆辰良吵架才不和他碰面，而是因为太尴尬了。

本来昨夜把一切讲开就都没事了，可偏偏她回去的时候在车上睡着了，于是昨夜始终没能确认陆辰良的心意。

等她早晨起来的时候，陆辰良已经先一步去公司工作了。可据李嫂的说法，昨天陆辰良可是亲自将她抱到房间里去的。

她的硬件条件都符合陆辰良的审美，这……就算是告白了吗？

她就连单纯想一想，感觉脑子都要烧着了。陆辰良的目的性都已经很明确了，现在该说的也说了，恐怕下一次再提这个话题，就绝对不会是牵手、接吻、拥抱这么简单的接触了……

还是以工作的名义先缓个几天吧，就这么冲过去立刻回复陆辰良，她有一种以后会被吃得连渣都不剩的预感。

但在舒盼来到拍摄现场和导演打招呼的时候，就知道她的这个计划基本是废了——陆辰良比她早一步来到了现场，正从容地坐在位子上和公益广告的男导演聊天。

见到舒盼现身，陆辰良和男导演同时站了起来。还不待她开口问好，陆辰良就拍着男导演的肩膀对舒盼道："认识一下吧。这是我教过的学生，砚一。"

舒盼笑着对男导演砚一问好。他看起来年纪并不大，约在二十四五岁，留着一头利落的短发，浓眉大眼，五官线条硬朗，看起来十分有朝气。

砚一见到云芳菲主动问好，他有点小激动："没想到云小姐真的能来帮我这个忙。"

舒盼刚想客套一下，陆辰良就一盆凉水泼过来："指望她帮忙？你还是该怎么拍怎么拍吧，最好把她也当成新人。"

砚一赶紧谦虚道："组里几个人都很喜欢云小姐，之前在C市云小姐录《来吧！男神女神》的时候算是合作过一次了。罗博老师还说云小姐一点架子也没有，很照顾新人，和谁都很处得来。"

舒盼之前录的那期节目昨天刚播出就引起了不小的关注，她和顾淼虽然比不上黎剑辉和许珊那组那么粉红，但看起来甚是养眼，尤其是最后云芳菲在鬼屋里保护顾淼的那段，简直是从高冷的小公主直接变成暖心小天使啊。

再加上前阵子G&K洗发水广告里，她又和黎剑辉组了一对格调极高的命定CP。

看客们惊奇地发现，原来云芳菲还真不是只能搭配陆导一个，纷纷劝说她千万别在一棵树上吊死。

陆辰良看向舒盼，语带胁迫地反问道："是吗？"

别人喜欢她的性格，和她处得来怎么了？舒盼有点不服气，她不服输地迎着陆辰良的目光看了回去，想起这男人口口声声说只喜欢自己的硬件，就感觉心里很不痛快。

砚一对两人之间流窜着的小电流毫无察觉，他心直口快地道："是啊。陆老师你应该多让云小姐和新人合作，画面很和谐，一点也不显年龄。"

舒盼差点没被自己的口水呛死，她总算知道除了亲叔叔为什么没人愿意出资给砚一了，这人也太不会说话了，难道她一个人站在画面里的时候就很显老吗？！

陆辰良看着舒盼不服气的样子，颇觉好笑，揉揉她的头发以示安慰，她一点也不老啊。

拍一支公益广告看似不费劲，但实际上在更短的篇幅里通过一个故事来讲道理，单是这点就非常考验导演和剪辑的功力了。

舒盼看到的台本是一个结构完整的故事，她饰演一位独自等待丈夫回家的妻子，而夺走她爱人的不是任何现实生活中的人物，恰恰是一款能进入虚拟世界的游戏。

为了陪伴爱人，妻子不得不在游戏中也选择了一个虚拟身份，两人在现实和虚拟之间的生活渐渐失衡，最终走向了崩溃。

这则广告意在警醒人们不要再沉溺于各类电子产品所构造的虚拟世界。可砚一选择的关注点十分新奇，电玩中的妻子和真实生活中的妻子故意让不同的人来饰演，主要侧重刻画妻子为了平衡现实与虚拟之间的关系所做出的种种努力。

等舒盼换好一身衣服出来的时候，恰好看到男主演过来。男主演丁然是一张全新的面孔，据说是今年新晋的模特，面容清新，仪态自然，身材比例绝佳。可惜的是，在整个故事之中，丈夫的脸都被虚化了，没有出镜的机会。

小欢给舒盼穿上个围裙，准备齐全。第一场主要是现实当中的妻子和丈夫曾经的甜蜜，表现的难度并不大。舒盼在光线温馨的厨房之中细心处理着食材，而男模特丁然饰演的丈夫从背后拥着她。

砚一的个性的确有点木讷。虽然他多少知道一些云芳菲和陆辰良的关系，但在拍摄之前从未考虑过亲密戏尺度的问题。直到开拍了，陆辰良也坐在他身边看着“云芳菲”的表现，砚一这才察觉出有些不对劲来。

舒盼此刻也很苦恼，倒不是丁然动手动脚，而是明显感觉到他太拘束了，连手都不太敢往自己腰上放，更别说是凑在她耳边说话了。舒盼只好小声地提醒这位行为僵硬的小帅哥：“小丁啊，你的手倒是稍微动一动啊，这么绷着不累吗？”

丁然实话实说：“累。”

舒盼笑着帮他整理领带，挤出一句话来：“那你大胆往我身上放啊，就像摆拍杂志那样。”

“我……不敢。”

舒盼困惑不已，她又不是什么怪物，怎么进行个肢体接触还有不敢的道理。

两个人在这种艰难的情况下连续卡了三四条，砚一忽然开窍，他对陆辰良道：“老师，是不是因为你在这里，所以……云小姐才不大好意思的？不然你去说说。”

陆辰良想了想：“我看应该不是她的问题，你不是让她给你调教新人吗？总要给点时间吧。”

他看得出来，舒盼并没有因为他在场的原因就演不开，多半是和新人配合的问题，这种时候就应该让舒盼自己去解决。

果不其然，休息的时候，舒盼拉着丁然到一边紧急开会，她神神秘秘地问道：“你告诉我，是不是我身上有什么不太好闻的味道，所以你才离那么远，根本不敢靠过来的？”

丁然赶紧摇头否认：“不是，不是。云小姐你多想了。”

舒盼见他一副为难的样子，想得更远了：“难道，你很讨厌女人吗？”

丁然反对得更加坚决：“不不不，不是你想的那样，我、我很喜欢女人。”

舒盼急了：“那到底为什么？”

丁然只好吐露出自己的担忧：“陆导不是在吗？有人说动了他的女人，以后、以后就没机会拍戏了。”

舒盼一脸蒙，原来片场还有人以为陆辰良亲自来这里监督，是为了防止男演员吃云芳菲豆腐？

这不科学好吗，别说云芳菲以前比这尺度大多了的亲密戏都演了，就是陆辰良那么敬业的人，怎么可能公私不分到不让男演员和她肢体接触！

丁然补充了一句：“都说，你们以前关系一般般，但是最近竞争者一多，陆导看你看得可紧了，谁都不让碰了。”

这说法很新鲜，舒盼想了想，发现还真的没什么理由扭转丁然的脑回路，于是心生一计，委委屈屈地道：“都是假的，你想想昨天他的那条新闻就应该知道。唉，其实我们两个已经名存实亡了。今天来这里，不过是做个样子而已，估计他心里已经等不及去找新情人了。”

丁然联系到陆辰良车震的传闻，他恍然大悟：“原来是这样啊。”

舒盼苦口婆心地劝道：“所以小丁，你该怎么来就照样来吧。要是拖得时间久了，他反而会不开心的。”

丁然慎重地回头看了一眼陆辰良，发现他果然正漫不经心地在看平板，丝毫没有要往这里观察的兴趣，一派渣男分手后冷漠的姿态。

“好，云小姐，有你这句话，我就放心了。”

舒盼默默向背锅的陆辰良道歉，谁让他从来不给自己洗白，现在就只能越背越多了。

于是乎，丁然放开手脚后，和舒盼配合的结果非常理想。等到两人再一次演起那些虐狗动作的时候，丁然的动作虽然还有些谨慎，但渐渐也就自然了起来。

舒盼虽然也有点不好意思，但说实话，在经过陆辰良那个级别的诱惑还能全身而退以后，这种设计出来的亲密已经不怎么能让她脸红了。

主角回忆中的甜蜜终于顺利结束，砚一大为满意，云芳菲的专业素养就是过硬啊。这才寥寥几条，丁然的发挥就开始像模像样了。他转头过去正想当着陆辰良的面表扬云芳菲几句，却发现老师的脸色不太好看。

砚一非常细心地又将刚才的片段倒回，摆到陆辰良面前虚心地问道："陆老师，你是不是对这段还有什么不满意的地方？"

陆辰良眼睁睁看着舒盼对着其他男人眉眼俱笑的画面一遍遍回放，心中忽然对自己这个门生头疼起来。这孩子是真缺心眼啊，看不出来他现在很不愉快吗？

陆辰良摇摇头："没什么。这里是你的主场，继续吧。"

"这一段拍摄很顺利，之后就是乔楚乔小姐饰演的虚拟妻子和云小姐的对手戏了。"

舒盼此前曾经听过一两次乔楚的名字。今年比较抢眼的新人当中，乔楚被成信传媒挖角过去重点培养的消息，几乎是人人皆知的。

而丁然在向舒盼道别之前也佐证了这个说法。乔楚的时间安排得很紧，因此昨天下午赶着把和他的戏份拍完便走了，剩下的就是和"云芳菲"的对手戏了。

舒盼稍微和砚一交流了一下。她得赶着在乔楚来之前喘口气，毕竟成信传媒和嘉扬也有着隐性的竞争关系，加上又都是女演员，相处起来反倒不能像对待丁然这种跨界的新人一样轻松了。

她想问问陆辰良和成信的其他演员有没有交情，一转头却被陆辰良吓了一跳。

他正黑着一张脸，面前的设备里还回放着刚才舒盼拍摄的片段。

舒盼凑过去："陆先生，你怎么啦？"

陆辰良目不斜视，淡淡地道："我看戏。不过戏外的你似乎演得更精彩，从刚才那个男模特向我道别的态度上基本可以看出来，你应该是没少说我的好话。"

这人的眼神也太毒了吧！不然就是丁然演得太瞎，怎么能几句话的工夫都被陆辰良看出来马脚。

舒盼讨好地笑着："反正也骗不过你。"

陆辰良伸手一把按掉面前的设备，他看了看舒盼身上还穿着的围裙，颇为不顺眼："在家都还没见你穿过这个。"

舒盼愣了愣："在家都是李嫂做饭，我穿这个做什么？"

砚一虽然情商不高，但耳朵尖得很。他听见老师正和未来师母在私聊，于是难得聪明了一回，主动让到了旁边，见到小欢正准备过来给舒盼送水，他也顺势拦了下来。

小欢朝前方扫了几眼，心疼她的盼盼姐连口饮料都喝不上，干脆把手上的橙汁送给了砚一。

陆辰良见四下无人，索性拉舒盼坐到身边："怎么不叫我阿良了？"

舒盼有点脸红，但仍严守着底线："我们好像还有些事情没解决清楚吧？"

她对陆辰良忽冷忽热的态度尤为介意，怎么让这人再亲口承认一遍就这么困难呢！

陆辰良似笑非笑着看向她，伸手绕到她腰后："的确是有些没解决清楚的事情。比如说，最近和你搭配的那几个新人，都挺有意思的。"

舒盼被他那种探询的眼神看得心虚。她最近接触的几个小鲜肉的确都挺可爱，尤其是顾淼，他虽然没在微博上和自己大量互动，却偷偷在 Instagram 上发了一堆和她的私照。而在另一档节目当中，一向不善于表达的 Mae 更是毫不吝啬地将她选为了理想型。

种种迹象，都暗示着云芳菲的"后宫"又纳入了两位小鲜肉这个事实，导致节目播出之后好几天，她的微博底下都是 T-Time 粉丝的观光团，异常热闹。

她只好装傻充愣："我不觉得啊，这都跨国了，也就是粉丝随便意淫一下而已。"

陆辰良的手没落在舒盼的腰上，反而把玩着围裙后绑着的蝴蝶结，三两下轻轻地解开："我倒忘记了，还有个夹在鲜肉堆里的老腊肉。"

这个老腊肉，明显指的就是最近一直蠢蠢欲动的黎剑辉了。那日舒盼在追悼会现场和粉丝黑脸之后，他在微博上发了一篇长评，顶着云芳菲同期的名义站出来力挺她，搞得像是和云芳菲有什么革命友谊一样。

经过陆辰良这么一盘点，原来自己最近的桃花也不少，她忽觉好笑："如果黎剑辉是老腊肉，那你……"

陆辰良挑眉："说下去？"

舒盼领悟力极高，赶紧摇了摇头，一脸严肃地道："不说了，不说了，有些事情还是别说出来好。"

两人还在针对各自近期的桃花互相斗法，忽听得一句甜甜的女声插话进来："请问，您是陆先生吗？"

舒盼一听有人找陆辰良，赶紧端正坐姿，拍掉陆辰良还放在自己腰上的爪子。

陆辰良抬起头，看着眼前问话的女人，他一向不喜欢被人忽然打断思路，于是冷着一张脸问道："有事吗？"

女人没有为陆辰良恶劣的态度所吓退，反而回以一个温柔的笑容："陆导，我是乔楚。之前在嘉扬周年庆上曾经和您见过一面的，没想到今天在砚导这里，还能再见到。"

舒盼听到乔楚的名字，这才转过头看向她。

人如其名，这个女孩的外貌条件果真非常出众，面容俏丽，五官精致，一眼看过去便能知道是那种天资很高的艺人。即使穿着最简单的衣裙，也难掩她身上的青春魅力。

陆辰良的记忆里没有乔楚所说的那段，但好歹记得她是成信的艺人，于是稍微客气了点：“既然砚一给了你机会，好好拍吧。”

乔楚对着舒盼莞尔一笑：“等下要和云小姐对戏，还有点紧张。”

原来她看到自己了呀。

舒盼见乔楚只和陆辰良搭话，还以为这姑娘压根就没认出自己，合着这是没打算和自己打招呼，要把有限的时间全部都用到和陆辰良交流上去。

陆辰良皱眉，在这圈子里目的性强不是什么坏事，只是表现得太明显就落了下乘。他本想冷脸对待乔楚到底，但转念一想却微微一笑，起身拍了拍乔楚的肩膀：“没事，云小姐不会介意的，毕竟她最喜欢带新人了，不是吗？”

舒盼揉了揉自己的眼睛，她没看错吧，就刚才几句话的工夫，陆辰良居然对乔楚笑了？！这简直就是天方夜谭好吗！

舒盼心里有点不平衡了，导致接下来的拍摄中，她遇到了难题。

广告的后几个片段里，砚一认为难度最大的一条，是妻子陷入对自己在虚拟世界中的形象的疯狂嫉妒之中。当她看到丈夫更爱戴着假面的自己时，她试图摧毁自己的替身，最终却下不了手，崩溃和绝望的情绪彻底将她淹没。

全程无对白的安排，让妻子在展现这一段复杂情感的时候格外艰难，而乔楚的分量则稍轻一些，就像是女主角的影子，需要效仿她做出相应的动作。

砚一一声令下，乔楚很快便进入了状态，可舒盼的发挥就不太妙了。本子上写的是这里需要她落泪来表现绝望，可当舒盼轻轻扬起乔楚的下颚，看向镜子中的两人时，她忽然就哭不出来了，而原本要在舒盼之后流眼泪的乔楚却抢着哭了出来。

又试了两三次，这两人的同步率却总是不够。

舒盼有点郁闷。其实她看着乔楚漂亮的脸蛋，脑子里老是回闪过陆辰良方才那个意味深长的笑容，嫉妒的感觉多少是有了，但是又没觉着能生气到想把乔楚怎么样，情感就这么停在半路，实在有些尴尬。

陆辰良仍是在一旁看戏的态度，舒盼不是科班出身，所以每次表演投入的情感多半都来源于生活，可是当生活中这种素材不够的时候，就很容易出现一些问题。

看来，是他做得还不足以让某人嫉妒啊。

砚一细细地给两人讲戏，他突发奇想："不如你们两个稍微停一下，一人来一段，把握好对方流眼泪的节奏，这样合在一起的时候才能接上。"

乔楚等待这个出风头的机会已经很久了。当她一个人站到镜头前，不消十几秒，泪水就如同开了水龙头一样流下来，那种哭泣是无声的，可乔楚的确哭得很好看，眼神之中带着一种哀切的美感，直击人心，使得在场不少人都被她吸引了注意力。

陆辰良稍微看了几眼，便没有了兴趣。乔楚能哭得这么快，很明显是长期指令锻炼下的成果，虽然足以见得成信压重金在乔楚身上培养是个正确的选择，但未免失了几分灵性。

乔楚的哭戏演完，轮到舒盼上去的时候，她犹豫了一下，转而对砚一问道："一定要哭吗？"

砚一没反应过来："云小姐的意思是……"

舒盼想了想，终于开口解释道："我觉得那种情况下，两个妻子不应该都流泪的。"

乔楚对自己流眼泪的技巧十分引以为傲，即使同台竞技，她也自认为不会输给云芳菲，可万万没想到，云芳菲竟然能提出这种问题来。

乔楚眼角的泪花还没擦干净，看起来仍是一副楚楚可怜的样子。可化妆师急着上去给她补妆的时候，乔楚却面色一转，嫌恶地瞪了化妆师一眼："让开。"

她倒要看看，云芳菲作为一个资历这么深的演员，自己哭不出来，还能找出什么理由向导演辩驳吗？

化妆师是个微胖的姑娘，被乔楚的一声呵斥弄得有些尴尬，手上的工具箱提也不是，放也不是。乔楚的助手对她的脾性十分了解，赶紧迎上去使眼色，示意化妆师暂时走开。

舒盼这话一说出口便有点后悔了。在片场待得久了，说真的，她只见过导演临时改本子，很少见到演员能改情节的，即使有，大多也都和导演闹得不太愉快。

其实这就和做阅读理解是一个道理，演员可以通过剧本读出各种各样的情绪，但最后呈现出来的，大都不能脱出导演给的标准答案太多。

"能说说原因吗？"

砚一对云芳菲很尊重，这种情感不仅来源于她可能是自己未来的师母，更是因为之前她的种种表现都非常符合一个专业演员的质素。

舒盼慢慢说出自己的理解："当两个人物同时出现在画面里的时候，我认为可以同时表现妻子的两种情绪。一喜一悲，她以为毁坏了自己的替身能挽回丈夫，可实际上是徒劳的，因此脸上在笑，实际上心里却在哭。"

砚一的本子里写的是让两个妻子一起哭泣，目的是突出虚拟世界的形象其实只是一个傀儡，但是舒盼觉得这样未免有点浪费了。两张妻子的面容加上一面镜子，完全能够展现更丰富的内容。

她这话一出，砚一便陷入了沉默。这个广告的台本是他学生时代结业的作品，当时前后修改了上百次，等到拿出去参赛的时候，整个团队都认为没有一字可以再改动的地方了。

时隔两年，经过他人之口再读一次，他竟然有了新的感触。

砚一的沉默，使得乔楚有些看不明白。一个广告而已，就是读得再认真又能有什么差别，即使天天在电视上放，也不见得有几个人会去看，偏偏这个云芳菲仗着自己多几年的资历，专会来事。

乔楚自以为是地开口声援砚一："我不觉得两个妻子都流眼泪有哪里不对，这个情节本来就是种镜像处理，不是吗？"

她敢这么公然和云芳菲唱反调，多半也和这位曾经的视后最近人气下滑有一定的关系。刚才问好的时候，乔楚便试探过陆辰良对云芳菲的态度，她连招呼都不打一个，可陆辰良也没有生气的意思，这不明摆着证实了两人关系恶劣吗？

既然这样，她何必对一个快过气还不受经纪公司待见的前辈百依百顺？

砚一没接乔楚的话，他走过去慎重地对舒盼道："你说得有点意思，不过我现在也不能确定哪个效果更好，不如你配合乔楚拍一遍试试？"

舒盼立刻同意："好。"

乔楚发现自己遭到了无视，脸色顿时不好看起来，她见陆辰良仍是没有出声维护云芳菲的意思，于是抱着一丝希望问道："陆先生你觉得呢？"

陆辰良的眼神从砚一身上扫过，最后落在舒盼那张期待的小脸上："既然本子上写的是要哭，自然按照台本是无可厚非的——"乔楚一听这句，不禁有些得意起来，可陆辰良那话偏还有个后半句，"不过哭还是不哭，拍出来看看便知道了。"

有了陆辰良发话，砚一便更加有决心要试一试，他还真想看看哪种效果会更好。

镜头前，饰演妻子的舒盼轻轻抬起乔楚的脸蛋，面前的镜子中倒映出两人同样迷茫而孤独的脸庞。

妻子静静地看着这个为挽留丈夫而被她亲手制造出来的"情敌"，良久，她终于忍不住拿起来桌面上锋利的小刀，可就在她微笑着准备对乔楚下手的那一刻，却意外地瞥到了镜中女人眼角的那抹泪水。

妻子的笑意仿佛凝固在了脸上，她伸手抚摸向自己的容颜，从微笑转为一种难以言喻的嘲讽，手上的小刀狠狠地扎进那面镜子当中，将她绝望的脸庞切割成无数个碎片。

砚一立刻喊停，语气里透着激动："很好。这段可以了！"

舒盼缓了几秒，回到现实的情绪当中。她惊奇地发现自己的眼睛也模糊了，再跑过去看看刚才砚一拍下来的画面，原来自己一直都是笑中带泪的，倒也和本子里设计的差别不大了。

接下来的拍摄一路绿灯，等忙活得差不多要收工的时候，舒盼回头由衷地对乔楚道："小乔，还真被你说对了哎，这里不流点眼泪真是过不去。"她又重温了一遍这姑娘的哭戏，感觉真的是哭得太美了，让人都忍不住想抱着安慰一下了。

乔楚既没谦虚，也没其他表示，反而故作委屈地道："云小姐既然前头都已经和砚导沟通好了，又何必拉着我作陪衬。"

舒盼本能地想解释两句，但想起自己现在还是云芳菲，话到嘴边也改了个腔调："哪里有什么作陪衬的意思，你刚才也说了让我带带你，我教人就是这样的，你也别想太多了。"

乔楚泪眼蒙眬地看向陆辰良，细声细气地继续卖可怜，那抽泣的声音引得周围不少人纷纷侧目观察起在场的两位女演员来。"真的是这样吗，我是不是做错什么惹你不开心了，云小姐？"

围观的几个人看出点门道来，乔楚这话分明是在暗指云芳菲因私迁怒新人啊。

"乔小姐，其实刚才你问我看法的时候，我就一直想提醒你。"

乔楚抬起头，娇俏的小脸上满是错愕，只见陆辰良已经站在自己面前，他正和舒盼并肩站着，笑着伸手揽住舒盼的腰："我对指导你拍戏一点兴趣都没有，我今天来这里，不过只是来哄哄女朋友而已。"

这句话犹如一记响亮的耳光，正打在乔楚的脸上，她哭也不是，笑也不是，尴尬地愣在原地。

幸好砚一是个读不懂情绪的木头。他的团队一边收拾道具，一边已经有庆典氛围了。他欢欢喜喜地过来，看也不看状况，张口便邀请道："老师，我们聚餐去吧。叔叔说他一会儿也过来，你们都好久没见了。"

陆辰良低头问舒盼："去吗？"

舒盼一看，周围一圈人的注意力都在自己身上，都快被看出花来了，赶紧满口应答道："去、去吧。"

木子凯也来？

乔楚咬了咬下唇，不甘心和木子凯搭话的机会就这么从眼前溜走了，可眼见这砚一完全没有邀请她的意思，只得干站在原地，看着满场子都各自忙碌着的员工，顿时觉得自己连个站脚的地方都没有。

乔楚直盯着砚一好久，他才反应过来，本也看得出这姑娘就是冲着自己叔叔来的，但到底还是表现不错，于是顺口也捎带了一句："乔小姐也一起来吧。"

舒盼没什么意见，反正这种饭局大多不会太轻松，等下悠着点不和乔楚坐一起，凑合着吃两口就得了。

陆辰良却板着脸继续补刀："乔小姐的日程不是很紧吗？再说了，不尊重前辈的人，我想木子凯也不会喜欢的。"

乔楚一听这话急了，正欲上去解释，乔楚的助手却拉了拉她的手，示意她别再闹事了。

明明来之前经纪人还提醒过乔楚千万别操之过急，即使有能和大导演接触的机会，也别太抢云芳菲的风头。可乔楚本人似乎早就把这些抛到了脑后，不仅一开头就触了云芳菲的雷区，现在还上赶着要把陆辰良也给间接得罪了。

这么拉拽僵持了一小会儿，乔楚终是缓过劲来，她阴着一张脸，随口说了几句道别的话，便以赶行程的理由灰溜溜地离开了。

看着乔楚离开的背影，舒盼有点不忍心。说到底，乔楚也是没出道多久，虽然比起许珊来一点都不可爱，但乔楚忙活了这一场不就是为了见木子凯吗，连个机会也不给的话，好像有点残忍了。

陆辰良则淡定如常，他以前也没少做这种事情："你以为现在留她就是帮她了？看在我和席钧尧没有大仇的分上，这种场合请她回去就算是个教训，否则以她这种脾气，以后肯定还有得闹。"

他把成信的扛把子席均尧都提出来了，看来还是留了情面的，这男人惹不得。

不过仔细想想，他这话也不是没有道理，舒盼点点头没再说什么。陆辰良却在她耳边又问了一句："现在消气了，还要再哄哄吗？"

舒盼脸颊有点发烧，她侧头瞄了男人一眼："谁要你哄啊？"

如果是为了工作，陆辰良本着公正的态度怎么严格要求舒盼，她都是不会生气的，甚至看出来他刚才故意用乔楚来让自己吃醋，她也没真的动气。

真正让舒盼郁闷的是，陆辰良从来不好好说话。把最普通的话说成情话这方面，他算是个中好手，可真希望他能给自己的情感地位做肯定的时候，这人偏又不说了。

陆辰良淡淡地来了一句："谁是我女朋友，我就哄谁。"

舒盼只觉得陆辰良这句话听起来无比顺耳，她努力控制着自己微微上翘的嘴角。

刚才还算他有点良心，至少关键时刻知道出来站站自己人！

砚一找的聚会场合非常接地气，是他朋友开的一家餐厅。为了给舒盼和一众工作人员行方便，砚一选择直接包场，一行人到了地方之后，才发现这是A市颇具人气的MINT餐吧。

舒盼曾经多次在美食杂志上看到过MINT，而吃货许珊也曾在自己的微博上发过这家餐厅的甜点。

MINT主打的概念，是将传统的餐饮理念和时尚酒吧文化相结合。整体装修风格偏简洁复古，再加上店主选的音乐都是二十世纪的轻摇滚，算得上是视觉、味觉和听觉三重的服务了。

众人集中落座，砚一和舒盼、陆辰良坐在一处，不遗余力地帮着朋友宣传这家餐厅的人气美食。舒盼越听越饿，偏偏等了好一会儿木子凯都没有要来的迹象。

可为了不让砚一难做，舒盼端正坐姿婉拒了提前开饭的建议。

陆辰良完全没有要挨饿的意思，他提前点单，顺便也为舒盼做了选择："砚一，你也点单吧，木子凯不是个不守时的人，超过十分钟，估计就是手头的工作不允许他来了。"

砚一有点不好意思："经费还剩下不少，以为今天正好能让老师和叔叔聚一下呢。"

陆辰良漫不经心地道："不来也好，吃得自在点。"

陆辰良这话等于是对舒盼说的。木子凯虽然对砚一和他来说是个熟人，但对舒盼来说却是个让她有些负担的角色，让她端着云芳菲的架子来吃饭，这顿必然不能尽兴。

砚一听不出来陆辰良的这层意思，只以为是让他别太拘泥于学生和老师的身份，于是笑中带着点傻气，他对舒盼道："那好。老师，师母，我去阿K的酒库里找瓶好东西出来，你们先等着。"

舒盼听着砚一对自己的称呼心情复杂，感觉年纪一下子猛长了几岁，心里有种说不上来的无力感。

陆辰良淡淡地笑着，语气里有种恶作剧得逞的愉悦："这下知道你和小鲜肉不是一个等级了？"

舒盼低头抿了一口开胃酒，赶紧转移话题掩饰尴尬："木子凯导演真的不来了吗？"

陆辰良反问："你也很想见他吗？"

舒盼双眼放光，频频点头。其实她还蛮想见到这位业界传说中的人物的，且不管以后有没有机会演电影，能见一见传奇本人总是好的。就像上次见到影帝沈清淮，要不是碍着陆辰良在现场，她真想拍几张照片珍藏起来。

陆辰良看她一副小粉丝求见偶像真容的恳切模样，有些不快地道："要是仅仅能通过一顿饭来确认下部电影的主角，那其他演员也不用认真演戏了。"

舒盼不想他误解，赶紧开口解释："我只是好奇。除了你以外，我还没见过其他电影导演。"

她好奇的重点不是木子凯这个人，而是想近距离观察陆辰良这个行业的从业者，是不是都像他一样，既有洁癖又追求完美主义。

陆辰良眼底淡漠："他怕是一开始就没打算来。这个圈子人脉、名气虽然重要，但是要出头最重要的就是实力，让自己的侄子永远活在他的阴影下，这不可能是木子凯的目的。希望这支广告能打响点名头，否则就砚一这种低情商的木头脑袋，就是木子凯的亲儿子，在国内也混不下去。"

舒盼扑哧一声笑出来："好歹你也是木子凯的同行，别说得这么损嘛。"

"你还记得我也是导演？"

舒盼抬眼看他，陆辰良最近几年已经很少拍电影了，理由非常简单粗暴，就是认为当下的演员撑不起他的电影，投入了也是浪费。

想起之前陆辰良隐约说过会考虑让她参演新电影，虽然不知真假，但多少也算是对她的肯定，舒盼夹了一块糖醋排骨放到陆辰良碗里，讨好地道："陆导，给你肉。"

陆辰良没动筷子，双眸之中透出一丝戏谑："我说了，只靠一顿饭，是拿不到主演位置的。"

舒盼看他的眼神别有深意，伸出筷子又夹了一块排骨放到他碗里："一顿不行就吃两顿吧。"

陆辰良的好兴致丝毫没有被破坏，来日方长，该做的总是要做的，他起身给舒盼舀了一碗汤："你也多吃点，最近辛苦了，能一直平安无事到现在，也算是个奇迹了。"

也不知是在夸她还是在损她……

陆辰良的目光从易南扫到孟开身上："早知道就直接带你回家。"

舒盼摆着一张笑脸，从嘴里挤出一句话："回家有什么好玩的。"

砚一有点看不明白，他顺势坐到陆辰良的身边，倒了杯酒给老师。

陆辰良晃动着高脚杯中殷红色的液体，对桌上的几人道："敬砚一一杯吧，希望下一次再聚，能是他电影卖座的庆功宴。"

易南拍了拍砚一的肩膀，笑道："陆先生还等着喝你庆功宴的酒。"

小欢是个机灵惯了的，推了推孟开，示意他赶紧参与进来，她自己也很快举起杯子："砚导肯定会成功的。"

砚一摸了摸后颈，笑得爽朗："我还想着能先喝老师的喜酒呢。说真的，我以前从没想过老师会喜欢圈里人，尤其是云小姐你。"

舒盼嘴里的红酒差点喷出来，被呛得猛咳了几下，这位砚导还真的是什么话都往外倒啊，这要是真的云芳菲在这里，可不已经被他得罪透了。

陆辰良伸手轻轻拍着舒盼的后背给她顺气："喜欢就是喜欢了，不分圈里圈外。"

舒盼只觉得他动作轻柔得不似往常，目光中一点玩笑的意味也没有，想到结束工作以后的种种，她心头忽然有些说不出来的遗憾："要是真不在圈子里了，估计见一面也难。"

陆辰良手上的动作停了停："到时候再说。"

一开始和舒盼的相遇就是在群演、替身混杂的现场，既然在那么多人里，他独独能看到舒盼一人，或许足以说明他们两个之间是有缘分的吧。

等她不用再挂着云芳菲的名字了，陆辰良也希望能给他身边的这只小狸猫开拓一条新路，现在说这些还言之尚早，因为能不能走到巅峰，完全还是个未知数，他不想给她希望，因为不想她失望。

酒过三巡，几人都是微醺的状态。砚一迷迷糊糊地被副导演绑到其他桌喝酒了。

而这张桌子上，易南喝得最多，看得出来其实他最近不顺心的事情应该不少。而陪他不停举杯的还有舒盼，陆辰良本以为她只是简单的精神亢奋而已，可等舒盼喝到第五杯的时候，他也慢慢察觉出来些不对劲。

"少喝点。"

舒盼红着一张小脸："没事，我还好。"转身又举杯对上易南，露出一个安慰的笑容，"易南，我陪你继续喝。"

她自然是知道易南心里苦，自从上次许珊被爆出来和黎剑辉的恋情以后，易南这个正牌男友就过着头顶一片青天的日子。

易南的脑子还算清醒，他伸手止住了舒盼跟酒的杯子："陆先生，你带舒盼先回去吧。"

"不要嘛……就喝一点，不会醉呢……"

陆辰良止住舒盼胡乱挥舞的手臂，将她整个人拦腰抱起来："闭嘴，周围的人都看着。"

舒盼赶紧噤声，她埋头在陆辰良的胸前，不停地用手画着圈圈，喃喃地道："回家，我要回家……"

陆辰良皱眉："你要做什么？"

舒盼舔了舔自己的下唇，看着陆辰良的眼睛里，闪过奇异的光芒："陪你玩啊。"

陆辰良找了代驾来开车，那次差点被交警拖车带走的教训在前，他是不会再做一次蠢事了。路上全程舒盼都一言不发地靠在陆辰良的肩头，呼吸均匀平和，安静得好似陷入了沉睡。

陆辰良脱下外套盖在舒盼的身上，伸手理了理她额前的乱发。舒盼娇俏的脸蛋上泛着红晕，长卷浓密的睫毛微颤着，在昏黄的灯光下透着浅浅的黛色，朱唇轻抿，仿佛点染了樱桃般的绛色。

如同着了魔一般，他轻轻凑过去，想尝一尝那抹诱人的色泽，可一直老实睡着的舒盼忽然皱着眉头坐起来，直直地撞上了陆辰良的鼻梁。

好痛……

舒盼的眼睛还眯着，她疼得迷迷糊糊的，伸手胡乱揉了揉自己的鼻子："谁、谁打我？"

陆辰良的鼻梁上也是结结实实挨了一下，他皱眉支开在眼前晃悠的舒盼。哪知道舒盼只在嘴里含糊地念叨了几句，便自顾自又睡了过去，轿车经过前方的一个转弯，舒盼的身子随着转弯的弧度慢慢地倾斜，眼见着正脸直接朝玻璃窗的方向砸过去，陆辰良眼疾手快地伸手过去挡在她额前。

"安分点。"

舒盼撞到鼻梁都没疼醒，却被陆辰良一声呵斥吓得醒了过来，她眨了眨眼睛，笑着对陆辰良摇摇头："就不。"

她说着便伸手抓向男人的领带，向后微一用力，将陆辰良整个人都带到了自己面前："陆先生，等等你戴眼镜给我看好不好？"

陆辰良也不反抗，任由舒盼单手将他牵制着："想看？先叫声阿良来听听？"

还不待舒盼开口，前排开车的代驾忍不住了，他眼见前头就要到目的地了，再也不想忍着后头这对情侣对自己这个单身狗进行无情的伤害了："咳咳咳，那个，先生快到了。你们还是回家……回家解决。"

他这一句尴尬的提醒让舒盼的酒终于醒了大半，这才意识到前排还有个人，她羞得把脑袋埋进陆辰良的外套里，纠结了一会儿，终于还是低低地叫了一声："阿良。"

陆辰良淡淡地笑了："乖。"

舒盼那声"阿良"一叫便跟念着咒语似的叫了一路，陆辰良直接抱着她上二楼，进了房间，舒盼这才察觉出来是在自己的客房，结结巴巴地问道："在、在我房里吗？”

走到了床沿，陆辰良低头看她：“不然你要睡在走廊吗？”

“我的意思是……那个……”

舒盼心中正无比后悔自己刚才保持清醒，她就应该醉着进陆家，现在也不至于要醒着提这么羞耻的问题。

陆辰良忽然沉默了，他将舒盼放下来，眼底静静地流淌着温柔的情愫：“告诉我，你今天喝酒的时候在想什么？”

舒盼的脚踩着冰凉的地面，她踉跄了几下：“没想什么……只是觉得开心。自从进了嘉扬，从来没这么开心过。”

她的眼眶有点湿润了。

她是幸运的，虽然没有遂愿成为熊猫，但做一只沾光的小狸猫，她也收获了自己的快乐。

自从签了嘉扬的合约，舒盼以云芳菲的身份经历了很多事情，虽然为了不被揭发真实的身份过得很小心，但真的每天都很充实。

现在又知道了陆辰良也喜欢自己，即使让她明天就把这些都还回去，似乎也是值得的。

既然时间已经不多，就应该分秒都用在刀刃上，而不是浪费在她突然的多愁善感上。

舒盼拉着男人的袖口，视线自下往上，最后停留在陆辰良那双淡漠的星眸之上：“阿良，我喜欢你。我们……一起吧。”

陆辰良对她的目光也不闪避：“你是喝醉了胡说的，还是真的想好了？”

“其实我早就想好了，就是……就是有贼心没贼胆。”

舒盼一口气说完这句话，索性松开了陆辰良的袖子，踮起脚尖凑上去，双手揽住男人的脖子。她本是想献个吻表决心，没想到用力过猛直把陆辰良扑得倒在了床上。

陆辰良的声线低沉，透着一股说不出的诱惑：“我看你胆子也不小，这都第几次压在我身上了。”

舒盼面色绯红，挣扎着坐起来，她的心跳早已快得不受控制，急着摆脱出去。都怪他们第一次见面起了个坏头，后来次次有机会扑倒，居然都是她先压着陆辰良。

陆辰良拉住了舒盼，他的手自女人的腰间向下，滑过她修长洁白的腿部，直接停在了那只纤纤玉足上，一下便握住把玩起来。

舒盼本来就非常不耐痒，支支吾吾地道：“换、换个地方，这个好痒……”

陆辰良颇有几分留恋地松了手，双手一摊，闲闲地躺在床上：“好，今天就听你的。”

舒盼没能明白过来陆辰良听她的话是个什么概念。僵持了十几秒，她对着陆辰良灼热的视线，终于醒悟过来这种情况下大概是要先脱衣服的，她撑起双手，十分费劲地脱着身上那件高领毛衣，可越急就脱得越不顺利，只一半就卡住了，脑袋和手都蒙在毛衣里，看起来十分狼狈。

陆辰良看着她辛苦挣扎，忍不住笑了起来，感觉方才好不容易被勾动起来的那些绮丽的念头都要笑得没有了，他只好微一用力，翻身过来将舒盼反压在身下，三两下帮她拿掉了脑袋上的毛衣。

“以后别穿高领毛衣了，难脱。”

舒盼只觉得自己的锁骨处正被他轻轻摩挲着，他指尖滑动过的每一处，都陡然地升起不可思议的热度，仿佛将她整个人都烧了起来，她低低地唤了一声：“阿良……”

这将是一个美妙的夜晚。

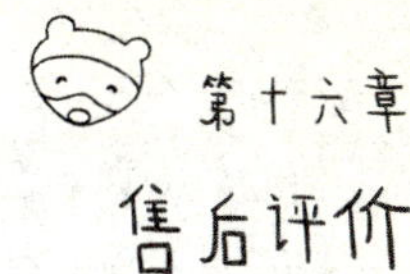

第十六章 售后评价

舒盼感觉自己做了一个长长的梦，梦里她好像在开运动会，一次性参加了六个项目，累得她快要散架。

等这个不靠谱的梦彻底结束的时候，她慢慢转醒过来，想找找床头的手机看时间，伸出去的手却被另一只宽大的手掌给拉了回来。

“别看了，已经中午了。李嫂刚才来叫过门了。”

舒盼翻了个身，正好被陆辰良揽进怀里搂着：“歇着吧，我昨天问过易南，你今天没日程安排。”

她只觉得陆辰良的身上微微发烫着，那种熟悉的触感仿佛在提醒着她昨夜一切的真实性：“你什么时候问的？”

“易南来聚会之前。”

哎？那个时候陆辰良怎么会知道他们昨晚就会……

舒盼挪了挪位置，看着陆辰良慵懒假寐的模样，她这才发现自己一直以来好像都在被陆辰良套路！她撇撇嘴，兀自用指尖在陆辰良的手背上画圈圈：“我感觉自己昨天亏了。”

合着纠结了这么久，陆辰良根本就是吃定自己啊！

陆辰良睁开眼，仿佛就等着她这句话：“现在会算也来得及，等以后慢慢赚回来就是了。”他的目光静静地下移，游离在舒盼胸前若隐若现的那抹春色之上，

“或者你要今天一次性赚回来，我也不介意。”

舒盼吓得赶紧乖乖缩在他怀里噤声装睡。

陆辰良看着舒盼那副忐忑着装睡的小模样，颇为好笑，伸手轻轻拍着她的后背：“怕什么，说说而已。”

开玩笑，昨天才一夜，她都累得和参加了一场运动会上的铁人三项赛似的，今天再来，明天估计就跑不了综艺了。

这次舒盼参加的综艺叫《GOGOGO 美食天下》。有了上次综艺的教训以后，舒盼这次强烈恳求易南出面，至少把参加的人物先摸个清楚，如果真有黎剑辉那种云芳菲的疯狂追求者在，即使躲不了，也能有个心理准备。

易南很同意这个看法。他这几天正好有空，于是亲自陪着舒盼到了现场。而据他了解，这期节目的嘉宾对舒盼来说应该是很安全的，除了一个搭档顾千千还算得上有点联系以外，其他人基本上都是和云芳菲扯不上任何关系的人。

顾千千主动和她打了个招呼：“云芳菲大美人吗？你好，我是顾千千。”

舒盼随手把手机塞进口袋里，握住了顾千千伸过来的小手，心中暗暗有些说不出的期待。

这次总算是能正式认识传闻中的顾千千了。

舒盼看得出顾千千有意和她亲近，和乔楚那类刻意在陆辰良面前扭捏着问好的姿态又大不相同。

顾千千每句话都说得很实诚，而她那对明眸更是清澈灵动，亮得让人移不开眼睛。

顾千千朝易南的方向扫了一眼，见他正在后面和别人聊天，忍不住感慨道：“你真好命，连经纪人也长得好看哎。”

舒盼忍俊不禁：“比不上你有个男神做男朋友。”

两人闲聊了几句，顾千千只觉着舒盼与外界传闻中的高冷形象完全不一样，略微有点惊讶，而那种货不对版的感受，恰好此刻舒盼的心里也有。

舒盼想起件正事：“你来这个节目，真的是为了吃啊？”

一般来说，演员上综艺不外乎几个原因，有影视作品在宣传期或者正要开拍，这样一来公司都会给安排一些活动来保证主演的曝光率，等这期节目开播的时候，正好能给作品增加一些热度。

顾千千微微矜持了一下：“是为了新剧的宣传啦。我马上有两个电视剧，一个在播，一个快进组开机了。”

舒盼有点好奇：“什么新戏啊？”

“是梁先主笔的《巾帼》。”

舒盼恍然大悟，这才忽然想起来之前《巾帼》试镜的时候，梁先费那一番工夫想劝解自己别因为之前的谣言和顾千千为难。那部戏的女主和男主不正是顾千千和沈清淮吗？

顾千千看不懂舒盼的神情，她有点忐忑："怎么了？"

舒盼笑了："这戏我也有参演，不过我是演李丹柔的母亲。"

顾千千愣了愣，似是完全不知道云芳菲会在戏里演自己的母亲，舒盼反应极快，接着调侃了一句："来吧，叫声娘来听听。"

这档美食类的节目录制起来其实是没有什么难度的，这期亮相的主要菜品都是粤菜。

在等待大厨上线的休息期间，舒盼趁机把手机拿出来翻了翻，发现综艺开拍之前她给陆辰良发过最后一条消息后，两人就中断了回复。

舒盼有点小失落，那天她是半醉半醒之间被陆辰良带着走了，虽说也算是自己主动的，可这人的态度也太不明显了吧，难道是要把这事轻轻带过的节奏？

亏她这两天恍恍惚惚的，看什么东西都脸红心跳，会走神想到陆辰良……

这绝对是恋爱经验上段位的悬殊，也不知道他在多少人身上累积起经验了。

舒盼只好不咸不淡地给云芳菲更了一条微博，随手拍了几张现场准备食材时候的照片，配字："大家一起来和名厨学习，回家给家人开个小灶，秋冬里最温暖的一餐。"

立刻有人秒回："前排占位，嘿嘿嘿，发现食材里的亮点了。"

后面很快有人跟着@陆辰良，舒盼不解其意，直到第100楼，终于有人给了良心解答："哈哈，仙女菲这是在暗示陆先生什么吗？"

发张食材图还能和陆辰良有什么关联，舒盼正觉得莫名其妙，没想到看见陆辰良用小号紧接着第101楼留言了："发图的人是不是根本就认不清食材？"

有个和舒盼一样蒙的在101楼下发问："我也不认得呀，仙女菲发的食材有什么特殊意思吗？"

陆辰良没回复，可有人耐心地解释了起来："拍了几张都是牛鞭啊，仙女菲说回家做给别人吃，不就是说陆先生，嘿嘿嘿……"

舒盼傻眼了，谁知道她随手拍个食材都能引出这种十八禁的话题？小欢看着舒盼不太对劲，于是走过来问了句："盼盼姐，你还好吗？"

正巧舒盼忙着想删图重发，结果被小欢吓了一跳，一时手滑，就给陆辰良小号那一楼点了赞！

舒盼慌慌张张地回小欢道："我没事，没事哈。"

她低头看微博，这下更不得了了，围观的人全部挤到陆辰良小号那楼围观，虽然不知道这个微博号的本主是谁，但是一语道破天机是真本事。

如果网友们知道这就是陆辰良本尊，那不是更热闹了！

眼见着局势已经收拾不住了，舒盼索性就不做解释了，可偏偏这个点，陆辰良发了条信息给她："你对我的表现不满意吗？具体是哪里不满意？哦，对了，前天你也没空表达意见。"

外加一个标准微笑脸。

舒盼的脸顿时烧了起来，天地良心，她只是不认得那是牛鞭而已，对陆辰良那方面的表现绝对没有意见啊！

她立刻回复："满意，满意，非常满意。"

陆辰良不吃这一套："好，那你说说看，到底是怎么个满意法？"

小欢完全看不懂舒盼的神色变化，从一开始的苦恼，再到突然的脸红，现在是一种娇羞的愤愤不平，这一定是和陆先生有着非常精彩的感情生活啊。

舒盼顶着小欢异样的目光："那个……你帮我点杯喝的吧，我忽然好渴。"

她背过去，仔细回想了一下那天的整个过程，酒精的作用真是太大了，以至于那天夜里的回忆好像都带上了一层模糊的滤镜，越是去思考，就越觉得疯狂。

想到她主动邀请了陆辰良，主动扑倒了陆辰良，还主动脱了衣服……

良久，舒盼慎重地回复了一句："这个问题，值得当面讨论。"

满意度这种事情虽然是值得研究的，但也许见到了陆辰良，舒盼最想问的是那天这个男人为什么会接受自己吧，究竟是来者不拒的惯性，还是和自己一样情不自禁？

做是做了，可有些事情，往深了想，难免还是头疼啊……

美食综艺的伙食果然比一般片场的盒饭要好一点，在镜头前拍完该吃的东西以后，导演组还在当地包了个小有名气的饭馆用餐。舒盼和易南一起稍微吃了点，再回头找顾千千的时候，才知道她已经离开有一会儿了。

估计是忙着找她的情郎去了吧。

舒盼在心里真有点羡慕顾千千了，公司愿意按照她原来的性格塑造发展，人前人后都率性地做她自己，而且还有个天王男朋友。

"看你和顾千千挺处得来？"

舒盼笑了，她想起刚才两人在一起吃得很欢的画面，估计播出去会被两派粉丝截成表情包来用吧。

"我觉得她人挺实在的，说话又很有意思，让我想起了头几次遇见许珊的时候，她咋咋呼呼的，又爱哭又爱闹，真是个活宝……"

最怕空气忽然安静。

舒盼说完，易南迟迟没有接话，她这才想起许珊和易南现在的关系好像闹得有点僵，不由得带着歉意看向易南。

上次喝醉以后，她算是看明白了易南心里的郁闷，可是这个话题，他们始终都没有正式提起来讨论过。

易南缓了口气，表情显得十分平静，开口宽慰舒盼道："没事，许珊既然是你的朋友，就没什么不能说的。"

舒盼看着易南淡然的样子，反而有点心疼了。自从易南做了她的经纪人以来，无论发生了什么事情，他都是和颜悦色地处事，时时刻刻都笑着待人，还从来没见到他这么冷淡。

她忍不住开口问道："你……和许珊谈过吗？华奥那家公司好像很喜欢炒真人 CP，这样下去不是个办法。"

易南苦涩地笑了笑："谈过。看得出来她也有点后悔了，不过还是没拒绝合同。"

舒盼叹了口气："其实我很想问，既然你对许珊有意思，当初怎么不让她签入嘉扬，好歹能照应一下。"

易南缓缓地开口："以嘉扬培养练习生的方法，许珊即使进来了也不一定能出头。华奥虽然刚开两年，但投资后劲很强，几个挖角过去的前辈也风头正盛，也许更适合她去闯荡。更重要的是，盼盼，不是每个人都有陆先生那样的心性，能直接把喜欢的留在身边培养。"

舒盼愣了愣，怎么这话说着说着又绕到自己身上去了。不过听易南这话，该不会是说陆辰良一开始就对自己有点意思吧……

易南笑了，依他的感觉，这两个人的发展看似是由陆辰良促成的，但实际上把握进度的关键都在舒盼身上："你啊，有时候心太大，有时候又想太多。"

舒盼装模作样地咳嗽了几声："不说我了。那许珊的事情……"

易南摆了摆手："我会等她，但是能等多久，我还真的不知道。"

舒盼想了想，没再继续追问。易南做经纪人这么久了，应该知道这个行业面对的诱惑实在太多了，他能给许珊的不会是一句太重的承诺，而只能是一个可以挽回的机会。

只可惜这个机会也是有时限的。

舒盼和易南谈罢许珊的事情之后，心中不由得有点小感慨。上了保姆车，她的身子软软地陷进座椅里，最近发生的事情好多，一件接一件，压得她有时候都快喘息不过来了。

不知道舒凡和老妈现在怎么样了。

舒盼看了看时间，这会儿正是晚饭点，估计舒凡已经放学了，她拨通弟弟的电话，想听听家人的声音。忙音刚响了几声，舒凡便接了起来。

“姐，是你吗？”

“小凡，是我，我在工作呢，这会儿休息，给你打个电话，最近家里还好吗？”

舒凡的声音里带着轻快：“你给家里寄的钱，我们已经用来还清债务了，债主再也没来过，妈知道了以后就经常回来看我，也没带那几个妖里妖气的老阿姨，就她一个人。这周住得最久，天天给我做饭。”

舒盼的眼底湿润了，想到十年来舒凡都没怎么吃过老妈做的饭，得到补偿以后兴奋得像个小孩，她的声音喜悦而微微颤抖着：“好……那就好。”

自从和陆辰良签订合约，她拿着酬金和原来那家经纪公司解除了关系，这段时间拿到的报酬，全数寄给了家中，堪堪还清了债务。这也是她在这里打拼，全然无后顾之忧的原因。

舒凡犹豫了一下：“姐，你能回来看看吗？妈最近常常问起你，想知道你过得好不好。我看得出来，她这次是真的想改了。”

“我现在还不太方便回去。你……帮我好好照顾她，钱我会准时打回去的，你们不用担心。”

舒盼不得不残忍地拒绝了弟弟的请求。她其实也想家了，可是《巾帼》剧组很快就要开机了，这个时候回 B 市肯定不是个恰当的时机，而且她的谎话骗骗舒凡还行得通，估计对着老妈，这个谎就圆不起来了。

舒凡以为姐姐还因老妈的事情心有余悸：“这次真的不一样了，你回来看看妈就知道了，她最近都没有出去……”

舒盼正接着弟弟的电话，背后忽地伸出一只男人的手臂来，捂住了她的口鼻。舒盼吓了一跳：“妈呀——”

手上的手机砸在地上，应声挂断，舒盼抬头扫了一眼内视镜，发现后头正坐着一个人影。她挣扎了几下，背后那人稍微松了松手，舒盼想也没想，张口便向来人的手腕狠狠咬去。

身后的男人吃痛，发出一声闷哼，可他明明空着一只手能自由动作，却愣是没动，只任由舒盼下口。

“我之前怎么没发现，原来你很喜欢咬人？”

舒盼听着这声音无比耳熟，她抬眼又看了看内视镜，这才看出突袭自己的这个男人其实有着一双更加熟悉的眼睛。她赶紧松了口：“陆、陆辰良？”

陆辰良收回手，翻过来一看，上面清晰地留着舒盼的一排牙印，咬得重的地方已经渗出了血丝。他单手过去将舒盼的脑袋转过来，皱眉：“啊——张开嘴。”

舒盼心虚地看了他一眼：“你要做什么？”

“我让你张嘴。”

她看着陆辰良的脸上带着几分薄怒，只好乖乖照做：“啊——”

“张大点。”

陆辰良凑过去仔细端详了一下舒盼的牙口，上手轻轻摸了几下她的虎牙：“这几颗没长好，以后有空去矫正一下，不然上镜头看起来会不对称。”

他保持着摸牙齿的姿势，看着舒盼那张因为保持嘴型而略微有点变形的脸蛋，摇了摇头认真道：“算了，看来就算对称了，也不会好看到哪里去。”

这重点好像不太对啊……

舒盼想反驳两句，可她的双颊都被陆辰良捧着。两人四目相接的片刻，空气里忽然酝酿出一股说不出的暧昧，前夜发生的一切忽地在她的脑海中闪过，她只觉得浑身一僵，下意识闭上了嘴，差点没把陆辰良还放在嘴里的食指给咬住。

陆辰良及时收手，将指头放在舒盼的身上蹭了蹭，失笑道：“看来你还真是对我不满意啊，就这么一会儿工夫，我差点被你咬两次。”

舒盼低头抓着他的手腕找创可贴，胡乱地问道：“你怎么来了？”

“想你，所以来了。”

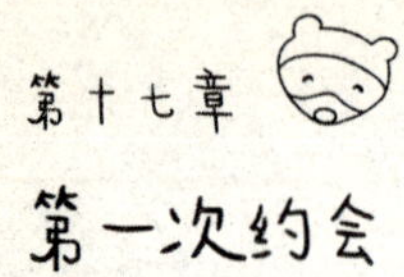

第十七章 第一次约会

还是陆辰良一贯的风格，在最不经意的时候，说着让她悸动的情话。

舒盼没抬头看他，只紧张地低头摆弄着陆辰良的手。明明人都到了眼前，她却忽然发觉，之前想好要问陆辰良的问题，这个时候反倒问不出口了。

“怎么不说话了？”

舒盼给陆辰良的手腕贴了一排创可贴：“这个、这个伤口要不要消一下毒？我去买点红药水。”

陆辰良拉住舒盼：“你这是打算以后在其他场合，就彻底不正眼看我了？”他凑到舒盼耳边，轻笑道，“留着在床上看个够吗？”

舒盼只瞄了陆辰良一眼，身子便往后躲了躲：“这还大白天呢，你别……”

别老是笑得这么引人犯罪啊！

陆辰良笑意更深：“只要你想，这种事情是不分时间的。”

舒盼实在是憋不住了，她举双手投降：“好了，好了，你别弄得好像随时随地都要和我拍几百场床戏似的，我脑子笨，胆子还小，真经不起你吓。”

陆辰良从后排绕上来，坐到舒盼边上，单手将她揽进怀里：“吓不到你，就不好玩了。”

舒盼怒瞪他一眼：“前天你还说听我的呢。”

“那是在床上。”

舒盼被陆辰良堵得说不出话来，陆辰良伸手拨弄着她的发梢："以后，在我面前，你想说什么就说吧，别老是藏着了。反正你都藏不住。"

舒盼握住他不安分的手："那你呢，会什么事情都告诉我吗？"

对于陆辰良，她还有太多的看不透。不是她喜欢得不够纯粹，而是这种感情似乎还和那纸合约有着千丝万缕的联系，将来的某一天，云芳菲终究会回来，可陆辰良始终不曾明言以后的安排。

正是她太喜欢了，才会忍不住去猜想。他们的关系，是不是会随着那纸合约的结束，也画上句号？

陆辰良侧头轻咬了咬舒盼的耳朵，翻手过来和她十指相扣："我只说你喜欢听的。"

舒盼吐了吐舌头，心底却不自觉地泛起一股甜蜜，就这样靠着陆辰良的肩膀斗斗嘴，真好。其实只要能多在陆辰良身边一刻，她就多一刻欢喜，何苦去守着那份倒数计时不放呢？

至少现在，她可以肯定这个人也很喜欢自己，这样就足够了。

陆辰良扫了一眼地面，发现舒盼的旧手机还在地上，随手捡起来递给她。舒盼按了几下，发现这台老古董已经被刚才那一摔给弄关机了，她正想试着重启，陆辰良却推开了车门："走吧，我们下去。"

"去做什么吗？"

"约会。"

舒盼以为陆辰良说的约会不过是个借口而已，没想到陪着他拐了一路，最后走进了一家地点偏僻的音像店。

这家音像店的名字叫 Charlie，是陆辰良留学时候用的英文名，一看便知道是他在背后出资赞助的。

舒盼踱步在偌大的影像库里，视线扫过柜架上整齐排列着的电影碟片，她选中了上排的一部还没看过的电影，不过身高有点不给力，够了几次都没拿到手："我还以为网络时代，音像店都已经不在了呢。"

陆辰良在她背后，伸手帮着拿了下来："你说对了，这店现在已经不盈利了。"

舒盼转过来，她看着陆辰良的眸子里带着点不可思议。要知道，就算再怎么有怀旧的情结，想让陆辰良这种人做亏本生意，都是万万不可能的吧。

她傻傻地发问："赔钱你怎么还做啊？"

陆辰良居高临下地看着她："在你眼里，我很喜欢钱，是不是？"

舒盼深以为意："是这样没错啦。不过我也很喜欢钱啊，谁不喜欢钱，对吧？

所以说……”

陆辰良低头下来，作势要吻她，舒盼赶紧把手上的碟片拿起来挡在脸上：“好好说话，别动手啊。”可她等了半天都没发现对方有任何动作，偷着睁开一只眼，发现陆辰良只是盯着她脑袋旁边的一张碟片端详了一会儿，玩笑道：“你在想什么？”

舒盼知道自己又被骗了，干笑着摇摇头：“没有。”

陆辰良伸手指了指角落里的监控：“后台的人都看着，我没有兴趣在这里和你直播。”

舒盼频频点头：“有道理！”

“三年前，Charlie 就转型成非盈利了。背后是电影协会的基金在支持，来往的人都能在这里保存和租借影片，当然还有唱片。算是怀旧发烧友一个落脚的地方吧。”

实际上，这家音像店并不是他一个人的产业，而是各大城市的连锁机构，和业界几个有名的人物都有一点关系。木子凯和他一样是发起人，伍子安负责选择每个城市的开店地段，甚至连成信传媒的秦隽也投了一笔不菲的资金。

听完了陆辰良的解释，舒盼若有所思：“那为什么带我来这里？”

陆辰良轻轻覆上舒盼的手背，将那张电影碟横在他们中间：“拍摄、保存电影的技术和设备一直在进步，可这并不意味着电影就在进步。很多东西如果你不把握，就会消失——”

“盼盼，我希望你在这条路上别丢了初心。”

她的初心应该是什么呢？

舒盼有些失落，她和陆辰良四目相接，试图从他的眼里找到一丝线索。

因为家境的原因，她起步得太晚，在各方面都欠缺得太多，如今只是做云芳菲的替身又能做到几时？

她存在的价值到底是什么？

陆辰良似乎读懂舒盼心头的困惑，他淡淡道：“即使不能够立刻成名，你也应该找到自己的定位，就像这些唱片一样，你努力演戏，自然有人喜欢。”

舒盼的心头忽然明亮起来，她感激地看向陆辰良，脑海之中浮现出无数个跟她一样在娱乐圈内默默无闻，却仍然坚守一颗赤子之心的人。

他们在圈子内，以微弱的力量进步着，时刻提醒着自己，那个关于梦想的名字，应当永不因俗世的流金而褪色。

就像陆辰良尽力保存的这些唱片一样。

舒盼试探性地问道：“你这话不会对每个被带进来的人，都说过吧？”

尤其是女人哪。

陆辰良认真讲道理上课的时候，那种魅力简直是无敌的，可以想象任何一个女人进来在听到他这番话以后，估计都会化身小迷妹吧？

陆辰良伸手过去给她一个爆栗："就会偏题。"

舒盼吃痛，揉着额头后退，她撇撇嘴，有些委屈地道："不说拉倒。"

她说完转身就走，陆辰良跟上去，从背后抱着舒盼，微一低头，下巴轻抵在她的肩窝上："你是我带进来的第一个女人——"稍微停顿一下，又故意恶作剧似的补了半句，"不保证是最后一个。"

又开始了……

舒盼不甘心地想踩陆辰良一脚，没想到后者反应极快，一下就避开了，几个来回下来，她竟然没有一次得逞。

陆辰良看了看舒盼选的影片封面，原来是这几年风评不错的《本杰明巴顿奇事》："你选了部好片子。回家可以一起看看。"

舒盼嘀咕了一句："谁要和你看，我要和李嫂一起看。"

舒盼正沉溺在陆辰良的温柔里，并不知道，方才和舒凡的那通电话，她的尖叫声多多少少吓到了他。

虽然没过多久，舒盼就打回来安抚了弟弟，称她刚才只是被一只忽然冒出来的狸猫给吓到了。

狸猫明明长得跟熊猫一样可爱啊，它吓人吗？

这个理由怎么都有点说不过去吧？

舒凡忧虑地转着笔杆，提纲里那些重点现在全部都背诵不进去了，脑子里一直回想着舒盼那声惊叫。

以前姐姐在片场做替身的时候，就算再忙，也不可能连续三个月连家门都不进，更何况现在妈妈回来了，她不可能都不回来看看吧？

舒凡忽然有种很不好的预感，有没有可能不是她不想回来，而是现在不能回来了？！

他心头警铃大作，也顾不得同学的追问，一路背着书包急走回家，从抽屉里把之前舒盼留下的那张金色名片给翻了出来——嘉扬传媒的经纪人易南。

这家公司好像就在A市市中心吧，如果趁周末过去一趟，至少能找到这个经纪人问问清楚。

于是乎，小小少年决心只身闯入A市。

舒盼对此毫无察觉，回到A市没几天，《巾帼》的拍摄工作很快就展开了。

先是入住片场附近的酒店，晚上估计有个主创的饭局，接下来大概是定妆照，等前期差不多都安排好了之后，自然就要投入拍摄当中了。

虽然易南给云芳菲最近安排的活动并不多，但他仍提醒舒盼，以后无论是去参加什么活动，最好都稍微迟到几分钟。

这是为了保持云芳菲一向的习惯。

最近，网上关于云芳菲的风评开始渐渐变得奇怪了。她作为一个已经拿过两尊视后的女演员，形象基本已经固定了，难以再做大改变，可是近来频频被人认为是要刻意转型。

首先是真人秀当中所表现出的不同于从前的微小反差，其次是近来和她打过交道的艺人对她的评价，舒盼在这些活动中带着些自己的风格，以至于和云芳菲以往的形象产生了割裂的效果。

真正点燃这场争论的，正是前几天砚一那个公益短片公布出来的片花。

舒盼在短片里的表现实在太亮眼了，仅仅十几秒的镜头，惊艳得让人隐隐感觉有要超越云芳菲原来演技的势头。

这本是一件好事，可对嘉扬来说，容易酿成一场灾难。随着舒盼越来越出挑，难保哪一天就被人猜出真相——真的那个云芳菲早就撂挑子不干了。

小欢紧盯着时间，不多不少正好三分钟的时候，她把高跟鞋拿出来给舒盼："盼盼姐，你怎么不干脆和陆先生一起去饭局？"

反正有嘉扬的老板兼男朋友护着，谁敢怀疑眼前这个云芳菲不是真的？

舒盼摇摇头，边脱平底鞋边道："你还怕别人不知道我是陆辰良给安排进来拍戏的呀。"

小欢脱口而出："要安排怎么不给你女主角啊？"

试镜会的事情她也知道个大概，分明是陆先生前头故意不漏题，后头又来了个豫州影业的林琛为难，但就是在这种情况下，舒盼还是将乔氏这个女主老妈的角色给拿了下来。

舒盼的头脑很清醒："小欢，即使是云小姐本人，女一的位置她也不是稳坐的。"她穿上小高跟站起来走到镜子前，"更何况是我，现在的工作就是帮她维稳。"

她看向镜中的自己，今天穿的是一件新赞助的黑色小礼服，头发都被高高地盘了起来，眼尾微微上调，腮红打的是应季轻熟女最喜欢的红棕色，整套下来搭配一双银边小高跟，看起来非常御姐范。

小欢叹了口气："看起来都老了。"

舒盼笑了，镜子中那个美艳的女子也对她回以嫣然一笑："不是谁都有机会先在三十岁活一遭，然后再回到二十几岁的，你这么想想，不觉得我很幸运吗？”

总有一天，她也会演女主角。但不是以云芳菲的名字，而是堂堂正正地，在主演那一栏，写上“舒盼”这两个字。

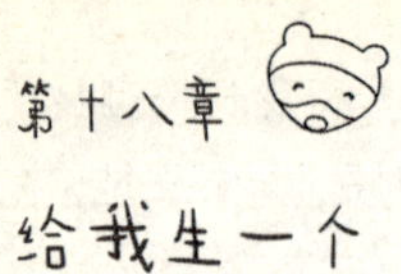

第十八章 给我生一个

秉持着绝对不早到的原则，舒盼决定先去找顾千千串个门。

整个组里的演员，除了影帝沈清淮以外，她就没什么熟人了，倒是顾千千最近还和她稍微熟一点，毕竟两个人在美食综艺里录过节目。

舒盼过去的时候恰好遇上顾千千在换衣服，她选了件褶皱红上衣，搭配一条白色复古风的甩裤，穿上以后整个人看起来神采飞扬，主角气场全开。

舒盼想起陆辰良曾在《汉宫飞燕》试镜上看过顾千千的双脚，忽然心生好奇，忍不住想从那条长长的甩裤里偷看几眼顾千千的脚丫。

顾千千被她看得莫名："怎么啦？我的裤子有什么问题吗？"

舒盼立刻收回了视线："没有。裤子挺合适的，腿也挺长，好看。"

不知道她们两个的脚到底谁的更好看一些？

这种纯粹比较身体美感的想法，舒盼已经很久没有了，可顾千千是个特例，她甚至想过，如果以后真能和顾千千继续做朋友，迟早要让她脱下鞋子来看看清楚。

顾千千笑喷了，没想到云芳菲评价她的用词能这么朴实无华："你也好看，这里。"

她伸手点了点舒盼黑色小礼服的领口，那里紧紧包裹着她曼妙的胸部曲线，再往上一点，一道可观的事业线若隐若现，惹人遐思。

舒盼有点脸红，赶紧伸手提了提礼服领口："你自己的也够了，别、别盯着我的。"

顾千千围着舒盼打量了一圈："我那天抱你的时候就想说了，你的腰这么细，胸还这么大，有点不科学啊。我还以为是垫得厚，今天再看，原来都是实料啊。"

舒盼双手护胸，生怕露出点春光又被顾千千调侃："别看，别看了……"

顾千千笑得十分暧昧："话说回来，你怎么会想找我一起去啊，你不认识剧组里的其他人吗？"

舒盼轻咳了几声："我的个性嘛，你也知道。"

"那陆先生呢？你怎么不找他一起？"

舒盼咳得更厉害了，怎么今天她身边的人个个都要主动提到陆辰良："反正等下都会看到，别说他了。"

顾千千将舒盼局促不安的神色看在眼里，说都不让人说，这两人八成真的有奸情！

陆辰良现在在舒盼的工作里还真是个禁忌话题，提多了吧，容易让她走神失态。想到一会儿在饭局上还要以云芳菲的身份装模作样地陪吃陪聊，时刻迎接陆辰良的各种突击，就已经够让她紧张的了，现在还是先让脑子歇一会儿吧。

两人闲聊了几句便出了门，舒盼刚想问问顾千千这部剧里几个配角的事情，没想到背后便传来一句刺耳的问候："云芳菲，没想到你这么快就和女一号混熟了。"

舒盼、顾千千两人齐齐转头，见说话这人正是这戏的另一个主要配角袁晶。

袁晶今天身着复古格纹大衣，里头是一件紧身纯白蕾丝包臀叉裙，一双黑色及膝长靴，只露出一截雪白的腿部肌肤，风格既性感又个性十足。乍看之下，还以为她穿着这身就准备出去参加宣传会了。

舒盼只回以袁晶一个最冷淡的眼神，她根本没打算接话："是你啊。"

顾千千夹在两人中间。她虽是这戏的女主角，可是论资历和年龄，和眼前这两个前辈都有差距，而且云芳菲和袁晶的过节也不是一天两天了，她只好在中间和稀泥，先向袁晶问了声好："袁晶姐姐好。"

袁晶踩着那双长靴气势十足地走过来，扫了眼顾千千，最后又落眼在舒盼身上："你要找人抱团，也不看看对象。戏里戏外，她可比我们出风头多了，小心和她在一起，白白做了陪衬。"

这个"她"明显指的就是顾千千了。

舒盼皱了皱眉头，她算是知道袁晶为什么非要在这会儿过来找碴儿不可了。之前林琛在试镜会上针对她，是因为嘉扬拿走了乔氏的角色，可袁晶之前看上的压根不是女主老妈的角色，而是顾千千饰演的女主角。

新仇衡量旧恨，袁晶现在巴不得先挑拨了云芳菲和顾千千的关系，再找其他什么机会压一压顾千千的风头。毕竟这戏还是豫州影业里她干爹赞助的，要是处处都让云芳菲和顾千千好过，估计也就没她什么事情了。

舒盼冷哼了一声，她微微往前站了一小步，将顾千千护在后头："什么陪衬不陪衬，等下就是主创一起吃饭了。你还不知道这戏的女主演是谁吗？配角当然就应该好好做配角做的事情。"

她可不吃这一套，说到底，乔氏的戏份比袁晶演的那个欺负李丹柔的嫂子重多了，加上能从年轻演到年老，这其中能学到的东西可多了。在剧组里努力钻研都还不够，哪里有空去和这人争什么风头？

再说了，顾千千有什么过错，靠实力拿到的女一号，总不能让她因为自己受到牵连，在这里站着被打脸吧？

顾千千知道云芳菲有意护着她，可插不进话，没法帮着劝劝，只能眼睁睁看着两个前辈嘴上过招。不过单单云芳菲刚才的那句话，她就觉着这人比袁晶可大气多了，一个视后演一个配角都这么能沉得住气，可见人家的实力就是在那里呀，演什么都没在怕的。

袁晶冷眼斜了顾千千一下，舒盼护着她的小动作格外扎眼："你倒敬业，只可惜主演也轮不到你。我都搞糊涂了，到底是某人在陆辰良那里失宠了，比不上新欢招人疼，还是你打算和新人姐妹情深啊……"

顾千千的手紧紧攥着裤子，她真有点忍不住了。本来就有点担忧云芳菲会因为陆辰良和她闹不愉快，好不容易两个人亲近了一点，现在袁晶故意把这件事情说得这么难听，云芳菲好歹是陆辰良这几年来最正牌的绯闻女友，这……还不当面闹翻了啊？

可袁晶到底年长她几岁，话里也没提她的名字，如果这会儿站出去出声，估计这整出戏都要闹得不太平了。

正当顾千千犹豫的空当，舒盼已经忍无可忍了，她走过去，对着袁晶就是冷冷的一句："你说完了吗？"

袁晶愣了愣。她和云芳菲算是认识蛮久了，毕竟结怨结得早，刚出道就互相和对方杠上了，这五六年来几乎就没停止过互相伤害的脚步，可之前两个人明争暗斗了那么久，都还没见过她为着哪个人的声誉当面和她急眼过。

别说是那个三天两头都有花边新闻的陆辰良了，就是眼前这个风头正盛，怎么看都不顺眼的顾千千，哪里值得云芳菲这么动怒？

可舒盼这次，却是切切实实地生气了。因为她实在是听不下去袁晶这种恶毒的讽刺了，尤其是在话里话外都故意拉上了陆辰良。

现在陆辰良明明只和她一个人在一起，凭什么还要被闲人说得跟个四处潜规则女演员的衣冠禽兽似的！

直到现在，舒盼才知道，为什么当初陆辰良会因为自己不相信他而生气了。

真是造谣一时爽，辟谣跑断腿。

陆辰良要是真对顾千千有什么心思，真会光明正大地推荐她连接两部和梁先有关的戏吗？顾千千的男人可是时时刻刻通过成信传媒的人死盯着呢！

就是因为他看中的是顾千千作为演员的能力，才做得这么直接，哪里由得别人用肮脏的言语去歪曲事实。

舒盼走过去，状似亲密地帮着袁晶拍了拍肩膀上的灰尘，压低声音道："袁晶，在后辈面前，我给你留点脸，你自己用的什么手段，别以为谁都和你一样。"

"你……"袁晶那双涂抹了酒红色眼影的杏眼圆瞪着，"你又比我干净多少？"

舒盼笑了，她说得坦荡："我和自己喜欢的人一起，有什么不对吗？"

她所知道的陆辰良，不是活在八卦新闻里那个随意勾搭女演员到床上的浪子，而是一个行事光明磊落，即使骨折了也要在片场撑着工作的导演。

这样的人，怎么会不值得她付出心意去喜欢、去维护？

这话着实戳中了袁晶的痛处。她在豫州影业的后台是个六十几岁的糟老头，年龄都够做她爸爸了，自然不可能谈得上什么喜欢不喜欢，她忍着恨意撑着一张笑颜，缓缓推开舒盼放在自己肩膀上的手，一字一句地道："好……好，最好是陆辰良也只喜欢你一个！"

舒盼仍是微笑着："借你吉言喽。"

顾千千一个人站在背后，既听不到两人耳语的部分说了什么，也看不懂这两人的神色变化。云芳菲刚才走上去的时候，那气势震得她差点以为这两人要当场打架了，结果就这么几句话的工夫，两个人又笑着和解了？

既然看起来没什么大碍了，她索性再做一次好人，想给两人一个台阶下："我们一起去吧？"

袁晶嗤笑了一声："既然路子不同，还是不要一起了吧。"她说完就走，也不管后头云芳菲怎么回应，远远地甩下两个人，独自离开了。

袁晶走出一段路，舒盼这才长出了一口气，悬着的一颗心又安了回去。

顾千千看出舒盼终于放松下来，这才凑上去："你怕她什么啊？"

舒盼哭笑不得："我只是懒得和她吵而已，次次都上来怼我，也算是真爱了。"

这袁晶不比之前云芳菲结仇的任何一个人，她是唯一一个能当面和本尊叫板的人物，所以应付起来格外困难，既不能真的发火吵架，又不能落了一丝话柄在别人手里。

这就是传说中的“高端撕”了。真不知道以前云芳菲都是怎么惹下这些事情的，简直可怕啊！

两人因为袁晶的插曲稍微迟到了一会儿，好在餐厅早就被包场了，里头人头攒动，都已经各自聊开了。

顾千千和舒盼的同时出现，让现场稍微安静了一会儿，但这风头消散得也快，大家很快又随机组团攀谈起来，基本没有人盯着两人不放了。

舒盼顺理成章地和顾千千坐在导演这一桌，这戏的主演也都在这桌上培养感情。舒盼只扫了一眼，便在圆桌上发现了陆辰良，他正在和身边的副导演攀谈。

陆辰良今天穿得比较随意，还是衬衫加休闲西装，只是没有搭配领带，唯一让舒盼有点小激动的是，他居然戴着那副乌金边眼镜。

舒盼看得有点呆了，之前好几次求着让他戴眼镜给她看，可他就是不让她如愿，现在又直接戴着来饭局，是几个意思啊？

她走到陆辰良附近，只差两个位子的时候，一声甜甜的童音拦住了她的去路：“漂亮娘亲，你坐我老爸旁边陪我好不好？正好我无聊着呢，这些大人都不陪我。”

舒盼低头一看，这才发现林琛也坐在这桌上，只与陆辰良隔了一个位子，而她女儿林筝就是从边上绕到她身边的。

“你也来啦？”

舒盼有点惊讶，虽然说林筝在《巾帼》这戏的前半部分挺重要的，但今天这个场合说到底是个大人的酒局，好像有点不太适合小孩子来吧。

林筝奶声奶气地学着大人的模样说话：“怎么了，你们能来，我就不能来吗？不是请演员吃饭吗，我也演了，怎么还不能给口吃的啊？”

林琛似是对这个女儿十分无奈：“都带你来蹭饭了，也没见你多吃几口。”

舒盼被这对父女逗乐了，她蹲下来，摸了摸林筝的脑袋：“今天多吃点，接下来会有点辛苦。拍戏的话，你就只能和阿姨叔叔们吃一样的盒饭了。”

林筝往后躲了躲，别扭地道：“你吓唬我做什么，我又不是没吃过盒饭。谁都知道拍戏辛苦啊，不过就算演的只是一个配角，也应该好好演啊，没有特殊待遇的。”

舒盼愣了几秒，伸手过去抱住林筝，摸头的手转而捏了捏她的脸蛋：“你还真是个小人精！”

林筝被舒盼弄得怪不好意思的，她钻了个空子逃出来，乖乖坐回原位吃饭去了。

桌上几人见林筝这个小魔头居然对云芳菲没办法，颇为惊奇地道："奇了，老林啊，你这女儿是遇上克星了。我看你以后干脆让林筝跟着云小姐好了，肯定能养得白白胖胖！"

跟着她做什么，这孩子又不是没妈……

舒盼有点困惑，但看着林琛深沉的样子，也没好意思问出口。林琛只是笑了笑，转头对舒盼道："小孩子不懂事，你别放在心上。坐吧，有人已经盯着你好久了。"

舒盼没反应过来，她稍微抬头看了看，这才发现陆辰良在边上注视着她，镜片后的眼神里隐隐透着点不愉快。

舒盼心里有点不安，没想到陆辰良主动站了起来，非常绅士地帮她将整张椅子拉出来了一点："坐吧。"

舒盼欠了欠身子刚坐下来，陆辰良便来了一句："舍得过来了？"

她眼见着顾千千还在梁先那边和豫州影业的制片人谈笑风生，自己却在这头接受陆辰良的轰炸，心里真是有着淡淡的忧伤啊。

可偏偏桌上还有人继续找事，副导演不知哪根筋搭错了，居然笑着表扬云芳菲道："我看林筝和云小姐这么投缘，不如收了做干女儿吧，试镜的时候不是和林筝配合得挺好吗。"

舒盼尴尬得不知道该说什么好，倒是林琛为舒盼解了围："小孩子就是爱闹，哪有见一个认一个的道理。"

陆辰良有点黑脸，他自己这边连个媳妇都没娶上，转眼舒盼就要认个女儿回来了？还是赠送个老爸的那种。

舒盼赶紧站起来夹了块排骨放到他碗里，低声道："你还和一个孩子计较啊，我就是看她可爱嘛，所以就多说了两句。"

陆辰良没动筷子，只淡淡地来了一句："你要真喜欢，和我生一个就是了。"

舒盼猛呛了一口，剧烈地咳嗽起来。搞什么，陆辰良怎么忽然画风变成这样了？还她那个高冷毒舌从来不说好话的陆先生啊……

她正忙着四处找纸巾，面前却从完全不同的方向递过来两张，舒盼侧头一看，一张是陆辰良递过来的，另一张则是林琛的。

"没事吧？"

"还好吗？"

林琛和陆辰良异口同声地慰问着舒盼的情况。舒盼心里一阵无语，她朝陆辰良那边眨了眨眼睛，这锅真和她没关系。犹记得上回林琛在试镜会上，还故意为难她，现在忽然转变，肯定不会是因为她的个人魅力。

阴谋，这一定是阴谋啊！

正当舒盼考虑着该如何同时照顾陆辰良的心情，又不得罪林琛的时候，陆辰良的身边忽然走过来一个人，而这个人来了，整场饭局的主演才算是都来齐了。

只听得沈清淮一句及时的问候："阿良，你这里挺热闹啊？"

沈清淮的出场不可谓不及时，舒盼趁着桌上几人注意力都在他身上的时候，快速地接过了陆辰良手上的纸巾，随后又礼貌地朝林琛笑了笑："谢谢。"

梁先带着顾千千走过来，调侃两人在剧里剧外都有一拨 CP 粉，制片人俞周更是说出了打算让隔壁剧组的陈初阳也过来客串一个角色。

几人相谈甚欢，围绕的主题多半和《巾帼》这戏的宣传噱头有关，可偏偏这几人又都是顾千千的绯闻男友，舒盼看得她的脸色红白交加，就知道这会儿顾千千的处境估计也没比自己好多少了。

舒盼带着同情的目光看了一眼顾千千，拿起手边的杯子轻抿了一口椰汁。她和顾千千在某些方面来说，还是天涯同路人啊……

沈清淮先和梁先、俞周两人谈了一会儿，这才又绕回到陆辰良的身边。眼见着几人一起过来，陆辰良低声提醒了舒盼一句："俞周这人的眼神尖得很，见过云芳菲几次，你少说话，说多错多。"

梁先一见陆辰良这护妻的架势十足，八卦的小天线立刻调动了起来："俞监制，云小姐你应该不陌生，嘉扬一姐，陆导亲自带出来的人。"

舒盼客气地笑了笑："俞总好。"

俞周和林琛都算是豫州影业的合作伙伴，多多少少都能算作是袁晶的后台，除了客气和礼貌的笑容，舒盼现在还真不知该怎么对待这位资方了。

俞周仔细端详着舒盼的样貌，看了足足有一分多钟，这才缓缓开口，带着几分谴责的意味："陆导和我说云小姐演乔氏这个角色绝对是最佳人选，现在看来，这话肯定是他故意唬我的。现在的云小姐演乔氏不比从前喽，还真是不太合适啊。"

他这话一出，周围几个人神色各异，梁先的心中更是暗道不好，前头已经和俞周喝了几杯，怎么会想到这人仍对袁晶没被选上乔氏的角色这件事情耿耿于怀。

舒盼浑身一僵，从试镜会到现在，好像还没发生过什么让她露馅的事情，怎么这个俞制片就一口咬定自己不合适乔氏这个角色了呢？

陆辰良的面色平静如常，他伸手过去，轻轻拍了拍舒盼因紧张而不断攥紧的小手。

舒盼感觉到他手心的温热，心中那股焦躁和担忧渐渐平息下来，她渐渐松开握成拳头的五指，反手过来试着去握男人的手。

陆辰良侧头看她一眼，片刻之间，便紧紧地和舒盼十指相扣。

他笑着问道："俞制片，云芳菲不适合乔氏，这话怎么说？"

沈淮清也是微微一愣，他是最早知道舒盼会参演的人之一，还不知道中间抢角的插曲，不过单看几人的神情也猜出了个大概，于是也接话道："想不到我没去一场试镜会，还错过了挺多有趣的事情。"

俞周的神情由严肃转为玩笑，他仰头一口喝完了杯中的红酒："我说陆导，放轻松点，现在又不是工作时间。"

正当几人都听不明白他言外之意的时候，一直沉默着的林琛开口了："我想俞总是因为云小姐现在的状态看起来太好了才这么说的。之前试镜会以后我就说过，以云小姐现在上镜的样子，演个李丹柔的妹妹都绰绰有余。"

舒盼简直要抹汗了，外界一直都对云芳菲整容的消息深信不疑，但还没人真的当面问过她，为什么只是动了脸，可整个人的年纪看起来都比从前要小了。

况且这对云芳菲本人来说，还应该算得上是对她驻颜有术的表扬。

俞周打了个响指，别有深意地看向陆辰良和舒盼："还是老林懂我。我这人呢，没什么其他意思，无论是谁选进来的人，只要能演好，这戏火了投资能回本，什么其他的过节都把它放一边，重要的是大家一起赚钱嘛。"

梁先松了口气。不论是这位金主有意给云芳菲下马威也好，还是想给袁晶找回点场子，只要是开玩笑，关系就不至于闹僵，于是他赶紧打圆场："有道理，有道理。就冲这句话，我敬俞总一杯。"

沈清淮也默默举杯："俞总好肚量。"

陆辰良没举杯，只是象征性地对俞周笑了笑，手上仍牵着舒盼。想也知道，俞周这种刻意的和解多半也只能是个玩笑而已，这戏几大主演，一半都是他和梁先亲自找来的，为了区区一个袁晶，没有人会傻到真的和导演、编剧统统撕破脸。

不过这件事情，足以给陆辰良敲响警钟。不仅仅是容貌，近期以来，舒盼各方面的素质都有着惊人的进步，再加上云芳菲固有的地位和人气，在剧组这么复杂的环境当中，如果不稍加限制，很容易被人看出破绽。

舒盼没想那么多，她长长地出了一口气，还顺手拿过手边的饮料解渴，陆辰良斜了一眼她手上拿的杯子："你喝的是我的。"

舒盼赶紧将自己尚未用过的玻璃杯换给他："那你用我的好了。"

"算了。"陆辰良直接拿走了舒盼手上的杯子，也喝了几口，"不过，你打算拉着我的手到什么时候？”

舒盼低下头看着两人紧扣的十指，心中有种说不出来的甜蜜，但看向桌面上众人的动态，似乎还没有人关注到她和陆辰良的小动作，她低声问道：“好像没人在看我们吧。”

“所以呢？”

“多让我牵一会儿不行吗？”

饭局结束后，陆辰良送舒盼回房间，小欢远远地跟在后面，非常有眼力地保持着一段距离。剧组特意将演员和导演组的房间隔着一层安排，一来是为了避嫌，二来也是为了晚上导演组开会方便。

两人走到了门口，舒盼要拿房卡的手一直放在手包里，就是不舍得轻易伸出来。她转头对上陆辰良，眼巴巴地望着想等他说点什么，可后者就是笑看着自己，故意不说一句话。舒盼回头对着门叹了口气：“那……我这就进去啦？”

明明只隔着一层，怎么感觉还不如之前隔着两个城市来得方便了？

陆辰良握住舒盼的手，帮着她将房卡拿了出来，刷卡，开门，一气呵成。舒盼有点怨念地将房卡塞回手包，傻傻地又问了一句：“我真的进去啦？”

陆辰良拉着门把，嘴角微微勾起，玩味十足地道：“现在知道住在一起的好处了？”

舒盼拍掉他握着门把的那只手：“我不是这个意思……”

她还真没往十八禁的地方想，只是考虑到刚开始拍摄的这几天内，梁先和陆辰良应该会有很多问题要解决。她是知道陆辰良工作狂人的脾气的，估计到时候在片场，就算是自己在眼前，两个人也说不了几句话。

他们这可刚开始谈恋爱啊，这种看得到亲不到的感觉真是太残忍了……

陆辰良看出舒盼的心事，他拿过手包，将自己的备用房卡丢了进去：“我想，如果你愿意为剧组省下一间房间，应该不会有人说什么的。”

舒盼大窘：“我……我真的能和你住一起吗？”

她想问的其实是，要是真的住过去，那她拍戏的时候还开得了工吗？

陆辰良揉了揉她的头发：“不急，慢慢考虑，我等你上来。”舒盼抬头对上陆辰良的目光，镜片后他那双星眸里好像泛出柔和的光芒，她还从来没见过这人这么温柔的神情，仿佛周围的空气里都充斥着依依惜别的味道。

舒盼心里简直感动啊，先是陆辰良为她戴眼镜来饭局，然后又在餐桌底下偷握了手，克服洁癖用她用过的杯子，现在居然还转而走了深情风？看来恋爱中的陆辰良真是潜力无限，太招人疼了！

哪知她感慨不过三秒，陆辰良便恶作剧似的补充了一句：“反正这间房你也住不久。”

舒盼暗道，还有没有人能管管陆辰良了？

她突然想到，这几天都没见着易南，不知道他去哪儿了。

易南刚刚回到A市便赶着去了云芳菲的家里一趟。据云芳菲的家人说，这几天家里经常接到一个陌生号码的来电，但是打过来以后从来不开口说话，怀疑很有可能正是云芳菲打回来的。

他二话不说找了熟人查电话号码的归属地，发现居然也在A市，而这个号码是最近一个月内才出现的，正和上一次云芳菲偷偷参加葬礼的时间不谋而合。看来再过不久，她就会主动和家人联系了。

这真是他最近听到过的最好的消息了。

确认过消息后回到嘉扬，易南刚停了车，却在公司的大门口遇见了两个不速之客，一个是愿意为娱乐八卦事业燃烧热量的小记者杜攸，而另一个却是个有些眼熟的男孩。

易南慢慢走过去，发现杜攸正兴奋地和那个高中生模样的男孩交流着些什么，等他走到两人身边，才认出了这个少年的身份。

这不正是舒盼的弟弟舒凡吗？

易南心下暗道不好，这舒凡估计是因为舒盼太久没回家起了疑心，所以特意来公司找他问情况的，偏偏在门口撞见了杜攸。他走得稍近一些，听得两人正好在交流关于舒盼的事情。

“易南我熟啊，不过你姐姐是哪位大明星啊？”

“明星倒还不至于，不过我姐姐她叫舒盼。”

“名字有点耳熟，你姐姐是不是做过云芳菲的替身……”

易南听得心惊肉跳，这个杜攸颇有几分古灵精怪，万一被她顺着舒盼的名字查出些什么来，保不齐云芳菲被顶替的事情也会被牵扯出来。

他赶紧走上去，打断了两人的对话。

舒凡一眼便认出了易南，语气带着些迫切：“易先生，我终于见到你了。”

杜攸露出点困惑的神色：“你们……很早就认识了吗？”

易南没回答杜攸，反而仔细看了看舒凡，发觉这名少年眉眼又长开了一些：“我知道你来找我做什么。不过我们别站在这里说话了，先上去吧。”

杜攸急急地跟在后头：“喂，你别装作没看到我啊，那我呢？”

易南摆摆手：“又没拦着你，想跟就跟上来。”

几人一起上了三十楼，杜攸拉着舒凡小声地警告道："凡事有先来后到啊，小弟弟，我可是先来找他的，等会儿你先在外面给我等着，别吵着跟我抢啊。"

舒凡点点头："你们先谈吧，我就在外面等。"

他一开始是担心所谓的嘉扬和经纪人都是一场骗局，如今易南好端端地在这里，又愿意接待自己，一颗心倒放下了一半。

杜攸咧嘴轻笑了一声："说话还挺有大人的样子嘛。"她看着秘书给舒凡端上一杯热茶，抬脚进了办公室，易南已经在里头等了，她也不扭捏，从包里掏出一个厚信封，拍在桌面上。

"喏，别说我不仗义啊，这是昨天我朋友拍到的。我想了想，你最近多少也帮过我一些，别的没有，这个就当稍微报答你吧。"

易南拿起信封，看了看里头的几张照片，发现竟然是前几天许珊和自己在停车场里争执的画面。他皱了皱眉头："你给我这个，就是想报答我这么简单？"

杜攸的眼睛里闪过一丝精光："可以说是，也可以说不是。"

易南将照片放回信封。许珊和黎剑辉是风头正盛的情侣，这种照片如果露出去一张，对许珊来说会是不小的打击，他有些不快地道："说吧，你到底想要什么？"

杜攸竖起三根手指："我问两个问题，只要你如实回答我就可以了。第一个，云芳菲是不是打算隐退了？"

易南的嘴角动了动，不知道杜攸是从哪里听来的风声，不过他和陆辰良的确是这样打算的，一旦云芳菲回公司，立刻着手安排她解约的事情，之后不管她是隐退还是如何，都和嘉扬再没有关系。

易南不置可否。

杜攸观察着易南的神色："第二个，你和许珊……到底什么关系啊？"

易南站起来送客："第一个，我算是给你答案了。至于私人问题，就不劳烦你关心了。你要是真的把我当朋友，就笔下留情吧。"

杜攸走到门口，想了想还是忍不住回头补充了一句："你……自己小心点。那个黎剑辉好像有点黑道背景，你悠着点别翻船了。我还指着你爆料呢，别下次见到就缺胳膊少腿了。"

易南笑了，杜攸八成以为自己和许珊是偷情的关系："就是你爬楼摔到住院，我都不会有事的。"

杜攸瞪了他一眼："呸呸呸，你才住院呢，你全公司都住院。我还等着拍云芳菲和陆辰良结婚呢。"

易南伸手拉门送她出去，走到电梯口，他淡淡地道："谢谢你，杜攸。"

杜攸抬眼看去，只觉得眼前这人眉目清明，长相标志，就连不笑的时候似乎脸上也带着几分淡淡的暖意。她还待说些什么，电梯门忽地关上了。杜攸呆呆望着合上的电梯门，心底忽然涌出一股说不清道不明的惋惜。

这样皮相好的经纪人要是被打残了，估计嘉扬的损失也不小吧。

杜攸走后，易南认真接待了舒凡。他本来就准备了一套对付舒盼家人的说辞，如今正巧派上用场，舒凡本就还是个半大的孩子，来回几句，配合上舒盼近期的照片，他也就信了个七八分，唯独最后一个请求难住了易南。

舒凡恳求让舒盼回来一趟。

易南没办法，只好暂时同意下来，打算随后找舒盼商量，毕竟《巾帼》后半部分乔氏的戏份不多，总该能抽出时间回 A 市的。谁知道他还没来得及把这个消息先告诉舒盼，打开手机却发现了舒盼的短信。

只有短短一句话，却让易南无比头疼：“易南，我在剧组又遇着许珊了。”

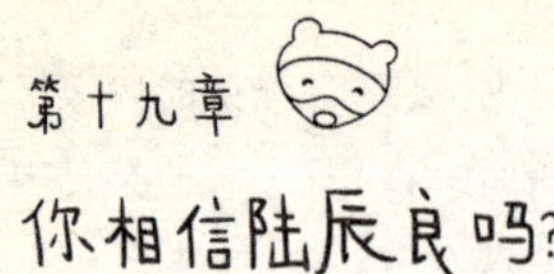

第十九章 你相信陆辰良吗?

舒盼整夜都没睡好，她被陆辰良那句“这间房你也住不久”弄得精神紧张，好不容易睡了几个小时，就被小欢叫起来准备洗漱去现场拍定妆照了。

到场后舒盼往人堆里看了看，周围的一圈演员里，除了那个冤家袁晶，居然还有她在《明凝传》剧组见过的前辈于卿双。

看来这次戏外要演的戏，估计比戏里头的都要艰难了……

舒盼摇摇头，老老实实地去换装。她今天穿的这套和上次试镜的比较起来，可就正式得多了。

乔氏的这件上衣是姜黄交领的对襟短袄，外罩搭配短袖直领袖袍，下身是一条柳绿马面裙，裙底还细细地缝着两圈窄澜。

造型师给乔氏设计的妆容更是温婉淡雅，眉妆上没有做太多的修饰，眼线画在外眼角约三分之一的地方，微微加重。舒盼睁眼照镜子的时候，就放心了大半，开始与造型师闲聊起来：“小铃铛还没来吗？”

小铃铛算是陪着李丹柔贯穿整部戏的女 N 号了，虽然没什么需要演技的地方，但在前半部分戏里，乔氏时常要通过这个小丫鬟鞭策女儿李丹柔，因此这个角色即便给了新人，也肯定是个混脸熟的机会。

造型师看了看时间，一脸郁闷：“是啊，这个点还不来，昨天说是忽然吃东西过敏了。还不知道是不是上脸了，我去前头找找吧。”

云芳菲默然，这种情况，基本上是要换人了。她拿出手机给云芳菲的微博更新了一条带妆的照片，正巧一个丫鬟模样的女演员从她身边走过。她瞧着这人身上的戏服比起李府其他粗使丫鬟的要高级一些，腰间多了条镶金的腰带，而在束腰的右侧还别着一对精致的金铃，走起路来清脆作响，十分有趣。

有了这对铃铛作为标志，就能确认这女孩就是演李丹柔的贴身丫鬟小铃铛了。

那位小铃铛忽然开口问好："云小姐，你好。"

舒盼侧头过去一看，双眼登时就瞪大了。原来挤掉之前那位小铃铛的新人，正是她已经有段时间不见的朋友许珊。

许珊恭恭敬敬地对舒盼问好，舒盼愣了愣，好在这种偶遇也不是一次两次了，她很快回过神来："嗯，许珊是吧，我们之前见过。"

"我这次演小铃铛，希望云小姐多教教我。"

舒盼没出声，她忽然不知道该怎么面对许珊。想起昨晚饭桌上那个长相甜美、说话细声细气的演小铃铛的演员，再看看如今许珊春风得意的笑容，心里没来由地生出一股陌生感。

"好。"

舒盼勉强地扯了扯嘴角，华奥传媒拿角色的手段一向都不太光彩，之前传出过好几次强行换角色的消息，只是没想到这一次却落到了许珊的头上。

许珊不明白云芳菲的脸上为什么浮现出这么古怪的神情，好像看起来对自己很失望，可她们明明都没有接触过几次啊。

小欢极有眼力地走过来拉着舒盼："芳菲姐，梁先编剧有点事情想和你说。"

许珊客气地道："那就不打扰云小姐了，一会儿有机会开机仪式上再见。"小欢看着许珊离去的背影心有余悸："盼盼姐，你可千万不能让许珊认出来。华奥基本上就是嘉扬的对台了。"

舒盼低头："我会小心的。不过梁编说找我什么事了吗？"

小欢朝前头努努嘴："不是编剧，是监制找你。"

监制……哪个监制？是那个阴阳怪气的俞周，还是陆辰良？舒盼紧张地抬眼一看，所幸来人是陆辰良，她乖乖地跟在后头，两人来到角落，陆辰良这才开口问道："我听说，昨天在晚宴之前，袁晶为难你了。"

舒盼松了口气，原来是为了这事："袁晶不过是之前和云小姐斗嘴习惯了，如今我用着云小姐的身份来演乔氏这个角色，怕是多多少少会让袁晶觉着这是为了和她作对吧。"对于昨天与袁晶习惯性的互怼，她还真没放在心里。

大概云芳菲这个段位的人去演个女三号，无论是谁看来都会有些奇怪吧，更别说是袁晶这个死对头了。

陆辰良看向舒盼，眼神里带着一丝不满和困惑："你为什么不告诉我？"

舒盼有些惊讶，陆辰良什么时候变得会因为这种事情生气了，她看着四下无人，走过去摇了摇陆辰良的手臂："她也没讨到便宜啊，顾千千那个时候也在场。不信的话你可以去问问，我们两个绝对是势均力敌，袁晶还气得祝我们百年好合呢。"

陆辰良仍是有些气闷。来片场之前，他就预料到这次舒盼拍戏会遇到的麻烦只多不少。他还曾暗中庆幸过，舒盼主动和自己约定遇事绝对不互相隐瞒。

可就在昨天，舒盼便瞒着袁晶的事情不说。

陆辰良想来想去，憋出一句："我作为这个戏的监制，最后只给你安排这个角色，你是不是不太满意？"

"陆监制，你是不是想多了？我、我真没有啊！"

舒盼见陆辰良的脸色不见缓和，也不敢叫他阿良了，只得在心里连连喊冤。从刚开始知道自己有机会得到乔氏这个角色到现在，她表现出来的大都是惊喜和感激，哪里有什么不满意的情绪。

陆辰良久久地凝视着舒盼，半晌才开口道："以你的资质，现在就做女一号也不是不可能，但是经验终究不够。我是希望等这件事情彻底结束以后，给你机会挑大梁，免得被别人看出什么问题来。"

他说着，似乎又怕这话的分量太重，于是勉强补充了一句："现在算是个平稳的过渡期，你也别……太难过。"

哎？陆辰良这人到底从哪里看出来她难过了？不会是刚才她和许珊遇见那会儿，不小心被他看见了，以为自己是对着主演顾千千那个方向暗自神伤吧？

舒盼试探着回答道："这本来就是我分内的工作，我会做好的。"

陆辰良听着她这表决心的话似是更不顺耳了，他黑着脸沉思了一会儿，点着一根烟夹在手上，耐心地劝慰道："要是真的不痛快，就别勉强自己和顾千千走得太近。你别看她现在顺风顺水，以前肯定也是吃过不少苦头……"

舒盼总算听出点门道来，她凑到陆辰良身边："你以为我刚才难过，是因为做不成主演啊？"

"该说的我都说了，你自己考虑清楚吧。"陆辰良的语气仍是很沉重，他刚想抽一口烟，舒盼却眼疾手快地将烟头给掐灭了，她忍不住笑了起来："没收，我自从来了陆家，还没见你抽过呢，李嫂让我监督你继续保持这个良好记录。"

陆辰良看不明白了："你笑什么？"

舒盼笑到差点止不住，都以为陆辰良是个纵横情场的人物，结果在猜女人心思这方面始终还是棋差一招啊。

陆辰良一副看精神病的样子："严肃点，不许笑。"

舒盼扶着脑袋上的假发，并排坐到陆辰良身边："阿良，你真想多了。我刚才啊，是遇见顶替小铃铛的演员了。我真没想到，居然是许珊。"

陆辰良眉宇微皱："是易南在华奥的女朋友？"

舒盼惊得下巴差点掉下来："你都知道啊？"她还费尽千辛万苦想帮易南兜着呢，毕竟易南算是嘉扬的中坚力量了，他和对台公司的新人谈恋爱，好像怎么说都对陆辰良这个老板没什么好处。

陆辰良伸手敲了敲舒盼的脑袋："就你这脑子，还想做双面间谍啊。易南喜欢谁，跟谁是嘉扬的竞争者，这两者之间根本就没有矛盾。"

易南从头到尾都没有瞒他，从某种程度上来说，他们两个人的关系早就超越了一般的上下级或者朋友，更像是一起组建嘉扬的亲人。

舒盼笑看着身边的男人，忽然觉得他真的好威武霸气啊。就像是朋友之间观点明明不一样，陆辰良却能完美地体谅对方的立场，并且主动为对方的自由提供保障，更别说易南的另一层身份还是嘉扬的员工了。

两人正聊着，忽听得墙角处一个工作人员喊道："过来烧香了。"

舒盼吓得弹坐起来，从陆辰良的肩头探头出去，眼睁睁看着眼前一个粉袍蓝裙的少女背影从自己的面前一闪而过，一下便消失在了一众角色当中。

这是谁刚才躲在墙角听八卦？！

舒盼内心如同五雷轰顶，早知道就更小心一点了，陆辰良没事在片场找她谈什么心啊，这好不容易一走心吧，就白白便宜了这个偷听的人！

陆辰良反应得很淡定："你怕什么，就刚才那几句话，最多不过是把易南给卖了，你暂时还是安全的。"

舒盼忍不住怒瞪他一眼，安全个鬼啊，合着在戏里对着于卿双、许珊和袁晶担惊受怕的又不是你，现在还多个听墙角的，简直是危机四伏，处处是坑啊。

陆辰良装作没看见，拉她出了角落："实在不放心，你一会儿多烧几炷，顺便求个平安。"

然而，整个开机仪式，舒盼都心神不定的。她四处寻找着刚才那个穿着粉色宽袍上衣、蓝色裙子的演员，找来找去，却发现身边站着的顾千千的服装和造型最有嫌疑。

舒盼悬着心，先上去把乔氏的一组定妆照给拍了。她刚想找个机会追上去问顾千千，林筝却缠到了她身边："漂亮娘亲，你这样不对哦，刚才那个李丹柔都抱着我夸可爱呢，我们还一起拍了好几张，你都没理我。"

林筝穿着一件白粉色短袄，连外罩都是一应的嫩粉色，上妆以后看起来更加俏丽可人，五官精致得就像一个瓷娃娃。舒盼看她气呼呼的样子，忍不住蹲下来将林筝整个人抱了起来："别生气啦，我现在陪你拍几张赔罪嘛。"

林筝别过脸："这还差不多。"她抬手大声招呼着远处的林琛，"亲爹，你快过来，我们三个拍张全家福喽。"

她这一声音量虽然不大，可胜在童音清脆，愣是弄得周围一圈正在聊天的演员都齐齐朝舒盼这边看来，另一头的陆辰良也正挑眉看着这边的盛况。

舒盼差点两眼一黑，这个林筝啊，看着挺可爱，怎么每次抱起来都和一个定时炸弹似的！

舒盼尴尬地抱着林筝，眼见着林琛也听到了这个淘气鬼的玩笑话，她赶紧用眼神暗示对方过来把自家这熊孩子给领走，没想到林琛过来是过来了，却丝毫没有要接手的意思。

他对着舒盼朗朗一笑："云小姐，那我们三个人就一起拍一张吧。"

舒盼差点没吐血，明眼人都知道云芳菲和陆辰良的关系，怎么这个老江湖林琛反而不知道避避嫌了呢？

林筝一见得到老爸的首肯，表情更加得意起来："太好啦，看来我老爸也很喜欢你啊。"

舒盼僵着身子："话不能乱说啊……"她感觉自己在陆辰良捉奸一般的目光下，已经基本是个死人了。

好不容易挨到三人拍完合照，舒盼放下了熊孩子，林琛却还主动和她搭腔起来："云小姐，今天这身很漂亮。"

舒盼打量着林琛，他今天的造型真有点一言难尽。

上衣是一件宝蓝色的缎制袍衫，头戴一四方平定巾，斜襟宽袖，袖口边更有黑色垂巾为衬，腰间配有一块美玉。这装束再配合上林琛本来就十分老成的脸，看起来演个顾千千的爹倒是挺合适的。只是他脸上的胡子怎么看都有点不顺眼，显得他儒雅有余，威严不足。

她忍不住在自己嘴唇上比画了几下："你这身衣服还不错，不过脸上似乎少了点什么……"

应该是少了一对古代家长标志性的胡子。

林琛笑了笑："定妆照有几个不同的造型，这个时候李翀光和乔氏才刚生了李丹柔。等到他破产以后，就会加胡子和皱纹了。之后还要顶着胡子演到死，所以现在不急。"

没想到这人也会开玩笑。

舒盼多看了林琛几眼，想到接下来还要和林琛演老夫老妻，多少还是感觉有点压力。这种压力一是来自于在边上看着的陆辰良，二是因为林琛不比她之前接触过的其他对戏演员。

他除了是演员，还是资方的代表和对头袁晶那边的人，真是想开口培养感情都难啊……

舒盼朝陆辰良的方向偷瞄了一下，对方正在和梁先讨论着什么，似乎已经完全进入了工作状态当中。她咬咬牙，主动朝林琛迈进了第一步："一会儿千千就要开第一场戏了，不如我们一起去看看吧？"

没想到林琛很爽快地回道："好，我们去看看。"

第一场戏是李丹柔和穆峥嵘少年时期的初见，许珊饰演的小铃铛活蹦乱跳地跟在顾千千后头，在主仆两人一段介绍性的对话之后，镜头一转很快就到了男主人公穆峥嵘那边。舒盼屏住呼吸，沈男神终于出场了！

三十出头的沈清淮演起一个稚气少年来丝毫不觉得突兀，反而少年感十足。在丫鬟小铃铛和另一个书生男配角斗嘴的情况下，穆峥嵘带着几分无辜的笑意看向李丹柔，暗示她出面制止。

可李丹柔对少年这样意指性强的眼神十分不满，两人对视之间，青春的气息仿佛在静静地发芽。

缓了几秒后，穆峥嵘摇着头拱手相让，而李丹柔也终于承了他的意，出面呵斥了小铃铛。

这个场面这样处理真是妙啊！

舒盼借着顾千千的本子看过这段戏，看起来是丫鬟和男配角在斗嘴引发笑点，实则很能反映出同行的主角二人的人物性格。

如今虽然镜头正拍着许珊，顾千千和沈影帝在后头的互动却是无声胜有声。

林琛开口赞赏道："陆监制的确会挑女主，这次顾千千是赚到了。"

舒盼听着有点不舒服，什么叫作顾千千赚到了，陆辰良选顾千千是因为她既有少女的颜值，又有能演出少女的实力好吗？

"你怎么就不能大方承认一次，顾千千比你们选的人要更合适呢？"

林琛没想到舒盼问得这么直接，他愣了愣："你和顾千千是什么时候开始关系这么好了？我还以为你也不会太喜欢她。"

舒盼想了想，原来她的确一开始就很喜欢顾千千。因为从第一眼起，顾千千就让她想起了许珊，那个能和她说说笑笑，永远明朗的朋友。

只可惜，她们两个偏偏要在这种情况下重聚。

林琛看不透舒盼脸上一闪而过的感慨："好了，我不过随便问问而已。你们……女演员之间，事多。”

舒盼笑了：“这和男女有关吗？我们不也处不来吗？”

林琛淡淡地接口道：“谁说的，你等下就是我处了十年的夫人，我哪里有和你处不来的道理？”

舒盼笑不出来了，因为李丹柔和穆峥嵘初遇的这场过后，乔氏很快将迎来一场重头戏。不管他这话是不是玩笑，等下两人也不能有闲心继续聊天了。

李穆两家虽是早年结下的姻亲，可李翀光几载行商屡屡失败，穆家对这门婚事消极的态度已经表露无遗，虽然暂时接纳了李丹柔一家人住在别院，但一谈到婚事，就只派了个穆峥嵘的嫂子王氏来应付两人，而这个饰演恶妯娌的人自然就是袁晶。

镜头的场景锁定在穆府别院的会客厅里，乔氏和李翀光分坐两边。场记拍板后，陆辰良紧盯着监视器，梁先凑过去低声问道：“这场之前也不见你和仙女菲多说几句，现在这么紧张啊？”

陆辰良闭口不答，一个眼刀过去，就足以让梁先乖乖闭嘴。

画面里，穆府别院已经茶过两巡，李翀光等得有些心焦，仍迟迟不见穆家人的踪影。乔氏见到丈夫有些失态，于是柔声宽慰道：“你莫心急。穆家既是说了会来人给咱们交代，今天便断然不会失约。”

李翀光叹了口气，眉宇微皱：“穆家那小子，我们先前见过一面，倒是个不错的。可惜如今我李家……”

他摇了摇头。二十年前，李翀光携妻女游历至十里镇，利用祖传的术数帮着穆峥嵘的父亲穆宏泽测算了一卦，恰逢只有几岁的穆峥嵘高烧不退。

李翀光见稚子无辜，便做主改了宅中的一处风水。次日穆峥嵘醒过来，为了答谢李先生大恩，穆宏泽当即与李家结亲。

没想到时隔多年，穆家越发富贵，稳居江淮盐商总把头的地位，而李家却在行商路上几无所成。如今两家地位差距悬殊，柔儿这婚事眼看是不成了。

舒盼这是第一次见着林琛的现场表演，内心还真的有点小震撼。这种为女儿将来苦苦忧虑的父亲形象，对林琛来说其实算是本色出演了。

可眼前这个李翀光在言语之间又演深了一层，有一种对人生际遇无常的莫名失意。看着旧友如今的成就，再回想李家家道中落的境遇，如此鲜明的对比，多少都在李翀光心里留下了些感慨。

她原本以为林琛投资一个角色进来，最多是玩票性质，却忘记了他能在电视圈活跃十年的实力。

按照台本上的戏路，接下来乔氏要对丈夫进行劝解，一是劝他不必为李丹柔的婚事太忧心，二是开解他心中对行商屡战屡败的苦闷。

可按照林琛这个演法，乔氏上来就提醒他女儿的婚事不成再换一家，似乎还真不太合适。

因为他们夫妻二人心心相印，丈夫的中年危机都来了，乔氏怎么可能无视这一点，只着眼于女儿嫁不嫁得出去呢？

不少人都看出了乔氏接戏的难度，他们纷纷围到监视器前观战，而这其中就有下一场要上来的王氏袁晶。她暗暗地冷笑，林琛虽然够不上沈淮清那种影帝的级别，可一旦要对起戏来，也绝对不可能是随便糊弄过去的，就云芳菲现在这张整容脸，要是做不出表情，接戏可就好看了。

许珊也正盯着画面看，不知怎么的，看着乔氏演戏，她心中那种诡异的感觉越来越明显，似乎眼前这个云芳菲怎么看怎么像舒盼，尤其是说话安慰人的语气，总不会是因为乔氏这个角色和舒盼有点像吧？

舒盼飞快地将李翀光和乔氏两个人的关系过了一遍，心下终于有了点底气。她屏退了两个丫鬟，缓缓伸手过去，覆在了男人的手背上。林琛很快给了她反应，他从李翀光的失落感当中缓过来，转头看向妻子，似乎在等着她开口说些什么。

一个特写扫了过去，同样在等待着乔氏的第二句台词。可舒盼并不急着说词，她的眼神不偏不倚地迎向林琛，紧接着，缓缓地，在脸上绽开了浅浅的笑容。

“相公，你觉着穆家如何？”

不愧是云芳菲，果然对上林琛也不会轻易吃亏。

都说严父慈母，在李家这种情况却是恰恰相反的。李翀光看似主外，实则他的精神力量皆来自于乔氏的坚韧。而面对如今这种困局，乔氏的笑容就是给李翀光最好的宽慰。

梁先微微点点头，他幅度极小地碰了碰一旁的陆辰良，却发现他还在继续看剧情，不禁在心底里嘀咕，真是不懂这人怎么会对云芳菲这种演技都成型的女演员这么紧张，难道真是关心则乱？

舒盼和林琛的这场对戏，焦点其实还是在乔氏身上的。她是大家闺秀，为了真爱嫁给李翀光，陪着他游历天下。这种轻视门第而追求真性情的典范，对女主角李丹柔来说，其实是最具有前瞻性的例子。

陆辰良之所以紧盯着画面，是因为刚才林琛用忧虑的神情故意突出了李家在这门婚事当中的劣势地位，那么接下来王氏的戏一接上，直接就演变成穆家要赶走李丹柔了。

这场戏仅通过四个人物就能塑造出李、穆两家截然不同的境况。可一旦四人当中有任何一个用力过猛，就很容易走偏。而就刚才乔氏和李翀光的表现来说，就已经隐隐有这样的迹象了。

剧情走到这里，乔氏的台词终于顺利发挥了作用。乔氏三问，李翀光三答，又牵引出一段李丹柔和穆峥嵘过去的缘分。原来李翀光当年离开十里镇时就曾拿着两人的生辰八字算过一卦，可谓是佳偶天成，这才同意了与穆家结亲的请求。

李翀光爱女心切，唯恐自己拖累了女儿，本想再测一卦，却遭到了乔氏的阻止。而在这个当口，袁晶饰演的王氏入镜了，王氏的身边还跟着一个精明的婆子，这人正是老戏骨于卿双饰演的老婢张婆。

王氏带着张婆走到李翀光的面前象征性地行了一礼，却是看也没看右座上的乔氏，她装模作样地笑着解释道："大清早的，嵘儿就出门收账去了，到了这个时辰也没见个人影。老祖宗只好让我先来知会李老爷一声，说是嵘儿这亲事啊，要再从长计议，先不急。"

她自顾自地坐下，微微扬了扬袖袍，示意身侧的张婆将一沓厚厚的名册放到茶桌上："这里头呀，是我让张婆要来的名册，上头都是我们这十里镇上适龄的青年才俊。李老爷且拿去看看，若有合意的……"

王氏掩面笑了笑："自然也不好耽误了柔儿这么好的姑娘，您说是不是？"

袁晶对这类恶毒女配角色的演绎可以说是张力十足的。不过梁先皱了皱眉头，显然和陆辰良考虑到一个地方去了。王氏一上来就演得这么势利，这后头就不好接了。

李翀光对穆家近来的态度早有不满，现在看着王氏这么直白的推诿更是动了气，他没去看那花名册，反而重拍了一下桌面，震得上面的茶具抖了抖："好一个从长计议！"

王氏对李翀光的恼怒早有预备，阴阳怪气地答道："您可别误会老祖宗的好意。这嵘儿性子倔，您在穆府待的这些时日该也听说了，若是他不想应了这门亲事，便是逼着成了，将来……将来也是一对怨偶。"

梁先有点郁闷，果然还是不可避免地演过了，这么明摆着把李丹柔以后会被恶妯娌为难这点显露出来，后面不就没意思了吗？他刚想扬手喊个暂停，陆辰良却按住了他："先等等。"

舒盼见着李翀光和王氏虽然的确是按照剧本上在演，但在处理情感上好像有点不太对劲。在古代，定亲之事对未出阁女子的名节是至关重要的，乔氏这个时候听到女儿要被退婚，反应该比李翀光大，可是林琛又抢在她前头演了愤怒，这就给她接下来的处理增加了难度。

舒盼正想稍微停下和梁先商量清楚，抬眼却触及了于卿双的目光。王氏带来的婆子是一个贯穿全剧的丑角，此刻于卿双的神情更是堪称精彩。

她见李、穆双方互不相让，手上这份花名册也不知是该拿还是该放，只得尴尬地悬在中间。

她精明势利的眼神之中又带着点点畏缩之意，将既怕得罪了李家，又不愿意家中来个外人争抢家财的心态表露无遗。

其实这应该是王氏的态度才对，她本就是穆家中最擅长站墙头的角色，在事态还没有明朗之前，不应该这么明显地对李家表现出厌恶，奈何袁晶没把王氏的精髓演出来。

舒盼总算开了窍，她伸手压住了张婆递上来的名册，张婆偷着瞧上乔氏一眼，颇为谄媚地赔笑道："李夫人你且看看，看看又不吃亏。"说完作势还欲一一介绍那名册上的人物。乔氏只淡淡看了张婆一眼，张婆的话头便应声掐断，悻悻而归站到了王氏的身边。

看了这段，梁先那抬上去本来想喊"停"的手这才稳稳地缩了回来："哎，这仆人的角色也是个老人了，可我还真叫不上来名字。"

陆辰良认得她："于卿双。"

于卿双和舒盼的这短短一分钟对戏，两人一来一回，虽不着一词，却是比李翀光和王氏之间剑拔弩张的气氛要有意思得多，甚至可以说是调剂了袁晶和林琛用力过猛导致的偏激。

许珊看得出神。她之前是没有看过于卿双演戏的，所以在《明凝传》片场，这位于老师口口声声说要教舒盼的时候，她才表现得并不太在意。如今看来，舒盼对于卿双尊敬的态度并不是毫无道理的。

另一个方面，她虽然无法否认画面里的云芳菲和舒盼十分相像，但又不由得觉得这个猜想太不靠谱。

舒盼的演技……现在也能达到这个水准了吗？

乔氏拿是拿住了名册，却丝毫没有要翻开的意思，她朗声道："这话说得有理，江淮一带大好儿郎多得是。我李家只有一独女，自然是要好好挑选夫婿的。现下穆家既然有意断了这门亲事，我李家也不便多作挽留。不过——"

王氏大喜。

乔氏和李翀光对视一眼，暗示他且慢发作，随即平稳地接口道："嵘儿既然能对这婚事做得主，便让他亲自来退，休得推诿旁的什么人来做说客。"

王氏当即被抓住了痛处，她面露难色，终是在气势上矮了一截："这……"身侧的张婆拉了拉王氏的袖子，这处两人本也是没有词的，但袁晶显然看不懂于卿双的用意，她稍微愣了愣，情绪就卡在这里过不去了。

梁先站起来喊停，他大为惋惜："哎呀，这段本来可以的。"

前头舒盼和于卿双那段细节演得挺有意思，可惜毁在了袁晶接不上于卿双的戏这点上。

陆辰良统筹全场，他发话道："稍微休息一会儿再来吧。"

舒盼感觉自己大家闺秀的架子端得真心好累，小欢过来把她扶到边上休息。怎么说这乔氏的第一段也算是尽力演了，不知道效果出来会是什么样子，舒盼正想着去陆辰良那里求教，袁晶和林琛却齐齐走过来挡路。

舒盼一见这阵仗，不由得后脖颈生疼，感觉自己脑袋上安着的那些发髻和饰品都在成倍地加重。

袁晶上来就愤愤地一句质问："云芳菲，你是故意的吧？"

舒盼双手扶着脑袋，一脸无辜地道："是啊，我故意的。"

讲点道理啊，这场戏她可完全是故意顺着这两人的套路在补缺补漏啊，他们两个自己跑偏了，总不能还怪她吧？

袁晶看着舒盼一派轻松自如地应答自己的样子，双眼几乎都要冒火了："你……"

林琛当即站过去，挡在两人中间调停道："好了，刚才那场本来就应该在一起过过戏再上的。"

舒盼在心底翻了个白眼。她刚才就想找袁晶和林琛过台词了，可是这两人神神秘秘地站在一边说小话，她根本都插不进去，自然只能稍微和于卿双对对词了，这才能在刚才那部分自然而然地补充了一段细节。

袁晶被这么一拦，心中的怒意更盛："我还想问你呢，从刚才起就劝我好好演戏别生事，你现在看看到底是谁在找事！"

林琛沉声道："袁晶，你最好别忘记刚才我提醒你的话。"

怎么听袁晶这话的意思，林琛刚才找她谈话的内容还是关于云芳菲的？

舒盼懒得再理会这两人，反正她问心无愧，又不是她联合于卿双要坑袁晶，本子上就是这么写的，只能说袁晶没预料到于卿双能把张婆演得这么好，这才失策分心了。

本来被导演喊停重来这种事情在片场是稀松平常的事情，可这一次袁晶和云芳菲同台，如果两人表现得一般好也就算了，偏偏袁晶吃了个 NG，还是在于卿双这种不起眼的角色手上。

她怎么想都气不顺，又碍着林琛也在场，不方便和云芳菲当面置气，索性对于卿双发作起来："听一两个人叫一两声前辈，还真以为自己多有脸面了？"

于卿双演过的戏不比同剧组的老戏骨陈霄萍少，不过她从来都不属于受人尊重的那一类前辈。对于袁晶的讽刺，她索性当作听不见。

可袁晶越说越难听："说的就是你，有本子不照着好好演，专会给自己加戏抢镜头，还怕自己那点破事别人知道得不清楚吗？"

袁晶的声音十分尖厉，周围的不少演员渐渐围了过来。于卿双的脚步一滞，她转过头来："小姑娘，你再说一遍？"

于卿双转过身，那目光如电光雷火，不偏不倚地落在袁晶身上。

袁晶为她那威严的眼神所震慑，不由得降低了些音量，却仍是不愿意松口："唉，反正我也只能说说了，免得有人仗着比人大几岁就倚老卖老。"

舒盼站在离于卿双不远的地方，能明显看到她的脸色越发难看了起来。

她想上前去说点什么，却被林琛拉住手臂："你就让她说几句吧。袁晶不当面冲着你来，总要找个别的地方发泄。"

舒盼冷冷地甩开林琛："林先生，如果配角和群演就是你所谓给袁晶发泄的地方，那你觉得这戏还有人敢来演吗？"

她还当真不是怕袁晶，只是几次都碍着人多，不想给云芳菲多添麻烦。而且易南说得很有道理，袁晶和云芳菲虽为同期出道，但混到现在，两人的段位明显已经不同了，多作纠缠只会降低云芳菲的格调。

林琛从未见过舒盼如此板起面孔说话，语气和态度倒和陆辰良冷脸的时候有几分相似。"那你打算怎么做，还想再和袁晶当面吵一架吗？"

舒盼不理会林琛，她什么时候用过这么低端的策略了？既然讲道理讲不通，那么动手也不失为一个好方法吧。她几步走到袁晶身边，状似亲密地挽起她的手臂："好了，别站着聊天了，我们去休息吧。"

袁晶正被于卿双看得有些发怵，搜肠刮肚地还想讽刺她一些什么，却被舒盼这一挽弄得有点蒙："你要干吗？"

舒盼皮笑肉不笑地道："帮你啊，你不是想知道自己为什么吃NG吗？直接问导演就好啦。"她不由分说地拉着袁晶朝陆辰良那个方向走过去，袁晶还想挣扎，却发现自己的手腕不知何时已经被云芳菲牢牢牵制了，对方用劲虽是不大，但极有技巧，让她根本动弹不得。

这云芳菲什么时候还学会动上手了？！

袁晶低低地在舒盼耳边骂道："怎么，就你能和别人合起来整我，还不许我骂骂你的狗腿出气吗？你给我放开！"

舒盼笑着手上微一用力："怎么，就你能在人前嚣张，还不许我和你和和气气地去找导演讲讲戏吗？你给我安静点。"

袁晶吃痛轻叫了一声，看着来往的配角和工作人员对两人温馨携手的惊异目光，想到刚才毕竟是云芳菲主动上来讲和，如果自己翻脸肯定落人话柄，于是也再无办法。

梁先早就坐不住了，他看着云芳菲和袁晶凑到一处就头大，生怕这两位比顾千千资历老的人物闹起来，让整个剧组都不得安宁。

陆辰良和导演仍坐在位子上淡定地看着回放，等到舒盼走到了身边，画面刚好停在舒盼的特写上。

袁晶一直以来都有点畏惧陆辰良，一来是这人对演员的演技有着近乎苛刻的要求，二来是他和云芳菲过密的关系，怎么想都不可能给自己好脸色吧。

导演先开口了："刚才的细节还是很到位的，就是袁晶你啊，演得太凶了，没进入王氏的状态。重来的时候稍微注意一点就行了。"

这话说得还是比较中肯的，袁晶总算是笑着接受了批评："好的，我会注意的。"她说完又怒斜了舒盼一眼，示意她赶紧放手。

舒盼仍是抓着她手腕上的命门在等陆辰良的评价，哪知陆辰良一出声便将两人齐齐吓了一跳，只听得他的语气生冷得可怕："这恐怕不是注意不注意的问题吧。"

陆辰良站起来，对着舒盼和袁晶就是一句："你们两个玩够了没有？"

他音量不高，却足以让一众工作人员都听进耳中，监视器周围静了一片，刚才还想围观的群演和配角顿时就不敢凑热闹了。只有林琛还朝着几人疾走过去，恰巧听到陆辰良开始发飙训人。

"刚才那么闲，不去把本子研究透，演起戏来磕磕绊绊跟没睡醒似的，既赶不上老戏骨的沉稳，论努力又不如人家出道两三年的顾千千。"

顾千千正躲在沈清淮的附近远远地观战，虽听不清陆辰良后头说了些什么，但一听到自己也被点名了，浑身都僵住了，沈清淮却还在一旁打趣她："听着是说你好话呢。"

顾千千赶紧用剧本盖住脸，假装什么也没听见。陆辰良这人绝对是故意的，在片场素来有个"陆怼怼"的外号，谁让他不满就怼谁，现在当着云芳菲和袁晶姐姐的面夸奖她，这不就是在害她吗？

陆辰良犹自说得不够，他将剧本摔在桌上，眸中带着几分怒意扫向走过来的林琛，最后落眼却在舒盼的身上："简直看不下去！"

舒盼被看得一个激灵，赶紧把袁晶的手给松开了，而袁晶的脸早就已经涨红了。她不比云芳菲，是嘉扬的自己人，陆辰良训斥云芳菲可以算作是对视后的鞭策，可她要是被念上几句，可就真的算是结结实实地打在脸上了。

舒盼有点委屈，陆辰良这重话一下来，劈头盖脸直接骂了她和袁晶两个人。可她觉着自己也挺不容易啊，袁晶不配合，林琛一门心思看着女儿，就跟出门春游没什么两样，一场戏里就一个于卿双肯和她好好配合，她还要端着架子不让对方瞧出自己的真实身份来。

导演赶紧乐呵呵地打了个圆场，本来他和监制就是要一人唱白脸，一人唱红脸，如今陆辰良乐得做个坏人，他自然就帮着劝几句："好啦，陆监制消消气，状态偶尔不好也正常。听我的，都去好好反省一下，等下重来能行啊，我就当刚才那是热身了。"

舒盼的视线还停留在陆辰良的身上，她点点头，伸手又拉了拉袁晶。袁晶也没了脾气，两人互看一眼，共同决定先休战保住面子，于是安安分分地退到了边上，准备去找于卿双对戏。

梁先看着云芳菲忍着委屈离去的背影，对陆辰良笑道："好了，都是老人了，说一两句就好了。"

陆辰良微微侧头，冷笑道："你以为我说的只有袁晶和云芳菲？投了钱的，就能心安理得糟蹋剧本了？"

顺着陆辰良的目光所指处，原来正是站在边上目睹了全过程却一言不发的林琛。林琛也不避讳："这次是我不对，不过你也没必要当面把她批得这么狠吧？"

梁先心里一个咯噔，哎哟，看两人这种情敌见面分外眼红的架势，林琛嘴里的这个"她"指的该不会不是袁晶，而是云芳菲吧？他静静观察着两人，只见陆辰良唇畔仍带着一抹笑意，眼神却直叫人看着发寒："这样就叫作批得狠了？"

林琛也不恼怒："我不过是看不过去随便说说而已，陆监制也不用太在意。"

陆辰良拍了拍他的肩膀："我以为你在电视圈做十年男配，都不花钱为自己挪个位置是因为热爱，现在才知道原来另有原因。"

"什么？"

"因为你蠢。"

剑拔弩张的气息席卷了整个片场，陆辰良的杀伤力实在是可怕，堪当入阵杀敌的大将，以一敌百啊。

袁晶跟着舒盼到了角落，她看着舒盼那副丧气的模样，嘴上又忍不住讽刺起来："还以为陆辰良真把你当宝贝呢，原来骂起来一样不讲情面。哎……真是无情的男人哪。"

舒盼懒得和她浪费时间，干脆先撇下袁晶，独自去找于卿双了。

于卿双年轻的时候从内地到香港打拼，的确发生过一件几乎毁她前程的旧事。当年她和香港的当红小生关系过密，两人金童玉女的形象更是深入人心。

谁料想这位小生醉后在家中窒息而亡，一众八卦刊物都瞄准了于卿双攻击，有说为情自杀的，有说嗑药过量的，更离谱的直接造谣说这名小生是死在于卿双的床上。

经此一役，于卿双的人气急剧下滑，甚至因为日日遭到黑粉尾随而不得不隐居养病，最后孤身一人来到大陆谋生。时过境迁，如今这桩旧事也少有人提起，像袁晶这样不管不顾揭人伤疤的，倒还真的是头一个。

舒盼拿着饮料走到于卿双的身边："于老师，刚才……刚才的事情其实是我和袁小姐有些误会，我代替她道个歉。"

她心里都做好替袁晶让于卿双骂一顿出气的打算了，可于卿双显得很冷静，她从沉思当中脱离出来，低着头接过递过来的饮料，自嘲地笑笑："罢了……都过去那么久了，还有人惦记着我那点糟心事。所以说在这圈子混，还真不能落下什么污点，否则一辈子都翻不了身——"

舒盼看着辛酸，但她现在是云芳菲，也不太方便出声安慰这位遭遇坎坷的前辈，谁知道于卿双抬眼看了看舒盼，继续道："我看这道理你早晚也懂的吧，舒盼？"

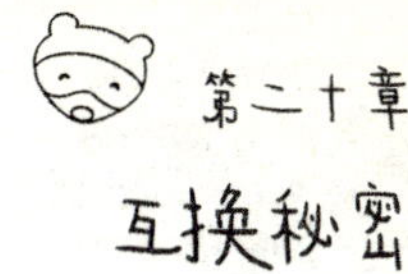

第二十章 互换秘密

舒盼的脑子当机了，当于卿双清楚地叫出她名字的那个瞬间，她浑身僵直不知该如何反应。

初秋的片场还带着闷暑的些许燥热，舒盼却惊出一身冷汗来，她向后退了两步，强撑着笑容："我不知道您在说什么。"

于卿双随手将瓶盖转了回去，语气平和地道："既然不愿意说，我这个讨人嫌的老婆子当然也不会逼你。"

舒盼听着她这语气无比熟悉，仿佛回到了当初在《明凝传》片场，于卿双将对演技的心得一一教导给她的时光。这位老师虽然脾气古怪，嘴上不饶人，但是教起她和许珊来却丝毫不吝啬。

更重要的是，舒盼还清晰地记得，在她作为云芳菲的替身挨打的那天，于卿双是唯一一个能看出她心事的人。

于卿双作为一个圈内的前辈，没有嘲笑她的梦想，反而给了鼓励。

舒盼的神色渐渐缓和下来，面对于卿双这样的人，再多的掩饰估计也是枉然，她只得苦笑道："于老师，您看人真的好厉害。"

于卿双想了想，开口解释道："我和那云芳菲演过几场戏，你们两个差别在哪里，一看就知道了。即使你在生活里装得再像，进了这戏里，也是瞒不住的。"

一直以来，舒盼都用着云芳菲这层身份在演着她的生活，可进了戏里，只有脱去伪装才能进入角色，自然在诸多小动作和细节上不能兼顾了，因此才会被于卿双这样的老戏骨看出来。

舒盼想通了这个关节，反而觉得轻松了。反正这戏里其余几个人原来都没和云芳菲搭过戏，尤其是袁晶，这人看似和云芳菲是一对冤家，实际上又比那个整天暗戳戳动心思的黎剑辉要好对付一些。

于卿双以为舒盼在担忧自己泄密，于是大方地道："放心，我不会断别人的财路。再说你还算我半个学生，和你为难，我又没什么好处。"

舒盼对于卿双早就没什么戒心了，如果她有心要把自己假扮云芳菲的事情说出去，根本就不可能和自己耽误到现在："不、不，我不是在想这个，只是……于老师，我想问一个问题。"

于卿双来了兴趣："你说说看。"

舒盼深吸了一口气，诚恳地问道："您还愿意继续教我吗？"

于卿双笑了："你还想从我这里学点什么？"

想学的当然还有很多了，于卿双是个好老师，有故事的好老师。

入了夜，舒盼回了酒店，躺在床上动也不想动，可小欢又催着她起来拍一张背影照，好给云芳菲更新微博找点材料。没想到舒盼刚打开微博，就发现里面的评论已经炸成一片了——

"完了，完了，怎么觉得仙女菲是贤妻良母这种人设更能让我接受……"

"这个林琛不是豫州影业的吗？这人不去捧袁晶，在陆监制眼底下公然挖墙脚？！"

"这小女孩是谁啊？长得倒是挺可爱。"

这还不仅是因为刚才自己和林琛那对父女拍的"全家福"。如果只是云芳菲发了一张定妆照当然不足为奇，可偏偏林琛不仅也发了图，还配了一句话："看起来像不像一家人？"

舒盼一脸黑线，林琛的微博她是昨天才关注的，里头都是豫州影业非常官方的一些宣传，比陆辰良的微博还没有看头，结果今天忽然诈尸亲自发言，就是路人也会被吓到的，更何况在讨论林筝身份的那个评论楼层里，林琛又一次出现了。

本来是有粉丝 @ 了林琛和云芳菲等待解答，可舒盼考虑林筝还太小，没必要过度曝光，因此根本没打算回复，可隔了十几秒后，林琛居然破天荒地又回了一条："我女儿。"

这下更不得了了，评论都是清一色的 @ 陆辰良，有一层这样总结道："林土豪带着女儿助攻，妥妥的男二逆袭男一的配置，顾淼又是年下小鲜肉，隔壁家还有个蓝颜黎剑辉……陆先生的地位真是岌岌可危。”

岌岌可危个头啊，现在陆辰良都不稀罕理她了，哪里有一点点想要捍卫自己男朋友地位的意思？

舒盼在心里头郁闷，她关了云芳菲的微博，拿出自己的旧手机登录，在熊猫乐园的微博上发了三个哭脸，配字：“打一巴掌还给颗糖呢，我的糖呢，糖呢？”

她刚发完这条，见着私信里陆辰良的小号来了一句：“要糖自己来拿，我等着。”

看看，这种淡定的语气，还不如就装作没看见自己这条微博呢。

舒盼怒发几个挥手再见的表情回赠陆辰良：“我谢谢你啊，宝宝心里苦，现在吃糖也没用了！”

自从早晨被陆辰良狠批了一通之后，舒盼再巴巴地走过去问这人自己的表现如何，他都板着脸只回两个字：“还行。”这算是什么评价嘛，比起陆辰良表扬顾千千的那句真是天差地别好吗？

小欢今天在现场目睹了陆辰良训人的全过程，她以为舒盼因此和陆辰良闹了别扭，于是十分八卦地建议道：“盼盼姐，要不，你现在去找找陆先生？”

舒盼在床上抱着被子翻滚：“不去！”

她倒不是真的生气陆辰良在片场批评自己，毕竟当时袁晶和林琛也在场，如果真想让豫州影业安排进来的人都老老实实地演戏，那陆辰良借今天发飙的时机，一口气骂了倒是很合理的行为。

可人家梁先都赶紧多表扬了袁晶和林琛几句补回脸面，就只有陆辰良闷声工作，连个正经的对视都没给她。

小欢见她万分苦恼的样子，明显就是心里想去，面子上又觉得过不去，于是进一步助攻道：“陆先生工作起来就那样嘛，盼盼姐你不是知道的吗？要是连你都不了解他，那他不是很可怜吗？”

舒盼从被子里探出脑袋来：“可怜，怎么说？”

小欢背过舒盼，故意拉长了音调：“我听孟开说，这几天吧……其实陆先生的旧伤又犯了，身体不舒服呢，心情自然也不会太好……”

舒盼听到一半，忽地想起之前在陆辰良房间找到的止疼药。最近湿气这么重，接下来还要熬大夜赶进度，他受不受得了？难怪陆辰良今天在片场脸色那么差，她还以为是被自己糟糕的演技气的，原来是因为病了？

小欢留够了悬念，转过来的时候发现舒盼从床上跳下来了，正把一本剧本揣在怀里。

“盼盼姐，你拿着这剧本要做什么呀？”

舒盼轻咳了几声："那什么，我忽然想到点剧本里的问题，想去问问陆先生。你别大惊小怪啊，都是为了工作，为了工作。"她边说着，生怕小欢下一秒就说出点什么让她彻底破功的话，边穿了双拖鞋就赶紧出了门。

小欢看着舒盼逃出门简直比兔子还快的身影，不禁想笑，她在撮合这两个人的路上可是任重而道远啊。

舒盼怕在电梯间遇到熟人，索性走了楼梯。可等奔到了陆辰良的房间门口，才发现走得太急，居然没拿之前他给的备用房卡，这下只能敲门了。

刚伸出手，门居然从里头自己打开了，着实吓了舒盼一跳。她抬头一看，陆辰良正悠闲地站在自己面前，身上只穿着一件蓝色浴衣，头发湿漉漉的，好像是刚刚才洗完出来。

"肯来了？"

舒盼往后退了两步，看着他这副云淡风轻的模样，嘴硬道："我、我走错了，没打算找你。"

陆辰良也不戳穿她："我右边住着梁先，左边是林琛，再前边是俞周，不知道你要找哪个？我还可以帮一帮你。"

他说着从房门里走出来，作势要帮舒盼去隔壁喊门，舒盼赶紧拉住陆辰良的手臂，差点没咬了自己的舌头："这就……不麻烦你了吧。"

陆辰良淡淡笑着，伸手就要朝梁先的门铃上按下去："应该的，举手之劳。"

舒盼挡在房门前，用手里的台本一把护在门铃上挡住，大声地道："停！"

陆辰良凑到她跟前，语气玩味地道："怎么了，忽然不找了？"

舒盼十分心虚，她频频点头："不找了，不找了，我这就回去。"

她怎么感觉自己好像被小欢给骗了，这人看起来哪里像是病了，净存着心思折腾自己，亏得自己还心急地上来看他。

舒盼狐疑地看向陆辰良，目光落在他右腿膝盖的位置："反正你看起来也不像是没吃药的样子……"她扭过头，索性不再看陆辰良，拔脚就走。

陆辰良在自己的房间门口拦住舒盼："当真不找了？"他上下打量着眼前的女人，舒盼外头只套了一件风衣，里面还是件能看到图案的卡通睡衣，脚上踩着一双拖鞋，仔细看颜色还不统一，八成是心急之下穿错了。

他的心底忽然泛起一股温柔："你要真的想找梁先问剧本上的事情，不如干脆问我。"

舒盼发现陆辰良的目光聚焦在自己脚上，以为他又动了什么歪心思："你、你别这么看着我，我才不问你呢，免得又被骂。"

总算是说到重点了，陆辰良轻轻笑了一声，转而握住舒盼的手："怎么，在片场被我说了几句，真的生气了？”

舒盼直着脖子，立即反驳道：“我没有。如果我演得不好，你本来就应该批评我。”

陆辰良一针见血地点出要害：“可你气的不就是自己演得不差，却被我批评得难听了吗？而且我后来也一句好话都没说，是不是？”

哎？他怎么直接说出来了？

舒盼没了脾气，预备了满满一肚子兴师问罪的话都倒不出来了，她正想着接下来的对策，忽听得梁先那房间里传来一阵响动。原来是屋里正打算睡觉的梁先，听到了门外的说话声，他忍了一会儿终于待不住了，半抱怨半好奇地道：“门外谁啊，大晚上的不睡觉，明天还开不开工了？”

梁先说着便朝猫眼上看去，只看到个模糊的背影，这才反应过来自己没戴眼镜。

舒盼一听这动静意识到不妙，要是被梁先看到自己大半夜这身打扮上来找陆辰良，估计明天整个剧组也就差不多都知道了。

陆辰良自顾自走回房间，舒盼赶紧跟上想进他那间躲一躲，没想到陆辰良拉着门把偏不让她进去：“我看梁先也快出来了，反正你也不乐意让我教你，不如你就和他好好谈吧。”

眼见着梁先就要拉门出来，舒盼急了：“刚才都是我乱说的，什么上来找别人，这里除了你，我还有别人可以找吗？你快点放我进去，不然梁先看到就说不清楚了。”

陆辰良耸耸肩：“你求我，我就考虑一下。”舒盼也顾不上那么多，当即扑上去亲了亲陆辰良的右颊：“阿良，算我求你了，快让我进去吧。”

陆辰良的表情颇为遗憾：“就这样？”舒盼的一颗心已经提到了嗓子眼，眼睁睁地看着梁先已经一只脚踏出门外来了，就在他要朝自己这边看的那一瞬间，陆辰良单手伸向她的腰间，用力一揽，将她整个人带了进来，另一只手推门关上，几个动作一气呵成。

梁先戴上眼镜，一脸蒙地朝右边看去，搞什么？又是半夜有演员上门来“自荐”了，男的女的，长得怎么样啊？可惜了，刚才都没看清楚！

他到走廊上逛了几步，脚上踢到个什么东西，蹲下身捡起来一看，居然是一本剧本，翻了几页看内容，这本貌似是乔氏的戏份吧？

那么问题来了，云芳菲的剧本好端端地怎么会跑到他房间门口呢？

梁先将目光锁定到自己右边陆辰良的房门上，八成是这黑心的人白天批评完云芳菲又舍不得了，用什么商量剧本的名义把人家给勾搭上来。

啧啧，他怎么觉得这戏外的感情比戏里的有意思多了？

惊险躲过一劫的舒盼不敢大口喘气，可她看着猫眼外的梁先居然把自己的剧本给捡走了：“完蛋了，我的台本落在外面了……”

陆辰良伸手给她脑门上一个爆栗：“做亏心事还随身携带证物，真不知道你脑子里装的是什么。”

舒盼还在赌气，她合上猫眼，看也不看陆辰良，径直走到他房间里，在桌面上找了一圈发现了他的剧本，一把揣到自己怀里，随即坐到沙发上：“我不管，你这个明天先借我。”

陆辰良走到她旁边坐下：“你要借也可以，先把今天这事情说清楚了。我问你，你还生气吗？”

舒盼叹了口气，她抱着剧本朝陆辰良挪了挪，额头轻轻蹭着男人的肩膀：“理智上我都能理解，就是情感上吧，还是有点难以接受。”

陆辰良抬起舒盼的脑袋，细心地解释道：“我今天说你，并不是因为你演得不好，而是你因为私事影响了工作。我直接一点说吧，没有人在乎你们戏外关系到底怎么样，梁先和我在意的只有演员演戏的状态。你表现出来的是一个人在镜头前单打独斗，我很不喜欢。”

舒盼想了想，关于这点，后来于卿双也批评她了，电视剧的特点是用长篇幅展现人物的关系和主角的魅力，而这些都要通过角色互动来完成。

“怎么样，能想明白吗？”

舒盼老实地点点头，伸手轻轻地摸了摸陆辰良的右腿膝盖：“你呢，腿还疼吗？给我看看。”她这边还想下手去帮着揉一揉，陆辰良一把将她拉进怀里：“你真信了？”

舒盼一愣，当即意识到整场都是陆辰良联合小欢对自己进行的套路：“小欢到底哪边的啊？关键时刻居然不懂得对我露个口风。”

“谁给她发工资，她就是谁那边的。”

第二天清晨四点，舒盼轻手轻脚地开门进去，本以为小欢应该还在睡，没想到对方已经洗漱完毕准备出门给她买早餐了。

舒盼故意打了个哈欠：“我还困着呢。”

小欢看了看时间，笑得别有深意：“盼盼姐，你困是应该的，比平时足足早了一小时呢。”

舒盼扑向自己的床，恋恋不舍地翻滚了几下。总这样也不太好吧，她要是天天晚上都偷溜上去，保不准下来的时候会被人抓个正着。而且本来就每天都睡不饱，现在还要提前一个小时从陆辰良的房间下来，简直是精神折磨啊。

小欢看透舒盼的心事："我帮你整理东西，中午偷偷回来一趟，放到陆先生房间里吧？"

舒盼的脸顿时涨红了："这也是他的意思？"

小欢摇摇头，一脸无辜道："我可是站在你这边的，这不是帮你省时间吗？每天能多睡一个钟头，有什么问题还能直接和陆先生讨论，百利而无一害嘛。"

她从前怎么没发现，陆辰良给小欢这个助理发的工资简直是超值啊……

到了片场，舒盼吃着早餐，随手又翻了几页微博，这才看到了昨天顾千千被刷掉的一条动态，上头是她和林筝的一张合照。

乍看之下，顾千千穿的这件衣服正是粉衣蓝裙，她这才忽然想起来，在开机仪式那天偷听的那个人，论身形和衣服的匹配度，貌似也就只有顾千千一个人符合了吧？

她正低头打算着等下该怎么开口试探一下顾千千，迎面便看见对方已经走了过来。

舒盼抬手打了个招呼："千千你来啦，要不要坐我车上歇一会儿？"

顾千千好似还没睡醒一般，盯着舒盼的脸蛋，怔怔地出神了好一会儿，才勉强答道："……好。"

舒盼看她这反应，心底止不住地犯嘀咕：虽然她是信得过顾千千的，但如果真把自己的底交代给顾千千了，陆辰良那关，是不是就过不去了？

顾千千和舒盼并排坐着，舒盼找了找，从包里拿出小欢藏着的一大袋巧克力豆分给顾千千："我听说你今天有一场下水的戏，多吃点补充热量吧，这天气水可凉了，就是洒一点在身上都容易感冒。"

顾千千的眼神直勾勾地看着舒盼的脸蛋，舒盼有点纳闷："我的脸上有什么吗？"

顾千千往嘴里塞了几颗巧克力豆："觉得你好看，就多看几眼喽。"

舒盼想起陆辰良在片场对顾千千的表扬，不由得羡慕道："我还是觉得你比较好看，除了稍微丰满了点，其他都挺好的。昨天你也听见陆监制还夸你。"

顾千千咬着巧克力，欲言又止了好几次，终于忍不住道："说到陆监制，组里有人和我说，你和他好像交往……过？"

顾千千特意在这个"过"字之前做了个大停顿，因为根据组里的种种八卦风向来看，怎么都觉着云芳菲和陆辰良两个人分明还在热恋期吧？

舒盼赶紧也朝自己嘴里塞了几颗零食，一边费劲咬着，一边含糊地点点头："那说到陆辰良，也有人和我说你勾、勾……"

顾千千和舒盼对视一眼，两个人的手指不约而同地在塑料袋里摸到了同一颗巧克力豆，舒盼立刻缩手回来，客气地道："你吃，你吃。"

顾千千低头看了看一袋子的零食："我觉得你肯定没相信这说法，否则你也不会和我交朋友了，不过……你没在零食里头下毒吧？"

舒盼乐了，她当然是相信顾千千和陆辰良根本没有幺蛾子，只是实在搞不懂对方为什么会对八卦这么感兴趣，只好适当地也回了个八卦。

要是当天偷听的那个人真是顾千千，现在她最好奇的不应该是眼前这个"云芳菲"的真实身份吗？

她故作阴森地盯着顾千千道："下了，我还准备杀人埋尸呢。看到我身边的四个助理没有，实际上是专门帮我处理陆辰良身边的绯闻女明星的刽子手。"

顾千千的眼睛忽地瞪大了，单手猛捂住胸口，急急地喘着气装作呼吸不上来的样子："原来……原来你早都计划好了，芳菲姐，你好狠的心哪！我、我要告诉honey……杀我者乃……"她只说了半句，便脑袋歪着，吐出舌头来倒在座椅上，双腿一蹬，随即便僵着身体动也不动了。

舒盼捂着嘴笑："完了，绝对不能让陆辰良看见你演死人的演技，否则这戏他肯定不让你演了。"

顾千千从座椅上爬起来，双手作势要扑过去抓舒盼的脖子，声音飘忽着道："我死得好惨啊，芳菲姐，你还我命来……"

舒盼眼见着顾千千的手转了方向，明显是要挠自己，于是双手挡在身前，往后躲了躲，满嘴讨饶道："别碰，别碰，痒死了，有话好说，这次算我输了还不行吗？"

两人闹了一会儿，舒盼笑得快喘不上气来了，顾千千才慢慢地收回手休战："要我不挠你痒痒也行，认真回答我个问题。"

舒盼只当她还在玩笑，于是点头答应。

"你不是以前那个云芳菲了，对不对？"

舒盼的耳边仿佛炸响了一阵惊雷，看来上次偷听的人真是顾千千了。有没有这么倒霉的，才来这组里没两天，向陆辰良立下绝对不会被人发现身份的这个flag，就跟接力赛一样，被剧组里的人高举起来在自己的眼前摇晃，简直是太可怕了！

她足足沉默了十几秒，最后干干地笑了两声："什么叫作我不是以前那个，一直以来就只有一个嘛……"

顾千千哼哼了两句："你还说我演死人演得不像，我看你这浮夸的演技也快飘起来了。"

舒盼无奈地摇了摇头：“这事情吧，我签了保密协议，所以不能说的。”

这个说法基本就是承认了顾千千的怀疑。实际上，昨天舒盼就想过了，被人知道云芳菲是假的固然可怕，但值得庆幸的是这人是顾千千。

顾千千是她认识的朋友当中一个很特殊的存在。很多时候理智提醒舒盼不能和她深交，可是情感上她总不由自主地被顾千千吸引。

顾千千就像一个温暖的小太阳，无时无刻不在散发着一种可爱的热度，让人为之神往。

顾千千心念一动，飞快地想出了一个等价条件：“这好办啊，我也和公司签过保密协议，干脆今天我们各说一个，互为把柄。我要是说出去了，你也不用客气帮我守着了。你看这样成不？”

舒盼思忖了一下，陆辰良平时老教她做事要衡量盈亏，怎么想现在顾千千也是个冉冉升起的新星，她们两个互换秘密感觉好像还挺合算的？而且她心里也对顾千千和歌王秦隽那些事情好奇得不得了，说不好今天就是个能得到解答的机会啊！

“那好，我说了，但是你别太激动……我真的不是以前那个云芳菲了，我是他们临时找来代替的。”

舒盼粗略地将自己这几个月的经历说了一遍，当然其中省掉了她步步被陆辰良套路进来的过程。等她一口气说完，感觉心中舒坦了不少，这么久以来，好像还没有人从侧面详细了解过她做替身的整个故事。

顾千千当场傻眼了，她反应了整整一分钟，下一个动作便是去捏舒盼的脸：“我就说怎么云芳菲越长越嫩，原来真是画皮啊！”

舒盼双手护脸：“我的脸微调过啦，看那个价格单死贵死贵的。你别掐，我还不知道这效果能保证几个月呢。”

顾千千的手颇为遗憾地停在半空：“算了算了。你原来的名字叫什么？”

小欢在外面敲了敲车门，示意两人可以下来准备了。

舒盼拉住顾千千嘱咐道：“我们下去再聊，但是你要答应我，绝对不能……”

顾千千做了个噤声的手势，压低了音量道：“我们不都说好了吗？我要是嘴贱漏了你的底，你就揭我的短。”

舒盼饶有兴致地看着她：“那你说说，你的秘密是什么？”

“这个嘛，也简单。”顾千千看着四下无人，装模作样地附到舒盼耳边，“我的 honey 就是天王秦隽啦。”她说完立刻拉开了车门，跳了下去，回头赏了舒盼一个无比阳光的笑容，“芳菲姐，快下来。”

舒盼摇摇头，她忽然觉得从某个方面来说，顾千千和陆辰良这个套路狂魔有得一拼，总之自己这个秘密交换得好像有点亏了……

抛去真实身份的芥蒂，舒盼和顾千千彻底放下了心防，拍摄过程很顺利，也很欢快，毕竟顾千千就是开心果本果了。

《巾帼》这个故事进行到这里，穆峥嵘和李丹柔已经定情并且准备履行婚约，可穆家上下明里暗里给李丹柔找碴儿。最严重的一次，便是王氏授意张婆在老祖宗面前，诬陷李丹柔一心勾引穆峥嵘在婚前私通。

为此，穆家长辈们费尽心机地部署了计划：先把穆峥嵘安排出去收账，然后把李丹柔关在祠堂里屈打成招，最后再通知李家人过来领走她。若这样还不肯退婚，便把事情闹大，索性坏了李丹柔的名声。

这个计策阴毒无比，整个过程又环环相扣，即便等穆峥嵘回来要开罪什么人，上头还有老祖宗压着，如果他还想要娶李丹柔，即使是自己跪着去求，经此大辱的李家也未必肯嫁女儿了。

在女儿终身幸福要被毁于一旦的危机面前，乔氏用一双慧眼看破了穆家悔婚的小心思，并很快地分析了当前的形势。她当机立断，暗中命人将穆峥嵘迅速找回来，又在安抚了丈夫之后，选择独身一人去往穆家祠堂，要和那位德高望重的老祖宗讨说法。

导演喊了句："开始！"舒盼抬脚便走进了祠堂，摄影师紧紧地跟在她身侧推进着镜头，饰演老祖宗的老戏骨陈霄萍，原本是背对着乔氏站立的。

老祖宗背脊佝偻，眉头深锁，手上拄着一根木制的拐杖，默默凝视着穆家祠堂上那许多先灵的牌位，似陷在对往事的无尽思考之中。当她听到身后的脚步声响，缓缓地转过身："李家夫人，你可知我穆家在这十里镇上待了多少个年头？"

乔氏似是没想到老祖宗会用这个问题来开头，她微微沉吟了一下，不卑不亢地回道："老夫人，正巧前些日子，我听嵘儿说过一些家族渊源，又想着穆家能成这盐商的金字招牌，该是有百来年了吧。"

老祖宗姿态倨傲，饱经风霜的脸上绽开一丛笑意："这百年之间，无论兴衰胜败，穆家子孙上下，无一不是照着这祖宗遗训来行事，方能在这十里镇上立足。常言道男子先成家，尔后立业，因此被挑进我这穆家内宅里的女子更是要严守这家宅祖训。李家夫人，你说是也不是？"

乔氏颔首低眉，她又岂会不知道穆家老太太这话中的意思，李丹柔还未过门，却有了败坏家德的行径，自然也就失去了和穆峥嵘谈婚论嫁的资格。

"老祖宗说得极是。他日若柔儿胆敢做出丁点有违祖训之事，您自然是罚得的。不过我李家虽非名门，但祖宗上也留了两字为训，一字为'情'，一字为'理'。"

穆家老祖宗向前迈了一步，紧握着拐杖猛击下去，掷地有声："好一个'情理'！李家夫人，瞧你这意思，是说我穆家不明情理，非要将一桩姻缘给拆散？既然是住在一处结亲的人家，便更要懂得避嫌，且不说这婚事还待家中长辈商议，便是定下了，难道婚前便可肆意妄为，不把长辈放在眼里了吗？"

演到这里，陈霄萍把这位穆家老祖宗演得太真了。要知道，她的实际年龄比剧里那位老人还要年轻很多，压根没到能做人家祖母的年纪。可她那神色语调不怒自威，看着都能脑补出来，这位老人家曾经在穆家这座大宅院中，贡献了多少青春岁月和心血。

老祖宗和乔氏的一举一动，都让在监视器后面看着的一众人物，不由得精神为之一振。梁先扫了眼陆辰良，发现他这次紧张的程度居然不及乔氏的第一场戏，于是暗暗称奇。

顾千千屏住呼吸站在陆辰良的边上，陈霄萍老前辈简直是戏精了，可更让人惊讶的是舒盼的演技，自上场以来根本就不像是在演乔氏，端庄和霸气两种气质结合得天衣无缝，活像是为了家族荣誉而抗争的李丹柔 2.0 版。

不……其实应该说李丹柔骨子里那种撑起一个大家的硬气，在乔氏身上，完全是有迹可循的吧？

舒盼的心中并不作他想，此刻乔氏身为一个能跟随丈夫离乡游历的烈女子，怎么可能任由别人把脏水往自己女儿身上泼？她要正名的，不是李丹柔根本不可能放浪形骸到婚前勾引穆峥嵘，而是一段发乎情止于礼的感情不应该为金钱和地位所玷污！

特写镜头慢慢地推进到舒盼这边，画面中的乔氏昂起头来，面带坚毅，一字一顿地道："凡我李家女莫不守礼训，明是非。自从暂借穆家起，柔儿绝无逾矩的行为，连和嵘儿之间的交往都恪守礼制。两个孩子的亲事，先有婚约为证，后有心意相许，既是占尽了这'情理'二字，又何惧他人谣言！"

高手过招，明着提及了李丹柔被诬陷的丑闻，却字字句句都离不开两家声誉名望的利害关系。

老祖宗似是气得不轻，她语调颤抖："家中长辈亲眼所见，这哪里假得了？"

乔氏并不恼怒，她温声问道："老祖宗不信我家柔儿不打紧，可有一人，您却不得不见一见。"

祠堂外传来一阵急急的脚步声，乔氏徐徐退开，而自她身后，穆峥嵘的身影出现在了镜头之中，他一脚踏进了祠堂内，几步走到穆家老太太的面前，掀起青袍，直直地往地上跪去："老祖宗，孙儿有话要说。"

导演立刻喊停："很好，这条过了。"

舒盼听着导演那声"过了"如获大释，第一个反应是赶紧去扶还跪在地上的沈清淮，刚才看他跪下去那动作幅度可实在了，不愧是有职业精神的劳模影帝。

沈清淮笑了笑，拉着舒盼的手站起来："谢谢。"舒盼客气地回道："小事，小事。"她借机多看了一眼沈清淮的笑颜，满眼都快冒出小星星了，沈男神这颜值绝了，堪称三百六十度无死角。

陈霄萍见两人这么拘谨，开口笑道："要说你们也不是第一次合作了吧，怎么还客气上了？"

舒盼心里一惊，不会云芳菲对待影帝客气点也是个 bug 吧？

沈清淮拍了拍青袍上的灰尘，和老前辈搭腔道："以前怎么演还算同辈吧。这好久没见了，一上来要演人家女婿，我可不敢怠慢岳母。"

陈霄萍没再多说什么，助理上来给她补妆。舒盼和沈清淮走到一边，这才松了口气："太可怕了，这些老师的眼睛简直是照妖镜……"

沈清淮鼓励她道："陈老师只对能接住她戏的人脾气好，她能多看你一眼，已经算是肯定了。"

舒盼有点小激动："是吗，是吗？我这样算表现好吗？"

沈清淮将她转过去，面向监视器前围着的那一堆人："顾千千刚才也看了，你要真想问意见，不如也去找她问问看。"

顾千千早看得手心都是汗了，舒盼好意思说要向她学习吗？这人简直是天赋出奇地好，如果不是现在顶着云芳菲这个名号，换到成信传媒来接戏，谁不得把她当成宝贝啊。她缓了口气，转身撞上也站在边上回味的小铃铛许珊："哎哟，对不起，对不起。"

许珊有些失神，她摆摆手："没事，是我没注意到你转过来了。"最近几天她心里对云芳菲的猜测是越来越多了，虽然明知道自己心里那个猜想挺不靠谱的，但是又总存了几分想法。

眼前的这个云芳菲，当真是她从前认识的那个吗？这些日子以来……舒盼到底又在哪里？

顾千千好不容易把许珊的注意力从真假云芳菲这件事情上拉回来，可舒盼提着裙袍过来时候，还是免不得和许珊打了个照面。

"小许，是你啊。"

"芳菲姐。"

舒盼有苦难言，她虽然不怕顾千千会把自己的底兜给许珊，却对许珊能从蛛丝马迹当中猜出自己身份的能力深信不疑。她们两个曾经关系那么好，她要想完完全全伪装成另一个人，简直是太难了。

许珊心里也存着疑问，两个人只好不咸不淡地先打了个招呼。

许珊随即恭敬地站起来给舒盼腾位置，舒盼却僵着不敢过去。

只有顾千千大大咧咧地往中间一坐：“别姐姐妹妹地推个没完了，我坐中间，左右你们自己选。”

舒盼扶额，尴尬地坐到顾千千的右边，拼命朝她使着眼色。按道理说，顾千千应该知道事情的严重性啊，怎么这人还硬把许珊往自己身边凑。

顾千千也努力地挤眉弄眼，试图让舒盼明白自己的用意。既然许珊都已经心存怀疑了，越躲着她不就越显得心虚吗？还不如放到身边来解释清楚，毕竟这两人以前还是朋友，为朋友的饭碗保守个秘密，应该不算什么难事吧？

许珊顺理成章地坐到左边，狐疑地看着两人：“芳菲姐，原来你和千千就很熟吗？我好像不记得你们有合作过什么作品。”

“不熟。”

“熟啊。”

舒盼和顾千千互看对方一眼，沉默了两秒，为什么到了关键的时候，她们两个反而没有默契了……

顾千千只好没头没尾地解释道：“没合作过电视剧，不等于没有私交嘛。我们两个是通过综艺认识的，然后陆监制和沈影帝又是好朋友，所以说——”

舒盼接口道：“所以说我们两个也是好朋友。”

许珊有点感慨：“原来是这样，这个圈子还真小啊。”

在她的印象里，云芳菲应该是不会和顾千千这样活泼性子的人结交的，但要说陆辰良和沈清淮有什么交情，这也并非不可能。

顾千千灵机一动，揽了一把许珊的肩头，掏出手机建议道：“来吧，既然都认识了，我们拍个合照玩玩？”

舒盼哭笑不得，这种时候顾千千的自拍瘾还上来了，真让她不知道说什么好。没想到许珊很快答应了，她也掏出手机来：“好呀，我之前就想合影，但是又不太好意思单独和你们两个说。上次找袁晶姐姐拍照，结果被骂了一顿……”

舒盼愣了愣，她听着许珊小心翼翼的语气，忽然有点心酸。袁晶本来就是惯会找配角群演出气的，华奥把许珊一个人编排进这戏里演个小配角，也不见个经纪人来陪着照顾一下。

顾千千吐了吐舌头，俏皮地道：“袁晶姐姐的克星在这里呢，你别怕，下次她再欺负你啊，躲到仙女菲背后，让她罩着你。”

许珊拍了拍嘴巴：“又忘了，经纪人让我少说话。我真管不住嘴。”

“千千说得对，以后休息，你坐到我这边来吧。”舒盼没敢看许珊，她面朝向另一边，声音轻轻的，带着一股说不出的温柔，“袁晶这个人吧，脾气是不好。”

这次轮到许珊发愣了，云芳菲说话的这语气实在太过熟悉了。她之前几次听舒盼和云芳菲讲话，只觉得有些声调上的差别，可这次云芳菲安慰起人来，却和舒盼一模一样了！

她站起来，不可思议地盯着云芳菲："你……你不是……"

舒盼心中一惊，知道自己差点又破功了，她赶紧管理表情，缓缓地抬头时，眉目间已经恢复了云芳菲那股特有的清冷："我怎么了？"

许珊咬着下唇，退后了两步，恍惚间看到舒盼和云芳菲的脸重叠到了一起，让她难以分辨："对不起，我、我还是先去准备下一场，下次再找你们自拍吧。"她说完，不等两人回答便飞也似的逃走了。

顾千千看着许珊离去的背影，叹了口气，托腮道："你看你把她吓得，就和我前几天乱猜你身份的时候一模一样，真的不能告诉她吗？"

舒盼猛拍了一下顾千千的后背："你还说！你是不是忘记华奥和嘉扬是对台啦，就算许珊能为我守着秘密，在陆辰良那里也说不过去吧。"

她担心的不仅仅是华奥和嘉扬的竞争关系，答应扮演好云芳菲不被别人发现，这既是她白纸黑字签给嘉扬的约定，也是她对陆辰良的承诺。

顾千千吃痛，轻呼了一声："别打别打，你啊，就是被陆先生吃定了。"

"你上学的时候就没有过那种经历吗？特别喜欢某个老师，然后就努力去做那个科目的功课，好让老师也喜欢自己。"

顾千千皱着眉头："不是啊，我们的脑回路好像不太一样。你喜欢老师，就去追老师好了，功课好有什么用。我喜欢秦隽，难道就非要会唱歌吗？"

舒盼在脑子里把顾千千这句话过了一遍，居然感觉挺有道理的："那你上学的时候追过老师吗？"

顾千千含蓄地笑了笑："这个倒没有，不过……我上学时候的梦想现在已经实现啦。"

舒盼好奇地追问道："什么？"

"追到秦隽啊。"

完了，舒盼在心里盖棺定论，在不演戏的时候，顾千千绝对是个不折不扣的炫夫狂魔，外加天王秦隽的头号脑残粉。

尽管经过了许珊的小插曲，舒盼还是打起了十二分精神，去应对乔氏在穆家祠堂的下半场。在这个部分里，乔氏通过穆峥嵘和老祖宗表决心的种种举动，终于放心地将女儿李丹柔托付给他。

上镜前，沈清淮的助理半跪着在他身边整理戏服。沈清淮笑了笑："我听阿良说，这是你第一部戏？"

舒盼老实地点点头：“我以前都只是做替身而已。”

“在嘉扬，以后会有很多机会的。”

沈淮清说的这个“以后”忽然戳中了舒盼心中的痛处，以后……等她离开云芳菲这个身份以后，她还能演戏吗？

沈清淮明显感觉到舒盼的气场压低了下来：“你怎么了？”

舒盼有些失神：“陆先生……和你说过我以后的事情吗？”

沈清淮眉宇微皱，随即又淡笑道：“他这个人看起来无情，实际上最护短。等事情处理好了以后，他会给你个交代的。”

舒盼被沈淮清这个古板的说法逗笑了：“什么交代不交代，合同上我是乙方，要交代，也是我给陆先生交代吧。”

“盼盼，你相信阿良吗？”

舒盼没有丝毫的犹豫：“我信。”

即使只将陆辰良当作老板来看，他的人品也是完全值得信任的。至于做男朋友嘛……虽然撩妹套路了一点，但真心还是没话说的。

她低下头苦涩地低语了一句：“我是信不过我自己……”

说白了，云芳菲的一切根本就不属于她，反而借着那份合同的机会，她能站到这里和陆辰良欢欢喜喜地谈一场恋爱，能在这里学习演戏，甚至是认识顾千千这个朋友。

比起信不过陆辰良，她更担心自己到了要放手的那天，没有办法毫无迷恋地离开。

沈清淮笑了笑，没再多说，感情这回事，只有当事人自己去品味了。

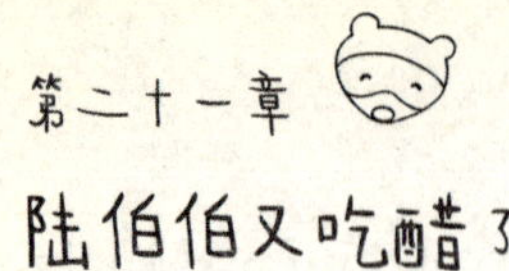

沈清淮拍完这场赶着回一趟 A 市，舒盼稍微和他交流了几句，便急急地走到监视器前去看回放，设备里正播到她自己的特写，梁先拖过来一张椅子给她：“来，坐着，让陆监制好好给你点评一下。”

一旁的导演也调侃道：“梁编，你说我们两个加在一起，电灯泡的瓦数能到多少啊，这大白天的，都能省下个打光师了。”

陆辰良仍是那副淡然的神情，他扫了两个八卦之魂燃烧的同事一眼：“想省钱简单，不用和我客气，去把那位影帝的工资减半。”

他这招简直无敌，梁先赶紧噤声翻剧本，导演乐呵呵地摇了摇头，装作什么都没听见。舒盼默默地坐了下来，心中暗自为沈影帝祈祷，以后可别再交这样的损友了，事事都把他推出去背锅挡着。

陆辰良递了瓶水给舒盼：“有进步。”舒盼偷瞄了一眼他的神色，伸手接过矿泉水，几下拧开，故意拖长了尾音：“哦——”她刚要喝水，陆辰良却将开了瓶的水拿了回去，仰头喝了一口：“谢谢。”

唉……现在拿她的东西都不用吱声了是吧？

舒盼不甘心地嘀咕道：“还以为你要给我……”陆辰良索性把水凑到她跟前：“有必要分那么清楚？”

梁先看不下去了，捂着眼睛对陆辰良道：“差不多得了啊，乔氏接下去还要补几场在小孩面前当妈的戏呢，在你面前一秒变少女。”

舒盼脸上浮起一阵绯红，她低头轻抿着水瓶。进了组里一阵子以后，她渐渐觉得在戏里演乔氏，其实比在戏外演云芳菲要简单一些。

导演想了想，又在梁先的基础上提了点意见：“一会儿小演员的情绪比较重要，云小姐有空就去找那个小女孩培养培养感情。林筝这小丫头片子吧，什么都好，就是和大人搭戏显得太成熟了，不够招人疼啊。”

舒盼点点头，其实她心里还有点纳闷，自从上次拍完一张全家福后，林筝那个黏人的小鬼头就很少出现在片场了，也不知道是不是林琛心疼女儿在组里拍戏太苦了。

“导演这话的意思，你要把握精髓，稍微……稍微培养就可以了。”梁先察言观色，感觉到陆辰良正散发出不愉快的气场，尤其是对云芳菲要特意和林琛女儿亲近这点尤为不满，“不过吧，那小丫头演不出来幼稚啊，也不能怪她呀。”

舒盼听出点门道来：“那是因为什么？”

导演憋不住了，一时嘴快索性将整个故事和盘托出：“怪林琛喽，他这人哪，年轻的时候胡闹惯了，跟过他的小花多了去了。他大学没毕业就有了个女儿，也不知道是哪任女朋友留下的……”

梁先插嘴道：“这故事这么劲爆，怎么我从来不知道？”

导演说故事的能力极佳，目光飘向远方，仿佛在回忆着那段青春往事：“反正林琛是对女儿宝贝得不得了。我大学和他同班，你是没见到过，一个大男人带着个奶娃娃来上课，再大一点就更别提了，做什么都带着林筝，就这么把她宠坏了。”

听罢这段经历，梁先和舒盼面面相觑，实在想不到，原来林琛年轻时候撩妹技术这么高超，要是落在现在的媒体手上，估计要被写成个陆辰良第二了。

只不过，她还真没想到，这林琛还附带了超级奶爸的属性，就冲他没狠心到抛弃小女儿这一点，舒盼决定暂时对他改观。

这也难怪林筝那么黏人了，估计是缺乏安全感吧……

一直都没发言的陆辰良开口了：“我还寻思组里讲八卦的风气是从哪里来的，原来都是被带坏的。”

导演的老脸一红，尴尬地轻咳了几声：“咳咳咳，这个，一个组工作嘛，哪能不聊点闲事缓解一下工作压力。”

舒盼憋着笑，看来“陆怼怼”的外号果然是名不虚传。

林筝赶到现场的时候，穿着一身牛仔衣和皮裤，小脸上的妆容虽然已经卸掉了，但是头发上那层定型的发胶还留着，发着油亮的光泽。

造型师取来温水帮着她洗头，林筝不情不愿地道："这不浪费时间吗，你直接把那假发头套给我戴上，里头又看不见，等下让我爸给我洗就好了。"

舒盼听她语气不善，从背后走过来安抚道："你这是去哪儿啦，刚回来脾气就这么大？谁又惹我们的小公主不开心啊？"

林筝一见是舒盼过来，立刻好声好气地回答："我去美国参加舞蹈比赛了，幼儿组。这不赶回来倒时差吗，这叫起床气。"

舒盼蹲下来勾了勾她的鼻子："小人精，你有气，也不能朝别人身上撒呀。"

林筝哼哼了两声："怎么不能，我是小孩子，你们大人不是口口声声说不和小孩计较吗？难不成你们说的都是假话啊，实际上不分大人和小孩，你们都一样记仇啊？"

造型师一脸无奈地继续恳求林筝洗头："我的小祖宗啊，要不是林老师交代我一定要给你洗好头，我这后面要做的事情还多了去了。看在他的面子上，你就乖乖洗了好不好？"

林筝瞪了舒盼一眼："你们大人又什么时候说话算数了，自己都做不到，凭什么管我？"她的脸上浮现出一丝诡异的笑容，"不就是让我洗吗？好，我就洗给你看！"她猛走几步到造型师身边，伸手稳稳地举起那盆温水。

舒盼心中暗暗觉得不妙："林筝，你到底怎么了？"

她的话音未落，面前那个小小的人儿，竟是端着那盆水狠狠地从头上倒泼了下去。

方才还冒着热气的温水，自林筝的头上倒了下去，满满地淋了她一身。林筝松了盆子，随手扔到地上，胡乱地抹了一把脸上的水，脸上带着恶作剧似的笑容："满意了吗？"

那盆子被她掀得倒了个个儿，直盖在水泥地上，发出一声闷响。盆体重重地颠了几下，终于不动了。

舒盼缓了几秒，马上脱了自己身上披着的外套，几步上去套在林筝身上，语气里透着无可奈何："你干吗要和自己过不去？就是生病了，爸爸也不见得会立刻飞回来陪在你身边。"

她昨晚听陆辰良说了，林琛熬了两天夜戏，就为了去 C 市谈一笔豫州影业的投资。本来这事情怎么也轮不上林琛这个股东出马，偏偏这单是个十年内必定会被翻拍的经典 IP 作品，林琛又有戏瘾，这次过去是存了要为自己讨个角色的心思。

林琛没少在组里安排人照顾女儿，从他人都不在这里，居然还能惦记到林筝从赛场赶回来卸妆的细节，就可以看出来。这人不见得是个多好的人，却是个好老爸。

结果他前脚刚走，后脚林筝就撂了挑子。

林筝别扭地推了几下，一听见提起爸爸，眼圈都红了："他还管我生病不生病？这都一周没见了，为了个破电视剧抛下我跑了，可怜我个没娘疼的……"

大约是这又掀盆子，又哭骂的动静闹得实在有些大了，周遭的工作人员循着声音渐渐包围过来，停在距离"案发现场"三四步远的地方，却还看不明白前头的情况到底是什么。

眼前三人里头，"云芳菲"闷着一张脸，蹲在小女孩的身边拍着她的后背安抚。那女娃娃的身上还披着件大人的浅色牛仔衣，浑身湿漉漉的，样子狼狈得像是刚从雨里淋了回来。而再往边上，一位女造型师傻愣着站在原地，进也不是，退也不是，脸上写满了尴尬。

袁晶正在背后带着个相熟的男记者谈话，男记者的眼睛尖得很，一见现场围了个小圈，便警觉地问道："袁小姐，您看这是发生什么了？"

袁晶笑了笑："算你运气好，来这一趟，还能挖点别的回去写写。"

男记者激动起来，想上前去却被袁晶拦住了，袁晶细声细气地道："长没长心眼啊，做八卦做了这么久，这其中的道理你还不明白？"

男记者愣了愣："您的意思是……"

袁晶意味深长地笑笑："你上去能看到些什么，当然是我过去帮你瞧瞧，带个能说话的给你。这有没有发生大事不重要，重要的是，你今天回去能写一个大新闻。"

男记者连连点头，十分狗腿地道："对对对，还是您想得明白。"

袁晶让记者去边上等着，自己插队到围观的人前头。她本就是凑热闹的一把好手，几下就将眼前这精彩的一幕尽收眼底，心底又不禁浮起了几分搞事情的念头。

袁晶走了上去，端着一副安慰林筝的腔调："小朋友啊，你这是怎么了？"

林筝哭成个泪人，双眼蒙眬间也看不清眼前的人是谁，用哭腔道："欺负我，都欺负我！"

舒盼一见袁晶都过来插手了，这才意识到这事情又闹大了，赶紧抬眼示意那个无辜受牵累的女造型师先走开。造型师懵懵懂懂地接收到信号，忙不迭捡了地上扣着的水盆，一溜烟混进人堆里头去了。

袁晶开始慢慢套路林筝："既然他们都坏，不如你就跟姐姐我走吧，把这姐姐怎么欺负你的全部告诉记者哥哥。不怕，不怕啊。"

舒盼冷眼看着袁晶一人唱着独角戏，原来是想趁着林琛不在，借他女儿的嘴巴来讲云芳菲的不是，不过这手段也太低级了吧？

林筝抽泣了两下，抹了把眼泪，这才看清眼前捏着声音说话的人，居然是平日里那个在自家老爸面前妖里妖气的女人。

她故作无知地道："姐姐？谁是姐姐？你看起来都能做我姨妈了……"

舒盼差点没笑出声来，林琛有这种女儿真是绝了，打不得骂不得，套路不得，又讨好不得，天天放在心尖上护着，真让人无话可说。

袁晶气得差点破功，脸上僵着笑容："林筝乖，别淘气了。不然你爸爸回来该打你了。"

林筝看也不看袁晶，扭头委委屈屈地对舒盼道："漂亮娘亲，你抱我去换衣服吧，我不想待在这里了，有点冷。"

要是换作平时，舒盼肯定二话不说就抱着林筝走了，可是如今袁晶就在跟前等着拉云芳菲下水搞新闻，周围围着些不相干的人看热闹，她就这么把林琛的孩子抱起来照顾，传出去还不知道云芳菲会被媒体写成什么样子。

"你们又闹什么？"

一声冷冷的问话自袁晶和舒盼的身后传来，周围忽然静了一片，围着看热闹的人一见这人来了，纷纷不敢再说闲话，不待一会儿便自觉地作鸟兽散，默不作声地各忙各的去了。

袁晶正迅速组织着刚才林筝透露出来的消息，哪里有空管得背后是谁来管事，就是导演来了，她只要说是看在林琛的面子上帮着照顾女儿，谁能说她什么不是。

舒盼回过头去，见着陆辰良正站在自己跟前。他面若冰霜，那双眸子冷得如同初出的晨星一般，鼻梁上架着那副标志性的乌金边眼镜，周身都透着一股不悦的气息。

舒盼还没来得及开口解释几句，陆辰良便从她身边经过，径直朝着林筝走了过去，似笑非笑地道："看来是你在搞事情？"

林筝心底还是很怵这人的，但她梗着脖子，仍带着三分气焰："这又不到拍戏的时间，你管我……"

她话未说完，却觉着自己忽然腰上一紧，竟是整个人被打横抱了起来！

林筝一时没反应过来，也顾不上挣扎，等到她反应过来要喊人的时候，已经被带了一段路。舒盼急急地跟在陆辰良的身后，根据经验，刚才他的那种笑容就已经充分展示了不痛快的心理活动，要是真的动怒了，把林筝带到角落里揍一顿，好像也不是不可能吧？

陆辰良见着舒盼紧张林筝的神色，脸更黑了："你这么紧张别人家孩子做什么？难怪你微博底下最近那么热闹，我还以为易南背着我帮你买了热搜。"

舒盼简直无语，讲道理，那是云芳菲的微博，又不是她的。而且陆辰良这么和林筝对上了是几个意思，搞得两个人好像是为着她争风吃醋一样。

她是紧张林筝，可更紧张的是，万一陆辰良以怒怼成人的姿态教训了这小朋友，没来由地把林琛给得罪了，以前她在剧组里听过中途撤资走人的事情也不在少数，这戏才拍到一半，要是林琛撂挑子不干了呢！

何必为林筝这个小丫头置气，让嘉扬传媒和豫州影业闹得不合呢？

她又气又急，声音都哑了，拉着陆辰良的手臂低声道："我是担心你！你跟个小孩计较什么，就算我抱着她去换衣服，大不了等下求着林琛帮我圆一下，就说我真的收林筝做干女儿不就好了？"

陆辰良听了这句，面色稍微缓和了一点："担心我收下了。找林琛圆谎就省了吧，怕这小不点就是这么盘算的，时时都想找机会让你和林琛多说几句。"他说着手上使了几分劲道，轻轻地将林筝从怀里腾起来一点。

林筝一声惊呼，等听清陆辰良的话后，随即红了脸道："我和我爸都喜欢漂亮娘亲怎么了，碍着你什么事情了？你别以为我小就什么都不懂，你、你又没登报说她是你老婆……"

陆辰良面无表情地看她一眼，吓得林筝往后缩了缩。

到了帐篷里，他一把将林筝从怀里送下来，林筝的助理一见这情景，就知道是她喝口茶的工夫，林筝这小祖宗又惹事了，赶紧凑过去问道："你这是怎么了，衣服都湿透了，快过来换掉。"

片场不比在酒店里，更衣的条件比较差，要赶场次的演员都只能在棚子里凑合着换换衣服。本来林筝自己是有一辆保姆车，但是这时候过去未免太过招摇，所以陆辰良索性就将她抱到了助理身边。

林筝跳下来牵着舒盼的手不松开："你别走行吗？"可恰恰就在同一时间，陆辰良也拉住了舒盼的手腕："我们出去说。"

舒盼看着这一大一小左右两边各一个，偏偏互不相让的姿态，忍不住笑了出来："好了，你们两个一人一句，我听谁的呀？干脆这样，林筝马上去换衣服，你再啰唆一句我以后绝对不理你了。至于你……"她看向陆辰良，带着几分求情的意味，"也坐这里休息一会儿吧，免得一会儿又要开工，都和你说不上几句话。"

她等下要和林筝拍戏，肯定没有现在晾着人家的道理，而陆辰良虽然不喜欢她和林筝单独相处，但是为了拍摄进度，也不会拒绝这种安排。

林筝想了想，终于同意不再作妖，她抬眼又瞪了陆辰良一眼，这才乖乖跟着助理去换衣服。

陆辰良也不太在意林筝的敌意，他听着舒盼那句软软的挽留，面色霁然，仿佛吐出来胸中的一口浊气。留下也好，干脆让这个小助攻亲眼见证所谓的标准男二在他面前被碾成炮灰的全过程。

陆辰良和舒盼坐在帐篷里，和后头的林筝隔着一层厚厚的帆布拉门。舒盼松了口气，想起刚才要不是陆辰良突然出来把林筝抱走，她还真不知道能拿这丫头片子怎么办。

“阿良，谢谢你。”

陆辰良冷不丁握着她的手，朗声道：“这么大的人了，还应付不过一个孩子吗？”

林筝在那头换衣服的动作顿了顿，似乎一心听着这头的动静，她示意助理千万不要出声，助理姐姐却看出了点门道，沉默着递了条毛巾给她。

看来分明就是林筝又缠着云芳菲胡闹了，恰巧这次撞上了陆监制。这孩子也真是心大，人家好好一个多金的监制男朋友不要，怎么可能对林琛这边发展出什么来？

舒盼手上一紧，这才明白过来陆辰良的意思，原来是要做出戏给林筝看。她微微摇了摇头，感觉没有这种必要，对方只是个半大的孩子。

可陆辰良的态度坚定得近乎诡异，他自顾自地接口道：“她也该懂事了，不能事事都装成个孩子样躲在大人背后。现在成什么样子，别说是女儿了，如果有个这样的妹妹，你能喜欢得起来吗？”

舒盼叹了口气，陆辰良这话让她想到了舒凡。

说真的，哪个孩子没有熊过的时候？老爸刚走那阵子，她其实是瞒着舒凡的，可他日日在学校闹事，不是今天打了同桌，就是明天骂了老师，老妈那时候已经不管事了，舒盼三天两头被弟弟的班主任传召进学校挨骂，终于有天忍不住告诉了舒凡老爸永远回不来的真相。

从怀疑到气愤再到平静，舒凡狠哭了好几场，这才渐渐缓过劲来，此后变得越发懂事听话。

年纪稍大点的舒凡尚且如此，更何况是林筝这个打出生起就失去母亲的孩子，虽然表面上张牙舞爪，但没人的时候估计心里苦得很吧……

舒盼反握住陆辰良的手，细细地摩挲过他每个指节，话音轻柔：“我是真的很喜欢林筝，但这和林先生的确没有什么关系。我只是觉着她的那种机灵，和别的孩子都不一样。你别看她哭得凶，刚才袁晶也在，她却没有说什么闲话，可见也是真心对我的。”

陆辰良觉得手上痒痒的，被舒盼那青葱一般的指尖掠过的方寸之间，都透着些许缠绵悱恻的味道。

舒盼的手生得纤细白嫩，颇具美感，就和那双柔若无骨的小脚丫一样，有着几乎让人移不开眼睛的魔力。他感觉有些口干舌燥，如果不是后头还有林筝那个小浑蛋在，巴不得现在就搂着舒盼亲近几下。

“真心对我好的，我都会记着的。”

舒盼这话意指的不仅仅是林筝，更是说给陆辰良听的，她这一路走过来，自然是和他最亲的。其他人都是她套着云芳菲的名字认识的，只有陆辰良一个，她能全然拿出舒盼的心意来对待。

陆辰良知道这是舒盼在借机安抚自己，登时也顾不上是要做戏给幕后那个小丫头看了，只挑了重点问道：“如果这是林琛故意纵着她来缠你呢？”

林筝又怎么会听不出来陆辰良这话是故意问给自己听的，她的一颗心在拉门后头被揪得紧紧的。

林筝总觉着老爸对云芳菲是有点喜欢的，两个人站在一起说笑演戏，多么合适啊。而且云芳菲对自己那么温柔亲近，甚至刚才她胡闹泼了水在身上，人家过来第一句话也是关心而非责怪。

唉，怎么偏偏这么好的人，就落到那个冷冰冰的怪人手里了？

正帮着林筝擦干头发的助理静静听着外头两人的对话，小孩子看不明白，可她心中已经了然。陆监制那是什么样的人，对谁都是冷冷淡淡的，遇着云芳菲却没了正经模样，连话里都带着三分温柔。看来两人故意不对外公开，八成是想瞒着直接结婚过日子的嘛！

舒盼眉目清明，白净的小脸上缓缓地绽出一丛明媚的笑容，她突然发觉，在哄陆辰良和哄林筝这两件事情上，其实有着异曲同工之妙。

她将手稍微抽离出来，在陆辰良手心一笔一画地写着些什么，面上仍不慌不忙地答给林筝听：“小孩子不懂，我可以慢慢讲给她听。但对林先生，我可是一点意思都没有的。”

她刚说完话，指尖上的字也写完了。陆辰良一把抓住她的手，目光灼灼地盯着她，她方才在自己掌心写的正是“我只要你”四个大字。

舒盼面色如常，将手慢慢抽出来，仿佛什么也没写过，什么也没说过，只看着陆辰良淡淡地笑着。

她这下是把握技巧了，陆辰良不是套路狂魔吗，次次都喜欢拿她低头害羞服软的样子取乐，可只要反着来，她不把心底那点小女儿姿态的娇羞搬上台面来，这人反而就被治住了！

陆辰良愣了几秒，随即迈开脚勾了勾椅子，将舒盼整个人带了过来，两人的距离忽地拉近，近得能听见心跳的声音。

舒盼轻呼了一声，重心不稳，双手只得都搭在陆辰良身上，面上不由得浮起一片绯红，正是被陆辰良那意味深长的眼神看得发烧。

舒盼眉眼低垂，轻声和陆辰良咬着耳朵："你要在别人家女儿面前演十八禁，小心林琛被气得吐血。"

陆辰良满不在意："反正又不是我女儿。"

两人还待做些什么，拉门那头却忽地被林筝拉开了，她探头出来，做了个鬼脸："知道啦，知道啦，你们两个做一对就好了，我老爸多得是人稀罕呢！"

林筝蹦了出来，气呼呼地正想再反驳几句，抬眼一看，却见云芳菲正和那个冷冰冰的陆辰良搅和在一起。助理轻呼了一声，赶紧上来遮住林筝的眼睛："别看啊。"

舒盼感觉自己简直没地方躲，她触电似的从陆辰良的身上弹开："换、换好啦？"

林筝把助理遮盖在自己眼前的双手扒拉出一条缝来："怎么不能看了，前几天千千姐姐和沈哥哥结婚那场戏我还看了呢，不就是这样吗？"

陆辰良笑了，他感觉林筝比她爹要来得有意思："你刚才说我和谁做一对？"

林筝双手叉腰，高高地扬起小脑袋："陆伯伯，好话不说第二遍。"

舒盼扑哧一声笑了，林筝叫顾千千姐姐，叫她娘亲，连影帝沈清淮都能叫哥哥，唯独叫陆辰良伯伯，比几个人都大一个辈分。她忽然有点能够理解，刚才袁晶被冠以"姨妈"名号时的心理活动了。

陆辰良却丝毫不介意，他仍坐在位子上，这个角度刚好能和挺直腰杆站着的林筝来个平视："你想通了就好。别整天做别人的拖累，组里不养闲人，小个儿的也不养。"

他这话对个半大孩子来说未免残酷了，没想到林筝却煞有介事地踱步到他身边，答道："今天这件事情不怪我爸，等他回来，不准为难他。"

舒盼听林筝说话颇有要举白旗投降的意思，赶紧拉着陆辰良的手表决心："这个简单，我替他答应了。"陆辰良斜眼看着舒盼，好歹是没再出声反对。

林筝叹了口气，她上下打量着陆辰良，似乎想勉强找出点优点来，最后索性跺了跺脚："算了，算了，我出去开工了。以后我和漂亮娘亲只谈工作，不谈感情。"

助理生怕她又出什么幺蛾子，只向着陆辰良示意了一声，赶紧拔脚跟了上去。

舒盼简直憋不住笑，林筝刚才看陆辰良那眼神就和挑市场上的降价蔬菜似的，怀疑犹豫之中还带着点期待，简直是活灵活现。

陆辰良面无表情地抬头扫了眼舒盼："你也想和我只谈工作，不谈感情吗？"

舒盼赶紧噤声，她单手捂着嘴，摇了摇头，声音含糊地道："不想……"随即摊开手，又小声地加了个称呼，"陆伯伯。"

陆辰良彻底黑脸。

在剧组里待了一阵子，舒盼忽然觉得已经适应这里的生活节奏了。乔氏的戏份并不很多，她也暂时没有其他通告，因此不用和沈影帝、顾千千一样压缩戏份赶夜场，同样的情况似乎也发生在袁晶的身上。

可能因为闲得慌，袁晶索性继续在后头搞小动作。最近一系列通稿出来都是她和云芳菲同台飙戏，盖过顾千千这个女主角之类的腔调。

可惜她一个人在这头唱得火热，云芳菲的微博里却静悄悄的，连一张和袁晶的合照都没有发，反而简单地和顾千千互动了几条。最后还是易南怕闹得太僵，用嘉扬的官博在袁晶那里敷衍地发了几个表情。

明明没占到便宜，舒盼却隐隐觉得袁晶最近的心情好得不可思议，似乎又是个搞事情的前兆。

然而，即便再担心，事到临头，舒盼也是不得不上。顾千千安慰了她几句，说许珊再怎么怀疑也只能猜猜而已，陆辰良站在那里就是最好的证据。

总不能连自己公司的一姐被换了都看不出来吧，这不是瞎吗？

两人刚聊完，发现今天因为阳光刺目的缘故，监视器前的几位人物一溜都戴上了墨镜，看起来还真像是瞎了一整排……

这场戏不过三分钟而已，看得出来是华奥有心请梁先为小铃铛这个角色补充的。要知道那个年代里，小铃铛作为李丹柔的丫鬟跟到穆家去，大多是要直接跟在姑爷房里伺候的，处在这样微妙的位置上，最后直接被收了做通房也不在少数。

乔氏有意为女儿铺路，因此要提前探一探小铃铛的心思，正巧李丹柔回来，大方点出了小铃铛早已和穆峥嵘的小同窗看对眼了。

乔氏面带三分威严，语气却平缓温和，先是询问了小铃铛几句关于李丹柔的日常，最后话锋一转，终是落到了她自己的终身大事上。

许珊扑通一声跪在地上，就开始急急地解释。她身为李丹柔的贴身丫鬟，早就见过穆峥嵘好几回了，像他那样的男子，恐怕世界上还真没有几个人会不动心的。可小铃铛的思路很清晰——她和小姐十多年的情谊，怎么能败在这件事情上？

舒盼听着许珊那跪地的一声闷响，就知道她这实心眼的朋友八成是膝盖上什么都没准备就上场了，看着好疼啊！心里虽然走了一会儿神，但乔氏的脸上还是一本正经的严肃，她继续逼问许珊，如果穆家长辈有人存了心思，要让她给穆峥嵘做通房呢？

乔氏是大家族的嫡长女。大宅子里主仆翻脸、婆媳不和、妯娌内斗的案例简直不胜枚举，在一个能够翻身做主子的机会面前，女人间的情谊可是一点都靠不住的。更何况，有穆峥嵘这样的珠玉在前，小铃铛估计也难再看上其他男子了。

许珊越解释越急，特写画面中的小铃铛眼眶发红，声音也带了哭腔，她对上乔氏严厉的神色，恨不得把心掏出来给乔氏看个清楚。舒盼也正演到关键处，她刚打算拍桌子进行最后一击，许珊的台词却忽然卡壳了。

说错台词这种事情稀松平常，而且情绪上许珊并没出大错，所以导演喊了停，给点时间让许珊顺词。

顾千千还没来得及出场，她抱着前排吃瓜的态度凑到乔氏和小铃铛身边去，结果看见舒盼犹犹豫豫地不知道该不该过去扶许珊，她索性做个好人，过去搭把手就把许珊拉了起来："嘿嘿，和我对戏这么多场，都不见你NG，一见芳菲姐就吃螺丝。小许，你的道行还差点。"

许珊讪讪地笑了几声："我主要是跪地上那一下太疼了，一下把我后面的词疼忘记了。"

舒盼想了想，偷偷嘱咐小欢去拿几个一次性的恒温眼罩来给许珊垫在膝盖上。许珊有些发蒙，似乎是没想到云芳菲能想出这种招数，但随即心里漫上了些暖意。

已经好几次这样了，许珊虽然故意装作不知道，但在片场，一向待人冷漠的云芳菲的的确确帮了她好几次，不论是出于什么理由，至少她得卸下对人家的怀疑吧？可心底忍不住又浮现出那种诡异的猜想，她赶紧摇摇头。

等顾千千走后，舒盼好心陪着许珊顺词。走到剧情的一半，许珊忽然放下了台本，低低地问了一句："芳菲姐，外面有人传你要息影了，这是真的吗？"

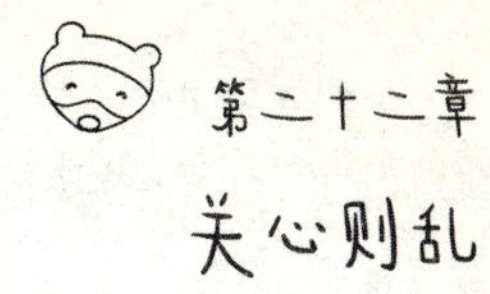

舒盼心头一惊，她还完全没听过这个消息。

“这话你是从哪里听说的？”

许珊咬了咬下唇，剧组里的人一多，事情就多，自然八卦也是一天翻新一个花样。这条传闻是那天她不小心从袁晶的嘴里听说的。

前几天，组里有两家媒体来探班，一家是华奥为她准备的，而另一家则是袁晶自己找的人，她不想等下上镜出差错得罪袁晶，但两个人又的确不熟，于是只好主动和袁晶搭讪。

袁晶的态度高傲得很，不过心情还算不错，她指点了许珊两句，最后强调无论等下她说点关于云芳菲的什么消息，都让许珊不要表态。紧接着，袁晶就在那个相熟的男记者面前透露了《巾帼》可能是云芳菲的最后一部作品。

虽然提前做了准备，但万万没想到是这么个消息，许珊很诧异，差点就管理不住自己的表情了。

采访结束后，她匆忙跟上袁晶，鼓足勇气问了一句：“袁晶姐，你刚才说的是真的吗？”

袁晶转过头来，微蹙着眉头，好似根本不认识许珊似的打量了她几眼：“你不是华奥的吗？这么关心云芳菲做什么？”

许珊眼神闪烁，结结巴巴地道：“我、我是好奇。”

袁晶走到她跟前，神情倨傲，居高临下地盯着许珊白净的脸蛋："我看在黎剑辉的面子上稍微提醒你一句，你要好奇，就好奇一些自己能得到好处的，其他的少管。"

看来这消息，袁晶至少有一半把握。

舒盼笑了笑，她看着许珊欲言又止的表情，心领神会："看来是袁晶了。"

许珊没有否认。采访过后，她空等了几天，等这个探班的片段放到平台上播放的时候，却发现她们谈到云芳菲的那两分钟居然被剪辑掉了，据说还是嘉扬派人处理的。可这不是更可疑了吗？

如果是假的，嘉扬大可以一笑置之，而不是将这个消息包得严严实实的。

此时的舒盼却并不清楚许珊的内心有着如此复杂的心理活动，她早就觉得袁晶要闹点事情，现在知道了反而没什么负担。她转而宽慰许珊道："她说的话你就当没听见过吧。"

许珊见云芳菲说得漫不经心，也就不作他想了。

按照常理来说，许珊好像不应该对云芳菲的事情这么上心，舒盼感觉有些困惑："你刚才那么紧张，是不是和这件事情有关？"

许珊不知道该怎么回应，她最近经常感觉现在的云芳菲和之前见到的那个判若两人，而且老是不知不觉地被她吸引，就好像……

好像两个人的关系本来就是这么亲密一样。

舒盼知道自己戳中了许珊的想法，于是闭口不再继续往下问。也许被许珊看出她的真实身份只是时间问题罢了，可眼下，随着乔氏戏份的渐渐减少，这种危险性也在逐渐降低。

她隐约有种轻松感，也许许珊心中的那个舒盼，很快就能回来了。

两人各怀心事地上场。

小铃铛还是在对戏到一半的时候，为表清白跪倒在地上，而面对乔氏的追问，这一次李丹柔出场帮着自己的贴身丫鬟说话了。其实这段戏里，顾千千只是走个过场而已，不过她的表演一点也不掺水。

她走过去，将小铃铛护在身后，活像只护崽的母鸡："娘，您怎么糊涂了？小铃铛陪了我这么久，一直以来都规规矩矩的，哪里存了什么歪心。"

乔氏低头呷了口清茶，目光不偏不倚地落在小铃铛身上，语带深意："你十一岁就跟了我家柔儿，如今也到了该筹谋婚事的年龄。若真有想法，不妨现下说出来听听。"

李丹柔仍是挡在前面，一脸的不可思议。她往日总以母亲作为她人生当中的标杆，从前没出李府的时候，乔氏以一人之力掌管着李家的中馈，将一切布置得井井有条；出了李府，即便是在这个人不生地不熟的十里镇，也没人敢欺压她，甚至父母二人的感情经过了这么多年月，还能恩爱如初。

这都是摆在李丹柔面前的绝佳榜样，可如今，为了自己的亲事，乔氏居然要逼着一个未出阁的小丫鬟说亲了，至于吗?

顾千千这段演得甚是有趣，她在穆峥嵘面前也许是个娇羞的少女，可一到乔氏的跟前，就恢复成了个稚气十足的大孩子，一举一动都是天真烂漫，不需要丝毫拘束。

舒盼感觉对着这样的顾千千叫女儿，简直比把林筝抱在怀里揉脑袋还要可爱。她从小到大只有个弟弟做玩伴，虽然她也能和舒凡谈心事，但总是差了那么一点什么。尤其是舒凡青春期过后，连班上的小女生暗恋他也不愿意分享了。

李丹柔这个呆萌女的人设，简直能激发她所有潜在的“姐姐爱”啊!

乔氏对李丹柔的目光柔和得几乎不用加后期滤镜就能透出满满的慈爱。梁先看得赏心悦目，早知道舒盼和顾千千搭戏的效果这么好，他就不那么快把乔氏写死了，多活几场也好。

梁先斟酌着开口：“反正俞周都打算让我给袁晶加戏了，我也不亏待你家云同学。我昨天和她商量加戏，可是云同学居然拒绝我了。陆监制你怎么看？”

陆辰良饶有兴致地问道：“她怎么说的？”

梁先想起云芳菲皱眉思索的样子，一双妙目，灵动自然，真有种逆生长的少女感：“她的原话是乔氏不去世，李丹柔就永远不算真的长大。还说了些别的，我没记仔细，正好来问问你。”

“袁晶是专门给主角增加障碍的，你再给云芳菲加戏，两个一起就等于两相抵消。”

梁先就差没给他鼓掌了：“你们两个的说法简直一模一样。她就说让李丹柔做无用功不好，宁可少点也要精细。”

陆辰良笑了，清俊的面容带着几分淡淡的暖意，舒盼算是被他教出来了。新人里头，顾千千就像明艳娇媚的红玫瑰，直率自然，于红尘之中傲然盛开，好看得叫人移不开眼睛；而舒盼恰恰相反，她就像是一朵生长在枯原之上的野百合，气质高洁又有着顽强的生命力。

即便移植到千娇百媚的团簇之间，也难以磨灭她在人心头镌刻下的清丽，这种清丽反而随着时间的推进，历久弥新。

镜头那边，舒盼还和顾千千继续演着。乔氏让小铃铛站起来回话，这才慢慢道出自己的苦心。李丹柔只道父母恩爱，却不知这其中有着乔氏多番维护的心血，而且李家还有一条特殊的家规——凡入门二十载无所出者，方可纳妾。

有这么一条规定在前，乔氏又温柔贤淑，深得公婆宠爱，这才堪堪断了李翀光年轻时候宅子里不少女子的心思。

李丹柔不禁有些失神，半晌之后才恍然大悟，她在穆家的境况和乔氏当年大不相同，还没进门，穆家的不少亲戚已经来到小铃铛身边打秋风了，于是乔氏这个做母亲的才狠下心来立规矩。

镜头里边，顾千千的眼眶是真红了，李丹柔嫁入穆家和她出来娱乐圈打拼也差不了多少，忽然真有点想老妈了。她想了一会儿，掐秒开始讲词，帮着小铃铛澄清。许珊也很快接上话，乔氏伸手过去摸了摸女儿的头：“柔儿，以后……万事小心。”

这段戏终于结束，梁先也在心里暗暗对比着，想的却是袁晶和云芳菲两人。她们出道时本是条件差不多的，可如今袁晶得知能加几场戏的时候得意扬扬，人家云芳菲却能淡定地分析人物，拒绝诱惑。可见一个好的经纪公司对艺人的影响有多大了。

他不禁有些为云芳菲惋惜：“阿良，云芳菲这张脸还挺适合电影的。我听说李朔有新作筹拍，既然你还没打算，不如让她去试试?

陆辰良断然拒绝：“她接下来没档期。”

梁先一脸不相信的样子：“少来，她最近都闲得能在片场和你聊天，怎么可能没档期？我怎么觉得她现在倒像变了个人……你这嘉扬的池子，反倒困住云芳菲发展了。”

陆辰良有一瞬的失神，舒盼最近的进步越发明显，也就和云芳菲的差别越来越大，如果连梁先都起了疑心，那么她的处境就很不妙了。他随即答道：“我没打算留云芳菲，她要怎么发展，我不会限制。”

梁先擂了他一拳：“哎，你这人说话有谱没谱啊。我给推荐吧，你说没档期，那你让人家怎么……”

他话说到一半，猛然察觉出陆辰良那句话中的意思：“你这不会是，要让云芳菲退圈了？”

陆辰良没出声，可恰恰是这个态度，肯定了梁先的猜测。难怪前几天袁晶敢在媒体面前说云芳菲要息影了，合着也是看出来嘉扬打算把这位视后彻底请下神台了？

梁先感觉自己今天算是翻车了，他站起来：“你就是和人家结婚了，也不用把她锁在家里吧？”

他的音量因为惊讶而陡然提高，没来由地把旁边的导演吓了一跳：“谁？要把谁锁家里？”

梁先看了一圈周围，轻咳几声掩饰尴尬，重新坐到位子上，压低声音对陆辰良道：“你这事情通知人家云芳菲没有？我看她还压根不知道这事情的样子。”

陆辰良斜了梁先一眼：“我等下就告诉她要加班。”

梁先莫名其妙：“既然不赶时间，干吗让她熬大夜吃苦，前天还让场务把乔氏的戏重新调个时间，赶两天夜戏。”

陆辰良看了看不远处正和许珊、顾千千站在一处说话的舒盼，他的语气淡然，神色轻松：“这两天辛苦你一下，我要带她回一趟B市。”

云芳菲的事情已经到了要结束的时候，只有她息影了，舒盼才能正式出现。而在那之前，不妨先让舒盼回去见见家人。他这么想着，仿佛能看见舒盼知道可以得空回家时候的那种幸福感，嘴角不自觉扬起一抹好看的弧度。

梁先只觉得自己八卦的神经好像被陆辰良这个笑容全部调动起来了，能让陆辰良这种人请假的事情只有两种，一个是家里出坏事，另一个是家里有喜事。

他猛地看向前方还在兢兢业业对词的云芳菲，陆辰良该不会是想向她求婚了吧？！

今晚的片场，似乎赶夜戏的人特别多。

舒盼打了个哈欠，陆辰良根本没和她商量就直接下了熬大夜压缩戏份的命令。她可怜兮兮抱大腿求了半天，结果还是被陆辰良拎到了片场来。

明明问过易南，接下来没有其他安排的，怎么就不能按照原来的节奏慢慢拍了？

她有点郁闷，而且总觉得脖子背后痒痒的，好像有谁在背后盯着自己似的，可来回找了一圈也没发现什么异样，只好继续蹲着看词。谁知道舒盼的这个哈欠跟传染病似的，紧跟在后头，顾千千和许珊也开始连连犯困。

舒盼记起来顾千千好像已经赶了两天夜戏：“我听说你找陆辰良请假了？”

顾千千有点顾忌边上的许珊，她含糊地点点头：“那什么……我有点私事。”

许珊心领神会，她大大咧咧地站起来：“你们聊吧，我正好等下有人探班。”

舒盼有点好奇是谁要来找许珊，但她还没问出口，这人就一溜烟走没影了，估计多少还是顾虑到自己和眼前这两人还算不上关系很深的朋友吧。

顾千千见许珊走了，这才松了口风：“我是请假了，算是回去探病吧。不过具体的原因嘛，还不太方便说。”

舒盼在心里已经猜出了个大概，和顾千千交朋友以来，除了和秦隽有关的事情以外，这人几乎什么都能和自己聊开。

那这事情必然和秦隽有关系。

顾千千做出一个噤声的姿势："低调，低调。那你好端端地怎么赶夜戏，云芳菲接下来还有活动要你代替啊？"

舒盼呆了呆："我不知道。"

她不比一般的艺人，至少经纪公司会在一个有限的范围内让她去挑选自己感兴趣的活动。在代替云芳菲这件事情上，舒盼从来就没有什么主动权，不知道接下来的安排，不知道易南到底找到云芳菲没有，甚至是不知道哪天自己才能结束合同。

她唯一拿得出来的孤勇，全部花在了喜欢陆辰良这件事情上。

顾千千看着舒盼出神，有点心疼她："你快和陆辰良说不干了，哪有这样的？累活都你做，云芳菲不知道躲去哪里休息，等回来了什么都是她的，连陆先生都……"

顾千千说不下去了，只好瞪着一双眼睛对着舒盼，里头写满了"抗议"两个字。

舒盼摇摇头，似乎是想把那些伤春悲秋的念头忘掉："易南之前告诉我云芳菲失踪的事情可能是刑事案件。一开始我就知道严重性，而且合同上白纸黑字就是这么规定的。只不过，当初不知道，我会和阿良在一起。"

顾千千打了个哈欠："陆先生也真是的，等你真走了，我看他去哪里找……"她含含糊糊地又说了些什么，实在困得不行，于是决定趁候场的时候稍微打个盹。

舒盼给她披了件外套。顾千千这话的确给她提了个醒，想想也有点奇怪，今天她是迷迷糊糊被陆辰良派了任务的，以至于都还来不及细问，怎么最近云芳菲的通告好像变得很少了？

也难怪袁晶都以为嘉扬要放弃她了。

她的旧手机忽然振动起来，翻开一看，竟是陆辰良的电话。舒盼转到后面一看，发现陆辰良就在离自己不远的地方打电话，她有点莫名其妙。

陆辰良背对着舒盼接着电话，声音里也透着一股疲惫："困吗？"

舒盼很想回答他"是的"，如果不是碍着云芳菲的身份，她也想跟顾千千一样趴着睡一觉。以前她做替身的时候就和许珊在片场睡得横七竖八的，谁管什么形象不形象，明星也是人，何苦跟自己为难。

陆辰良轻轻笑了一声："困得不想和我说话了？"

舒盼揉了揉眼睛："为什么忽然放到晚上拍？本来回去还能和你见一面的。"

比起睡不够，她感觉这点更可惜。明明陆辰良就在她身边，可是工作的时候根本不方便去找他，回酒店后好几次沾到床就睡着了，第二天连陆辰良换什么衣服出去的都记得不太清楚。

她看着陆辰良动了几步，赶紧跟着站起来："你要去哪里？"

陆辰良微微往后转了转，竖起食指，对着舒盼做了个噤声的小动作：“别问，抓紧时间，跟上来。”

舒盼看了看周围，现在是凌晨两点多，正是最困的时候，周围的员工都有点恹恹地提不起精神，自顾自默默做着事情。她随手抓着自己的帽子戴上，几步跟上陆辰良。

《巾帼》的外景在宏村，而拍宅院戏份的时候，剧组则在飞腾影视城驻扎。而穆家的院落正位于南区古城，这里以仿明清建筑为主，包括街道、四合院、酒楼、茶楼、王府、县衙、庙宇及各种规格的城墙等。

挂了电话，舒盼和陆辰良在古朴宁静的街道上并行着，却始终隔着一段距离。凌晨时分的古城，没有白日里来往的旅客，少了进出抱着设备忙碌着的剧组员工，空气里都透着一股静谧的味道。

舒盼侧头看了一眼陆辰良，悄悄地闭上眼睛，感觉到自己的步伐，似乎正渐渐被身旁这个男人同化着，两个人有着一样的步调、呼吸，甚至于心跳。

耳边传来纺织娘窸窸窣窣的叫声，一种前所未有的平静在舒盼的心尖上蔓延开来。一路走来，她忽然觉得和陆辰良在一起的那些点滴的回忆，好像已经被她珍藏在脑海里，每当夜深人静的时候，就会在放映机里一遍遍重演。

真是堪比一部电视剧的精彩程度了。

陆辰良不知什么时候靠近了她身边，双手搭在她肩膀上：“别光顾着感悟人生，麻烦你看看路好吗？”

舒盼微眯着眼睛，语带抱怨：“我这正在和自我对话呢，煞风景。”陆辰良撒手看戏，幸灾乐祸地道：“那我不妨碍你了。”

舒盼感觉不太对，她忽地睁眼，发现原来自己已经走到城墙边上了，再差个几步就要撞上去，还好陆辰良拉了一把，不然肯定要遭殃。

“你真想让我撞上去啊？”

陆辰良抬手作势要给她一个爆栗，舒盼往后躲了躲：“别、别打，你倒是先告诉我，到底带我到这里做什么嘛？”

陆辰良带着她顺着城楼走上去：“上次我弄坏了你的宝牒，今天赔你一个新的。”

大概是每个影视城的景点都有这么个类似的地方，上次在秦王宫附近是一个被压得弯了腰的老树，这次却是一面挂满了锁的铁网。

舒盼颇为诧异，上次弄丢宝牒那事情她自己都忘记得差不多了，再说那时候写了两个，虽然自己那个被摘下来了，但为舒凡祈祷高考能有好结果的另一份还留着。

更何况现在也没必要偷着看陆辰良戴眼镜啦，具体来说是可以光明正大地对着他犯花痴了。

陆辰良拿出一个粉色的小密码锁，样式和初中女生日记本上挂的差不多，他有点不自然地道：“我那天看顾千千也来过，所以顺便带你来看看。你不要……就算了。”

舒盼愣了愣，随即扑过去把密码锁抢过来揣在手里，她迅速解开锁扣，随手扣在了铁网上，几个动作一气呵成。

陆辰良眉宇微皱：“就这样？我以为你会许个什么愿望。”舒盼背对着他，点了点头，语气里是不尽的笑意，她调侃道：“许了。不过还是一样，不告诉你。免得哪天这许愿墙也倒了，你还拿着这个来问我。”

陆辰良觉得这样的舒盼有趣至极，他玩心突起，从背后抱住舒盼，下颚轻抵在她的肩窝上：“我帮你请假了，回家一趟，去见你家里那个小鬼头吧。”

舒盼激动起来：“我真能一个人偷偷回去吗？”

陆辰良闻着她身上的馨香，故意一本正经地道：“不能。”

舒盼委屈地瞥了他一眼，气得想踩陆辰良几脚，真不知道这人说话哪句真，哪句假。

陆辰良淡淡地笑道：“我陪你回去。”

舒盼熬了一夜，天大亮的时候已经拍到乔氏离开十里镇了，她回酒店紧急补了两个小时的觉，又回到了片场。

正逢林琛刚谈完新合作回来，他听说了之前女儿闹事的事情，只好舍下面子带林筝过来道歉。舒盼生怕又把林筝弄哭，赶紧强打起精神解释。

对林筝来说，舒盼其实更像是个特殊的玩伴。和一般朋友的区别就在于，这个玩伴是林筝按照自己的取向为老爸找的。一旦难以得偿所愿，那种失望估计是双重的。

舒盼摸了摸林筝的脑袋：“你的戏杀青了，你老爸的戏份也差不多了，说吧，打算什么时候走啊？”

林筝叹了口气：“做不了老妈和女儿，你也别急着赶我走啊。”

林琛拉着女儿的手，严肃道：“我们两个有过约定的，你不许再乱说了。”

舒盼憋笑，她朝林琛摇了摇头，示意他不用太严厉，转而温声解释道：“你看了自己拍出来的片段没有，好看吗？”

林筝点点头，颇为得意地道：“那当然啦，我和你对戏有不好看的道理吗？”

“那你知道这么好看的戏最后能放在电视上播出，是谁的功劳吗？”

林筝语塞，以她的理解力，并非不知道陆辰良在剧组是个什么职位，而一个优秀的监制会对一部电视剧起到什么样的作用，自然也是不言而喻的。

她撇撇嘴："说不过你，你就喜欢他好了。反正我要找男朋友，就绝对不找他那样的。"

林琛黑了脸，小鬼头莞尔一笑，顺手又把舒盼推到自己老爸身边："你们慢慢聊，最好是能互换个联系方式什么的。"

她说完也不敢看林琛的脸色，躲到助理后头赖着要去车上休息了。

林琛简直无可奈何，他摇着头："真是克星啊，不服不行。"

舒盼深有体会，她苦口婆心地劝道："别抱怨了。别看她现在还愿意黏着你，等稍微大一点，恐怕就不会事事都和你说了。"

林琛用一种奇异的眼神看着舒盼："你……还真的养过孩子啊？"

舒盼自知露馅，只好随口编了几句："我有个远方的亲戚，在家里住过一阵子。"

她感觉在女儿面前的林琛总是有点不同，具体来说，就是显得特别生活化，而不是像之前他们两人独处的时候那样端着，好像故意要营造出和自己地位有别的距离感。

在这点上袁晶和林琛的感觉很类似，估计豫州影业就是按照这个套路培养演员的。

林琛思忖了一下，最后还是决定问出口："云小姐，《巾帼》真的是你最后一部作品吗？"

舒盼没想到林琛也对这事怀有疑虑："这个事情到底是谁开始谣传的？"

林琛绕过了袁晶那层，直奔主题："你别多心，我前几天出去一趟，正好遇上你今年代言的那款洗发水广告的老板，他听说我在组里和你搭戏，就想让我劝劝你。"

舒盼一头雾水："劝我什么？"

林琛神色犹豫："他说让你在嘉扬争取一下，至少别在这个时候退下来，G&K 的代言他还想和你谈，价钱还可以再商量。"

他的这句话犹如一道惊雷，在舒盼的心里炸响。袁晶不喜欢云芳菲，因此在外面谣传她要息影是很有可能，但林琛和云芳菲并没有直接的利益关系，从他这里转述出来的消息，十有八九不会是假的。

既然陆辰良已经决定要让云芳菲息影了，那为什么要故意瞒着她？

云芳菲本人呢……易南是不是也早就知道她的下落了？

舒盼的脑子里一片混沌，顿时不知道该怎么接话。林琛见她面上一阵青白交加，心下暗道不好，难道嘉扬竟还没对云芳菲本人透露这个消息？

舒盼勉强定了定心神，对林琛道："好，我会再考虑的。谢谢你告诉我。"

林琛面有愧色："是我说错话了，对不起。"早知道就不多嘴插手人家的事情了。

陆辰良和云芳菲的关系匪浅，这下伤的还不只是利益关系，要是嘉扬真的和云芳菲闹掰了，估计她也免不了伤心。

他又轻拍了拍舒盼的肩膀："休息一阵子也好，万一有想换个环境的想法，欢迎你考虑豫州影业。"

舒盼哭笑不得，她这都还没从嘉扬跳槽离开，就已经有别的公司能考虑了？

真不知道能不能算上是个好消息。

舒盼怀着满腔的疑虑和忧心，准备和林琛拍李翀光的杀青戏。

而同一时间，在片场之外，许珊迎来了第一个为了她来《巾帼》剧组探班的人——黎剑辉，他们两人现在是名义上的情侣。

黎剑辉带了一束花和一盒寿司来看她，做法老派而且官方，但挡不住他本人的颜值还在那里，引得周围一众小女生少女心荡漾。

许珊小心翼翼地应付着这份来自前辈的关怀，两人一路演着上了黎剑辉的保姆车，她这才松懈下来。

黎剑辉打开那盒寿司，拿起一个细卷朝着许珊道："我喂你吃一个？"

许珊受宠若惊："不、不用了吧。"

黎剑辉也不逼她，索性自己尝了一个，然后漫不经心地问道："小珊，你是不是有个叫舒盼的朋友？"

许珊没想到自己会从黎剑辉的嘴里听到舒盼的名字，她略微有些吃惊，但随即反应道："是有这么个人，不过你怎么会知道的？"

黎剑辉唇角微微勾起，他最近在拍一部中日合资的偶像剧，头发挑染着淡淡的茶色，发梢微卷，在阳光的照射下泛着柔和的光泽，整个人如同从纯情漫画中走出来的立绘。

"我想对你了解得多一点。好歹我们相处半年，多少都想留点回忆。不如我请客，你找几个朋友出来聚聚吧？"

许珊眉头微蹙："半年？不是说好三个月吗？"

许珊和黎剑辉签了那纸荒唐合约的时候，其实还不算个圈里的人。华奥是一家非常肯在一线明星身上砸资源的公司，经纪人在她身边不停地游说着，再加上黎剑辉又是她大学时代和舍友们一起意淫过无数次的花美男，脑子一热，她就签了名字。

而这三个月里，许珊的确尝到了甜头：除了《巾帼》这戏里的小丫头，已经有两三个当红的综艺属意她来做固定嘉宾，还有一份高级手表的代言，甚至能在隔壁丰原导演的电影里有十分钟的镜头。

黎剑辉脸上的笑容微敛，他盖上餐盒：“小珊，你和我在一起很不开心吗？”

许珊想了想，索性认真地答道：“我拿着你女朋友的名号，能接到工作和代言，能在这里演戏，这些都很好。坦白说，我只喜欢作为偶像的你，所以和你装作谈恋爱，我并不开心。”

黎剑辉伸手过去，似乎是想帮她理理额前的几缕乱发。许珊往后躲了躲，以前她总觉得黎剑辉这人笑起来时很好看，但离近了以后，却经常觉得他那张偏阴柔的脸笑起来有点假。

他的手停在许珊的肩上：“小珊，我可以等，你不妨去问问易南的想法。他是做这行的，应该知道机会比什么都重要这个道理。不过就是再加三个月而已，他要是真不同意，我去劝劝？”

许珊眉眼低垂，她的手紧紧地攥着裙角，神色间流露出一丝犹豫：“不……”

“三个月，你就会和那些只在电视剧里做主演替身的朋友完全不一样了。身价会到多少，你应该猜得到。”

许珊深吸了一口气，她猛然抬头，脸上带着释然的微笑：“不用你和易南说，我自己会和他说的——”

许珊眉目清明，仿佛自己终于又回到四年前发着高烧还四处艺考的那段日子：“答案是，我不需要了。”

黎剑辉眼底闪过一丝凌厉：“即使，要你把现在得到的代言和活动都原原本本放回去？”

许珊闭上眼睛，咬着下唇，半晌还是重重地点了点头：“是。”

“即使……”

许珊连忙用手塞住自己的耳朵：“别说那么多了，反正我现在就是这么决定了。”她生怕黎剑辉下一句再开出更大的条件，自己本来就不是意志力很坚定的人，否则当初也不会入了这个坑。

谁知黎剑辉并没有在那天平上继续加上砝码，而是从口袋里拿出了一张相片：“好啦，那些都是你应该拿的，我也没权利收回去，逗你玩玩而已。不过我还是求你帮我一件事情，这张照片上是不是你朋友舒盼？”

许珊接过照片，仔细看了看，从周围的环境判断应该是嘉扬的公司门口，一个身穿着半旧不新的牛仔衣的女孩正准备上一辆保姆车，她的头发扎成高马尾，打扮清新自然，侧脸看上去和云芳菲有七分相似。更重要的是，这女孩的边上还站着一个她非常熟悉的身影。

那人便是易南。

黎剑辉用一种平静的口吻继续问道："你是不是觉得她很像云芳菲，很像现在和你打交道的那个云芳菲？"

许珊听他这话问得奇怪，不由得又仔细看了看照片。忽然之间，萦绕在她脑海中许久的困惑好像得到了一个解释。可又因为这个解释太过匪夷所思，她震惊得一个字也说不出来。

现在这个云芳菲……难道是嘉扬找来舒盼假扮的不成？

有一道严密的墙正在悄然裂开。黎剑辉不怀好意的到来，注定会掀起一番波澜。

今天是林琛杀青的最后一场，但陆辰良感觉今天舒盼拍戏的状态不太对劲，尤其是和李翀光对戏的时候，对李丹柔要嫁到穆家那种忧虑感表现得太满了，好几段情绪都是重复的，有点跳戏。

导演知道林琛晚上还赶时间走，于是耐心地把舒盼找过来点拨了几句，而在这个过程中，舒盼没有和陆辰良说过一句话，这让一直乐于看戏的梁先察觉出了端倪。

陆辰良想不通自己哪里做错了，尤其是两个人昨晚上还好好地出去约会了几个小时，回来一切正常，连请假回B市探亲的飞机票都已经准备好了。

他头痛不已，顺手摘下那副乌金边眼镜，揉了揉太阳穴。梁先带着他脑补的画面突然插话进来："你是不是求婚被拒绝了？不对啊，我看之前云芳菲一副恨嫁的样子，摆明了就是想做陆太太啊。"

陆辰良不胜其扰："你能不能不要把自己的想象力浪费在没用的地方？"

"那肯定是你让她息影，她不开心了吧？我跟你说，这事情是你办得不对，她想出来继续演戏怎么了，你自己身为一个导演，这个态度要摆正嘛，都是为了艺术献身，你这……"

陆辰良全然没将梁先的话听进耳朵里。云芳菲息影跟舒盼有什么关系？早点结束这份工作本来就是他和易南计划当中的一步，现在终于得以实施，分明是一件令人愉悦的事情。

无论从哪个角度考虑，他都不认为舒盼会因此和自己闹矛盾。

事实证明，舒盼的心情低落的确和云芳菲息影没有多大的关系，她郁闷的是，这件事情居然不是从陆辰良嘴里说出来的。

明明昨天有那么久独处的时间，除了陆辰良有心瞒着她以外，舒盼想不出来任何的理由为他开脱。

林琛自觉做错事，好不容易煎熬地演完了李翀光杀青的戏份，他走到舒盼身边，看她倚着根柱子在发呆，感觉有点心疼。

原本只是想给她提个醒，实在没想到在她心上扎了一刀。林琛坐到舒盼旁边，搜肠刮肚地想找些安慰的话，最后也只剩一句：“你找他问清楚吧。”

舒盼还在那堆乱七八糟的想法里无法自拔，呆呆地问了一句：“啊？”

林琛一副过来人的姿态：“你想得再多都没有用，不如直接找陆辰良去问吧。他既是监制，又是你老板，还要做你男朋友，三位一体，本来就没有那么容易，有些事情不说，有可能是为了你好。”

舒盼想着反正以后也见不到林琛了，反而有了几分要和他敞开心扉的意味：“如果问出来的结果很糟糕呢？”

她感觉得到，在云芳菲的一系列事情上，陆辰良和易南即使没有说谎，对她呈现的也只是部分事实而已。这让舒盼感觉很忐忑，尤其是和陆辰良在一起以后，她真有点不知道该怎么面对归来的云芳菲，以及他们三个人之间的关系。

林琛表情严肃，目光悠远，仿佛看向不知名的前方：“你没有能力承担，当初就不应该开始。”

舒盼脑海里浮现起表白的那一晚。陆辰良反倒是再三确认的那一个，而她自己每个字都说得无比坚决……如果让时间再倒回去，毫无疑问，她还是会做一样的选择吧？

舒盼站起来拍了拍裙角：“你说得对，我应该去问的。”她正想朝前方找找陆辰良的身影，忽然从边上匆匆冒出个人影挡在她和林琛面前。

舒盼吓了一跳，待她定睛一看，这人居然是许珊。

许珊急得满头大汗，也顾不上林琛诧异的眼神，她拉住舒盼的手就往边上走。舒盼见她身上还穿着小铃铛那套嫩黄色的戏服，内衬仿佛已经湿透了，不知道的人还以为她当面被人泼了盆水。

舒盼反握住许珊的手，莫名其妙地问道：“你怎么啦？”

“我已经全部知道了。”

舒盼愣了几秒，反应极快地笑道：“巧了，怎么今天人人都有事情要和我说？”

她误以为许珊已经从另一个渠道得知云芳菲要息影的消息了。

许珊的心直跳，几乎要从嗓子眼里蹦跶出来，可她看着舒盼一副云淡风轻的样子，心里的疑问、关切、好奇和期待，统统转化为一种莫名的愤怒，在她的胸腔内翻滚着。

“你没有什么想对我说的吗？”

她的声音冷得出奇，舒盼抬眼对上许珊委屈的目光，感觉似有泪水正在她的眼眶里打转着，刹那间，舒盼仿佛有些明白了。

许珊……或许是已经知道自己的真实身份了！

背后传来一阵嘈杂声，舒盼回头看了看，竟然是剧组里头不知道什么时候又进来一班记者。而在那堆摄像头的中心，正有个头发染成浅栗色模样的白净少年，那双标志性的桃花眼带着从容的笑意，时不时和记者交谈着些什么，还似有似无地朝两人这边打了个招呼。

这么会挑时机出现的人，除了那个电灯泡一样的黎剑辉，还会有谁？

舒盼抓着许珊的手腕忽地握紧，本来顾千千就建议她把自己当替身的始末告诉许珊，但她碍于许珊的身边还有个磨人的黎剑辉，担心这事被黎剑辉利用来打击嘉扬，于是犹豫至今。

“这件事情我以后会和你解释，但是现在……”舒盼往后扫了一眼，那因为黎剑辉的出现而骚动着的人群正在逼近，万一在众媒体镜头前败露了，后果不堪设想。

“现在不是个好时间。”舒盼的心快跳到嗓子眼了。

许珊闻言更加委屈了，她甩开舒盼的手，泪珠大把大把地从那双清亮的眼睛里滑落出来：“之前顾千千对我百般照顾，都是因为你拜托的是吗？你早就把你的身份都告诉顾千千了，对不对？”

“我……”舒盼哭笑不得，顶替云芳菲这件事情不是她一个人临时起意的，一旦有差错，整个嘉扬乃至陆辰良都要跟着背锅。

她之所以能毫无戒备地告诉顾千千，一半是因为已经被人家逼到不得不说实话了，另一方面是成信和嘉扬没有立场上的冲突。

可许珊和顾千千的情况根本不一样啊！

黎剑辉的眼神早就锁定了许珊这头，他漫不经心地应付着身边的记者，隔岸观火，将许珊和舒盼两人的一举一动尽收眼底。

许珊泪眼蒙眬，抽泣得肩膀一抖一抖的，活像只可怜的小动物。舒盼也顾不上那么多，一把抱住了许珊，一下下轻抚着她的后背：“我错了，我错了，是我不应该瞒着你。但这件事情知道的人越多就越麻烦，毕竟这不仅仅是我一个人的事情。”

“那你也不能这样啊，难怪于老师在片场还和你有说有笑的，怎么大家都知道，就瞒着我一个人？难道在你心里，我就这么不值得信任吗？”

许珊的脑袋靠在舒盼的肩膀上，她呜咽了一会儿，听到舒盼这话忽然又想起些什么：“是不是易南让你瞒着我的？”

完了，这才是舒盼最怕被许珊问到的问题。

一直以来，她极力在许珊面前掩饰着自己的身份，尤其是在得知许珊和易南在交往后，这种负担感更甚。舒盼生怕许珊和易南之间的信任因为这件事情而破裂，可眼下看来，这种情况却是不可避免地发生了。

舒盼深吸了一口气，她打算把自己和易南曾经深谈的那番话转述给许珊。或许等许珊知道了易南是顶着多大的压力继续这段感情，问题也就迎刃而解了。

可黎剑辉并没有给她这个机会，就在舒盼准备解释的当口，她的余光扫到围着黎剑辉那堆人居然正朝着自己和许珊这边走过来。

舒盼当机立断，她对许珊道："本来这件事情由易南亲自告诉你比较好，但是既然你现在就想知道，我们换个地方说。"

许珊似乎对这种论调早有准备，她抹了一把眼泪："你就说一句，他是不是根本就不相信我？"

眼看着黎剑辉越走越近，舒盼几乎急出一身冷汗："不是，他只是……"她这后半句实在找不着说法，毕竟他们两个人之间的事情，旁人又如何能说得清。

舒盼片刻的犹豫却让许珊信以为真，她再次泪盈于睫："你是我的朋友，易南是我男朋友，你们两个是打算合起伙来瞒我瞒到什么时候，我看起来就这么好骗吗？"

舒盼心里真是有苦难言，说到底，许珊不是一个守不住秘密的人。可她是碍于对陆辰良，或者说是对嘉扬的承诺，难以开口。

而易南则是被许珊和黎剑辉那一纸恋爱合同伤得不轻，所以他尚且没有对许珊告知实情的打算。

两人正在僵持之际，黎剑辉已经带着身边那几个殷勤拍照的娱乐记者，慢悠悠地走了过来。许珊见况擦干眼泪，似是下了什么重大的决心，她目光渐渐变得清冷下来，语气似是没有了热度："今天就当我最后帮你瞒着一次。以后，黎剑辉要怎么样，我也管不到了……"

舒盼的心被狠狠地揪了一下，她还从来没见过许珊这个样子说话。

黎剑辉适当地插话进来打破了两人的尴尬："好久不见。我既然过来探班，肯定也少不了过来看看你。"

许珊红着眼睛搭腔道："我正好和芳菲姐聊到你。"

舒盼怒目看向黎剑辉，她早就应该猜到许珊跟着这妖孽男在一起，就算只是工作的关系也很容易被带偏。

黎剑辉徐徐迎着舒盼的目光，他面上笑意不减，语气里却带着淡淡的嘲讽："小珊你眼睛怎么了，不知道的还以为云小姐欺负你了。我以前一直以为你们关系很不错，就像很早以前就认识一样。”

围观的八卦记者自然免不了要在这个地方添上几笔，但这点现在已经不在舒盼的考虑范围里头了。她眉间微蹙，细细回想着刚才和许珊谈话的内容，一股冰凉刺骨的寒意渐渐漫上她的心头，或者许珊根本就不是自己猜到真相的……而是通过黎剑辉的暗示知道的！

舒盼不自觉后退了两步，黎剑辉和云芳菲原来的关系就不简单，偏偏又和陆辰良对着干，如今被他知道了自己的事情，后果简直不堪设想。

“我好像没允许你进来探班吧？”

一句冷冷的问话，将众人的视线都吸引到了舒盼的身后，她猛地回头一看，见到陆辰良正站在自己的背后。

黎剑辉早有准备，他笑着调侃道：“我和俞制片说了，毕竟是给小珊准备个惊喜，陆监制不会这么不近人情吧？”

陆辰良走上去，不动声色地和舒盼并肩站到一起，他兀自握住舒盼冰冷的手，十指紧扣。舒盼侧头看了他一眼，说不上来心头是什么滋味。

她本来是生气的，气自己和陆辰良从来没有真正信息对等过，气陆辰良每次都有一大堆让人无法拒绝的理由，更让人生气的是，每次真遇到了没办法解决的事情，这人又会第一时间出现在自己的身边。

陆辰良一下抓住黎剑辉的软肋，他话说得极重：“你要在这里炒作，俞周给你个脸面，这我管不着。可‘分寸’两个字要我教你写吗？还是你太久没在组里待过，已经忘记正经拍戏应该是个什么样子了？”

当着不少外人的面直接被圈里的金牌制作人数落，黎剑辉面上的表情已经开始冷峻：“陆辰良，你是不是忘记我已经不在嘉扬了？”

他从前便是这样被陆辰良不留情面地痛骂，明明那时候他已经人气很高了，也颇会做人，不少和他打过交道的制片、导演都纷纷向嘉扬递去了橄榄枝，可偏偏被陆辰良全部回绝了。

理由仅仅是陆辰良认为他的演技还有待磨炼。

简直可笑，难道别人对他的肯定在陆辰良眼里都是狗屁吗？多少演技比他还不堪的男星占着更好的资源在电视圈霸屏，而他已经过了能主打青春的年纪，再被嘉扬藏着不出来赚钱，难道要等到像沈清淮那样走沉闷到不行的“老干部”路线吗？

他不甘心！所以在华奥有意挖他作为一哥的时候，他只犹豫了一下就答应了。

结果已经很明显了，陆辰良根本无心让他出头，与其毫无希望地在嘉扬熬日子，不如换个愿意拿出好资源来捧红自己的公司。

陆辰良依旧面无表情："你是忘记了，自己好歹还在嘉扬待过。黎剑辉，你上一部戏在俞周另一个组里只待了三十天就杀青了，连外景都没出过，替身倒是请了五个，后期全用绿幕做效果，估计和你搭戏的女主演应该都没见过你几面吧？"

这个消息就劲爆了，陆辰良这话一说出来，连许珊和舒盼都齐齐傻眼了。

许珊的睫毛上还挂着没擦干的泪水，她惊讶地瞪大了眼睛，样子看起来有点滑稽。原来黎剑辉平时能有那么多时间接广告代言和综艺，居然都是从拍戏的时间里头省下来的？

舒盼也是压抑不住心头的讶异，她只知道陆辰良平时说话犀利，可还不知道这人能把知道的八卦用得这么恰到好处，简直句句都在把黎剑辉往绝路上逼啊！

许珊和舒盼面面相觑，这才发觉自己之前无论和任何人交锋都不似对上陆辰良这般。

陆辰良素来不喜欢掺和到八卦当中去，但也不意味着酒桌上那些谈资就全然不入耳了。事实证明，适当的时候从他嘴里出来的反击，字字句句都打在人脸上，叫人难堪至极。

黎剑辉的脸色变换堪称精彩，可他亲自带过来的那一圈记者仍是兴致勃勃，好像巴不得两位公众人物能够多说几句，无论谁输谁赢，至少今天这趟算是赚够了本钱。

许珊悄悄上前拉了一把黎剑辉。她感觉得到，今天在这里黎剑辉是讨不到什么好了，与其闹得更难看，不如早点退场求个清净。

黎剑辉缓了缓，他似乎想到了些什么，本已颓败的脸色忽然又活络起来，嘴角的笑意更甚，他不动声色地搂紧了许珊："原来陆监制对我的事情还这么上心，听到谣言了也记得提醒我。果然人走了，情分还在啊。难怪小云这么舍不得嘉扬，无论何时何地，都牵挂着公司和陆监制。"

这话乍听之下颇有几分古怪，可在场几人都很清楚黎剑辉话中的意指。

舒盼的手心沁出了一层汗，黎剑辉之所以能这么光明正大地和陆辰良叫板，不外乎是已经掌握了云芳菲的行踪，甚至对舒盼替身的整件事情了如指掌。

陆辰良对黎剑辉冷笑了声："情分是给人的，不是给东西的。要当真有什么牵挂的，你也不妨回来看看，嘉扬是不是缺了哪个人物就转不动了。"

陆辰良知道这话八成是云芳菲叫黎剑辉传来给自己听的。可他偏偏不吃这一套，易南之前一直还愁着找不到云芳菲，现下可好了，和黎剑辉凑到一处去了，倒也省了他派出去找的人力物力！

许珊有点后悔自己的冲动了。她虽然还对舒盼和易南生气，但从未想过当场将事情揭穿，她小声地开口道："我……我等下还有一场，再不过去准备会被骂的。"

黎剑辉顿了顿，微微皱着眉头，似是不满许珊打断自己和陆辰良对话，但很快，他变换了一副面孔，低头宠溺地看着眼前娇小的女人："好，那我再陪你过去坐坐。"

许珊既和易南有关，又是这小替身的朋友，这么好的一张牌，现在就弄丢了岂不可惜？

黎剑辉意味深长地看了一眼舒盼，仍搂着许珊作亲昵状，侧身对记者调侃道："情况大家都看到啦，今天Coco姐也不在，希望笔下留情多关照我家小珊。"

他端着一副监护人的样子说话，语调神态又以许珊的第二经纪人自居，惹得在场不少人关注起两人热恋的状态来，倒是多少缓和了一下刚才剑拔弩张的气氛。

许珊低着头作娇羞状，也不敢抬眼再看舒盼，只顾着和黎剑辉朝片场走去。

舒盼看着许珊离去的背影，心里头有说不出来的难过。她和许珊可是在片场分过一个鸡腿，同吃过一盒快餐的交情，到了今天，明明两个人都有戏拍了，可过得比当初在片场做替身还郁闷。

陆辰良还紧紧牵着舒盼，等围观的人散场了，他才温声开口道："她有易南，不会有事的。"

舒盼手心的汗渐渐变得冷了，透过掌心隐隐传来一种黏腻的感觉，她也想像许珊甩开自己的手那样，索性撒手留陆辰良一个人在原地反省，但话到嘴边又开不了口。

陆辰良很少见她愣着不说话，以为是真被许珊的事情吓到了，于是一改常态地又宽慰了几句："黎剑辉知道也不打紧，他只能在嘴上过过瘾。云芳菲的事情如果真的暴露出来，不过是两败俱伤而已，他虽然脑子进水，倒还不至于蠢成这样。"

"云芳菲要息影的事情，你为什么没告诉我？"

舒盼不想再纠结了，有了之前许珊和自己闹的那一场，她似乎已经隐约懂了和身边人好好沟通的重要性。至少现在许珊和易南的关系就是前车之鉴，有了今天这件事情，即使不闹分手，也是够呛。

陆辰良一向不喜别人质问自己，他挑了挑眉："这件事情，你知道得太多，没有任何好处。"

这局已经成为必然了。云芳菲不淡出人们的视线，舒盼永远都会被拿出来类比，在事业上，在和自己的恋爱关系上，即使后期人气和演技能慢慢得到肯定，刚出道的时候也会闹得不愉快。

从这个角度上来说，云芳菲的息影是舒盼出道计划当中最重要的一步。以舒盼的个性，如果知道自己开始的契机是建立在云芳菲的没落上，估计心里多少会过意不去吧？

他不希望舒盼去承担这份莫须有的愧疚，无论是在工作上，还是恋爱的时候。

舒盼见陆辰良这个淡定的样子，明显是不想和自己继续沟通的架势，心里头陡然间冒起了一阵火。

“你没权利帮我选择什么是好，什么是坏！”这事情真在她心底压得太久了，云芳菲就像一个说不得碰不得的屏障，永远隔在他们两个之间。

本来舒盼就弄不清云芳菲出走的原因，现在更是丝毫不清楚以后对云芳菲的安排，她心里没着没落的，次次都只能从别人嘴巴里听到最坏的消息。

难道过了这么久，陆辰良始终都没有把她放到能共事的位置上吗？真就觉得她这么公私不分吗？

陆辰良面上的表情渐渐冷峻起来，他松开舒盼的手，慢悠悠地回了一句：“这么说，你开始就应该直接告诉许珊，而不是轮到今天站在这里和她拉拉扯扯。”

舒盼呆住了，她忽然感觉自己现在才真的能和许珊感同身受，至少那种不被信任的感觉的确是让人很不好受的。她看着陆辰良冷漠的神情，抽了抽鼻子，眸子里的泪水不自觉就在眼眶打转：“对，算我活该。”

舒盼扭头就走，没想到这时候林琛正巧过来，她抬头撞上林琛探寻的目光，又赶紧低下头来，匆匆从他身边离开了。

林琛被她那双充盈着伤心、惊惧情绪的大眼睛吓了一跳，他朝着陆辰良急急地问道：“你把她怎么了？”

陆辰良阴着一张脸，根本懒得应付林琛：“轮不到你管。”

【未完待续】

图书在版编目（CIP）数据

狸猫也要幸福 : 全2册 / 竹宴小生著. -- 南京 : 江苏凤凰文艺出版社, 2019.3

ISBN 978-7-5594-3147-9

Ⅰ. ①狸… Ⅱ. ①竹… Ⅲ. ①长篇小说－中国－当代 Ⅳ. ①I247.5

中国版本图书馆CIP数据核字(2018)第295577号

书　　名　**狸猫也要幸福**
作　　者　竹宴小生
选题策划　北京记忆坊文化
特约策划　张才曰
特约编辑　单诗杰 莫桃桃
营销统筹　杨　迎
统　　筹　姚　丽
责任编辑　白　涵 刘洲原
封面绘图　三　乖
封面设计　80零 · 小贾
版式设计　天　缈
出版发行　江苏凤凰文艺出版社
出版社地址　南京市中央路165号，邮编：210009
出版社网址　http://www.jswenyi.com
印　　刷　北京中科印刷有限公司
开　　本　670毫米×970毫米　1/16
字　　数　705千字
印　　张　39
版　　次　2019年3月第1版，2019年3月第1次印刷
标准书号　ISBN 978-7-5594-3147-9
定　　价　75.00元（全二册）

影视版权抢订热线　010-57194853
江苏凤凰文艺版图书凡印刷、装订错误可随时向承印厂调换

MEMORY
HOUSE

MEMORY HOUSE

记忆坊文化

狸猫也要幸福 下

Spring For A Wild Lily

竹宴小生——著

江苏凤凰文艺出版社
JIANGSU PHOENIX LITERATURE AND ART PUBLISHING, LTD

Contents

目录

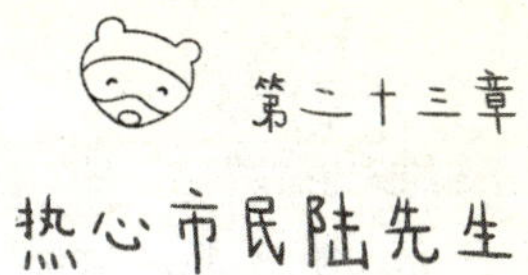

第二十三章 热心市民陆先生

舒盼头顶乌云，独自回到酒店，可回到原来的房间，才发现连个落脚的地方都没有了。

自她搬上去和陆辰良住同一间之后，就没关注过自己原来的房间，今天一看，竟有点手足无措了。

小欢站在门口颇有几分尴尬：“盼盼姐，你走以后陆先生就把这间房匀给几个助理了，他没告诉你吗？”

舒盼一脸蒙，她这是吵架了还非得和陆辰良睡在一个屋子里？既然她原来的房间被占了，难道只能去楼上求着陆辰良让她进门？

小欢看出舒盼的为难，她给出了个主意：“千千姐的房间今天貌似没人住，你要是今天真不想和陆先生一起，要不和她商量一下凑合一晚上？”

舒盼想了想，感觉这还真是个办法，于是掏出手机打电话向顾千千求助，对方倒是很爽快地答应了，可惜钥匙在Linda那里，她挂了电话，只好一个人在门口等。

累了一天，再加上又和陆辰良吵架了，她感觉身心俱疲，蹲下来给自己揉揉小腿。

高跟鞋尖在大理石地面上轻踏出声响，舒盼赶紧站起来整理了一下仪态，生怕被来人看出什么端倪。

"你和顾千千关系这么好，她怎么没告诉你自己回来的时间，就留你一个人在外面等啊？"

舒盼听着这尖厉的声音，想也不用想就知道是袁晶那个麻烦人物，她缓缓回过身："我和你关系这么差，也不见你告诉我什么时候回来，好让我避开啊！"

她和袁晶斗嘴惯了，倒也接得顺口起来，反正这种事情统统是云芳菲背锅。舒盼算是明白了，就算她不去招惹袁晶，这人也根本没有放过云芳菲的心思，索性破罐破摔，恶言相对到底算了。

袁晶找碴儿的战斗力远比余施洛高出几个级别，但是因为一直很受豫州影业的保护，还没怎么被人刁难过，因而嘴上功夫还没到家，次次都被舒盼堵得说不出话来。

她冷哼了一声："反正你也就这几天了，何必还和个小丫头做亲亲热热的样子。做给谁看，你真以为我们和顾千千还能做同龄朋友？也不见你从前和我多装装样子。"

舒盼被袁晶这酸溜溜的话逗乐了。有时候，她还真觉得云芳菲的真爱遍地都是啊，先是余施洛怎么也要拉她下水，然后那个黎剑辉死缠烂打，现在是和袁晶相爱相杀。如今云芳菲真要息影了，怎么反倒从袁晶的话里听出来一股没有了对手，从此要孤芳自赏的味道？

舒盼突发奇想："袁晶，你到底为什么讨厌我？"

袁晶此刻身边一个助理也没跟着，可见是乏得紧了，根本没去林琛的杀青宴就准备回来休息了。她听着云芳菲这话，不由得愣了愣，索性踢了高跟鞋在一边，双脚稳稳地踩在地上，学着云芳菲刚才的样子揉着小腿。

"这有什么好问的，我都已经忘记原因了……"

一开始的时候和云芳菲不过是片场的小摩擦，抑或是抢了角色的几番恩怨，但近几年两人渐渐都抵不上新人了，争得反倒没那么激烈了。于是她想来想去，只得了这个答案。

舒盼由衷地笑了出来，她淡淡地道："忘了也好，我觉得好好演戏比什么都强。"

要是放在以前，云芳菲这样对袁晶说话，她估计会气得够呛。可今天，袁晶却只是闷着不出声，似乎肯定了这个说法。

半晌，她撇撇嘴，冷眼看着舒盼，没好气地来了一句："喂，你还教训我。你就真的死心了？这么走了，以后回不来别哭啊。"

舒盼笑着摇摇头，神情是一派平和宁静，眉眼清丽，姿态从容，一双妙目在夜色之中闪烁如晨星："不是死心，是重新开始。"

她这话指的不是云芳菲，而是自己。不过用在这里回复袁晶的疑惑却是恰如其分的，不论云芳菲息影与否，既然她人都回来了，舒盼的离开就已经步入倒计时。

难道她真安心在家里做主妇吗？陆辰良是怎么想的，好好一个云芳菲，非要放到家里做摆设？袁晶眉间微蹙，她感觉最近自己的情绪变化很奇怪。

其实刚听说云芳菲要息影的时候，她欢喜得不得了，恨不得能立刻昭告天下，让所有云芳菲的仇人和自己一起庆祝。可是一两天过后，袁晶发现云芳菲竟然一点表示也没有，她继续安心演戏，好像既不因为在嘉扬没了地位而惶恐，也不担忧陆辰良从此就不要她了。

那种姿态，分明是登上顶峰过后，坦然放手的从容。

袁晶心里的念头，早已离题了老远。她忘记自己是过来端着架子奚落云芳菲的，站在房间门口和云芳菲聊了起来，甚至心底对这位昔日的仇敌，还有了几分惺惺相惜的味道。

舒盼见话说得差不多了，于是也不打算继续站在袁晶跟前了。她和袁晶是没有旧怨的，虽然最近也折腾了一阵子，但总归没什么大仇。她走过去拍了拍袁晶的肩膀，什么也没说，自顾自朝着走廊的另一端走去。

袁晶看着云芳菲离去的潇洒背影，心底忽地生出一种无力感，她知道自己这辈子估计是没什么希望赢云芳菲了。

也许，她们两个在本质上就是不同的，她想要名利风光，所以才入圈做了演员。可云芳菲呢？原来一直以为这女人是和自己一般心思才吃苦闯荡，现在却真的看不明白了……

虽然舒盼在袁晶面前威武霸气了一回，可她晚上睡觉的事情还是没着落，顾千千的助理Linda迟迟不回来，她不自觉间就顺路走到了陆辰良的房间门口。

连袁晶都对她要离开的事情多少有点感触，怎么陆辰良还不知道他们两个相处的时间已经进入倒计时了？还是他早有安排，只是又瞒着不告诉自己而已？

舒盼感觉脑子昏昏沉沉的，鬼使神差地按了门铃。

门铃声清脆地响起，她猛然清醒过来，恨恨地打了几下自己按门铃的那只手。

要不要这么没骨气啊，狠话都放出去了，这会儿还主动上门找人，这也太丢脸了吧？

她心惊肉跳地等着门那头的反应，不消一会儿，听见有脚步声朝这边来，舒盼赶紧蹲下来躲到门后去。门里的人没发出半点声响，只半推开门看了看情况，见着没人竟也没说什么，又重新关门进去。

舒盼的脑袋靠在后头，先是松了一口气，后又觉得实在好憋屈。她有什么好心虚的，明明这次是陆辰良做错了好不好，怎么临了自己反倒没底气了？

她猛地站起来，正想下手再去试着按按门铃，那门却自己开了。舒盼猝不及防，只得呆立在原地，眼前那人却轻笑出声："我以为是谁呢，原来是你啊。"

舒盼定睛一看，这人却不是陆辰良，而是有几日没见的易南！

易南面带风尘之色，明显是刚从A市赶回来的。他看起来清瘦了一些，精神却还很好，脸上的笑意丝毫不减，他招呼舒盼进去说话。舒盼进了屋子先探头探脑地找了陆辰良一圈，却根本不见他的踪影。

易南见状乐了，一针见血地道："你别找了，我刚才问了孟开，陆先生估计是出去找你了。"

舒盼愣了愣，这陆辰良该不会以为自己真的去送林琛了吧？就算她再生气，也不敢去招惹林琛了啊，尤其是下午和陆辰良吵架被林琛看见了，如果晚上还去凑热闹，这不是没脑子吗？

易南看透舒盼的想法："他这是关心则乱。你别走了，留在这里等他吧，把误会解释清楚，免得……跟许珊一样放在心里不痛快。"

舒盼想起许珊，不由得也是眼神一黯："你和她谈过了吗？"

易南的笑容里透着几分凉意："我本来这次就是来找她的，在停车场等了几个小时没见到人，上来就看到她和黎剑辉一起走了。电话不接，短信不回，估计是直接把我拉黑了。"

舒盼宽慰了几句："她正在气头上呢，等想明白了就好了。"

许珊现在闹脾气吵架倒还不算是坏事，最怕她脑子一热又被黎剑辉当枪使，落下什么把柄来，以后都处处被钳制着。

易南见舒盼说话虽是安慰，可听起来比他还要更担忧的样子，他面上的阴郁渐渐消散，反而调侃起舒盼来："她想得通，那你呢？"

陆辰良自然不会把吵架的事情拿来和易南说，不过孟开和小欢也待得久了，最近行事机灵起来，不等着他问，便一五一十全说了。

舒盼的面上浮起一阵绯红，感觉烧得厉害："我这不是上来想和他再心平气和地谈一下吗？"

易南但笑不语，舒盼想了想，这次怎么着也要让陆辰良在自己面前吃点亏。

她在屋子里绕了一圈，视线最后停在那个空荡荡的衣柜上。她拉开柜门，脚尖踮地，轻轻一跃便上了上头的一个隔层，蜷起膝盖，确定能将自己藏得严严实实的，这才侧头对易南道："我不走了，就在这里躲着等他，你就当作什么都不知道。”

易南见舒盼一副认真得不得了的样子，颇为好笑。

是不是曾经某个时候，他带在身边的艺人都有过这么有趣的一面？可惜，有些人已经永远回不去了。

他这次来找陆辰良，只带来了一个坏消息——云芳菲已经找到了，可她躲在了黎剑辉的家里，并且公然提出要和嘉扬谈条件。

她还妄想着回来，回到视后的位置上，回到陆辰良的身边。

易南想着云芳菲那张满是疲态的病容之上，扬起苍白而诡异的微笑，他便知道要彻底对这人死心了。云芳菲搭上了以往根本不屑理会的黎剑辉，不仅仅是为了翻身，更主要的目的是和黎剑辉一起来硌硬曾经的老板。

这事情，就易南个人而言，他也是不愿意告诉舒盼的——一来徒增烦恼，二来也和人家没什么关系，从来只有艺人的债务转移到嘉扬，何来嘉扬的旧债要让一个小姑娘扛着的道理？

易南尚且如此，陆辰良要保护舒盼的心思，恐怕只重不轻。

他敲了敲衣柜门，好心提醒道：“你就躲着稍微等一会儿，别为难自己。”

舒盼也想敲两下柜门以示回应，还没来得及下手，就听见有人开门的动静，她赶紧安静地藏好，屏着呼吸细听外面的动静。

陆辰良开门进来，见着易南正朝着衣柜门站立，眉宇微皱：“你还没去休息吗？”

易南双手一摊：“我来得太赶，没订酒店，这附近的都已经满了，刚才让孟开帮我处理一下。你怎么样了？”

陆辰良脱下外套扔在椅子上，伸手松了松领带，语气里有几分急躁：“没找着她，梁先也说没看到。我看着林琛那副也要跟上来问情况的样子，就倒胃口。”

易南不动声色地斜了一眼衣柜，想稍微给陆辰良一点提示，怎奈他心思尚在别处，反而对眼前的东西视而不见了。陆辰良有些怪异地道：“你眼睛怎么了？我看你精神状态也不好，要不干脆和我一间吧，省得来回跑。”

易南无奈，只好含蓄地道：“还是不了，你今晚应该还有别的事情做。”

陆辰良从他话中听出些什么，送易南出门的时候又留意了一下门口的鞋，果然发现了古怪。

舒盼紧张到脚趾都蜷缩了起来，她把耳朵贴着柜门，却怎么也听不到外面陆辰良的动静。陆辰良站起来，顺手关掉壁灯，几步走回了刚才易南对着的衣柜，轻敲了两下。

“出来吧，我知道你在里头。”

舒盼差点惊呼出声，她忐忑地将柜门拉开一条缝：“你怎么什么都知道？”

陆辰良挑眉：“不是我什么都知道，而是我不瞎。”刚才他进来得急，竟是没看清脚下，等送易南到了门口仔细一看，这屋里今天并没有别人进出，怎么会无端地出现了一双女式皮鞋？既然来了人，易南自然是没有不告诉他的道理，除非这人故意躲着他。

陆辰良伸手去拉柜门，舒盼却死抵着不从：“你把我的房子都匀给助理了，这不就是逼着我回来住吗？”

“那是因为我根本没考虑过你还想出去住的情况。”

舒盼心里头不痛快：“你每次就是吃定我不会走是不是？”

“别闹。”

舒盼撇撇嘴，终究是自己慢慢拉开了柜门。她盘腿坐在衣柜的上层，俯视着眼前的男人，只见他面沉如水，虽神情淡漠严肃，但依旧是俊美无俦。他目光灼灼地盯着舒盼，不怒自威，倒平添了几分往日没有的神采。

她愣愣地盯着陆辰良看了一会儿，她眉间的嗔怒，在不知不觉之间，竟也随之烟消云散。

连生气都能这么好看的人，除了陆辰良，大约是再也找不出第二个了。

舒盼赶紧单手遮住眼睛，以防自己因为受到这种莫名的蛊惑而心软：“我不看你，也不许你看我。这次不把事情说清楚，以后就算是在片场同进同出，我也不让你看我了。”

她说完好像记起了些什么，挺起身子来却不小心撞上了柜顶，吃痛赶紧缩回来，又用另一只手把自己光着的小脚丫也遮上：“看它也不行。”

这一幕实在是有点滑稽，陆辰良不禁笑出了声，他过去摸了摸舒盼的脑袋：“这次是我不对。云芳菲息影的事情我计划了有一阵子，等《巾帼》拍完，她就会和嘉扬解约，彻底回家。”

舒盼松开一条缝细看他：“她是不是被绑匪弄伤了？伤得严重吗？”

陆辰良说得很直白：“她不是被绑架的，就是和嘉扬闹翻了才走的，去了国外。”

这句话的信息量太大，舒盼好半天才缓过劲来：“……这么说，你之前一直就没对我说实话啊！”

原来云芳菲压根就不是被绑架失踪的，亏得易南还和他一起扯谎说什么可能和刑事案件有关，害得她连续好几天做噩梦，梦到云芳菲凄厉的求助声响彻某个废旧的停车场之类的地方，而且陆辰良还抱着她奔走求医。

生离死别的即视感实在太强烈。

舒盼继续追问道："那她到底为什么走啊？"

想起云芳菲那副不达目的誓不罢休的嘴脸，陆辰良不禁冷笑了声："她生气出走的原因一点都不复杂，就一个。"

"什么？"

舒盼感觉自己腰间一松，竟是整个人被陆辰良抱了下来，她脚不着地，只好跟一只无尾熊似的攀在陆辰良的身上。陆辰良眸中那淡漠的神色温凉如水，他靠近舒盼的耳边，低低地回了一句："和我一样，求欢被拒。"

舒盼微微一愣，随即耳朵涨红了起来："你、你乱说，我哪里有拒绝你了？"

陆辰良抱着舒盼几步进了卧室，似笑非笑地道："那你今晚还回去吗？"

舒盼倚在陆辰良的肩头，几不可察地摇了摇头。陆辰良笑了，他侧头轻吻了吻舒盼娇嫩如同鹅颈般的脖子："盼盼，我不是吃定你不会走，而是不会让你离开我。"

别这么早立flag好吗？

"哦——"舒盼故意拉长声音回了一句，她嘟着嘴，对他这话并不很相信。

陆辰良这话虽然说得漂亮，但等这个工作结束了，他究竟会怎么处理他们之间的关系呢？是走，是留，也许就是一句话的事。

"以后都留在我身边。"

陆辰良将她轻轻放到床上，俯身下来，温热的唇瓣掠过舒盼的脖颈，往下是她藏在纯色针织衫里若隐若现的精致锁骨。

这几天忙得几乎没能好好和舒盼用行动交流一下感情，他觉得自己身上的每个细胞都在叫嚣着抗议，周身的血液似乎早已渐升温至沸腾。

如同受了蛊惑一般，他的一只手不由自主地往下，捏住了舒盼的小脚，开始肆意把玩起来。

一股酥麻的触觉瞬间从舒盼的脊背蔓延到全身。她从没有像现在这样，脑子糊成一团，那个近乎无理的请求，击溃了舒盼身上所有的防线，她感觉自己的身体好像燃起了一团火，迷迷糊糊之间便答道："好。"

陆辰良似乎对这个答案很满意，他几下解开自己的灰色领带，竟是将那双纤纤玉足绑了起来。舒盼挣扎了两下坐起来，却发现他只是象征性地打了个结，开口处也并不紧。

果然是个足控啊……这种时候绑着脚却不绑手是几个意思？

她暗暗吐槽了一句，谁知陆辰良迎面过来，凝视着她眼底的赧然："留着手，是方便你脱衣服。”

舒盼抿了抿嘴，感觉自己没有一点事情能绕过陆辰良，她抖着手要去扒拉自己的上衣，试了好几次，却怎么也解不开自己毛衣上的第一颗扣子。陆辰良无奈地笑了一声，将她的手带到自己胸前：“是我的衣服。”

舒盼喉间吞咽了一下，顺着陆辰良的指引，轻松地解决了前几颗纽扣，再往下，便能看清他极致诱惑的几块腹肌的曲线了。

死就死吧……

她索性也不管那么多，将俯身下来的陆辰良压得更低了些，纵情地吻了上去，也不管什么扣子不扣子，三两下扒掉了陆辰良的衬衫。陆辰良另辟蹊径，探手进了她针织衫的里头，从里到外将整件针织连衣裙解开了，自那胸前的丰盈一路向下，刺激着舒盼最后的底线。

舒盼轻嘤了一声，齿间轻轻撕咬着陆辰良的下唇，竟是没有半句羞赧的推辞。

她意已决，既然陆辰良留她，那就要在他身边尽情地待下去。爱得比对方多本就不是一件可耻的事情，多思多虑不过是庸人自扰，还不如好好享受停留在陆辰良身边的每一刻。

当那种曼妙的快感渐渐要将她吞没时，舒盼紧紧地贴在陆辰良的胸膛，听着他的心跳，一声声胡乱地呢喃着：“阿良……”

这是她往日不曾有过的热情和温顺。不知怎么的，陆辰良心中竟感觉有些异样，他不由得缓慢下来，语气里是从未有过的温柔：“我在。”

两人十指紧扣，陆辰良吻着舒盼的额头，空气里分明升腾弥漫着情欲的味道，这个吻却似乎比任何举动都更能打动舒盼的心。

不知过了多久，舒盼清醒过来，发现清晨的阳光正好，翻了个身找人，陆辰良却已经不在床上了。

舒盼摸出手机一看，已经七点了，吓得差点没直接从床上蹦起来。

今天可还有一场戏，如果只有自己迟到也就算了，万一带着陆辰良一起开天窗，简直要被现场那些八卦的眼睛盯死了……

她往自己身上裹了床毯子就爬起来找衣服，陆辰良正从外头进来，身上早已穿戴整齐，他看着舒盼一阵慌乱的动作，感觉有些好笑：“你怕什么，忘记顾千千今天九点才来吗？你和她搭戏，人都没到齐，肯定不算迟到。”

舒盼双手抱着毯子：“那你呢？总不能都开拍了，你还不去督工吧。”

陆辰良的视线在她身上游移了一会儿，凝眸在舒盼那双粉嫩的小脚丫上：“今天的戏问题不大，有梁先在，我不担心。”

舒盼面上一阵绯红，她连忙盖住自己的小脚，一只手抱胸，另一只手推陆辰良背对过去："我担心啊。我们两个这样一起出去，别人不就都知道……"

陆辰良搭上她的腰，微微笑了声："不然你以为说我们两个讨论了一夜的剧本有人信吗？你家剧本是夜光的？"

舒盼脸上红得更厉害了，她环上陆辰良的脖颈，嗔怒道："你还让不让我换衣服了？"

陆辰良低头亲了亲舒盼的锁骨："脱都让你脱了，还有不让你穿的道理？"

舒盼迅速穿好衣服，陆辰良今天心情大好，去片场的路上稍微对她透露了秦隽可能会在《巾帼》后期客串一个痴情将军的角色，正好是李丹柔生子那段，还陪着她共渡难关。

这戏算是梁先临时动笔加的，在极尽他八卦的本能的同时，也赚足了顾千千和秦隽绯闻的噱头，真可谓一举数得。

可惜秦天王拍那段戏的时候她已经不在片场了。舒盼打开了个棒棒糖在保姆车上等着顾千千来片场，正想着让她用秦隽的签名照来弥补一下内心的小遗憾，翻开手机却发现微博又炸锅了，舒盼极快地浏览了几条，这才知道发生了什么事情，竟然是顾千千掉马甲了！

顾千千用自己的索尼Xperia登录秦隽的微博发了条"我很好"，这下成了两人复合的铁证。

舒盼正翻着评论，顾千千打着哈欠上了车。她拍了下顾千千："你和秦天王，这就要公开了？"

顾千千一脸茫然的表情，随后接过盼盼的手机，等看明白的事件经过，不由得抱头哀号起来。舒盼手上的棒棒糖差点没掉下来："你号什么呀，其实很多人也猜得到你们根本就没分开啊。"

顾千千只觉得用这种方式公开简直蠢爆了："我只是没想过居然这样就掉马甲了，一不留神被迫公开了……"

舒盼乐了，眉眼之间俱是清甜的笑意，半宽慰半调侃道："我倒觉得没什么不好的，秦隽是个能为了你跑到影城来探班的男朋友，这么浪漫地公布了，说不定是天意安排好的呢。"

顾千千的眼神稍微有些黯淡："主要是他的嗓子现在经不起这么折腾，等会儿还要想个办法拦着追来问八卦的记者。"

舒盼的棒棒糖化在嘴里，唇齿之间都是甜蜜的奶香味道。这种事情拦得住吗？就连不着调的黎剑辉来探班都能带来七八个记者，秦隽要公开女朋友，不来一个连的记者追查这件事情才怪呢。

顾千千低头猛扫了几页评论，基本就是她和秦隽的一些CP黑粉跟风在骂，舒盼看得不是滋味，索性把手机拿过来关掉："别看了，都是些无聊的人。"

顾千千好似已经习惯了这些，她哂然一笑："这都算骂得轻了。"

舒盼听顾千千说过一些关于秦隽嗓子的状况，人家病得吃饭喝水都是难事了，某些号称头号粉丝的家伙，还好意思把秦隽倒霉运的脏水都往顾千千身上泼，这也太瞎了吧？

要不是顾千千念着秦隽的真爱粉会因为他的病情着急伤心，根本就不会多事发那一条微博，有些粉丝还真是好赖不分了……

舒盼暗暗吐槽了几句，转念一想，又觉着这事情不太对。她说出了自己的推测："千千，我怎么觉得这些黑粉来势汹汹，像是有组织有目的的，好像有人故意把事情引导到你身上？"

她跟着陆辰良久了，没少看到这种事情。娱乐圈里总有一些势力，为了压垮一个人，就会先在一个劲爆的事件里引导大众舆论，强行给无知的网民画重点，把事情越闹越大，紧接着备上后招，把这浑水搅得天翻地覆才罢休。

顾千千愣了愣："哎，你这么一说，我好像有点感觉了，秦隽和唱片公司解约的事情还压着呢，也是时候爆发了。"

两人商量着，果真看见秦隽的老东家终点传媒趁势跳出来，专挑痛处踩，不仅公开了解约的细节，还把人家接下来的演唱会活动也统统推了个一干二净，这也太不讲道义了吧？

现在顾千千和秦隽两个人都被键盘侠喷得跟筛子一样。

舒盼忽然觉得陆辰良虽然有时候黑心了点，但在这点上还是很好的，云芳菲都闹成那副样子了，嘉扬却依旧维持着她在外的风评，实在是很有良心啊！

舒盼一偏头，就见着陆辰良在外头敲窗户。她开了窗，感觉外头似乎吵得厉害："我们现在过去，还是你打算跟先前一样来一次清场？"

陆辰良看了眼舒盼，示意她不要插话，转而冷声开口问顾千千："惹祸精，我问你，等下那些媒体你打算怎么回应？"

舒盼把顾千千护在后头，抱怨了一句："你别那么凶嘛，她一个人怎么去啊，那些媒体……"那些记者肯定会提一些比微博评论还要倒胃口的问题，让没有经纪人的顾千千去直面他们，搞不好真会被拆皮活吞了。

陆辰良冷眼斜了舒盼一下。他当然喜欢媒体帮他免费宣传《巾帼》，但顾千千这次的事情又牵扯到秦隽，这意味着成信和终点之间有所博弈，他可不希望自己监制的作品变成陪葬的牺牲品。

舒盼感觉到陆辰良身上正散发着那种令人不自在的气场，她打了个寒战：

“我、我想帮帮她。”

顾千千待她是很好的，作为一个能为她保守秘密的朋友，这几个月来，两个人特别合得来。舒盼实在不想看着陆辰良把顾千千一个人推出去面对。

顾千千横在两人中间，她更不想舒盼为难，于是故作轻松道：“我经纪人就快来了，总能解决好的。”

陆辰良思忖了一下，转而似笑非笑地对舒盼道：“你如果真想帮她，现在就下来，和我一起过去。”

舒盼一脸茫然：“你说我啊？”

陆辰良眉峰微抬，他果真让舒盼先下了车，只留顾千千一个人在车上等待。

舒盼的脑子还糊得很，但她知道这种时候陆辰良多半已经想出解决办法了，于是悄悄问了一句：“你也想帮她对吧？我就知道，你不会忍心放顾千千一个人过去受罪的。”

陆辰良的唇畔扬起一抹浅笑：“你又知道了？”他拉着舒盼便朝前方走去，“单我一个也救不了她，我们两个一起，估计可以试试看。”

顾千千看着发急。从她的角度看来，舒盼好似是被陆辰良拽着朝前走的，而陆辰良脸上的笑容怎么看都有几分冷意，就像是埋好了一个地雷要带着舒盼去殉情啊……

她心里实在忐忑，但又不好贸然下车来追赶两人，只好暗自在心里祈祷，自家这跟嫩兔子似的傻盼盼千万别被坑得太惨。

陆辰良拉着舒盼一路走到媒体面前，而杜攸混在记者堆里早就急不可耐了。她今天的任务就是要捕捉顾千千和秦隽，云芳菲最近在她的娱乐周刊里多少算是失宠了，毕竟她最近和陆辰良低调得不行，而且据说又快要息影，跟拍的价值骤减。

一见前方来人，杜攸和周围的一拨记者争先恐后地抢占高地，统统围了上来。谁知大家定睛一看，不由得都有些傻眼，这两人根本不是什么秦隽和顾千千，竟然是陆监制和影视小花旦云芳菲。

候场的媒体在看到两人的瞬间，居然谜之沉默了十几秒，随即又以比先前大了两三倍的音量喧闹开来。

杜攸只觉得那种闹腾的声音，透过耳膜钻进她脑子里搅和。她实在搞不懂陆辰良葫芦里卖的什么药，好在她反应极快，招呼后头的摄影师跟上来，大声地对陆辰良问道：“陆监制，女主角顾千千和秦隽的恋情是真的吗？秦隽是否来过剧组探班？”

陆辰良理也不理她，只淡淡地来了一句：“各位，今天顾千千请假了。如果你们是来堵她的，最好早点回去休息。”

一众媒体差点没集体抗议起来，杜攸更是差点自己咬了舌头，但她不屈不挠地又挤到前头：“那您和云小姐今天这是？”

陆辰良的手搂在了舒盼的肩上，亲密得很：“我们是为自己的事情而来。”

舒盼莫名其妙地侧头，却恰好和陆辰良四目相接，刹那间，她似乎立刻明白了这人的心思。

这是要公布他们两个的关系来帮着顾千千转移视线？！

杜攸一听陆辰良这话就热血沸腾起来，这、这竟然是顾千千和秦隽的事情在前，炸出来云芳菲和陆辰良公布恋情？真是秒打脸啊，看来之前判断云芳菲没有采访价值还言之过早。可见人家息影，妥妥地是要去做陆太太了。

她这脑洞大开的几秒之间，后头的媒体也纷纷反应过来跟上，只是一时半会儿，还不知道具体该问两人些什么。

陆辰良仍是那副云淡风轻的样子，他侧头对舒盼耳语一句：“把你那呆样子收起来，不知道的还以为要宣布你患绝症了。”

舒盼的确是一脸蒙的，但转念想想，这么短的时间里要想应付这拨赶来的记者，貌似也只有用一个差不多重量的消息来转移视线了。

她端着云芳菲那副骄傲如小孔雀的姿态，含蓄地朝在场媒体笑了笑，转而又和陆辰良来了个对视，眼波含情脉脉，温柔得能掐出水来。可偏偏舒盼的手并不安分，她绕到背后轻戳了戳陆辰良的腰。

那意思很明显，拿两个人公开的消息帮顾千千可以，可是能不能多少提前和她说一下，好歹让她有点心理准备啊！

陆辰良抓着舒盼的手，十指紧扣放到前面来：“你要不想演就算了，现在把顾千千叫过来还来得及。”

舒盼挺着一张假笑的小脸蛋，温顺地挽着陆辰良，声音几乎是从牙缝里挤出来的：“别啊，我们两个非要死一个的话，还是我吧……”

她来都来了，再放回去抓顾千千出来根本不合算嘛，在媒体面前公布恋情难道还有买一送一这种好事吗？

陆辰良往日那双肃穆严谨的眸子，浮上了几分笑意。他见舒盼背地里张牙舞爪，明面上无奈要扮作温婉大方的样子实在有趣，于是侧头亲了亲她粉嫩如同花骨朵般的面颊：“我挡在你前头，反正八卦里写的花样早就不多了，不在乎再加几条罪状。”

杜攸见状倒抽一口冷气。

陆辰良什么时候在公众面前和云芳菲主动亲昵过了，这和之前冷淡的陆先生简直判若两人好吗？易南还成天对自己藏着掖着，甚至彻底否认了两人的婚讯，现在这副样子，就是说云芳菲已经吃定了陆辰良都不为过！

众媒体一拥而上，纷纷开始发作。

“云小姐，请您回答一下是否有息影的打算？”

“陆导，您和云小姐的婚期定在几月？”

“陆先生，您和云小姐已经交往多久了？据说陆妈妈对云小姐很满意？”

“……”

舒盼往后退了两步，要不是小欢还在前头拦着，她感觉媒体的话筒都快戳到自己的额头了。

但她没有刻意躲避镜头，因为根本没那种必要，云芳菲和顾千千的情况并不相同，圈子里流传她和陆辰良的情感历程已经有几年了，如今公开虽然是意料之外，却也是在情理之中。

陆辰良护着舒盼，面色从容淡定。他刚才已经让孟开联系了易南过来，这会儿并不急于编造那些莫须有的答案，而是朗声邀请一众媒体去个能落脚的地方坐一会儿，正巧能让顾千千在这个空当顺利离开。

嘉扬给云芳菲安排的新助理，除了小欢这个他们意在培养成新经纪人的苗子之外，还有四个舒盼不太熟悉的，现在起到了不小的作用，几人齐齐开路，这才让舒盼和陆辰良得以突围出去。

等招待完了一众媒体，陆辰良和易南商量着后续的安排，尽量不让公布恋情这件事情影响到两人回B市的行程。

舒盼忙里偷闲，掏出手机给顾千千回了个信息，想问问她是否已经安全到了秦隽身边。

收到短信的顾千千很不好意思，她感觉舒盼八成是在陆辰良身边受了点委屈，于是小心翼翼地问了些问题。舒盼则大方地宽慰她不必忧心自己。

她是没想到陆辰良会愿意下血本配合自己帮助顾千千，不过这锅说到底还是要云芳菲来背。娱乐圈的风向一天一个样子，谁知道等舒盼离开的时候，这件事会发酵成什么样子。

怕就怕现下陆辰良和云芳菲公布了消息，以后有心人只要再一跟踪云芳菲的动态，就很容易发现她根本不是息影去结婚的，而是被嘉扬彻底放弃了呀！到时候那矛头可不都得对准陆辰良这个“负心人”吗？

想到这点，舒盼就觉得陆辰良这步棋似乎走错了。她叹了口气，也不知道云芳菲看着这新闻会是个什么感受……

在A市滨江区附近的一栋双层别墅当中，云芳菲正死盯着微博上陆辰良公布与她的恋情的新闻。她兀自咬着下唇，眉头紧皱，脸色惨白得吓人，十指攥紧，指尖狠狠地嵌进掌心里头。

黎剑辉走过来，单手搭在云芳菲的肩上，递过一杯温水，好脾气地提醒道："小云，吃药了。"

云芳菲眉眼低垂，仍旧一言不发。她回了A市却不敢住回自己家里，因为这次的事情闹得太大了，易南三天两头地跑去给她的家人分析利弊形势，这会儿恐怕她家里还要哭着求着，让她别再继续和陆辰良对着干了。

不就是怕付不起违约金吗？

云芳菲想到父母那副装着为她好的伪善面孔就觉得恶心，难道她这么多年对陆辰良的喜欢，就当真没一个人能懂吗？

黎剑辉见她没有反应，眸中对她的怜惜之意更深，伸手过去，索性将手机关了，柔声安慰道："别看了，身体要紧，先吃药吧？"

云芳菲抬头，凤目圆睁，狠狠瞪了黎剑辉一眼，将他手上的杯子推翻在地，玻璃杯触地即碎，在胡桃木色的地板上炸开一朵带着玻璃碎片的不规则水花。

"黎剑辉，你是不是很得意？看到我现在也成了这个样子，你应该很开心才对啊！"

听见动静的保姆小月匆匆走上二楼，看着眼前这幅情景，惊得说不出话来。黎剑辉抬眼挥手示意她安静地下楼去，自己则拉着云芳菲的手，半跪到她身边："我没有。小云，当初我希望你和我一起离开嘉扬，你虽然没答应，可我对你的心意没有变过。"

云芳菲冷笑了一声："你不用演了，这种招数我用得多了。你不过是不希望陆辰良好过而已，说到底，他才是你心底的一根刺。他亲手带你出来，半路却看出来你是个资质不够的次品，索性止损让你滚蛋，这很伤你的自尊吧？"

黎剑辉轻笑出声，俊美清秀的脸庞上闪过一丝恨意："你原来就很了解我，不过现在应该更是感同身受了吧。"

他低头，在云芳菲手上轻吻了一下："他不要你，也不要我，偏偏挑了个不知道从哪个角落扒出来的小替身。"

云芳菲被戳到了痛处，万分嫌恶地将手抽回来，扬手就想给黎剑辉一记耳光，却登时被对方拦住了。

黎剑辉面上仍带着三分笑意，语气里却没了亲近温和的意思："云芳菲，把你的脾气收一收，吃药管用的话最好乖乖吃。如果你还不想息影的话，最好现在听一下我的计划，不然一放你出我家大门，估计你会被人当成疯子抓起来。”

云芳菲挣扎着，怎奈黎剑辉看起来是个花美男，力气却并不比寻常的男子小，她恨恨地骂了一句：“你到底想做什么？”

黎剑辉冰凉的手轻抚上云芳菲的脸蛋，似笑非笑地道：“帮你回去啊。”

一朵充满阴谋的烟花在黎剑辉眼底炸开，游戏才刚刚开始。

可即使前方的路途千难万阻，陆辰良也会将舒盼牢牢护在身后，以至于舒盼还未嗅到丝毫危险的气息。

顾千千偷着回来补完了和乔氏的戏份，得知舒盼就要和陆辰良一同离开，她数了数，发现等舒盼回来以后，就只有乔氏病重的那几场戏了，可偏偏剧本里只有李丹柔奔丧的片段，却无母女两人的最后相见。

也就是说，舒盼这一走，至少在《巾帼》剧组，两人是没可能见到了。

顾千千抽了抽鼻子，一时之间，百感交集，握着舒盼的手，竟是半天才憋出一句话来：“盼盼，我们还能再见吗？”

舒盼见顾千千眼圈微微有点泛红，声音也哽咽起来，赶紧拍了拍她的肩膀：“当然了。你别这样，不然以后我都不敢来找你了。”

想起陆辰良那个黑心鬼，竟然让盼盼顶着云芳菲的名号和他谈恋爱，顾千千就有点愤愤不平：“云芳菲回来以后，你……到底有什么打算？陆先生就这么放着你，一点计划也没说吗？”

舒盼想得很开：“我已经习惯了。就拿今天这件事情说吧，帮你引开记者的时候，他也什么都没说吧？可我们一到场，什么都安排好了。易南那边连来了几家媒体、几个人、几辆车都弄清楚了，先把那些不入流的自动清退了，剩下的都请到酒店好生招待着提问。”

顾千千瞪大了眼睛：“陆先生这也太神了。”

陆辰良就是这么个会在暗地里稳妥行事的人，他的心上不知道开了几窍，每走一步，似乎都已经把后头的十几步给想好了。之前沈清淮也说过，陆辰良对身边的人事事都会择优安排，却丝毫不显露，因此也常常被人误解。

舒盼清亮的眸子中渐渐绽放出一种奇异的神采：“有时候我觉得，即使他什么都不说，我也应该相信他。”

陆辰良的个性其实有点奇怪。他是孤独的，但这种孤独并非由于他人难以理解他，某种程度上其实是他自己造成的。简单点来说，就是他性格有点拧巴，天生一派独行侠的作风，又觉得什么解释都是多余的。

两个人几次吵架磨合，其实本质上都是这个原因。不过让舒盼感觉最幸福的是，陆辰良其实在一点点地为她改变，所以她也一直努力地去做那个能和他有默契的人，那个始终都懂他的人。

顾千千还是有点不甘心："嘉扬那边也不安排你吗？"

舒盼两手一摊："易南说是会给我惊喜，至于是怎么个惊喜法……我脑子笨，猜不到。"

况且她心里也做好了嘉扬不安排她的准备。

一开始她接受这份工作就是为了还清家里的债务，现在不仅仅目的达成了，和喜欢的人谈了恋爱，而且这半年多来，可以算作是一场实习。她在这个圈子食物链的顶端熟悉规则，看到了形形色色的人，这些不仅没有把她吓退，反而让她更热爱演员这个行当了。

以后重新出发，想必遇到什么情况，她都可以宠辱不惊了。

舒盼思忖了一下，忽然又记起一件事情来："千千，你能帮我个忙吗？"

顾千千二话没说就答道："可以。"

舒盼乐了："我都还没说是什么事情呢。"

顾千千竖起一根食指，饶有趣味地道："是不是你想看秦隽客串的造型啊？这还不简单，到时候我给你发照片。"

舒盼摇了摇头，她遥指了指远处正在梁先身边听导演讲戏的许珊："帮我把这张纸条给许珊，顺便……在片场的时候稍微看着一点，别让人欺负她。"

许珊那天之后就没跟她说过一句话，两人偶尔遇见更是视线都要刻意回避，舒盼好几次想找她和好，却见着她身边多了几个眼生的小助理，时常寸步不离，比起照顾，怎么看都更像是在监视。

顾千千接过纸条，摊开一看，上头只写着一句："你走，我不送你；你来，无论多大的风雨，我要去接你。"

她看完，忽生感慨地道："盼盼，我怎么觉得你偏心，对许珊爱得那么深沉，我就没收过你的小纸条。"

舒盼戳了戳顾千千的腰肢："我们可是在零食袋里互相摸过，还交换过秘密的交情好吗？"

顾千千故意强调道："手，手！我们就摸过手。"她倒真想观瞻一下舒盼身上其他的地方，尤其是那双脚……

舒盼又正经地拜托了一遍关于许珊的事情，顾千千则频频点头表示自己会在力所能及的范围帮她。

处理好一切后，舒盼立刻钻上车子准备去机场。陆辰良早就坐在了后排，戴着一副墨镜，双手抱胸，正在闭目养神。她鼓着腮帮子，故意在陆辰良面前挥了挥手试探，却被对方一把抓住，压着脑袋倚在他肩上。

“先睡一下，回去见舒凡和伯母的时候精神会好一点，免得他们以为我欺负你。”

舒盼往他身上蹭了蹭，微嗔了一句：“本来你就欺负我。”

舒盼迷迷糊糊睡了很久，她之前告诉过舒凡自己回来的时间，但再三嘱咐他不准来接。弟弟已经快高三了，舒盼一点都不希望他把时间花在来给自己接机上，因为那样实在是太罪过了。

上飞机前，小欢给她换了身最普通的行头，还是来时的那件浅蓝色牛仔长裙，外套是一件纯色针织衫。舒盼换好出来，小欢目不转睛地直盯着她看。

舒盼有点莫名其妙：“我脸上有东西吗？”

小欢摇摇头，她感觉舒盼看起来有点不太一样了。按道理来说，她们两个刚接触那一阵子是舒盼微调效果最好的时候，可现在的舒盼比那时候要更好看。

这种改变似乎是气质上的蜕变。

舒盼成长了，她的经历、见识和自信都从身上渐渐散发出来，更重要的是，她逐渐找到了自己存在的理由。这些都为舒盼本来就很出挑的条件又加分不少。

小欢的眼底微微发热，她还清楚地记得第一次见到舒盼的样子，宛然还是和她一样的小女孩啊，现在一路走来改变这么大，真令人感慨。

回B市的旅程只有三个小时，舒盼靠在陆辰良的肩膀上一言不发。她刚才又翻了一遍微博，果然“云芳菲”“陆辰良”“公布恋情”“婚后息影”这些字样又上了热搜，虽然仍有很多人关注着顾千千和秦隽的情况，但云芳菲这事情在一时之间也是风头过盛，就是想屏蔽也屏蔽不干净。

陆辰良拨弄着舒盼的发梢，似乎看出她郁闷的情绪，长叹一声道：“你让我帮顾千千，自己反而生闷气，看来好人难做啊。”

舒盼拍开他的手：“我不觉得这是唯一的办法。想来想去，只有一个答案，那就是你故意的。”

陆辰良故意要让云芳菲息影的可能性很大，无论是婚后息影还是养病，只要能慢慢在大众对这件事情的接受程度上加重砝码即可，到了真正宣布的时候，反弹的声音越小，对嘉扬的伤害自然也就越小。

可明明能做到这一点的方法还有很多，陆辰良偏偏要选一种对他自己毫无好处的，好像根本就不在意以后云芳菲真息影了，他会被喷成狗……

陆辰良伸手勾了勾她的鼻子：“最近学聪明了。”

舒盼还是不想理他，闷闷地道：“你是不是隐性地喜欢受虐啊，我看着那些媒体乱写你就很糟心，你反倒故意让他们写。”

陆辰良将她搂到怀里：“你好歹在嘉扬待了一阵子，娱乐至死的精神还没有？以后别说是我带出来的。”

“云芳菲”这三个字早就和他绑定在一起了，无论什么情况，都要把他拉出来写点新闻。与其留着那些周刊深挖有可能寻出舒盼的蛛丝马迹，不如索性自己编造一个出来，让他们娱乐个痛快。

更重要的一点是，槽点都集中在陆辰良的身上以后，舒盼出道的阻力也会小一点。反正他在那个绯闻的世界里，早已被活生生塑造成了一个浪荡于红尘的花花公子，要骂干脆都来骂他，他活得自在，也不见得就会少几两肉。

舒盼被他气得乐了：“不敢，不敢，我还是保命要紧。”

陆辰良一记摸头杀过去，把鸭舌帽反扣在她脑袋上：“反话还说上瘾了？”他最近很喜欢看舒盼使小性子的样子，反而觉得这样自在嚣张，会和自己顶嘴的舒盼才是最真实的。

之前那个活得小心翼翼又拘谨的小替身，似乎始终只是她的一层伪装，唯有面对心爱之人，她才能卸下防备去相处。

舒盼也觉得这种时候还生闷气有点煞风景，于是为了缓和气氛，她小声聊了几件自己小时候的事情。

原来舒凡出生的时候，老爸老妈就希望是个能和她做伴的女孩，结果生出来是个男娃娃，两人还失望了一阵子，好在舒凡和她小时候长得很像。

有一次老妈玩心起来了，找出了一件舒盼的裙子给舒凡换上，带弟弟出门见远房亲戚，结果亲戚愣是以为之前都记错了舒凡的性别，带他出去又买了好多花裙子。

那些裙子现在还压箱底作纪念呢，每次提起来舒凡就要黑脸。

舒盼轻快地讲着、笑着，时光仿佛又回到了老爸还没去世的时候。

陆辰良静静听着，半晌忽然开口问道：“伯父应该是个很好的人。”

舒盼愣了愣，莞尔：“我这才只提了他几句，你就听出他好了？”

陆辰良笑了，深眸里有着淡淡的惬意，他捋了捋舒盼额前的乱发，轻轻将它夹到耳后：“早年伯母能一直活得像个小孩子，应该都是他的功劳。”

舒盼抬眼对上陆辰良的目光：“我爸生前很会疼老婆，以前常常对我和舒凡说有什么都要让着我妈。你知道吗？我小时候经常见到他帮我妈剪指甲，两个人每天秀恩爱，所以……”所以老妈在他去世后很长一段时间里，就像变了个人似的，每天浑浑噩噩地待在房间里不出来。

陆辰良握紧舒盼的手，温声安慰道：“人不能活在过去。以后她有你们照顾，伯父在冥冥之中也会很开心的。”

“嗯！”

舒盼重重地点了点头，希望这次老妈是真的从传销组织里脱身出来了，否则真不知道该怎么让弟弟安心下来去高考了。

三个小时的时光，两人不知不觉聊着种种趣事便度过了。下了飞机，为了不引人注目，陆辰良没使唤小欢和孟开拿行李，反而亲自拖着舒盼银蓝色的小箱子，和她手牵手走在一道，两人看起来和普通的小情侣并没有什么两样。

出了通道口，舒盼正想着先打个电话给舒凡报平安，手机刚拿出来，陆辰良却皱眉看着前方一个橙色的接机牌道："我看，你应该不用打电话了。"

舒盼莫名其妙地斜他一眼："怎么不用打，我怕他们为了接我又出来一趟。"

"嗯，已经来了。"

舒盼顺着陆辰良的视线移过去，正看到过道边上站着两个熟悉的人影。她和陆辰良快走几步过去，待看清了来人的面容，她的眼眶微微发热，差点就忍不住掉下泪来。

一个中年妇人穿着件半旧不新的紫色毛线衣，腰杆微微挺起，发梢卷翘，看起来十分精神。而在她的身边，正站着个高中生模样的少年，还背着个灰色双肩包，明显是下了补习班就赶过来接机的。

这两个人除了老妈和舒凡，还能有谁呢？

舒凡看到姐姐出了安检口，带着雀跃迎了上去："姐——"

舒盼心里也是十分欢喜，她揽过弟弟的肩头，伸手在他头上揉了揉："都说了别来接，一点都不听话！"舒凡被摸得有些不自在，他往后退了两步，别扭地道："我都多大了，你还乱动我头发。妈还在呢，你给我留点面子嘛……"

舒盼缓缓看向身边的母亲，只见她手上举着简陋的接机牌，上面用黑色签字笔加粗描画着"舒盼"两个大字，边上还有个笑脸。

一时之间，竟不知道该用什么心情去应对，舒盼的声线不自觉地有些发抖："妈……"

舒母的眼底也有些湿润了，她感觉自己似乎已经错过了太多，舒凡的学业、舒盼的成长，这些她从来都不曾参与其中，现在弥补，当真还来得及吗？

三人聚在一处说了几句，陆辰良只静静在背后站着，并不急于去打破这种氛围。他知道舒盼等妈妈回头这一刻已经太久了，如今真的一家团圆了，每说一句话都洋溢着幸福感。

舒盼缓了一会儿才反应过来自家男朋友还站在背后，她拉陆辰良上来，却忽然不知道该怎么介绍他的身份："这是……"

舒盼和陆辰良对视一眼。家人突袭来接机就是这点尴尬，陆辰良没地儿躲了，可谁知道老妈和舒凡看不看八卦杂志啊，万一直接说这是她男朋友，被问起来云芳菲的事情怎么办？

舒凡神色古怪地上下打量了他一个来回："陆先生是吧，我知道你。姐，妈，走吧，我们回家慢慢说。"他们一家三口团聚，何必当着一个外人的面，而且还是一个浑身上下都散发着让他不愉快的气息的外人。

舒母先是愣了愣，有些沧桑的面容上随即绽放出一丛笑容："这是带回来见我的，好好，好呀……"这小伙子看起来精神得很，刚才远远走过来，似乎还和女儿手牵着手，两个人应该感情不错。只是不知道这人是做什么的，家在哪里，最重要的是人品怎么样啊。

陆辰良明显感觉面前的妇人看着自己的目光渐渐热络起来，他的唇畔也勾起一丝温柔的笑意："伯母，您好。盼盼回来休息两天，我怕路上不安全，所以想送送她。听她说不让您出来接，以为这次就见不到伯母了。"

这番话说得十分妥帖，进可攻，为以后承认自己男友的身份做铺垫；退可守，至少看起来陆辰良是个知道心疼下属的上司。

舒盼暗暗松了口气，可见弟弟和老妈都是不怎么关注八卦消息的人，尤其是对陆辰良导演和监制的身份并不熟悉。

这也难怪，陆辰良不比云芳菲家喻户晓的程度，估计不少人听是听过他的名号，但未必能和人对上号。又或者是混迹于八卦圈有一段时间的人，才能对陆辰良"花花公子"的形象比较有把握。

舒母频频点头，心头自是对女儿的这个准男友有些满意，她过去从陆辰良手上接过银蓝拖箱，转而随意推给了舒凡："你拿着。"

舒凡和舒母的态度则截然不同，这老妈怎么回事，出门前说好了要帮着自己一起怼陆辰良的，上场怎么敌我不分啊……

回去的路上，四人共坐一车，孟开驾驶。舒母有一搭没一搭地问着陆辰良各种事情，可他竟然没有一点不耐烦，反而笑得和煦自然，语气既诚恳又不失礼貌，使人如沐春风。那双往日里沉静得透着些寂寥的眸子，此刻竟满是温顺和从容。

舒盼简直侧目，犹记得陆辰良头几次出现在自己面前的时候，可是高冷的本性暴露无遗，现在怎么反而像个会说话的五好青年？

她有点不自在地看向窗外："这路……好像不是回家的吧？"

舒母笑着反问道："你自己找的新房子都不记得了？我们搬过去三四个月了。正好之前的地方舒凡上学不方便，现在快高三了，离学校近一点，早晨还能多睡几分钟。"

舒盼咬着下唇，眉眼低垂，偷看了陆辰良一眼：“你做的？”

陆辰良也浅笑着看她，仿佛自己本来就应当是这副既温和又宜亲宜近的样子：“嗯，你刚走不久就安排好了。怕你多想，就让易南先别说。”

两人眉来眼去的，全都被舒凡看在眼里。他心里已经将陆辰良吐槽了千百回，偏又碍着母亲在场没办法对陆辰良发难，只好硬着头皮忍了下来。

舒母聊了会儿闲话，忽然反应过来：“盼盼，我之前是不是和陆先生打过一个电话……”

车上后座的三人忽地警觉起来，谁都知道舒盼的母亲曾经误入过传销组织，但这事情并不光彩，连舒凡都很少主动去提。

一般误入传销组织的人，在离开以后都会有一个戒断的反应，在这个阶段里，任何和传销组织有关的事情都会成为敏感词。更何况，如果让舒母知道自己之前曾打电话骚扰过女儿的男朋友……

舒凡反应极快地接口道：“不是这个陆先生。姐，你不是说还有个姓陆的同事吗？”

舒盼小心翼翼地观察着母亲的神色：“嗯，是有这么个人。”

舒凡嘴角带笑，故意朝着陆辰良道：“姐，你还说过自己很讨厌他？”陆辰良和舒凡四目相接，几乎是火星飞溅，似乎已经在脑内打了数个来回。

舒盼横在两人之间倍感尴尬，好在舒母似乎并没有深究，她淡淡地道：“盼盼，我看那个小陆，人也不错，妈之前因为那些糊涂事还骚扰过他，你下次见着人家，记得帮我道个歉。”

她这话一出，舒盼和舒凡总算是齐齐放下心来。老妈敢于在外人面前也直面曾经的错误，想必传销这件事情是彻底翻篇了。

到了新搬的出租屋，舒盼一看便知道肯定是易南的手笔。这里的地段租金合理，闹中取静，恰在舒凡的高中对面，来往的邻居亲和，最重要的是房内的陈设简洁而温馨，处处都透着生活气息。

看得出来，她走以后，弟弟和母亲也一直生活得很好，这一切都是托陆辰良的福。舒盼不禁多看了陆辰良几眼，目光里透着温情和几分下意识的依赖。

舒凡抱着被褥进来给舒盼铺床，虽然只睡一个晚上，但他和老妈早已经提前好几天将床单、被套洗好、晾晒好，就等着舒盼回来安心休息了。

舒盼对母亲突如其来的转变仍存有疑虑，但她当着老妈的面不太好问，这会儿终于和弟弟有了独处的机会，这才问出了口。

舒凡有些狐疑地盯着她看：“那个什么陆辰良，什么都没和你说？”

舒盼一头雾水：“咱妈的事情和他有什么关系，他要和我说什么？”

舒凡拿过一份前几个月的报纸递给舒盼：“你自己看看吧。之前我也纳闷老妈怎么突然回来了，后来看新闻才知道，那个传销组织整个窝都被端了。那天老妈进了局子，是易南亲自去保释回来的。”

舒盼掀开那份旧报纸，这才得知原来自己走的这段时间里，A、B两市的整个传销团伙都发生了动荡。警方接到热心市民陆先生的举报，将犯罪分子一网打尽，同时这位热心市民还为上百位因深陷传销组织而不得不在两市流浪的人员，联系了救助的基金组织。

在心理医生和家人的帮助下，不少人才渐渐醒悟过来……

她没看错吧？热心市民陆先生，这人该不会就是陆辰良吧？

舒凡很不情愿地应了一声：“对，是他。”

“我带着妈去看了好几次心理医生，每次出来都是易先生亲自接的，他还给妈介绍了工作。现在妈干劲可足了，也认识了新的朋友，一点点回归了正轨。姐，你说这陆辰良到底图什么，我看他一点都不像造福群众的样子。”

他那天急匆匆赶着去公安局录口供，看到不少和他一样的家人围着陆辰良，一把鼻涕一把眼泪地向他道谢。

陆辰良看起来十分冷漠，全程僵着一张脸，后来媒体还想给他拍一段视频，结果他一言不合就戴着墨镜甩手走人了。

舒盼这下真的傻眼了，她竟然完全不知道中间发生的这些事情！

舒凡在姐姐面前打了个响指，似乎还想继续探讨关于陆辰良的问题。舒盼别过他的脑袋，精神有点恍惚，她走出房门，正见着老妈热情地挽留陆辰良和孟开吃饭。

“都是盼盼的朋友，有什么不好意思的，哪有送人进来就走的道理……”

“这……不太好意思吧？”

开口回答的人是孟开，他虽然满脸笑容，但也不敢兀自答应，只得眼巴巴地看着陆辰良。

陆辰良轻咳了几声，他也没预估到舒母能恢复到这么好的状态，原来只想着把舒盼送到家，却没打算好要共用晚餐。

“留下来吃吧，开个火锅很快的。”

舒盼的声音轻快洪亮，语气之中还带着几分急切。外屋的几个人听到这声都愣了愣，半晌舒盼才反应过来，面色赧然，摸着脖颈有点不好意思地道：“那什么，我的意思是建议晚上吃火锅。”

她想起顾千千曾经告诉她，征服男神有百分之五十靠的是火锅的魅力……

舒凡追出来，没好气地盯着陆辰良的反应，巴不得他赶紧黑脸走人。陆辰良的目光恰好和他碰上，他带着满满恶作剧似的笑容回了舒凡一眼，转而对舒母温顺恭敬地道："那就麻烦伯母了。"

"不麻烦，不麻烦……"

舒母越看陆辰良越顺眼，虽然总觉得好像之前在哪里见过这人，但此时也顾不上许多，只忙活着使唤舒凡打下手。

舒盼忍不住脸上的笑意，她碰了碰陆辰良，无比"狗腿"地关怀道："热心市民陆先生，你喜欢什么火锅料，要不要我出门再买点，给你加菜？"

陆辰良笑望着她，眼角微微挑起的弧度无比动人，舒盼不由得被他看得面色发红，他说出来的话却很值得玩味："早知道做热心市民会这么加分，我干脆转行做慈善了。"

虽然舒凡全程阴着一张脸，但还是乖乖按照吩咐开了灶，找齐一应需要的火锅料，正好把之前锅里炖着的鸡汤做锅底。五人齐上圆桌居然也并不觉得挤，反而真有了几分家的味道。

孟开坐在陆辰良左侧，积极地给大伙添茶布菜，眼见此情此景的温馨，他心想着，可惜学长和小欢不在，不然人凑齐了，又跟上次舒盼安排的那场聚餐差不多了。

孟开暗暗地想着，可小欢最近真的很忙。易南学长有意培养她接班，因此除了舒盼，接下来她还要慢慢和嘉扬的新人曾黎接触，所以小欢下飞机就直接回了公司。

而学长还留在影城，据说是为了女朋友请假的。

他们都在工作，唯独孟开能坐下来蹭饭，他感觉自己最近的福利太好了，自从被安排到舒盼身边做事，小欢经常拿出零食分给他，连陆辰良都生生地被培养出了几分人情味。

以后要是舒盼走了，他会不会很不适应啊……

他看着满桌的饭菜，感受着周围几人和谐的气氛，最终还是决定把这句话和嘴里的牛肉一起吞进肚子里。

第二十四章

雨露均沾

远在千里之外的影视城，拍摄器械还在不停地运转，将一幕幕画面赋予故事感，这就是影视创作的魅力。

顾千千留守在片场，心底里还记着舒盼的嘱托，多少都留意着许珊。可经纪人忌讳华奥几次恶性竞争的坏名声，让她别太主动和许珊交好，无奈之下，她几次兜兜转转，竟然还没能把舒盼的纸条给出去。

直到这天下午，顾千千在躲狗仔的时候，居然意外逮到了舒盼的经纪人易南。

顾千千知道易南和许珊的关系，索性将纸条交给了他。易南非常好脾气地谢谢顾千千，转而真的去找许珊传信了。

许珊并非不想见易南，一方面的确是被身边的人监视得紧，另一方面也是因为之前撕破了脸，让她主动去和好，实在有些放不下面子来。恰好这个时候，舒盼的纸条无意间成了让两人同时得以下台的契机。

易南约许珊在停车场的角落见面，两人一时无话，许珊看着舒盼的纸条，心里一阵波澜乍起，又想着之前舒盼对待她的种种情谊，不禁对自己帮着黎剑辉使坏的行为追悔不已，眼泪登时就下来了。

易南看着有些不忍，他伸手过去将许珊揽入怀中："她不会怪你的。"

许珊凑到易南怀里蹭眼泪，呜咽得活像只小猫咪，她抽泣了几下，忽然又推开易南，愤愤地问道："你说，你们把舒盼骗去给云芳菲做替身，以后云芳菲回来了，那她怎么办？总不能永远就这样下去吧？"

许珊这话刚说完，忽听得背后传来一声窸窣的响动。易南心中暗道不好，他示意许珊先不要说话，独自去查找后方那声音的来源。

易南快走几步，绕过边上那辆红色的SUV，正看见个有些熟悉的人影，他伸手过去一把将那人拉拽过来，冷冷地道："有胆子跟拍，就没什么好躲的。"

那人身子一僵，却下意识举起双手来，她缓缓转过来，一脸蒙地盯着易南："我、我什么时候躲了……"

易南愣了愣，不是冤家不聚头，眼前这女人竟然是在A市跟他打过好几次交道的八卦小记者杜攸。

杜攸挣扎了几下，从易南手底下逃开，理直气壮地开口道："易南，好久不见，我看你也挺好的，手脚健在，脸……脸也挺好看的。"

易南自然不清楚杜攸在A市跑各类明星出轨新闻的许多日子里，都曾经为他的生命安全深深忧虑过，他眉宇微皱："你在说什么？"

杜攸挥挥手，视线只顾着移向别处："你不明白算了，那、那我走了。后会有期。"她说着就想开溜，却被易南顺手又给提溜回来："手机拍的照片拿出来。"

杜攸死死抱住自己的手机："我不要！凭本事拍到的照片，干吗还你。"

她刚才是一路跟着易南到停车场的，本来是想找个机会问问云芳菲的事情，结果却无意间撞到了易南和许珊两个人"偷情"，而且还交流着一些自己根本听不懂的密语。

什么叫云芳菲的替身？舒盼是谁？这个名字为什么听起来有点耳熟……

易南不给她机会细想，故作大方地道："你不还也行。如果想我出门被人打几闷棍的话，你就用来写新闻吧。唉，算我看错人了。"

杜攸鼓着腮帮子，一脸不可思议地回他道："喂喂，我从没见过像你这么厚颜无耻的，明抢不行还打情感牌啊。你被打就被打，和我有半毛钱关系吗？大不了到时候我去医院给你送几束花，或者是……清明给你多上几炷香。"

她的话虽是这么说，心中却开始掂量起那几张照片的价值来。易南只是个经纪人，而许珊虽然是最近华奥在主推的艺人，但终究只是个小咖，这两人加在一起，似乎都比不上易南随便说一条顾千千或者云芳菲的消息来得金贵吧？

而且易南要是被打得不能看了，她的小心脏估计也会受不了。

易南看破杜攸的那点小心思，他微微一挑眉："想好了？还和以前一样，我拿个你更感兴趣的新闻来做交换怎么样？"

杜攸咬咬牙："你先说说是什么？一般般的这次可敷衍不了我。"

易南神秘一笑："如果我告诉你，云芳菲息影以后也绝对不会和陆监制结婚呢？"

杜攸双眼都迸发出一种奇异的光彩，她凑上去拉着易南的胳膊："你说的是真的还是假的啊？这种事情不能乱说的好吗？"

易南无可奈何，有生之年能从娱乐记者的嘴里听见"话不能乱说"，估计也就在杜攸这里是头一遭了。

杜攸不依不饶地继续吐槽道："他们刚刚宣布的恋情，被你这么讲一下感觉立刻就要分手了，那陆辰良还搞得一副非卿不娶的样子祸害云芳菲。好歹人家是你带出来的，你居然还笑，一点良心都没有……"

易南饶有兴趣地捉弄她："那这新闻我是白给你都不要了？"

"要，要！"杜攸一脸憋屈地把手机的相册打开，当着易南的面删掉了刚才偷拍的那几张，"我一向很讲信用，删掉了也不会去恢复的。"

易南笑了："我又没问你什么，这么急着否认，以前没少做过这种事情吧？"

杜攸又被堵得一滞，她和这个笑面虎多次交手，怎么就没一次占上风，每次都被牵着鼻子走。

许珊循着声音找过来，正看到易南和杜攸熟络地交谈着，她有点惊讶："你们很熟吗？"

杜攸见疑似偷情的女主人公过来了，连忙解释道："不熟，不熟，我和他生得很。那什么……易南，你解决好了事情，到外面旅游区的×咖啡馆找我。"

许珊看不懂眼前的情况："解决什么事情？"

杜攸欲言又止，临走前还是免不了多嘱咐一句："总之你们自己小心点。这都能被我撞上，你周围那三个助理就算是瞎了，也看得出来你们在谈恋爱。"

她倒是没想到这个易南真是个痴情种，在娱乐圈很少见到这么敢的吧？为了和许珊继续谈恋爱，这是把自己多年积攒的名声和事业都搭进去的节奏啊……

那他应该是很喜欢许珊了！

杜攸的脑子里有点突兀地滑过这个念想，不由得觉得好笑，她一个写八卦新闻的，管他谁是谁的真爱呢。

陆辰良看起来不也很喜欢云芳菲吗？在这个圈子待得久了，她还真看不清真假了。

她不敢再细想下去，转而有些纠结于刚才听到的两人的谈话内容，虽说刚才站得远，但也算是听到易南在和许珊谈论云芳菲的事情。

云芳菲的替身到底是什么意思？难道她息影还能和自己的替身有关不成？

杜攸灵光一现，忽然记起原来跟云芳菲拍《明凝传》的时候，曾经尝试过从小替身舒盼身上下手，只不过几次未果，两人也不熟。

是不是这次能从她身上捞到点什么秘密？

杜攸走后，易南拉过许珊简单地解释了一遍之前和杜攸的纠葛。见时间不多了，许珊直奔重点追问易南嘉扬对舒盼接下来的打算。

易南没打算瞒她，于是将陆辰良计划让云芳菲息影，舒盼出道的事项一一说明，许珊瞪大了双眼，越听越惊讶："你不是都知道云芳菲住到黎剑辉家里去了吗？这两个人凑到一起，一肚子坏水，指不定怎么对付盼盼呢。云芳菲真的愿意就这么息影了吗？"

"陆先生这次回去，就是去找云芳菲谈判的。她不想见我，但是不可能拒绝他。"

许珊不明就里："为什么呀？我就没见过双方开打前，还要互相慰问的。难道陆辰良还惦记着云芳菲吗？那盼盼怎么办呀，不行，我要去告诉她。"

易南双手搭在她肩膀上，目光灼灼地看向许珊："小珊，你别急。我来找你不全为了舒盼的事情。陆先生在她身边，你不用太担心。"

"那你还有什么要对我说的吗？"

许珊目光闪烁，似是在这一阵闹腾之后，忽然想起她和易南现下还正处于尴尬的境地，她被黎剑辉激着又签了三个月该死的假恋爱合同，现在清醒过来，感觉自己真是脑子进水银了。

易南握紧许珊的手，郑重地道："有，我只问你一句。如果我让你来嘉扬，但是开出的合同不会比现在的好，你愿意吗？"

一个许诺，或许是互相最大的支持，从此刻起，我便是你的依靠。

B市一处温馨的公寓里，舒盼亦是实现了对家人的承诺，那便是陪伴。

一切恢复正常，舒凡考试成绩排名在全市前两百名，他们搬到这里来还遇见了从前老爸的发小，家里的亲戚也开始渐渐重新接纳老妈，甚至主动上门为舒凡以后填报志愿的大事出谋划策……

尽管从老妈嘴里说出来的都是一些琐碎的小事，但舒盼太想了解自己离开家之后错过的一切，每件都听得津津有味。

直到舒母谈到了陆辰良，舒凡忽然警觉，以要劳逸结合的名义加入了两人的谈话，一副誓要把陆辰良真实面目揭穿的样子。

舒母没什么要求，只希望陆辰良能好好对待自己的女儿，她以自己老公作为榜样和舒盼念叨了半天，中间出去倒水的空隙，舒凡忽然开口问道："姐，那个陆辰良，在媒体上公开的女朋友是云芳菲吧？"

舒盼心头一惊，本来因为归家而松懈的神经猛地又绷紧了起来："你……你原来都知道。那妈呢，你没告诉她吧？"

舒凡阴着一张脸："不然你以为我为什么全程没给过陆辰良好脸色？要不是因为至少他还帮过我们，我早想扯着他的领口问了。"

舒盼听见老妈还不知道，立刻松了一口气："还好你没说，不然她该担心了。"

舒凡不敢大声，只得压低声音问道："陆辰良到底是什么情况？他前几天刚公布恋情，这几天就陪你回家？"

舒盼苦笑了几声，感觉这件事情还真是说不清了："那件事情吧，其实那天我也在场。就是……总之不是真的，事情不是你看到的那样。陆先生是个很好的人。"

舒凡见姐姐纠结得厉害，已经脑补出了一场舒盼在陆辰良的几个女人之间艰难求生存的悲惨模样，他怒捶了几下桌面："是不是那个浑蛋占了你便宜，故意逼你这么说的？我就说易先生怎么总不让你回来。"

舒盼赶紧示意他小声点："你动静小点，妈在外面呢。那些都是你自己听来的八卦，娱乐圈的消息哪些真哪些假，你会比我知道得清楚吗？再说了，你姐姐我是那种卖身求荣的人吗？"

以前那家黑心公司，说真的，想花钱包养她这样貌的土财主多了去了，如果她真的想不开，早在那个时候就走捷径了，哪里会把自己逼到非要给云芳菲做替身的地步。

舒盼说得信誓旦旦，清白得可昭日月。舒凡思忖了一下，感觉虽然陆辰良看起来不太靠谱，但是他也亲自去看过嘉扬的公司和易南了，这两点是假不了的。

可姐姐怎么看都不像是会在工作里发展感情的人，怎么这次就独为陆辰良破例呢？

舒凡斟酌地问道："你到底看上陆辰良哪点了？总不会是长得好看吧？"

舒盼面色赧然，她一把抓起床头那只玩偶朝舒凡身上砸过去："小孩子不要多问。"

虽然说她一开始是有点被陆辰良的颜值吸引，尤其是他戴眼镜的样子，可总体说来，她喜欢上陆辰良，是真觉得和他共处的时候，能安心卸下自己的伪装。

他们两人在别墅里共同度过的一段短暂时光里，陆辰良有时会把自己锁在房间里审查成片剪辑的质量，她就在边上学习他分配下来的资料。逐字逐句地看完了，她会故意挑一些很难的去问陆辰良，然后心甘情愿地看他皱着眉头重新给自己解释。

后来在《巾帼》的片场两人也住在一起，陆辰良索性不坐在她对面了，枕着她的膝盖翻资料，而她就靠着沙发敷面膜，双手还要空出来给陆大监制做平板支架。

有次她手滑没抓住平板，直接砸到陆辰良的鼻梁上，疼得他当场崩溃。第二天梁先还以为这伤是两人刻苦研究什么新姿势导致的，生生笑话了一周。

在陆辰良身边，舒盼才最像她自己。

舒凡见姐姐虽并未回答，但脸上浮现出的那种神往和幸福的神色，是他这五年来都不曾见到过的，心中既油然生出一种欣慰，又默默地觉得有些辛酸。

“你的玩偶怎么变成……这个东西了？”

舒凡话锋一转，眼尖地看到舒盼床头的玩偶竟然变成了一只小狸猫。

舒盼这才想起来解释：“熊猫我虽然也喜欢，但我总觉得狸猫，好像更适合我。”

玩偶是陆辰良送的。

有一天小欢抱来一堆粉丝的礼物，她一眼相中了这只小狸猫，看了看卡片上的字迹，这才确认是陆辰良故意混入其中的礼物。

舒盼只觉得甜蜜极了，她跟陆辰良有共识，她就是一只踏实而努力的小狸猫，虽然因为长得像熊猫而得益，但如今也在一点点走出熊猫的光芒，做回她自己。

舒盼抱紧了小狸猫，清澈的眸子里满是欢喜的神采。

舒凡不再说什么，心中却有了想法。

他的姐姐是这个世界上最好的女孩，如果哪天陆辰良真敢欺负舒盼，他就是追到嘉扬去堵人，也要把陆辰良揪出来揍一顿！

舒盼又摸摸他的脑袋，宽慰了弟弟几句，心里却忽然生出点好奇来，她很明确地知道自己为什么喜欢陆辰良，那陆辰良呢？

她好像从头到尾都不知道这人到底什么时候看上自己的。

舒盼关上门，躺倒在自己软软的小床上，掏出手机就对陆辰良发问：“陆辰良先生，请你摸着你的心口回答一个问题。一定要凭良心，就像我在你身边看着你一样！”后面加了一排的小眼睛图标。

陆辰良的手机早调成了振动模式，他打开信息看了看，眉峰微抬，她今天又抽什么风，往常不是说他黑心就是没良心，现在让他摸心口回答问题？

这是吃错药了？

孟开见老板神色不太对，又以为是出了什么大事，期期艾艾地问道：“陆先生，云小姐的家人说已经把她接回去了，你看我们要不就不过去了？”

他对陆辰良上次又买漱口水，又吃速效救心丸的事情心有余悸，曾经以为这辈子陆辰良都不会再主动见云芳菲了，没想到今天就要再去一趟。

陆辰良眉宇微皱，犀利的眼神已经透过内视镜给了孟开答案：“好好开车。”孟开瞅了一眼，赶紧噤声。

陆辰良轻咳了几声，有些不自然地伸手覆在自己上衣的口袋上，单手回信息道：“摸着了，说。”

舒盼在床上抱着小狸猫打着滚给陆辰良回复：“真的吗？”

陆辰良不胜其扰，索性威胁道：“不说我就关机了。”

舒盼从床上坐起来郑重地打字，捂着小心脏发出去：“阿良，你为什么喜欢我？”

陆辰良想也没想，就反问道：“需要理由吗？”他犹豫了一下，刚想追加一条，孟开便将车停好，谨慎地开口道：“陆先生，我们到了。”

陆辰良的眼前浮现出舒盼因为自己一时没回复，而在小房间里胡思乱想抓狂的小样子，于是随手给她发了个爱心，先安抚着：“乖，我先工作一下，一会儿再和你讨论。”

孟开走下来给陆辰良开门，又献宝似的从口袋里拿出一瓶通体碧绿的药品：“这个……我今天先预备好了，陆先生你看有没有必要先吃几颗？”

他深谙防患于未然的道理，刚才看到陆辰良摸心口，立刻把之前准备的急救药全拿出来了。

陆辰良接过一看，药瓶上正写着“速效救心丸”几个小字，他一脸嫌弃地塞回孟开手上：“你自己留着吧。看不出来，你年纪轻轻的，心血管不好啊。”

他说完，带着几分同情拍了拍孟开的肩膀：“回去和你学长说一下，请几天假去好好看病，别耽误了。”

孟开一脸蒙地看着手上的药瓶，半晌，索性打开来倒出几颗吞咽下去。

他还是先给自己定定神吧。上次学长就是提一提要让云小姐解约的事情，陆先生就被强吻了，这次还指不定搞出什么事情，万一等下云小姐要拉着陆先生殉情呢？

人家解约要钱，云芳菲解约……那可是要命啊！

舒盼摸着狸猫玩偶的脑袋，等了半天发现陆辰良给自己发了个爱心聊表安慰。她委屈巴巴地撇了撇嘴，每次一谈到关键的地方他就要工作，也不知道是真的还是假的。

她打开微博闲逛，正看见私信那一栏杜攸一次性发的十几条问候。

这姑娘还真的是心急啊，不就两天没在微博上搭理她，至于这么赶着要自己现身吗？舒盼细看之下才知道，果然她又是为了八卦新闻来找自己，而这次居然直接约她出来见面，想谈谈她以前做云芳菲替身的事情。

这是抽的什么风，她在片场正儿八经做云芳菲的文替也是半年前的事情了，这杜攸怎么忽然对这件事情感兴趣起来？

总不会是自己假扮云芳菲的事情被发现了吧……

她怎么想都觉得这件事情不太对劲，索性悄悄地把杜攸给拉黑了。反正云芳菲马上也要调换回来了，只希望这件事在结束之前，能不被人发现。

微博那一头的杜攸惊觉自己的信息已经被屏蔽了，攥着手机傻眼了一会儿，这才感觉出来一点什么。如果云芳菲和这小替身之间没什么事情的话，舒盼慌什么？这不是此地无银三百两是什么！

杜攸摩挲着自己的工作牌在办公室里来回踱步，忽然灵光一现，她一拍大腿，舒盼这名字其实她不是第一次听到了，之前在嘉扬门口来找易南的那个小男生，他的姐姐不就叫舒盼吗？

这个名字这么特别，相信在整个A市也找不出几个人，这人居然也在嘉扬工作，还偏偏就在易南手下？

一种诡异而大胆的猜测在杜攸的脑海里成形，她总会追溯到真相的，这是作为一个记者的职业使命！

A市近郊一处隐秘的别墅区，一辆低调而奢华的车缓缓驶入，最后停在一座独栋面前。

陆辰良走进房间的时候，云芳菲刚吃了药，正端坐在客厅的沙发上玩平板，足足打开了十几个网页，上面都是关于云芳菲和陆辰良公布恋情的新闻。

她的面容因为嫉妒而扭曲着，恨不得把里头舒盼的那张脸划花。

这本来应该是属于她的时刻。那个被陆辰良抱在怀里的人，本来就只能是她！

云芳菲的母亲轻咳了几声，示意女儿稍微给陆先生一点好脸色，人家这次明显就是来谈钱的了，这违约金的数字可不是开玩笑的，好歹两人原来也有点交情，温言软语地求几句，指不定还能把其他的损失费用给省了呢。

云芳菲冷哼了一声，但到底还是收敛了点面上凄厉哀婉的神色，勉强对陆辰良笑了笑：“你迟到了，以前你从来不迟到。”

陆辰良那双波澜不惊的眸子扫了眼腕表上的时间，他其实是踩点来的。如果没必要，他连一分钟都不想多在云芳菲面前停留。可是这会儿易南在影视城，而且兜转了这么一圈，问题的症结还是在他身上，索性他就代表嘉扬来和云芳菲做个了断。

陆辰良坐在云芳菲的对面，挥手示意孟开将文件打开给对方过目："我带合约来了，就按照之前你家里人和易南谈好的，违约金降到三分之一，只要你同意在《巾帼》戏份杀青后出席记者会宣布息影，你出走的理由、在国外的病历，还有曾经的用药史，嘉扬统统都会帮你隐瞒。"

云芳菲的母亲面露喜色，抖着手翻阅了几页内容："陆先生，你当真能保全小云的名声吗？"

陆辰良微微颔首，他在长辈面前一向还比较有风度："是的。嘉扬的立场一向是好聚好散，没必要闹得难看。"他转而凝眸看向云芳菲，眼底深沉，不带一点温度，"当然，这样对易南来说，也是最好的解决办法。"

云芳菲的名誉万一真从顶峰跌落，大不了就是长江后浪推前浪。娱乐圈的新生队伍浩浩荡荡，未必就真有人始终不忘她。可难保有人不记住易南的败笔，他带出来的女演员落得这么难堪的下场，以后谁还敢让他做经纪人？

云芳菲低垂着脑袋，阴影盖住她大部分的面容，孟开自始至终看不见她的表情，喉间紧张地吞咽了几下，生怕下一秒云芳菲就要变成什么妖魔鬼怪。

半晌，云芳菲接过那纸合约，仍是低着头，迅速翻到最后一页，落款签名，一系列动作一气呵成。

她抬头，一双含泪的眸子含悲带怨："你至少稍微告诉我，在我离开的这段时间，那个小替身都做了些什么吧，免得到时候被问起来，我什么都不知道……"

孟开不得不承认，此刻的云芳菲其实看起来还有几分楚楚可怜的味道——前提是在场的人都没见过她失去药物控制之后崩溃的样子。

而在现在这种大家都知道底细的情况下，她还能旁若无人地做出这种姿态，不仅让人丝毫起不了怜悯之意，甚至让人有点发毛。

装……实在是太装了。

陆辰良的态度很决绝，他真心不再接受云芳菲的精神毒害了："易南会发资料给你，这段时间商业活动居多，除了《巾帼》，具体没有什么拍摄。"

云芳菲伸手挽留他，声音轻轻柔柔的，似乎就要消散在风里："那你和她呢？你们……是不是真的在一起了，就因为她长得像我。"

陆辰良简直莫名其妙，他心头忽然冒起一股奇异的感觉，语气生冷，一字一顿地道："云芳菲，你想对她做什么？"

云芳菲怯生生地缩回了手，几乎又要落下泪来："我这次走是我不对，可你也不应该真找个人代替我吧？而且还是个什么都不知道的小姑娘，也不知道我和你从前的关系。多可怜，被利用了还不知道为什么。"

陆辰良身子直立，一下站了起来，怒极反笑，对云芳菲的母亲道："你确定她刚才真的吃药了吗？"

云母赶紧过去搀扶住女儿，一面示意她赶紧噤声，一面连连道歉："小云最近反反复复的，陆先生你别和一个病人计较。"

她也不知道自己女儿玩的是哪出，在陆辰良来之前还神神道道地说一定会让他付出代价，现在又一副伏低做小的样子，人家都把违约金降到三分之一了，明明已经表现得挺厚道了。

孟开赶紧也跟着陆辰良站起来："那到时候我回来接云小姐去杀青宴会，希望您……"他刚想说配合一下，余光瞟到云芳菲阴森森的眼神，赶紧又改口成，"稍微打扮一下。"

陆辰良的耐性已经耗光，他匆匆拜别了云芳菲的母亲，竟是看也不看云芳菲便走了。

两人离开云家后，云芳菲从二楼的窗口静静目送着陆辰良的专车离开，云母在后头小声地抱怨道："小云哪，你到底是什么意思？你应该知道，如果和陆先生死磕到底，那你吸……你生病的事情就肯定瞒不住了！"

云芳菲转头恨恨地看向母亲："瞒不住就瞒不住，大不了就同归于尽。"她从口袋里掏出一支小巧的录音笔来，学了这么久的表演，没想到最后却用在这种地方。

她无不嘲讽地想着，心头一片悲凉，庭院里那满园秋叶随风萧瑟落败的样貌，看起来也格外触目惊心。她当真容颜不复了吗？陆辰良竟然就这么轻易放弃她曾经的辉煌？

不会的，云芳菲一遍遍地告诉自己，她没有输，也不能输……

此刻的B市，舒盼在家待了数日，着实是忙里抽空得来的时间，她都快养膘养懒散了。

回程的机票定在半夜，第二天中午回去就能拍完乔氏的最后几场杀青戏。舒盼本来打算白天躲在家里补觉，可总忍不住想关心一下弟弟学习的情况，拖了大半天，翻着舒凡备战高考的资料，她渐渐地便毫无困意。

她只好先动手收拾收拾行李，却在行李箱的夹层里发现了一份文件，封面上写着的名字是"舒盼"。

从影城过来的时候太匆忙，箱子是小欢整理的，可既然这是给她的文件，没道理还没经过她的手就被塞进行李箱里吧？

舒盼想了想，于是拿把小刀过来割开了文件带的封条，发现里头居然是一份崭新的签约合同，而上头的内容计划恰是针对她自己的。翻到最后一页，在那上头甲方的位置上，早已盖上了嘉扬传媒的深红色公章。

边上是陆辰良龙飞凤舞的签名，整份内容合同完整，责任分明，油印清晰，唯独乙方那一栏还空着。

她有点傻眼，还没细看，电话忽然响起来，正是陆辰良的来电。

舒盼迫不及待地接起来，开口就问道："我行李箱里那个出道的合同是怎么回事？"

陆辰良的声线里透着一股浓浓的恶作剧意味："还不错，只花了两天零四个小时三分七秒就看到了。我以为至少要等到回剧组你才会看到新合约。"

"那是……留给我的吗？"

陆辰良低低回了一句："废话。不是给你的，难道是我让小欢放进去当草稿纸的吗？你站到阳台上来。"

舒盼的心口扑腾扑腾地跳着，她走到自家三楼的小阳台上往下看，果然见着陆辰良正在楼底下和她打电话。

"舒盼，我现在正式邀请你成为嘉扬传媒的新艺人，你愿意吗？"

陆辰良闲闲地倚着车门，抬头对楼上的舒盼示意。这栋小区是七八年前的建筑了，那时候电梯的普及率没有很高，楼层的高度自然也比不上现在很多新住宅。因而隔着三层楼的高度，舒盼仍能依稀看清楼下那个男人的身影。

秋日的下午，阳光正好，清风徐徐吹来，阳光透过梧桐叶落下斑斑驳驳的影子。陆辰良柔软的头发也随微风轻扬，整个人身姿如竹，形容俊朗，仿佛立于油画间的王子，往日沉静的容颜上平添了几分温柔的味道。

他的唇角微微浮起一丝愉悦的弧度，就那么笑望着舒盼。那副乌金边眼镜后面，一双眸子好看得如同初晨时分的星子。

舒盼看得入神，她总觉得平日也曾经这样远远地偷看陆辰良，可他很少这样回看自己，尤其是还笑得这么魅惑人心，简直好像是少女纯情漫画当中的某张插图，又或者是仅仅在她白日梦当中出现的一个意淫的桥段。

"能擦擦你花痴的口水吗？"陆辰良一开口，果然幻想破灭。

舒盼忍不住低低地说了一句："阿良，有时候，我觉得只要你不说话，简直就完美了！站在那里就让人有扑过去的欲望。"不说话的陆辰良是禁欲系眼镜美男，可一开口，就谜之带着几分衣冠禽兽的味道。

陆辰良轻笑了几声，声线里透着轻松和愉悦：“随时奉陪。”

舒盼回过神，手上还抓着那份合约：“你什么时候拟的合同？”她其实更想问陆辰良是什么时候肯定了自己，认可她有可以被培养的潜力。

陆辰良故意说得云淡风轻：“有一段时间了。我和易南都觉得即使不是嘉扬，你也会被其他公司挖走。这个行业是看实力的，这点毫无疑问你已经有了，只是运气一直都不太好。”

时运这种东西有的时候是很无奈的，顾千千就是个很好的例子，难说之前如果用好资源培养她，她就会红起来。只是她恰好遇上秦隽，站在了绯闻的中心，此后就跟“开挂”了一样，一路走到哪里都被当成“团宠”和幸运物。

舒盼有点小激动，陆辰良这种难开金口表扬她的人，今天居然转变了，她真的后悔刚才没开录音把这句话录下来：“真的吗，真的吗？你真这么觉得？”

陆辰良半玩笑半严肃地道：“你是在质疑我作为监制的眼光，还是不相信易南？”

看来这就是易南说的惊喜了？！

能留在嘉扬重新出道，对她来说当然是最好的安排，可舒盼从来没有主动对陆辰良提过。

因为她实在不想作弊。

舒盼不愿意让陆辰良为了两个人的恋情去勉强拿一份合约给自己，此事关乎她作为一个演员的自尊心，她想在这个圈子立足，但更重要的是要靠自己，这才对得起自己，也对得起在这个圈子里，跟她一样努力的人。

这种没底线的事情，舒盼做不出来，也不想做。

可现在陆辰良居然先她一步说出来了，这种激动的心情简直难以言喻，舒盼恨不得现在就扑下去亲他几口：“要不你上来坐坐吧，我昨天和老妈一起包了小馄饨，给你煮了尝尝？”

陆辰良摇摇头，语气里带着点无奈：“那个小鬼头在念书吧？我还是不上去了，免得他还要抽空监视我。”他想起舒凡那双和舒盼十分相似，却又充满着戒备怀疑的眼睛就有点不愉快。

舒盼转过头，扫了一眼半开着的房门，只见舒凡正在那里奋笔疾书，似乎对自己的举动并无警觉之意，她握着手机小声对陆辰良道：“那你在原地等着，我下去找你。”说完即刻就挂断了，生怕被弟弟听出点端倪。

陆辰良只觉得有趣，似乎很久没体验过这种动容的感觉。再过几个小时，他们本也是要一起回影城的，可紧着时间能多待在一起几分钟也是好的。

不消一会儿时间，舒盼穿着一身便服从楼上蹦跶下来，她小跑几步来到陆辰良身边，吐了吐舌头道："我骗舒凡说去买菜才有办法下来的。"

陆辰良笑着撷去她肩头上一片梧桐叶："那走吧。"舒盼挽着他的胳膊纳闷道："去哪儿啊？"

"去买菜。"

一双人的影子落入余晖里，悠长且浪漫。

舒盼在家吃的晚饭，向来对菜色不挑剔的舒凡，今天不知为何对姐姐半路出门买的几样东西都不满意，烧鹅太腻，青菜太老，卤蛋没入味。

舒盼在心底暗暗惊讶，难道陆辰良和弟弟的气场就真的这么不和吗？明明除了她没人知道今晚的菜色是经过陆先生的手挑选出来的，舒凡居然这么本能地就吃不惯，真是神了。

晚些时候，小欢来家里接人。她旁敲侧击了好几次，才确认舒盼已经拿到合约了，兴奋地在舒盼的小房间帮她收拾东西："盼盼姐，那你还犹豫什么呢？快签了回来，我介绍小姐姐曾黎给你认识啊。我和你说，她真的太可爱了，一点脾气也没有。我有时候觉得自己运气真好，遇到的一个两个艺人都是……"她说了一半忽然有点犹豫起来，"就是不知道你过来之后还愿不愿意让我带。"

舒盼是陆辰良亲自签的，两人关系本就不一般，而且舒盼的综合实力摆在那里。她演了云芳菲小半年，不仅一点都没被人看出异常，而且外界还隐隐对云芳菲演技的突破有所赞誉。想必以后嘉扬会集中资源培养舒盼，那经纪人想必也得用最好的了……

"这倒是个问题。"舒盼故作严肃地接过小欢手上的狸猫抱枕，单手拍在她的肩膀上，"你都有了小姐姐做新欢，要是偏心不想带我怎么办？"

小欢愣了愣，随即眉眼弯弯，娇俏的小脸蛋上绽开一丛笑意，伸手搂着舒盼的腰肢道："朕保证雨露均沾。"

红眼航班穿行在夜色里，至凌晨五点才降落，舒盼一行人从飞机上下来，直奔影城。

由于回来的时候还是要借着云芳菲的身份，所以舒盼换了身比较讲究的打扮，毛衣款的超长外套，毛茸茸的材质加上随性的剪裁和兜帽，里头是纯黑暗色内搭，整个人看起来虚长了几岁。

回程的时候，陆辰良故意没和她一起下飞机，舒盼推测这应该是在为后续杀青宴上放大招做准备。小欢和舒盼两人心照不宣，接下来这几天就是舒盼告别云芳菲这个身份的倒计时了。

但真正的云芳菲回来以后，事情到底会怎么发展，还真是个未知数。

怀着这样忐忑的心情，舒盼迎来了乔氏的杀青戏。

丈夫李翀光早妻子去世很多年，林琛杀青那场戏，舒盼就在旁边。他走得很安详，由于本就擅长测卜凶吉命理，李翀光对生死之事早已看淡。

梁先的剧本里没着什么笔墨就直接让他“领便当”了，反而是侧面突显了乔氏在葬礼上的隐忍和对丈夫的深情。

相比之下，乔氏临终前这场戏就尤为重要了。

乔氏缠绵病榻，久日的顽疾在她的面容上雕刻了本不属于这个年纪的风霜。但此时正逢李丹柔带领宗亲回乡的关键时期。

穆峥嵘袭任父亲的职位，远去做官，而整个穆家不得不避走回乡，面临着种种生存难题，李丹柔作为长房长媳，无法脱身回家。

乔氏自知命数将近，于是只将信件一封转交给归来探亲的丫鬟小铃铛。作为妻子，能够继续追随丈夫李翀光，乔氏是幸福的。但作为一个母亲，她也为不能继续照看女儿而深感惋惜。

化妆师正在给舒盼化特效妆容，乔氏去世的时候，浑身的病让她看起来就像个老妪。为了塑造脸上的松弛效果，必须在脸上糊一些液态乳胶。

舒盼的内心有点小抗拒，倒不是觉得乳胶上脸不安全，而是某次见到许珊卸妆的时候疼哭过，她对此心有余悸，总觉得这东西上了脸就跟有生命力一样，拿下来估计是个大问题。

小欢看得出来舒盼心里已经在天人交战了，于是拿了杯蜂蜜水想给她润润嗓子。化妆师用手心拖着舒盼的下巴，挥手止住小欢的动作：“云小姐，别动，别打喷嚏，脸上的表情幅度小一点。还有这个水这会儿估计是不能喝的，胶水还没干透，黏在瓶子上就不好了。”

舒盼哭笑不得，一早晨起来就没喝几口水，这会儿紧张得嗓子眼都冒烟了。她正兀自郁闷着，谁知从小欢背后闪出一双纤纤细手，轻巧地将水杯拿了起来，又将一根吸管放到杯中。

“这样就可以喝了吧？”

化妆师抬眼看了看：“哎，我刚想说如果非要喝可以找根吸管来。小姑娘你倒挺聪明嘛。”她说完才看清眼前这小配角虽然身着丫鬟的打扮，但腰间的黄铜色铃铛和头上的银簪子都显示着她高于一般龙套的身份。

这不是演李丹柔丫鬟的小铃铛吗？

小欢素来是知道许珊、易南和黎剑辉之间复杂的三角关系的，此时看着她突然冒出来，没回过味来，小幅度地推了推舒盼，试图从她那里读出许珊是敌是友。

舒盼也有点没反应过来，许珊低垂着眉眼，将杯子送到舒盼手边，小声嘀咕道：“喝吧，不过少喝点，你看着总不能比我还精神吧，都不像个快去世的老人家……”

舒盼抬眼看着满脸忐忑的许珊，她还没上好妆，不知是不是没休息好的缘故，小脸灰败，眼底挂着两个黑眼圈，看起来可怜兮兮的。

她接过杯子，不由得有点心疼，为了踏出这跟她和好的第一步，许珊是不是纠结得好几天晚上都没睡好？

小欢不知道舒盼的心理活动，她听了许珊这话没憋住，扑哧一声笑出来：“不是芳菲姐精神太好，是许小姐你看起来太累了。”

她说了句大实话，化妆师刷完舒盼脸上的乳胶，站起来打量着许珊：“估计今天给你化妆的小王有得忙了，这几天也不见你赶夜戏啊，小姑娘怎么不好好照顾自己的脸蛋。”

许珊显得很不好意思：“小卉姐，我这不就是前几天没休息好吗……”

化妆师想到前几天貌似黎剑辉还来组里探班，在附近住了两个晚上，于是心领神会一般暧昧地笑了几声：“年轻人注意节制啊。”

舒盼正低头叼着吸管喝水，听着化妆师这句话不禁联想到自己身上，陆辰良和自己住在一起的时候也……

这么一不留神，舒盼就呛到了，剧烈地咳嗽了起来，引得三人一阵侧目。这不是没说她吗，要不要这么此地无银三百两啊……

小欢下意识地忙拿纸巾给她，许珊想伸手阻止却已经来不及了，半张纸巾顺手糊在了舒盼的上半张脸上。

化妆师一声惨叫：“完了完了……”她扑过去收拾残局，把能摘下来的部分从舒盼的脸上小心翼翼地清理下来，只剩下一小块纸屑集中在舒盼的额头。舒盼伸手去摸了摸，发现乳胶大部分已经干了，那块纸屑就这么尴尬地点在她的眉心，活像是乔氏长了个胎记。

小欢和许珊纷纷围过来：“这怎么办啊？”

化妆师无可奈何地道：“还能怎么办，再刷一层试试看吧……不然也只有整个卸下来重新做了。”

舒盼吓得花容失色，不由得连连后退：“真的假的？”整副卸下来再上一次？！这可要了她的命了。

许珊和小欢对视一眼，十分默契地一人架住舒盼一边胳膊。舒盼暗道不好，只好僵直了身子，脸上的表情如同上刑场一般悲壮：“算了算了……你看看，能救就救回来，不能的话该怎么办就怎么办吧。”

现在她的脸，还是禁得住一些折腾的。

其实她脸上微调手术的效果一直在不断地消退，到了最近，基本上已经恢复成当初刚给云芳菲做替身时候的样子了。

可人的潜意识总是很奇怪的，当组里所有人都看习惯了她的脸以后，除了顾千千，反而没什么人能看出来她的脸和前期刚进组拍定妆照的时候，已经有一些明显的不同。

许珊握着舒盼的手，压低声音安慰道：“盼盼别怕，这个卸妆不疼的，最多就是留点红印子，揉一揉就散了，不过肯定盖不住你的美貌。”

舒盼很想告诉她，就是因为上次看她卸妆夸张成那样子，现在才留了心理阴影，但她只觉得许珊哄人的语气像是在哄着小孩子，可爱得紧，她手心上的热度一点点传过来，亲切得让人那么怀念。

这才是她的许珊嘛！

之前跟在黎剑辉身边装腔作势的那个小女人定位，真是怎么想怎么不合适。还好易南亲自出马把许珊给牵回正道上，不然不知道该怎么办才好了。

舒盼心头一软，侧过头小声问她：“小珊，我们不吵架了好不好？你看在你男朋友的面子上就原谅我吧？”

许珊好不容易酝酿出一点点和好友重逢的伤感，这会儿听到易南的名字，又不由得破功了：“什么看他的面子上原谅你，明明是托你的福我才愿意理他好吗？”

舒盼偷着笑了几声，化妆师无比头痛地请求她道：“云小姐，能稍微再配合我们一下吗？真的别笑了，不然做出来的皱纹都变成波浪线了。”

于是小欢赶紧提醒两人道：“两位小姐姐，冷静，冷静一下。你们等下可是要演生离死别的人啊。这么喜庆，等下梁导估计要哭的。”

舒盼和许珊四目相接，像两个做错事情被抓包的孩子。许珊吐了吐舌头，不由得想起了陆辰良时不时在片场发飙的样子，只得赶紧噤声。

舒盼的脸上虽止住了笑意，但心头依然弥漫着那种轻快愉快的情愫，许珊回到她身边了，而很快她自己的事业也能迈上正轨。不知道为什么，她总觉得最近的幸福来得太快了，似乎一切都朝着最好的那个方向发展着。

她的运气最近是不是好得有点不真实了……

在舒盼结束化妆之后，这场离别辞世的戏也正式开拍。

乔氏走的时候恰逢故乡的初雪，气温骤降，李丹柔在穆家中夜梦惊醒，心中对远方的母亲忧思甚重，但又因乔氏从来报喜不报忧，她无从得知母亲身体的近况，于是派小铃铛回乡。乔氏有书信一封，让小铃铛转交给女儿。

这是一场舒盼和许珊的对戏，小铃铛是这对母女传信的中间人，同时也是亲眼看见两任主子离世的忠仆。

第一个特写是乔氏颤抖着的手，她提笔写字，而小铃铛则温顺地在她身旁磨墨。比起云芳菲，舒盼的另一个优势是手足都生得十分精致。

原本梁先担忧这个镜头还要给云芳菲找个会写书法的手替，但陆辰良恰好持相反的意见。

梁先想破头也搞不清楚原因，原本单独拍手部和脚部不是云芳菲的大禁忌吗？他还真以为是人家的手长得不好看……

不过手可以保养变得精致，云芳菲却没道理要为一个几秒的镜头费神去练毛笔字吧？

梁先干咳了几声，旁敲侧击道："她字不错啊，这几天练的？"他以为陆辰良这两天肯定是带着云芳菲去哪里逍遥快活了，哪来的时间练字。

陆辰良紧盯监视器，全无要理会梁先的意思，反倒是一旁的导演搭腔道："你还不知道吧，这几个月道具组都对云芳菲服气了。看到那些家信上面的字没？就她一个人是自己纯手写的。我就说这种专业的素质，真不是现在那些争流量的小花比得上的。"

素质高，冻龄童颜，没脾气，不端着架子，又会演戏……

梁先想起陆辰良居然忍心埋葬这样的人才就一阵肉疼，这要是能继续在他和陆辰良合作的电视剧里演几个角色该多好，就算是演个像乔氏这样的配角也好啊！

镜头那边的舒盼勉强撑起虚弱的身子，微微佝偻着背脊在写乔氏的落款，她重重咳了几声，而小铃铛赶紧伸手把窗户关上，一枚雪花不偏不倚地飘落在她的掌心。小铃铛眉头微蹙，她心中有种很不好的预感，今年的冬天似乎特别冷，也难怪小姐会对老夫人的身体这么担心。

而老夫人看起来也的确情况很不好的样子。

乔氏放下笔架，小铃铛恭敬地扶她起来，虽心底隐隐担忧，但明面上还要极力说些好话："看到老夫人身子康健，小姐想必会安心了。"

乔氏饱经风霜的脸上缓缓绽放出一丛笑容："这么久了，你这丫头却也不知道改口叫她做夫人，还跟从前一样小姐小姐地叫着。我还记得以前啊，柔儿小的时候经常惹祸害你挨打，那次她偷跑出去玩，然后……然后……"

小铃铛捂嘴轻笑，提醒乔氏道："老夫人罚我不许吃晚饭，小姐吓得主动跪在祠堂请罪，后来她就再也不敢让我帮着撒谎了。"她虽是笑着，心头却不由得

舒盼简直忍不住上扬的嘴角，她稳稳地接住了陆辰良这句表扬，拍了拍许珊的肩膀，装模作样地频频点头道："互相交流交流。"

许珊知道这两人是在通过自己打情骂俏，于是她耸耸肩，脸上堆满笑容，语气十分无奈地道："遵命。"

梁先雾里看花，且不说看不懂陆辰良当面表示对许珊的肯定，云芳菲不吃醋这一点，这云芳菲什么时候又和许珊关系这么好了，前几天不是只和顾千千玩在一起的？

这一出出的，把他好好的剧本都演成大型真人悬疑节目了……

杀青戏进行得十分顺利，明天云芳菲就能顺利结束所有的戏份了。按照惯例，要送走一个主要配角，尤其是像云芳菲这样咖位的，难免就要凑齐人物来聚一聚，不过眼下这个点比较尴尬。

顾千千还在回来的路上，沈清淮老早就杀青了，只差李丹柔临终那场还没拍，林琛因为工作都离开快一周了。袁晶和云芳菲比较不对付，估计不会主动凑数给自己找不自在。

梁先感觉这个场面有点对不起人家云芳菲，可他一打听才知道，原来嘉扬传媒竟是主动组织了一拨媒体进组来报道这件事情。他不由得寒毛都竖起来，看来是时候要宣布云芳菲息影的事情了？

他在房间里翻来覆去地睡不着，最终还是决定爬起来找陆辰良再商量一下，随便抓了件外套出门，兴冲冲地去隔壁按门铃，几个来回却都没人理会自己，不禁带着遗憾悻悻而归。

陆辰良在房间内的猫眼前，易南又仔细看了眼外头的情况，这才放心地盖下盖子："梁导走了。"

舒盼捂着心口紧张得要死，这个梁先最近看她的眼神怪怪的，不知道是不是在对着自己脑补什么奇怪的东西。她总觉得再晚几天离开这个片场，即使没人给梁先任何提示，他也能靠着自己丰富的想象力彻底弄明白是怎么回事！

陆辰良好意伸手过去想帮她顺顺气，舒盼却拍掉了他的贼手，一双妙目瞪着，有没有搞错，许珊和易南都在这里，不要老是乱来啊。

陆辰良哪里管得了这么多，他的手从舒盼的胸口移到肩膀上揽着她入怀，视线却远远地停在舒盼的脚上。这段时间以来她担惊受怕的日子过得少了，整个人好像都圆润丰满了起来，上围和臀部都见长，唯独那双小脚丫还是精致得紧，更添了几分诱人的味道。

舒盼挥手过去挑了挑陆辰良的眼镜，她以前怎么没发现这人戴上眼镜就一副衣冠禽兽的样子，好像生生地要在熟人面前把自己视奸了一样。

许珊端着两杯热好的焦糖玛奇朵从厨房出来，正巧见到两人在眉来眼去，赶紧闭上眼睛："我的妈呀，易南你快来，有人虐狗！"

易南过去接过许珊手上的杯子，温声对她道："小声点，我怕梁先想不通，正在隔壁偷听呢。"

舒盼不禁头疼，低头拨弄着陆辰良的手指头，小声嘀咕了一句："梁导最近怎么了，老是看着我唉声叹气，时不时就盯着我。这样的话，我明天真的脱身得了吗？"

许珊和易南对着两人坐定下来，易南摊开一份文件夹："已经安排好了。记者肯定会在你接受完采访之后继续跟踪，等盼盼你到后台来，就换芳菲上真的那台车，由孟开送回嘉扬。你只要留在停车场等小欢，她会用和公司查不出联系的车先送你出影城，附近已经租好了房子。我从嘉扬那边新调了人手，舒盼身边原来的四个助理也会负责拦着记者。路线、时间这两天我和孟开都亲自检查过好几次了，应该问题不大。"

他将路线图上主要的地带一一标明，细细解释着整个计划的重点，许珊低头抿了口咖啡："就留在剧组附近，会不会有点危险啊？"

舒盼戳了戳杯子边缘浮上来的棉花糖："云小姐回去了，肯定所有的注意力都在她身上，反而不会有人留意剧组，所以我留下是最安全的。"

陆辰良的指尖从舒盼肩头略过，声音慵懒之中透着一股宠溺："看来，现在这里倒不是你最瞎了。"

许珊不明就里："那是谁啊？"

易南轻笑出声，三人各自看向别处，许珊蒙了一会儿以后终于反应过来，她指着自己的脑袋对易南问道："该不会是我吧？"

易南但笑不语，许珊撇撇嘴，她那么可爱的小熊猫盼盼，才和这两人待了小半年，怎么就变成一只腹黑的小狸猫了，满脑子转弯弯。

舒盼忍不住笑出声，她感觉许珊这副傻样子，倒有点像自己刚接触陆辰良和易南的时候。主要是这两人段位太高，刚开始的时候相处真心累。

许珊苦恼地想了一会儿："不对啊，这个计划里没有我嘛，那你们叫我来做什么？"

易南收敛了玩笑的神色，这才问起正事来："黎剑辉，他对云芳菲同意妥协解约这件事情到底是什么态度？"

许珊也严肃起来，她本想立刻和黎剑辉提解约的事情，但易南建议她暂时忍耐，好在他那里做个间谍刺探点关于云芳菲的情报。虽然说她一刻也不想在华奥多待，但多少是为了舒盼，于是也就小心翼翼地继续和黎剑辉打交道了。

她回顾了自己去机场送别黎剑辉的情景：“他最近好像挺伤心的，连派到我身边监视的那几个助理也懒得管了。我听Coco姐说，云小姐又拒绝了他一次，所以他最近打算去塞班岛度假，调整心情再回来。”

陆辰良冷笑了一声：“度假？他是怕云芳菲失踪的真相爆出来，自己惹上一身腥吧？”

舒盼不喜欢陆辰良提起黎剑辉时阴郁的表情，她在陆辰良的手心画着圈圈：“他走了正好。没人来找事情，也让云小姐好好休息吧。”

她好久不见云芳菲了，说真的，舒盼心里对这人既无好感，但也不憎恶。她只是希望云芳菲能和嘉扬传媒善始善终，毕竟视后这个形象，一度是舒盼心里的偶像。

“云芳菲”这三个字代表的含义，很有可能是和她一样的无数的娱乐圈追梦人，心之所向的目的地。

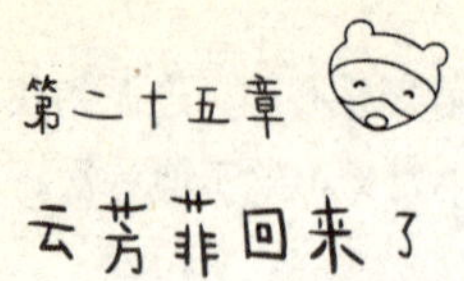

第二十五章 云芳菲回来了

四人谈毕，许珊出门的时候恰遇一个女助理上门给舒盼送包。许珊见这人长发乌亮，身姿婀娜，五官精致，嘴角边有还一点黑痣，说起话来细声细气的，颇有几番惹人怜爱的味道。

她不禁多看了几眼，现在的嘉扬连给舒盼挑个助理都这么上心吗？

舒盼接过包，心头拂过一抹怪异的感觉。嘉扬给云芳菲的标配是四个助理，外加小欢一个贴身照顾。实际上完全是为了维持这位视后原本的威仪，而她因为和剩下四个是后面认识的，又不经常走动，所以关系自然比较一般。

而四人之中这个叫琳琅的妹子最为机敏，很知道避嫌，因此几乎从不主动来陆辰良这里找她。今天倒是破天荒地来了一次，恰好就碰上他们四人这么难得聚在一起的时候。

舒盼漫不经心地问了句："小欢呢？她感冒还没好吗？"

琳琅的眼神并不往四周探看，似乎对许珊和易南的出现丝毫不惊讶，但对背后陆辰良的目光还是很怵的，她眉眼低垂，有些结结巴巴地道："那个……小欢姐，她从A市回来又重感冒了，刚吃了药睡着了。我看她叫不醒……所以才自作主张上来拿给你的。"

舒盼转头，见到陆辰良正用标准的扑克牌脸和犀利的眼光试探人家小姑娘，难怪给人家吓成这样，平时多会说话的一个人，现在连个理由都解释不清楚了。

她赶紧道了句谢，又委托琳琅好好照顾小欢，这才将人送出了门口。

许珊一步三回头，总是止不住想多看这个小助理琳琅几眼，易南以为她是舍不得舒盼，于是调侃道："你在担心什么，陆先生又不会吃了她！"

许珊心头在想别的事情，随便应付了一句："他看着就巴不得赶紧赶人走，好和盼盼独处。谁知道他做什么呢，你说他不会吃，我就信啊。"

易南一脸认真地看她："你很好奇他们做什么吗？"

许珊仍然是心不在焉："好奇什么，不就是……"她说到一半才回过味来，缓缓看向易南，面上浮起一阵绯红，装模作样地打着哈欠，"我先走了，明天还有早场。"

易南提溜着许珊的小背包将她带回来，作势想搂过许珊的腰肢，他不慌不忙地道："急什么，时间还早，按照你以前的说法，夜生活才刚刚开始。"

许珊被易南亲昵的动作吓得花容失色："老大，这里还在酒店的范围，要是被摄像头拍到，我以后还怎么演戏啊？"这都是轻的，万一迎面走过来几个熟人问起来，易南不也跳进黄河都洗不清了吗？

易南的手空握了一下，他望着近在咫尺的许珊，心头一紧，不禁苦笑了一声："别紧张，我只是想牵牵你的手而已。"

许珊愣了愣，其实自从黎剑辉的事情后，她总能感觉到自己和易南之间已经有了一道裂痕。虽然易南很温柔，从来不主动去提，但这并不意味着裂痕产生的那种疏离感就不存在了。

那伤口，估计是一直都在易南的心里隐隐作痛吧？

许珊真想一头撞死，她怎么能这么脑抽，居然连着中黎剑辉那个小人的圈套，不止一次，整整两次啊！

说到底，都是她太想赢了，有时候看着舒盼就那么因为云芳菲的身份一路高升，心里总有些不得劲，黎剑辉就是猜准了自己这点小心思，才能处处牵制着她。

许珊叹了口气，走过去主动握住了易南的手，低低地道："是我太敏感了，对……"

易南单手将她抱进怀里，下颚轻抵在许珊的肩窝上，温热的气息从她耳边掠过："笨蛋，我原谅你。"

高瓦数的两只电灯泡总算自觉离场，偌大的房间里，只剩下陆辰良和舒盼两人。

陆辰良将舒盼圈在怀里，房间里早就关了灯，可床上的舒盼一双眼睛还睁着，心里不知道为什么总是安定不下来。她转了身，正对上陆辰良胸膛的位置：

"阿良，我睡不着，让我数数你的心跳吧。"

陆辰良听着她略微惆怅的声音，低头轻轻地在她的额头落下一个吻："怎么了？"

"《巾帼》结束后，你回A市吗？我在嘉扬……以后，还见得到你吗？嗯，我的东西还在你家，还有……"舒盼说得断断续续的，面对未知的以后，她心里既期待又有些害怕，尤其是不知道以后的工作会对她和陆辰良的感情造成什么样的波澜。

就算是像顾千千跟秦隽那样甜到骨子里的一对，秦隽也会因为顾千千拍电视剧的激情戏而不开心。陆辰良又是个经常生闷气的人，以后两个人会不会一言不合就吵架啊？

陆辰良低低地叹了一口气，忽而搂紧了她："第一，回A市；第二，见得到；第三，东西不用拿，因为你继续住我家。"

"咦？"舒盼扬着小脑袋看陆辰良，黑暗之中，她只依稀看得清陆辰良五官的轮廓，顺着伸手上去轻轻摩挲着他的喉结，"我不要，这样我们吵架的时候我就没地方睡了，我才不住你家。"

陆辰良的声音在夜色中格外低沉诱惑："我们不会吵架的。当然，你住进来了，我自然有办法不让你走。"

舒盼张嘴在陆辰良的锁骨上啄了一下，呵气如兰，右脚不由自主地勾了勾他的小腿："我才不信你的法子呢。反正我以后要买个房子，这样就可以反过来，你住我家，什么都是我说了算……"

陆辰良猛地翻身过来，将她扣在身下，扳过她的头便狠狠地吻了下去，吻得势如风暴一般，将舒盼后头的话生生憋了回去。舒盼一口气没喘上来，差点被强吻着昏厥过去，她抬脚踢了陆辰良几下，对方才慢慢放缓了节奏。

他戏谑地开口道："想知道我的办法是什么？"

舒盼目光迷离，面色绯红，哪里还顾得上陆辰良说的是什么，含含糊糊地应了声："嗯？"

"睡（说）服。"

陆辰良为了让舒盼认可这个新型的谈判手段，晚上又好生折腾了一通，直到她哭着说以后都不搬走了，这才稍微放过了她。可即便是有几场激烈的运动助眠，舒盼晚上还是睡得不安稳。

半夜起夜，她迷迷糊糊看见陆辰良穿了衣服接电话，阴着脸骂了几声，说什么有病找医生不要找他之类的。舒盼以为是自己做梦，结果清晨起来，发现陆辰良真的先走一步了。

舒盼从昨天的包里翻出手机，陆辰良留了条短信给她，内容是说他先出门准备记者会的事情，让舒盼醒来以后多躺一会儿等着小欢上来，底下留了两个爱心。

她笑出声，感觉陆辰良偶尔的可爱分分钟能直击自己的少女心。随便翻了翻微博，她发现易南早就行动起来了，微博上云芳菲息影的消息还保留在热点第七的位置，应该是嘉扬传媒买好的，等今天记者会完了发通稿，估计立马就会蹿到第一的位置了。

舒盼想发条信息告诉顾千千自己能留在嘉扬的好消息，刚打到一半，门铃就响了。舒盼穿了件衬衫去开门，来人却不是小欢，而是昨天来送过包的琳琅。

小助理红着一张脸，看起来像是跑上来的，她上气不接下气地道："小欢姐发高烧了，刚才去接造型师的时候都晕倒了。"

"送医院了吗？"

舒盼一颗心揪紧了，她自从认识小欢以来，这孩子都很活泼健康，怎么几天不见，病成这副样子了？

琳琅缓了口气："送、送了。我这不是直接带着造型师上来了吗？就怕你等着急了。"

舒盼往后探了探，看见琳琅的身后正站着一位戴着大副墨镜，身穿浅色格子衬衫的女人，她手上提着一个化妆盒，还抱着几件塑封好的赞助服装。

她忙着打电话给小欢，于是也没多想，将门开着任由两人进来："今天给我搭配的不是徐姐吗？"

琳琅的脸上浮现出几分怪异的神色："哦、哦，是这样，徐姐也有点感冒，怕传染给你，所以换了个同事来。"

小欢的电话一直占线，舒盼不由得有些担心："怎么打不通啊，易先生找人陪她去了吗？她都烧晕过去了，这里也没熟人陪着……"

女化妆师忽然生硬地插了一句话，她语气生冷刻薄，带着几分不耐烦："不过一个助理生病而已，云小姐，我们还是先化妆吧。"

舒盼愣了愣，她转头看见化妆师的目光并未停留在自己的身上，而是锁定了昨晚她睡的那张床铺。

卧室里的床榻还残留着昨晚和陆辰良胡闹过的痕迹。陆辰良的衬衫皱了，直接扔在她的床头，今早他换了件新的出门，还十分恶趣味地将她的内衣放在上头。

舒盼脸一红，她赶紧过去把陆辰良的衬衫卷了卷，和自己的内衣一起藏到被子里头："那什么……有点乱，你别见怪。"

琳琅趁机搭腔道："对对，盼盼姐，你先化妆吧。小欢那边有孟开陪着呢。"

舒盼想了想，平时小欢和孟开的关系就挺好的，有他陪着倒也不用太担心。她对着镜子坐定下来，侧头客气地对女化妆师道："那麻烦你了。"

女化妆师并没有动作："陆先生告诉我，你早晨起来要喝蜂蜜水的，我提前准备了。"舒盼有些受宠若惊，什么时候连造型师姐姐也这么关心她了。

琳琅端了杯热水在手上，看了看舒盼，神色犹豫了一下，最终还是将那杯水放到了她手边："盼盼姐，喝吧。"

舒盼低头抿了一口蜂蜜水，身侧的女化妆师已经开始拨弄起她的头发来。

她思忖了一下，总感觉有些不对劲，孟开去陪小欢了，那谁去接云芳菲呢？按道理来说，易南不可能把这么重要的工作随意让给别人负责。

舒盼转头想再找琳琅问问清楚，却发现这人不知什么时候已经出门了。她不由得困惑道："琳琅呢？等下她不是还要带我去记者会吗？"

一双冰冷惨白的手缓缓地搭在舒盼的肩头："我让她先走了。主要是我太想和你独处一会儿了，所以让她在外面等着。"

舒盼惊觉不对，她猛地甩开自己肩头的那只手，想要站起来，顷刻间却只觉得脚步虚浮，视线所及之处都是天旋地转，整个人晕得厉害。

女化妆师单手将她压回位子上，另一只手将自己脸上大副的墨镜摘了下来，阴恻恻地开口道："是不是觉得头很晕，浑身没有力气啊，小替身？"

舒盼越听越觉得这声音耳熟，她挣扎着抬眼看向眼前的镜子，模糊之间，正见到一张记忆当中十分熟悉的脸庞……

是云芳菲！

云芳菲尖厉的笑声从舒盼的耳边刮过。她面容消瘦，使得那对标志性的清丽双眸显得十分突兀，精心装扮出来的面容看起来略有扭曲，双颊上泛着一种病态的红晕，唇色红得仿佛要滴出血来。

"好久不见，舒盼。替我工作，替我照顾男朋友，你过得开心吗？"

舒盼的手指狠狠地嵌进手心，她不知道云芳菲给自己下了什么药，那杯蜂蜜水只喝了一口，刚开始的时候只是头晕，现在整个人一阵阵地心悸泛冷汗。

舒盼努力保持着清醒，冷声开口道："云小姐，我想你误会了。第一，我是和公司签的合约，是嘉扬找我来的；第二，陆辰良是不是你男朋友，这件事情不是你一个人说了算的。"

云芳菲满脸阴郁，她轻捏住舒盼尖俏的下颚，目光之中带着不尽的轻蔑和讽刺："你不就是长了一张跟我有点像的脸吗？"

舒盼不怒反笑，似乎早就料定云芳菲会这么说："云芳菲，你好好看看，现在我们还有哪里相像吗？"

云芳菲眸中闪过一丝沉痛，她猛地看向镜中两人的脸庞，自己那张原本秀气清丽的脸蛋此刻早已容光不复，精心装扮修饰之下，却显得她有了几分与这个年龄并不相符的老态。

反观小替身的那张脸，虽是未着粉黛，但那对寒星似的眸子亮得惊人，白皙粉嫩的小脸上是元气满满的青春气息。

此刻，这女人正似笑非笑地看着自己，带着几分悲悯，几分嫌恶，而这个表情，竟是像极了陆辰良……

云芳菲几乎气得跳脚，她一把推开梳妆台前的瓶瓶罐罐，话声凄厉："你闭嘴！"

陆辰良可以嘲弄她的一片心意，这个小替身凭什么也可怜她，做出这番表情来讽刺她！

舒盼趁云芳菲分神，立刻站起来将她推到一边，跌跌撞撞地跑向门外，边逃边掏出口袋里的手机准备打电话求救。

她之前总觉得陆辰良对云芳菲现在的评价言过其实了，还存着一份恻隐之心，或许云芳菲没有病得那么重，也没有陆辰良所说的那么疯狂。

但现在云芳菲居然能装扮成化妆师混进酒店来，能收买助理给她下药，接下来不知道还能做出多少可怕的事情！

舒盼好不容易打开门，琳琅却直直地挡在门外，诚惶诚恐地将她拦了下来："盼盼姐……你不能走的，是陆先生让我把你留在这里的。小欢姐根本没有生病，她就是没办法面对你，所以才、才派我上来处理的……"

舒盼听罢琳琅的解释，脑中一道惊雷炸响，她忽地脚下一软，紧紧握在手中的手机掉了出去，正面朝地，正在通话中页面的屏幕摔裂了一角。

琳琅左顾右盼，又急急地将舒盼推回房内。云芳菲伏在地上低低地喘了几口气，她见舒盼一脸不可置信的表情，语气里是说不出的恶毒："你联系谁都没用。好好想想，如果陆辰良不同意我上来，我上得来吗？怎么，你以为那个叫小欢的助理跟你很熟吗？嘉扬付她钱来哄哄你，不然怎么骗得你服服帖帖送上去给陆辰良睡呢！"

云芳菲从地上缓缓站起来，在自己粉红色的精致手包里找了找，翻出一个录音笔，摁开播放键之后塞进了舒盼的手里，一男一女的对话声从录音笔传声筒里慢慢流淌出来。

"我这次走是我不对，可你也不应该真找个人代替我吧？而且还是个什么都不知道的小姑娘，也不知道我和你从前的关系。多可怜，被利用了还不知道为什么。”

“这是最好的解决办法。”

“那你打算等我回来……立刻让她走吗？”

“是的。嘉扬的立场一向是好聚好散，没必要闹得难看。具体资料易南会发给——”

舒盼不觉周身僵硬，颓然地坐倒在地上，音频之中那个女人的声音的确是云芳菲，而那个男人……

分明就是陆辰良！

云芳菲居高临下地看着舒盼：“是阿良亲口对我说的。易南还告诉过我，说为了补偿你，给了你一份什么新合约。你要是愿意留下，嘉扬也不介意养一个闲人。”

她蹲下身，轻轻拂过舒盼的脸颊：“陆辰良最爱的，始终都只有利益。现在我回来了，他是一定不会在记者会上宣布我息影的。”

“别担心，他让我给你吃的这些镇静剂，我平时也在吃，不会死人的。”

舒盼甩开云芳菲的手，心头一阵冰凉。她和陆辰良相处的点滴过往一幕幕在她的面前闪过，他们相识于一场意外，尔后是他刻意让易南来寻的自己，迫于还债，她和嘉扬签了个替身的合约，再后来，他们在一起了。

陆辰良从一个从不愿意透露心事的人，一点点为她改变着……

“他不是你说的那样。”她抬起头，倔强地迎向云芳菲的目光，“我认识的陆辰良，不是这样的人。”

陆辰良可以为了顾忌易南和许珊的感情，三番四次对黎剑辉手下留情，可以在云芳菲毁约胡闹离开这么久以后，仍想着尽量减低对她家人的伤害。

更重要的是，她认识的陆辰良根本不会费劲地在她面前演戏！

云芳菲的手猛地攥紧，她嘴角带起一抹冷笑：“阿良还告诉我，你有个欠债了还去传销的老妈，还有个准备高考的弟弟。他告诉我，你很紧张这个弟弟，所以只要在B市的住处看住他，必要的时候让他出点事情，你就会什么都不管，跑回去陪在他身边了……”

舒盼的世界在轰然倒塌，这一刻，她什么都听不见了……

而此刻，许珊在《巾帼》的现场候场，坐在自己的中型保姆车上喝咖啡，总觉得自己的右眼皮跳得厉害。

今天早晨本要补几组镜头，但因为顾千千还没回来的缘故暂时搁置了，所以总体来说还算清闲。平时她巴不得用这些时间来多看看综艺，或者去影城周围逛一逛，但今天做什么事情都兴致缺缺。

明明易南所安排的计划并没有明显的漏洞，怎么她反而对今天舒盼和云芳菲互调身份的事情更加忧虑了呢？

许珊打发走贴身的助理，想给易南打个电话，忽见小欢神色匆匆地从窗外经过。许珊摇下窗户一把拉住小欢，皱着眉头问道："芳菲姐呢，她不是应该跟你在一起吗？"

小欢吓了一跳，捂着胸口回头，眼见抓住自己的人是许珊，这才放下心来，颇为苦恼地反问道："你问的是哪一个？"

许珊见她急得满头冒汗，心底忽然有种不好的预感，也顾不上许多，拉着小欢上了保姆车："我问的是盼盼，不过听你这口气，云芳菲也出事了吗？"

小欢面色凝重，不知道该从何说起，只得干脆地承认道："两个人都不见了，我已经联系了易先生。孟开接她到片场以后被人电晕了，盼盼姐手机关机了，我问了琳琅，她说上楼去找过了，可是没有人。"

许珊忍不住惊叫道："电晕了？不会是云芳菲这次真被绑架了吧？"

小欢摇摇头，她有一个最不好的推测，那就是如果孟开是被云芳菲直接电晕的，那舒盼的失踪也很可能和云芳菲有关系。

可问题是易先生之前已经把云芳菲身边的熟人全部换走了，没有内部的人做接应，她根本就不可能这么快找到舒盼，更不可能混进酒店里。

许珊忽然想起了些什么，她紧紧抓住小欢的胳膊："你刚刚说……让谁去找舒盼的？"

小欢想也不想便答道："琳琅，你可能没见过，我从来都没让她去过陆先生的房间。"

许珊的面色微变，她伸手点了点嘴边："是不是嘴边有颗黑痣，声音很好听的那个？我刚刚想起来……我以前，好像在哪里还见过这个人。"

小欢也变了脸色："在哪里？"

"是……是黎剑辉家。"

许珊终于想通了昨天和琳琅初遇的时候，她心里那种怪异的感觉。原来她曾经在黎剑辉的家里见过这个小助理琳琅一面，而那个时候她还根本不知道舒盼的秘密，因而也未曾注意。

如今回想起来，华奥和嘉扬的关系一向不好，黎剑辉怎么会特意去拉拢云芳菲身边的一个小助理？难怪他能这么清楚舒盼的整个替身计划，原来是早就在她身边安插了这样一个眼线！

许珊越想越不寒而栗。云芳菲回来A市以后第一个见到的人是黎剑辉，那就意味着她也提前知道了陆辰良的大致计划，既然如此，她又怎么可能甘心就这么宣布息影和嘉扬解约？

小欢看着许珊的脸色几经变化，知道事情不妙，声音也变了调："不行，我们要去找易先生。"

许珊一拍大腿，这才反应过来，频频点头："对对对，最重要的是陆辰良要先知道。我们兵分两路，你现在自己回酒店找盼盼，我去找易南。"

小欢推门正准备下车，忽然见到远方围过来一群记者，她心中暗道不好，转头立刻把许珊探出来的半个脑袋又塞了回去。

"喂喂喂，你干吗……"许珊的额头撞到车顶，吃痛喊了几声，她莫名其妙地看着躲回车里的小欢，"不走吗？马上就要记者会了。"

小欢立刻关上门窗，拉着许珊躲到保姆车的后排，摇摇头，示意她不要出声。许珊不明就里，正欲开口问个究竟，侧头却见到十几个记者围到了窗前。

搞什么……她出道这么久以来，还没见过这么多记者单独来堵她一个人的。许珊朝外探了探脑袋，小欢却死死压住了她。一个记者用袖口擦了擦车窗，试着往里头观察，却什么也看不见，不禁开口就抱怨道："搞什么，车里没人啊。"

"是不是跟错了，这个是不是许珊的车？还是她不敢来片场，已经回酒店了？"

"不可能的啊，我刚刚听她助理说了，人就在车上。"

"是不是先接到风声跑了？"

"有地方跑吗？她和嘉扬的经纪人易南偷情啊，黎剑辉自己在华奥注资的，许珊还能跑到哪里去啊？华奥那边已经放出风声要和她解约了。"

许珊听着外头七嘴八舌的议论声音，反应了几秒，立刻回过味来，周身血液仿佛都愤怒得要燃烧起来，她恨恨地骂着："黎剑辉这个浑蛋！"

原来不止舒盼和云芳菲，连她自己都身在局中，正是黎剑辉这连环套当中的一枚棋子！

小欢见许珊已经气得脸色发白，渐渐松开了那只压制她的手，低声劝解道："小珊姐，现在出去争辩只会让他的奸计得逞。这个时候，你千万不能单独出去。"

许珊听着那些不堪入耳的碎语，咬着下唇，羞耻得几乎要落下泪来："可我的经纪人早就……"

说到底，她的一切都是黎剑辉的资源，从助理到经纪人，所有的一切都受华奥的控制。如今黎剑辉有心拿捏她，那她根本就没有还手之力。

小欢此刻也是心乱如麻，自从入行以来，易南就耐心地教她处理各类突发事件，却从没有一次像今天一样，事情发生得太多太急，让她简直无从下手。

她不由得苦笑了一声："等吧。现在只能希望，这些记者以为车里没人，就会去片场其他地方找。"

许珊的眼泪已经在眼眶里打转了，她从来没这么后悔过当初没听舒盼的话拒绝黎剑辉，她强忍着眼泪，期期艾艾地问道："这样、这样行吗？"

小欢握着许珊的手安慰道："你要相信师傅。他知道消息后，一定会想办法解套的。只不过今天云芳菲的记者会，恐怕是没有办法宣布息影的事情了。"

黎剑辉这步棋已经精心部署了很久，收买琳琅，用丑闻围困许珊和易南，意在威逼陆辰良在易南和舒盼之间做选择。

如果不做危机公关维护易南，那么就意味着默认了嘉扬金牌经纪人插足许珊和黎剑辉的事实。但一旦把原来准备宣布息影的记者会取消，那就等于放任云芳菲回来胡闹，她对舒盼积怨已深，怎么可能不伺机报复？

或者说，她的报复已经开始了！

许珊显然也想到了这点，她心焦得厉害，巴不得赶紧把周围这些苍蝇给赶走，这个屎盆子扣都扣到她头上了，再糟糕的结果都是她自己当初脑抽做出来的，可连累了易南和盼盼……

她揣在怀里的手机忽然振动起来，许珊边抹眼泪边接起来，电话那头是易南沉稳而镇定的声音："小珊，别怕。"

这下，她真的不怕了。

半个小时之前，易南从媒体那里提前知道了黎剑辉蓄意爆料的计划。事情起始于黎剑辉在微博发出的一份华奥和许珊解约的声明，并附加了一句话："如果易先生能给你幸福，我放你走。"

仅仅几分钟之后，娱乐爆料的各个大V便直指这位易先生正是嘉扬的金牌经纪人易南，随后更翻出了他和许珊在《明凝传》单独见面的一组图片作为佐证，证明这位名不见经传的许珊小姐勾搭嘉扬的经纪人在先，加入华奥后又利用黎剑辉的恋情炒作上位，私底下却依然和易南藕断丝连。

在这个口径统一的爆料当中，黎剑辉扮演着最无辜的受害者，许珊将两个男人玩弄于股掌之间，而易南却是费尽心机插足的第三者。

易南的拳头狠狠砸在方向盘上，低低地怒骂了一声："该死！"

陆辰良坐在车座后排，沉默地任由易南发泄着他的愤怒，他的眼底似是积蓄了寒冰三尺。凌晨三点，回A市接云芳菲的孟开给易南打了个电话，说是云芳菲在半路上口吐白沫昏厥过去，孟开别无他法，只好将她临时送到影城附近的医院。

云芳菲是他们计划当中重要的一环，尽管已经没了情分，没了耐心，但易南仍然不敢放任她一个人在医院。而陆辰良则是被云芳菲老妈在电话里的哭喊给吵醒的，他本能地察觉到云芳菲还有后招，索性亲自去医院一探究竟。

谁知两人一起到了目的地，躺在病床上的人，却是孟开。

孟开的脑袋仍是晕晕乎乎的，一张脸憋得青紫也不敢出声，胃里翻江倒海，巴不得下车找个地方解决干净，但他从未见过今日这种情形——陆先生一言不发，易学长反而被气得情绪失控。

“我……”孟开战战兢兢地开口道，“我想……”他身上还残留着电击的后遗症，在这么压抑的气氛里，真是一分钟也待不下去了。

陆辰良面色冷寒，忽然开口问道：“云芳菲，还是朝影城方向去了？”

孟开频频点头，他半路上见到后排的云芳菲好像有点不太对劲，于是停靠车辆到路边让她休息吃药，谁知道她用药之后情况更差，口吐白沫，脸色青白交加。孟开哪里见过戒瘾过后再犯的狼狈样子，登时也顾不上许多，立即打电话通知了易南。

哪知电话刚刚挂断，他便被人从背后袭击，失去了知觉。再次醒来之后，便是在医院里了。孟开丢了车和手机，自然也丢了云芳菲。送他到医院的人自称是过路的路人，见到孟开被人打劫扔在路边，于是好心帮忙，和小护士没交谈几句便偷偷地离开了。

等学长和陆先生都赶到医院，孟开才渐渐明白，哪有人打劫不动他身上的财物，却只拿走了他用来联系外界的手机？

分明就是云芳菲要开着嘉扬的车子进影城去搞事情！

孟开想到居然被云芳菲用这么烂的招偷袭，胸中就憋着一口闷气：“能不能……停一下车，学长，我好想……”他后半句话还没说出口，只顾捂着嘴作呕吐状，易南当即停车放他下去，孟开几乎是冲下车跑到路边，抱着根路灯杆狂吐起来。

易南紧跟着下车去，神色焦灼地帮着孟开拍着后背顺气。孟开的遭遇让他更加担忧起舒盼和小欢来，来时的路上他已经试过联系小欢，却总也打不通电话。

现在想来，应该不会是偶然。

陆辰良摇下窗户，路灯底下大片的阴影遮盖住他的面容，他黑白分明的眸子里透着清冽和决然：“易南，许珊的事情你全权处理。无论是承认也好，全盘否认也好，嘉扬会站在你这边。”

易南一愣："阿良，那你呢？"他从坚持和许珊交往那天开始，就预料到了最坏的结局，只是没想到偏在这个时候爆发出来。

就像是黎剑辉特意为云芳菲的回归铺路一样，打乱了他们所有的计划。

"我要先回去找舒盼。"

孟开在一旁吐得昏天黑地，他依稀听得陆辰良用一种令人胆寒的音调一字一顿地道："如果，舒盼受伤了，我让她赔命！"

陆辰良从未有过这样的心情。他的脑内一片空白，唯一的想法只有找到舒盼。

从他拍第一部电影开始，虽然经历过连后期剪辑的费用都拨不下来的时刻，也有过初期作品无人问津甚至任人践踏的困境；有在片场发生意外，为了保护设备摔断了右腿和两根肋骨的生死关头；还有漫长的在香港打拼的岁月里，他全面放弃家庭的资助，宁愿和易南挤在一个二十平方米都不到的小房间里……但他从来没有如此害怕过失去！

黎剑辉利用这种卑鄙的手段转移记者会的焦点，云芳菲不惜弄晕他的秘书也要提前到影城，分明就是在和舒盼换回来之前另有计划。

他甚至不敢想象，以云芳菲疯狂而恶毒的手段，她到底会对舒盼做出些什么事情。

陆辰良太阳穴上的青筋一阵阵地跳动着，他踩足了油门，惹得沿途上因被超车而受惊的车主频按喇叭，原本半个小时的路程只开了十分钟便到了酒店楼下。

他不顾周围人惊异的神色，一路上楼，赶到自己的房间门口。

刷卡进门，房内却早已空无一人。

陆辰良脚步虚浮，一种绝望的情绪像狂潮一般涌上他的心头，他跌跌撞撞地抱着最后一丝希望找到了舒盼的房间。按响门铃后，琳琅匆匆地给他开了门，还不待她开口，陆辰良便几步踏入房内，终于在梳妆台前看见了正端坐着上妆的舒盼。

他急奔过去，将舒盼转过来拥进怀里："你还在……没事就好。"

怀中的女人微愣了一下，随即伸手热情地回抱着陆辰良，神情恍惚地道："阿良，我当然不会走。我会一直留在你身边，只要你不赶我走，我会一直陪你——"

陆辰良听着她近乎呢喃的话语，忽然觉得有些不对劲，他松开手臂，转而缓缓地看向面前的女人："云芳菲……"

云芳菲被陆辰良眼中的不可置信深深地刺痛着，她冷笑了一声，转而对着镜子继续涂抹唇色："不是我还能有谁？我准备好了，你不是要在今天的记者会上宣布让我息影吗，我当然要好好打扮。”

云芳菲站起身起来，又对着镜面细细地整理了一番妆容，无不讽刺地继续道：“就是可惜这么重要的场合易南也不在，他为嘉扬这么拼，没想到落到这个下场。”她说罢转头欲走，陆辰良却拦住了她：“她在哪里？”

云芳菲漫不经心地道：“我不知道。我来的时候就没见到人，不信你问琳琅啊。”琳琅神色惶恐地跟过去，小声点头附和道：“早晨我去陆先生房间找人的时候，她已经不在了。”

“我问你舒盼在哪里？”

陆辰良猛地抬头，眼里闪着一股无法遏制的怒火，好似一头被激怒的野兽，他单手揪起云芳菲的衣领，生生将她逼到墙角。

云芳菲从未见过陆辰良如此失态的样子，她仓皇至极，面色青白交加，顷刻之间已经泪流满面：“你为了她，连易南都不管了？”

云芳菲只以为陆辰良这么急着回来找人，一定是为了解决易南的燃眉之急，她还准备用这个作为筹码，换回她在嘉扬的地位……

琳琅也吓得花容失色，她一直以来过着收两份钱只做一份工的安逸生活，本以为陆辰良不过是和那个新来的舒盼玩玩而已，没想到竟这么紧张心疼她！

三人正僵持之际，门铃忽然响了，小欢的声音在门外响起：“开门，快点开门，琳琅，我知道你在里面！”

琳琅连滚带爬地到门口开门，小欢看她整张脸煞白，又一见门内情形如此，当下便明白了大半。她几步凑到陆辰良身边，她拿着手机解释道：“我知道盼盼在哪里，前天我在她手机里装了定位。大概二十分钟以前，她的位置还在机场。”

陆辰良慢慢地松开手，眼底闪过一丝沉痛：“机场？她要去哪儿？回B市？”小欢点点头，坚定地道：“陆先生，你别太担心了，我已经让孟开先去机场拦着了。”

话虽是这么说，但她也不能全然肯定舒盼就愿意跟着孟开回来，不过好歹她的家人也都在B市，就算她和陆先生之间发生什么误会要走，总不能一夕之间两个家人都走得毫无痕迹吧？

小欢松了口气，可陆辰良的想法截然相反。舒盼并不是一个做事不分轻重的人，在如此重要的关头，她居然临阵脱逃回B市，除了家人出事以外，他实在想不出来第二个理由。

陆辰良一把拿过小欢的手机，神色严肃地道：“手机给我，这里交给你了。”

“啊？我、我不行啊……”小欢一脸蒙，来的路上就听师傅说接下来的事情陆先生已经完全交给她处理了，可还真没想到这种情况下，陆辰良会直接把云芳菲这么个难搞的人物交到她手上！

陆辰良朝外走了两步，忽地停住，回头拍了拍小欢的肩膀，语气里有着一丝欣慰：“易南没看错你。”他不带任何温度地斜了一眼已经瘫倒在地的云芳菲，“东西已经交给你了，要应付她，你一个人足够了。别让你师傅失望。”

小欢受宠若惊，方才心里那些抱怨一下子都转换成了满满的豪情。这个当口，陆辰良把事情托付给她，不是因为别的，正是因为他和舒盼一样相信她！一直以来，她都巴不得能和师傅一样帅气地守护嘉扬，无论面对什么危机都能泰然处之。

现在这个机会不正交到她手上了吗?

她重重地点头，目送着陆辰良的背影，心中暗自承诺道：好，她一定会做好的！等陆先生把盼盼姐找回来，自己就能光明正大地做她的经纪人了。

陆辰良走后良久，琳琅才从被吓坏的状态里醒过来，她颤颤悠悠地走过去扶云芳菲起来，谁知云芳菲却一脸嫌恶地推开了她，恨恨地骂道：“果然是个吃里爬外的废物。”

小欢深吸了一口气，她不卑不亢地走到云芳菲身边：“云小姐，准备好的话，请你和我一起去记者会吧？”

云芳菲神情睥睨，俨然换了一副面孔，和刚才伤心惊惧的样子判若两人：“我和你去？你算什么东西，易南呢？”

他和许珊那个丫头闹得那么难看，她就不信现在易南敢光明正大地出现在记者会上。

小欢笑得温和可亲，足有几分平日里易南处变不惊的味道：“师傅他已经在现场等你了。”

B市急诊手术室外，杜攸正抱着自己的笔记本电脑不断刷新着，许珊出轨这件事情的发展简直是太戏剧化了，堪比一出年度大戏。

她本以为给云芳菲安排息影的那场记者会是板上钉钉了，没想到半路杀出许珊和易南的丑闻，紧接着在记者会开始前又风向一转，嘉扬忽然为在后台等候的几大媒体爆出了云芳菲出入黎剑辉私宅的视频。

整理一下个中关系，许珊通过易南绿了黎剑辉，黎剑辉通过云芳菲绿了陆辰良，易南又是云芳菲的经纪人……

正当看客为“贵圈真乱”这四个字深深震撼，各家媒体打算在这场记者招待会上穷追猛打的时候，整场记者会偏偏没有陆辰良的参与，只有云芳菲和易南堪堪登场，而易南一开口居然又把事情绕回了息影这个主题！

只可惜，他刚说到云芳菲的息影和病情有关，没讲几句，当事人云芳菲就两眼一翻，晕倒在地，场面一阵混乱，搞得所有人都没问下去了。

杜攸合上笔记本，只感觉意犹未尽，她伸手推了推身边的舒盼："喂，云……不对，不对，舒盼，陆辰良该不会是为了你才没去记者会的吧？"

舒盼将整个头埋在膝盖里，她的声音闷闷的："我不知道。"

杜攸依旧很感兴趣，她凑过去追问道："你身上一毛钱都没带，难道是被赶出来了？云芳菲做的啊？"

舒盼猛然抬头，她双眼红肿，脸上满是泪痕，单手拨了拨头发，情绪几乎崩溃地低吼道："你很想知道吗？那你自己去问啊，去嘉扬楼下找她。你去问她，为什么要找人把我弟弟撞成这样？为什么传销的人会来报复我妈？为什么我走的时候他们还好好的，现在一个两个都躺在医院里，剩我一个人啊……"

杜攸吓了一大跳："老大，你小声点啊，我就问问嘛。那……人总有好奇心嘛，你这样什么都不说，我就是想帮你，也帮不到你啊！"

她叹了口气，见舒盼哭得实在可怜，索性将笔记本电脑放到一旁，伸手过去抱住舒盼："好了，好了，我不问了。你别哭了，哭得我心都软了，以后还怎么从你身上挖给云芳菲当替身的八卦，怎么赚钱嘛……"

舒凡的手术进行了六个小时，护士推车出来的时候，舒盼一路紧握着弟弟的手。舒凡只做了局部麻醉，神志还算清醒，他声音嘶哑地开口，第一句便是："姐……不用担心我。"

舒盼鼻子一酸，忍着眼泪带着哭腔答道："好。"

连杜攸这种看惯生离死别的，也被这句话弄得有些眼底湿润，她不敢再看，索性退到一边等。正巧遇到小护士拿着单据过来："请问您是陈凡的家人吗？麻烦尽快拿着这个去二楼缴费，不然我们这边开不了药的。"

当初舒盼第一次进行医疗美容的时候，为了隐藏身份，化名陈小姐，现在的陈凡也就是舒凡了。

"我？我不是啊……"杜攸回头看了一眼舒盼，后者俨然失魂落魄，不足以单独行动，她想了想还是接下了单据，"算了算了，你别烦她了，我去交就是了。"

就当是为了这个大新闻投资吧，到时候不知道能不能报销呢……

杜攸一阵脑补，眼前忽然又浮现出易南那张万年不变的温和笑脸，咬咬牙，便拿出自己的工资卡到楼下去缴费了。

在窗口排了一会儿队，轮到杜攸的时候，她犹豫着迟迟不愿意摁下密码，服务台的小护士面露鄙夷之色："小姐啊，你到底要不要缴费？后面还有很多人在等的。"

杜攸不得已松了手，目光灼灼地盯着里头那台刷卡机，巴不得能把它看穿一个洞来，嘴里嘀咕道："你不要多扣钱，我会一项项核对的，你要是敢乱扣费，我肯定曝光你们。"

"等一等，用我的卡吧。"

舒盼不知什么时候已经站到杜攸的旁边，她递了张卡到窗口："不好意思，麻烦用我这张吧。"

杜攸如获大释，看来这个舒盼还是挺有良心的，她赶紧把舒盼的手顺进窗口里："用她的，用她的！"谁知小护士头也不抬地答道："迟了。我看看啊，已经刷走两万四千七百八十三块……四毛了。"

杜攸一口血差点没喷出来，小拳头在心口空捶了几下，痛心疾首地道："谢谢你告诉我。"

小护士挥手招呼杜攸到旁边去，别碍着后面排队的人。舒盼见她一脸生无可恋，于是将卡塞到杜攸的手里："密码是我的手机尾数，这个卡里钱也不多，你先拿着吧。"

杜攸也没推脱，收了卡，继而开始上上下下地打量起舒盼来："你怎么会混得比我还惨啊？给弟弟看病还要改名字，是不是怕嘉扬的人找到？"

她问完这句，不由得拍了自己嘴巴一下，颇为苦恼地说："你现在不想谈就算了，千万别哭啊。我最怕女人哭了，尤其是你这样，斯斯文文的，哭起来要人命啊。别人还以为我欺负你呢。"

舒盼心间本来是一阵愁云惨雾，被杜攸这不伦不类的安慰弄得破涕为笑："我刚才情绪不太好，对不起。"

杜攸指着舒盼的笑脸道："啧啧，现在会笑了？哎哟，刚送你进来的时候，还以为被撞断肋骨那个不是你弟，是你哎。说说看吧，到底发生什么事情了。好歹让小爷我这钞票花出去有点价值嘛。"

舒盼苦笑了一下："你就这么想从我身上挖到云芳菲的新闻吗？"

杜攸先点了点头，继而又摇头，两腮鼓得跟一只松鼠似的："说真的，在你变成云芳菲以后，她身上可以挖的东西比以前多了一倍。我就觉得奇怪了，一个高冷孤傲的小公主，怎么可能一夜之间变得这么讨人喜欢，到哪里都能交到朋友，搞得我现在都不知道是想采访你，还是想采访原来那个了……"

舒盼眉间微蹙，她思忖了一下，缓缓开口问道："杜攸，如果你想爆料，其实根本不用跟我到医院，几张照片，一篇文章，趁刚才舒凡动手术的时候，你就可以做了。但是你根本没有那样，这是为什么？”

杜攸一下子说不上话来，对呀，这是为什么啊，她干吗这么劳心劳力地帮一个其实不太熟的人啊？难道真是跟踪久了，跟出感情来了？

还是她总觉得这个舒盼，其实就是易南之前好几次想精心守护的秘密？

杜攸拍着脑袋，感觉自己一下子被舒盼这个问题绕进去了：“大不了我答应你，在联系上易南之前，绝对不写不利于嘉扬的报道。这样总行了吧？你至少可以说出来给我解解馋嘛。”她咬着下唇，满脸都写着好奇，感觉下一秒就要因为猜不出真相而被憋屈死了。

“好，那我告诉你。”

医院表面风平浪静，却止不住暗潮汹涌，像是搭建好的房屋在一点一点分裂，随时都会倒塌。

而A城的舆论风暴，简直就是肉眼可见的汹涌澎湃了。

梁先感觉自己错过了整个世界。

他不过是不忍心看着陆辰良当面宣布云芳菲息影的消息，于是干脆清晨起来就和武术导演去闭关研究要给秦隽新加进来的戏份，结果回来的时候才知道发生了一系列的事情。

云芳菲和黎剑辉私下同居？！易南又和黎剑辉的女朋友有一腿？！

这信息量简直太大，剧组里也因为这一系列的冲击乱得不得了。

所幸女主演顾千千回来了，还带着她那个金贵得不得了的天王男朋友秦隽，这两人复合之后狂撒狗粮的举动，多多少少转移了大众的注意力。

况且云芳菲和许珊说到底都不过是《巾帼》的配角而已，不会对剧组造成太多负面的影响。有顾千千这个旗帜立在那里，宣传的中心肯定还是围绕着她和沈清淮、陈初阳、秦隽等一众美男之间的暧昧。

梁先不担心剧组，却很担忧他多年的老朋友陆辰良。

距离这件事情曝光已经过去一个月了，就连顾千千的戏份也快杀青了，可这位陆监制，据说除了出事当日先云芳菲离开了半天以外，几乎什么反应也没有，反而更加认真严苛地对待片场的工作，甚至同期还指挥嘉扬重磅推出了一档练习生的节目，目的就在于要推新培养的女艺人曾黎和何小冉。

陆辰良明明对云芳菲陷得很深，可现在简直就跟没事人一样。

反常，实在是太反常了……

许珊看着梁先唉声叹气，正想轻手轻脚地从他背后走过去，没想到对方一个回头就将她锁死了。许珊尴尬地低头问好：“梁导好。”

她这几天都不太敢和组里的领导打招呼，虽说易南已经开始处理她跳槽到嘉扬的事情，但她始终给《巾帼》带来了不太好的影响，心中有愧，只得低头做人。

梁先并未对许珊太过苛责，娱乐圈假扮情侣炒热度这种事情他见得多了，更何况易南明显就比那个黎剑辉靠谱："你也好。那个什么……你今天听易南说过陆监制现在是什么情况没有？他最近除了工作，一句话都不和我说。"

许珊半只脚已经踏进嘉扬的大门了，现在云芳菲也不在这里，梁先自然没有什么好忌讳的，想问什么就问什么。

哪知许珊欲言又止，她一看就知道梁先是八卦的同道中人，便也不敢和他太亲近，之前舒盼暴露的事情就是一个例子，她现在要学会遮住自己的嘴才行。

"梁导，你这么关心陆先生，他知道了一定会感动的。"

许珊回头，见到顾千千一手搭在她的肩上，表情沉痛万分："昨天有个场记私底下也这么关心他，结果陆监制就感动得第二天没让他上班。"

"是千千啊。"梁先见自己八卦陆辰良被撞破，只得尴尬地笑了一声，忙挥手道，"算了，感情这种事情，是吧，冷暖自知，我就不去凑热闹了。你们稍微休息休息，等下继续加油。"

他才没那个兴趣去踩陆辰良的地雷阵，搞不好这人任性起来以后不跟自己合作，那就得不偿失了。

顾千千见到梁先灰溜溜离开的样子，捂着嘴直笑："我觉得梁导真的很放飞自我，如果不是陆监制压着，估计拍他的戏还真有点难度。"

许珊也忍不住笑了几声，继而却叹气道："他对盼盼也很好的，这几天没少问易南她的情况。"

顾千千瞪着一双妙目惊讶道："梁先也知道盼盼的事情了？"

许珊拉过顾千千小声地道："不，他还不知道，但就是直觉认为是个误会，一直想着让陆辰良别冤枉了云芳菲。"

顾千千一回来才知道发生了大事，加上这几天都联系不到舒盼，心里也是急得不得了，她恨恨地道："哪里冤枉她了，还不是云芳菲和黎剑辉先串通好了把盼盼绑架出去的？活该现在上头条被人戳脊梁骨啊。气死了，这事情又不能报警，也不能声张，只能派人私底下去找。"

许珊忽然不出声了，盼盼已经失踪一个月了，她也曾一度和顾千千一样，认为报警是最快最有效的解决方法。但是随着时间的推移，她渐渐感觉到就凭云芳菲的胆子和心计，根本不敢真把一个大活人关起来这么久。

难道竟是盼盼自己不愿意回来的吗？

顾千千感觉许珊不太对劲，以为自己的话牵动她想起最近网络上对她的恶评："对不起啊，我不是说你。盼盼和我说过，你是……你其实是被黎剑辉骗了。"

其实恋爱合同这种东西本来只和利益挂钩，无关好坏，只是和不同的人签，往往就会达成不一样的效果。这个理论在顾千千和许珊的身上如实反映了出来。

许珊大大咧咧地拍了她一下："你放心，我早就想开了。你知道江晓吗？前几天易南鼓励我说，江女神以前也经历过很不好的事情，现在都能恢复，我这点不算什么啦。"

她现在当真觉得如释重负，可以重新活在阳光底下了。而这次的新生已经弥足珍贵，能够重新启程，许珊很清楚，陆辰良会接纳她进公司，不仅仅是因为易南，多多少少也和舒盼从未放弃过她有关系。

"不过……千千，我在想，你说舒盼会不会和我一个想法？"

顾千千一愣："你的意思是，盼盼不愿意回来是想彻底放手，连陆先生都不要了？"

许珊的脸上满是忧虑的神色，她点点头："那天陆辰良都已经追到机场了，结果发现舒盼装了定位的手机居然被丢在垃圾桶里。还有啊，易南调出来的录像里头，舒盼是神志清醒地自己过的安检，没有人逼她。"

顾千千进一步推测道："那会不会是她家里人出事了？"

她知道舒盼有个宝贝弟弟正要高考，而且她的那个老妈之前还招惹了传销组织的人，难道是因此遭到报复了？

许珊的心头一阵愁云惨雾："我也觉得是这样。但是到现在也找不到她家里人，盼盼在B市租的房子都空了，人好像是连夜走的。"

如果说舒盼有心想直接和陆辰良了断，藏起来一段时间倒也不是什么难事。可她总觉得舒盼是受了什么委屈才走的，按道理来说，她和陆辰良发展到这个阶段，不可能因为一点点误会就做得这么绝情吧？

她想不通，顾千千也想不通，两人齐齐托着腮帮子叹气，巴不得现在就飞到舒盼身边去好好安慰她一番。

而许珊和顾千千二人猜测的对象，此刻正在B市的一家小医院里猫着。

杜攸打了饭菜送到病房，舒盼已经在座椅上睡着了。舒凡正静静地躺在床上打着点滴，杜攸走过去，轻手轻脚地帮着他掖了掖被子。

这个小鬼头命真大，还好是在校门口被车撞的，如果是在什么偏僻的路段，就这么被弃尸荒野也没人知道。

舒盼忽然惊醒，坐起来揉着眼睛。

杜攸转过身对她打了个手势，示意舒盼出去吃饭。两人走到病房旁边的座椅，一打开餐盒，食物的香气便扑面而来，舒盼的肚子不由得叫起来。

杜攸歪着脑袋，笑道："伯母正在下面餐厅吃，她让我带上来给你，快吃吧。"

舒盼捧着餐盒便开始动筷子，刚吃到一半，杜攸犹豫着拿出一个小本子，一脸严肃地开口道："这碗饭是花我的钱打来的，在你吃完之前，还有几个问题，我想问问你。"

舒盼喝了一口蛋花汤，有些含糊不清地问道："你说。"

"我有几个疑点。第一，你说去公安局看到的照片上，撞伤舒凡以后逃逸的那辆车是嘉扬的，你能确定吗？"

舒盼没想到许珊一开口就是这么关键的问题，她感觉自己的心口仿佛被人重重砸了一下，剧烈咳嗽了几下，杜攸赶紧拿纸给她，又帮着轻拍她的后背："你注意点嘛，早知道等你吃完再问了。"

舒盼哭笑不得地摇摇头，她感觉有一颗米粒呛进自己的气管里了，进退不得，她咳嗽得眼泪都流出来，才把这口气顺了下去，半晌才答道："那辆车是专门给……给陆辰良的秘书用的。"

"哦——"杜攸低头不知道在本子上记了些什么，继而抬头继续追问道，"那你在B市新搬的那个地方，是易南帮忙找的？"

舒盼眉眼低垂，低头扒了一口饭，算是对这个问题的默认。

易南对安排老妈新住址的事情十分谨慎，不仅在旧的出租屋里又垫付了半年的房租，刻意制造他们一家三口仍在居住的假象，就连新的租房合约签名都找了别人来签，目的就是降低老妈被传销组织寻仇的风险。

杜攸又点了点头，随手在本子上又记录下了些内容，这才合上本子，胸有成竹地对舒盼道："好了，我知道这话你可能不爱听……"

舒盼生怕她又问出什么语不惊人死不休的问题，索性背到另一边去喝汤："你知道我不爱听，就别讲了。"

这几天，她已经无数次问过自己这些问题了。

舒凡在放学的路上被撞伤，而那辆车是孟丌专用的座驾，继而老妈又在家里被人寻仇而惊吓过度晕倒。这两件事情跟噩梦一样缠绕着她，让她几乎窒息一般地心痛，合上眼睛，都是那两天陆辰良进出自己家里的温馨画面……

他们一起出门买菜，在家里涮火锅，老妈看陆辰良那种喜上眉梢的神色，还有舒凡一脸不自在地和陆辰良互怼。

舒盼感觉那些场景就像在做梦一样，眼前的残酷生生地将她心底的陆辰良和梦境里的陆辰良切割成两个。她也曾经目睹过陆辰良是如何处理云芳菲的事情——极致的冷漠、绝情，甚至从来都没有对自己透露过她离开的原因。

那么有没有可能，当初云芳菲也是抱着一样的心情离开的？

杜攸在舒盼面前打了个响指："你不想听我也要说。就看在你吃的那碗饭的分上，你稍微听我这个局外人说两句。我现在基本可以确定，是有人搞你和陆辰良。"

舒盼刚要开口，杜攸就伸手过去挡住她的嘴巴，顺手把她嘴边的一颗饭粒拿了下来。

"你听我继续分析嘛。第一呢，陆辰良要伤害你弟弟引开你，没有必要用自己的车吧？这也太瞎了。然后，我都可以因为怀疑你和云芳菲的关系找到舒凡的学校，这说明你新家的地址也不是很难弄到的。第三——"

杜攸目光灼灼地看向舒盼，黑白分明的眸子里透着一种不容怀疑的真挚："我觉得就算陆辰良没有良心，易南也应该是个好人。对一个未成年用这么过分的手段，不像是他做的。"

舒盼微微一愣，忽而露出一个意味深长的微笑："等等，你前面说的那些我能接受。最后一个是什么，你和易南，什么时候这么熟了？"

杜攸不自在地摸了摸后颈，这人怎么老是跑错重点。

"你、你……不要老是带跑我的思路啦。总之，我的意思是……"

舒盼眉眼清亮，神色之间俱是坦然，她淡淡地笑道："你想说，不是他们做的，是另外有人在我和陆辰良之间制造误会对不对？"

杜攸撇撇嘴，她感觉自己的脑回路和舒盼显然不是一派："你非要缩小成你和他之间的矛盾也行。但我觉得，他这样赶你走，成本太大了。"陆辰良分明是个奸商好吗，怎么可能在处理私人问题上动用这么大的公司资源？

"如果是这样，那我就更不能回去了。"

云芳菲对她下药，又以胜利者的姿态，趁她昏沉之际找人带她混出了影城，故意买好了回往B市的机票。除了明知道她一定会回家找舒凡之外，又何尝不是一种暗示性的警告呢？

云芳菲已经做好了同归于尽的准备，所以才丝毫都不惧怕舒盼被人发现。

虽然不知道陆辰良是在何种情况下被云芳菲留下证据的，但那通录音里已经明明确确把云芳菲和她塑造成了受害者，一旦公布出来，受到伤害的……就只有陆辰良和嘉扬传媒。

即使陆辰良和她之间是一笔糊涂账，她却不能眼睁睁地看着这样的情况发生！

舒盼那张清丽可人的面容上未着半点粉黛，因为连日为舒凡担忧而看起来略显疲惫，整个人清瘦了不少，但那对寒星一般的眼眸丝毫不减灵气。

杜攸呆呆地看向她，仿佛能从这双清澈明亮的眼睛，看进她的心底。

“难怪……易南选了你，你还真是个有点意思的人。”

这个对视持续了良久，久到杜攸感觉之前似乎从来没有真正认识过舒盼假扮的云芳菲，她慢慢伸出手来：“喂，那我们重新认识一下吧，以后你别小记者小记者地叫我了。”

舒盼耸了耸肩，单手握着汤碗继续喝着，另一只手在杜攸的掌心轻拍了一下以示同意。

杜攸默默地等着舒盼吃完了午餐，忽而用一种饱含期待的眼神打量着她，舒盼被看得浑身发冷，她边收拾餐盒边问道：“你这么看我做什么，该问的不是都问了……”

杜攸拍了拍舒盼的肩膀，贼兮兮地道：“该问的都问了，可是我们之间该算清楚的钱，还没算清楚啊。”

杜攸打开自己的小本子，舒盼凑过去一看，上头居然是这段时间以来舒凡和老妈住院的开销，还包括他们一日三餐的费用，更详细一点，甚至有这段时间她和老妈暂住在杜攸家里要分担的水电费用。

“你给的卡里只有三万四千块。就算我把零头给你掐掉了，这里也只够付清那个小鬼的住院费，剩下的都是我垫付的。既然你的八卦不能让我写，总得让我有点其他收入吧？”

杜攸站起来活动活动筋骨，在舒盼的身边来回踱步：“对了对了，还有这几天因为我来医院所以不能工作的补偿费，还有……”

舒盼头疼不已，她伸手扶额，感觉自己好像刚从一个坑里出来，又活生生掉进了另一个坑里头。哦，这还不是掉进来，是她心甘情愿踩着进来的。

“可我现在的情况你也看到了……可能暂时没有钱还你。”

杜攸嫣然一笑，仿佛等的就是舒盼亲口说出这句话：“所以啊，我建议你，暂时打工还我钱。”

舒盼恍然大悟道：“啊，你不会是让我跟着你做八卦记者吧？我不行的，我运动神经很差，跑也跑不快……”她想到杜攸能够搏命从另一栋楼的阳台跳过来，就觉得这个行业比她做替身还要高危！

杜攸脸一红，显然是也想到了过去的窘事，她索性双手一摊，动用自己的流氓理论，打算耍赖到底：“你有得选吗？多多少少都要等到《巾帼》拍完了，你才能用这张脸去试镜，不然实在太打眼了，你再怎么苦心为了陆辰良藏起来都没用。”

舒盼想到自己的星途和情感又陷入了一片未知的迷茫，不由得眼神一黯：“我不是不做，是真的不太合适啊。”

杜攸不由分说地道：“我的助手阿明前阵子因为跟拍祝尔岚的绯闻，被人打到住院了，我正好缺个帮忙的，你就帮我做到他回来吧。估计那个时候小鬼头也差不多好了，然后你再重新打算一下自己的事情。就这么愉快地决定了！”

杜攸抬起舒盼的手要跟她三击掌：“哎呀，打起精神来，做娱乐记者很有意思的。奔跑在你这个圈子的第一线，怎么也算身先士卒嘛，至少你没离开江湖，时时刻刻都有回去的机会。”

舒盼抽了抽鼻子，心底有些酸涩。她调整情绪，耸耸肩，故作无所谓地对杜攸问道：“那我们要做什么？”

杜攸的眼里闪过一丝狡黠的光芒：“去国剧艺术大赏蹲点啊。”

国剧艺术大赏在A市大剧院展开，然而就在这个节点的前几天，云芳菲再次作妖了。

云芳菲装晕的技术可谓是炉火纯青，信手拈来，这次整整晕了三天，她到底还是太天真，以为用这样的方法就能骗出陆辰良。她有段时间没见陆辰良了。跟随在她身边的易南也不揭穿，索性帮她演到底，直接找了一辆救护车给她送去医院。

公众人物的病情本来就很为粉丝和路人关注，易南不仅不为云芳菲隐蔽遮掩，反而大张旗鼓地叫了救护车，这实在令人匪夷所思。

而实际上，这恰恰是嘉扬现在对云芳菲放弃态度的体现。

云芳菲正是因为知道这一点，才装模作样地被抬上救护车以后就大发脾气，甚至还打了小欢一巴掌。

小欢被打得蒙了一会儿，但很快便适应了云芳菲的歇斯底里，反而淡定地和她交流起接下来的行程。

“您所有的商业合同已经解约得差不多了，加上最近的新闻对您的影响也不太好，所以公司并没有给您排新的行程。不过国剧艺术大赏发来了邀请，徐喻铭导演到时候也会出席，毕竟《明凝传》是获了提名的……”

对小欢这种不冷不热的态度，云芳菲几乎气结，她现在哪里还有什么心情去理会徐喻铭，眼见着嘉扬这是要把她雪藏起来，即使不对外宣布息影，这和当她是个废人有什么差别吗？

小欢将云芳菲妥妥当当地送回了公司的宿舍，云家是不可能再让她回去作妖了。和云芳菲的无病呻吟不一样，云妈妈被网络上曝出的云芳菲出轨的新闻气病了，这会儿正在病榻上垂泪，对女儿的一堆事情感到心力交瘁。

回车上的时候，孟开不知道从哪里买了个雪糕递给小欢冰敷，他很心疼小欢。从前舒盼在的时候，即使多几件行李她也亲手拿，最多就是让小欢出去买个冰镇的甜点饮料解解馋，连重话都没说过一句。

而云芳菲呢，非打即骂，简直是个疯子！

小欢敷了一会儿脸颊，又把雪糕打开咬了一口，吃着吃着忽然就落泪了。孟开吓坏了："怎么了，很疼吗？要不然我带你去看医生？"

小欢边抹眼泪边吞雪糕沫："我想盼盼姐了……"她不否认自己刚见舒盼的时候，心里有点后悔，生怕以后只能带这种见不得光的艺人，做经纪人的梦想也就实现不了了，可现在她只希望舒盼能回来。

即使让她一直给舒盼做小助理也好啊。

孟开手忙脚乱地给她擦眼泪："你别哭，曾黎现在慢慢火起来了，你很快就会变得跟学长一样厉害了。云芳菲不去那个什么国剧艺术大赏，你带曾黎去走走也好啊。"

小欢推了他一下，破涕为笑："你以为是遛狗还是散步啊。而且我哪里那么没良心，有了曾黎就能代替盼盼了吗？"

她很惆怅，明知道就是云芳菲做的手脚，恨不得把舒盼的消息从这人嘴里撬出来，可是又什么都不能做。

孟开摸摸后脑勺，有点不好意思。他忽然想起些什么，掏出自己的手机，献宝似的道："你别担心，陆先生让我在云芳菲的手机里装了东西。"

小欢瞪大了眼睛，低声道："你的意思是，他也想从云芳菲这里……找到舒盼？"

孟开没否认，别人并不知道，自从舒盼失踪后的那天起，陆辰良的情绪一直很不好。

虽然他依旧在片场监工，处理着嘉扬的事务，但闲余的时间一点都没浪费，他每天都在联系其他城市的熟人，暗暗查找舒盼。一有类似的消息，无论什么时候都会赶过去确认。有时候基本没有睡眠时间，可第二天他还照常在《巾帼》剧组工作。

孟开很担心，他觉得再找不到舒盼，陆先生估计真要疯了。

要说忧心，此刻的易南比孟开更甚。

前几天B市有个疑似舒凡的男孩子在医院动了骨科手术，陆辰良便立刻飞过去找人，结果回来的时候出了点车祸，腿伤复发，回来之后又跟自虐似的天天在夜场监工，丝毫不愿意让人看出异常来。

“你不能再这样了，阿良。”

易南将药瓶重重地放到陆辰良面前，神情凝重地道：“这三天你连六个小时都没睡够，止痛药也不吃。既然舒凡在B市治病，那她肯定不会走远。至少这是个好消息，不是吗？”

陆辰良揉了揉自己的太阳穴，声音有些沙哑：“没有刷卡的记录，她的现金也不多。一个人带着出车祸的弟弟，还有随时都有可能被人尾随报复的老妈，舒盼，她该怎么办……”

说到后半句，他的声音都有些哽咽了，易南从没见过陆辰良如此绝望的样子：“你应该知道，她以前过得更苦。”

陆辰良满心后悔，他太自负了，无论是对彻底解决云芳菲的事情，还是有把握能给舒盼未来，自负到甚至懒得和舒盼解释清楚过去的一切。

帐篷的门忽然被人拉开，易南立刻收敛了神色，抬眼看去，来人正是准备杀青戏份的男主角沈清淮，他一进来便感受到气氛不太对，温声开口道：“看来我来得不是时候？”

陆辰良并不做任何掩饰，他抚了抚额头，语带疲惫道：“说吧，什么事？”

沈清淮走到陆辰良的身边，那双黑白分明的眸子定定地看着自己的这位旧友，语气波澜不惊：“徐喻铭联系不上你，说是让我问问你的意见，能不能让舒盼出演他的新剧。”

沈清淮知道舒盼已经失踪，但对详细的情况不甚了解。他此言一出，只觉得屋内好不容易缓和一些的气氛顿时又降到冰点，再看陆辰良的神情，当下便对现状了解了大半。

“看来情况还是不乐观。”沈清淮柔和清俊的面容上带着淡淡的遗憾，“看来国剧艺术大赏，你也不会去了。电视剧选角的事情，我先帮你回了徐喻铭吧，免得他多想。”

“不必。”陆辰良站起身来，神情中难得地浮现出一丝疲惫，“我亲自和他谈。”

徐喻铭一直关注着舒盼成长的动态，他愿意这么直接地发来邀请，说明的确认可了舒盼的实力。这是她自己争取来的机会，陆辰良没有权利替她做选择。

沈清淮走过去，轻拍了几下陆辰良的肩膀：“阿良，你是不是觉得舒盼不回来，是因为不再相信你了？”

易南心头一惊，虽然他先前多少也有过这样的念想，但总也不好在陆辰良面前直接说出口，如今沈影帝一针见血点到要害，真让人捏了把冷汗。

陆辰良沉默了许久，半晌开口道："我不知道。"

的确，比起找不到舒盼，更悲剧的情况估计是找到她面前了，她却已经彻底对自己死心。

沈清淮的指尖轻抵着桌面，静静地分析道："舒盼很聪明，她应该知道除了我们还有人在找她。这种情况下，对她来说最保险的做法就是谁也不联系。她在用自己的方式继续守住这个秘密，不让背后坐收渔翁之利的人得逞。"

沈清淮的话犹如一道光亮，瞬间将陆辰良脑子里那些零碎的线索串联了起来。他最近急着找舒盼，却忘记了一开始是谁有计划地将舒盼逼走的。就连云芳菲，都不过是那人的一个傀儡——黎剑辉！

陆辰良为这个新发现而重燃起些希望来，他暂时放弃忏悔，决定重新调整寻找舒盼的方向。

A市大剧院，国剧艺术大赏在众人的期待之下如期举办，这不仅是一场象征荣誉的盛典，更是集结了业界精英人物的视觉盛宴。

而在人群汹涌的背后，两个消瘦的身影就藏在这股洪流之中，怕是一不留神就要被淹没了。

杜攸原本以为舒盼多少会有点娇气，毕竟人家在嘉扬被供起来当作云芳菲养了一阵子，可她做起事情来居然利落得很。

两人提前两个钟头赶到国剧艺术大赏蹲点。八卦记者这行不好做，即使是踩准了时间来抢位置，舒盼还是十分不幸地发现，车库里已经停满了各类豪车，基本没地方容纳杜攸这辆半旧不新的桑塔纳。

杜攸只好让舒盼在红地毯前排守着设备，自己倒车出去找个近点的地方停靠。

舒盼乖乖地待在原地，她今天本来戴了个口罩，但半路被杜攸强行摘掉了。按照杜攸现在的说法，舒盼脸上微调的效果已经基本消失了，而且云芳菲那边一点要出席盛典的意思都没有，她大可以放心地用自己的脸示人。

舒盼正胡思乱想着，周围同行的记者忽然骚动起来，纷纷揣着镜头又往前头凑了凑，低声讨论着。

"我没看错吧，那是黎剑辉的车！"

"据说这次会方为了找他给新人颁奖，没少花心思。"

"你别说，这次主办方还挺会搞噱头。不仅请了黎剑辉，还请了陆辰良，万一到时候这两人站在一起……"

“你傻呀，这种场合陆辰良来过吗？更别说是有可能要和黎剑辉一起登报了。”

聊八卦的几位记者相视一笑。前阵子的连环绿帽门真是太博人眼球，黎剑辉摆出一副对小师妹许珊放手，成全她和易南恋情的姿态，结果被人爆料他正光明正大地给陆辰良戴着绿帽。

真是因果循环，天道报应。

杜攸停完车子回来，她挤到前排见舒盼正在愣愣地发呆，伸手在她面前打了个响指：“你怎么了？”

“你是不是早就知道黎剑辉也会来？”

舒盼抬眼看杜攸，白净的小脸上满满地写着郁闷的情绪：“这种人都凑到一锅的地方，万一我被认出来，想走也走不了了。”

杜攸没心没肺地拍了她肩膀一下：“这里人这么多，我就不信黎剑辉能一眼认出你来。至于其他人，根本就想不到你居然在距离他们这么近的地方。哎，你是不是很纠结呀？”

舒盼闷哼了一声，抱着镜头背过身去：“我纠结什么？”

杜攸嘿嘿嘿地贼笑道：“要是陆辰良没来，那你连偷偷看他一眼都不成了。但要是陆辰良还容光焕发地来参加盛典，那就扎心了！”

舒盼一口气闷在胸口。离开以后，她也好奇陆辰良究竟过得怎么样了，会不会为自己有丝毫担忧、伤心的情绪？但他的微博上一条新动态也没有，反而是嘉扬的官方微博在大肆宣传着新人曾黎。

好在盛典的前奏很快开始，外场的玻璃顶灯大开，映衬得整个红毯星光熠熠，各路名人很快陆续进场。杜攸来了热情，快门飞速地动着，一刻不闲地要把整个红毯仪式的精彩瞬间都记录下来。

前头那些小花和流量小生几乎没引起什么注目。但很快地，成信传媒的顾千千就来了，全场都安静了些许，继而又开始低低地沸腾起来。顾千千是今年盛名在外的人物，会造成这样的效果一点都不令人意外。

紧随其后的，正是嘉扬的新人曾黎。她眉眼弯弯，面对镜头的时候笑起来有两个非常标致的小酒窝，最近她有部网剧正在宣传期，所以出镜率比较高。

众人的目光齐齐移到曾黎的身边，杜攸倒吸了一口冷气，陆辰良！

陆辰良居然真的来了！

杜攸下意识想拉舒盼来看，却发现舒盼已经神情恍惚地被人挤到了比自己还靠前的位置。

舒盼有些恍如隔世的感觉，算起来她快有三个月没见到陆辰良了。他西装笔挺，长身玉立，清俊的面容上仍带着几分冷冽的味道，乌金边眼镜的后面，那对眸子深沉得看不见一丝波澜。即便是会方的主镜头闪过去，他也未有半分动容的神色，只淡淡地踱步在曾黎的右侧。

他看起来，过得还不错嘛……

舒盼抽了抽鼻子，她从没觉得自己离陆辰良这么遥远过，几步的距离仿佛有一个世纪那么长久。没了云芳菲，嘉扬还会继续培养出无数个影后、视后。那陆辰良呢，是不是没了她，也能轻易找到一个替代品，甚至是……比自己更好的人？

舞台上，和曾黎一起走红毯的陆辰良突然停住了脚步，曾黎一时未反应过来，导致被绊了一下，边上的经纪人小欢赶紧上去帮她收拾裙子。

曾黎却有点莫名，她歪头看向陆辰良，恭敬而温顺地问道："陆先生，怎么不走了？"

陆辰良眉宇微皱，面露异样之色，目光扫过台下。

小欢见到他这副样子，忽而警觉，她站起身来朝陆辰良视线聚焦的地方急急看去，却是一无所获。

陆辰良突然紧握住小欢的手腕："你也看到了，对不对？"

小欢只以为是陆辰良出现幻觉了，哭笑不得地道："我、我没看清啊。"

陆辰良的心底忽然涌出一种奇异的情绪，他顾不得身边的曾黎，便转身回头冲进了红地毯边上媒体扎堆的地方。

他不可能看错，刚才那人分明就是舒盼！

曾黎吓了一跳，小欢让她今天跟陆辰良走地毯的时候少说话，数来数去她说的话还不超过十句，这陆辰良怎么就忽然发飙起来不管她了呢！

小欢赶紧迎上去让曾黎继续保持笑容，曾黎有点委屈，她小声地问小欢到底发生了什么事情。

小欢的心口怦怦地跳着，她明明没看到舒盼，却总觉得陆先生这么激动不会是平白无故的，或许盼盼真的就这么回来了呢！

于是她慎重地对曾黎道："陆先生追女朋友去了。"

陆辰良反常的举动，引起了围观人群一阵不小的轰动。

红毯边架起来的设备纷纷为陆辰良挪动了位置，自觉地让开一条道，方便陆辰良行走。

陆辰良对周围人的心理活动一无所知，他也没那个工夫去理会，眼下那个疑似舒盼的侧影，几乎占据了他的整个大脑。

三个月不见，她过得怎么样？去了哪里？又怎么会挑在今天这个时刻回来？

陆辰良伸手搭上那个背影的一刻，时间仿佛静止，一种彻骨的绝望再次侵袭他，即使面前这人不转过来，他似乎也已经明白……

她不是舒盼。

杜攸捂着心口缓了两秒，中气十足地转过来拍掉了陆辰良的手："陆监制，你是不是找错人了？"

陆辰良有着片刻的失神，方才他看到的侧影虽然和杜攸穿着一模一样的牛仔外套，但气质上没有丝毫相同。

"怎么是你？"

杜攸理直气壮地反问道："怎么不能是我？八卦记者拍艺术大赏走红毯，这不是很正常吗？你不好好带着曾黎走红毯，忽然跑出来抓我做什么！"

陆辰良眉宇微皱，他并不认为是自己认错人，但眼前的事实叫人多少受到了打击，他挥了挥手，不欲再与这个无关的人多作解释。

杜攸长出一口气，咽了几口唾沫，感觉自己老命都没了半条，正颤颤巍巍地抱着相机想走，陆辰良忽然又回头，冷冷地问了一句："你怎么知道我在找人？"

杜攸心里连连惊叫了几声，面上仍绷着："一般情况下……电视剧里，忽然冲出来的人，不都是负心汉找前女友啦？再不然就是你做了什么亏心事，撞鬼啦？"

两人对视了一分多钟，杜攸腿软了，她正打算举旗投降的时候，陆辰良却先一步收手了，他脸上带着自嘲的笑意："是我多心了，杜小姐请自便。"

杜攸如释重负，兀自从陆辰良的跟前绕开，还好刚才她看着舒盼不太对劲，赶紧过去和她换了件外套穿，不然这会儿那只小狸猫已经被陆辰良吃得死死的了。

甩开陆辰良之后，杜攸绕路从后门进了大厅。舒盼有样学样，已经按照她教的方法在前排撑起了三脚架，只待杜攸亲自过来接手拍摄。

这届的最佳新人奖无疑是颁给年度人气女王顾千千了，舒盼在镜头下细细地看着台上的顾千千，她今天穿了一件Utures的修身花短裙，看起来比平日里要显瘦一些。

怕在屏幕上亮相太胖，一直都是顾千千最大的担忧。

舒盼看得出来顾千千今晚的妆容比平日要浓一些，想起秦隽最近和公司的纠纷，以及外界一直谣传他不良的声带恢复情况，顾千千最近估计也是有得忙了……

杜攸站在镜头后面，一边调焦距，一边漫不经心地问道：“陆辰良好像挺想找到你，你真的不回去吗？”

舒盼的视线还停留在台上的顾千千身上：“他……过得还好吗？”

杜攸探出个脑袋来：“你自己去看看不就知道了。”

台下响起一阵掌声，颁奖的环节已经进行到顾千千发言了，一对主持人和她积极地互动着，不少和顾千千相熟的明星艺人在台下捂嘴轻笑。

舒盼回答的声音仿佛消散在众人的欢笑声当中：“我该怎么回去？”

她该以什么身份回去？

舒盼走的时候很匆忙，身上只带了那纸还来不及签下她姓名的出道合同，以及之前定下替身计划的合同。

除了这两件东西，她似乎再也没有跟陆辰良有关的东西了。

杜攸站了起来，她将舒盼的手拉过来，轻扶着镜框：“当然是走过去啊。你只要有心，爬都爬得回去，你看看人家顾千千。”

台上的顾千千正被主持人问到得奖感言，问她能拿到这届的新人奖，有没有什么想特别感谢的人物。

舒盼知道杜攸意指的是什么，顾千千的起步是源于歌王秦隽，这点谁也不会否认，但在秦隽这颗明星蒙尘的关键时刻，顾千千却并没有流露出丝毫的退缩和软弱。

“其实我在这里想和那些曾经喜欢过他，却因为这次事件离开他的人说句话，你们曾经是非常有眼光的，可仅仅是一些诋毁的言论就让你们不再爱他，那你们其实并没有真正地了解过他。”

顾千千如是回答道，舒盼感觉自己的心底热热的，千千的话又何尝不是她的想法呢？

她离开陆辰良身边的时间越长，反而越不相信，陆辰良会做出伤害她家人的事情来。陆辰良在找她，通过舒凡的学校试图联系她，通过旧宅的邻居，甚至是通过从前在片场接触过的每一个同事……

接下来的几个颁奖项目，杜攸都没什么心思再拍了，因为焦点实在毫无悬念，顾千千已经占足了热点，剩下的那些小花和流量小生不过尔尔。遗憾的是，她用镜头扫遍全场，都没能再见到陆辰良。

曾黎的身边，一直都是那个女经纪人在陪着。

同样在找陆辰良的还有舒盼，她的失落感比杜攸更甚，即使打通了心里的那层隔阂，但如何安全地联系陆辰良仍然是个问题。

在这三个月里，黎剑辉的人不止一次差点查到舒凡的住院记录，好在老妈提前一步联系了老家的亲人，一起把舒凡接回乡镇养病了。

杜攸显然也想到了这一点，她把舒盼先支开去取车，准备私下联系易南商量。相比起直接找陆辰良，她当然更相信行事斯文客气的“易南小朋友”。

搞不好还能再弄到几个关于国民妹妹曾黎的独家爆料……

舒盼并没看出杜攸脸上那抹痴汉一般的笑容是怎么回事，她提溜着钥匙来到超市附近的停车场，很快找到了杜攸那台桑塔纳后，却迟迟不敢靠近。

杜攸这个停车的神走位！

估计是急着入场拍新闻，杜攸直接把后头一辆轿车的出路给堵得死死的，这会儿那个男车主正闷坐在车前头抽烟，看也不用看便知道是阴着一张脸。

舒盼小心翼翼地走过去准备背锅，哪知那人仿佛感应到闯祸者到来一般，立即掐灭了烟头，抬眼就准备发飙。

舒盼低着脑袋不敢直视对方，只得连连道歉：“不好意思，我同事不太会停车。真的对不起。”

“我看她不是不会停车，是根本就不会开……”

男人的怒骂戛然而止，他忽然弯腰下来，似乎对舒盼的面容十分感兴趣。舒盼朝后退了一小步，停车场的灯光不比外头，四个角落也不过只有两盏夜灯安装在摄像头附近。

两人身侧经过一辆开着远光的轿车，光亮突兀地在两人之间滑过，舒盼抬手挡了挡，在手背挪开的那一刻，却看见一张有些熟悉的面容。

“是你？”

“你……”

徐喻铭跟看怪物似的打量着舒盼，他昨天才从沈清淮的嘴里知道舒盼离家出走了，怎么今天就被自己撞到了？

“你和阿良到底是怎么回事？小情侣吵架还是有人搞阴谋害你们？”

舒盼读懂了徐喻铭眼底的莫名，她有些尴尬地朝他问好：“徐导，好久不见。”

徐喻铭双手交叠放在胸前，整张脸写满了“八卦”两个字：“看来是个很长的故事了。”

既然是很长的故事，那必然是要换个地方慢慢讲了……

于是乎，十分钟之后，杜攸来停车场找人的时候，只能站在风中凌乱，舒盼人呢？

她打电话通知了易南这件事，对方的声音格外焦急：“你的意思是舒盼又不见了？”

杜攸郁闷得几乎要仰天大叫，现在何止是舒盼不见了，她的那台破桑塔纳也在短短十分钟之内被人开到不知道哪里去了。

老天，绑架也要符合基本逻辑吧?

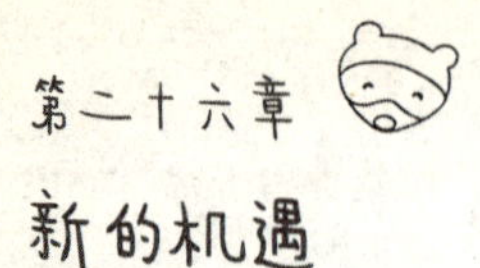

第二十六章 新的机遇

彼时，舒盼的双手扒着车窗沿，她眼睁睁看着杜攸那辆桑塔纳被无情地开走。

“虽然她是挡住你的车了，但是也没必要这样吧……”

徐喻铭阴郁的心情一扫而空，慢悠悠地将自己的车窗关上：“我颁完奖就提早一个钟头溜出来了，因为被她的车挡住，浪费了我宝贵的一个小时又四十分钟。”

舒盼撇撇嘴，她摸了摸后脖颈，虽然一向知道杜攸行事有点不靠谱，但徐喻铭非要派助理把人家的车开到外面去，似乎真有点不道德。

“那至少让我打个电话告诉杜攸地点吧。”

她就这么贸然换乘了徐喻铭的车离开，杜攸肯定会抓狂地到处找人。

徐喻铭单手倚靠着窗沿，语气里带着几分玩味：“你就打算这样下去，跟那个八卦小记者一起拍拍明星的绯闻度日吗？”

舒盼发送消息的手指动作滞了滞：“你也觉得我应该联系易南回去吗？”

“不——”

徐喻铭的车停在十字街口，面前闪烁着的黄灯转换成红色：“舒盼，这个圈子又不是只有陆辰良一个人肯定你的实力。你眼前不就摆着一个现成的导演吗？”

舒盼微愣了一下：“你愿意用我？”

徐喻铭的眼神扫过车窗，正将舒盼映照在窗户上的那副茫然的表情尽收眼底：“我可以给你试镜的机会，用你自己的名字，以全新的身份开始，暂时不隶属任何一个经纪公司。”

这种可能性并非没有。

单拿徐喻铭打拼导演地位的香港地区来看，的确有不少女艺人一开始并没有经纪公司的支持，她们自身的人脉就是工作上的资源，所有工作价码都是自己去商谈。

谈钱，她们的能力肯定比不上专业的经纪公司。明星本身是一件商品，当个人的营销能力变差，演技的成功与否，很大程度决定了这个艺人能否生存下去。

“这样反而简单了……”舒盼喃喃地念叨了一句，她之前替身云芳菲的时候，演戏的机会没摊上多少，反而一堆之前旧主留下来的商业活动压身，累得她每天都缓不过劲来。

舒盼侧过头看向徐喻铭，双眉紧蹙：“徐导，如果我没猜错，你应该还有其他要求？”

徐喻铭对她的反应甚为满意，好歹在陆辰良那个奸商那里待了一段日子，果然脑子转得比初见的时候要快得多。

“有。我给你试镜的机会，但在那之前，你暂时不要见陆辰良。”

舒盼脱口而出：“为什么？”

徐喻铭开窗透气，又在车内点燃了一根烟：“你想过吗，自己以前能试镜成功，不仅仅是因为‘云芳菲’三个字，更因为陆辰良这块活招牌站在背后。排除了这些助力，如果你还能通过试镜，那才是你自己的实力。”

这不正是她一直想要的吗？

舒盼恍然大悟，认为徐喻铭说得很有道理，或许只有真正离开了陆辰良的影响，她才能找到自己的实力和存在的价值。

而舒盼的二次失踪显然已经把杜攸搞蒙了。

杜攸怀着愧疚回到家，却见到比自己还早到家的舒盼，甚至已经做好晚饭等自己的时候，心情是相当复杂的。

“你去哪里了？我差点就报警了，你知道吗？！”

舒盼赶紧把自己阴差阳错和徐喻铭偶遇的经过，对杜攸简述了一遍。徐喻铭说是要给杜攸教训，实际上也只是将她的车丢在外头一个不能停靠的地方，导致她的车被贴了两张罚单而已。

而两人谈完试镜的事情，为了不让杜攸太担心，徐喻铭提前将舒盼送回了家。

杜攸狐疑地抓着舒盼的手，上下打量着她："我只是离开了十分钟，你就遇见徐喻铭这种人物了。看来你是吸引八卦新闻的体质啊。"

舒盼的小眼神游离着，她故意略过了跟徐喻铭商量好暂时摆陆辰良一道的事情，如果这件事情被杜攸知道了，估计她才是真的要爆炸。

杜攸转了一圈，忽然惨叫起来："徐喻铭真的是你朋友的话，为什么要这么对我啊？我今天被罚了两百块啊啊啊，因为你，我现在都要资产负数了。而且易……"

易南那个笨蛋还不愿意相信她。

原来杜攸从会场出来后不久就打电话和易南联络，哪知道片刻之间就在停车场弄丢了人，这让易南对她的信任大打折扣。

舒盼几乎跳起来："你打给易南了？"

"你不是想好了要回去当演员吗，那我当然义不容辞地帮你找门路了。谁知道你出门左拐就碰到一个导演……"

杜攸将筷子狠狠地插向桌面上的红烧肉："易南直接挂了电话，他根本就不听我讲完！"

"你们这些小记者啊，不要一天到晚就想搞一些大新闻。"这是易南的原话。

即使杜攸能将整个替身计划说出来，易南却宁愿相信她还是个不着道的小骗子记者，而不是那个一心想帮着舒盼和陆辰良团圆的高尚人物。

舒盼悬起的心又放了下来："他没信你就好，没信就好……"

杜攸瞪了她一眼，表情几乎崩溃："你怎么一会儿一个样子啊，反反复复跟玩我似的，难怪那个笨蛋也不相信我了。"

舒盼挑眉，她夹了一筷子青菜放到杜攸的碗里："你到底是气我不还钱，还是气易南不相信你啊？"

她最近才得知，原来私底下杜攸和易南的交情不太一般，想起之前几次许珊和杜攸的气场不和，该不会这两人其实是隐性情敌吧……

杜攸一筷子过去，将舒盼的那双筷子凌空架住，一字一顿地道："当然是，气你不还钱。"

她贼兮兮地转向舒盼那边，不怀好意地坏笑道："不给我钱，我就马上跟云芳菲一样把你迷晕再卖到陆辰良跟前去。到时候，我管你们几角恋，统统都要在本宫的笔下无所遁形。"

舒盼立刻掏出徐喻铭给的试镜台本双手奉上：“不敢，不敢，娘娘笔下留情啊，小女子卖艺不卖身。”

生活里被人下药的事情发生一次就够可怕了，幸好云芳菲还有个理智的底线，没恨她到要立刻弄死，否则她这会儿就没工夫在这里跟杜攸插科打诨了。

杜攸半信半疑地接过台本，翻了两页才反应过来：“这部剧又要翻拍了。数数看，这是每三年就被糟蹋一次的节奏啊。”

舒盼忙不迭将台本又抢了回来，一本正经地道：“内容绝密，不可外传，违者杀无赦。”

她刚刚拿到本子的时候，和杜攸的反应是一模一样的。

这部《大漠英豪》约是二十年间颇热的武侠系列IP之一。小说原集最早发布在当时流量不大的小说论坛上，却引来了前所未有的追捧。

此后第一版的翻拍在1984年左右，舒盼从老妈嘴里听过这部剧在那个时期播出的盛况，几乎是一到这剧播出的时间，大家就都跑回家守着电视了，甚至是一个村子都会用休息时间的广播来放《大漠英豪》。

近几年来，翻拍剧盛行，自然也就少不了这部最为经典的武侠作品。

杜攸双眼放光，她想着封面上那一闪而过的资方：豫州影业，成信传媒……

单单这两个名字，加上原著小说经久不衰的魅力，这女主角的试镜如果过了，简直就没有不火的道理！

舒盼感觉杜攸的脑内已经开始自动脑补自己试镜通过，甚至是拿到薪酬之后怎么分钱了，她摇摇头，简直不忍心告知杜攸其中的曲折。

这次女主角的试镜，说得好听一点是要从新人当中海选，但要在没有任何经纪公司的庇护下被选进去，估计那难度远比让舒盼立刻把钱还给杜攸要大得多。

杜攸也不傻，她回过神来，扒拉了几口碗里的饭，很快又提出了另一个可能性：“要是试镜过了，陆辰良自然也就知道你在哪里了。那如果你失败了，难道还真就不见他了？”

杜攸说完这句丧气话，还没等舒盼反应过来，立刻又拍了拍自己的嘴，改口道：“呸呸呸，什么选不上，我告诉你啊，路只有一条，只许成功，不许失败。陆辰良是你的，女主角也是你的！”

舒盼先是哑然，而后不由得失笑起来：“那就借你吉言。”

杜攸将餐盘里最大的一块排骨夹到舒盼的碗里：“多吃点，吃饱了本宫还指望着你发达了多给我几个爆料，看那个易南还会不会整天说我是个小骗子！”

舒盼但笑不语，低头啃排骨。

A市嘉扬传媒里，易南连打了几个喷嚏，他今天一直感觉背脊处有着丝丝凉意，可明明办公室里的冷气都关掉了，这吹的是哪门子的风。

许珊忙拿纸巾给他，有些莫名地道：“你今天这是怎么了？”

易南闷头看合同，含糊地回了句：“估计有人在背后骂我。”

许珊眉间紧蹙，联想到最近发生在两个人身上的事情，一脸憋屈地嘀咕道：“你这种好好先生也有人骂，那黎剑辉肯定天天要被人戳脊梁骨了。”

《巾帼》拍完了，她和黎剑辉的事情闹得虽大，但毕竟黎剑辉也没能从嘉扬这里讨到便宜，知道再纠缠下去没有结果，于是便大大方方地将她放走了。所以许珊今天到嘉扬，正是来签新合同的。

易南将一切手续准备妥当，这才整理情绪郑重地对许珊道：“小珊，既然今天说到这个了，我觉得，这件事情，我们有必要好好谈一谈。”

许珊咬了咬下唇，低垂着眉眼，双手抓着自己的耳朵，做出投降的姿态：“我知道错了……”

易南失笑摇头，他直起身子握住许珊的手放下来：“事关嘉扬的利益，你要认真听我说。曾黎的各方面条件，你也看到了。在资源安排上，我不会因为你是我女朋友就对你偏颇。”

许珊愣了愣，抬眼仔细观察了易南十几秒，这才发现他的神情并不像是在说笑：“你在担心什么？我是那种逼你以权谋私的人吗？”

她也很清楚，当初易南为什么不干脆把自己拉到嘉扬来，反而只是将她介绍给了一档新锐的综艺节目，不就是因为怕两个人在一个利益化的环境下相处，感情就会变味吗？

“我知道你不是，所以我才喜欢你呀。”

易南在许珊的鼻子上勾了勾，温柔地笑着：“话说开了好。在经历了舒盼离家出走这件事情以后，我唯一的感想就是，以后什么都要提前告诉你，不让你去乱猜。”

许珊吐了吐舌头，俏皮地道：“要不你还是避避嫌，不要亲自带我了。我觉得小欢也不错啊，不然你跟小欢换一换，你选曾黎就好了嘛。”

易南不禁失笑：“你以为菜市场选水果啊，经纪人说换就换。曾黎很聪明，她知道小欢跟她都在上升期，只有一起打拼过来的人，以后才会同心同德。”

可是和小欢一起努力过来的人，盼盼也有份啊……

许珊把这句话生生地憋了回去，不是嫉妒曾黎的资源比自己好，但看着这本来是为舒盼准备的一一都落到了曾黎的头上，怎么想都让人感觉不太愉快。

易南看透她的想法，面色也渐渐凝重起来：“陆先生这几天去帮徐喻铭导演的《大漠英豪》选主角了，据说这次海选没有门槛，他觉得舒盼也有可能会去。”

许珊轻哼了一声：“这圈子哪有什么没有门槛的事情，曾黎不也去选女主角了吗？”

明眼人都看得出来，曾黎虽然是带着小欢去海选的，但有陆辰良坐镇，即使选不上女主角，主要配角总是免不了的。陆辰良这算盘未免也打得太好了，反正找不到舒盼也能顺便工作，两边都不亏……

易南叹了口气，他在许珊的额头上落下一个爆栗：“你啊，心不坏，就是什么时候能管好自己这张嘴。光吃亏，就是不长记性。”

许珊吃痛往后缩了缩，又见得百叶窗外有人影浮动，似乎正朝着易南的办公室这边而来，不由得正襟危坐，轻咳了几声：“易先生，我们又不是很熟，有什么话慢慢说，别动手好吗？”

她不想外人再多说易南的闲话，推门进来的人却是个熟面孔——孟开。孟开火急火燎地冲进易南的办公室，根本就无视了桌前的许珊是个什么神态，他的喜悦之色溢于言表，扑过来抓住易南的手：“查到了，查到了……”

易南不明就里：“有什么话你也慢慢说，别动手好吗？”

孟开上气不接下气，他将一张信用卡账单拍在桌面上，断断续续地道：“这、这三个月来，帮着舒凡在医院付账的人——”

许珊听到舒凡的名字，一个激灵站起来：“盼盼的弟弟？”

孟开一口气没喘上来，只得拼命点头。易南登时拿起那张账单细看，许珊也凑了过来，两人的目光不约而同地扫到了开户人那一栏。

杜攸！居然还真是那个小记者杜攸！

易南简直悔恨得要撞南墙了，他怎么就没相信那个小骗子记者杜攸的话呢？哦不，暂时不能称之为小骗子了。

那么既然舒盼已经回到A市，说不定真的会如陆辰良所说的那样，去参加《大漠英豪》的试镜。

A市市郊的影城，《大漠英豪》剧组仅仅为了试镜，已经大手笔地租下了一片区域。

拍试镜八卦这件事情，杜攸是行家，但到了真要陪舒盼去试镜时，她的智商一下子就不太够用了。明知道《大漠英豪》是一部古装，可杜攸还是傻里傻气地借了一套小礼服想给舒盼试镜用。

舒盼哭笑不得，将那套既露胸又露腿的礼服裙子原封不动地放回去。杜攸的心意她领了，但是这趟试镜又不是去选美，穿上这种衣服毫无助益，还很可能分分钟变成全场的焦点。

外在上没办法加分了，舒盼决定要好好修炼内功，因此花了几天时间去读台本的小说段落。

《大漠英豪》的故事发生在南宋时期，金兵入侵，义勇之士奋起反抗，这其中忠良之后正有方、徐两家。两家人隐居临安郊外，却被大金的王爷寻衅而至，他们放火烧村，方父身受重伤，临终托付三位朋护送遗孀刘氏和年幼的男主角方旭到大漠边境。

年幼的方旭在大漠渐渐长大，生性质朴善良，又和一众草原儿女结下了深厚的友谊。为了找到徐家遗孤，他跟随三位师傅来到中原，结识了古灵精怪的小妖女唐笑和看似温婉柔情的弱女子阮清颜。在两位红颜知己的帮助下，方旭经过无数的历练，最终明白了侠之大者的奥义，却选择远离江湖纷争，和唐笑隐居于大漠。

杜攸看罢这小说的内容简介，不禁咋舌："这戏哪里有女主演啊？"难道她以前看的第一版翻拍是假的不成，这女主角的存在感，估计都比不上全程陪着男主角的那匹汗血宝马……

舒盼双眉紧蹙，她托腮思考着。这么看来，她们都被童年记忆当中看过的电视剧给欺骗了，如果这次徐喻铭有意要完完全全按照原著来拍的话，这跟经典版的出入应该很大。

杜攸翻了一页舒盼的试镜台词，颇为苦恼："你这段戏我在电视剧里看过呀，唐笑故意扮成小乞丐去偷包子，然后被方旭救了。我感觉前几版已经演到极致了，搞不好什么编剧、导演心里都有个模板在那里了。"

她的话一针见血地点出了舒盼的忧虑。若是个配角也不打紧，可偏偏唐笑的形象实在太深入人心了，到底是应该去学一学从前各版女主角的这段亮相，还是自己再好好琢磨出一个新样子来?

演员研究戏份，作为导演的徐喻铭则在研究资方势力，和利益挂钩的事情，在影视业里可谓是牵一发而动全身。

这不，徐喻铭正饶有兴致地拉着陆辰良，分析着这部《大漠英豪》的投资背景。

早在林琛还在拍《巾帼》的时候，豫州影业那边就派人找过他，说是这片子会成为林琛头一部监制的作品，因此拍摄团队要找最顶尖的，还请他多参谋一下人选。

这言下之意分明是价格不是问题了。徐喻铭乐呵呵地立刻一个个挖人入坑，先是把木子凯的侄子砚一抓进来，然后是武术指导找了香港杨家班的班底，等都着手开始准备了，发现演员才是最大的问题。

这么多个经典的角色，该找什么名角来演才合适？

陆辰良闲闲地举起一只左手：“我猜，他们的要价，不会少于这个数吧？”

徐喻铭伸手过去给他来了个击掌，没好气地道：“开玩笑，除了豫州影业加进来的袁晶要价还算靠谱一点，男主女主我都问过时下最热门的演员了，统统都是翻倍的价格。尤其是祝尔岚，她的公司更狠，直接给我翻了两倍。”

陆辰良抬眸，眼底深沉，表情似笑非笑地道：“祝尔岚都已经是电影圈的人了，你要她自降身价来演电视剧，难道没料到会被狠宰一顿吗？”

徐喻铭双手一摊，无可奈何道：“我反正是被现在演员的身价吓到了。好吧，用不起他们，我还可以用新人，至少好管一点。如果能意外多培养出一两个不错的，就当是我多积点德了。”

终于说到重点了。

陆辰良站了起来，面向徐喻铭房中的那扇落地窗：“舒盼呢，你打算给她多少？”

徐喻铭倒吸一口冷气，他这还等着明天试镜会看到陆辰良变脸呢，怎么忽然之间就暴露了？

不会是舒盼那个丫头受不住相思之苦，提前联系了陆辰良吧？

“你……这么快就找到她了？”

陆辰良转过身，指尖在桌面上轻快地点着节奏，眼底带着些许的戏谑：“三个月了，她还没有一点消息，你觉得我这算找得快吗？”

这么说还是没找到啊……

徐喻铭干笑着，心下有了几分底气：“那你问这种没有现实意义的问题做什么？”

“你根本看不上曾黎，除了手上握有其他的能让嘉扬注资的王牌以外，我想不出任何理由，你会这么直接地邀请我过来帮你选人。我和林琛的关系并不好，这一点你应该清楚。”

陆辰良眼底深沉，抽出徐喻铭身边的转椅坐下，唇畔扬起一丝不屑的笑意：“这种翻拍的作品一不小心就会翻船，搞不好名声和收益双失。他豫州影业看得上，我却未必觉得拿得出手。”

徐喻铭心下叹了口气，面上也回以陆辰良一个淡漠的微笑。这话若是换作任何一个人说，都只会充分引起徐喻铭的不满，但从陆辰良的嘴里说出来，却不得不叫人服气。

陆辰良在行业内，是有这样实力的人。

徐喻铭苦笑了几声，双手一摊：“果然什么都瞒不过你的眼睛。”

把舒盼叫来参加试镜，他是有私心的。

《大漠英豪》这部戏的翻拍版权早就交给了央视，这次豫州影业买回来交给徐喻铭翻拍，可以说是寄予了厚望。小说的原作者本就是香港人，而前几部经典翻拍的产出地又都是TVB，交给一个香港导演来拍总是不会出大错的。

但徐喻铭不甘于停留在无功无过这个层面上。林琛不过做个挂名监制，人家的心思实际上还放在演戏上。砚一的创作能力很好，但处理人际关系的能力不敢恭维。剧作框架就摆在那里，一组六个编剧都是豫州影业分配的，难免思维受限……

合计来合计去，只有用舒盼这只小狸猫，拖陆辰良下水做个联合监制了！

想到这里，徐喻铭重重地将双手压在桌面上：“成信那边的乔楚已经内定演阮清颜了，是我坚持唐笑一定要用有演技又能吃苦的新人。那些不能哭不能演打戏的，就算贴过来再多钱，我也不能舍出这张老脸去赚。”

陆辰良有些苦涩地开口：“那她答应明天来试镜了？”

徐喻铭脑内八卦的神经立刻被调动起来：“答应是答应了，不过……看起来信心不是很足，毕竟后面没有经纪公司嘛，不就等于嫁出去以后不能回娘家吗？”

他禁不住能够拉陆辰良入伙的巨大诱惑，索性将和舒盼偶遇的种种一并说了，其间不忘添油加醋多说几句，舒盼没能好好用三餐，看起来比之前瘦了之类的细节描述，恨不得能让陆辰良当场拍案就接受了自己的提案。

陆辰良听得心脏都揪到一起，舒盼还在他身边的时候，明明已经戒掉那些毛病了。这三个月来，她一定过得很不好，才不得不跟着八卦记者杜攸躲起来。

或者说这个杜攸和黎剑辉根本就是一丘之貉，拿捏住了舒盼的什么把柄，这才让她足足失踪了三个月？

“我会接她回来。”

他再也听不下去，只得冷冷地抛出了这句话。

徐喻铭虽然说得口干舌燥，但心中不由得大喜：“那你这是要做联合监制了？”

陆辰良抬眸看他一眼，眼底一片森寒：“不做。”

得，废了这么半天口舌，说的等于没说……

影视基地的门口，舒盼第一次以自己的身份来参加这么大的剧作，内心有种说不上来的忐忑。

杜攸为了给她打气，实则是为了寻找娱乐猛料，亲自开着那台半旧不新的桑塔纳送她去试镜现场。门口的保安人员验证过两人的身份证后，就拦着不让杜攸进去了。

舒盼虽然没有经纪公司加持，但好歹是正正经经进去试镜的，可杜攸八卦记者的身份稍微查一查就能被人看穿，放她进去实在太不安全。

她只得在门口跟舒盼依依惜别，俨然是一副幼儿园门口家长的担忧面孔。

舒盼脸上曾经微调的痕迹基本已经消失了，她今天只化了淡妆，头发高高束起，扎成利落的马尾，看起来年龄又降了几岁，能和云芳菲本人联系起来的概率倒是大大降低了。

可问题就是，看起来也不太像那个机灵古怪的唐笑啊。

杜攸颇为苦恼，她只知道电视圈运作的潜规则，还不太能了解试镜所需要的能力，只能默默期望舒盼能带着她这条咸鱼一起翻身，共赴美好的明天！

杜攸留守大门后，舒盼径直走入了试镜的场地。等候试镜的人已经排满了两个房间，不知是有心还是无意，徐喻铭将没有经纪公司的试镜者单独又隔开了一间，甚至都懒得拿给她们号码牌，让工作人员届时随机开门叫人进去。

这也太随便了点吧……

舒盼满心无语，只得乖乖坐在一角继续看《大漠英豪》的小说。这本小说很长，有两百多章，她这几天非常努力地啃了一半，结果反而为书中那个快意江湖的世界所吸引。

不得不说，翻拍的电视剧版和小说的差别还是很大的。尤其是最早的那个版本，虽然受众很广也引起了一时的轰动，但受限于当时的拍摄条件和资金状况，剧本改动得太多，唐笑身上小妖女的特质表现得太过突出，明显和书里的形象割裂严重。

而后面几个版本的翻拍对第一版的模范热爱也是愈演愈烈，导致到了今天，很多人以为唐笑就应该是1984年翻拍的那个样子。

舒盼由于有过一两次试镜的经验，这个时候还有精力去放松思考，可屋里其余的几个女孩了就是另一番完全不同的景象了。她们三五个围坐在一起，紧张地交流着有限的信息，巴不得现在就不待在这间小小的屋子里候场，而是冲进面试现场看个痛快。

有个短发圆脸的姑娘朝舒盼走过来，见她正在看《大漠英豪》的小说，苦口婆心地劝道：“你现在临时抱佛脚看这个肯定没用了。别说是主角了，就是主要配角，我们这些人肯定也是混不上的，你为着个打酱油的角色看遍整部小说，还不如把第一版的电视剧片段拿出来看看。”

舒盼还来不及反驳，后头一个挑染了奶奶灰发色的女孩也搭腔道：“就是这个道理。我刚才出去探路，发现曾黎和乔楚都来了，徐导说要用新人，我看，说的也不可能会是我们这些连个公司都没有的‘野生新人’。”

舒盼被染发女孩这个说法逗乐了：“什么野生不野生的，难道其他有经纪公司的，就算是家养的吗？”

圆脸姑娘凑过来，神神秘秘地拿出自己的那一页台本来：“这你就不懂了，像我们这样的，连试镜的台词都只有两三页，可是那些公司好的，是直接拿着半本或者一本给人家过目的。”

这话说得有点道理，舒盼点了点头，从前她在嘉扬的时候，就提前看到了《巾帼》剧本的大概内容，所以试镜的时候，在把握人物情感这方面有一定的爆发力。

舒盼很想跟她们继续聊下去，于是装出一副小白的样子：“那唐笑和阮清颜这两个角色，你们……就不想试一试吗？”

染发女孩感觉舒盼没得救了，她痛心疾首地捂着胸口：“你是不是傻呀，这都内定好了的，谁愿意上赶着去打脸找不痛快。你看看，我面试的角色就是个瘸了腿的女魔头。”

她这话引起了候场几个女孩的极大共鸣，大家纷纷议论两大女主已经被暗箱操作内定的黑暗现实，同时也把自己试镜的角色一一拿出来分享。

有什么唐笑的师姐、路上调戏方旭的青楼老板娘，还有阮清颜的丫头，各种各样打酱油的出镜率高的但是基本没有台词的小配角，轮到舒盼的时候，她脸一红，明显有些尴尬。

先前徐喻铭叫舒盼来试镜的时候，就一点余地也没给她留。明明知道她现在是个什么处境的“三无人员”，唯一拿得出手的乔氏还被算在了云芳菲的头上，可徐喻铭开口就直接让她来试镜女主角唐笑。

这是个什么概念，除了根本就是在和她开玩笑之外，就只有一个可能——在导演徐喻铭那边，她已经过了一关。

这场试镜，主要是让舒盼用实力去征服除了导演以外的其他人！

舒盼摸着后脖颈，斟酌着开口道：“我吧……这场试镜，其实就是要演个偷包子的小乞丐。然后……”

圆脸姑娘立刻抢话道：“你看你这下不专业了吧，你演个乞丐脸上还白白净净的，我们虽然是配角，但是总得敬业吧，没有戏服，你好歹也往脸上抹点东西啊。”

舒盼会心一笑，她早有准备地从包里掏出一盒眉粉来："对啊，我这正打算往脸上涂呢。"

舒盼拿出眉粉，毫不客气地往自己的脸上涂抹了几道。转眼间，一张清清秀秀的面容就变成了小花脸，周围几个女孩看着有趣，纷纷过来帮忙又蘸了点颜料，往舒盼白皙粉嫩的脸蛋上招呼过去。

几人正围着舒盼打转，房间的门忽地从外面被人推开了。

一个工作人员扫了眼名单，头也没抬地张口就道："那个叫舒盼的，到你了。前面还有一位曾小姐，你先出来准备。"

圆脸姑娘大大咧咧地拍舒盼起来："快去吧，我们这个房间里你是第一个，祝你一击成功，不用跟我抢其他的小配角。"

染发女孩忙不迭又给舒盼的额头上添了一笔："外面已经争得血雨腥风了，虽然和我们没什么关系，但你还是自己保重吧，小心别得罪了什么大牌。"

舒盼轻轻道了声谢，转而深吸一口气出了门。

圆脸姑娘和染发女孩齐齐目送她出门，这才想起来去琢磨舒盼试镜的到底是个什么角色。

这年头，一个路边出场偷包子的小乞丐还要给镜头吗？不是群演里随便拿一个出来就行了吗？

两人在脑内细细检索着自己记得的《大漠英豪》这剧里所有的配角，渐渐地不约而同想到了一个可能性——这个舒盼，她试镜的该不会是一出场的唐笑吧？

进入试镜棚之后，舒盼有点紧张，但这并不是由于上头那位试镜者的表演，而是因为她几乎在第一眼，就认出了眼前这人是曾黎。

曾黎是嘉扬的新人，因为最近主演了一部色调非常小清新的网剧《我的Mr.Wrong》而被推选为新一届的"国民妹妹"，而且这人还是由小欢亲自来带的。

如此重要的试镜，小欢必定是会陪同在侧的。那陆辰良呢？他会不会像从前考验自己试镜那样，也出现在这个场合盯梢曾黎？

这个念头刚刚浮现到舒盼的脑海里，她就捂着怦怦跳动的心口，不敢再细想下去。如果在这个场合见到陆辰良，舒盼都不能确定自己还能不能好好演下去了。

而在台上，曾黎试镜的正和她一样，是唐笑这个角色，可徐喻铭给她准备的试镜戏份和舒盼的并不相同。

在剧中，唐笑打扮成小乞丐偷包子之后，和方旭有过几番相处。此时两人的年纪都不过在十五六岁。而方旭偏生是个愣头青，次次都对唐笑兄弟相称，直到唐笑下定决心，精心梳妆打扮，褪下那身小乞丐的粗布衣，转而穿上白衫罗裙，现身于他的眼前。

曾黎试镜的便是最讨喜的这一幕。她一袭古装，以少女模样初见方旭，台词不过寥寥几句，但娇憨可人的少女姿态中仍透着一股机敏的英气，这点便像极了最早翻拍的那个版本里的唐笑。

舒盼绕到边上，勉强观察了一下前排的几个评审，这才发现居然都是自己的熟人！徐喻铭自然是不用多说的，而在他的右边，依次排开的是陆辰良曾经的学生砚一、顾千千介绍过的成信传媒的负责人席钧尧，而最右边的位置上，正坐着那个冷面奶爸林琛。

她不由得一阵头疼，之前看到豫州影业这个名字位列在资方的榜首，她就应该猜想到见到林琛的概率不会很低，可谁知道这人竟然真对古装剧有这么大的热情，演完一部就立即接上另一部……

曾黎的试镜很快结束了，她弯腰鞠躬后便下台来，舒盼硬着头皮准备走上去，两人恰好打了个照面。曾黎一抬头，冷不防见着舒盼那张花猫脸蛋，倒吸一口冷气，踩着裙角朝后退了两步。

舒盼知道对方这是被自己吓的，顺手扶了扶曾黎，满带歉意地道："那什么……你小心点。"

曾黎生怕舒盼的花脸是会传染的，她忙不迭推掉了舒盼的手："没事，我自己来。"

这是什么新招数？所谓试镜，当然都是试着在短短几分钟的镜头前，尽力藏拙，尤其是女演员，要把自己作为资本的身材和脸蛋这两大条件凸显出来才对嘛……

怎么会有人故意把自己的脸蛋画成这个鬼样子来参加试镜？

曾黎心中暗自好奇，索性也不急着走了，在后排找了个位置坐下来，想看看这位奇女子的表现。

舒盼站直身子，想尽量显得自己自然一些，她直视着面前几人，林琛正眉头紧蹙，盯着自己一脸不快，徐喻铭猛咳嗽了几声，这才缓了口气："介绍一下，我身边这位是豫州影业的林监制。林琛，这是我推荐的舒盼。"

林琛很不喜欢徐喻铭把心思放在这样拎不清的新人身上。他一开始就反对徐喻铭用全新的面孔，风险太大，而且新人身上往往有着各种各样的毛病，哪有什么时间在片场一一纠正，简直是浪费资源。

舒盼微微欠身，心里忐忑得七上八下，却不知道该说什么好。现在她是糊着一张脸，林琛没能清楚看出她的容貌，万一等下要是洗干净了，不会被他认出来吧？

席钧尧俨然是一副看戏的表情：“她就是你说的唐笑的不二人选？”

徐喻铭慎重地点点头：“舒盼暂时没有经纪公司，是我挖掘出来专门试镜的。”

席钧尧的脸上露出一个意义不明的笑容，他等的就是徐喻铭的这句话。

他虽然看不懂徐喻铭葫芦里卖的什么药，但并不觉得眼前这位舒盼，会对自己公司的乔楚造成什么威胁。

乔楚这次试镜的角色是女二阮清颜。按照这部《大漠英豪》的分量，阮清颜这个角色难度不高，进可攻，退可守，一直以来就是吸粉利器，正好非常适合让上升期的乔楚养精蓄锐，慢慢地发展。

脸上藏不住心事的砚一，在看见舒盼这一张小花脸的时候，就已经很想笑了，现在更是憋笑到内伤了，他怕自己下一秒就破功，于是很快就让舒盼再顺一遍台词就开始。

舒盼稍微扫了一眼砚一递过来的台词，这并不是新添的内容，还是唐笑扮乞丐的那个小片段，但由于现场没有方旭跟她配合，所以就只是工作人员在镜头外念了方旭的台词，而舒盼一个人对着镜头独白。

这或多或少地增加了舒盼的压力。她吞了口唾沫，手心不由得有些出汗，砚一很客气地开口鼓励了她一句：“别紧张，好好演。说真的，试镜完我还想看看你到底长什么样子……”

单凭那张简历上的硬照，刚开始的时候林琛还和他讨论过，感觉这个叫舒盼的长得像高冷的云芳菲呢，就算演不成唐笑，如果演技过得去，徐喻铭又坚持推荐，而且后头又有得力金主支持的话，或许可以让她去跟乔楚争一争阮清颜。

偷包子这段戏是砚一加到试镜内容里面的，所以他特意准备了几个包子的模具来给每一个唐笑入戏。谁知舒盼一手拿到包子，肚子居然不自觉地叫唤起来。

砚一这次是真的憋不住了，他笑着道：“这么快就入戏了。”舒盼吐了吐舌头，有点不太好意思，早晨出门的时候，杜攸因为太紧张，反倒把她的早餐给吃了，弄得她空着肚皮来面试。

林琛见状更不满意了，他直接冷着脸道：“开始吧。”

镜头开机，舒盼不急着看镜头，反而是紧紧地盯着手上偷来的包子，她像是被烫着了一般，先是低头吹了吹包子的热气，随即又将手上的包子反复地在小手上掂量。

“唐兄弟，你是不是饿坏了才偷人包子？”这是方旭的台词。

舒盼抬眸，吐了吐舌头：“不是啊，我就是看不惯那些店家小二狗眼看人低。我是小乞丐又怎么了，小乞丐就买不起包子了吗？我偏要把这一整笼的包子都偷光，让他们追我个十条八条街，然后再把钱付给他们，好让这些小人长个教训！”

她说罢，这里接下去本还有一句方旭的台词，但不待对方开口，舒盼鬼使神差地抬头，挑眉对着镜头做了个活灵活现的鬼脸。

这下，不只是砚一和徐喻铭，连席钧尧都笑了起来。

曾黎在台下静静地看着舒盼试镜，神情从一开始的漫不经心渐渐变为了专注，那双狭长的丹凤眼闪过些许从未有过的光彩。

这人还真有点意思！

她之前来的时候，小欢就给她做过心理建设，说是其他角色倒好，唐笑这个角色不容易拿下。因为主创队伍里对这女一号的定位分成了两拨：砚一、徐喻铭两位导演是原著党，但是林琛和两个女编剧则是1984年翻拍的电视剧党。

双方交战，甚至对用不用新人这个问题也矛盾已久。无奈林琛作为监制，徐喻铭没得选择，所以两边只能互相妥协。

而眼前这个舒盼，似乎在表演上能够综合两个版本的特点：一是有原著的少女感，二是有剧版里的刁蛮气韵，可惜就是脸涂得太脏了，有点看不清她的长相。

试镜房间内的冷气有点大，小欢从后门进来劝曾黎早点出去。几个重点公司的候选都已经结束了，林琛和徐喻铭等人之前曾黎也单独见过面了，实在没必要继续在这里耗着。

曾黎一脸意犹未尽的表情，悻悻地被小欢带出了房间，似乎对自己的试镜结果没有丝毫负担。

小欢无可奈何地给曾黎披上一件棒球外套，她有时候觉得曾黎脾气、性格、样貌哪里都好，就是跟盼盼比起来上进心不太够，而且有点缺心眼。

两人刚出门口没几步，曾黎忽然怪叫了一声：“小欢，你不是说陆先生不会来吗？”

小欢抬头正撞上陆辰良那双黑白分明、冷冽如夜风的眸子，她赶紧扯了扯曾黎的袖子，曾黎来不及刹车，索性乖巧地跟陆辰良问了声好：“陆先生好，我已经试镜结束了。”

陆辰良面无表情，只略略点头示意：“我知道。”

曾黎没有胆子多嘴去问，她对陆辰良的认识程度，还只停留在易南的描述里头，两人唯一一次相处也就是走红毯而已，那次陆辰良还莫名其妙地抛下她走了。

小欢看起来就自然多了，她温声附和了一句："陆先生，没有什么其他的事情，我就先和曾黎去赶行程了。"

陆辰良没做表示，但当小欢和曾黎走过他身侧的时候，他忽然开口朝曾黎问道："出来的时候，你见到最后一个为唐笑试镜的人了吗？"

曾黎感觉受宠若惊，她抬眼，小心翼翼地扫过陆辰良那张冷漠脸："你是说……那个叫舒盼的？"

舒盼是这组最后一个试镜的，但她让原本已经完全放松下来的林琛又纠结了一次。

林琛以为徐喻铭故意弄出一个连经纪公司都没有的人，纯粹是私心要跟他过不去的，论演技，论样貌，那么多已经小有名气的女明星怎么可能会输给眼前这个脏兮兮的小丫头？

可他错了。

像曾黎一样为唐笑试镜的人，他们几个今天见得太多了，基本都是规规矩矩照搬以往电视剧中唐笑的一颦一笑，甜美有余，但机敏不足，甚至被局限住了，不敢表现出唐笑的一点点不完美。

这个舒盼反而有那么点意思了。

席钧尧保险地选择没有开口，但砚一就没有那么沉得住气了，他提了一个几人在心里早就想说的要求："你能把脸露出来给我们看一下吗？"

舒盼愣了愣，这是对自己刚才的表现还算满意的意思？徐喻铭微不可见地点点头，找了个化妆师到边上来，示意她赶紧去把舒盼的脸弄干净。

舒盼内心忐忑，生怕自己变脸回来，林琛和砚一看出些端倪来，但事到如今，她也只好按照徐喻铭的要求行事。

她揣着一颗不安的小心脏在角落卸妆。与此同时，林琛又反反复复地把她那张简单到几乎空白的简历看了几遍，几乎都要看出个洞来，最后才不冷不热地开口道："徐导，这位舒盼小姐，难道就真没有过被经纪公司相中的经历吗？即使只是待过一小段时间，也能让我心里稍微有点底。"

徐喻铭在心里翻了个白眼，他要是说出来舒盼在嘉扬待过，林琛也未必就愿意用她呀，刚才曾黎不也表现得挺好？林琛的如意算盘却是将曾黎挪到阮清颜的位子上，然后推乔楚来做女一，通过成信传媒制衡徐喻铭。

砚一则是个好奇宝宝，他非常客气地笑道："我也很好奇，从这个简历上看，舒盼小姐至少还有半年到一年的空窗期。就算不方便透露详细的，也最好要让我们知道她这半年到底是跟着哪个组吧。"

他的担忧是合理的。如果决定把一个很重的角色交给新人，就一定要保证这人至少没有黑历史，否则在宣传期的时候，忽然产生负面影响，那对整个作品的打击几乎是致命的。

席钧尧适时帮腔，一本正经地道："我看徐导未必就不知道舒盼这半年多的情况，不如说出来让我们参考一下。"

徐喻铭左右为难，正想在心中呐喊出舒盼这半年来其实给云芳菲做了替身的实情，人家辛苦地人前人后都演着一个性格完全不一样的天后级的人物，居然还能这么久不露馅，如果这不是实力，他"徐喻铭"三个字倒过来写。

舒盼弄干净脸蛋重新站回原位。林琛的目光在触及舒盼眉心的那一刹那，忽然有一种奇异的感受，这人明明他就在哪里见过，但细看五官，他却丝毫想不起来，到底在哪里和舒盼偶遇过。

舒盼先前对林琛会认出自己这件事情怕得很，但听着几人围攻徐喻铭，要他将自己这半年多来在嘉扬的经历说出来，忽然之间，她便感觉自己不应当再流露出怯懦。

她抬头，目光灼灼地迎向林琛的质疑，心中则是一片清明。给云芳菲做替身的那段时间，其实没什么不光彩的地方，反而是实在地助益了她演技的成长。

林琛被舒盼看得心神一震，态度转而客气了几分："舒小姐，你的表演显然充分引起了我们的好奇，但我个人还是希望，下次有机会能通过经纪公司联系你。在这个圈子里，单打独斗是很难……"

"她那半年做了嘉扬的练习生，后来因为合同没谈拢，这才被我推荐给了徐导。"

还不待徐喻铭说些什么为舒盼辩解的话，房门外忽然传来一个低沉而磁性的男声。

众人齐齐地朝门口望去，只见房门不知道什么时候已经被人推开了，一个男人大步迈了进来："看来，倒是我把新人的概念理解错了。林监制，既然你的附加条件是必须有个经纪公司为'唐笑'撑腰，那你觉得嘉扬传媒够分量吗？"

这人出场得也太是时候了！简直就像是救世主再生一样，徐喻铭就差没直接抱着陆辰良的大腿呐喊加油了。

舒盼在见到这个男人的瞬间，感觉自己的心脏都要停跳了。他西装笔挺，身量颀长，面容俊美无俦，那英挺帅气的鼻梁上，还端架着一副让人熟悉到想哭的乌金边眼镜。

他来了，陆辰良来了……

林琛立刻如临大敌，本来就有人对他通风报信，表示徐喻铭可能会在试镜会上把陆辰良找来帮忙，如今都到这临门一脚结束的时候了，这位陆监制还是赶来凑热闹了。

他尽量缓和自己的态度，但言语之中还是带着点不耐烦："既然是你带出来的人，这位舒小姐就应该有点基本概念。"如果不是有猫腻，在嘉扬这么大的公司待过，何至于一笔都不在简历上留下痕迹。

陆辰良听了林琛的话并不恼怒，从包里拿出平板来，打开视频窗口，直接架在了桌面上，恭敬而从容地道："章老师，您今天亲自观看试镜，应该也有很多想法吧？"

在通讯视频的页面当中，一个头发花白的慈祥老头笑了笑，他用手扶了扶自己的老花镜："我老啦，今天这么多个女娃娃哪能都记住？倒是你们年轻人，一起工作虽说是为了饭碗，但也是搞艺术创作的，火气不要这么大嘛，对身体很不好的。"

砚一凑过去对着视频窗口看了看，这才发现里头那个老人家，虽然已经满头鹤发，但目光依旧炯炯有神，说起话来吐字、逻辑样样清晰，这人不正是《大漠英豪》的原作者章祁至老人家吗？

他差点给跪了。

《大漠英豪》还没开拍，几个资方和导演在试镜会上就闹了不愉快，这对试镜者来说，无异于神仙打架。

砚一感觉把舒盼硬留在这里，全程观看他们的利益纠纷似乎也不太合适，于是客客气气地先将人请了出去。

不知为什么，他对这位舒小姐的第一印象很好，感觉好像是已经合作过，甚至是同桌共饮过的交情。

舒盼粉嫩的小脸蛋上，那些乱七八糟的眉粉印渍已经被洗净了，整个人看起来素净极了，虽未施一点粉黛，但底子的确很好。她低垂着眼睑，神情看起来略有些不安，那对清澈明亮的妙目之上，长卷浓密的睫毛微微颤动着，如同振翅的蝴蝶。

砚一以为她是被里头的情况吓着了，他一向不会哄人，只得老老实实地安慰道："你这是第一次参加这么大的试镜活动吧，别太担心了，老师和徐导一起推荐你，还有原作者给你加持，通过的概率很大。"

舒盼此刻的心情堪称复杂，她感觉自己快要被陆辰良逼得跑错重点了。

本来只用担心试镜的结果，但现在她首要考虑的反而变成，等下陆辰良出来了，她到底要怎么办？难道要再和杜攸商量躲起来……

可她干吗要这么憋屈地躲起来？

仔细想想，以前她怕陆辰良，多半是因为在合同期内，没有按照他的标准好好做事情。现在两人的合约关系都结束了，而且云芳菲那段录音是确确实实的，陆辰良赖也赖不掉。

舒盼深吸一口气，挺直了腰板，她愿意相信以陆辰良的人品，他不会伤害自己的家人。但她现在真的不欠陆辰良什么了，如果这人一定要追来，她倒还想听听这事情还能怎么解释。

“盼盼姐，是你吗……”

舒盼还没完全从初见陆辰良的震惊当中清醒过来，冷不防回头，正见到小欢红着眼眶站在后头。

三个月了，她和小欢、许珊、顾千千这些人竟然也有一百多个日夜不见了。好歹顾千千和许珊的动态多少能通过八卦新闻来了解一二，可小欢，舒盼却是真的一点音信也查询不到了。

舒盼的鼻子酸酸的，她的声音里也混着点哭腔：“是我，我回来了。”

试镜房间里，气氛十分压抑。唐笑这个女一号的试镜者已经全部进来一轮了，在继续接下来的工作之前，屋子内的几个人都承担着不小的压力。

徐喻铭显然已经把房间里试镜时所发生的一切，都实况转播给了这位最有话语权的章老。

林琛眉头紧蹙，事已至此，他也只好认栽。

林琛态度谦和，神情坦然，端出一派君子作风：“章老，您说得对。我能理解徐导想用新人的心情，但我们在创作方向上的确有些矛盾，今天您也在场，不如大家就摊开来说。”

章祁至慈祥的脸上缓缓绽放出一丛笑容：“这样当然最好。”

徐喻铭的脸上扬起一抹讽刺的微笑：“我的意思已经很明白了，不是不能用名角，只是他们的片酬简直是天价。不知道什么时候国内风气变成这样，一集要个几千万，还有的集中起来对戏的档期还不到两个月，这让我怎么拍？”

祝尔岚就是豫州影业亲自挑的，说得好听些，是从电影圈来拍电视剧，其实不就是仗着自己比演电视剧的稍微有演技一些，就巴巴地赶来捞钱吗？

徐喻铭看到那个价格都想骂街，本来还没那么坚定地要用舒盼，却被刺激得一下子就决定了。他就是要雷打不动地用新人，否则还真就不拍了。

陆辰良忽然笑了，他知道徐喻铭素来是个暴脾气，谁的账都不买，现在估计都想掐着林琛的领子拉出去干一场了。

他沉声朝画面里的老人请求道：“章老，我看您还是给点意见吧。徐导就是砸锅卖铁凑钱出来拍，也不愿意毁了好作品。”

章祁至的眼底闪过一丝精明的光芒：“这个嘛，你们选的人各有各的特点。不过呢，我觉得刚才那个把脸涂黑的女娃娃，放着那么标志的长相一开始不露出来，还是有点胆气的。”

砚一刚关门进来，他一向就读不懂眼色，张口便附和道：“那唐笑这个角色就定舒盼了？”

林琛简直要被气死，这是他第一部监制的电视剧作品，他到底还能不能做主了？！

半晌，林琛阴沉的脸上勉强挤出一个笑容，侧头看了看席钧尧，目光一一扫过面前这几个接下来要共事五个多月的主创，最后停留在陆辰良的脸上。

“那就按照章老的意思吧，还要感谢陆先生帮忙了。”

席钧尧一直没出声，但和林琛这对视的一眼，对方心中的盘算便一下了然。

按照情节考量，书里的唐笑应该是当仁不让的女一，但还不许林琛安排编剧给阮清颜加戏了吗？到时候宣传期一开始，这个叫舒盼的新人估计是发挥不了什么作用了，要倚重的恐怕只有成信传媒了。

最后得益的女演员，肯定是乔楚。

试镜房间里硝烟味弥漫，一门之隔的室外，却是温情满满。

小欢为了和舒盼多待一会儿，聊聊近日的遭遇，一不小心就耽搁了半小时，这才安排助理送曾黎回A市。

曾黎的好脾气在这件事情上暴露无遗，她一点也不计较小欢因为和舒盼重逢而将她一个人晾在车上，相反只是很好奇，为什么自己身边的人一个个都好像跟舒盼很熟似的……

“小欢，你老实告诉我好不好，舒盼到底是谁啊？你上次说陆先生要找的女朋友是不是她？你又是怎么认识的她？徐导怎么会亲自推荐她，而且她还连个公司都没有……”

小欢做了个打住的手势：“我说曾小朋友啊，你哪里来的这么多问题？”

曾黎双手交叉合在一起作央求状：“你好歹回答一个让我解解馋啊，要不等下去拍海报我都没心思了。”

小欢打开曾黎的行程一一核对，轻描淡写地回她道：“那你最想知道哪一个？”

“陆先生……就是陆辰良和舒盼之间，到底是怎么回事？”

小欢用马克笔将试镜那一栏的行程抹黑，以示完成了一项任务，她抬头对曾黎道：“还能是什么关系，纯洁的恋爱关系呗。”

《大漠英豪》的女一号唐笑，最终在章老先生的支持，以及席钧尧的腹黑利益计算下，确认由舒盼出演。

打完一场硬仗，徐喻铭食欲大开，他现在巴不得左手揽着陆辰良，右手拉着舒盼，三人行一起愉快地先找个地方庆祝首战告捷，但等他们三人真正凑到一起，徐喻铭才意识到好像这对小情侣之间的问题并不小。

他赶紧腾出地方来给今天的功臣："你们慢慢聊吧，慢慢解决。"

徐喻铭一溜烟上车闪人了，只留下陆辰良和舒盼两个人在空阔的停车场。

舒盼从头到尾都没正眼看陆辰良，刚刚见过小欢，从她嘴里知道了这三个月以来嘉扬的情况。

她走后，云芳菲就等于被彻底雪藏了，连易南这样长情的人都再没去看过她一次。

许珊被黎剑辉摆了那么一道，背了些债务，但好歹是正式转移到嘉扬这条康庄大道上来了，现在成了两档综艺的固定嘉宾，虽然非好感的定位没那么快摘除，但也算是迈出了改变的第一步。

至于陆辰良……小欢只用了几个字："没有你，他怎么可能过得好？"

舒盼低着脑袋，她的心里好纠结，以前一直很看不惯陆辰良处理感情的方式——武断，自以为是，还经常瞒着自己，不愿意信息共享。可她万万没想到，这次自己单方面走掉，不留一点点余地，其实也跟陆辰良这浑蛋没什么两样了。

陆辰良不喜欢她这样憋屈的神情，伸手过去，扳她的小脸："是那个小记者教你躲在我眼皮子底下的？"

他在外面找了一圈，结果舒盼就在B市躲着，说起来还有几分有缘无分的味道。

舒盼把脸别到右边，压低了声音道："舒凡出车祸了，他离不开我。我……我身上没钱，医药费都是杜攸付的。"

陆辰良的心陡然被刺痛了一下，语气是前所未有的温和："你明知道我问的不是这个。是不是有人威胁你，或者故意对你的家人……"

舒盼昂起头，猛地推掉陆辰良的手，眼底通红："我知道不是你。这点根本就不用解释，我知道不会是你，可这又有什么用呢？"

她最难过的其实是在云芳菲的那段录音里，陆辰良居然能那么淡定冷漠地说要让她滚蛋。

拍《巾帼》的最后那段日子，舒盼几乎天天和陆辰良腻在一起，她真的以为自己已经走进这人心里了，不再是简单的合约关系了。然而结果是她被云芳菲狠狠地打脸了，她可以拿出一腔孤勇去喜欢陆辰良，但至少要走得有点尊严吧？

舒盼感觉自己的眼泪快下来了，她实在不想让眼前这浑蛋看到她的眼泪，转身便走。陆辰良追上来，从背后伸手揽住舒盼的肩膀，轻轻摩挲着她的锁骨。

“我很想你。”

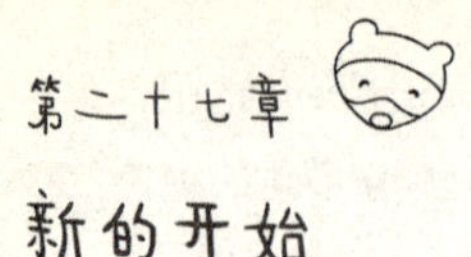

第二十七章 新的开始

陆辰良就这样静静地抱着舒盼。她的骨架真的很小，虽然个头不矮，但每次搂起来都只有那么小小的一只，好像恰好能嵌进他的生命里，放进他心里残缺的地方。

他轻叹了口气说："这次是我错了……"

他自诩清高，当初真的以为整个计划没有漏洞可言，又或者是即便出了状况，也有能力弥补。

他以为自己在舒盼离开后还能镇定地处理一切，没想到一对着监视器，他眼前便都是舒盼。舒盼的笑容，她犯傻发呆的样子，她私底下的张牙舞爪，还有她落在自己掌心的眼泪。

她早就满满地占据了他的整个心脏。

当陆辰良在试镜的房间里，再度见到被画成一只小花猫的舒盼，他仿佛能清晰地听见自己加快的心跳声，一切对于美好和温馨的向往，仿佛瞬间触手可及。

陆辰良从没想过自己会如此渴望和一个人共度一生。

舒盼有些错愕，她怀疑自己的耳朵出毛病了。

在她的印象里，陆辰良从来不是一个诚实的人。他几乎从来不愿意承认有多喜欢她，即便是在两个人感情最好的时候，他也很少这么说话。

但这种温柔的错觉很快就被打破了，陆辰良短暂的忏悔结束后，搂着舒盼的手紧了紧，依然是那种半命令式的语调："舒盼，跟我回去。"

舒盼感觉自己像是被人迎面泼了一盆冰碴子，她顿时一口气堵到了嗓子眼："陆辰良，你是不是觉着我从头到尾就没脾气了？你让我来就来，你随便找个人打发我走我就走？我告诉你，现在不一样了！"

刚签合约的时候，她完全把陆辰良当成老板看，所以百依百顺什么都照做。后来跟陆辰良在一起了，她完完全全是因为太喜欢这人了，喜欢到什么自尊、骨气都可以抛到一边。

舒盼猛推了陆辰良几下，转过身子，昂着小脑袋对他宣布："我不喜欢你了，不要你了。"

陆辰良的眼底仿佛积蓄了几尺的寒冰，将她整个人逼到了角落："你再说一遍？"

舒盼的后背靠在冰凉的墙面上，脸上还是一副宁死不屈的小表情："我再说也是，不……"

猝不及防地，她的话声湮没在陆辰良的突袭里。

陆辰良将舒盼的头扳过来，便狠狠地吻了下去，这个吻势如风暴一般，让舒盼下面的话都生生地吞进肚子里。舒盼感觉自己快要喘不过来气，就要被强吻着昏厥过去了，于是伸手奋力拍打着陆辰良的背部。

不知道是被打醒了还是另有预谋，陆辰良的动作渐渐温柔，舌尖轻抵着舒盼的牙关，呼吸声加重，缠绵得近乎有些色情。舒盼的面色绯红，目光迷离，她不得不承认，自己沉浸在这种久违的唇齿相依的亲密感当中，快要无法自拔了。

陆辰良抬眸，嘴边噙着一抹笑意，眼底满是戏谑："你说的是不喜欢我，还是不要我？"

这浑蛋又开始用美男计了！

舒盼恨恨地瞪了陆辰良一眼："总之我们两个现在没关系了，陆先生，麻烦你让开。"

"上车吧。"

陆辰良淡定地拿出车钥匙："我带你去见云芳菲，一切就都清楚了。"

空旷的停车场内，男人低沉而诱惑的声音回响，仿佛就萦绕在舒盼的耳朵边。她抚了抚额头，心底涌上一股莫名的烦躁。

不应该是这样的。

她以前和陆辰良在一起的时候，其实能够真实地感觉到，云芳菲不足以造成他们之间的障碍。但在这次的事情之后，舒盼才发现自己没有想象当中那么有安全感。

舒盼没有再多犹豫一刻，就脱口而出拒绝了：“我不觉得还有见她的必要，我只想回家。”

陆辰良挡在舒盼前面，见她仍是昂着小脸，似乎是从前低头低得太多了，现在想挺直腰板一次性把底气讨还回来。

“据我所知，你在A市没有家。”

舒盼气闷起来：“是啊，还不是拜你和云芳菲所赐。”

陆辰良拽住她的手，眉目间也开始认真起来：“我知道肯定是她对你说了什么，可我不能理解，为什么你会相信她，甚至不愿意多问我一句？”

舒盼的脸色也骤然变了，反正都说开了，不如就让她说个痛快：“就算我问了，你说吗？每次都说到时候我就知道了，可我到现在还是什么都不知道啊。我就不能理解了，为什么简简单单的一件事情，你总是要一个人扛下来，对谁都不说呢？你觉得信任是一件这么容易的事情吗？”

这个问题出在她和陆辰良的性格上，他们两个人本质上都很倔，不会轻易改变。她永远喜欢得小心翼翼，只守不攻，而陆辰良恰恰相反，永远都在执行和攻城略地的道路上。

偏偏两个人都不愿意好好交流，每次都要被逼到吵架了，才愿意坐下来沟通。

陆辰良牢牢钳住舒盼的手腕，生怕她下一秒又跑掉：“这件事情我道歉。但如果你对云芳菲失踪的原因全部了解了，我很怕，她那天就不止是对你下镇静剂了。”

舒盼脑子里糊糊的，哪里愿意相信这个说法。她感觉真的好委屈，越想越不甘心，手动不了，只好脚上动作，使劲踢了一脚边上的轿车：“我现在不想听了，你告诉我有什么用呢？就我一个人相信你又有什么用，亏得我妈、我弟还天天关心你到底是个什么样的人……”

陆辰良哭笑不得，见舒盼踢车踢得起劲，赶紧把她整个人拦腰抱起来：“这车别踢了，小心伤到自己。”

这时候了，他还在心疼自己的车子！

舒盼真想伸手挠陆辰良几下，可惜她重心离地，双脚只能胡乱地在空中扑腾，一脚正中轿车的后视镜，刺耳的警报声顿时响彻了整个停车场。

一个穿着黑色夹克的男人急急地跑过来，张口就骂道：“哎，有你们这样的吗？要分手要打架出去打呀，人家车都在这里，你们还吵不过瘾了？”

舒盼一脸惊讶，她扭头压低声音问陆辰良：“这不是你的新车吗？”

陆辰良也侧头跟她咬耳朵：“我不是叫你别踢了吗？再说我的品位有这么差

吗，孟开的车都比这好。”

黑衣夹克男忍不住了，他扑到自己车前心疼地检查起来：“你这小姑娘要打，回家打你男朋友去。我的车给你打坏了赔得起吗？”

舒盼一下站定到地面上，她想上去给夹克男道歉，陆辰良拦在她前面，客气地给黑衣夹克男递了一张名片：“这位先生，不好意思了。在这里稍等一下，你最好也联系一下保险公司，我的助理会马上过来处理的。我们两个有点私事，麻烦你腾点地方。”

陆辰良说罢，掏出手机给孟开打电话，让他立刻抽空过来收拾。

黑衣夹克男很看不惯陆辰良这副样子，探头对舒盼来了一句：“就这人说话的语气，太讨厌了。小姑娘，我还就支持你了，虐他，咱回家狠狠地虐他！”

舒盼几不可见地点点头，趁陆辰良背对自己打电话的时间，一溜烟就想逃跑，哪知陆辰良跟后脑勺长了眼睛似的，转身一把就拉着她的牛仔衬衫领口，又把人拽了回来。

陆辰良压着电话，似笑非笑地道：“不然我先帮你赔给这位先生，然后你回家再虐我，不然……你就准备自己待在这里等保险公司的人过来算钱吧。”

可恶，简直可恶，难道她又要这样向金钱势力低头了吗？

此时此刻，在影视基地的门口，还有个彻底被遗忘的人正在自己那辆小桑塔纳里唱着小曲。

杜攸探出窗外的目光，几乎要望眼欲穿。这舒盼都进去好一会儿了，怎么就连个电话也不给她回复呢？

最近一段时间以来，舒盼于她，比起朋友，感觉上更像是个女儿一样，她天天操心着，本来想赶紧把人送回嘉扬传媒那个有钱的“金主”家，但多少又有点不忍心。

她为了安排舒盼的事情，把五年来累积起来的年假一次性给休了。

这种感觉不像是吃亏，反而像是被拯救了。虽然毫无疑问，杜攸是很喜欢娱乐八卦的事业，但追得久了，就觉得这圈子真是太乱了。杂志社里采访同一个新闻都能弄出好几个版本来，写得久了，谁又在乎真假呢？

杜攸正打算给舒盼打个电话问情况，窗外忽然传来一阵敲窗户的声音，她拉下窗户，见到一个戴着墨镜的男人站在边上。

她习惯性地上下打量着这人。他面容虽为大副的墨镜遮盖，但身姿挺拔，头发乌黑，一身Hermes新款休闲男装，腕表内扣的点钻也泛着光芒，一看就知道是值钱货。

杜攸收敛了神色，脸上带着友好的笑容，开口问道：“请问您有什么事情吗？”

徐喻铭倚靠在车窗上，一把摘下墨镜：“杜小姐，请问您什么时候能把这破车停停清楚？”

杜攸眉间紧蹙，双手扒着车窗，从下往上盯着徐喻铭看，这才认出了他的身份。

这人不就是那个前几天害她被贴了两张罚单，还扣了分数的浑蛋吗？

于是她皮笑肉不笑地道：“原来是徐导啊，您这是有什么八卦爆料想便宜卖我呢，还是想让我写点什么花边新闻给你招点桃花啊？”

徐喻铭原封不动地把这个假笑还给她：“我看‘女司机’说的就是你这样的，停车挡着别人出来一次不长记性，你是要几次才够？”

呸呸呸，女司机吃你家大米了吗？

杜攸闷着一张脸从车上跳下来，绕到停车位上看了看，巧了，她这公家的车的后视镜折了一边，导致停车的时候经常有个视觉死角。老板抠门想省下来点钱，所以她停车的时候，只能自己把握感觉。

偏偏这两次的感觉有点不到位，一堵一个准，都让这位徐导给碰上了。

杜攸心想着谁让你倒霉呢，面上还是恭恭敬敬地弯腰给徐喻铭道了个歉：“我这就代表女司机给您让道，成了吧？”

徐喻铭将墨镜夹在自己衬衣的口袋，伸手过去：“不用了。你钥匙拿来。”

杜攸心生警觉，退后了两步：“你要干吗？”

徐喻铭挑眉，杜攸这个小记者本就矮他一个脑袋，现在㞞起来就更小只了。他大步靠近杜攸身边，双手自然地搭在她肩膀上：“我听说，舒盼失踪的这件事情，你还帮她完美地隐瞒了行踪？”

杜攸㞞得像个包子，听说这个徐喻铭以前在香港跟黑道有联系，她忙说：“是我又怎么样，陆辰良都没来找我麻烦，你、你好好说话别动手啊。”

想到一向精明的陆辰良栽在八卦小记者的身上，徐喻铭心中不禁一阵痛快：“废话少说，走吧，我请你吃饭，就当庆祝唐笑这个角色被舒盼拿下了！”

杜攸就这么稀里糊涂地被徐喻铭开走了自己的车，连带着把自己一起载走了。

而闺密舒盼，同样稀里糊涂地上了陆辰良的车，可他并没有直接开回家，而是我行我素地直接开到了郊区一座独栋的附近。

舒盼眼尖，一下子就认出来这栋建筑，是当初记者抓拍疑似云芳菲和黎剑辉私会，给陆辰良戴绿帽的所在地。

"你带我来这里干吗？"

她敲了敲陆辰良腕表上的时间："下午两点多，云芳菲不是还在午休吗？"

陆辰良将食指竖在舒盼嘴边，示意她噤声，语带讽刺地道："我不觉得她现在有心情休息。"

舒盼走了多久，云芳菲就在媒体里沉寂了多久。

这几个月来，无论她在家里怎么闹腾，愣是没有一个记者再对挖她的事情有兴趣。嘉扬已经明确对外表示放弃她了，这下云芳菲不是息影，而干脆是直接被雪藏了。

尽管这在围观者的眼里看来是非常合理的——她可是给老板戴了绿帽的女人。

舒盼眉间紧蹙，她没好气地伸手解开安全带："你自己想见她，干吗拉我也在这里蹲点？"

陆辰良将她摁回到座位上，耐心地顺毛道："我记得你不是个急性子，怎么离家出走一趟变得这么浮躁了？"

舒盼真想拿脑袋直接朝陆辰良的脸上怼过去："你当谁是未成年少女？我是离家了，可是离的是你家，又不是我家。"

陆辰良好似看破她报复的小心思，朝着她的脑门上就是一个爆栗："用暴力表达诉求不是个好办法。盼盼，如果你对我现在的房子不满意，还可以再买一个更大的，到时候伯母也可以搬进来住。"

舒盼的思路被带偏了，她脱口而出："那我弟呢？"

那个小鬼最好以后挑个最远的大学，一年只回来一两次的那种。要知道，他十八岁的时候都已经自己在香港住了几年。

陆辰良没有回答关于舒凡以后的安排，他漫不经心地看了看时间："差不多该登场了。"

舒盼感觉莫名其妙，打开车窗朝四周张望了一下，忽地发现后头的草坪上闪过点点光芒，定睛一看，原来竟是几个照相机，正对准了云芳菲的家伺机窥探着。

这是还有记者来拍云芳菲的节奏?

陆辰良的唇畔噙着一抹意味深长的微笑，他将舒盼的脑袋扳过来："你看错方向了，这里才是看戏的最佳角度。"

舒盼张口，示威性地朝陆辰良的食指咬了一下："以后没经过我的允许，你再碰我，我就咬你。"

陆辰良也不躲避，食指虽然被她咬着，但并不觉得很痛，只是痒痒的，好像是被他小时候喂食的小狸猫轻啄了一下。他反而用指腹轻轻摩挲着舒盼的下唇："你应该把咬人这个爱好发扬光大一下，不要局限于手指。"

舒盼松口放开陆辰良的手指，她的脸一红："呸呸呸，你、你能不能好好说话。"三个月没见，这人就跟戒了三十年的荤腥一样，动不动就嘴上开车，好像巴不得现在就把她吃掉。

陆辰良忽然不说话了，他用食指遥指车窗的正前方，舒盼顺着那个方向看过去，还没想明白怎么回事，就见云芳菲的家门打开了，从里头出来一个包裹得严严实实的女人，墨镜、帽子、口罩，这些行头一应俱全。

陆辰良这辆车停在一个视角绝佳的位置，既不至于暴露他们两个，也能方便舒盼看清墨镜女的全身。虽然这人故意挡住了面容，但从身形和那一身名牌的装束上判断，应该是云芳菲无疑。

舒盼更看不懂了："你是来接她的？"

陆辰良淡漠的面容上浮现一丝讥讽："接着看。"

云芳菲看起来走得很急，连反锁家门这个步骤都略过了，她只顾抓着手包埋头走路，刚走到大门外边，有一辆纯白色的保姆车就迎面开了过来，车上下来一个穿着紫色休闲西装的女人来接应。

就在此时，刚才隐藏在草坪里的照相机忽然接二连三地冒头，端着照相机的人从陆辰良的车边嗖嗖地跑过，直奔那辆保姆车而去，将原本要上车的云芳菲生生地拦截了下来。

舒盼本来正贴着窗口看得起劲，一见到记者贴身从车子边跑过，本能地吓得想躲，哪知道这一掉头就撞到陆辰良怀里了。

陆辰良看她这副小心翼翼的样子，感觉有些好笑，拍了拍舒盼的后背："乖，从外面看不到里头的。"

舒盼反应过来，正想从陆辰良怀里扑腾出来，却发现已经被死死抱住了，只好问："你到底葫芦里卖的什么药？"

陆辰良搂着舒盼，深吸了一口气，感觉她身上有股淡淡的馨香，比之前G&K浓烈的香精味道要舒心很多。他的心情十分愉快，一本正经地道："你仔细看看来接云芳菲的人是谁。"

舒盼挣扎了几下无果，只能以一个别扭的姿势转头，继续看云芳菲那边的情况。紫色西装女一力护在云芳菲的前头，面对记者接二连三的询问，她的神情十分激动，不断地大声解释着。

舒盼紧盯了一会儿，这才惊呼起来："这是黎剑辉的经纪人！"

陆辰良单手卷着舒盼乌黑的发梢："总算你的眼睛还比脑子好用一点。"

舒盼感觉自己的后脑勺好像被人敲了几榔头，一下缓不过劲来：“你的意思是，云芳菲所有的事情，都是和黎剑辉计划好的？”

陆辰良冷眼目送华奥的保姆车载着云芳菲离开：“就凭云芳菲的脑子，想得出来先把那个小鬼弄进医院，让你非走不可吗？”

她不是没有过这种猜想，但总觉得中间似乎有些连接不起来的地方。

黎剑辉虽然也知道了替身的秘密，可云芳菲没理由要跟他合作啊。如果是想跳槽去华奥，怎么不在一开始回国的时候就安排，非要弄到这个地步再换公司，这也太不聪明了吧？

除非……云芳菲也跟自己一样，被黎剑辉抓住了把柄！

一切的症结，似乎都回到了云芳菲出走的原因。

舒盼的心口怦怦地跳动着，她以前觉得给云芳菲做替身这个方案已经够荒唐了，没想到这背后居然还有更不靠谱的事情。

想到舒凡因为这两个人的联手，无辜地在医院受了几个月的苦，舒盼的心头涌上一股从未有过的愤怒，她的十指紧紧地攥成个拳头，紧咬着下唇，几乎要咬出血来。

陆辰良看着舒盼这个样子感觉很心疼，一下下轻拍着她的后背，跟哄小孩一样安慰着她：“是我连累你了，对不起……别怕，我在。”

舒盼感觉自己有一腔的委屈，她的眼泪不知不觉之间就下来了：“当然都怪你，你干吗不早点告诉我？所以说都怪你，都怪你！”

陆辰良哭笑不得，感觉她趴在自己胸口，活像一只受伤的小动物，可爱得不得了，于是顺着舒盼的话道：“怪我，都怪我。”

不知道哭了多久，舒盼感觉自己的鼻涕眼泪都快沾满了陆辰良的衬衣，半晌，她才抽泣着终于平静下来，低低地问道：“那云芳菲到底……到底怎么回事？”

“药物上瘾。”

陆辰良的这四个字犹如一记重锤，狠狠地砸到舒盼的心口。所有的一切，云芳菲近乎疯癫的举止，她的歇斯底里，她的计划……似乎都有了合理的解释。

舒盼倒吸了一口冷气，她打了个冷战，感觉自己就跟捡回一条命一样。

眼前的一场闹剧，随着那辆白色保姆车的远驰而渐渐收场。

舒盼捂着胸口，有点恍惚，这就难怪云芳菲赶她走之前，还要再三确认自己是否已经知道她的秘密了。

陆辰良眼底深沉，正看向不知名的远方：“现在是不是感觉有些事情不知道比知道要好？”

舒盼定了定心神，没好气地斜了他一眼："你特意拉我到这里，让我看到云芳菲现在混得很惨，就是想让我承认这个结论？"

就算出于要保护她的目的，这也并不能成为陆辰良拒绝和她沟通的理由。

"不，恰恰相反，"陆辰良将舒盼的小手握紧，"我希望这能成为一个新的开始。以后，你想知道的，我都会告诉你的。"

舒盼撇撇嘴，耸了下肩膀，但到底是有几分心软，经过这三个月的反省，她感觉陆辰良的确有些变化了。

至少比以前会说人话多了，甚至是主动到试镜会来帮她。以前那种总和这人隔着一层东西的感觉好像在渐渐消失，尤其是他不会再用那种居高临下的态度来对待她了。

也许这一次，他们才是站在完全平等的位置上，能好好谈一场恋爱了。

她没松开陆辰良的手，只是随口说道："这个保证我以前好像听过一次了……"

陆辰良缓缓勾唇："事不过三。我知道你心里憋了很多想知道的东西，不如先回家吧。我慢慢告诉你，如果不相信，你还可以跟易南核实。"

回家？

舒盼咬了咬下唇，感觉这两个字仿佛有一种神奇的魔力。这半年多的经历，早让她把陆辰良分出来的那间小客房，当成了自己安家的所在。在嘉扬里，易南、小欢、孟开，还有许珊，他们每一个人对舒盼来说，都跟家人一样亲近。

舒盼低头沉默了很久，陆辰良也不逼她，只是沉着性子耐心等着，他已经等了一百个日夜，并不在乎眼前多给她思考的片刻。

半晌，舒盼一脸平静地看向陆辰良，眉目间是难得的认真："那……今晚吃火锅好吗？"

陆辰良很少去超市，一来是因为没时间，二来却是因为逛超市选择商品这件事情，一旦要做起来，他就会非常认真。

口味、生产时间、生产地区、原材料产地，甚至是添加剂，都能成为他拒绝或者采购一样食品的理由。

在这一点上，舒盼恰恰相反，她一直都对食物没什么研究，可能是在片场待久了，无论是主食还是夜宵，来来回回都是那些保鲜时间较长的速冻产品。

舒盼双手推着一辆购物车，走马观花似的扫过那些肉类食品，每样都扔一些放进车子里。而陆辰良对她的这个举动大为不满，舒盼每放进去一样，他都要取出来看看能不能达到自己的标准。

“这个日期近了，换一个。”

“这个馅料里头有香菜，易南不吃。”

“这个腌渍得太过了，上次已经被李嫂列入黑名单了。”

“这个不行……”

舒盼对陆辰良选食品的细致程度表示佩服，简直就是要把它们招进公司里做演员的练习生一样……

这种感觉虽然新奇，结果却是惨烈的。绕了大半圈，舒盼低头一看，车子里居然还没放什么东西，这才忍不住抱怨道：“亲爱的陆先生，照你这挑法，这间超市可能不太适合我们。”

陆辰良挑眉，一本正经地道：“我原来以为你是天生吃不胖，现在才知道你完全就是饿瘦的。”

前头就是冰柜了，舒盼本来想随便再挑几样火锅料凑合算了，她被这话刺激得有些颓然，身子向前倾，软软地趴在购物车的推手上：“讲点道理好不好，你工作起来家里还有个李嫂能照顾，外头一切都是孟开包办的……”

她在片场基本上只能管饱，不然也不会专门挑管发饭盒的场务做了，至少每天加肉菜的时候，她能多分一点。

陆辰良淡淡地看了舒盼一眼：“那是因为你不知道，以前我和易南住在一起的时候，都是我买菜做饭的。”

舒盼一脸的不可置信，说起居家好男人，明显应该是易南那个好好先生的形象才符合！

“看来要下次许珊和你抱怨的时候，你才能知道真相了。”陆辰良一脸恶作剧的神情，他活动了一下手指，示意舒盼推车跟上，“我们挑肉去。”

结账的时候，舒盼看着购物车里满满一堆东西，忽然感觉有些泄气。以前顾千千曾经跟她分享过秘诀，她跟秦天王其实是互补类型的。

秦隽有点生活白痴的倾向，顾千千就正好是女演员当中的异类，是热爱美食的生活小达人。

可现在舒盼发现陆辰良好像比自己更会生活呀，别看东西买得多，样样都是性价比最高的。就连她刚才站着犹豫要不要采购的两样火锅料，陆辰良都说不差钱就全买了。

除了个性差点，也许陆辰良就真没什么毛病了？

陆辰良感觉到她的低气场，他笑着低头揉了揉舒盼的脑袋：“还有什么没买的？”

舒盼在发呆，她不想陆辰良知道自己因为这么无聊的理由在郁闷，伸手随便在结账的柜台上抓了盒糖果一样的东西："这个？吃完火锅用得到。"

陆辰良只扫了那东西一眼，肃穆的面容忽然泛起一股奇异的神色，他附到舒盼耳边低语："你挑错尺寸了。"

舒盼摸不着头脑，挑一盒糖果哪里来的什么尺寸？就在收银员拿过那东西的片刻，舒盼跟被扎了一下似的赶紧跳起来去抢那盒东西。

难怪收银员刚才看她的眼神怪怪的，这哪里是什么糖果，分明是一盒避孕套！

陆辰良回去的路上因为这件事情笑得停不下来，他想起之前舒盼在别墅前追垃圾车的场景，也是堪称经典。

他和舒盼一人拿着一个塑料袋，迈步走在回家的小道上，舒盼的脸红得发胀，晃着塑料袋威胁陆辰良再笑就不理他了。

陆辰良这才消停了一会儿，忽然又有些感慨："你就这样吧，挺好的。"

舒盼没听到陆辰良这句话，她侧头又问了一遍："你说什么？"

陆辰良单手将舒盼的肩膀揽过来："我说，你回来了，真好。"

晚上的火锅"大宴"，算是舒盼新开始的第一顿聚餐。

许珊在后台接到易南的电话，兴奋得连头套和戏服都没换，录完综艺节目，直接上了保姆车奔到陆辰良家去找舒盼，到门口了才发现孟开也在。

晚上的火锅吃得很开心。孟开用饮料代酒一直对舒盼道歉，他觉着那天云芳菲之所以能去影城作妖，主要就是自己太没戒心了。

舒盼一点没怪他，按照小欢和许珊的说法，主要不是我方守备太弱，而是敌人太狡猾。

晚饭过后，许珊留了下来，她有太多话想跟舒盼说。陆辰良见自己的计划落空，无可奈何地阴着一张脸，决定拉着易南做垫背去书房加班。

舒盼虽然很同情易南，但她总觉得许珊应该是真的有话要对自己说。果不其然，在许珊心安理得地抛弃了易南，来到自己的客房之后，两个人刚对坐下来，她就忍不住抱着舒盼抽泣起来。

"盼盼，我最近过得好不开心。"

许珊哭了个痛快。

黎剑辉那条分手微博的后遗症，就是给她培养了一拨千年黑粉。无论她做什么，在微博更新什么动态，总有他们的身影，在前排冷嘲热讽地带节奏，以至于即使她去参加大热的综艺，也都是以非好感的形象被人调侃。

这些苦她感觉自己都是活该，所以也不敢和易南说。本来忍着忍着也就习惯了，可见到舒盼的那一刻，许珊忽然感觉那些伪装出来的坚强瞬间就瓦解了，满腹的辛酸委屈就这样倾泻出来，眼泪止都止不住。

舒盼安慰了许珊好一会儿，幸亏这个圈子主要还是靠演技说话，最近许珊试镜成功了一部丰原导演的电影，只要能挺过这段黎明前的黑暗，有拿得出的作品，想必以后不会太难办。

许珊哭花了一张小脸，她喘得累了，趴在舒盼的床上，这才想起来问："我听小欢说，居然是徐喻铭导演找你回来的？"

舒盼一屁股坐上床："也不是，其实国剧艺术大赏那天我是跟杜攸一起去的，结果不小心遇上徐导了。"

许珊眉间紧蹙，一脸狐疑地问道："杜攸？怎么哪里都有这人？之前我们查到是她帮你付的医药费，还以为你是被她绑架藏起来了。"

舒盼被许珊这个脑回路逗乐了："你见过绑架人还供吃住帮着付家人住院费的吗？"

许珊神色之间充满戒备："总之，云芳菲的事情以后，我才真的觉得以前听说的那些什么迷奸、绑架、诬陷的手段，都是有可能的。放你一个人出去太危险了，反正陆辰良本来就要签你，你就和我一起留在嘉扬吧。"

舒盼不置可否，她是想把嘉扬当作大本营的，这点毫无疑问，可许珊不介意，并不代表同公司的其他演员就不介意资源被她分掉。

尤其是，她的另一个身份正是陆辰良的女朋友。

舒盼的这种顾虑很快就在曾黎的身上得到了印证。她刚回到陆家不久，陆辰良就开始让小欢给她安排出道的事项，首先是那个G&K的洗发水广告，运气极佳地在云芳菲闹丑闻之前结束了合同。因为要换配方和包装的缘故，他们想找个新人代言。

小欢给他们送了舒盼的资料，很快那边要求见人面谈，但这广告本来应该是曾黎的。

舒盼吃早餐的时候正在发呆想这件事情，她上午的任务是要去一家新的美容院换个新形象。

陆辰良本来想亲自送她去，但舒盼犹豫着没敢上车。

她可不想一开始就被戴上陆辰良的新宠这个帽子，顺便把全公司所有的艺人一次性得罪了。

估计是看穿了舒盼的这种想法，陆辰良整个人都感觉不好了。

想想就觉得可笑，以前他没女友的时候，八卦周刊总喜欢给他强行配对，现在好不容易有了一个，偏还不能当即就拉着昭告天下。

陆辰良没勉强舒盼上车，他开始考虑该在什么时机，什么场合来正式公布一下舒盼是他女朋友这件事情。

易南给了个中规中矩的意见，最好是《大漠英豪》拍摄完毕的宣传期，正好借着五个月的蓄力看看风向。

这么算来，还要等半年的时间?

陆辰良想到这件事情都是拜云芳菲和黎剑辉两人所赐，就气得血气上涌。

易南拿出一份文件递给陆辰良："小云走了以后，华奥那边派人送过来的解约协议，我看了眼没什么问题就直接处理了，不知道黎剑辉打的什么算盘。"

陆辰良连看也懒得看，斩钉截铁地道："华奥愿意接这个烫手山芋就接着吧。以后她的事情我们统统不沾，免得惹一身脏。你去查查她在嘉扬以往有联络关系的艺人，记得亲自去提醒，必须都断了。"

药物上瘾这件事情，绝非小事。前几年圈内集体作案，藏药贩药最后一起落网的绝对不在少数，陆辰良不希望自己名下的任何一个艺人跟这事染上一点关系。

洁身自好，是对演员最基本的要求。

演技不好还能培养，又坏又笨的，让他怎么教?还不如及时止损把根都给拔了，以绝后患。

现在身处美容院的舒盼，正经历着焕然一新的变化，从体肤开始的彻底变化。

舒盼闭着眼睛发出一声轻呼，美容院的小姐姐正在用蜜蜡纸帮她除毛，这方法能维持两个月左右，就是刚脱的那一瞬间，疼得她差点一个激灵跳起来。

小欢在外头看着杂志等人。这家美容院是G&K自己名下的，这次不会有什么找事的人进来了，所以待起来还比较舒心。

今天曾黎要去拍杂志封面，但因为是在棚内摄影，所以难度并不大。下午的广告是舒盼比较重要的起步，所以小欢衡量了一下决定先把精力留在舒盼这边。

舒盼换了身宽松的便服出来，四个造型师围了上去，对着她细细讨论了一番，最终的结论是——要把她的长头发给剪掉一些。

小欢有点抗议，要知道G&K本来就是洗发水的广告啊，把盼盼的头发捯饬没了，怎么拍出那种飘逸的感觉?

四个造型师里的高个儿小姐姐走过来，给了个统一的解释，公司下达的整改要求是全新的形象。

现在舒盼的身上多少还残留一点云芳菲的影子，最快的办法就是剪个齐肩的头发，再说了，这年头洗发水广告对头发的长度已经没有硬性要求了。

她皮肤状态很好，因此妆底上，化妆师做了比较清透的打理。在她脸上上了两层薄粉之后，舒盼终于看到了今天整体的妆容效果。

她的长发大概被剪掉了三分之一，烫卷之后恰好留在肩窝的位置，小裙子很显高挑，虽然跟鞋只垫高了一点，但看起来她的腿居然跟造型师小姐姐有一拼。

今天的点睛之笔是咬唇妆和桃粉色眼影。这两者可以说是这几年最能代表少女妆感的元素之一，用在舒盼的身上既俏皮又清新，加上她那一脸自带的胶原蛋白，怎么看都和云芳菲之前那种傲气冷艳的形象相差甚远。

舒盼看得有点挪不开眼睛，镜子里那个人的确是自己，但……又有些不像了。小欢从背后探头出来，她刚才去车上拿了一副Cartier的手链和耳钉："来吧，上装备。"

她老早就想给舒盼搭配一些年轻系列的首饰了。之前给云芳菲做替身的日子，那些赞助好看是好看，她总感觉一点都不青春，老气得很，戴上去很不合适，就跟小孩偷穿大人衣服似的。

一切准备完毕后，舒盼小心翼翼地拍了一张照片，小欢以为她是准备发到微博上去，于是提醒她要新开一个微博号，之前那个只能留着做小号。

但舒盼不是想发微博，她转手就把照片发给了陆辰良，然后坐等这位一向审美挑剔的陆监制能给什么表扬。

陆辰良正在去国剧品质盛典的路上，《巾帼》今年是肯定会获奖的，作为这剧的监制，又因为和沈清淮有交情，他不得不去一趟。

想到云芳菲在解约还没公告出去之前，一定还会装模作样地和他同席，陆辰良就感觉浑身不自在。

正当他给自己做心理建设的时候，舒盼忽然发了一张美照过来，配字："像不像小仙女？"

陆辰良的注意力落在舒盼头发的长度上，他皱眉回道："你的头发怎么回事？"

舒盼干脆利落地回道："剪了，免得又被说背影就很像某某人。"

陆辰良怪心疼的，前几天他还玩舒盼的头发，他很不满意地抱怨道："拍洗发水广告剪头发？小欢的脑子是不是坏了？"

舒盼对陆辰良突如其来的怒气感觉莫名其妙，这人到底是担心她搞砸了工作，还是真觉得她剪短了不好看啊？

她赶紧又追问了一条："很难看吗……你是以什么身份评价啊？陆先生，我告诉你，我等下就要去见广告商了，你考虑好了再回答我啊，要是对我的心灵造成什么不可逆转的伤害，我男朋友不会放过你的。"

陆辰良忽然觉得有点好笑，他思忖了一下，于是这样诚恳地回复道："你男朋友让我告诉你，你就是秃了他也要你。”

舒盼看到陆辰良的回复，感觉整个人神清气爽。从某种意义上来说，男朋友陆辰良的鼓励，要比陆监制的点评来得振奋人心。

下午和G&K谈代言的事情进行得还算顺利，舒盼作为一个新人，并没有被对方怠慢，不消十分钟，广告厂商也到位了。

G&K坚信上次没染上云芳菲出轨的新闻，那不仅仅是幸运，纯属是嘉扬的行业良心啊。他们那时候求着易南希望再续个两年的合同，不惜提高广告费作为谈判的筹码，可人家眉头都没皱一下就拒绝了，说是云小姐因为有些私事，难以良好地完成合约条款。

正因为易南这么好的合作态度，G&K才希望能再从他手上找到新人来代言。但也许是之前有了云芳菲作为前车之鉴，这次他们对舒盼有没有黑历史格外上心。

小欢稍微给两方介绍了一下，谈判的广告商高层是个四十岁上下的职业女性，名叫沈悦，小欢叫她沈姐。

沈悦稍微翻了翻舒盼的资料，都是些被精心修饰过的经历，她委婉地开口问道："是这样的，舒小姐，您的家庭情况小欢已经大概跟我们说过了。但我还有一些事情想亲自了解一下，就是您之前在旧的经纪公司具体是做什么？"

舒盼不卑不亢地接口道："做过模特，赶过一些通告，后期是在片场做替身。"

沈悦扶了扶眼镜，眼底闪过一丝生意人特有的精明："听说你原来是专门给云芳菲做替身的？"

"是，我在片场给云小姐做了很长一段时间的文替。"舒盼面上很淡定，但心底难免有些紧张。对面这人看她的眼神带有很强的压迫感，就像是……像是她头几次见陆辰良的时候。

说出来肯定没人信，三个月前，她还是云芳菲呢！

沈悦笑了笑，她喜欢舒盼这种态度，看得出来是个聪明的姑娘："你看起来可不太像她。"

舒盼对沈悦的评价回以一个礼貌的笑容，要知道某人现在可是在谷底，如果这种时候还被贴上像她的标签，那就真是要哭了。

"最后一个问题，舒小姐，纯属我个人的好奇，请问一下你以前在公司欠下的债务是怎么还的？"

沈悦唯一的担心就是，舒盼是被老妈"卖身"的苦情女。她这么年轻有姿色，万一以前真被迫做了些不太光彩的事情，到时候被爆料出来，那G&K可不是形象下滑这么简单了。

“沈姐，当初舒盼签入嘉扬的时候，债务也被转移到嘉扬了，这方面不是我们不愿意透露，是真没那个必要。”

小欢本来一直没开口，但她现在感觉这个问题有点过了，如果舒盼真有点什么，嘉扬不可能查不出来，沈悦会这么问，完全就是在怀疑舒盼的背景不干净。

实际上，舒盼是依靠和嘉扬的那份秘密合约，以及代替云芳菲拍摄获得的酬劳还的债。但这一段是万万不能说出来的，小欢便替舒盼撒了个小荒，也从侧面显示嘉扬是舒盼最强大的靠山。

可如果是曾黎，这种问题就根本不可能被问出口。

小欢强硬的态度让沈悦有些软化了，她也感觉到这个问题有些失礼，毕竟是对一个新人，或许她真的太严肃了，万一吓到人家小姑娘也不太好。

谈判末尾的小摩擦很快过去，舒盼在代言合同上签下姓名，沈悦则在心中暗暗期待着这位娇滴滴的舒小姐尽快大红大紫起来，这样才不枉她放弃了曾黎这么一个有突出优势的人。

从办公室里走出来，舒盼有种恍如隔世的感觉，她回想起上一次去谈给云芳菲做替拍的事情，被人从会议室里骂出来的情景，仿佛已经是前生的经历了。

G&K的大厦走廊里，11月的阳光透过复古的玻璃窗面，折射出五彩缤纷的光芒。舒盼感觉如获新生，她伸手将那道彩虹握在手中片刻，踩着那双杏色银边的高跟鞋走进白底的影棚内，拍摄第一张，独属于自己的广告海报。

陆辰良的经历就没有舒盼这么愉快了。

他因为实在不想理会云芳菲，《巾帼》剧组入场的时候，陪他走红毯的人是工作上的万年搭档易南。

男男组合在红毯上并不少见，但像陆辰良、易南这一对一样吸引眼球的，就真的比较少了。

易南最近的情况也是显而易见，但他看起来丝毫没有被黎剑辉设计的丑闻影响。他今天一身枣红色西装，胸口放着一只银色的钢笔，整个人平添了几分清俊的气质。

陆辰良还是走的冷淡风，剪裁简单的黑色西装，衬得身材笔挺而又修长，但别具匠心的地方在于袖口位置的木质纽扣，古朴简约，正和他新换的棕色眼镜相搭配。

这两人，论相貌气质，丝毫不比在场走红毯的其他男明星弱上分毫，也正是因为如此，易南和陆辰良的心里才各自感觉有点可惜。

要不是前阵子那堆破事，陆辰良现在完全能光明正大地陪着舒盼走红毯。而易南，虽然不能和许珊一同出镜，但在会场上基本交流总是没问题的，不用像现在这样处处躲着对方。

陆辰良排解郁闷的唯一方法就是调侃他身边的易南：“你倒是可以走两趟，一会儿再陪许珊走一次。”

易南哭笑不得，只好反问道：“曾黎不也挺合适陪你走红毯？”

曾黎拍了部色调很清新的网剧，最近在平台上热播，正是人气蹿高的时候。这次会方没单独请她，但明确表示了如果陆辰良想带她一起走是可以的。

陆辰良一口否决了这个可能性：“这几次我陪她出镜得太多了，不是好事。”

捆绑炒CP这个手段最好还是到此为止，他不希望曾黎变成第二个云芳菲。更何况这是个什么风气？他是开了一家娱乐传媒公司，不是给自己开了个后宫！

每年一到新人冒头的时候，总有媒体乐此不疲地想着法把嘉扬的新人跟他配对，简直魔性。

易南不说话了，他深感往事不堪回首，要知道，之前把云芳菲以陆辰良女友的身份推出去宣传这个手段，还是他想出来的。

短短一段路，走得他们两人真的是怨气丛生，偏偏在高清的镜头底下，人的微表情几乎是无所遁形。易南很快缓和了表情，脸上非常专业地带着经纪人式的笑容，陆辰良就没那么好的脾气应付了，他一路都维持着面无表情的状态，走完了全程。

媒体的闪光灯嗖嗖地扫过去，将陆辰良和易南这组反差极大的组合给拍了下来，很快微博上就有人把高清无修的图传了出来。

舒盼要调整妆容，她揣着手机坐到边上去休息，打开微博稍微逛逛，看见陆辰良和易南的照片已经被愉快地做成了一组表情包。

易南那张标准笑脸，配字：“好气呀，可是还是要保持微笑。”

而与此正相反，陆辰良的那张扑克牌脸边上，配字：“王之蔑视。”

底下评论区一堆神评论层出不穷，有说这俩是男男组合的终结者，明明这么好看的两个人，可是放到一起居然就一点CP感都没有，满屏都写满了“我很不走心”这五个大字。

最有意思的是，有一家媒体在拍陆辰良和易南合照的时候，不知道有意还是无意，把走在后头的黎剑辉也拍进来了。

三个男人一台戏，而且还是一场爱恨情仇……

网友的脑补能力，几乎要让舒盼笑喷出来，她感觉自己乐呵得有点不道德，但同时也很后悔没能看到现场版。

说实话，这个圈子里能把陆辰良和易南集体逼成这副样子的，八成就是不得不跟云芳菲同席这个悲剧的现实了。

“小欢，这次整个《巾帼》剧组都去了吗？”

舒盼有点想顾千千了，私底下也没跟她报过平安，只能从那些娱乐新闻上面知道，至少秦隽的嗓子目前是没什么问题了，两人虽然各自经过了一番波折，现在应该还挺幸福的。

已经有越来越多的人，开始认可顾千千天王媳妇这个身份了。

小欢给舒盼递了杯橙汁：“都去了，许珊也在。她是跟公司的另一个男新人一起走的，我认得，那人是易南带的，长得油头粉面的，跟黎剑辉有点像，哈哈。”

舒盼顺手把微博往下翻了翻，发现还有人搞事情地把易南跟黎剑辉两人拼到一起，黎剑辉的脑袋上戴着个绿帽子，配字：“当然是原谅她啊。”

听了小欢这句话，舒盼有点笑不出来了，忙不迭地道：“像谁都好，可千万别像黎剑辉。”

舒盼都能想到，许珊现在即使是对着黎剑辉的照片，估计都想找把刀插上。

想到这里，她忽然坐直了身子：“对了，既然整个剧组都去，那云芳菲看来要坐在顾千千边上了……”

这估计还是顾千千第一次认识真正的云芳菲！

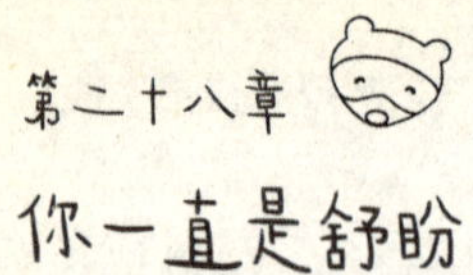

第二十八章 你一直是舒盼

云芳菲到底还是来了。

陆辰良对她避之唯恐不及，入场后一直跟梁先待在一起。

梁先刚从新加坡度假回来，整个人还沉浸在假期的氛围当中。他戴着一副十足拉风的太阳眼镜，肘部闲靠在陆辰良的肩头，一脸同情地道：“难怪你和云同学之前就分分合合的，你这是早就有先见之明啊。”

陆辰良挑动手指，将梁先的眼镜从鼻梁上顺下来：“你还是留点脑子想想一会儿的上台感言吧。”

梁先有点激动：“哎哎，这么说你这边的消息是能定下来《巾帼》至少有两个最佳了？”

陆辰良神情淡漠，眼神朝顾千千的方向扫过去：“她是今年的热门，所以最佳女主角提名肯定有。”

梁先偏要哪壶不开提哪壶，他推了推陆辰良，用一种不怀好意的口吻猜测道：“那另一个最佳女配角该不会是云芳菲吧？”

云芳菲之前拿过视后，这种女配角的得奖肯定是不放在眼里的，但这是她出轨黎剑辉事件后第一次出现在公众眼前。

陆辰良没吭声，如果他的预判没有错的话，舒盼在《巾帼》当中的表现还是相当出色的，如果有云芳菲的提名，那么毋庸置疑这个得奖者肯定就是她。

他忽然感觉心情不太好，谁知道云芳菲的获奖感言会说些什么，光是想想，就已经足以让人倒胃口，还是自家的小狸猫讨人喜欢，于是索性低头玩手机，和小狸猫远程交流。

舒盼刚到嘉扬，她看到陆辰良发过来的信息："回公司感觉怎么样？"

工作的第一天，她要谈两笔商业代言。

除了G&K，小欢还给她找了个国外二线左右的彩妆品牌Silton，晚上打算和对方一起吃顿饭，谈一谈下半年的彩妆合作代言。舒盼对这个彩妆并不熟悉，只知道它因生产自然系列的化妆品以及采用环保包装，在国外人气颇高。

小欢的说法是这个牌子在前几年闹过生产线退出中国的事情，这几年准备再次进攻大陆的市场，因此联合了Barbie，准备在今年推出彩妆限量系列。

曾黎肯定看不上做Silton的代言，但舒盼的情况就不一样了，两者都是重新起步，谈起合作来有商有量，至少不会跟G&K似的，故意在舒盼面前摆谱。

舒盼感觉进度有点快，但小欢很专业地跟她解释，《大漠英豪》一旦开拍，她的时间就不能浪费在面谈合约上，而是要动起来跑活动了。

趁现在还没开机，多签跟收益直接挂钩的商业合同，当然是最正确的选择。

舒盼拍海报时候的妆容还没卸干净，她想到等下又要试用另一种彩妆，不自觉就有点迷糊："感受到了资本主义的腐败气息，三观重建中……"

陆辰良饶有兴趣地想听她继续解释："怎么说？"

G&K的洗发水广告还没拍，但是沈悦和她商量今年的代言价格暂定在一年七十万，这个价格双方都没有敲死。沈悦拿云芳菲最早签代言时候的两年四百万来跟舒盼对比，毕竟那时候云芳菲已经小有名气了，而舒盼此时还是白纸一张，她提出后期有给舒盼涨价的空间。

百万为单位的……代言费？！

舒盼感觉自己的金钱观受到了冲击，这是她之前做替身的时候根本没办法想象的一个数字。就连和嘉扬签订秘密合约后，代替云芳菲跑代言、跑综艺、跑断腿赚来的酬金，才堪堪还上老妈欠的赌债。

想到自己居然也能有靠代言赚小金库的日子，舒盼忽然发觉，之前她在陆辰良面前那种淡淡的自卑感和忧伤，好像正在一点点消失啊！

她这只小狸猫的春天就要来了吗……

舒盼叹了口气，回复陆辰良道："我终于能体会什么叫作'何以解忧，唯有暴富'了。"

陆辰良闷声做低头族的时候，顾千千正用好奇的小眼神，打量着沈清淮旁边的云芳菲。

就这段距离的观察，她还有点认不出来这人究竟是云芳菲还是盼盼。想起之前乔氏杀青后舒盼就不知所踪了，顾千千始终放不下心来。

沈清淮以为顾千千只是单纯想跟云芳菲同座，于是索性将位置让了出来。

云芳菲根本不认识顾千千，她抬眼，高冷地朝她问了声好。

在云芳菲的印象里，顾千千不过是个靠着秦隽上位炒作的小角色而已，更让她不爽的是，舒盼那个女人居然在《巾帼》这剧里，甘愿给这样一个人做配角，真是自降身价，还连累得她今天也要跟顾千千虚情假意地问好。

云芳菲的不满和冷漠几乎只在面上一闪而过，但顾千千全看在了眼里，她愣了愣，很快反应过来这人根本不是舒盼，而是那个每天都在作死道路上行走的云芳菲！

观众席的灯光渐渐暗了下来，聚光灯从颁奖台的左侧扫过。伴随着激昂的音乐声，一对主持人缓缓走上台，颁奖晚会正式开始了。

顾千千木然地坐在云芳菲的身边，盼盼失踪了，而陆辰良这个黑心的人居然让根本没有在《巾帼》当中参与拍摄的云芳菲来领奖。

晚会的提名一项项进行着，当整个《巾帼》剧组准备一起上台的时候，顾千千终于忍不住了，她低声朝云芳菲问道："盼盼人呢？你把她弄去哪里了？"

云芳菲听得顾千千这句问话，骤然脸色大变，原本心底还盘算着要怎么走过去跟陆辰良一起登台，现在却是心乱如麻，她急急地拉过陆辰良："你不是说没有其他人知道吗？"

陆辰良看了看神色异样的顾千千，这时候才想起来，估计顾千千还不知道舒盼已经回来的消息。

倒不是舒盼故意隐瞒，而应该是顾千千的联系方式只存在于那台不小心报废的旧手机里。舒盼闹失踪的那一阵子，没向任何一个人报备消息，更别说去向顾千千求助了，她那时候都忙得自顾不暇。

陆辰良懒得开口跟云芳菲纠缠，但云芳菲还不肯罢休，她假笑着挽住了陆辰良的手，嘴里挤出一句话来："陆辰良，你……你当真以为我去了华奥，这事情就结束了吗？"

陆辰良只觉得手臂被一只冰冷的毒蛇缠住一般，他几不可察地甩开云芳菲的手，语气充满讽刺："我只说了我这边不会有人知道，你自己被人认出来，难道也要我负责？"

梁先察觉到顾千千的情绪似乎不太对，他转而询问陆辰良："你和云芳菲我能理解，顾千千又是怎么回事？”

陆辰良沉着脸，没有应答。

他愿意花点时间，对顾千千解释这件事情的来龙去脉，因为她是舒盼的朋友，但绝对不能是在云芳菲的面前。

众人在这种诡异的气氛当中上台，所幸主持人为了给后台的最佳女主角腾出时间，只问了主创几个问题，梁先挡在前头抢占着火力，丝毫不敢让女主持再借机调侃陆辰良。

下来的时候，顾千千抢先几步走在陆辰良的身边，几乎是以质问的口吻道：“舒盼去哪里了？你明知道事情会发展成今天这样，为什么当初还要对她下手？”

听得出来，她的心情糟糕透了，第一次对陆辰良用这么恶劣的语气和态度。

陆辰良被顾千千怼得愣了愣，他倒是没想到，顾千千跟舒盼的感情能有这么好，又或者说，是顾千千这种不沉稳的个性，走到至今也没怎么变过。

陆辰良希望，舒盼亦能这样做最真实的自己，永远。

彼时，舒盼正在手机上看颁奖晚会的直播，镜头扫过观众席上的顾千千，她旁边正坐着歌王秦隽，两个人姿态亲昵，十分让人羡慕。

当主持人宣布电视剧最佳女配角的时候，她的心里还是小激动了一下，这个奖项虽然是云芳菲上去拿的，但真正出演乔氏的是她。

能够得奖，这也算是对她半年多来努力的认可了。

云芳菲装模作样地在台上说着感谢嘉扬多年培养的话，舒盼看着心里不太舒服，刚摘掉耳机不打算为难自己，却听得外头一阵吵闹的声响。

她轻轻倚着门，听到屋外好像是小欢跟曾黎在吵架。

曾黎对小欢最近分配给她的时间很不满意。

如果是跟她同期在嘉扬出道的女艺人也就算了，这个舒盼，她可是从头到尾都没见到过的人物！偏偏这人，似乎比她还要熟悉整个公司的环境，甚至是易南都对她客客气气的，更别提陆先生还跟她有一层暧昧关系了。

她就是有着再懒惰和懈怠的工作神经，也察觉到了一种危机感。

“小欢，你这风向也转得太快了吧。原来听助理说你偏心，我还不相信。早晨你去带舒盼也就算了，今晚Silton要谈代言，你从头到尾都没告诉过我。你不能因为陆辰良更喜欢谁，你就……”

曾黎这话才说到一半，小欢赶紧扑过去捂住她的嘴巴：“我的小祖宗，你这话在别人面前可不能乱说。云芳菲的事情你忘记了？”

曾黎听到这个名字，脸色变了变，将脸别到另一边，闷着不再说话。

小欢有点无奈，她跟哄小女孩似的靠过去：“你生气啦？”

曾黎双手交叉叠在胸前，一张小脸气得红扑扑的，双颊鼓起来活像只被偷了储备粮的松鼠：“你的宝贝舒盼呢，你现在才想起我？”

小欢坐到她身边，心平气和地分析道：“我问你，如果今天不是知道舒盼可能会谈Silton的代言，你真的想做他们的代言人吗？”

曾黎愣了愣，心直口快地道：“那G&K的洗发水广告原本总应该是我的吧？”

小欢叹了口气。曾黎的样貌好，家境也不差，毕业的学校也是国内的有名院校，在校期间就接过一些综艺活动，一直都是以校园清纯女神的形象示人，几乎是没有吃过什么苦头就被易南签来嘉扬的，所以性格上有些任性。

想到易南被云芳菲的事件坑得那么惨，小欢终于狠下心来，她沉声道：“没有什么原本应该是你的东西，曾黎。我早就跟你说过，嘉扬的女演员这么少，该拿出来的最好的资源绝对不会吝啬。可你占着位置，却并没有拿出来很好的成绩。”

嘉扬没有打压新人的传统，加上云芳菲这个视后直接跳槽解约，曾黎的确一出头就占尽先机。但她太懒了，什么都不想学，连给自己选的本子，都是可以本色出演，或者用一个表情演完全程。

曾黎红了眼眶，她还从来没被小欢这么严厉批评过。她索性不管不顾起来：“你就能确定她会做得比我好？凭什么，舒盼人呢，她㞞什么，难道就这么躲在你背后，好歹也要让我见一见吧？”

舒盼在墙角听了一会儿，她感觉曾黎那副委屈的样子还挺萌的，她轻咳了几声，推门出来：“不好意思，我没㞞，一直就在这里……”

晚上，舒盼要去谈Silton的合约，而曾黎正好顺路去机场，小欢把两人都安排上车，然而保姆车里的氛围谜之沉闷。

曾黎临窗坐着，她右手倚在窗沿上，还是一脸宝宝不开心的表情，她明显还需要时间消化小欢刚才说的内容。

舒盼透过内视镜，偶然瞥见小欢在前座也是心事重重的样子。舒盼浅笑着主动坐到曾黎身边，伸手在她面前打了个响指：“喂，要不要打个赌？”

曾黎没好气地抬眼瞄了瞄舒盼：“你不要得寸进尺啊，就算刚才当着你的面，我也一样会说那些话。”

“哦——”舒盼装作漫不经心地点点头，“那你现在不想跟我讲话，该不会是怕我以后把你的广告代言都抢走吧？”

曾黎眉间紧蹙，所有的情绪都写在脸上："你到底想怎么样？"

舒盼的视线停留在自己新做好的指甲上，态度倨傲："我们就赌一赌，年末谁拿的奖多吧，怎么样？如果我输了，以后不只是G&K的代言，所有的资源，都让你先挑。反之就是我优先选，怎么样？"

曾黎怒极反笑，音量提了上来："开玩笑，我还会怕你？"

她可是网选出来的"国民妹妹"的接班人好吗？小欢不就是喜欢拿她偷懒说事情吗，她偏要干出些成绩让小欢知道，自己不可能比不上这个舒盼。

"那我们击掌。"曾黎一把抓过舒盼的手，眉目间都是认真，"小欢做证人，我们用作品定输赢，不怕你到时候不认！"

舒盼心里忍笑，说真的，许珊是她见过脑子最容易发热的，可这个曾黎吧，看起来比许珊还更容易被煽动，幸亏是都没存什么坏心眼。

曾黎下车后，小欢如释重负，她感觉舒盼实在很有姐姐爱："盼盼，原来雨露均沾是这么困难。不只是曾黎，昨天那两个男艺人，也差点因为一个手机代言打起来。我现在感觉自己像个成人幼儿园的园长……"

舒盼也松懈下来，曾黎其实只是小女孩心性，比较起来跟林筝差不了多少，希望这个激将法能顶上一阵子，让她想清楚自己的目标在哪里。

她看向小欢，心底忽然生出些感慨来："我感觉你开始有点像易南了。"

"可你还一直是舒盼呀！"小欢笑了笑，她目光坚定，话声诚恳，"我向师傅保证过，再也不会有第二个云芳菲了。"

Silton的合约自然是顺利签订，舒盼解决完代言，回到陆家的时候收到了消息，说是《大漠英豪》的主角已经定了，除了阮清颜用的是乔楚以外，主人公唐笑和方旭还真的是在徐喻铭的监督之下，从几万个新人里挑出来的。

而这个全新的方旭，据说跟她一样也刚刚被经纪公司物色走，可那家公司偏偏是嘉扬的对头华奥。

而华奥的幕后老板，正是黎剑辉。

黎剑辉利用自身的商业价值，以及这些年在娱乐圈中打拼的酬劳，大部分投资在华奥，成为华奥控股颇高的股东之一，手中掌握着大部分决定权。

这也是黎剑辉会这么狂傲自大，为所欲为的原因了。

舒盼泡澡的时候想着这中间弯弯绕绕的关节，只感觉头很痛，就凭黎剑辉那个要跟陆辰良死磕的劲头，难说他又要搞什么花样。她把手机放在边上放着《大漠英豪》的说书版，催眠效果显著，刚躺在里头十分钟就开始犯困了。

陆辰良敲了几次门，见里头灯开着却没人回应，他索性推门进去。整间浴室充盈着氤氲的热气，白色的妆台镜子已经模糊得看不清人影，洗手池台子边上放着舒盼那部手机，说书人正气势十足地播讲着某部小说，可手机的主人已经无心倾听。

他走过去，拉开帘子，果然见到舒盼歪着脑袋靠在浴池里睡着了。

陆辰良半蹲下来，看着舒盼窈窕有致的胴体在浴池里若隐若现，有些心痒难耐，他用修长的手指挑了一点泡沫，抹在舒盼的鼻尖："把泡沫洗掉，好好上床睡觉。"

舒盼感觉鼻尖被一支羽毛滑过，她眉间微蹙，迷糊之间睁眼看到陆辰良正在自己面前："喏，你回来了？颁奖结束了？"

陆辰良的目光还游离在浴池里头，他伸手进浴池里试了试水温，指尖似有似无地滑过舒盼的小腿："早就结束了。"

舒盼被刺激得脑子一下子有点清醒，她在水里扑腾了几下，将膝盖蜷到胸前，红着一张脸："痒死了……我还没洗完呢。"

陆辰良站起身来，随手扯了扯自己的领带，脸上带着一抹坏笑："我正好也没洗。"

舒盼双手交叉表示抗议："你回自己那间洗去，和我挤什么？"

陆辰良挑眉："这么说，你今晚还要睡在客房吗？"

前几天是因为许珊在，现在她总没有理由再睡在这间简直和他的主卧隔着对角线的小房间了吧。

结果舒盼的回答出人意料地坚决："要么你过来找我，我这次绝对不会主动搬过去和你睡的。"

陆辰良有点反应不过来，哪间屋子不都是他家，这是闹的什么别扭？

舒盼趁机将帘子反手拉过来，横在两人之间，她在帘子后头探出个脑袋来："或者……你定个时间，把我们在家里的日子算一算。一三五，我去你那间，然后二四六，你就……看情况要不要过来陪我睡啦。"

舒盼考虑过这件事情，原本想直接告诉陆辰良她要搬出去住，但又真舍不得他。尤其是那种忙起来一个月见不到几次的日子，真的让她很煎熬。

但是比起这些，当下最重要的是，舒盼还需要一些时间，去弄清楚她跟陆辰良之间的关系。有些事情不是每次陆辰良稍微哄一哄就能改变的，他们之间的确存在差距。

舒盼愿意努力去弥补这个距离，前提是陆辰良愿意把她放在一个平等的位子上。

陆辰良望着那双清澈黝黑的眸子，忽然有点明白舒盼的担心，但他仍有点不甘心："非要计较得这么清楚，你才会有安全感吗？"

舒盼思忖了一下，慎重地点点头："目前是这样的。"

陆辰良沉默了良久，半晌才回了一个字："好。"

舒盼第二天早晨五点多就醒了，具体一点来说，是被陆辰良吓醒的。

她翻身去床头拿手机，发现陆辰良正以一个格外清新的造型侧卧在她边上。他的上衣已然失踪，那床小棉被只遮盖到胸膛位置，再往上一点，是勾勒得近乎诱人的锁骨。

怎么会有男人的锁骨长得这么好看，她都想在里面游泳！

舒盼被自己这个绮丽的念头打败了，她的手机差点没抓准。约法三章以后，还以为这人就生气了呢，他是什么时候跑到自己这间睡的……

陆辰良也被手机的动静吵醒了，他眉宇微皱，渐渐睁开眼，正看见舒盼一脸茫然在发呆。

"早。"

"你昨天什么时候过来睡的……"

"在确定你睡着了以后。"

两人就这么四目相对着，听着此起彼伏的闹钟响声。清晨的阳光透过客房的百叶窗漏进房里，打在舒盼的小床上，她感觉眉心痒痒的，陆辰良起身在她的额头上吻了一下。

"起来吧，小欢找了新助理，等下在车上稍微认识一下。"

这种温馨而不带有任何情欲的感觉，舒盼似乎还是第一次在陆辰良身上体验到。

她心里暖洋洋的，正想挪上来亲一亲陆辰良的嘴唇，陆辰良却好似故意一般并不看她，而是侧头过去拿眼镜，避开了舒盼的亲吻："明天周二，不过我可能回来得很迟。"

昨天是谁怪她计较得清楚的？没想到陆辰良这么快就习惯了规则，而且还不放过任何一个机会。

舒盼吐了吐舌头，她拿起枕头在陆辰良的背后，做着鬼脸，象征性地扫了几下，哪知道他鬼使神差一般地回头，不仅将枕头接了下来，还丢了个新的回去。

"抗议无效，晚上乖乖洗好，在床上等我。"

舒盼本没太在意早晨陆辰良提过的新助理，在保姆车上，才见着一个陌生面孔。

小欢给舒盼介绍新助理娄晓楼，她比小欢还大几岁，脸上画了淡妆，眉毛修得很好，留着利落的短发，看起来既精神又沉稳。

娄晓楼给舒盼带了早餐。今天她们要出发去录制HNTV的一档人文综艺，主要拍的是乡间一所需要救助的希望小学，几个同行的艺人去学校里代课半天，也就是在课堂上跟小朋友们多做做游戏互动，然后通过游戏获得某慈善基金的善款。

小欢交代完事情就下车了，接下来的三个小时路程都是在环山公路上度过的，娄晓楼虽然看起来像女汉子，但说话的声音温温柔柔的，女人味十足。

娄晓楼告诉舒盼，今天要跟她同时在学校里“支教”的正是新人丁然，这次《大漠英豪》的男主角。她是这个小鲜肉的姐姐饭，希望等下舒盼能帮着要张签名。

舒盼很爽快地就同意了。她在车上翻了翻这个丁然的资料，发现他也是个新到不能再新的新人，之前的微博全部都清空了，现有的资料只有两三页而已。

终于到了这座深山里的小学，导播和支教的女老师一起过来迎接舒盼，导播把主要流程跟她说了一遍，除了代课以外，下午有个颁发红领巾的仪式，要让舒盼跟丁然参与进来。

支教女老师又提醒了舒盼一些注意事项，例如不要对孩子许诺以后一定还会回来看他们，有些孩子讲方言的时候可能交流会有些问题，以及学校建筑有几栋是危楼之类的。

娄晓楼在舒盼的身边帮着她固定麦克风，同行的男艺人登场了，舒盼一仔细看他，这才想起来，原来他们也不是完全不认识的关系。

丁然就是之前那个拍砚一的公益广告时磕磕绊绊的……高个儿男模特！

舒盼忽然有种他乡遇故人的错觉，丁然还是那副傻大个儿的样子，男助理在他背后帮忙戴话筒，还没弄好，这人一个回头就把设备甩地上了。

娄晓楼觉得这人有点不靠谱，但支教代课的时候，偏偏丁然是坐在小学生的位置一起听课的。

舒盼代的这一节是音乐课，她是从小带着舒凡长大的，所以早就习惯了小男孩的种种淘气和恶作剧。尤其是要合唱少先队队歌的时候，班上清一色是小女孩的嗓音，明显是男孩子们都在偷懒神游。

丁然坐在最角落的位置，旁边两个小男孩似乎对他的身高异常感兴趣，恨不得站在桌面上跟他争个高低。支教老师想进去帮舒盼强调一下纪律，但导播阻止了她。

节目组想把这个对舒盼的考验作为一个看点，毕竟这档综艺算是人文气质比较浓厚的节目，主要还是想拍出明星亦凡人的感觉。

舒盼虽然不至于五音不全，但也没在镜头前唱过歌。她去支教老师的办公室给自己找了条红领巾戴上，娄晓楼问她这是要做什么。

“壮胆。”舒盼低头给红领巾打结，“如果我等下唱得太难听，会不会直接被掐掉？”

娄晓楼思忖了一下，认真地回答舒盼：“你要做史上第一个假唱少先队队歌的人吗？”

舒盼笑了，她唱得不好不要紧，等下还可以通过点名的方式让丁然上来背锅。

她回到班级里，把上课的男孩女孩混合起来，分成四组，作势要让他们比赛，看哪组唱得最好。

舒盼带着一脸贼兮兮的微笑，一本正经地站上讲台：“丁然小朋友，你站到老师身边来。我刚才就感觉你唱得特别好！”

丁然猝不及防地被点名，他抬起头，有些蒙地看着舒盼。

剧本上是这样写的吗？他不是负责在底下养一下咸鱼就可以了吗？

他刚才正在翻隔壁桌的音乐课本，他的个头太高了，坐在矮矮的课桌椅当中显得十分突兀，一点点走神的小动作都格外明显。

舒盼带着一脸有点瘆人的笑容，继续热情地引导着丁然：“丁然小朋友快点上来吧，我给你也准备了一条红领巾，大家掌声鼓励一下。”

丁然无计可施，于是站起来走到舒盼身边。他比舒盼整整高了一个头，为了方便让舒盼系红领巾，只好半蹲下来，将脑袋凑过去，降低两个人之间的身高差。

舒盼将红领巾顺着丁然的脖颈绕了一圈，等到她低头耐心打结的时候，丁然忽然直愣愣地傻看着舒盼，没来由地自言自语了一句：“我怎么觉得好像以前抱过你？”

舒盼差点被自己的口水呛到，一般人开场问好，即便是个套路，至少不应该是说“我怎么觉得以前见过你”吗……

丁然一上来就是“抱过她”？！这播出去还得了……

所幸他这声很小，又因为两人距离镜头比较远，所以舒盼也就装作没听见了。

一旁的导播觉得这个场景有点意思，于是在对角线的位置给两个人来了个大特写。

趣味竞赛果然比普通的教唱歌管用，很快这些小孩子的热情就被调动起来了。一首少先队队歌几乎响彻整个小学校园，连操场外头正在玩游戏的小朋友都被吸引过来，纷纷贴在教室的玻璃窗户上看里头的动静。

多么充满正能量的画面……

夜深，陆辰良回来的时候，开车经过市中心附近的写字楼。

G&K的大幅新海报很快就挂上去了，舒盼作为这次的代言人，几乎是第一时间就引起了关注。

海报上的女人眉目如画，妆容清新，一头乌黑的齐肩卷发，衬得她肌肤胜雪，整个人看起来嫩得仿佛刚脱壳的鸡蛋，这是一种脱胎换骨的变化。

正如这次的广告语，只有那短短的一句话："改变，从心开始。"

陆辰良有些感慨，难怪以前要舒盼扮老，怎么看都不顺眼，她身上那种青春活泼的气息是根本遮掩不住的。

回家上楼的时候，他下意识地绕去舒盼那间小客房看了看，黑着灯锁了门，看来应该是乖乖去主卧了。

陆辰良感觉自己好像回到了小学第一次钢琴考试宣布结果的时候，他尽力放缓呼吸，到了自己房间门口，转动门把进去，大步迈向卧室。床边的夜光灯开着，那张大床上却是异样的干净，似乎是李嫂早晨刚刚整理过的模样。

陆辰良眉宇微皱，他低头去捂了捂夜光灯的灯泡管，推测这盏灯应该是开了挺久的，即使现在关掉了开关，上头也还残留着淡淡的余温。

现在的问题是舒盼既不在客房，也不在他卧室，那她人去了哪里？

这个点李嫂应该睡了，陆辰良并不想把她叫醒，他有些无奈地在屋子里踱步，绕到房间门口的衣柜旁，忽然想起了什么。

陆辰良若有所思地看着衣柜门，故意自言自语道："最近李嫂好像是老了，怎么打扫完房间不把衣柜关好。"他边说边作势伸手去扣柜门。

"手下留情！千万别把我锁在里头……"

一只粉嫩嫩的小手忽然扒着柜门，舒盼从衣柜里探出半个脑袋来，大口大口地喘气："你怎么才回来啊，我听孟开说都已经到楼下了，就赶紧躲进来，结果你家这柜子质量太好了，差点没把我憋死。"

陆辰良一把将整个衣柜的门打开，挑眉道："上次还没玩够？"

舒盼的脸憋出了两抹红晕，都是衣柜里的空气流通不畅给害的。她刚才让孟开打小报告通知陆辰良的行踪，方便自己先在房间里找个角落藏起来。

再过几天就要进组了，哪里还有这么悠闲地跟陆辰良在家里游戏的日子。

她坐在衣柜上面的隔层，一双玉足来来回回地踢动着，看着陆辰良吃瘪的样子，感觉很痛快。目的达到了，舒盼张开双手，作势想扑到他怀里："惊不惊喜？意不意外？”

陆辰良没抱她，目光游走在舒盼那对没闲下来的脚丫子上。造物主有时候是很偏心的，舒盼已经有了一张好看的脸蛋，身材和气质样样不缺，最妙的地方却是在平日里旁人都见不着的这对脚上。

脚趾就像是玉珠一样可爱莹润，看起来柔软纤细，可爱得紧。

舒盼的脸这次是真红了，不是缺氧憋的，而是被陆辰良这种视奸一般的眼神给弄的。她抬脚，拱起脚背，脚尖顺着男人的领带滑下来：“看傻啦？”

陆辰良一把握住舒盼的脚，指腹在上头轻轻按压着，好像在把玩某件艺术品：“我稍微看了看剧本，因为主人公都是十三四岁的少年，所以思无邪，基本没有暴露的戏。你可以放心。”

她有什么好不放心的，之前是谁一本正经地跟她说，适当地在荧幕上展现身体的美感，是为了更好地服务于艺术事业的？

舒盼感觉陆辰良的按摩服务很到位，她整个人都渐渐放松下来，随口说道：“十三四岁的少男少女怎么了，古装戏还不准早恋啊，又不是什么十八禁的内容。”

陆辰良的手猛地停住了，抬眸笑看着舒盼：“你知道唐笑作为章老师书里的第一女主角，在网络上有多少十八禁的意淫小说吗？”

他一想到电视剧播出的时候，这股直男意淫的热潮又会翻新一拨，心底就总觉得不太舒服。

舒盼瞪大了眼睛，脑子一下子没转过来：“等等……那你是怎么知道的？”

陆辰良走近几步，托着舒盼的腰肢，将她整个人抱离衣柜。舒盼跟一只无尾熊一样倚在男人身上，伸手摩挲着陆辰良的锁骨：“你以前应该也没少看！”

陆辰良唇角微微勾起一丝笑，在舒盼的眼里分外诱惑人心。他轻拍了一下舒盼的屁股：“去床上慢慢告诉你。”

一夜时间，陆辰良身体力行地给舒盼科普了一下，那些年他看过的《大漠英豪》同人意淫小说。早晨起来，舒盼虽然腿也酸，腰也酸，但还是要乖乖早起，等小欢过来接人。

她今天要去给Silton拍彩妆广告了，早晨必须过去试妆、换衣服。

等车的时候，舒盼迷迷糊糊地赖在陆家的沙发上，陆辰良则心安理得地枕着她的腿，帮着她审核台词。

陆辰良毒舌的功力全开，几乎没有一句话是满意的。

“我不是你唐兄弟，我是……哎呀，总之你叫我笑笑就可以了。”

“你能走心一点吗，唐笑要是这个样子说话，我是方旭，立刻会回头选阮清颜。”

“方哥哥，以后你去哪里，我就跟去哪里好不好？”

“这句话不是问句啊，你上学的时候阅读理解是不是不及格，这句话是在撒娇，撒娇你懂吗？不是要求方旭的同意，而是即使他不同意，唐笑也跟定了。”

舒盼气闷，将台本盖在陆辰良的脸上：“呸呸呸，还好你不是方旭，不然十个唐笑也不够你折腾。”

陆辰良手上拿着台本，支起身子，目光停留在舒盼胸前那抹春色之上：“那要看，是在哪里折腾了，最好是在床上。”

舒盼二话不说，拿下巴怒怼了几下陆辰良的脑袋：“啊啊啊，说真的，我好怀念以前那个禁欲系加冷淡风的陆辰良……”

陆辰良不怒反笑，他亲了亲舒盼的下巴：“呵呵呵呵，现在想退货？迟了。”

娄晓楼进来的时候，看见的便是这样一个场景——陆辰良正以一种非常暧昧的姿势，手拿剧本挡着脸，跟舒盼在沙发上亲昵。

幸亏小欢早给她做了点功课，说是无论见着陆先生跟舒盼怎么胡闹都不要太惊讶。

她现在算是知道这句话是什么意思了。

娄晓楼轻咳了几声，示意舒盼可以出发了。舒盼意识到助理进来了，整张小脸霎时间就红透了，她慌张地推了推陆辰良的脑袋，后者才缓缓地把剧本拿了下来，压低的声音里颇有几分恋恋不舍的味道。

“去吧，唐笑的台词你背下来不是问题。最近其他活动也会慢慢多起来，多适应一下。还有，管住自己的嘴。”

舒盼频频点头，一激灵站在沙发边上，摆出一副最乖巧的样子：“好的，陆先生。我知道了，陆先生。”

陆辰良对于别人看到两人亲热的场景，丝毫没有芥蒂。舒盼却多少有些担心，娄晓楼不比易南和小欢，她这才认识自己不超过四十八个小时，估计这会儿已经在脑补一出女明星跟经纪公司总裁的大戏了。

陆辰良想伸手摸摸舒盼的脑袋，舒盼赶紧躲开了，拼命用眼色示意他收敛一点。

陆辰良心领神会，只好抬眸扫了一眼新助理娄晓楼，声音里透着一股截然不同的清冷：“那就出发吧。”

果然娄晓楼被陆辰良截然不同的态度给吓到了，整个广告拍摄的过程中，她都不敢多跟舒盼说一句话。

外面都谣传陆辰良刚跟相恋多年的云芳菲分手，不是应该为爱伤神，现在生人勿近吗？那舒盼是什么时候出现的？不会就是在这期间乘虚而入，为了上位卖身的吧……

娄晓楼有点郁闷，小欢怎么把这么个主交给她带啊，舒盼虽然上位快，但等陆先生这阵子的新鲜劲过了，肯定糊得也快啊！她的年纪已经比小欢大了，可是如今都没能亲自带出个能在娱乐圈里说上话的苗子。

怎么能让人不着急呢？

拍摄间隙休息的时候，娄晓楼决定从小欢那里突破，稍微查一查这个舒盼的底细。小欢似乎将她这种忧虑的心态一览无遗，她给了娄晓楼一个非常官方的回答：“自己带的艺人，自己去问清楚。”

娄晓楼悻悻地捧着手机，她不知道该怎么问舒盼，总不好直接问“盼盼，我跟着你有没有前途”吧？

她百无聊赖地打开嘉扬的官博，发现那里已经开始连着几条刷舒盼的存在感了，最新一条是G&K的官方海报，但这些不过是寥寥几条。

直到她翻出来最新的微博头条：“视后云芳菲于华奥重新出发，发长博暗讽L监制早就移情嘉扬新人。”

娄晓楼犹豫着把这条微博拿给舒盼看，嘉扬的女新人不过两三个，如果这事情再发酵一下，也许就会引火到舒盼身上。

没想到舒盼对这个头条的态度十分淡定，她连看也不看，闭着眼睛继续任由化妆师在自己脸上动作：“小楼，你比小欢还大几岁，其实应该不止做过一个艺人的助理吧，易先生为什么一直没有升你做经纪人的打算？”

娄晓楼的心头一紧，这一直是她的痛脚。也不知道是选人不当还是运气不好，她之前带过的嘉扬的男艺人，无一不在有了点名气之后就换掉了她，没有一个有继续提拔她的意思。

舒盼卸完眼妆，睁开双眼，抬眸看着镜子里的娄晓楼道：“其实是你太怕押错宝，所以也没有多信任他们吧？”

娄晓楼的脸色有点难看，她一直觉得就算是做了经纪人，和艺人之间也就是一纸合约的关系，何必大谈什么信任不信任。

“可合作的基础不就是我们能相信彼此吗？没错，你可能一直都做得不差，可是没有办法让别人相信你，这又是另一回事了。”

舒盼将娄晓楼的手机拿过来，扫了一眼微博上的热搜，漫不经心地道：“我可以坦白地跟你说，如果你还能继续带我，这种事情绝对只多不少。你见过哪个圈里哪个人只有粉，没有黑的？”

她一点都不怀疑云芳菲和黎剑辉搞事情的能力，如果娄晓楼连这点风吹草动都要来问个究竟，还不如早点散了，免得以后闹得下不来台。

娄晓楼愣了愣，她原以为舒盼跟那些只顾借陆辰良的名气上位的小花没什么不同，原来却是个极有头脑的。难怪小欢会这么死心塌地，宁愿缓着曾黎，也要安排好舒盼的行程发展了。

她面带愧色，终究还是收敛心神点点头：“你说得对，这种事情，以后不会再发生了。”

微博的热搜不过是另一场有预谋的闹剧的开始。

远在青岛取景拍摄电影的许珊对这件事情高度敏感，她找了个角落偷偷打电话回来慰问舒盼，舒盼没接，呼叫转移直接到了小欢的手机上。

云芳菲闹出来的这件事情，让不少她的死忠粉纷纷倒打一耙，逐个排查嘉扬的新人，誓要把陆辰良的新欢给挖出来。

曾黎很快成了陆辰良新欢的最有利候选人。

但熟知内情的几个人都知道，云芳菲这次对准的人是舒盼，她就是见不得舒盼出头！

同样对这件事情有着很高关注度的显然还有易南，但他暂时不打算出手，因为他已经把舒盼和曾黎都交给小欢了，所以这件事情的第一经手人还是小欢。

下午两点，在舒盼前往《大漠英豪》开机仪式的路上，小欢通过嘉扬的微博回击了一条，里头是嘉扬传媒周年庆典的一个小预告，而在这个短短三分钟的视频里，曾经从嘉扬“毕业”的明星们纷纷表达了对陆辰良和公司的祝福。

数了数，唯独没有云芳菲和黎剑辉这两个人。

看似是在庆祝嘉扬传媒的生日，但这背后的意义也挺明显——在嘉扬传媒来来往往的艺人不少，有跳槽的，有合作的，但像这样离开了还不知感恩，一点口德都不留的，就真的不多了……

舒盼在车上用流量看这段小视频，目前还没有人把陆辰良女朋友的身份安在她身上。这很可能是曾黎在前面挡了大部分的火力，而她，根本还是个没有存在感的小透明而已。

舒盼的心情忽然有点微妙，既带着侥幸，也有点郁结。

没有了云芳菲的光芒，她只是一个普普通通的新人，要站在陆辰良的身边，大概还有一段很长的路要走。

她带着这种心情进了休息室，丁然已经在里面等候了一小会儿，他见着舒盼一脸心不在焉的表情，于是开口道：“你怎么啦？该不会是也在猜陆监制的新女朋友是谁吧？”

“你也这么八卦呀，我还以为你们男演员对这些事情都不关心呢。”

舒盼干笑了几声，丁然估计是猜不到所谓的陆辰良的新欢，恰好就站在他的面前。

丁然摆出一副此言差矣的表情：“我其实吧，跟云芳菲还有陆监制都有过一面之缘。当时拍砚一导演的公益广告，我就在现场。怎么也想不到，这么短短几个月的时间，他们就分手了，还闹得这么不好看。”

他目光飘远，神情之中流露出些许崇拜，似乎对当时的云芳菲有着一种别样的执着：“我觉得云小姐人还是不错的，估计前阵子的出轨新闻是另有隐情，至少她对新人的态度就很好。”

舒盼舔了舔干燥的下唇，不知道该做什么应答。

丁然那个时候看到的，明显就是她跟陆辰良，至于云芳菲本尊……估计还在国外为戒药瘾奋战。

舒盼忽然有点好奇，她有些自恋地问道：“你真觉得自己见过的云芳菲，她……人很好？”

丁然频频点头，深以为意地道：“云小姐很好相处，倒是陆监制，看起来不太友好。我听说那时候好像差点把乔楚骂哭了。”

舒盼在心里偷笑，眼前的丁然看起来不过跟许珊一般年纪，也许还小她一两岁，心性还颇为顽皮。

他生得剑眉星目，眉宇之间自带一股正气，五官线条硬朗而深刻，鼻子英挺得很。丁然不笑的时候，整个人看起来神采俊朗，可一旦勾起唇角微笑，就有着十足的憨厚少年的味道，加上那一米八几的身高，活脱脱是从书里走出来的方旭啊！

丁然被舒盼看得有点起鸡皮疙瘩：“你这么看我做什么，该不会是想把我说的都告诉陆辰良吧？你可千万别做傻事啊。我们两家公司本来关系就那么差，别回头戏没拍完，先在外头打一架。”

舒盼想从丁然那里试探一下，到底黎剑辉在华奥打的什么算盘。两人正谈到立场矛盾上，忽然从背后传来一阵开门的响动，舒盼下意识回头一看，原来是这戏的另一个女主演乔楚来了。

而乔楚的后面还跟着个舒盼的熟人兼仇人，是袁晶。

袁晶在这戏里演的是唐笑同父异母的姐姐，设定类似于灰姑娘的后母带来的继姐，在剧里大部分的时候都负责跟唐笑过不去，结尾反而为救唐笑而死，最终洗白一拨，也算是个看点颇多，能够赚人热泪的角色。

袁晶环顾屋里几人，见着丁然和舒盼虽各为主角，却并无名气，于是阴阳怪气地道："原来徐导说的用新人，还真不是打个噱头。"

丁然也不知道是真的听不懂还是装傻，他依旧谈笑自若，一本正经地道："徐导也头疼这一点，再三强调要多跟着有经验的前辈们学习，尤其是袁小姐。"

这话也是假到不能再假了，但好话总是不嫌多的，袁晶见到丁然不过是个愣头青，于是她的面色稍微缓和了一点，转而看向舒盼。

舒盼也有一阵子没见到袁晶了，鉴于之前对她的印象一直就没好过，她只好学着丁然的样子装傻卖乖，甜甜地叫了一声："袁姐姐好。"

一旁的乔楚笑靥如花，那双眉眼弯弯的，连眼角边那颗泪痣看起来也分外生动，声音温柔清亮："我看你们这都先聊上好一会儿了？"

丁然站起来跟乔楚打招呼："这下人来齐了，我刚才还跟舒盼谈到你。说起来，上次拍公益广告的时候，也曾经见过乔小姐一面。"

乔楚眉间微蹙，心底有些不快，显然丁然的话让她回想起了在广告片场那段被云芳菲羞辱的记忆。

但她提醒自己实在犯不着跟这种没脑子的人计较，于是这种微妙的厌恶表情，几乎片刻就在她的脸上消失了。乔楚只跟丁然稍微打了个照面，目光重点还是游移在舒盼的身上。

她要趁开机之前好好探探底，至少要看清楚这个半路杀出来的"唐笑"，到底是个什么货色。

"我那天走得太早了，都来不及看你的试镜。真是太可惜了！"

听了乔楚这句话，舒盼淡淡地笑了笑："我也没看到你和丁然试镜，是蛮可惜的。"

她倒真想知道乔楚是在镜头前面演得好一点，还是在她面前的时候演得更好一点！

乔楚这种自己找事的个性还真是一点没变，如果当真是那个纯情的曾黎留下来演唐笑，估计不出半个月，就会被乔楚挤对死。

乔楚见舒盼一脸木然，丝毫不为所动，于是下了点猛料："原来还以为徐导更看好曾黎呢，不过据说，连章老都觉得你是唐笑的不二人选。那天陆监制应该是特意为你来了一趟吧？"

袁晶对着镜子补妆的手顿了顿，饶有兴趣地侧头看向正处于劣势的舒盼，不由得插嘴道："哦？原来还有这样的事情？"

她就想着既然曾黎这么得势，这剧的女一号怎么也得归曾黎，徐喻铭怎么可能半路让一个从未听过名字的小演员来染指。

原来这个舒盼竟是爬上了陆辰良的床！

舒盼对乔楚挑拨的那点小心思十分了然，她忽然轻笑了一声，坦然地道："是啊。陆先生专门为签我来了一趟——"

正准备接下文的乔楚愣了愣，她没想到舒盼这么大方就承认了。

舒盼耸耸肩，眉眼清亮，神情十分自然："我记得千千说过，席先生为了签你，好像也亲自跑了一趟。我不认为这当中有什么不妥。"

乔楚一听见顾千千的名字，脸色刹那间有些委顿："你跟顾千千是朋友？"

她在顾千千手上吃过亏，还不止一次。

同一个公司里，明明她更年轻，各方面条件更好，但顾千千仗着秦隽的宠爱，几乎是在成信传媒里横行，好的资源一个都没落下。

边上的袁晶低头收拾手提包，也不知是对乔楚还是舒盼，只冷笑了几声道："你以为顾千千的成功是谁都能复制的？"

她说罢，站起身来准备出门，转过头不咸不淡地补了一句："都消停点吧。半路换角色的事情，还听得少吗？"

舒盼不再言语，袁晶是豫州影业的利益相关者。《大漠英豪》是林琛监制的第一部电视剧，不比之前那些单纯投资进来的，能够任由她瞎折腾。

如果这戏因为袁晶的作死被搅黄了，想必她在豫州影业唯一的路子也走不通了。

乔楚的助理恰好在这个时候带着化妆师赶到，她虽是满腹的不悦，但也只得先为了一会儿的开机仪式隐忍下来。

几个人的房间里，压抑的气氛渐渐消弭，随之而来的只有化妆师动手补妆的些许动静。

目睹了三位女演员在自己面前的暗波涌动，丁然仍旧是一脸茫然，他既不知道试镜时候的小插曲，也没想过个中曲直，有些蒙地看着身边的舒盼。

原来陆辰良跟这个舒盼关系匪浅，还有这回事？他不就是面试完去拍广告了吗，怎么感觉好像错过了整个世界……

舒盼万分同情地拍了拍丁然："想不明白？不急，慢慢想，反正我们几个还要再一起共度三个月。"

是啊，想必是非常精彩的三个月。

《大漠英豪》取景的地方在通湖草原。

这里位于内蒙古和宁夏交界处的沙漠腹地，是古丝绸之北路要塞。徐喻铭考虑到整组人一到景区开拍就不太容易回来，于是决定把定妆照之类的延后，但是一定要选个吉利点的日子进行开机仪式。

这种开机仪式可以算作是剧组的传统。

原本舒盼到的时候，徐喻铭就计划开机了，但因为下了一场暴雨，室外租赁好的露天场地不能用，耽误了将近两个小时。

下午三点的时候，雨过初晴，终于得以开始布置现场。

除了招待一些来拍照宣传的记者之外，徐喻铭还非常老派地把整个剧组凑在一起，弄了一桌像模像样的香案，开始集体点香拜佛。

徐喻铭是从香港来的，对这种祈祷活动的仪式感很有要求，虽然被丁然取笑是一种迷信活动，但舒盼认为这大多还是为了一种心理上的暗示——希望接下来的拍摄能一切顺利，播出后能收视大捷，至少让资方回个本之类的。

乔楚非常默契地跟袁晶站在一起，在她们两个的角度上，舒盼跟顾千千一样，是危及地位的不速之客。

舒盼乐得清净，她乖乖地站在丁然身边烧完香，正准备去边上找找信号给小欢打个电话报平安，没想到小欢反而先打电话过来了。

舒盼接起电话，小欢在那头慎重地开口："盼盼，你听我说，等下可能会有记者问起你和陆先生的事情。"

事情的起因在曾黎。

在舒盼忙着开机仪式烧香的当口，曾黎去B市给外公过生日，结果在回来的机场被人围追堵截，问的就是她跟陆辰良的关系。

曾黎忍着没有发作，过后还是阴阳怪气地发了一条微博："拜托，嘉扬的女艺人又不止我一个，OK？"

曾黎这一甩锅，一句话激起千层浪，她的粉丝们立刻拉座前排表态："表白我家曾可爱，陆先生的后宫可千万不要开到你头上。答应我，为嘉扬留住最后一片净土好吗？"

陆辰良的死忠粉不乐意了，他们大多是以欣赏陆监制的作品为主，逐渐为他特殊的人格魅力所吸引的影迷。

于是双方一言不合就开始撕："搞搞清楚状况，陆先生也未必看得上你家曾小姐啊。"

云芳菲和陆辰良两人，素来是有一拨高举CP大旗的粉丝，前阵子因为云芳菲出轨的事情几乎都要瓦解殆尽了，可今天曾黎的事情一出来，还是有几个忍不住怒刷存在感："有仙女菲的珠玉在前，曾可爱的颜值其实是被吊打吧……"

这样的讨论有一种显而易见的效果，就是几拨人都纷纷开始怀疑：是不是在云芳菲出轨之前，陆辰良就已经跟曾黎在一起了？

明明双方各玩各的，还要在外人面前秀恩爱圈钱？结果双方因为金钱利益谈不拢，最后陆辰良为帮新欢上位，先动用公关手段把云芳菲踢下线了？

可既然曾黎都表态说不是她了，那嘉扬的女艺人数来数去也就那么几个，列个候补顺序出来，舒盼肯定也是榜上有名的，以至于她曾经给云芳菲当替身的过去，很快就被挖掘出来了。

丁然也在逛微博，刚才烧香的时候信号一直都不太好，他看完一圈动态，忽然有一种“村通网”的感慨。他双手搭在舒盼的肩膀上，把她拉到自己面前，上下左右三百六十度仔细打量一番。

他得出了一个扫兴的结论：当初找舒盼做云芳菲替身的那个人眼光不行，两个人也就是脸形有点像，气质上完全不对标啊。

舒盼对丁然这种睁眼瞎的举动有些鄙视：“你知道当初是谁找我做的替身吗，就说人家眼光差？”

丁然一副毫不设防的大男孩模样，笑得像个两百斤的孩子：“不管是谁，总之眼神不好这是不争的事实啊。”

舒盼勉强一笑，单手扶额，示意丁然转过头去看看徐喻铭。后者早已经是阴着一张脸，似笑非笑地对着丁然道：“《明凝传》是我的作品，云小姐的文替是我亲自过目的，你有什么问题吗？”

丁然吃瘪，他悻悻地举着双手投降：“没问题，完全没问题。”

徐喻铭不喜欢华奥传媒，但丁然这种除了演戏什么都并不关心的性格，估计也是一枝独秀的奇葩。他笑着让丁然赶紧滚去记者会找位置站好，最好是能坐在乔楚身边，跟袁晶一起，免得这两人又来跟他争论什么宣传番位的话题。

徐喻铭转头对舒盼建议道：“至于你嘛，虽然是第一次以女主角的身份亮相，我的意见是尽量不要有太负面的消息，中途换人的事情你应该听说过不止一两次了。至于到底要不要去记者会，选择权在你手上。”

舒盼思忖了一下，最终还是坚定地道：“去，照常去。”

且不说她现在是陆辰良的正牌女朋友，就凭云芳菲居然还想用这种烂招伺机挑拨她跟曾黎的关系，这场记者会她也去定了。

《大漠英豪》开机记者会上，如果有一个人比舒盼的心情更郁闷，那人一定是乔楚。

今天来的女演员里，论样貌和经纪公司出身，她本来都是可以称霸全场的存在。虽然袁晶资历上比她要老，但恰恰就是吃了年纪大的亏，在镜头前怎么也不可能会比自己好看。

但乔楚的风头居然全被舒盼抢了。

在例行的一轮演员角色介绍后，八卦的亮点很快就集中在舒盼的身上。

“舒小姐，请问你和陆先生是否存在暧昧关系呢？你认为陆先生是一个怎么样的人？对他身边女人不断的传闻，你有什么看法？”

“舒小姐，你以前做过云芳菲小姐的文替吗？能从替身这么快做到演员，请问这当中是不是有陆先生的帮助？”

“舒小姐，请问你跟曾黎的关系怎么样？有传闻说你们因为陆先生闹不和，是否属实呢？”

“舒小姐……”

还有一大堆奇奇怪怪的猜想，都是舒盼没办法回答的问题。

她手上拿着话筒，撑着一张几乎要笑僵了的脸蛋。旁边的丁然被夹在乔楚跟袁晶的中间，虽然心生同情，但也只能祈祷舒盼自求多福。

舒盼的心理活动有点复杂。她第一次真切地感受到了桃色新闻的魔性之处，这也难怪易南以前喜欢借着陆辰良的名声和地位，来带一带公司新人的热度了。

就算是个男艺人，但凡能跟陆辰良扯上点爱恨情仇，都是要火的节奏。

徐喻铭感觉到舒盼在神游，他轻咳了几声，开麦调侃道：“麻烦大家多提一些跟剧中角色有关系的问题好吗？”他顺手点了个右边的记者提问，“不然我怕这部《大漠英豪》就要改成《唐笑传》了。”

被徐喻铭点名的女记者一个激灵站了起来，她缓缓抬头，脸上带着一抹狡黠的微笑：“我除了对舒小姐和陆先生的关系感兴趣以外，还想问一问对于饰演唐笑这个角色，舒小姐感觉自己有没有超越经典的可能性？”

女记者的这个问题，令全场有着片刻的安静。而就在短短几秒过后，这种静谧的气氛很快被打破了。议论的骚动席卷着整个露天的会场，就像他们方才意识到——眼前的这位舒小姐，她如今所处的地方不是陆辰良候选女友的批判大会，而是剧组的开机现场。

舒盼听着这女记者的声音无比亲切，她抬眼望去，只见一片打着主流媒体标签的话筒边上，突兀地插进来一个画着Q版太阳的话筒。

杜攸！那正是杜攸所在的八卦杂志社！

舒盼有些小激动，她回来以后，每次联系杜攸，这人都没给过回复，她还担心杜攸是因为自己的不辞而别在怄气。

徐喻铭站在舒盼身边，压低声音道：“阿良说你第一场记者会不太好办，所以我想了想，就把她叫来了。”

杜攸在台下歪着脑袋，抬头不偏不倚地看向舒盼，她悄悄做着口型：“我来了，别怕。”

舒盼的心底忽然涌现出一股感动，她定了定心神，开始答道：“首先，我跟曾小姐的关系并不紧张。因为其实我们没怎么见过面，最长时间的交流恐怕就是在《大漠英豪》的试镜会，我们看了彼此的试镜表演。”

嗯，如果那次偷听到曾黎跟小欢吵架不算的话。

“其次，如果说到帮助，我认为徐导对我的帮助更大，因为在这次海选唐笑之前，我跟嘉扬没有实质上的合约关系。”

“然后……还有最后，”舒盼一口气连着答了几个要点，把杜攸的问题摆到了倒数的位置做重点回答，“唐笑这个角色，的确是我们童年记忆里难以超越的经典人物之一。但是我们在开拍之前，曾经跟原著作者章老师有过一次交流。”

杜攸立刻摆出一副受到惊吓的表情，十分矫情地接口道：“这么说，舒小姐算是章老亲自选中的唐笑！”

杜攸歪楼的能力十足，虽然章老“钦点”女主角这种戏码，基本上每年翻拍作品都要上演一次，但发生在一个海选出来的演员身上，的的确确是头一遭。

舒盼差点被杜攸假模假样的感慨给逗笑了，但她很快心领神会，故作娇羞地点了点头：“有幸在试镜的时候得到过章老师的点评。”

徐喻铭对杜攸和舒盼一唱一和的表现很满意，他勾起唇角：“我们将以最还原原著人物的态度去拍这部《大漠英豪》，对于唐笑这个女主角，我们也将跳脱出以往电视剧翻拍作品的局限……”

一场记者会开了将近一个小时，除了舒盼、丁然以外的角色，几乎没能分到几个提问，一旁盛装出席的乔楚几乎咬碎了一口的银牙。

她搞不懂自己为什么处处被人压着一头，先前是顾千千，现在是这个名不见经传的小替身舒盼！

第二十九章 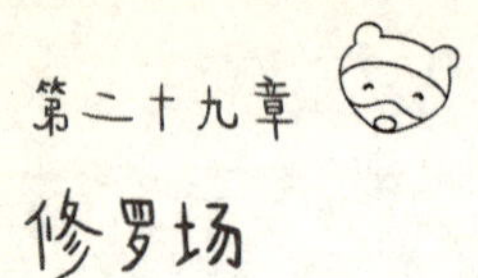

修罗场

因现场的话题满点，开机仪式足足延后了三个小时，导致那天晚上舒盼要拍第一场戏的计划搁浅了。

徐喻铭坚持第二天让舒盼跟丁然拍第一场戏，但监制林琛的想法截然相反，他觉得立即用舒盼开拍，可能会激化两个女主演之间的矛盾。

通湖草原取景的戏份，主要表现的是方旭和唐笑、阮清颜这两人之间的初遇相识。源于作者对唐笑的偏爱，这里戏份更重一点的人物是唐笑，而另一位由乔楚饰演的女主角阮清颜，其实任务稍微轻一点。

而之所以这次大部队都赶到这里的景点来开机，其目的不外乎是个噱头。像袁晶这种前几场不用出现的人，开机仪式后就立刻赶场去录制综艺了。

偏偏是自诩跟舒盼同为女一号的乔楚在记者会上没占到好处，这换了谁，也不会心甘情愿。所以林琛自觉如果得罪了成信传媒，他回头无法交代，只得打算好让乔楚先来拍第一场。

这样也算是卖了乔楚一个面子。

徐喻铭对监制林琛的行事态度很不爽，哪个监制会这个样子办事，片场就是导演跟制片的主场好吗？一个乔楚心情不好，他还要负责照顾，以后是不是哪个演员感觉自己在宣传上吃亏了，都能回去跟资方哭诉？那这戏还拍不拍了？！

徐喻铭跟林琛又在房间里闹了矛盾，最后两人都黑了脸，徐喻铭这才骂骂咧咧地决定还是深夜开机，把正准备自由活动的一拨人统统召唤了回来，配合乔楚拍夜戏。

副导演砚一对剧组里这样微妙的气氛毫无察觉，他基本上可以跟丁然这个纯真少年组成一个配对。

当徐喻铭通知开机的时候，两个人正在找舒盼和外场的员工准备一起出门，去吃新剧组的第一顿夜宵。

砚一神神秘秘地表示吃夜宵的时候，要带丁然跟舒盼引见一个电影圈里的厉害人物。

舒盼见他的戏很足，于是脱口而出："是木子凯导演吗？"

砚一顿时感觉好扫兴好受伤："怎么连你都知道了？为什么自从你们知道木子凯是我叔叔以后，我说到什么都要跟他扯上关系……"

舒盼吐了吐舌头，很有点觉悟："你想想那些记者，不也疯狂地想把陆先生跟我写在一起吗？"

谈到这一点，砚一用一种谜之目光打量着舒盼："说到这个，舒盼，不瞒你说，我还挺能理解那些记者的。"

舒盼被砚一看得后脖颈发凉："为什么啊？"

砚一耸耸肩膀，非常无辜地回她道："因为不知道为什么，我总觉得你某些角度实在是太像我的师母……不不不，是前师母了。"

丁然非常不同意这个观点："砚导，我也见过云小姐，可我觉得舒盼跟她一点都不像。"

砚一很固执，丁然虽然气势上比他高了一个脑袋，但他仰着脖子，努力反驳道："丁然，这件事情你没有发言权，后来的聚餐你没去，你不知道云芳菲笑起来的样子有多像舒盼。"

丁然不以为意："砚导，那按照你这个说法，最有发言权的应该是陆先生。"

砚一的脸上绽放出一个讳莫如深的笑容："如果他现在真的出现在你面前，你敢直接问他舒盼跟云小姐到底像不像或者有几分相像吗？"

丁然被堵得一滞："我……"

舒盼夹在两人中间听得头大。

虽然他们两个人前后见过的云芳菲本质上都是自己，但这一时半会儿却也解释不清，再加上砚一跟陆辰良有师生关系，万一让他也误解自己是有心借着陆辰良上位，那才真是跳进黄河也洗不清了。

于是舒盼很快转换了一个话题，她环顾周围几人，随口问道："怎么不见乔楚？她连吃夜宵也不愿意来吗？”

丁然支支吾吾了半天，这才有点不好意思地表示自己没叫乔楚。

他偷偷告诉舒盼，其实他心底有点怵乔楚这个类型的女人，目的性极强，言辞之间一点善意也没有。

他甚至不想在开戏前跟乔楚相处了。

然而越想躲的就是越躲不开，夜宵组跟开工组就这么在酒店的大厅撞了个正着。

乔楚一眼便看出副导演砚一几个人这是不带她玩的节奏，她看着舒盼跟丁然那种热络劲就来气。

想到一会儿就能让两人见识到自己的厉害，乔楚努力维持着自己的心情不受影响，无视了丁然和舒盼，用一贯的娇滴滴的声音跟砚一打招呼：“砚导，今晚的夜戏还要多拜托你了。”

砚一刚看完徐喻铭通知的短信，他还有些摸不着头脑：“徐导这个点开机，第一场就熬大夜好像不太合理吧。就你跟丁然那一点对手戏份，其实还不至于非要放到今晚……”

丁然也很没眼力见儿地小声地哀号了一下：“别说夜宵了，我这还没吃晚饭，真的要上动作戏吗？”

舒盼赶紧咳嗽了几声，她实在是没办法看着丁然跟着陆辰良的学生天天砸锅。

乔楚咬了咬下唇，隐忍着没发作出来，面上一派伏低做小的样子：“这我就不太懂了，毕竟是徐导临时的安排。”

既然徐喻铭都发话了，众人不得已只好打消了加餐的念头。砚一看起来有些郁闷，他表示舒盼倒是还好，但自己真有个人想为丁然引见一下。

然而计划赶不上变化，砚一只好到边上去打电话，通知那位在夜宵地点等待的“贵客”先到安排的酒店入住。

娄晓楼有些不乐意了。砚一引见的人物就算不是他叔叔木子凯，也肯定是电影圈里的名导演呀，肯定是乔楚知道了这一点，所以一开始就在作妖。开机第一场多半是男主跟女主的对戏，阮清颜撑死算个二号女主角，哪里轮得到她上场。

可舒盼实在是懒得在这点事情上跟这位乔小姐斤斤计较，如果她当真认为开机第一场戏能佐证自己女主角的地位，不妨就顺了她的心意吧。

丁然不知道是因为一颗吃货的心被打碎了，还是也觉得乔楚的举动有些无理取闹的嫌疑，他在和乔楚拍摄第一场英雄救美这个经典情节的时候，整个人都显得有些心不在焉。

在拍草原上被仇人追杀的打斗戏份时，三个武术指导提前上来给丁然跟乔楚指导动作，两人对剧本中武术部分的消化能力高下立见。

虽然丁然有着高挑的个子，但摆弄起武术动作来既不优雅也不潇洒，好几次逗得在场的编剧也捧腹大笑。林琛为了给丁然压力，索性站在他身边盯着他学习动作，但依然收效甚微。

反观乔楚这边，她的天赋跟舞蹈基础很快便体现了出来。几乎所有被指导过的动作，乔楚都能大概记下来，甚至是在只阐述一遍要点的情况下，她也能行云流水一般地将动作都复现出来。

林琛看着乔楚跟丁然两人在武术动作上迥异的表现，心中更加笃定徐喻铭当初的选择是错误的，多半是为了为难自己，才弄了这么个新人来搅局。

舒盼记得这一场里头，阮清颜遭人追杀，流落到了方旭跟母亲落脚的地段，因为她来路不明，身份可疑，方旭尝试揭开她的面纱，两人双双滚落山坡，却不知阮清颜早已因遭恶人追赶而身负重伤，因此更是伤势加重，倒在了方旭的怀中。

方旭跟阮清颜的CP粉数量虽然比不上方旭跟唐笑的，但这也是不少CP粉心中不可磨灭的经典场景之一。

徐喻铭很无奈，他甚至有一种在男主角的选择上翻船的错觉："难道这第一场只能上替身了？"

林琛早就满腹牢骚，但也不好当场发作，只得沉声道："先试一遍吧。"

虽然舒盼一点也不欣赏乔楚的人品，但还是对她的演技能力有些好奇。她凑到监视器前想一探究竟，虽然这场动作戏是夜间的背景，但片场的打光通明，丝毫没有夜半时分的幽暗静谧氛围，乔楚和丁然的身边足足地打了六盏镁光灯。

场务一声拍板，乔楚便进入了状态。

乔楚身上裹着一件素纱黑衣，虽为男装打扮，但在服装师的妙手剪裁和改良下，这件男装已经不复原来的宽松厚重，虽是交领大襟，两襟左右对称，但手臂至手腕几处均有纽扣紧系于两侧。

乔楚的好身段尽显，她的长发高高束起，头戴一斗笠，以暗纱遮盖，虽挡住了面上的精致五官，只余那一双狭长的凤目在外，但在高清的镜头下，蒙面疾行于荒原之中的乔楚，仍显出几分女子特有的清婉。

她微微侧头，以便观察着后头一行人追踪的身影，随后机敏地抬手将斗笠压得更低一些，脚步更急，似乎并不打算与对方正面交手。

徐喻铭给了后方饰演追杀阮清颜的杀手的群演一组镜头，监视器的推移轨道是一早就布置好的，为了拍摄出仇敌紧追在后的压迫感，这样的情境下，往往会选择两头切换。

徐喻铭紧紧跟在监视器后头，舒盼小跑几步跟上，眼瞅着后方的喽啰们手拿火把准备伺机而动，对前头不过几米距离的阮清颜下杀手，双方之间的气氛剑拔弩张。

乔楚再次加快了脚步，她额前的几缕乱发在鼓风机的吹动下迎风飘扬，暗纱拂面，隐隐勾勒出她柔美秀丽的面部线条。

林琛稍微设计过这个桥段，让后头的群演动手的时候以右边第一个人摔火把为信号，毕竟乔楚在前头看不见后面的情况，因此把握时机就显得尤为重要。

舒盼紧张得不自觉在憋气，倒不是为剧中的阮清颜担忧，而是丁然饰演的方旭马上就要出场了，他骑马行至此处，原本是打算下马置办粮草，却正好搅乱了双方交战的局面。

“来了。”随着徐喻铭一声低吟，本剧的男主角方旭终于出场，只见他一身服装都具有浓厚的草原风格，上衣是古朴厚重的开衩长袍，腰间挂一把弯刀，脚蹬软筒牛皮长靴。

丁然骑马的功课在此前就练了一段时间，因此在这上面并没有障碍。丁然策马奔驰的样子尚算潇洒，只可惜近景在马背上太颠簸，拍出来效果不好，所以这段只能给他一个由远至近的人影。

方旭静静观察着身侧两拨实力悬殊的路人，纵身下马之后，他虽沉默着，将自己的这位朋友牵到马厩之中，却实在按捺不住好奇，频频地回头张望着阮清颜。

镜头里，丁然的面容既英挺又清朗，浓眉大眼，那双清澈的眸子灵动异常，虽仍带着生活中的那股子憨厚劲，但丝毫不显得呆板，真是少年感十足。

前文里，方旭本就是少年心性，被母亲和师傅委派了快马报信的任务，但他初入江湖，此番行走已经惹了不少祸，可以说是心有余悸。现在夜色渐暗，又见阮清颜似乎正被众多仇敌围攻，犹豫着也不知道是否该施以援手。

就在这个当口，阮清颜的仇人开始摔火把了，这妥妥就是开战的信号。阮清颜也不知身侧的方旭是敌是友，她自腰间拔出一柄软剑，抬眸看向方旭，狭长的凤目之中，尽是点点厉色，她一声轻喝道：“后头那些人便是来找我拼命的，你若不想死，就让开！”

乔楚曾经很多次研究过这个开场，她对方旭这个角色如何表演其实一点兴趣也没有，但是这种英雄救美的戏码，观众的带入点，多半都在救人的那一方身上。

丁然明显是个没什么经验的愣头青，这第一场戏肯定是由她来带的。

丁然眉头紧皱，他似乎受到乔楚这种悲怆情绪的影响，很快便完全投入到对方旭这个角色的设计当中。画面中的方旭并未来得及细细思考两方的立场，少年义气恰似一团烈焰，在他的胸腔之中熊熊地燃烧着。

他朗声道："兄台莫怕，我来助你。"

林琛站了起来，接下来就是丁然刚才一直卡壳的武打动作了。武术指导双手交叉叠放在胸前，几人都静待着丁然接下来的表现。

透过监视器的画面，只见方旭动作利落，一个闪身，已将个头稍矮的阮清颜护在了身后。阮清颜对这位陌生人的好意却并不领情，剑光森寒，一招便挑开自己与方旭之间的距离。

"谁让你帮我了，你快点让开，否则别怪刀剑无眼。"

这剑没有开封过，但在丁然看来，却还属于高危武器，他有些吃力地侧身躲过，脸上闪过一抹诧异："兄台，今日你我有缘相遇，莫非让我眼睁睁看你葬身于此吗？"

方旭话声刚落，他的乌鸦嘴很快就应验了，后头的仇家抓住了阮清颜跟他纠缠的时机，开始伺机放冷箭。方旭不作他想，立刻伸手提向阮清颜的腰际，紧接着，两人以一个帅气的姿势，双双跃身上马。

丁然带着乔楚上马虽然吃力，但好在那种救人于水火之中的情绪还没出戏。方旭的脸上露出标准的憨厚微笑，他回过头，准备安抚身后那位瘦小的少年。

然而便是这个回头，让他看见了阮清颜在打斗中早已被挑落的斗笠和面纱："你……你是女的呀。"

阮清颜面色赧然，将脸别到了一边："你知道了，还不、还不把手放开啊。"

乔楚这一脸红就跟传染似的，丁然也开始有了少年特有的羞涩感，他如同触电一般松开了还放在乔楚腰间的手，整个人顿时手足无措起来。

一切都进行得十分顺当，林琛按捺不住心中的雀跃，站起来喊道："停！"

在监视器前头的徐喻铭欲言又止，他看见林琛不仅抢先喊了停，那神情甚至想要拍手称快，于是连连摇头，眉宇微皱，压低声音对舒盼道："这戏也不能说不好，丁然被乔楚带着跑了。"

舒盼似乎有点明白，乔楚为什么非争着和丁然演第一场对手戏了。

要说剧情上，方旭这里第一次出场，不过是个年纪才十四五岁的男孩子，又因为在塞外生活已久，沾染了草原的习性，行事比较大而化之，且从年纪上讲，还没认识到男女之情。

真正让他情窦初开的，只有唐笑一个人。

所以这里即便知道了阮清颜是个女子，对她的帮助安慰，也应该是他流露出的最大方自然的情谊。

但如今看丁然的神情表现，“初恋情人”的地位明显被乔楚给抢了……

徐喻铭点破了舒盼的这种忧虑：“按照乔楚这个演法，下一场你会有很大的压力。丁然的资质很好，但现在还是一张白纸，很容易被有经验的演员带走。舒盼，你这几天要多跟丁然对对戏。”

舒盼点点头，她感觉对乔楚这种玩战术的策略，只能见招拆招了。当然她有自己的想法，丁然能在这么短的时间内就把打戏都记下来，说明他对演戏有自己的理解。

乔楚赶完几场开头的戏份，收拾行囊决定跟袁晶一样提前离开。她走的时候很是得意，虽然开机的风头舒盼盖过了她，但论定妆照、开场戏这些实打实的东西，舒盼都迟她一步放在平台上宣传。

她们两个到底谁胜谁负，以后还有得争呢！

天光微亮的时分，舒盼一行人早已是饥肠辘辘，昨晚说好的夜宵也没吃到，只好改成一起在早餐时吃顿好东西了。出景点的车分给了乔楚一辆，因此砚一只好暂时跟舒盼同车。

回酒店的路上，很少熬夜的娄晓楼已经忍不住靠着座椅睡着了，而舒盼还很精神，因为杜攸终于回了她的短信。

舒盼一直就感觉开机记者会上杜攸的出现跟徐喻铭有莫大的关系。徐喻铭美其名曰要找相熟的记者来控场，可他不可能只认识杜攸一个，却偏偏找了她，毕竟两人之前还因为停车的事情起过冲突，这说明了什么……

据剧组八卦人员的消息说，在上次《大漠英豪》的试镜会后，徐喻铭就一直和一名姓许的小记者吃吃喝喝。

这妥妥地是有奸情的节奏啊。

然而无论舒盼怎么问，杜攸都是一副讳莫如深的样子，只给了她一句答复：“徐喻铭还是蛮符合我颜狗的标准。然而，我估计吧……他是不会跟狗仔小记者谈恋爱的。”

她忽然就很想陆辰良，谈恋爱的酸臭味啊，她也甚是想念。

来这里不过两三天，陆辰良就开始精神懈怠了，给他发的信息也不回，照片也不评价，就连她刚才更新微博说自己在片场陪着丁然熬夜戏，这人竟然也没有表态！

想想就觉得好没良心啊……

前排的砚一透过内视镜，见舒盼的脸色片刻之间变换了好几次：“舒盼，你还好吗？”

“啊？哦，我没事啊，我很好。”舒盼实在好气啊，但她咬咬牙，决定坚守工作岗位，“我精神得很，就是上午马上开始拍也没关系的。”

砚一松了口气：“那就好，你今天可是要见老板的人啊。”

舒盼有些摸不着头脑：“什么意思？”

“陆老师昨晚没跟我们吃上夜宵，正打算今天来片场逛逛呢。”

她一拍大腿，用一种激动到颤抖的声音道：“陆辰良要来？”

砚一回想起从前陆辰良作为老师的样子，严厉到整个班级不论男女统统被骂哭过一遍，他以为舒盼这样的反应多半是被陆辰良吓的。

他非常耐心地安慰舒盼道：“你别怕啊，陆老师估计就是因为我叔叔的缘故，多多少少过来监督一下我的。再说你是徐导亲自选上去的，他跟徐导那关系铁得很，肯定也不会为难你的。”

舒盼干笑了几声，原来陆辰良在砚一的心里是个这么光辉伟岸的教师形象，那万一要是被砚一这个小迷弟知道此人的目的不单纯……

娄晓楼也知道内情，她差点没笑出声，随手摘了眼罩：“砚导，你确定陆先生是来监督你的？”

砚一目光坚定，神色坦然：“确定啊，我现在要好好考虑一下，怎么发挥我副导演的作用，至少这几天在片场不能给徐导掉链子！”

舒盼点点头，她和娄晓楼相视一笑，眼底尽是说不清道不明的无奈。

回了酒店，娄晓楼几乎是押着舒盼回房间的，距离她下午要开机拍第一场戏剩下五个小时。

女演员上镜的脸蛋就是生命，更何况舒盼一会儿要演的是个十四五岁娇滴滴的小姑娘。娄晓楼强烈要求舒盼爱惜自己的生命，回床上敷一张面膜，然后去睡两个小时。

可舒盼想去找找陆辰良，说来也奇怪，砚一明明说他昨晚就来这里办入住手续了，可前台查了几次，都说没有一位姓陆的先生的入住记录。

娄晓楼觉得，陆辰良中途有事耽误了没来的概率比较大。舒盼灵机一动，她趴在前台的桌面上，扯下口罩，低声换了个问法：“对了，那请问，今天有没有人是徐喻铭先生的访客？”

前台服务的小哥很客气，他稍微翻查了一下记录：“这个倒是有，唉，还真巧了，这位先生就姓陆。”

舒盼勾起嘴角笑了笑，她想起最早拍《明凝传》的时候，陆监制突击到片场监督，临时住的也是徐喻铭的房间。

前台小哥抬眼，他见着舒盼那双妙目正绽放出一种奇异的神采，他愣了愣：“哎……你是不是那个，那个，我认得你啊！昨天那个洗发水广告的海报刚贴到电梯里，还有……新开拍的那个《大漠英豪》，你是组里的女一号吧？”

娄晓楼立刻警觉，她顺手就把舒盼的口罩给严严实实地捂上去了，哄小孩似的拉着她的手腕，拔腿就走：“还闹，这都被人认出来了。”

她刚说完这话，自己似乎也意识到了点什么——虽然暂时叫不出名字，但这才出道不过一个月的时间，舒盼已经可以被路人认出来了？

舒盼眼里的惊讶丝毫不亚于娄晓楼，但她临走前还不忘多问前台小哥一句正事：“不好意思，请问一下，那个陆先生还在徐喻铭先生房间里吗？”

“这个……”前台小哥有些犹豫，“入住客人的资料，我们这边不太方便透露。”

舒盼点点头，反正能确认人来了就不错了，陆辰良不来找自己，可是没人绑着她的脚啊，就是爬也要爬过去找他。

娄晓楼感觉舒盼已经没救了，她提溜着舒盼的帽子就想给她拉进电梯里，后方的前台小哥忽然开口问道：“那你到底是不是……”

舒盼见他问得诚恳，于是转头几不可见地朝他点点头。她听说过人红了以后广告才红，但像自己这样，居然是通过G&K广告蹭的知名度，估计也是没谁了。

前台小哥见舒盼没有矢口否认自己的身份，他的心里美滋滋的，工作这么多年还是头一遭见着真明星，要说这女演员的样子还真是不错，比那海报上的看起来还要水灵。

舒盼和娄晓楼进了电梯间，她的余光扫过电梯里贴着的G&K的海报，不自觉傻笑起来：“小楼，你说这剧要是糊了，我只靠拍广告做花瓶，能不能养家糊口啊？”

娄晓楼低头看手机，她随手给舒盼一个爆栗：“盼盼，你有点志气好不好，你做花瓶了，那陆先生呢？他不是一门心思想好好培养你吗？”

舒盼背靠电梯门，一脸无辜的样子：“这个嘛，他可以负责做花呀，正好凑一对。”

娄晓楼皱眉，细细品味了舒盼这句话，这才反应过来：“舒盼，你好好说话，别开车啊！以前小欢说你最大的优点就是能管得住嘴，怎么现在跟变了个人似的。”

难道是被陆先生惯坏的？

舒盼吐了吐舌头，清脆的电梯叮当声响起，电梯门应声打开，她扫了一眼娄晓楼，趁后者还在翻手机的时候，一溜烟走出了电梯。

娄晓楼手上一松，抓着舒盼卫衣的帽檐忽然不见了，她只来得及看清舒盼在门外朝她挥手再见的动作，抬头一看楼层——十二层，不正好是徐喻铭导演所住的楼层吗?

看来这个不听话的舒盼，是去找她的花朵了……

花朵陆辰良是昨天夜里十二点赶到景区来的，他知道砚一有带演员出门吃夜宵的习惯，本来计划在夜场出现给舒盼一个惊喜。可惜有惊无喜，一次好好的机会就被乔楚的作妖作没了。

陆辰良只好回了酒店，准备暂时在徐喻铭的房间凑合一夜。

按照常理，徐喻铭对于陆辰良这种先斩后奏的做法，早就应该见怪不怪了。但这一次，徐喻铭接起陆辰良电话的态度却奇怪得很：“阿良，你记住千万千万不要……”

他强调了两个千万，却愣是没说千万不要做什么。

陆辰良赶了几个小时的飞机，感觉脑子有些不清醒，他站在徐喻铭的房间门口，想着最坏的结果不过是徐喻铭的助理不在房里，他要自己下去开一间房而已。

于是他依然按响了门铃，出乎意料，有人来开门了，门那头的人脚步来得很急，但从声音听来似乎是个女人。

陆辰良倒退几步，他思忖了十几秒，很快反应过来——徐喻铭的房间里有其他客人，而且很可能是跟他相熟的女人。

他想挽回这个粗心的决定，但显然已经来不及了。门内的女人火急火燎地将门打开，劈头盖脸地就是一句：“徐喻铭，你别以为自己长得好看就能解决一切问题了。晾着我在这里大半夜，姑奶奶我还不伺候你了。我虽然是一只颜狗，但我也是一只有尊严的颜狗……”

陆辰良眉宇微皱，他抬眸，黑白分明的眸子里带着几分淡定：“原来是熟人。”

面前的杜攸来不及急刹车，嘴上还在骂骂咧咧的，但表情早已目瞪口呆：“我跟你熟吗？”

“不熟吗？”

“嗯，挺生的。”

原来徐喻铭和杜攸早就“暗通款曲”了。

只不过，徐喻铭也没敢告诉舒盼，他知道杜攸还没有把这个消息披露给舒盼的准备，于是只好拼死拼活地赶在舒盼前头回去，想避免陆辰良和杜攸两人短兵相接。

然而他迟了一步，进房间的时候，杜攸都已经买好了三人分量的早餐在等徐喻铭了。

陆辰良从卫生间里踱步出来，他刚洗漱好，神清气爽地和徐喻铭问好："我手机没电了，所以你说的'千万'后面，我就什么也没听见。"

杜攸面无表情地耸耸肩："陆监制让我下楼帮忙买早餐，岂敢不从啊。"

徐喻铭缓了口气，他双手搭在杜攸的肩上："我还怕陆辰良把你当狗仔赶出去。"

杜攸没好气地推开他的手："你是有多不满意我继续做记者，别一口一个狗仔好吗？有点娱乐精神行不行！"

陆辰良一睹徐喻铭拍了一场大夜戏之后的疲态，不由得插嘴调侃道："跟林琛共事，应该没有想象当中愉快吧？"

徐喻铭伸手拿了一个包子，正准备下口，听见陆辰良的这句话，忽然就气得吃不下去："愉快？那人简直就是不知所谓。我都能预见到接下来，我们肯定要天天骂架，搞不好还要干一场。"

陆辰良淡定地翻了翻杜攸的早餐袋子，抬眼反问道："一场够吗？"

杜攸有点嫌弃陆辰良挑剔早餐菜色的举动："陆先生，景区这个点有卖吃的就不错了，咱能别挑吗？"

陆辰良漫不经心地扫她一眼："我记得让你买四份的。"

徐喻铭夹在两人中间想劝解一下，杜攸气急，伸手塞了个包子进他嘴里："多出一份喂给空气吗？"

"那是给舒盼的。"

陆辰良这话刚说完，徐喻铭房门外的门铃就再次响了起来。

杜攸吓得手上的包子差点飞出去："盼盼来了？！"

徐喻铭侧头过去咬了一口杜攸手上的包子，含糊不清地说："你好好拿着菜包，掉地上不就浪费了吗。"

杜攸把手往徐喻铭的衬衣上一擦，横眉怒道："你还有心情吃？舒盼这就来捉奸了啊，我都还没告诉她我们两个搞在一起了！"

徐喻铭不以为意，伸手把吸管插进豆浆杯里，双手递过去给杜攸："喝口豆浆降降火，舒盼哪里有空来找你。她是知道自己的情郎在这里，这才赶上来的。再说了，什么叫'搞'在一起？我们电影界的人，哪里能说'搞'……"

杜攸脱口而出："喂喂喂，不说搞说什么？你是电影界，我是什么界，小狗仔啊？"

"你是小仙女，媒体界的仙女，可以了吗？"

"我……"

陆辰良淡淡地听着两人互怼，他提溜一袋早餐起来："停——你们慢慢吵，正好少吃一份，我留给舒盼。"

陆辰良说完，径直就朝门口走去，准备迎接他此行唯一的目的。

杜攸慌张起来，她四顾张望，试图能找到个藏身的地方："啊啊啊，陆辰良你动作慢一点，至少给我时间找个地方躲一躲啊。"

徐喻铭很不理解："你躲什么，有这个必要吗？正好趁这个机会你就从了我……不是，你就告诉舒盼，我们两个看对眼了不就成了？"

"不成！我前阵子还和舒盼说绝对不和导演在一起，特别是陆辰良这一类的！"

杜攸机敏地发现徐喻铭偌大一个房间，估计只有衣柜能躲，于是抓着那个被咬了一口的包子就直奔卧室的衣柜而去。

舒盼在外头等得有些郁闷，正打算打个电话给徐喻铭，哪知道眼前的房门却打开了。

陆辰良轻咳了一声，他手上拿着还热乎的早餐："饿了吧？"

舒盼闻到新出笼的包子的味道，肚子顿时不争气地叫唤了起来，她舔了舔下嘴唇："你买的？我以为你在徐导房间里，积极地讨论工作呢。"

陆辰良笑了声："你好像忘记了，这片的监制不是我，是林琛。不赚钱的事情，我不做。"

舒盼撇撇嘴，她在门口探头探脑，有些犹豫要不要进去："徐导也在？"

陆辰良索性搂着舒盼的腰肢，将她一把拉进来："他快走了，到时候就剩我们两个了……"

舒盼脸一红，她赶紧拍掉陆辰良的爪子，压低声音道："你能不能在徐导面前正经一点，还是我们都认识的人。"

陆辰良勾了勾嘴角，黑白分明的眸子里带着某种恶作剧的笑意："不能。"

徐喻铭独自坐在桌前郁闷地啃着馒头："舒盼，今天正好阿良也在这里，你老实说，自己对导演这个行业有什么歧视吗？"

舒盼被徐喻铭哀怨的眼神看得有些不寒而栗，她不解地拉了拉陆辰良："徐导怎么了，昨晚对我还是好好的呀，怎么今天忽然意见这么大？"

陆辰良单手搭在舒盼的肩膀上，抽了张椅子让她坐在徐喻铭的对面："我就要问问，你对杜攸做了什么？”

舒盼愣了愣：“杜攸？我一直对她很好呀。欠她的钱也还了，杜攸也对我很好，记者会还来帮我了。”

就是因为你对她太好了！

徐喻铭愤愤地喝了一口豆浆：“舒盼，你觉得我怎么样？”

舒盼的目光徘徊在徐喻铭和陆辰良之间，她忽然有些不知道该怎么评价的头疼。

这都什么跟什么啊……谁来跟她解释一下，徐喻铭忽然发疯的理由是什么？

陆辰良闲闲地坐下来，一副幸灾乐祸的样子等着看戏：“这个问题我看你还是好好回答，眼前坐着的可不只是一个导演。”

他早就想让舒盼体验一下，自己被顾千千、许珊等人怒怼一通还说不出条理的心境。

舒盼摸不着头脑，只好慎重地回答道：“徐导，作为导演当然是很好的。其他的……我就不知道了。”

她的目光游移到了桌面上的早餐，三份早餐，有豆浆、馒头、菜包这些最常见的，比较特别的是油条只有单独的一份，就像是特意为某个人准备好的一样……

舒盼忽然想通了其中的关节，她站了起来：“杜攸是不是来了？然后有些事情，不太好和我说？比如她虽然告诉你‘我不喜欢你’，但实际上你们两个已经暗度陈仓之类的……”

徐喻铭剧烈地咳嗽起来，他明显是噎到了，舒盼赶紧把水杯递到他手边。

藏在衣柜里的杜攸吓了一跳，手上的半个包子差点没掉在地上。

几个月不见，舒盼是推理能力升级了吗？是怎么通过早餐就看出来她在这个房间里的，简直可怕……

陆辰良暗暗地笑了几声，他低头看了看腕表：“两分钟就猜出来了，变聪明了不少。”

舒盼瞪了陆辰良一眼，把桌面上唯一的油条拿过来塞到嘴里：“我看这房间里最佳的躲藏位置也就只有一个，而且还是我躲了好多次的地方。”

说真的，衣柜这个躲猫猫的好去处，跟舒盼有着不解之缘，想想她跟陆辰良第一次见面，就是在衣柜里。

舒盼叼着油条，大步走进卧室，走到衣柜的边上，轻轻敲了几下：“杜攸，你在我面前有什么好躲的，快出来吧，反正我也猜得出来你跟徐喻铭有奸情。”

里头的杜攸沉默了良久，半晌过后，终于有了点动静。她缓缓地来开门，义正词严地举着徐喻铭咬过的半个包子："不是奸情……我们那是……纯洁的恋爱关系……"

很显然，被抓包的杜攸只好缴械投降，交代了她与徐喻铭的交往进度，而对此早有察觉的舒盼已经见怪不怪了。

陆辰良贪恋舒盼的温香，一脚将两个电灯泡踹了出去，丝毫没有这原本就是徐喻铭房间的觉悟。

舒盼和陆辰良分了一份早餐吃，本来陆辰良是预谋了一场饭后运动的，结果负责任的娄晓楼连环电话打来，逼着舒盼去补觉。

尽管娄晓楼认为，有陆辰良在，舒盼这睡眠多半是很难补回来了。

娄晓楼走后，舒盼趁陆辰良和易南打电话的时机，迅速换了睡衣扑到床上，大被蒙头躲起来："我要睡了，我要睡了……"

陆辰良觉得舒盼自我催眠的样子十分有趣，他坐到床边："真要睡了？"

舒盼把脑袋从被子里探出来一点："我下午真的要拍第一场戏。"

陆辰良叹了口气，他躺到舒盼的身边，伸手过去给她枕着。舒盼心安理得地往陆辰良身上蹭了蹭，每次都能在他身上闻到一股很安心的味道。

陆辰良抱了抱舒盼，隔着一层薄薄的空调被，感觉舒盼像个小狸猫似的缩成一团，可爱得紧。他一下下拍着舒盼的后背，就跟哄小孩子似的："不怕，到时候我陪你。"

舒盼困扰的却完全不是这件事情："你说杜攸跟徐喻铭是怎么到一起的……"

陆辰良笑了笑，唇畔扬起一抹好看的弧度："许珊怎么跟易南看上眼的，你不是到现在也没想明白吗？"

这倒也是。

难道说这些事情都是她跟陆辰良无意之间牵了红线？

舒盼眯着眼，她以前还有过杜攸也喜欢易南的猜想，幸好只是她随便脑补一下，不然就这段三角关系，估计够许珊喝一壶了。

她蹭得累了，抬眸看着近在咫尺的陆辰良。几天不见，不知是错觉还是什么，舒盼发觉陆辰良好像看起来更顺眼了一点。

她摸了摸陆辰良的下巴，含含糊糊地道："原来是没刮胡茬儿……"

从他赶过来这么久，他们似乎还没好好看过彼此。

陆辰良抓着舒盼不安分的小手，声音低沉："难看了吗？"

舒盼有点困了，她点点头，又摇摇头，最后在男人的下巴上亲了一口："就是老了点，本来你比我大一点点，现在看起来又大一点点，所以结论是——陆辰良先生，在小鲜肉辈出的电影界，你在一点点失去竞争力，哈哈。”

陆辰良被她亲得心底犯痒，巴不得现在就把她抓过来好好整治一下。但他自己就是个导演，想到《大漠英豪》虽然是林琛监制，但是给徐喻铭增加障碍，似乎有些不太道德。

陆辰良脑内还在天人交战，舒盼却已经从他的下巴亲到了喉结。她有时候就很好奇，上帝造物的时候怎么会这么偏心，陆辰良的长相已经有充分的诱惑力了，还是个低音炮……无论在哪里，只要他跟自己咬咬耳朵，她就感觉整个人都酥掉了，简直叫人欲罢不能！

陆辰良的喉结动了动，他身上的某个部位已经开始按捺不住：“盼盼，你早晨吃饱了吗？”

舒盼的吻还在对陆辰良的锁骨进发：“应该算是吃饱了吧。”

“很好，那就轮到我吃了。”

下午两点，娄晓楼开车接舒盼到片场定妆，她不知道舒盼到底有没有听话乖乖去睡，但至少脸色看起来尚算不错。

陆辰良故意提前一步离开了，他找副导砚一同去片场，以免给舒盼带来不必要的麻烦。

娄晓楼见到陆辰良还算处处为舒盼考虑，总算松了一口气。

比起小欢不断撮合两人的态度，娄晓楼一直有点矛盾：一方面，她希望陆先生能够继续跟舒盼亲亲热热，毕竟他是嘉扬的老板，有这个后台在，舒盼以后的路不会太难走；但另一方面，陆辰良花心的名声远扬，如果哪天再换新欢……她怕舒盼会受到不小的打击，甚至从此一蹶不振。

舒盼才不知道她这些细碎的小心思，小口小口地喝着酸奶，稍微翻了翻电子版的行程：“今天原著书迷几点会来现场啊，我想空个时间出来给他们拍拍照。”

她自从拿下唐笑这个角色以来，就在自己盼盼熊猫那个账号上跟好多《大漠英豪》的原著粉丝聊天。

林琛开拍的时候打的是“高度还原原著”的旗号，因此书粉、剧粉他想要两手抓，对于舒盼这样热络联系书迷的做法，也就没有横加阻止。

舒盼总结了一下书迷对还原唐笑的几个要求，其中呼声最高的，就是希望能把唐笑第一次女装出场时那一身白衣金带给拍出来。

娄晓楼见舒盼兴奋得跟小孩似的，不由得出声提醒她：“你和丁然拍完定妆照，会放一拨人进来。前几天乔楚都已经发了照片，这次你可不能再落下了。”

舒盼喃喃地念叨了一句：“这种事情，我跟她争先后没意义啊……”

娄晓楼是个时时刻刻微博都不离手的人，前几天乔楚一发定妆照和片场的照片，就引起了不小的关注，她见状有点吃味。

主要是林琛已经故意控制着官宣的消息好几天了，谁都看得出来，为的就是给这位新版的阮清颜造势。

娄晓楼免不得又嘱咐了舒盼几句："你跟书迷搞好关系是好，但是你千万别得罪林琛。林监制也就是嘴上说说要尊重原著，我私底下打听过了，他是十足的八五版本剧迷，到时候造型上肯定会模仿那个版本。"

这点才算是说到舒盼心坎上了，她目前考虑最多的也是这个。如果林琛连造型都想照搬剧版的，那徐喻铭肯定要爆炸。而且从目前服装师发来的样板装来看，众人最喜欢最期待的那件白衣金带的造型，还迟迟没有露面呢……

她真是搞不懂号称要还原原著的林琛，这次怎么就跟中邪了一样，偏偏什么都跟原著反着来。

舒盼到片场的时候，感觉气氛还是不太妙，因为除了助理级别的几个人以外，她几乎没在片场找到一个导演组的人物，包括陆辰良。

娄晓楼没作声，她猜八成是导演组内部又闹矛盾了，只让舒盼乖乖坐到丁然边上去等化妆。

舒盼之前看过今天唐笑的定妆造型，整体风格呈现出宋、元两朝交替时期的元素。但相比之前她在《巾帼》里明朝的造型，要青春活泼得多。一是因为唐笑的年龄的确更小，二则是因为这戏拍的是武侠，江湖儿女的服饰与宅门之中的女子大有不同。

乔氏的造型属于中年妇女那一款，颜色多以青白两素色搭配，常常是里一层外一层交叠着，下衣百褶，上衣连襟宽袍。

而唐笑的服装多以白衫短打为主，轻便俏皮，也更符合她古灵精怪的人物形象。

丁然跟舒盼打招呼，他的服装已经换好了，因为皮肤比较好的缘故，妆容也画得比较轻松，助理小哥只是不停地在边上叮嘱他记得多涂唇膏，不要手贱。

舒盼都看乐了，原来丁然有个坏毛病，就是容易焦虑，一焦虑就拿手去拉嘴唇上的死皮。为防少女杀手方哥哥在高清镜头下的形象破灭，助理和化妆师简直是操碎了心。

丁然一边不情不愿地抿嘴唇，一边抱怨道："你看吧，还好我跟你没有吻戏，不然还得了，你肯定也得天天关注我的嘴。"

舒盼凑过去仔细看了看丁然，本来是想调侃一下他手贱的毛病，却忽然感觉有些不对劲。看丁然的这身打扮，似乎不是她台本上写好的第一场，在通湖这个地方，方旭第一次见到女装的唐笑。

徐喻铭认为第一场安排这个最好，后头再慢慢倒回去拍之前两个人的相遇，培养感情。

可现在看丁然这架势，似乎情况又有变化。

舒盼对林琛这种反复无常的变数感觉有些郁闷：“是第一场的内容又改了吗？可定妆照总是要拍的吧？”

丁然点点头，也是一副为难的样子：“是要拍，第一场改成你曾经试镜过的那场了，就是唐笑还是小乞丐的时候。”

舒盼一头雾水：“不对啊，当初商量的时候，不是说第一场还要拍外宣海报的吗？书粉可是对那场通湖定情的戏很期待的。”

丁然感觉这件事有点说不出口：“你是说那件白衣金带的打扮吧……唉，我听砚一说似乎是被制片去掉了。”

舒盼推开椅子，一下站了起来，生平第一次感觉自己心跳都要气得漏拍了。

什么？林琛居然能想出来这么损的点子，把女主角唐笑的这件衣服都给省掉了？

丁然被舒盼的怒气给吓到了。虽然舒盼比他大一点，但他其实很少见到这个萌萌的小姐姐发火：“你别太激动了，除了那件白色的，定妆还有蛮多好看的衣服，到时候肯定不会只让你穿那件小乞丐的衣服拍照片……”

他以为舒盼是害怕在定妆照片上彻底输给乔楚。

舒盼扶额，她揉了揉太阳穴，叹了口气，稍微放缓了表情解释道：“丁然，这不是照片的问题，更不只是衣服的问题。你只要想想看，在我们的微博底下，还原唐笑的呼声有多高，就应该能想象，当书迷知道唐笑连一个符合原著的基本造型都没有……”

他们的反弹会有多大！

娄晓楼带着造型师过来了，她似乎是带着徐喻铭的口信来的，徐导的意思是让舒盼别急，先换上小乞丐和其他的裙装造型拍定妆照。

至于导演组那边，现在立刻开会讨论，等下的戏照拍，书迷照见，一定会给双方一个满意的答复。

舒盼感觉这几乎是暴风雨前的宁静，她赶紧给陆辰良发了一条短信，想问问里头混战的情况。

陆辰良立刻回复她：“放心，有我在，打不起来。”

舒盼简直欲哭无泪，偏偏就是因为有你在，林琛才跟打了鸡血似的作妖呀！

徐喻铭不得已以剧场时间安排出错为理由，暂时将书迷和主角见面的时间稍微延迟。他感觉自己简直要发狂了，不过是把定好的造型服装交给砚一和林琛去安排，居然还能出这么大的差错！

他用最后的耐心准备客客气气地把林琛请到帐篷里谈判。

“林监制，你最好解释一下，唐笑的那套白衣究竟为什么没了。”

林琛看了看帐篷里的几个人，最后目光落在悠闲的陆辰良身上，心里升起一股不悦：“陆先生，你还真是我们剧组的常客。”

陆辰良一脸无辜地耸耸肩：“这件事情也和舒盼有关，我觉得自己还是在场来得好一点。”

他今天是砚一跟徐喻铭请来看戏的客人，没想到真戏一场还没顾得上看，戏外戏就先看饱了。

砚一生怕徐喻铭和林琛两个人真的打起来，在中间不停地调停：“唐笑服装的问题，其实是我的失误。白衣金带那一套之所以被删掉，原因有很多，也不能都怪林监制。”

徐喻铭冷笑了几声：“怪他，现在归咎到一个人身上有用吗？我就说一句，如果唐笑连那套跟方旭初见定情的衣服都不能按照原著好好来搞，这戏多半也就糊了！”

面对徐喻铭强硬的态度，林琛也横眉怒对，主要是这时候陆辰良也在边上，他自然不愿意显露出丝毫的退让：“徐导，你应该清楚，这不是一套衣服的事情。后期的造型你也看过了，唐笑那么多动作戏，配的都是短打上衣，这套白衣的利用率这么低，我认为根本就没有必要。”

两人就这么当面吵开了。帐篷里另一个负责唐笑服饰的造型师感觉自己也很头疼，她已经是这个组里换的第三个造型师了，就因为不能够同时满足双方的要求——徐喻铭是原著死忠党，而林琛明显是个脑残剧粉。

而这一次，导演和制片的争执更将直接决定这位造型师的饭碗能否保得住。

徐喻铭被林琛的理直气壮气得不轻，他火气上来，一拍桌子，毫不客气地骂道：“什么叫作没有必要？林琛，我问你，现在是资金不够了吗？资金短缺到要亏女主角的一件衣服了吗？”

徐喻铭此言一出，场面顿时变得难看起来。

几人在尴尬的沉默之中度过了十几秒，徐喻铭和林琛互相甩脸子，几乎到了谁也不让谁的地步，直到砚一的手机铃声打破了这种压抑的气氛。

砚一有些尴尬，他到角落接了电话，这才得知保安那边之前不小心放了一拨书迷进来，他们吵着要进来。保安既担心剩下的在外头闹，又不方便赶人，这才打电话找到了副导演这里。

徐喻铭知道不能破罐子破摔，如果让保安直接放人进来，至少林琛这场“还原原著”的戏码是做不下去了。但舒盼那边现下还没有个交代，总不能让人家陆辰良在这里眼睁睁地看着他的女人接二连三吃亏吧？

砚一的电话索性按了公放，只听得那头的保安不知道抽了什么风似的，一口气将所有的书迷都放了进来。砚一不由得怪叫道：“你的意思是，舒小姐和丁然已经在和书迷拍照交流了？”

电话那头的声音十分嘈杂：“舒小姐……她说……说是没有问题，交给她来解决。”

林琛面上神色一紧，拍案怒道：“胡闹。她能解决什么，难道就是剧组里少了一件衣服，还要急着召告天下吗？”

徐喻铭不胜其烦地摆摆手，让砚一和保安挂了电话，先出去看看情况再说。

等砚一走后，沉默着的陆辰良终于开口了，他黑白分明的眸子里透着清冽，对林琛沉声道：“林监制，如果只是这一件衣服、一场戏没办法协商解决，那很好办，大可以在后期补上这件衣服，把唐笑白衣出现的部分一次性拍完——”

陆辰良的话还未说完，林琛的嘴角便勾起了一抹冷冷的笑意：“陆先生，徐导和砚一都在这里，我想怎么拍这戏还轮不到你来安排吧？”

“你我都很清楚，问题始终不在这么简单的东西上。林琛，你不妨直接告诉我，华奥到底答应多给你加多少投资？”

一针见血。恐怕这场战争起始的根源，原本就是利益。

场外，因粉丝都已经入场，舒盼和丁然两位主角只能硬着头皮先上了，管他导演组婆婆妈妈争执些什么，群众基础才能决定这部剧的未来啊！

舒盼跟书粉的会面，简直就是大型线下交流现场。丁然都惊讶于她怎么能把贴吧和微博上那几十个粉丝都一一对上号。

舒盼回答得很简单粗暴：“他们是我微博的第一拨真粉丝，如果不算新浪贴给我的僵尸粉。”

虽然现在这些书粉都是因为唐笑这个角色才对她有所关注，但舒盼的心里还是很感动的。

他们当中有刚刚上大学的小姑娘，有三四十岁的原著死忠书粉，都是凭着一腔对章老小说的热爱，在网络平台上自发运营着贴吧和新《大漠英豪》的微博关注组。

在一轮的问好和拍照过后，舒盼在自己的微博上发了自己跟他们的合照。

因为是小乞丐的打扮，反而没有了女演员所谓一定要美貌的负担。每一张照片走的都是搞怪的风格，丁然在她边上玩得更开心，似乎完全忘记了他们还肩负着向书迷解释这部翻拍剧究竟是否尊重原著的难题。

微博上，乔楚大概在四天前就发了定妆照，舒盼写话题的时候，不免会看到乔楚微博底下的热评。

“我们乔楚宝宝就是美！”

“这么一看，唐笑在小乔旁边简直是一脸丫鬟样啊……”

“楼上的，你至少还记得隔壁的唐笑长个丫鬟脸，我根本不记得她的样子，存在感为0。”

“话说新版的方旭到底是谁，长得倒还不错，怎么一张跟乔楚宝宝的合照都没有？”

舒盼原本懒得去理会那些故意引战的评论，但几个书粉看了评论以后有些躁动起来，尤其是当舒盼五套服饰打扮都拍过定妆照后，书粉很容易就发现，偏偏没有最让人期待的那套白衣金带。

阮清颜凭什么声势这么大啊，难道这本书把主角三人的感情线改得面目全非，方旭彻底喜欢上阮清颜了？

唐笑的白衣金带是现在还没做出来，还是就这么没了？

这大概是他们问得最多的问题。

舒盼看着书粉们期待的眼神，简直不好意思告诉他们，因为林琛脑子进水，唐笑还真就不能打扮得比阮清颜好看，否则估计他就要在剧情上动歪脑筋，让方旭来个热烈的三角恋。

舒盼咬咬牙，把心一横，不就是原著里唐笑束发用的金带吗，林琛抠门不给做，大不了她自己砸锅卖铁做一套去。

娄晓楼感觉舒盼要说什么了，但她没来得及拦住，舒盼就斩钉截铁地对书粉承诺道：“衣服会有的。如果没有，我自己出钱做。”

那敢情好啊！

这可把原来就对舒盼有好感的几个书粉给感动坏了，可娄晓楼对这个做法表示不赞同，赶紧进行补救，让书粉们暂时别把舒盼要自己出钱做金带这件事情说出去。

演员自己出钱做戏服，说出去舒盼是立了形象，可生生是在打林琛和徐喻铭的脸啊。

好在这件事情只是一个小插曲，书粉们“临幸”了一会儿舒盼之后，又开始对丁然有了浓厚的兴趣。这个新版的方旭平时几乎不在微博上出现，倒让人更加好奇。

有个二十岁出头的姑娘兴奋得小脸红扑扑的，她对丁然很有好感，一口一个方旭小哥哥地喊他。连带着边上四十岁左右的阿姨也少女心泛滥，除了跟丁然握手以外，还猛地来了个熊抱。

丁然的小助理还很年轻，他的第一反应是上去拦着。娄晓楼好意地拉了小助理一把，她之前处理过这种情况，细节之处见真心，这种情况下如果贸然上去挡着粉丝和丁然接触，肯定会给他降低好感度。

丁然被抱得愣了愣，显然是被这种热情吓坏了，但他很快就镇定下来，非常暖男地回抱了对方一下。

《大漠英豪》的贴吧小吧主是个二十五六岁的小年轻，他对舒盼这一版的唐笑期待值很高，于是大大咧咧地对丁然提问道："就新版的人物来说，阮清颜和唐笑你选哪一个？"

他刚才已经把乔楚和舒盼的照片挑了几张，在贴吧和微博都发起投票，不到一会儿，已经有小几千人投票了。作为男主角，丁然的回答当然也很关键。

丁然几乎是不假思索就回答道："我？我选舒盼。就目前我看到的剧本情节而言，编剧是很尊重小说的。没有删减，只有适当的添加，方旭肯定是只对唐笑有男女之情的。但我个人吧，觉得选舒盼就足够了，她是唐笑和阮清颜的综合体。"

舒盼实在是没想到丁然这次会回答得这么好，她略感惊讶，难道这孩子之前隐藏得那么深，其实还是个会说人话的。

小吧主非常有内涵地笑笑，一直举着手机录视频，把两人的反应全数都记录下来，发了一条即时的小视频。

娄晓楼负责把这些可爱的探班书粉一一送出去，舒盼松了一口气，她偷偷问丁然怎么会这么明显地帮自己说话，这要是传到黎剑辉耳朵里，不大不小肯定也是一场地震。

丁然一拍脑袋，一点也不走心地在脸上演出"懊悔"两个字："哦，我给忘了。"

舒盼哭笑不得："你不是说一点都不想卷到我和乔楚的战场上吗？现在就打脸啦？"

丁然觉得瞒不住了，他叹了口气："舒盼，如果我现在告诉你，其实一开始华奥就联合了乔楚，一门心思要在你身上搞事情，你会不会对我生气？"

舒盼丝毫不惊讶，她的脸上带着淡淡的嘲讽："我怪你有什么用，反正这件事情，我也大概知道是某个人做的了。"

是黎剑辉。

她想到应该是黎剑辉和乔楚本人在捣乱，估计还绕过了成信传媒的席钧尧。

“我不生气，以后这事情我们就一起假装不知道。你私底下还是少帮我说好话，尽量别在华奥那边难做，也别把你的粉丝推出去当枪使……”

舒盼一点也不希望丁然跟以前的许珊似的，在华奥那个地方，因为自己的牵连，星途走得磕磕绊绊的。

丁然原本低垂着眉眼，活像个做错事情的孩子，但如今听舒盼这么一说，他忽地抬起了头，那双灿若晨星的眸子直勾勾地盯着舒盼，有一种说不出的兴奋和感激：“我就知道自己没选错！”

他说完，张开双臂就给舒盼来了个拥抱。

丁然一直觉得女演员之间的艳压之说，本就是一场不见血的战争。他刚进组的时候，同公司的前辈黎剑辉就提点过他，不要跟舒盼走得太近。

黎剑辉的说法是，在《大漠英豪》这剧里，大火的女性角色只会有一个——那就是乔楚。

他一开始想不明白这其中的关节。

直到前几天华奥传来要给剧组加投资的消息，附加条件也很简单，就是要把方旭和阮清颜的支线完整地拍出来。他这才渐渐地想清楚了，出于某种私心，黎剑辉是要让他和女二号一起排挤舒盼，甚至是最好能让他的粉丝也都变成舒盼的黑粉……

但丁然实在是不忍心让自己的粉丝做那脑残的事情。

舒盼的本意是对丁然实施怀柔政策，然后再挖点什么内幕出来，没想到丁然这一抱反而打乱了她的节奏，原本想问的倒是不太好意思问出口了。

舒盼想到自己那个半大的弟弟舒凡，她僵硬的双手渐渐软化下来，大大咧咧地拍了丁然的后背两下：“抱够没？这么大一个人了，还以为自己是宝宝啊……”

丁然感觉舒盼身上充满了母性的光辉，他抬眸正想多说几句，忽然被一阵突如其来的寒意打断了思路。

他抬眸一看，见着徐喻铭一行人正朝着自己这边踱步而来，为首的男人目光森寒，神情严肃，英挺的鼻梁上架着一副乌金边眼镜，细看之下，却并非是导演组当中的人。

竟然是已经许久不见的陆监制！

陆辰良走到两人边上，居高临下地盯着丁然，话声冰冷：“你们对的这是哪一场的词？”

舒盼听到这声，几乎是本能地把丁然单手直接推开了，猝不及防地站起来：“是、是……唐笑快死了的那场！”

徐喻铭睁一只眼闭一只眼，吩咐所有人就位准备开始拍摄。他刚才和林琛进行了一场事关剧组存亡的谈判，倒也没兴趣去欣赏陆辰良这头的修罗场。

陆辰良的唇角勾着一抹冷笑，轻轻搭了搭舒盼的肩膀：“好好演。”

他说罢这三个字，便随着徐喻铭扬长而去。隔着两人背后一段距离，林琛不紧不慢地走着，他的面色比起陆辰良还要阴郁上几分，经过舒盼身侧的时候，欲言又止，最后还是沉默着走远了。

丁然刚才被舒盼一下推到边上，现在见这一行人举止各异，心中更是有点茫然：“盼盼，是我的错觉还是什么，为什么导演组几个人看我们两个的眼神都这么可怕，尤其是陆先生？”

舒盼的内心简直要哀号啊，别人她是不知道，但陆辰良，那分明是捉奸的眼神啊！

女主唐笑和男主方旭的第一场戏，号称要完成第一部力作的林琛竟然根本没来片场，怕不是在刚才那场战争里成了败军。

陆辰良乐享其成，光明正大地坐在徐喻铭的身边看戏，砚一站在监视器边作乖巧状，所有人准备就绪。

场务上前打板，舒盼的第一场戏就在这么尴尬的气氛里开始了。

舒盼对原著的熟悉程度比丁然要高一点，这场戏的时间线大概是在方旭初识唐笑的女子身份之后，两人共闯形势复杂的地宫，兵分两路，为中毒的方旭寻找灵药。

除了唐笑焦心于方旭伤势的一段剧情以外，两人都有各自的武打主线。

上镜准备前，丁然的脸上打了一层白粉，整个人看起来都虚了不少。他开玩笑似的搭在舒盼肩上，边演虚弱边对台词，舒盼只好求着这个小祖宗别动手动脚，否则她怕自己这第一场演下来，今晚就要直接废在某人的床上了。

徐喻铭喊了声：“Action。”舒盼便小跑到饰演方旭的丁然面前，伸手搀扶住他。

丁然虽然是个新人演员，但这种文戏还是很过得去的，他看似半个身子都搭在舒盼的身上，实则重心稳得很。

唐笑眉间紧蹙，费劲地架着方旭朝林中深处逃去，她时不时朝背后张望，似是担忧后方的追兵赶上。

监视器的画面当中，舒盼神色之间满是忧虑和愤怒，那张娇俏白皙的小脸上五官都挤在了一起，张口便骂道："那些肖小也配叫五绝？居然暗箭伤你，还在利刃上淬毒残害小辈，简直无耻！"

方旭面色惨白，单手紧捂着胸口："那五位前辈的身形诡异得跟寻常练家子没有一点相似之处。他们功夫这么高，可惜为奸佞势力所用……"

唐笑跺了跺脚，她已经气极，她最看不惯方旭待人总有三分敬意两分好意，声线里带着点颤抖："这都什么时候了，你还帮着害你的人说话。什么五位前辈，我看就是五个钻地洞的老鼠臭虫，惯会在那地宫里躲着咬人！"

方旭开口正欲再说些什么，却猛地咳嗽了几声。

丁然刚才跟舒盼约定好咳五声，他就立刻咬破藏在牙齿间的血袋，这是演出受伤中毒的标准套路。没想到演得重了，他没来由地吞了一口血浆，真把自己呛到了，追着咳嗽个没完没了，感觉自己的肺都要咳出来了。

舒盼有点看不出丁然的章法，但导演也不喊卡，她只好自由发挥，伸手过去，一下下帮丁然拍着后背顺气。

丁然咳得昏天黑地，好不容易缓了口气。为了弥补刚才的失误，他很快地使了个小聪明，抓紧了舒盼的手，反扣过来十指相对，趁机示意舒盼自己要吐血了。

舒盼心领神会，这时抬眸凝视着丁然，时机把握得恰到好处，正好能看到一缕血迹自他的嘴角缓缓地淌下。

镜头下的唐笑表情纠结，她的心肝好似都跟着少年加重的伤情紧了紧，更用力地将方旭的手臂搭在自己肩上，几乎是半背着少年了。她抽了抽鼻子，极力忍着负面的情绪："你这个笨蛋。"

徐喻铭给了这个镜头大特写。唐笑的那双妙目氤氲着水汽，往日里娇俏刁蛮的气韵都少了几分，有的只是一汪柔情，她看着方旭无故受伤中毒，心疼得一秒泪洒当场。

丁然被舒盼眼底的情绪震撼了，以他演戏的经验来说，女演员大部分都是能哭的，但难就难在怎么能哭得不出戏。他之前揣摩过，唐笑和方旭最重要也最难演的就是年轻的感觉了，毕竟他跟舒盼早就过了十五六岁的年纪。

要是真找十几岁的小朋友演感情戏，肯定会触犯众怒，但是像他们这样二十岁出头的人，如果演不好，肯定会被人指责装嫩。

舒盼哭得可真像极了小女孩啊……

一颗豆大的晶莹泪珠直打在丁然的虎口上，他有些恍惚，不由自主地伸手去擦舒盼的脸蛋，手上的血迹蹭到舒盼粉嫩的面颊上，舒盼别过头去，用手背拼命抹掉脸上的血迹："看什么看，没见过女孩子哭吗？"

方旭的下一句台词，应该是宽慰唐笑只要找到解药，自己很快就会复原，但丁然有点魔怔了，他结结巴巴地道："别……你别哭了，我、我答应你以后不受伤好不好？"

徐喻铭感觉有点意思，丁然和舒盼这段，说不上是很成熟的感情戏，但放在方旭和唐笑身上就很恰当了。两个人情窦初开，方旭就是个不会说话的傻小子，唐笑则是个有玲珑心思的妙人。

还真有那么点青春期里早恋的感觉。

砚一对徐喻铭的这个说法深以为意，他一拍大腿，喃喃地道："我有预感……这片子剪出来，舒盼这种少女风，肯定会成为新一届直男杀手。丁然年纪小一两岁就是好呀，感觉不上滤镜都跟偶像剧似的。"

他刚说完，就没心没肺地转身想从陆辰良那里找找意见，却觉得脖颈后头一阵说不清道不明的寒意，只见得陆辰良的眼神，似乎还停留在回放画面中的舒盼和丁然身上。

老师难道有什么特殊的意见不成？

砚一坐在一边虚心求教，陆辰良头也不抬，直接把砚一怼了回去："砚一，你搞清楚自己要拍的是什么没有？如果要拍武侠偶像剧，根本轮不到丁然。"

徐喻铭赶紧擂了砚一这傻狍子一拳，没看到我们陆先生的眼里都已经快射出激光把丁然扫成灰了吗？上赶着让他评价情敌，这不是找死是什么？

第一场戏拍完，娄晓楼给舒盼领盒饭，她和丁然的小助理显得异常兴奋。

舒盼以为娄晓楼跟以前的小欢一样，都是给陆辰良助攻的，没想到娄晓楼一门心思扑在她的事业上，连陆辰良满满写了一脸的吃醋都看不到。

舒盼拨拉着碗里的青菜，无精打采地问道："不是陆先生找我，那你到底激动什么……"

娄晓楼一把将舒盼的筷子拍在桌面上："亲爱的盼盼，未播先火你知道是什么意思吗？你和丁然都在热搜上半天了！"

丁然比舒盼要激动得多，他连夹的红烧肉都顾不上吃，赶紧把娄晓楼的手机拿过来看。

热搜第一名是"顾千千、秦隽"，依次看下来，第五名就是"《大漠英豪》高度还原原著"。

丁然的小助理摸了摸后脑勺："不是……这也没有丁然和舒盼什么事啊？"

娄晓楼摇了摇头，一副恨铁不成钢的样子："微博第五的位置一向都是买的好吗？肯定是林监制花钱了，要往底下看才有用。"

她把屏幕往下滑动，到了热搜的第七条话题“丁然女友系嘉扬传媒新人”。配图第一张就是丁然和舒盼，点进去居然还是一张拥抱的高清动图。

舒盼惊得筷子上夹的青菜都掉了：“这谁拍的？”

丁然完全跑错重点，一边喝汤一边点评照片道：“拍得不错啊。没想到喜欢我们两个的粉丝里头还有这种高手，就修个侧脸的图，能达到我健身一个月的效果。”

舒盼看着丁然自恋的样子，她很想扑上去摇醒这人，他们两个就这么不明不白地被组了CP炒热度，黎剑辉能轻易放过他吗？

丁然把心放在肚子里，坦然处之：“哦，难道他还能吃了我不成？他能不知道跟女演员炒作，吃亏的基本都不是男人吗？”

舒盼被这话一下子惊醒了，她现在担心什么丁然呀，陆辰良那边本来就已经过不去了，现在又蹦出来一条，这还让不让她活了……

丁然的小助理推了推自家二傻子：“你这么实诚地说出来，人家姑娘心里该不舒服了。”

丁然自觉失言，刚想道歉，舒盼却忽然站了起来，重重地把不锈钢碗筷放在桌上：“我不吃了，去找找徐导他们。”

舒盼决定了，攘外必先安内，管他是谁要炒CP，她都要过去团结一下陆辰良——否则这日子没法过了。

娄晓楼的话还没说完，她知道舒盼是想去找陆先生，于是也不太方便跟上，只犹豫了十几秒，舒盼就迈着大长腿跑开了。

丁然又刷了几下手机，忽然哇哇乱叫起来：“哎，这下边怎么还有舒盼的热搜呢，她这是要火的节奏啊！”

娄晓楼看着舒盼的背影很惆怅，其实她最有成就感的，就是这下面的一条。她给小欢发了个短信说明情况，乔楚和舒盼两个人在虎扑和贴吧的票选结果出来了，舒盼以一票的优势稳坐方旭老婆的位置，现在微博已经被直男包围了。

此时的陆辰良正坐在舒盼的保姆车里吹暖气休息，尽管那一点暖气根本没办法缓解他现在的透心凉。

林琛对舒盼的刻薄对待，乔楚处心积虑要压着舒盼一头，这些都不足以让陆辰良皱一下眉头，毕竟他来这一趟就是要帮她担着这些事情。

刚到片场，舒盼为了拍戏的状态不跟他亲热，他忍了；林琛跟个刺头似的给他添堵，他忍了；丁然自己给自己加戏，徐喻铭看在眼里觉得适合电视剧人设，他也忍了。

可现在丁然上赶着跟他的女人炒CP，这算个什么事情？真当他是死的吗？

陆辰良关了手机，刚才看着热搜，心底就升腾起一阵烦躁。其实以发散思维想想，舒盼都算是个有实力的新人了，还是避不开跟男主角捆绑消费，那嘉扬传媒里其他没点能力的流量小花，可不都只能靠搞花样了吗？

造反，这是要造反！

陆辰良的眼里仿佛燃烧着小火苗，他都能预见到舒盼以后跟各色各样的人传绯闻了。顾千千就是一个很好的例子，秦隽那么一个在爱情上不让步的人，结果还不是被吃得死死的……

这可不行，同样的事情，绝对不能发生在自己身上！

舒盼从车背后绕出来，她火急火燎地左顾右看，在确定了周围没人以后，这才敢开门上车。

舒盼深吸了口气，陆辰良正坐在后排阴着脸继续沉思，她有点狗腿地迎上去："陆先生，听说你为了我和林监制吵架了？"

陆辰良抬眸，唇畔扬起一丝冷笑，语气清冷："你来谈公事还是私事？"

舒盼被堵得一滞，到嘴边的那些讨饶的软话忽然就说不出来了，她有些委屈巴巴地道："要不先谈公事？"

陆辰良"呵呵"了一声，这次连头也没抬："谈公事，我现在没心情。你让娄晓楼预约好时间，回嘉扬办公室我们好好谈。"

"那……那谈私事行吗？"

陆辰良的眉眼彻底沉了下来。

"行。那你仔细想想，丁然是先用哪只手抱的你？"

舒盼被男人阴郁的表情吓得抖了抖，她干干地问道："你……你问这个要做什么？丁然不就是个没脑子的大男孩吗？我拍戏难道还能一点都不跟男演员接触，你自己是导演，怎么这弯还能把自己绕进去？"

大男孩？谁？丁然吗，呵呵！

陆辰良听舒盼居然还能抽空为丁然辩解，他自然气得不轻，一双黑眸深深凝视着舒盼，仍是冷笑着道："你该庆幸，我除了的经纪公司的老板，还是导演，最后的最后，才是你幕后的男朋友。"

自从她离家出走回来后，陆辰良还没用这么坏的态度对待过她，舒盼心底的满腔委屈和怒气忽然也冒上来了，她提高了音量："陆辰良，我们还能好好说话吗？还是你根本就不相信我的忠诚啊？"

情侣吵架，情绪上来了，哪里有什么逻辑可言，本来就是一声压过一声的。可陆辰良偏不，他一冷下性子来，连话都懒得再丢给对方半句。

于是车厢里的气氛陷入了谜之沉默。

舒盼的眸子里不禁浮起一层水光，又来了，陆辰良又这样故意冷着她了，这人就是不讲道理！

陆辰良看着舒盼这副委屈小媳妇的模样，就差没跟个真的兔子似的长出一对耳朵来让他顺毛，他几乎要绷不住这张冷面了，他语调上扬，似笑非笑地道："忠诚？你准备怎么证明自己的忠诚，就靠嘴说吗？"

舒盼感觉到陆辰良情绪的变化，她揉了揉肚子，小声抗议道："能不能让我先吃饱了再证明啊，别说是用嘴说了——"

陆辰良余怒未消，装作听不懂的样子："哦？"

她红着脸，顾千千说得有道理，男人也是要哄哄的，就是这方法用得不一样。她费劲地朝陆辰良那边挪了挪位置，那只软软的小手，不管不顾地顺着男人的大腿内侧摸了上去，朝着某个不可描述的地方摩挲了几下。

"用嘴做点别的也行啊。"

不大不小的空间里，满室旖旎。

片场持续热火朝天地开展工作，演员们如火如荼地穿行于A、B两组赶戏份。

徐喻铭苦心给丁然做了前情提要，然后把他丢到B组去交给砚一了，重点还是在唐笑这头。

按照一般的武侠小说套路来说，主角围攻的戏份肯定是免不了激战的。但章老师笔下的妙处在于，两个主角都是成长类型的人物。

这场地宫的戏份里，虽然有几人打斗的场面，但主要展现唐笑身上的一个"智"字，她在五个门派各异的小先生的围攻之中还能全身而退。

唐笑的个人戏份里，这场戏是很吃重的，毕竟是女主角在全剧中第一次大显身手。而这些小先生之中，还包括一位全程追着唐笑，带着痴汉属性的翩翩佳公子宁无极。

饰演宁无极的演员是近几年从网剧里火起来的魏子扬，他面相清秀，身段很好，最大的优势是从小练跳舞，吊起威亚来演打戏的时候，简直神似《卧虎藏龙》里的李慕白，那姿态气质还真不是一般男演员能驾驭的。

魏子扬已经穿好了设备，他笑着和舒盼聊天："第一次演打戏吧？紧张吗？"

"不紧张。"

舒盼只回答了短短的三个字。她听陆辰良说这场打戏林琛会全程观看，所以更是一点也不想露怯。

魏子扬笑了笑，笑容里有种云淡风轻的味道："你这小姑娘倒不服输。等下起来的时候别逞强，头几次身形被压得不好看也是有的。"

他今天的装扮是件锦绣绸缎的白底青衫，从镶金线的腰带到短靴，整个人看起来神采奕奕，尤其是侧脸，有点像影帝沈淮清。

原著里的宁无极是个二十七八岁的白衣佳公子，容色无双，是无数少女放在心尖尖上的人物，然而这位少爷偏偏就是缠上了不对他动情的唐笑，几次横在唐笑和方旭之间制造障碍。戏外的魏子扬是个非常低调的前辈，除了对戏之外，和片场的女演员鲜有交流。

舒盼吐了吐舌头，俏皮地回嘴道："可一次就完成的人也不是没有啊。"

她拍打戏前从几个熟人那里取过经。

顾千千的意思是她恐高，这方面是无能为力了，但是同公司的沈夕大大简直霸气，最喜欢的就是拍吊威亚的打戏了，下场之后能兴奋好几天，不仅完成度高，而且还直呼好玩。

许珊就短短的几个字："量力而行，保命要紧。"

杜攸更绝，她没亲自回复舒盼，转了几个链接，都是明星吊威亚导致断手、断脚、毁容的新闻，舒盼连点进去的胆子都没有了。

最后检查现场安全设备的时候，徐喻铭还紧张地站起来张罗。林琛找了位子在陆辰良边上坐下，戏里是小角色围攻唐笑，戏外的战争却也不比戏里的逊色。

虽然林琛的面色已经缓和了许多，但他仍然将陆辰良视为不速之客。

陆辰良刚刚有过温香软玉的体验，心情大好，懒得理会林琛的低气压。相比之下，他还是更关心舒盼的打戏。看完这几场戏，他后头的日程就真的排满了，不能留在小狸猫身边陪着她了。

怎么想都有点遗憾……

徐喻铭很快便招呼着开拍，魏子扬和舒盼已经各就各位。

这段剧情里，唐笑和五个喽啰斗嘴调侃，她双手叉腰，一双明眸灵动异常，顾盼生辉，歪着脑袋对为首的宁无极骂道："我当是什么顶好看厉害的人物，称得上江湖五绝，原来不过是五只乌龟。"

魏子扬将折扇大开，于掌上平转半圈，语带轻佻之色："哎哎哎，这位姑娘此言差矣，莫不说这四位老人家'四绝'的封号也不是他们贴金自封的，我宁无极还不敢沾光，多添一绝。"

唐笑撇撇嘴，一派天真的少女模样，她将食指轻轻滑过面颊："哎呀，原来你也是知羞的，这就知道自己还比不上那乌龟小。"

站在宁无极背后的两个喽啰忍不住了，叫嚣着便要上来比画。

从这里开始，唐笑的动作就来了，她和宁无极打赌在酒桌上比武，谁出了这个圈谁就算输。她不仅要灵活地回避着宁无极的攻击，还有一系列超大的特写——从飞身转圈上酒桌到隔空倒酒，再到将玉碗稳稳地端在脚面之上。

两个武术指导站在舒盼的边上，先帮她完成飞身转圈这个动作。舒盼的腰肢很软，转圈的力道却不足，反复几次都只转了个半圈，只能尴尬地卡在空中，动弹不得。

她总算知道了这吊威亚的厉害。

舒盼虽然不怕高，不怕疼，但自己腰间被设备吊着，就是想使劲也使不上，反复几次都不得要领，急得额头冒汗。

林琛见舒盼陷入了焦灼的情况，感觉自己总算找回点场子，他不冷不热地点评道："新人就是这样的。"

徐喻铭正耐心地帮舒盼想办法，每次听到林琛在边上给人泄气，就烦躁得不行，他毫不客气地骂道："哦，你家新人不用练打戏就会飞啊，你真当人家小姑娘是仙女啊，林琛你做人别太浑，我告诉你。"

林琛冷哼了一声："陆先生不帮你给点意见？"他回头一看，陆辰良已经站了起来，但还在原地按兵不动，只叫人把舒盼的助理娄晓楼叫了过来。

林琛以为陆辰良这是心疼舒盼，准备让人喊停了，但他只是把娄晓楼叫出去买饮料，继续任由舒盼一个人在片场扑腾。

一遍……两遍……三遍……

到娄晓楼订了满满一车暖胃的饮料回来请工作人员喝的时候，舒盼已经差不多NG二十次了，却也差不多能将整套动作顺下来了。

魏子扬沉不住气了，他上去拦着舒盼想让她歇一会儿："休息一下吧，你这样用蛮力，不怕自己的腰伤到了，也要想想这设备有多贵。"

舒盼已经累得讲不出话来，她托着腰在边上喘气，只剩一个苦笑。

林琛在边上看着，更重要的是陆辰良也在，她不能输，不能示弱，更不想输，不想示弱。

嘉扬的新人到底是个什么质素，她今天就要身体力行，让林琛睁大眼睛看清楚——她根本不会比乔楚差。

娄晓楼心疼得要死，不止是她，她稍微拍了一小段给小欢看，小欢都在那头叽里呱啦地乱叫，但是心疼过后，她也还是要支持舒盼拍下去。

娄晓楼给舒盼拿饮料喝，偷偷帮她打气。

"盼盼，陆先生有话让我带给你。"

舒盼抬眸，她咬着吸管还在思考魏子扬教她怎么用巧劲做动作，脑子有点迷糊：“他骂我了吗？”

“陆先生说了，有他在，让你别怕。”

舒盼回头猛盯着后方那个姿态潇洒的男人，陆辰良恰好也在看她，他朝舒盼点了点头，嘴角勾起一抹暖暖的淡笑。

他不走过来，没站在她身边，是因为相信她能够应付，这样她能成长得更快。

自从摆脱云芳菲之后，舒盼才真正感觉到自己还有太多的不足要去弥补。她不再是尽力去模仿他人的小狸猫，而是要独立在丛林中成长。

陆辰良正是因为信任，才故意只远观，而不靠近的。

舒盼真觉得自家男人好有爱，如果不是这会儿腰累了，真想扑过去给他来个熊抱啊！

徐喻铭早就知道陆辰良用心培养演员的方式，不会是把她放在温室里养着，而是舍得出嘉扬的脸面让舒盼去练习，这并不是一件容易的事情。

反而是林琛有点看不懂，他沉声对陆辰良问道：“既然你们嘉扬传媒不想专心带艺人，就放到席钧尧手上去，这样舒盼也少受罪。”

陆辰良不欲跟他废话，淡淡地道：“哦。”

林琛这个多年的单身狗除了哄哄小女孩还懂什么，他的女人正打算为事业奋发图强，难道他会拦着？

陆辰良默默的支持，让舒盼越发有了底气，一套动作下来，算是把自己的脸给长回来了。

魏子扬说完台词后，两人顺利结束了这段拍摄。

舒盼累极，武术指导和娄晓楼同时过去帮忙，魏子扬也在边上卸下装备，他有点佩服这个看起来娇滴滴的小姑娘，可他比单纯的丁然显得更有顾虑，并没有贸然去搀扶。

舒盼朝魏子扬善意地笑了笑，他是个好前辈，刚才好几次指点自己，一点不耐烦的意思都没有。

晚饭的时候，陆辰良放弃了徐喻铭那边的位置，主动过来跟舒盼一起吃盒饭。可由于身边还围着些不太熟的人，舒盼只好表面上规规矩矩地吃饭，实则偷偷在桌子下面跟陆辰良打打小动作。

陆辰良面上一本正经地夹菜，底下也不闲着，单手摸着舒盼的腰肢：“勒伤了吧？”

舒盼被摸得一个激灵，往后缩了缩：“我现在知道了飞来飞去的侠女不好做，不过魏老师今天夸我呢，说我担得起原著里宁无极评价唐笑的那句……”

陆辰良往她碗里夹了两块排骨，冷冷地道：“呵呵，这么好哄。”

舒盼很不服气，她边啃着排骨边反驳：“怎么了，人家还说喜欢和我拍打戏呢，说让徐导酌情加一场。”

陆辰良一个眼刀过去：“加什么戏，床戏？”

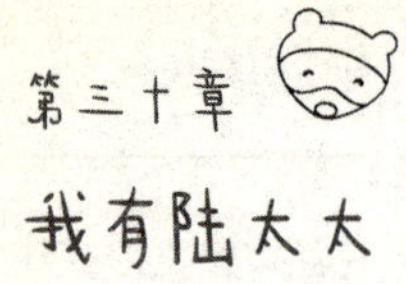

第三十章 我有陆太太

舒盼对陆辰良这样别扭的性子已经有些习惯了。

不知道是不是拍打戏把脑子弄坏了，她居然觉得这样的陆辰良非常可爱。

那句话怎么说的，就是喜欢看你无可奈何又干不掉我的模样……

陆辰良拿了一张纸巾出来，他看着舒盼嘴边排骨的油渍和她那脸上痴痴的微笑，就知道这丫头又在犯病：“你的乐趣原来不在演技的进步上，而全在看我吃瘪？”

舒盼收回心思，做出一副含羞的勾人小表情，眉目含情，乖乖擦嘴：“不敢不敢。小女子我这就是苦中作乐。”

陆辰良眉宇微皱，心尖上那点绮丽的念想，被女人那双温柔得像蒙着一层水雾的眸子撩拨一点点翻滚起来。他重重地抓着舒盼的手腕，在她耳边低低地来了一句：“苦中作乐？我看苦中做爱，更合我意。”

娄晓楼在边上觉得已经要被这对公然虐狗的情侣闪瞎眼睛了，但奇妙的是，周围人基本不往两人身上瞟，难道她家舒盼跟陆先生，看起来就真的一点CP感都没有吗？

魏子扬在边上一言不发地啃花菜，今天的盒饭算是比较豪华了，但由于他接下来有几场在河水里湿身的戏，必须要保持好那六块腹肌。

他见娄晓楼对着一盘红烧肉都能停了筷子发呆，好意劝解道：“多吃点，补充一点体力，不然怎么做人家的助理。不会是陆先生在边上看着，不好意思吃吧？”

娄晓楼朝魏子扬憨憨地笑了笑，换了双干净的筷子，夹了个鸡腿放到他碗里：“魏老师啊，你觉得陆先生对我们舒盼算好吗？从……从一个传媒公司老板对待手下艺人的角度来看的话。”

魏子扬似笑非笑，说了进组拍戏以来和异性说得最长的一句话：“你这么强调老板和艺人做什么，其实这里的人不是看不出来，而是早就被你们嘉扬的人安排过了，多一句都不让声张。我个人觉得，即使是从男朋友的角度，陆辰良做得也算好了。”

魏子扬意味深长的话，让娄晓楼心中的某个困惑茅塞顿开。

结束片场的拍摄，舒盼得以回到酒店那张温软的大床，透着窗帘小小的缝隙，能望见一盏盏星灯在苍穹之中绽放着耀眼的光芒。

舒盼趴在床上，她敷了个新季赞助的黄金面膜，号称什么超强补水，一个晚上能让肌肤恢复少女状态。

陆辰良打完电话进来，见到舒盼那张脸都是金灿灿的，他伸手过去戳了戳：“这是什么鬼颜色，土豪金吗？”

舒盼有一搭没一搭地翻看剧本：“你先别管我的面膜了，陆先生，你帮我抓抓后背好不好，我手都疼得举不起来了。”她这里也痛，那里也痛，偏偏后背有一个地方，怎么也够不到。

陆辰良把手从舒盼的脸蛋上挪了下来，转移向她的后背：“这里？”

舒盼主动挪了挪：“上边一点，就是腰再往上一点……”

陆辰良随手摘掉那副乌金边眼镜，眼睛里盛满了笑意，他修长的手指顺进了舒盼宽大的睡衣里，一路往上：“说清楚一点，到底哪里？”

舒盼打了个激灵，转过身来，咯咯地笑着将陆辰良的手压在背后，她手上抓着剧本晃呀晃：“说不上来，总之就是那一块都痒痒的。”

她怕把男人的手压坏了，虽然身子扑在上头，却还紧着几分力气，陆辰良的指尖在她背后轻轻挠着：“毛病这么多，不伺候了。”

“别啊，你帮我仔细看看吧，我这身上都痛死了，别到时候还过敏了，又疼又痒就要命了……”

舒盼揭了面膜，只顾觍着脸撒娇。她演了小女孩一段时间，身上还残留着那种稚嫩无辜的感觉，觉得会哭的孩子有奶喝这个道理真没错，唐笑为什么那么讨直男喜欢，都是有道理的！

陆辰良的喉间吞咽了一下，他俯身下来，感觉到舒盼那双白嫩嫩的玉足正一点点朝他的腰际盘上去。

“你都穿着怎么看？”

“脱了你顾得上看吗？”

舒盼的身上因为这几天拍戏磕碰得青青紫紫的，陆辰良扒衣服的时候，稍微一使劲，她就疼得猝不及防，只得咬着下唇忍着。

陆辰良看着有点心疼，低头轻轻吻了几下：“做演员不可能不受伤。”

舒盼被他亲得有些难耐，面色绯红，身子一点点滚烫起来，她忍不住哼哼了几声：“你这是在劝我，还是劝你自己啊。我早就知道会受伤啦，再说我做替身的时候，也没少替主演挨打呀。”

陆辰良的温柔远远没有结束，他一路吻到舒盼的耳际，轻咬着她那对因为情欲而几乎红透了的耳垂：“那今天换个你最喜欢的姿势吧。”

舒盼眯着眼睛，感觉整个人都要融化在他少见的柔情里头，趴在床头柔声应着他：“那什么……我都挺喜欢。”

陆辰良在床上一点也不暴力，他只是喜欢那种完全掌握的感觉。他在意她，无论是在床上，还是生活中每个细节，他都想把握。

舒盼很感动，她也急于对陆辰良反馈自己心里的感动，加上被他撩得心花怒放，哪里想得起来身上那点瘀青，只是一味地跟上那种缠绵的节奏。

结果就是陆辰良虽然不粗暴，但是也来来回回用各种花样折腾了她好几次。

两人疯玩了一夜，最后还是舒盼用唐笑那种萝莉音半哭着求饶，陆辰良才放过了她，但到底是让她兑现了那个用嘴证明忠诚度的承诺。

第二天起来，舒盼赖床叫了几声，发现嗓子都有点哑了。陆辰良拉她起来，她迷迷糊糊之间感觉身上居然没那么痛了，有点惊讶：“滚床单还能有止痛的功效？”

陆辰良揉着舒盼脚腕上的瘀青：“科学一点说，跟你想要的苦中作乐是一个效果。你和我在一起的时候，身体会释放内啡肽，这种物质跟吗啡一样有止疼的作用。”

舒盼听得迷迷糊糊的，赖在床上，双手死死扣着陆辰良的腰：“这效果能维持多久啊？”

“没多久，三个小时以内吧。等我走了，估计也就差不多了。”

陆辰良把舒盼整个人抱起来，她轻呼了一声，拿出最后的力气跟一只无尾熊一样攀在男人身上：“那我这不是上瘾了吗？你别走了，留下来负责给我止疼。”

陆辰良笑出声：“道理上是可行，但你确定再来几次不会适得其反？”

他说着便埋头向舒盼的锁骨间，舒盼痒得直叫唤：“天寿啦，陆叔叔都不要我了，现在还嫌弃我不好养了。”

叔叔？

陆辰良听到这个称呼差点没黑脸：“以前没看出来，你这么喜欢大叔和萝莉戏。”

舒盼拿小脑袋轻轻磕了磕陆辰良的下巴：“你说……隔着屏幕，有没有产生那个内啡肽的可能？不然你走了以后试试，陆——叔——叔？”

陆辰良挑眉：“可以试试。”

出去一趟，某些人的胃口真的变大了。

没有依依惜别，陆辰良和舒盼几乎是同时上路的，前者赶往机场，后者赶往新的取景地，陆辰良还有他自己的工作要处理。

舒盼连着发了好几条信息，说巴不得自己的心跟着他飞走，就留个身体在片场演戏。

陆辰良淡淡地点评：“做梦，没有身体，我只要你的心做什么？”

陆辰良走后不久，舒盼自己掏腰包做的衣服到了，束发用的金带是手工缝制的，上面用金线绣了不少花样，白衣轻纱，布料用的都是比较透气散热的材质。

重点是足金打造的金环，这上头的花费让舒盼有一点点肉疼。

但总归是为了还原角色而奉献，而且之前拍广告赞助的几笔费用还留了底子，她现在算是个小富婆了。

徐喻铭对舒盼能有这样的坚持和觉悟，由衷地感觉到欣慰。

原著里唐笑第一次女装打扮，应该算是全书最高质量的现身造型。因此很多书粉都跟方旭一样，被她的女装会心一击，从此在心底就舍不下这个如同白衣仙子一样的姑娘了。

只可惜剧组离开了原来预定好拍定情戏份的通湖，只能在人工湖取景，再配合上后期这套白衣的所有出场，拍摄这段少男少女的浪漫邂逅了。

到了第二个取景地，整个《大漠英豪》的剧组演员差不多都会合了，袁晶、乔楚之流都奔赴了现场。

女演员在的地方事情总是不会少，加上之前乔楚和舒盼又隔空对战了一次，这次碰头，乔楚那种不待见舒盼的态度越发明显起来。

丁然前排吃瓜，无论乔楚怎么语中带刺地讽刺他选择跟舒盼组CP是如何不明智，他都懵懵懂懂地装作什么都不知道。

眼见丁然无处下口，乔楚就想从袁晶那里找到支持，哪里知道这位惯会争风头的前辈，最近竟忽然转了性，专心研究起演戏的内容来。

舒盼和袁晶的第一场对手戏是，两姐妹在唐父面前斗嘴互相拆台，然后一路上房揭瓦动手打架，差点没把这位老父亲攒下的那些家底全搅和没了。唐父一边抢救家具，一边怒骂两个不孝女，三人闹作一团。

饰演唐父的张俊平是个台湾的老演员，也属于国宝级别的人物。

候场的时候，袁晶虽然也是冷脸对着舒盼，却没有出言刁难她，两个人就在张俊平老师的面前安安静静地对词，一点暗波涌动的迹象都没有。

张俊平摆着一张乐呵呵的笑脸，非常客气地表扬两个女演员心态很好，一点也没有其他女演员的浮躁。

其实舒盼有点诧异，以自己跟袁晶打交道的经历来看，她很不正常。

袁晶甚至在对戏的休息之余告诫舒盼：好好演戏，比什么都强!

舒盼听得一愣一愣的，感觉有点蒙。这话貌似是之前她还给云芳菲替身的时候，跟袁晶道别时说的真心话!

娄晓楼后来跟舒盼分析，大概是因为跟袁晶斗了六七年的云芳菲最近一直都过得不顺，最好的资源不过是在一部国外的爆米花电影里混上一个客串的名额，袁晶没了云芳菲这个老对手，一时之间还有点适应不了。

这样的太平持续了一段时间，舒盼正好就把和袁晶的几场戏份压缩拍完了。

小欢给她和曾黎一起揽了个室内怀旧娱乐的综艺节目，让她能以唐笑的经典造型现身。

更重要的是，这个综艺的固定嘉宾名单里有许珊，两个人终于能在电视上同框一次。

虽然是个娱乐节目，但丝毫没有打击许珊的积极性，她提前半天跑到舒盼面前，自愿承担了解释综艺流程的任务。

许珊其实刚从知名导演丰原的电影剧组杀青回来，因为角色需要她胖了一圈，配上那对梨涡，可把舒盼给萌坏了，伸手就过去揉了揉。

许珊赶紧躲开："哎呀，舒盼你专心点行不行，听我说，这个节目规则还蛮简单的，就是嘉宾两个人一组，每组都有一个年代人物。比如你这组是唐笑，然后最占优势的就是跟《大漠英雄》相关的题目。"

舒盼没怎么参加过答题的综艺，她翻着节目的台本："题库里这么多问题呢，难道还可以背答案吗？"

许珊扑哧一下笑出声："我的傻盼盼，重点又不是答题，重点是你和同组的搭档互动啊。"

舒盼扶额，心里顿时感觉不太妙："小珊啊，跟我同组的……是曾黎啊。"

她虽然和这位国民妹妹同为嘉扬的女艺人，但关系一直就不太好，自从上次用激将法把曾黎稍微镇住一点之后，两个人就几乎没有说过话了。

连曾黎转发《大漠英豪》里她的定妆照也是不情不愿，在页面上停了两天，她就自己偷偷取关删掉了。

这件事情被心细的粉丝们发现了，立刻变成舒盼是人缘不好的小妖精的铁证之一！

黑粉们几乎在同一个时间高潮了：看吧看吧，同一个公司的都不待见你，还不是知道你纯情的外表下有颗黑心。

许珊抓耳挠腮地想安慰舒盼："撑住，别慌！我还和余施洛一组呢，就是那个曾经打了你一巴掌的余小姐。"

哎哟，看来这是没得挑，注定要和牛鬼蛇神凑一窝的节奏了？

舒盼摇摇头，转而关注起许珊手上那只从未见过的戒指来。许珊留意到舒盼的目光，她把手藏了藏，有点不好意思："这个啊，你要帮我暂时对公司保密啊，这是易南送的。"

舒盼捧着许珊的手激动起来："你戴的这是无名指啊！"

易南居然不声不响地对许珊求婚了！

许珊点点头，眼睛里盛满了喜悦和甜蜜，笑起来格外娇羞："之前电影《瓷画》不是去德国做宣传吗，正好外国没人认得我们两个……"

拍丰原导演这部电影的那段日子太苦了，她被人骂得极其难听，甚至被人肉出家庭住所、亲人、朋友，每隔几天就能收到黎剑辉粉丝寄来的恐吓信件。

易南没有离开过她，甚至在最后要杀青的重要阶段，他奔波在两座城市之间，陪了许珊一个多月。

他求婚的时候告诉许珊，无论别人怎么说，他知道许珊没有变，为了维持本心付出了多少。

舒盼听得眼眶湿润了，她能想象出那个画面，许珊一定是幸福得要发疯。

两人聊天的期间，曾黎、余施洛那一拨噱头不小的嘉宾，陆陆续续续到场了。

余施洛今天一如既往地画了大浓妆，一对狭长的丹凤眼打了两层棕色眼影，眼尾细细地往上，生生地把自己画成了一张标准的网红脸。她还是那副趾高气扬的样子，谁也不待见，不搭理。

继袁晶之后，余施洛应该是第二个为云芳菲垮台由衷喜悦的人，只可惜这种胜者的光环也维持不了多久——据许珊的八卦，云芳菲能够客串那部作品里的亚洲面孔，便是从余施洛手上抢走的资源。

曾黎都没和舒盼说上一句话，她宁愿坐在余施洛边上，默默低头背着题库，总有种小学生要参加知识竞答的风范。

舒盼有一点无奈，别人就算了，曾黎是同一个公司的，真是拳头打在棉花上，一点气力也用不上。她拿手机偷偷跟陆辰良发信息："陆叔叔，曾黎小妹妹是不是暗恋你啊，怎么就这么不喜欢我？"

陆辰良很快回复："呵呵，根据你这个逻辑，是不是你所有的仇人都跟我有一腿？PS：称呼不要乱叫。"

舒盼不假思索："你想想看，云芳菲就不用说了，黎剑辉对你肯定也是爱得深沉，然后乔楚之前还主动搭讪你……"

陆辰良给她发了个微笑再见的表情："那我请问你，丁然、顾淼那几个小鲜肉怎么算？据说最近魏子扬和你助理娄晓楼也走得很近，是吧？"

她还想问问易南求婚的事情陆辰良知不知情，结果现在两边互相拆台算总账，谈崩了，谈崩了……

陆辰良给她下达了一个最后的要求："别在外头惹事，好好录，录完回家，给糖吃。"

呵呵，她是那种为了一颗糖就会放弃一片糖果屋的笨蛋吗？

舒盼收起手机，环顾一圈场上的男嘉宾，论样貌，五官比不上那个混血小鲜肉顾淼清秀；论气质，又没谁能比得上她的偶像沈影帝；论才气，顾千千的秦天王已经是顶级人物了。所以结论是，这届男嘉宾是真的不行……

曾黎苦读诗书三百首一般的精神，终于在录制节目的时候发挥出来了。当主持人问到所有关于《大漠英豪》的问题时，她都跟打了鸡血一样，秒答，抢答，最后只差没抢舒盼的话筒了。

舒盼全程带着无奈的大姐姐式微笑，她最熟悉的也就是这几题了，都被曾黎回答了，那她接下来还能有镜头？

只听得主持人故作遗憾地对舒盼道："那就只能请舒盼你出列做附加题了，请从下面几位导演里头选择一位吧，题库会抽选他们的代表作生成问题。"

舒盼站出来，想都没想就在众目睽睽之下，挑中了陆辰良的名字。

舒盼在题库里选择了陆辰良，很快综艺现场便起了一阵暗暗的骚动，而场上众人对此反应各异。

许珊知道盼盼这是被曾黎逼得没办法了，一个益智怀旧类的综艺，不靠答对题目多争几个镜头，难道靠卖蠢装傻吗？

要是舒盼真这样，估计更会被黑粉喷死。

许珊边上的余施洛低低地嗤笑了两声："哟，这还较上劲了？明面上不都是陆辰良的新欢吗，互相让让得了。"

许珊捋了捋自己的头发，漫不经心地道："你这话就没道理了，刚才答题的时候也没见着你让让我呀，明面上你还是我前辈呢。"

许珊做过余施洛的替身，最近这一阵子刚好转运出头了，丰原导演很喜欢她的韧劲，给她介绍了其他资源，眼瞅着就要火起来了。余施洛抓准了这个点，最近就喜欢在微博上有意无意地把自己和许珊放在一起比较。

她认为自己在那么多群演里发掘出许珊来，许珊就应该对她知恩图报。

余施洛愣了愣，似是没想到曾经的那个小舞替现在居然敢跟她呛声了。许珊俏皮地拉了拉她的手腕："我开玩笑的，你以前在片场不也经常这样开群演玩笑吗？"

碍于在镜头前，余施洛把心头那点怨毒生生地压了下来，阴恻恻地道："是啊，只是没想到你和舒盼两个，居然还有这种上位的手段。"

许珊仍是笑着，镜头的特写过来，她就双手捧着两颊等着舒盼选题目作答，一脸无辜地道："当年你打在别人脸上的巴掌，也该还了。"

"选C，陆先生新监制的作品是《汉宫飞燕》。"

"选A，陆先生的左腿膝盖是在拍《离国》的时候伤到的，和剧中的男主人公正好伤在同一个位置。"

"十一年，这电影里片尾有个一分钟的彩蛋，解释了为什么男主人公选择在第十一个年头报仇。"

舒盼回答得好兴奋啊，这些题目对她来说实在太简单了，有大半的题目，主持人不用念完，她都知道人家想问什么。

多亏了之前她在陆家，被关在陆辰良那间书房里，主要的任务就是跟上语文课一样看电影，分析人物，抠细节，翻阅资料。

陆辰良拍的电影不多，片片精品；监制的电视剧虽然不在少数，但也是部部好评啊，总结四个字：值得学习。

她感觉那阵子的脑子几乎活跃得跟准高考生弟弟舒凡一样，每天都徜徉在知识的海洋里，尤其是她的老师现在成了她的男人！

多么神奇的体验。

随着舒盼正确率和速度的不断提升，曾黎的脸色没有原来那么好看了。

这人疯了吗？是生怕别人看不出来她跟陆辰良的关系吗？秀恩爱还秀上瘾了？

男主持人被舒盼的这种热情带动着，他甚至有种错觉，自己参加的不是什么综艺怀旧的节目，而是大型智力问答，跟××台曾经红极一时的《×站到底》似的……

“时间到！”

在短短的十分钟内，舒盼选答的关于陆辰良影视制作方面的问题，只跳过了一道，错了一道，还是在最后时间不足主持人没能念完题目的情况下。

这次不仅仅是许珊了，台下看综艺录制的现场观众也惊了，这舒盼如果不是陆辰良的超级迷妹，那就只剩下节目组故意漏题的可能性了。

现场导演想了想，感觉这个点还蛮有意思的。他虽然对娱乐八卦没有十足的兴趣，但也多少知道一些舒盼和陆辰良的传闻，他让主持人围绕着这个话题说几句，别这么白白浪费了。

男主持会心一笑，转而把话语权抛给了曾黎：“小黎啊，你们陆先生是不是给盼盼额外加钱，让她在外面到处做宣传，这题库里的问题还都难不倒盼盼了！”

曾黎心底已经烦躁得不行，面上还要摆出一张笑颜：“那舒盼肯定也要付我宣传费了，我为了上个节目，本来打算突袭一下章老师的小说，结果看上瘾了，熬了好几个晚上把《大漠英豪》给看完了。”

主持人走到许珊和余施洛的面前，优雅地做了个请的动作：“节目组呢，现在有个新的安排，你们和舒盼那组的成绩都快追平了，不如就把最后问问题的这个权利，交到余小姐手上吧。”

曾黎非常配合地点点头：“小珊和施洛姐姐要出简单一点的啊，我这脑细胞都快不够用了。”

舒盼答题严重上瘾，她来之前通知了老妈和舒凡这期节目下周就会播出来，到时候他们看到自己神勇的样子，估计会在屏幕后头大眼瞪小眼。

她转过来面对许珊和余施洛：“还是影视类的题目吗？”

许珊接口说话，却发现自己的麦克风似乎被关掉了，她刚想挥手暂停，余施洛却阴阳怪气地出声了：“影视类的问多了没意思，我看不如就问两件跟陆先生有关的事情吧。”

舒盼眉间微蹙，她不知道余施洛心里有什么打算，但所有跟陆辰良直接牵扯上的事情，都足以让她精神紧张。

“陆先生今年有计划拍新电影吗？”

舒盼松了口气：“有过这样的说法，你们也看得出来，我其实是很喜欢陆先生的作品的，如果今年能拍，当然最好啦……”

“哦。”余施洛微微挑眉，“那他打算直接让你出演女主角吗？”

全场哗然，这算是什么问题？

许珊走上去拽了拽余施洛的胳膊，她的麦克风还是没声音，讲什么旁人也都听不见，后者狠狠地瞪了她一眼，继续挑衅似的盯着舒盼。

男主持愣了一下，耳边是导演气愤的喊话，他立刻反应过来，赶紧接口道：“陆导的作品当然会有很多人期待，不过每年都有很多这样的说法……”

余施洛根本不管男主持的救场，她提高了音量：“怎么？看来拿到陆导电影女主角的机会还真是不容易，云小姐都拿不到的试镜名额……我都忘记了，你原来一直做的就是云小姐的替身嘛。”

一个两个的替身演员，如今都踩到主子头上了？！

云芳菲也是个废物，居然输给面前舒盼这种乖乖女的角色，抢男人抢不过，现在连抢资源也抢不过了？

全场都安静了，大家都知道余施洛口中这个“云小姐”指的正是陆辰良的前女友云芳菲，那个因为劈腿黎剑辉闹得沸沸扬扬的过气视后。

但即便是她过气了，仍有余威，如果说这个舒盼是做她替身上来的，是不是证明陆辰良选中她，也不过就是看她跟云芳菲有几分相似？

在几乎令人窒息的氛围当中，舒盼感觉自己的心脏仿佛被人重重地戳了一下，她的手忽地攥紧了，十个指尖都扎进手心，生生地唤回了一点点理智。

她像谁，做过谁的文替，这当然不是什么不能说的秘密。但余施洛分分钟都想意指陆辰良跟她有暧昧关系，这都仰赖于她像云芳菲，就让她很不舒服了。

这不是单纯说舒盼靠男人上位，分明是在侮辱陆辰良的品位嘛！

舒盼咬咬牙，仍是笑看着余施洛：“没毛病，我是做过云小姐的替身，甚至是文替给了我第一个能拍戏的机会。”

她目光灼灼地看向余施洛，那对眸子中的光芒胜过任何星火：“梁小姐，一部戏如果没有了文替和群演会怎么样？文替和群演也有自己的梦想，他们不仅仅是为了赚那一点点跑龙套的费用。这样的人，认真发挥自己存在的价值，为影视剧贡献出自己的力量，难道他们就不是演员了吗？”

“你！”

余施洛说不过舒盼，不知道为什么，她对舒盼这样认真的目光感觉有些莫名的熟悉，很像云芳菲，却说不出来是哪个时刻像她……

现场导演已经跑出来了，他在边上挥舞着双手，怒不可遏地喊道：“切了，切了，快点把余施洛的麦给我切了。”

许珊的手比场务更快。余施洛分明已经气急，还想说些更离谱的事情，许珊直接上手招呼，一把就将她搂了过来，左手伸过去，将缠绕在余施洛腰际的麦克风给关了。

录制不得不暂时中断，主持人非常尴尬，他感觉自己做了个错误的选择，这才让余施洛抓住了机会作妖。

曾黎有点吓到了，低垂着脑袋，在旁边双手捧着助理拿的饮料，一下下地咬着吸管，最后实在忍不住了，在舒盼身边小声说了句："对……对不起。"

曾黎道歉，舒盼的脑子一时之间还没转过弯来。

但许珊一下子就明白了，她的脸黑了下来，不管不顾地拽着曾黎的领子把她拉到边上，劈头盖脸地就骂道："你这人怎么好赖不分呢，余施洛给你什么好处了？"

舒盼听到一声刺耳的电流音，紧接着就是许珊这声中气十足的怒吼。原来是她背后刚才失灵的麦这时才后知后觉地恢复了功能。

全场都听见了许珊这句斥责，小公举曾黎哪里见过她这种暴力的阵仗，腿都吓软了，面色青白："我、我……。"

舒盼捂着耳朵，连忙扑过去给许珊把麦克风摘了："小珊，你也少说两句，都是比曾黎早出道一年多的人了，说话还这么不知轻重。"

许珊咬了咬舌头，她也知道始作俑者不是曾黎，但这人是个帮凶没跑了。

曾黎本来对舒盼软化的态度，此时被许珊刺激得又反弹回来，她低声恨恨地道："你不要在我面前演好人，余施洛说的也不见得哪里就错了，如果陆先生要拍电影选角色，难道不是我和许珊都要跟在你后头捡剩下的吗？"

舒盼扶额，感觉曾黎已经快把她所剩不多的耐心和好感都败光了。

"曾黎，我也猜到你跟余施洛对过台本要为难我，这都不要紧。可你事前难道没预料到，她会把陆先生牵扯进来吗？"

舒盼第一次彻底对曾黎冷脸，她跟许珊像曾黎这么大的时候，已经在片场摸爬滚打了，虽然没有玲珑心思，但也分得清什么该做，什么不该做。

每个人都有底线，曾黎当然可以光明正大地对她零好感，但和外人一起利用陆辰良攻击她，就怎么也说不过去了。

陆辰良，是她的底线。

曾黎呆呆地望着舒盼，似是没有想到她还敢在公开场合维护陆辰良："陆先生的绯闻什么时候少过，再多个一两条也……"

舒盼毫不客气地打断了她的低语："你以为他就不介意吗？就因为他从来都对那些乱七八糟的东西一笑置之，你就真的认为，他的私生活应该被嘉扬的艺人拿来消费吗？曾黎，我们和陆先生，和嘉扬，本来就是一损俱损，一荣俱荣的关系，你做事情能不能动动脑子？"

曾黎撇撇嘴，她心里很委屈，余施洛来找她商量的时候，说是看不顺眼舒盼，要给她个下马威。

谁能想到，这人真是没存什么好心思，居然想把场上嘉扬的三个女明星都给一锅端了。

许珊还想补充两句，但觉得舒盼这话已经说得很重了，于是虽然憋了一肚子的火，但一句话也没再说出来。

在曾黎反省的期间，余施洛那边已经在处理了，但因为她的身价比其他几人稍微要高一些，连平息纷争的姿态也做得很嚣张，不外乎是对外表示刚才是麦克风出了故障，本来就是要跟舒盼闹着玩的，毕竟两个人在舒盼做替身的时期就认识了，总归也是朋友云云……

明面上，一句道歉也没给舒盼。

小欢火速抵达现场，以她现在的能力，和当日待在舒盼身边的那个小助理已不可同日而语。

“别的都先放下，我们嘉扬这边会全力配合把剩下的节目录完，这时间是最耽误不起的，您说是不是？其他的，我们慢慢解决。”

小欢的态度让综艺节目组松了口气，众人很快又投入到后三分之一的录制当中。

余施洛暗暗得意，什么国民妹妹、直男杀手，三个加起来都要在现场乖乖被她玩弄，这个经纪人年纪看起来比舒盼那个丫头更小，能有什么招对付自己？

曾黎乖乖配合，全程都小心翼翼，最后还是舒盼不忍心，又给她露了个笑脸，两个人之间的关系这才缓和了一些。

回程的路上，嘉扬的三个女艺人挤在同一辆保姆车上，并不是她们没有各自安排的车辆，而是要等候小欢的发落。

小欢双手交叠摆在胸前：“这么安静？你们三个分开的时候，话可都不少啊。”

许珊举双手投降：“哎哎哎，我可不是你这边的，就是留下来做个证人。”

曾黎梗着脖子，把脸别到一边去：“我没什么要说的。”

小欢笑了笑，目光在舒盼和曾黎之间游移，最后还是停留在了曾黎的身上：“好了，不要再闹别扭了。你们现在好歹有了一个共同的敌人，这就是友情开始的第一步！”

舒盼扑哧一声笑出来：“没有你这样劝和的经纪人。”

小欢成熟了。以往换作这样的处境，她肯定会比许珊更气更急，巴不得上去揪着余施洛的头发打架，现在却懂得利用这件事情让曾黎收心了。

曾黎叹了口气，转过头来小声问道："那余施洛，就这么让她以为我们好欺负？"

小欢轻描淡写地道："她会为自己的嚣张付出代价。"

在曾黎的心中，小欢是个值得敬重的人物，至少经纪人给的承诺都一一兑现了。她到底是小女孩心性，郁闷了没一会儿，就真的挖起了新仇人余施洛的老底。

曾黎告诉舒盼，余施洛看不顺眼她，多半是因为丁然现在跟舒盼是CP的关系。

而这个小鲜肉丁然，其实是余施洛在圈里的初恋，两人姐弟恋了三年多，丁然一直没找到机会出道，最后因为地位实在差得太多就分开了。

这算哪门子的地位悬殊，人家顾千千跟秦隽现在都能顺顺当当在一起，不爱了就是不爱了，何必找这么多借口？

现在丁然有点能火的苗头了，偏偏找的CP也是同为潜力股的舒盼，比她年轻，比她有实力，甚至是比她能吃苦，余施洛心底就很不舒服了。

这就难怪刚才余施洛那副拼命打小人解恨的模样了，舒盼在心中为丁然匪夷所思的审美鄙夷了一会儿，但她这种乱七八糟的心情，很快就被要回家的喜悦冲淡了。

她要回家，回陆辰良的家，等着去向陆辰良要糖。

下了车，舒盼几乎是飞奔进一层，李嫂在边上端着一碟子甜点，从她身边险险地擦身而过："哎哟，盼盼回来了！陆先生他等你好久了，现在正在……"

估计是正在客厅等开饭吧？

舒盼有快一周没见到陆辰良了，心里堆了好多话想说，连丁然那件小小的八卦她都迫不及待要跟他分享了。

她怀揣着雀跃的心情，朝着沙发上坐着的那个熟悉的背影就扑了过去："陆叔叔——"

男人微微侧脸，那双晨星似的眸中带着淡淡的笑意，声音低沉好听："不是跟你说回来的时候再打个电话吗？"

舒盼把手提包一丢，肆无忌惮地就越过沙发坐到了陆辰良的腿上，这两个月的磨炼，让她的手脚动作都灵活了不少，加上之前有点舞蹈的底子，现在简直就是身轻如燕。

她稳稳地落在男人身上，双手懒懒地环着陆辰良的脖子："手机和我都快没电了，这不是急着赶回来充电吗？"

“手机我能理解，你充什么电？”

“找你充电呀。”

她把脸颊凑上去，对着陆辰良的胡茬儿轻轻地摩挲着，活像是一只久别了主人的小动物：“你说给我的糖是什么？交糖不杀。”

陆辰良挑眉：“我不这样说，你就不回来了？”

舒盼低下头去玩陆辰良衬衫上的扣子，解解开开，最后又给扣上：“我在片场的时候半夜睡不安稳，梦里都是想回家，然后就有一个声音问我到底是想去哪里……旧房子的回忆太痛苦了，我不想回去了。而出租屋，我就只能想起那些跟舒凡相依为命的日子。最后我想了想，也许我把老妈和舒凡接到A市来，买所房子一起住，那样就算家了吧？”

这仿佛是在讲另一人的故事了。

陆辰良听得有点心疼，舒盼以前从来不会在自己面前说她过得多苦，现在这种伏在他肩头的小模样，也怪可爱的。

“盼盼，你未来的安排里，难道没有我吗？”

舒盼低着头继续玩扣子，接口道：“我话还没说完呢，后来我就梦见自己买了房子住，可是怎么想都不对劲。醒了以后，那天拍的是方旭去唐家下聘礼的那一场，他为了唐笑愿意放弃一切去山里隐居，忽然我就知道了！”

她感觉陆辰良身上热热的，不同于那种暖气制造出来的温度，而是真实的触感，让她心里很踏实。

“陆辰良，有你在的地方，应该，才是我的家。所以我……”

舒盼还没说完，陆辰良忽然一把将她的手攥紧，语气里也有着一丝动容：“你这个结论应该是正确的。但是你现在最好先从我身上下来，不然这个愿望可能不太好实现了。”

舒盼眉间微蹙：“什么意思？”

陆辰良一脸难耐的表情：“你回头看看。”

舒盼缓缓地回过头，正见到弟弟舒凡和老妈从陆家二楼的楼梯踱步走下来，为首的弟弟更是将两人亲密的举动尽收眼底！

舒盼一个激灵从陆辰良身上滚到了地上，屁股着地，三个字：透心凉。

陆辰良伸手去扶她，似笑非笑地道：“一家人不用行这么大礼吧？”

舒盼一脸蒙，她死死攥着陆辰良的手，声音几乎是从牙缝里发出来的：“我妈和我弟什么时候来的，你怎么也不跟我说一声？！”

简直了，她刚才是直接在老妈和弟弟面前跟陆辰良上演羞耻戏了吗……

陆辰良将她带着站起来，单手搭在舒盼的肩膀上，转头就朝舒母那个方向走过去：“我可是让你回来的时候提前打电话的，可你进来就扑我身上，所以还来不及告诉你。”

舒盼双手捂脸，指间露出两条缝隙，侧头怒瞪了陆辰良一眼：“你……你明明就是故意的。”

舒母双手抓了抓衣角，装作方才女儿的一切举动自己都没看见的样子：“盼盼回来了啊，我和小凡刚才去你房间放了自己种的薄荷，晚上能睡得安心一点。”

舒凡用警惕的目光打量着陆辰良：“陆先生，我姐是睡在二楼最右边那间没错吧？”

陆辰良朝前走了一步，正对上舒凡，两人四目相对，目光交汇的地方仿佛有电流窜动。

舒盼扶额，又来了，又来了，这两个人一碰上就互相不对付……

舒母非常适时地咳嗽了几声：“盼盼赶着回来见我们，应该还没吃饭吧，我这就去做点家常菜。”

陆辰良当机立断地终止了和舒凡斗争的视线：“伯母放心，李嫂已经把一切都准备好了，很快就能开饭。盼盼在外头工作的时候三餐都不稳定，回家了自然是要吃一口热的。”

舒母的脸上缓缓地绽放出一丛微笑。她对准女婿的态度还算满意，虽然之前舒凡离奇遭遇车祸，而舒盼避开了所有的工作蜗居在家中，看样子也知道，当时两人正闹大矛盾呢。但小年轻谈恋爱难免吵架，她今天来就是想听听陆辰良具体的解释。

舒凡知道老妈心软，看这态度，姐姐多半又不可能真的跟陆辰良闹掰，他少年的心性上来，口中不由得冷哼了一声：“糖衣炮弹。”

一顿晚餐的时间，舒盼总想主动开口为陆辰良解释一下之前云芳菲闹出来的风波，但这个男人根本没给她机会。

在陆辰良的说法里，他把舒盼一家人的住处泄露的罪过，全部都揽在自己身上了。

舒母在那件事情上没有立场责怪陆辰良，说到底，她才是导致全家不得不搬家躲藏的始作俑者。现在舒凡休学，不知道能不能赶上今年的高考。

她心里比谁都内疚。

舒盼也对舒凡的事情感觉很紧张，弟弟的腿到现在都还有些后遗症，所幸家里人只知其一不知其二，车祸的事情还一点都没联想到陆辰良的身上。

陆辰良很快看穿了他们的担忧，他站起来给舒盼盛了一碗汤：“学校那边我已经处理好了，小凡回去可以继续读书，落下的进度我已经找好了老师，最近会分几次过来给小凡补课。”

舒盼双手接汤碗，深深地感觉到这就是土豪的力量。

能够顺利解决弟弟上学的事情，等舒盼再回头看老妈，感觉她眼里简直都要冒出小星星来了。就是舒凡，还是那副老大不乐意的模样。

“陆先生，请老师的钱到时候我会还给你的。这和我妈、我姐姐没关系，我们之间还是算清楚一点好。”

“也好，你现在就能对钱有个概念是好事。”

舒凡咬咬牙，这陆辰良一脸欠揍的微笑，也不知道姐姐到底看中他哪里。

陆辰良继续给舒盼夹菜，他跟这种未成年没什么好计较的，今天要做的是顺利赢得舒母的好感。而这一点俨然已经成功了大半。

晚上要休息的时候，舒凡有意报复，连舒母都早早回了房间，可他还死死盯着姐姐舒盼，誓要亲眼见她进了二楼的那间小客房。

舒盼红着脸，也不知道舒凡哪里来的这么多鬼心思，只好不得已在楼梯口跟陆辰良依依惜别：“陆叔叔，看来今晚你要独守空房了。”

陆辰良挑眉，随手给她一个爆栗：“我们差五岁而已。你再乱喊，被那个小鬼头听见了，又要找事情了。”

“那我喊你陆哥哥嘛。”舒盼背对着弟弟，伸手勾了勾陆辰良的扣子，她特意用唐笑的口吻，声音甜腻，稚气逼人，“陆哥哥，不然你半夜想办法溜过来私会嘛。我恭候你大驾啊。”

陆辰良对她这样机灵讨喜的模样很是喜欢，伸手给舒盼顺毛：“今晚我和梁先要视频开会，他那边现在正好早晨九点，晚上谈完，明天我还要飞过去亲自见一面。”

舒盼长长地叹了一口气，她的手在陆辰良木制的衣扣上摩挲了几圈，那种冰凉的触感，让她欲罢不能。都以为陆辰良的工作风光又多金，其实他累的时候比谁都不好过。

终于，在舒凡的死亡凝视下，舒盼实在不好意思跟着陆辰良上楼，只好先在自己那间客房里待着。她掏出手机群发消息：“求助，我弟弟跟男人老是互看不顺眼该怎么办？”

顾千千的回答是这样：“正常，他们两个立刻就看得顺眼……你才应该感觉危险吧？”

杜攸一言不合继续发贴吧链接，名为《我和我姐夫不得不说的二三事》。

许珊隔了好长时间回复一条："……还好，我和易南都是独生子女啊。"

到了凌晨两点多，舒盼还是翻来覆去地睡不着，即使余施洛说的是真的，陆辰良要选女主角，也一定要以实力为标准吧？那以演技来论，她现在到底算是个什么段位呢……

舒盼胡思乱想了一夜，第二天早晨她醒过来的时候，娄晓楼都已经等急了。

陆辰良在客厅陪舒母吃早饭。他要在这几天趁小鬼头在家里补课的时候彻底攻克未来丈母娘，因此更要适当和舒盼保持距离，突显出对舒盼一家人的尊重。

舒盼虽然知道这其中的关节，但跟老妈道别以后，还是故意委屈巴巴地在陆辰良的面前，叼了一块面包走人。

舒母将女儿的小情绪全看在眼里，她松了口，缓缓地对陆辰良道："你也去送送盼盼吧，毕竟是出远门。"

陆辰良等的就是这句话，他点点头，几步追到门口，把一份剧本放到了舒盼的保姆车上。

"路上看着解闷吧，有什么想法，在上头做做笔记，还可以提前告诉我。"

舒盼有点郁闷，她扯着本子不撒手："你这么小心翼翼的，都不像陆叔叔了，我妈哪里有那么可怕。"

陆辰良伸手帮她捋了捋额前的乱发，黑白分明的眸子里闪过一丝狡黠："难搞的是你弟弟，只能通过你妈妈来攻取。"

哦，原来他这是要一次性把自己家里人都搞定的节奏？

去片场的路上，舒盼只来得及把陆辰良给的剧本翻了个封面，上头的油墨印渍还很新，估计是早晨才用家里的打印机倒腾出来的。

封面上写着"游园惊梦"四个大字。

看来，这次陆辰良和梁先创作的电影剧本，是从昆曲《牡丹亭》当中衍生出来的故事了？

舒盼怕自己一翻开看下去就没办法停住，只好忍着好奇心，让娄晓楼先把它收起来。她打开《大漠英豪》的剧本，先把今天要拍的唐笑"毁容"的那一段剧情温习了几遍。

今天这场戏，算是方旭和唐笑情感关系当中一个比较重要的转折点。

一直以来，唐笑因为清新脱俗的美貌而被众多剧迷和书迷喜爱，章老师在书中更是不惜笔墨，设计了宁无极要掳走唐笑时，故意将她装扮成丑女的情节。

方旭、阮清颜和一方豪杰追出寻找，宁无极对唐笑追求不成，索性派出侍女将唐笑易容成一个面目丑恶的老太太，再下药点穴，将她大方地藏在身旁，准备直接带往西域。

有情人对面不相识，方旭并未识破宁无极伪君子的面目，他急于找人，却并不知道自己心尖上的人正在眼前。

唐笑摔倒在他面前，方旭好心去搀扶，这才从双手的触感之间发现了古怪。

拍这段戏，要画比较复杂的妆容，舒盼这天不幸因为堵车迟到了一会儿，乔楚就跟找到了天大的漏洞一样，发了一条微博，抱怨自己的时间被某些不够敬业的人耽误了。

对戏的丁然自从知道前女友余施洛在片场折腾舒盼以后，一直怀揣着不小心做了猪队友的内疚。

他天天跟只小狼狗一样在舒盼身边嘘寒问暖，就差没把心掏出来明志了。

乔楚影射舒盼在片场耍大牌迟到，舒盼还没有做回应，实心眼的丁然就跳出来帮忙了，其结果就是双方粉丝又在微博上咬了一通。

“新版唐笑一张丫鬟脸，就这样还能演女主角，据说还是海选上来的，我看这背后的金主也是不得了。”

“某D姓小鲜肉也是眼瞎，敢和金主抢女人，小心被封杀得连亲妈都不认识。”

“楼上两个ID已经暴露了，果然有什么样的主子就有什么样的狗。作为剧粉，本来就路过而已，但我现在乔楚一生黑！”

“我家丁然和盼盼在拍戏之前就认识了好吗？楼上喷粪的嘴巴干净点。”

这条底下放了链接，正是之前那一档人文节目的片段，两人的CP粉剪了四分钟粉红片断，把两个人的每个对视都连接了起来，即使是舒盼这样完整录过这期节目的人，单独看起来，都觉得好像自己和丁然之间真有点什么了。

CP粉热情起来，果然是一种神奇的存在啊……

在乔楚的推波助澜下，舒盼和丁然两人在戏外的情侣身份，似乎又被坐实了一层。

要是换作出道时间长一点的男演员，这倒也没什么过不去的，但放在已经很入戏的丁然身上，他就有点过不去了，就像学生起哄闹班级里有暧昧的小朋友一样，丁然最近看舒盼的眼神很不一般。

第一个发现不对劲的是娄晓楼，她不得不提醒舒盼，戏散人散，丁然留着做朋友是个好选择，但两人根本不可能有更进一步的发展，那就应该早点和他说清楚。

舒盼有点头疼，她不是看不出来丁然的心思，但苦于一直找不到开口的时机。

导演徐喻铭对方旭、唐笑两个人感情戏的要求很高，丁然又是个初丁，一旦破坏了这种默契，舒盼担心又要花好长的时间去恢复。

在拍戏期间，初冬气温已经完全降下来了，景区设点的地方在密林深处，比起阳光普照的外头更要冷上几分。

拍摄的主演一行人虽然身着几层古装，但禁不住寒意透骨，每个人身上都披了些冬衣御寒。

娄晓楼不知道舒盼这么怕冷，大衣准备得不太够。候场的时候，舒盼背台词冻得直在原地打哆嗦，跟她对戏的丁然见状，立刻把自己身上的外套脱下来，牢牢盖在她身上。

他还特意强调了一句："我不冷，你穿着吧！"

舒盼抬眸看了看丁然那张略带稚气而诚恳的面容，心间忽然也有些暖意："丁然，如果按照你自己选女朋友的标准，你会喜欢唐笑吗？"

丁然搓了搓手，呼出的一口气在冬日的低温之中很快氤氲成一团白色："不喜欢。她太聪明了，就是那种看透了又不说出来，就看着方旭在她身边犯傻……"

"腹黑！"

舒盼精辟地总结道："我知道你想说的是这个。"

丁然一边的耳朵里塞着耳机，他侧耳听到舒盼的说法，立刻频频点头："对对对，我就是这个意思。阮清颜和唐笑都太厉害了，我其实有点怕，所以这两个我都不喜欢。"

他停顿了一下："但是你就不一样了，我觉得和你在一起还挺舒服的。之前没告诉你余施洛的事情的确不太好，其实我和她吧，就是大学时候谈的恋爱。如果你想知道的话，我哪天仔细跟你说。"

怎么越说越糊涂了……

舒盼感觉已经到了不得不说的地步，她赶紧抓住这个时机："丁然，我有……"

她有喜欢的人，而且是要共度一生的那种。

丁然搓手的动作忽然停住了，他打断了舒盼的话语，将右边的耳机塞给她："你听，这首歌是不是很符合今天这段戏？"

舒盼后头的半句话就淹没在了音乐声里，她凑过去看了看播放器："这首歌是……*Young and Beautiful*？"

丁然的脸颊微微低垂着，双眸乌黑明亮，干净得如同一汪湖水，带着一种说不出的温柔："嗯，是电影《了不起的盖茨比》的插曲。歌词里写'当我青春不再，容颜已老，你是否还会爱我’。我以前没听懂，现在好像懂一点了。”

舒盼静静地看着丁然，感觉他的身上还残留着跟弟弟舒凡一样的青春而明媚的味道，只是夹杂了些许方旭特有的憨厚，看起来格外单纯和无害。

原来发一张好人卡这么不容易!

舒盼最终还是没有开口，因为徐喻铭已经催着两人回去拍戏了，而未说出口的话，只能放在下一个合适的时机，一一挑明了。

徐喻铭喊了声“开始”，各单位都集中了精神。镜头里的舒盼微微佝偻着腰身，姣好的身段早已不复，面上满布皱纹，一头白发，这全都是两个小时特效妆容的功劳。

剧情里，唐笑对宁无极将她易容成这副模样简直恨极，但苦于被下药，几处大穴又都被点住，只得暂时妥协，等待方旭一行人作为援军到来。

魏子扬那张清俊英气的脸蛋上多了几分恶作剧般的笑意，他用折扇轻轻挑起唐笑的下颚：“啧啧，好一个美人，被我易容成这副模样，还能沉得住气不哭不闹。”

唐笑将脸别到旁边，老态横生的脸上忽地绽放出一丛笑意，即便是在化妆过后的面容上微笑，那种笑容仍然带有俏皮，这种气质超越了年龄，因此看起来并不别扭。

唐笑的声带也因被下了药哑得厉害，她低喘着道：“宁无极，你是不是以为把我画成这副鬼样子，我方哥哥就肯定认不出来了？你敢不敢跟我打赌？”

宁无极收起折扇，似乎被唐笑的话勾起了心思：“美人想赌，我哪有不奉陪的道理，唐妹妹，你且说说看。”

唐笑挑眉，伸手卷开轿辇的帘子：“就赌方哥哥只要看到我，我不出声，他也能将我认出来！如果我赢了，你就必须乖乖将我放走。”

宁无极思忖了一下，眉宇微皱，转而款款轻笑道：“如果你输了，那又当如何呀？”

唐笑那对妙目灵动，流盼之间闪过一丝狡黠的精光，她故作委屈地咬咬牙，一口应允道：“这有什么，只要你那些小丫鬟不嫉妒，我便随你去西域，做你的正堂夫人罢了。”

她浑身上下都被宁无极的侍女包得严严实实的，甚至连声音、容貌都像换了一个人，但她仍然相信只要方旭在场，就一定能将她认出来!

宁无极听罢，得意地大笑了两声，出手极快地封住了唐笑的哑穴：“若那姓方的傻小子能认出你来，我也服了他，我们就一言为定！”

轿辇之外，镜头已经盯准了丁然的一人一马，他如今骑马已经像模像样了，饰演的方旭策马追来，正赶上了宁无极的轿辇。

宁无极主动叫住方旭，又将唐笑从轿子里牵出来，谎称是自己在路上遇见的一位多病缠身的老人，此行正是带她去找名医治病。

方旭虽然心急找人，但对老人家的礼仪还是有的，见那老人颤颤巍巍地踱步，心生不忍，于是上前扶住，哪知这位老太忽地死死攥住他的胳膊，抬眸紧紧地看向自己。

这一眼，便是万年。

方旭正兀自讶异怎么会从这位老人家的眼里，看到唐笑那双顾盼生姿的妙目，又见老人已经双眸含泪，他用力回握了一把老太的手……

这手分明还是少女的样子。

方旭立刻醒悟，挑剑对准宁无极，厉声喝道："原来是你设局绑走她！"

宁无极冷冷一笑，这才察觉出自己失策，即便是把唐笑全身都武装起来，居然还是抵不过这对有情人互看一眼，倒还真是小瞧了这对小朋友的感情。

他不欲与两人纠缠，索性撕破脸面和一众妙龄侍女御车而去，临了还要给一声警告："你唐妹妹没了我，终身只能维持这副样子，你若是喜欢，便即刻讨了去吧！"

逼退浪荡子，方旭想起诸日来唐笑在他手下受苦，不免心疼难过至极。

砚一和徐喻铭都为丁然、舒盼接下来的台词揪紧了一颗心，连平时自找不快的林琛也示意乔楚少说几句，静候两位主角接下来的表现。

丁然的声音喑哑深沉，他一把将已经虚弱至极的唐笑公主抱了起来："我带你回家。"

唐笑即便是个再坚强的人，在心上人面前也难忍痛楚，她笑中带泪，声音中都是哭腔："方哥哥，我的脸要是回不来了，以后走在路上，你就假装不认识我吧。"

方旭低头，吻在唐笑的眉心："在我眼里，你始终都是一样的。"

这场难度五颗星的戏，因为丁然和舒盼的完美配合，居然一条通过。

拍完唐笑毁容这一段戏，丁然要暂时离开剧组。他前几天拍完了后头带兵打仗的个人戏，现在要去参加木子凯的电影试镜。

舒盼正面发不了好人卡，只好选择另一种侧面的方法，冷遇，她很久都没再和丁然说过话。

其实丁然离开一阵子也好，等出了这个环境，也许他自己就想通了。对他这样没有什么演戏经验的人来说，方旭和唐笑的情感的确是令人动容的，再加上他又花了很长的时间研读，要他出戏，的确需要时间。

丁然看出了舒盼的意图，他临走前主动找了她，半玩笑半认真地道：“盼盼，我觉得你老了应该也挺好看的，就是可惜，陪在你身边的不是我。我保证不告诉别人，你能说说那个人是谁吗？”

舒盼笑了笑，心里有种意外的轻松，这几场戏，反而让她更清楚地知道自己想要的感情是什么。

“远在天边，近在眼前，可不就是我的金主陆辰良吗？”

丁然苦笑一声，他早该知道的。

丁然离开剧组之后，舒盼还要顶着这特效妆容拍四场，剧情中途有几段是她回唐家寻找解除易容的方法。

她玩心忽起，拍了几张照片就要发给陆辰良。

“你看看，我五十年后就会变成这个样子，到时候你还要不要我？”

陆辰良刚到机场，四个小时的国际航程之后，就要到德国和梁先会面了，他扫了眼舒盼发过来的照片，玩笑似的回道：“等我五十年后考虑看看。”

要不要说得这么严肃？这日子没法过啦！

舒盼有点不服气：“这种时候你不是应该表个决心什么的吗？你再这样，别说什么五十年了，小心回来我就不理你了。”

陆辰良发了个标准笑脸：“你试试？照样说（睡）服。”

初冬的寒意里，舒盼隔着屏幕感觉到了一股被调戏的热度，她脸一红，娄晓楼不明就里，凑过去看了看，见着平日里最是正经不过的陆先生，居然给盼盼发了一张自拍。舒盼赶紧盖住屏幕：“你、你不要想歪啊，就是让他随便拍了一张，确保一下他人已经安全到了机场，你知道现在路上多不安全。”

娄晓楼的重点不是这个，她皱了皱眉头，有些犹豫地戳了戳舒盼的手机：“等等，你再让我看看，我刚才怎么见着陆先生边上挨着一个女人……”

舒盼不置可否地掏出手机，再次摁亮屏幕，终于在娄晓楼的帮助下，从陆辰良这张“良家妇男”的照片上的角落里，发现他身边其实坐了一个长卷发的女人，她正拖着陆辰良的行李箱，修长骨感的手指尖涂抹着艳丽的颜色。

陆先生这是带着新欢出国私会的节奏？

娄晓楼看了一眼表情阴晴不定的舒盼，顿觉自己失言：“有可能只是不小心靠得近一点的路人……”

呵呵，陆辰良不是那种别人近身三尺都要皱眉赶人的重度洁癖患者吗？这回居然转性，连边上的女人入镜了都没发现？

舒盼一言不发，她心里忽然涌起一股从未有过的醋意。

这是从前给云芳菲做替身的时候不曾有过的感受，过去也许是笔烂账，但现在陆辰良都跟她在一起了，身边不会还有什么小妖精缠着吧？

她首先脑补了几个画面：第一是她现在就放弃剧组的进度追过去问个清楚，在机场闹出一场群众喜闻乐见的捉奸大戏；其次是先忍忍，等陆辰良落地之后立刻开个视频让他自证清白；最不济的，肯定也要打个电话问问小秘书孟开……

思忖了几分钟以后，她还是决定先打个电话过去试探一二，然而对面传来的是近乎冰冷的关机后无人接听的人工语音，她再次被打脸。

舒盼身上热血沸腾，握着手边的剑柄就站了起来，娄晓楼被吓了一跳："盼盼，你别犯傻呀。"

娄晓楼丝毫不怀疑就现在这个姿态，如果确定了陆辰良真在外头有人，舒盼会提剑去砍人家几下。

只听得舒盼沉着脸，低声来了一句："先拍了今天的再说。"

今天的最后一场戏，是她跟乔楚要正面拍一段动刀剑的打戏。

剧情上的顺序是，唐笑怀疑阮清颜是地宫派来的奸细，趁夜设局将她引出，阮清颜眼见着以唐笑的机敏算计，自己很快就要暴露身份，于是只身赴宴。唐笑故意利用自己和方旭的关系刺激阮清颜，新仇旧怨叠加上来，两人一言不合，便在竹林之中动起手来。

唐笑在数十招之内，看破了阮清颜的身家路数，目的达成之后开始考虑脱身之法，谁知道阮清颜一开始便动了杀心，下手越发狠厉。

乔楚早就憋着劲要和舒盼对戏了，之前几场文戏愣是被徐喻铭和陆辰良压着，她也闹不出什么花样。

这次就不一样了，徐喻铭在B组监督一场比较重要的群戏，这头只剩下林琛和砚一。

砚一吸取了之前的教训，这次细细地检查了所有武术道具，生怕乔楚会在里头动什么手脚，武术指导看得乐了："第一次见着这么细心看道具的，你放心，那些刀剑都没开封，伤不着人家小姑娘。"

乔楚和舒盼在数拍子练习动作，她见着砚一那副紧张的样子，忍不住阴阳怪气地道："怎么个个都护着你，还怕我吃了你不成？"

舒盼怀着心事，没听明白她话里的意思，敷衍地接口道："可能是因为这几天你看起来胃口不错吧……"

乔楚看不惯她这副心不在焉的样子，尖声骂道："舒盼，你到底有没有在听我说话？！"

舒盼被叫得一激灵，一剑挑开乔楚压在上头的峨眉刺，她脑子还蒙着，也实在是烦透了对方这种有事没事都找麻烦的毛病，脱口而出道：“不就是讨论中午吃什么吗，做什么非要我听着？”

“你……”

乔楚被堵得一滞，拿着峨眉刺的虎口被那柄剑震得都麻了，差点脱手飞出去。几次正面交锋，舒盼都是温温和和，没想到兔子急了也会咬人，居然还是个暴脾气。

林琛在边上看到两人有摩擦，过去关心了几句，问得最多的问题是：“你们的状态有没有问题啊？需要替身的话，不要强撑着。”

“不需要。”

“反正我不用。”

两个女主演就跟互相杠上了一样，异口同声地拒绝了林琛的好意。

很好。凭借自觉，砚一认为舒盼和乔楚现在的状态已经彻底入戏了，至少那矛盾不会比剧里的唐笑和阮清颜少。

林琛喊了声“开始”，乔楚就抢了一拍开始向舒盼挥舞峨眉刺，舒盼一看，这是不按套路出牌的节奏啊，于是顺手就拔剑出鞘，勉力抵挡了一下。

看得旁边的武术指导连连皱眉：“停停停，急什么急什么，你们两个现在一明一暗地在试探，不要闹得跟泼妇打架一样。再来！”

几次有意为之的失误之后，两人都有些疲倦了。

乔楚很快多了个心眼，她在舒盼挥剑朝向自己的空当收了点劲，打算假摔惹事。可舒盼哪里知道她的鬼心思，以为她要摔倒了，立刻丢了剑，单手上去抓住她的腰肢。

只听得刺啦一声，舒盼失手了。她不仅没抓稳乔楚，还非常不幸地把人家的衣服勾破了。

不知道是造型师的风格还是有意为之，剧里阮清颜的装扮一向比唐笑轻薄而且还显身材很多，上衣是青衫半露的短打，里头白皙细腻的肌肤本就若隐若现，这么一折腾，乔楚背上大片光洁姣好的肌肤，就直接在高清的镜头底下暴露无遗了。

娄晓楼一见舒盼失手让乔楚走了光，脸都吓白了，比乔楚的助理还快一步，就冲上去把衣服披在乔楚的背上了。

砚一都看傻了，赶紧叫停两个女主演，又细细吩咐周围的人不准把这件事情说出去。

乔楚双目含泪，那意思明显就是谴责舒盼故意下黑手害她走光。舒盼也挺愧疚的，但更多的是一脸无奈，取景的竹林里，一地的石头沙砾木屑，乔楚一摔下去，怕是伤得更重……

两个人只好让林琛主持公道，乔楚以为这次稳赢了，没想到林琛却淡淡地来了一句："人没伤到就好，进度不能耽误。"

"什么？"乔楚惊讶得差点忘记了要流眼泪。

林琛没理她，走到舒盼边上，拍了拍她的肩膀，反而出声宽慰她道："下次小心就好，不要有负担，继续拍吧。"

舒盼也是一脸蒙，但好在是没多加怪罪，她也就老老实实地先把"失手"这个罪名认了下来。

磕磕绊绊地拍完了打戏，乔楚终于挨到了晚饭的时间，她好似受了天大的委屈，一个人躲去车上哭了。

林琛阴着一张脸，私下去找乔楚说了些什么，回来的时候，两个人又恢复了客客气气的态度。

乔楚也不哭了，只是红着一双眼睛勉强笑着，装作一扫刚才走光的阴霾的样子，借着成信传媒的排场，中午给所有工作人员安排了加餐。

两个女主演是跟着导演组一起吃的。徐喻铭秉持着糖衣吃掉，炮弹退回去的原则，低头猛补充能量，还不停地给舒盼和砚一夹菜，就是乔楚的那些奉承话一句也没听进耳朵里。

林琛坐在舒盼边上，见她有些食不知味，轻咳了几声："丁然走了以后，我看你情绪一直不太高，要多管理一下自己。"

舒盼在心里翻了个白眼，戳了戳不锈钢餐盒里的青菜："跟他没什么关系。"

林琛还是一副教训人的口吻："当然了，我还是结果论，从拍摄的状态来看，你今天表现得还不错，之前本来考虑去掉的那几场难度比较大的打戏，都是嘉扬注资后和徐导力保才留下来的。"

舒盼抬眸看了他一眼："这戏嘉扬也投资了？"

徐喻铭被呛了一下，有点怨念地扫了一眼林琛："吃饭谈什么公事嘛，多不健康。"

陆辰良来的那几天可不就是为着跟林琛谈这件事情，虽然两人闹得有些不愉快，但林琛身为监制，总是不会和钱过不去的，舒盼又是女一号，当然能拉着嘉扬多投一笔，无论大小都是好的。

陆辰良一口价，他给的就要比华奥多，否则来这趟就一点意义也没有了。

舒盼目瞪口呆，她也顾不上去戳碗里的青菜了，转头就抓着徐喻铭："这事情你也知道？怎么就瞒着我一个人？”

乔楚在边上好话说尽，却还不及舒盼的一个问题。

这让她心里很不是滋味，加上今天又的确受了点委屈，她就这么被晾着，剩了大半的晚饭一言不发。

徐喻铭有点尴尬，他吃着人家的豪华加餐，总不好意思这么委屈乔楚，加上舒盼又逼得急，索性将筷子拍在桌上，将整件事情从头到尾地说了一遍。

丁然是华奥传媒主推的男新人，所以林琛早就跟黎剑辉那边谈好了，这次的剧本方旭的主线不会亏，但又想着要让成信传媒大出血投资，于是双方达成了一种默契——那就是只要嘉扬不投资，就处处压着唐笑这边的剧情。

陆辰良上次来组里，明着是来探班，实际上正是来解决这件事情的。他追加了对《大漠英豪》这剧的投资，但他对徐喻铭只有一个条件，就是在拍完之前尽量别让舒盼知道。

自从云芳菲那次事件后，陆辰良终于知道了舒盼表面上温和可爱，实则有着不输于任何人的强烈自尊心。

而这种自尊心，其实早在她试镜的时候就充分体现出来了——舒盼本可以回头找陆辰良帮忙，但她始终没有。这才有了两人在试镜会上那戏剧性的相遇。

大概听完后，即便最不懂人情世故的砚一也似乎明白了，陆辰良对舒盼总之是不一般的，无论是从老板培养艺人的角度，还是从……

砚一被自己的想法吓了一跳，原来这个舒盼有可能就是他的第二任师母？

乔楚听到嘉扬传媒也注资的消息，脸色顿时变了，这才明白了刚才林琛那种态度转变的由来。她的心里仿佛压了铅块，连呼吸都不畅快起来。

舒盼这下有了金主做靠山，自然可以和她平起平坐了！

舒盼心里的震惊丝毫不少于乔楚，她竟然不知道陆辰良探班期间还能顺便做这么多事情，她以为这人就是发了恋爱瘾，一心要醉倒在温柔乡呢，不然怎么会成天成夜地折腾她……

林琛似乎看出了乔楚的不痛快，他倒不想被人认作是向金钱势力投降的小人，于是干干地辩解了两句：“之前的磨合期是必然的，现在我看大家也相处得挺好的，我们拍的毕竟是武侠剧，不拘小节的精神还是要有一点的。”

砚一频频点头，他看了看舒盼的脸色，感觉以后应该是挺难跟这人相处了。但他很赞同林琛的话，不管她舒盼有没有可能成为未来的师母。

至少在演技和潜力上，人家舒盼也不输给云芳菲，只要她不太计较珠玉在前，老师的前任是个视后这件事情……

乔楚恨不得堵住林琛的嘴巴，她强忍住屈辱感，动作斯文地擦了擦嘴角：

“你们慢慢吃，我出去一下。”

啧啧，好好一顿晚饭，怎么闹成这样了呢，难道说实话还错了，非得跟杜攸一样，把每句出口的话都美化一下才对？

超级大直男徐喻铭虽然混迹电视剧圈有些年头了，但还是对女演员的这些花花心思看不明白。

跟着乔楚一起离席的还有舒盼，她也吃不下了，现在就想打电话给陆辰良问个清楚！

陆辰良那头正在和梁先开会，《游园惊梦》的剧本才起了个草稿，但是有兴趣的投资商已经慕名而来。梁先领着几人吃了午餐，正打算切入正题的时候，舒盼打电话过来了。

陆辰良的手机扔在桌面上，振动声有点大，梁先凑过去看了看，上面的来电显示是“自家白兔子”。他一脸蒙，等等，陆辰良最近这是什么取向，他也会在手机里给各种女人起昵称了？

看来他已经走出了被云芳菲戴了一顶原谅帽的阴影？！

梁先大喜过望，连忙把手机双手捧着，神圣地交给了陆辰良，挑眉道：“攘外必先安内。”

陆辰良被他那副贱兮兮的样子弄得浑身不自在，一看手机，原来是舒盼。

梁先暗暗地推了陆辰良两下：“哎哎，快接吧，这还跟我装啊，你能早日脱离苦海，这还多亏了我平时多烧香拜佛呢！”

陆辰良真想拿本协议书盖住梁先的脸，舒盼这个点打给他，八成是在片场遇到什么事情了。

“少贫嘴，是嘉扬的公事。”

梁先认真地捣乱起来，他还就想看看陆辰良这个电话管的是哪门子的公事，他暂停了会议，好让陆辰良能安心接“自家白兔子”的电话。

陆辰良对梁先神经质的举动见怪不怪，他对合作伙伴轻道了声抱歉，毫不犹豫地接起电话来：“剧组拍摄是不是有什么问题？乔楚为难你了？”

舒盼正捂着心脏等声音，陆辰良这一声连问好都没有就直接说出来，害她差点咬了自己的舌头。

“剧组没什么问题……”

陆辰良听那头说得吞吞吐吐，他看了看手表，耐着性子温声道：“你慢慢说，我这边停了十分钟。大问题娄晓楼和小欢实在解决不来的，易南会立刻过去的。”

陆辰良的声线低沉动听，透过异国的频道，一点点传进舒盼的耳朵里。她心中纵使对这人又隐瞒着自己在背后动手脚还有着怪罪，那些话到了嘴边，却也问不出口了。

舒盼有点泄气，她对着边上一棵歪脖子树猛踢了几下，算了，算了，这次先放过异地恋的陆先生。

“我一切都好，就是……有点想你了。”

陆辰良的唇畔勾起一抹几不可察的笑意：“我也是。”

几声嘟嘟的挂断音之后，舒盼才如梦初醒，她感觉自己似乎被陆辰良哄得忘记了些什么。

舒盼低头猛想，躲在背后偷看的娄晓楼这才出来给她顺毛：“盼盼，陆先生还接你电话，说明问题应该不大吧？怎么样，你问清楚照片上的女人是谁了吗？”

哦，原来她是彻底忘记了照片的事情……

舒盼仰天长叹，在一声哀号过后，又踢了一脚歪脖子树：“我压根还没问呢。”

娄晓楼反而很庆幸：“还没问就好，我刚才正和孟开打听呢。你先别冲上去惹得陆先生不开心了，让我先去探探底。”

舒盼一脸哀怨，感觉娄晓楼知道陆辰良愿意往自己身上砸钱以后，他们两个的关系更类似于老鸨和楼里的姑娘了：“小娄……你不是真的爱我。”

娄晓楼上去亲昵地挽着舒盼的手臂：“你这都算好的了，有些人估计现在正在某个地方演哭戏呢。”

舒盼让她小声点，这话要是被乔楚听到就不得了了。

晚上回到床上，舒盼和顾千千聊了好一会儿，得知她最近也在飞来飞去地赶活动，不由得对两人曾经在片场挤在一起偷吃零食的时光十分怀念。

对于陆辰良的事情，顾千千只给了一句评价：“危险啊，盼盼，你这么怀疑陆先生，说明你变得不自信了。”

哎……原来万恶之源还是她自己？

另一边的乔楚几乎是含泪小跑回了自己的保姆车，一上车就开始乱砸东西泄愤，助理见她的阵仗这么大，吓得有些不敢说话。

乔楚恨得一张清秀的脸蛋几乎都变形了，她将助理拉到身边，一字一顿地道：“你去，把舒盼扒我衣服的那卷带子、底片都给我搞到手。”

助理连连后退两步，惊恐地盯着乔楚那张此刻有些陌生的面孔：“乔楚姐，这、这……”

乔楚如是吩咐道：“弄不回来，你也就不用在这个圈子混了！”

早晨五点，昨日的风波还未过去，娄晓楼来叫舒盼起床的时候，舒盼死死抱着怀里的熊猫，在梦里还紧皱眉头考虑陆辰良身边的女人究竟是谁。

今天舒盼要抽空从片场出去拍一支MV，再赶在点上回来接戏，任务繁重。这是小鲜肉顾淼单飞后的第一首EP，早就引起了不小的关注。

舒盼迷迷糊糊地坐上保姆车，娄晓楼为了不让她再睡过去，将车上的广播调频到音量最大声的晨间新闻。

“由德国直飞广州的LH789 FRA汉莎航班在飞行途中，因遭遇雷暴而暂时与地面失去联系。据本台最新消息，机上的乘客之中有近来饱受关注的某G姓女星……”

娄晓楼放大了声音：“G姓女星，最近热度高的，好像也就只有顾千千？”

舒盼一个激灵坐起来：“顾千千在的那个航班？”

她依稀记得，回程的陆辰良似乎也在同一辆飞机上！

舒盼面色煞白，她颤抖地拿出手机打给陆辰良。

他是今天回来没错，但开会延迟时间，甚至航班延误的情况时有发生，或许陆辰良根本就没搭上那班飞机呢？又或许一切只是她日有所思，夜有所梦，将顾千千回来的班次错记成陆辰良的呢……

舒盼的无数种猜想，都被那一头传来的冰冷的人工语音狠狠地驳回了。

“对不起，您所拨打的号码已关机。”

一遍一遍，仿若重击朝她的心脏袭来……

前排正专心开车的娄晓楼对后面舒盼的异样毫无所察，车辆行至高速路站点，娄晓楼一拍脑袋，不由得哀号了几声：“盼盼，这车子我前几天忘记送修了，你稍等一下，我们在这里停一会儿，稍微检查一下，今天绝对不会让你迟到的。”

舒盼根本没听到她在说什么，她的面色青白交加，脚步昏沉，下车后，压低声音对娄晓楼道：“我今天是拍不成了。你麻烦小欢赶紧过来一趟吧。”

娄晓楼顿时紧张起来，握紧舒盼的手，又摸了摸她的额头：“你怎么了？手这么冷，是不是昨天冻到了不舒服？”

舒盼抱着娄晓楼，着魔一般地呢喃着：“机场……我要去机场。车钥匙，小娄，你快把车钥匙给我。”

娄晓楼被舒盼这副魂不守舍的样子吓到，她捂紧了自己的口袋：“不行，你不说清楚，我绝对不能给你。”

舒盼急得快要哭出来：“那班飞机！陆辰良在那班飞机上！”

娄晓楼愣了几秒，她忽然反应过来："你先别急，可能……可能是搞错了呀。"

舒盼脑子一片空白，除了立刻到机场等消息以外，她几乎没了任何念头，一见娄晓楼松了手脚，立刻扑上去拿走了钥匙。

娄晓楼死死挡在车前面，她脑内在做着激烈的思想挣扎，这么大的事情，怎么可能小欢和易先生一个电话也没打来呢？万一是舒盼搞错了，这么神经兮兮地对MV拍摄放鸽子，到时候负责任的可是她呀！

舒盼低头猛走几步，颤抖地插钥匙开门，但因为情绪太激动，连续几次都没有成功。

娄晓楼伸手摇晃她，舒盼抬眸，脸上已经都是泪水："你快点让我去吧，求你了……"

娄晓楼从没见过舒盼这么六神无主的样子，她咬咬牙："盼盼，你先别哭，你现在这样开得了车吗？再说我们这车这会儿有点毛病，你也开不走呀。"

娄晓楼头疼得不得了，低头一摸口袋，小欢的电话打进来了。

小欢在那头斩钉截铁地道："你要稳住舒盼，即使今天不能拍MV也行，一定要让她在摄影棚现身。"

娄晓楼跺脚："陆先生的事情是真的了？盼盼我拉都拉不住啊，我看不让她去是肯定不成了，都打算开车带她过去了。"

"你难道不知道舒盼撕乔楚衣服的视频上热搜了吗？她现在开天窗去机场，就等于是让她去送死！"

娄晓楼彻底傻眼了，早晨起来得早，这都还没来得及看微博呢。

她赶紧回头找人，想着就是抱着舒盼的大腿也不能丢了饭碗，可后头哪里还有舒盼的人影……

舒盼听到娄晓楼和小欢两人的对话，心下顿时对陆辰良飞机失联的事情了然。

她深呼吸，胡乱地抹了一把脸蛋，这才意识到原来已经哭了很久，那是一种从心底油然而生的绝望，眼泪就那么毫无知觉地从眼眶里淌出来，根本不受自己的控制。

没有了陆辰良，她的世界会怎么样？

她不敢想象，也不愿意去思考。

舒盼把保姆车的钥匙扔在地上，小跑着去车辆停歇的地方找人帮忙。

"请问能麻烦您载我去一下机场吗？或者车子借我也好，我、我付你钱……"

“机场，能不能送我去一下机场，我有家人出事了。”

她一车一车地拍着窗户问人，找遍了能看到的出租车。可能在高速站点稍作停留的出租车都早就预定好了远途的客人，不是没有人对舒盼的价格心动，而是没有哪个司机愿意把现成的客人扔在高速公路上。

她最后竟然找上了一辆和自己一样的小型客车。

司机下车去抽烟了，后排探头出来一个戴着墨镜的金发少年，他见着舒盼，动作忽然滞了滞，用腔调有些怪异的普通话回答道：“去机场是另一条路啊，你这方向完全不一样啊。”

舒盼已经管不了那么多，她一眼便看到司机留在位子上的钥匙，这车……应该是能直接开走的。

金发少年显然也想到了这一点，他一把摘下眼镜，伸手准备锁上门窗：“喂喂，你不要乱来。”

然而，已经来不及了。

舒盼如同电视剧里身手敏捷的侠女一般，开门上车，一系列动作一气呵成，后排的金发少年吓得哇哇乱叫，当即就要下车找人。

“小姐，你这是要劫财还是要劫色？趁我的司机和保镖都在外头，你来阴的是吧？你是我的黑粉还是私生饭？你这样我要报警的，号码是多少来着……”

舒盼眼里心里都只有一个念头：“我只是借你的车子去机场。”

金发少年痛心疾首，这年头自己的黑粉都这么会找理由了？他还非跟这人杠上了。

“呵呵，你这个借口很新鲜。我还就不信你不是来绑架我的！”

“那你系好安全带。”

舒盼头也不抬，猛踩油门，倒车出了站点。

车座上，后排的金发少年显然被舒盼的这种气势震慑了，他有点后悔自己没下车，但此时已经是骑虎难下，只好惜命。

他一边系安全带，一边从内视镜里偷瞄舒盼，怎么看怎么觉得她有点眼熟，小声嘀咕了几句，打定主意一下了高速路就要报警。

可抢车的这位黑粉，为什么长得这么像今天要跟他一起拍MV的女星舒盼……

原本一个小时的路程，舒盼只开了二十分钟便赶到了机场，金发少年见她停车下来，逃命似的下车，张口便抱怨道：“你还真是去机场啊！”

“抱歉，我等下……再来跟你赔罪。”

舒盼咬了咬下唇，跳下车，根本顾不上会被别人认出来的可能性，一路狂奔便进了机场。

机场里，这一场飞机失联的闹剧已经让不少家属聚集在候机室外头，舒盼听着广播里一遍遍宣布着那熟悉的航班号码，她一时腿软，竟然差点跪倒在地上。

还好，还只是失联，不是失事，这样就好，这样就好……

金发少年不知什么时候跟着走到舒盼后头，他重新戴上了墨镜，把舒盼拉到人少的角落："你、你家里人真的在飞机上？"

舒盼没说话，命运对她的审判仿佛就在这片刻之间。她很后悔，后悔自己之前喜欢跟陆辰良因为小事吵架，就在他上飞机之前，她都因为嘉扬投资的事情在生气。

易南打电话过来，他先是无可奈何地叹气，抛开工作，他跟舒盼、陆辰良两人的关系是最为亲密的。

"盼盼，摄影棚那边因为顾淼也失约了，所以目前没什么麻烦。但是你现在不能太莽撞，八卦记者因为乔楚的事情，现在盯准了你。"

"盼盼，现在只是暂时失联，也有可能是地面上消息延迟。"

"盼盼，你好歹说句话。"

"……"

长久的沉默，舒盼听不见周围所有的声音，她只想在这里等下去，如果陆辰良下了飞机，她还能有机会把那些后悔和不甘心统统都告诉这个人，然后，再也不放开他的手。

金发少年显得有点手足无措，他还没经历过这样的事情——好好地赶去片场录个MV，半路上车被人劫走了，要命的是这个绑匪还是个漂亮的小姐姐。他都没忍心让经纪人报警，只发了个自己的定位，让他赶过来处理。

大厅循环播放航班暂时失联的广播忽然终止，一条最新的消息进来。

舒盼站了起来，跟着那些同自己一样等待着结果的家属和亲友，一步步走向了出口。

飞机上的乘客陆陆续续走下来，带着劫后余生的喜悦，纷纷抱住了身边的亲友，一个接一个，舒盼的心跳几乎停止，直到她看到那个熟悉的身影，拖着行李箱，排在队伍的最后。

本来已经止住的泪水，再度汹涌，舒盼的视线模模糊糊的，等她再反应过来的时候，那个男人已经走到了面前，她没来得及抬头看，就感觉自己被一股强大的力量搂进了他怀里。

舒盼闻着陆辰良身上熟悉的味道，这才确认他是安全回到她身边了。

“我刚才在飞机上想通了一件事情。”

舒盼陆陆续续哭了好几次，嗓子都哑了：“嗯？”

“我应该早点做好一切，早点让你认识我的家人，早点……向你求婚。”

身边一圈圈的人渐渐骚动起来，舒盼忽然想到易南的劝告，可搂着陆辰良的那双小手还是舍不得松开。

陆辰良察觉到她的小动作，当机立断脱下外套，盖在她头上。

“有时候挺怀念你还是个小替身的日子。”

舒盼转头看了看，感觉周围的人群虽然都纷纷朝门口集中着，但似乎不是对准了自己和陆辰良，而是隐隐地向着另一个方向。

她忽然想起来：“对了，千千是不是跟你在一班飞机上。那秦隽……”

陆辰良黑白分明的眸子里闪过一丝狡黠：“所以说你怕什么，他们两个还抱着呢。你就安心披着这件衣服吧，顾千千帮你吸引一回火力，也算是还了你上次帮她的忙。”

这个想法虽然有点没良心，但是按照名气算，秦隽这次放弃工作来机场接人，就等于直接肯定了顾千千天王嫂的地位。这条重磅新闻，怎么想都会蝉联好几天的头条热点了。

舒盼伸手把外套往身上搂了搂，还是抱着陆辰良不撒手：“这倒没什么还不还的，但我想，有了这种劫后余生的体验，就是秦隽再傲气，也会知道顾千千对他来说有多重要了。”

陆辰良的唇畔勾起一抹笑意：“那看来有些人也知道了。”

舒盼撇了撇嘴，抬眸看他：“我更想知道，在那三十分钟里，你都经历了些什么。”

“我第一个想法是应该好好分一下财产。”

“不会是都给我吧？”

陆辰良瞥了她一眼，抬手给她一个爆栗：“肯定都不给你。否则你抱着我的那堆遗产，肯定会有源源不断的比林琛更脑残的人上门来抢人。”

舒盼有点泄气：“你想到的身后事，真的就只有处理钱吗？”

当飞机上的广播说出遭遇雷暴可能发生故障的时候，陆辰良即便是个再淡漠平静的人，也有了那种生离死别的情愫。前半生发生的一幕幕在他的脑海里如同走马灯一般地闪过，而真正带有色彩的记忆，从遇到了某个女人开始。

是舒盼。

“当然不止。”陆辰良断然否决，他那双如同晨星般的眸子里闪烁着一种奇异的光彩。

陆辰良还录了一份遗言，鉴于现在天人永隔的悲剧没有发生，他打算把这份录音暂时当作秘密保留，至少现在这个时机拿出来是不恰当的。

舒盼很想继续问下去，但现在确认了陆辰良平安无事，她这才猛然重拾了自己的理智——刚才给录制开天窗就算了，她居然还是抢了别人的车子过来的！

陆辰良见舒盼脸上的表情十分精彩，就知道八成没什么好事。

他见怪不怪地笑了笑："别，你还是暂时先别告诉我全部，也好好管理一下表情，否则一会儿你会更后悔。"

舒盼还没琢磨明白陆辰良话里的意思，就见着从男人的身后闪出一个身着范思哲皮革女装的贵妇，身材高挑，气场强大，长卷发及腰，手上拖着一个路易威登拉杆箱，指尖上涂染着艳红色。

这不正是那张照片里的女人？

贵妇踩着高跟鞋走到舒盼面前，上下仔细打量了舒盼一番，这才对陆辰良笑道："阿良，我看这位舒小姐精神得很，就她了。"

陆辰良笑而不语，贵妇见着舒盼茫然的样子，笑得更开心了："对了，他肯定都没跟你说过我，盼盼，你好呀，我是陆辰良的老妈。"

舒盼彻底蒙圈了……

陆辰良订好了法国餐厅，但因为迟了一个多小时，位置被取消了。舒盼感觉现在要她慢条斯理地去吃一顿正宗的法餐，肯定也是食不下咽。

且不说她来机场前闯下的那堆祸事，这面前的人可是陆辰良的老妈呀，万一做错了点什么，不知道会在她心里怎么被扣分……

陆母的性子比起儿子要爽利很多，没法餐正好，她在国外精致的西餐吃得太多了，今天只想吃麻辣小龙虾。

三人起程去了最近的一家，就着一盘红彤彤的龙虾，开始了这场足以决定两个家庭未来重要走向的会晤。

舒盼抿了一小口椰奶，挑了个话头："陆伯母这次是跟着阿良回来的吗？"

陆母被舒盼这个称呼乐得不行："盼盼，我和阿良的老爸已经离婚十年多了，这第二任也在前几天分手了。我本姓章，所以这个过渡的时期你可以叫我章阿姨。不过我想，很快你也要改口了。"

她碰了碰儿子的杯子："就要看你对丈母娘的功夫到不到家了，可别到时候还要拉我出去做说客。咱俩说好了，我就去一下你的婚礼，其他事情一概不管。"

陆辰良难得没有洁癖地动了配套的餐具："承你吉言。"

这对母子的对话和脑回路远远超出舒盼能够思考的范围，她愣了一会儿，终于忍不住在陆母去洗手的时候询问陆辰良：“你妈妈，一直都是这样的啊？”

陆辰良戴着手套，专心地对付着盘中的小龙虾，他选了一只顺眼点的摆在面前：“千万个家庭，千万个老妈。我们平时就这么聊天，这次带她回来只是让你认一认，负担不用太大。”

他边说着边双手用力将虾壳捏碎，从壳里脱出一整条龙虾肉来：“我喂你要不要？”

舒盼对陆辰良这种突如其来的甜蜜招数猝不及防，连连后退：“你什么时候学会这种操作了？”

陆辰良细细剔掉龙虾的虾线，把虾肉提起来放到舒盼面前：“乖，张嘴。”

舒盼乖乖张嘴过去，含糊不清地道：“打死我也想不到，你出国工作居然带着自己的老妈。”

质地滑嫩的虾肉一送入口中，她的舌尖被那种鲜辣香完全覆盖，连初见婆婆的恐惧都消除了几分。

陆辰良第一次对外人讲起自己有点复杂的家庭情况：“她的第二任老公在德国，就是第一个支持我去读电影的长辈。这几天他们离婚，买卖不成情意在，我顺便过去看看他。《游园惊梦》的合作，他也有份。”

舒盼差点没咬了舌头：“又、又离婚了？”

她脑补陆妈妈一个人带着儿子游历异国他乡格外凄惨的境况。

陆辰良给舒盼倒了杯椰奶：“盼盼，不是每个人都能在第一场婚姻里找到真爱。我妈经常告诉我，她在第一场婚姻里最大的收获是有了我这个儿子。她四海为家的那几年里，最大的乐趣是通过八卦杂志的新闻调侃我。”

舒盼摇摇头，笑得有些无可奈何：“你们真有意思。”

陆母从洗手间走出来，见着儿子正给女朋友擦嘴，心底忽然涌出一股感慨。好多年没有参加婚礼，如果今年这一场能是阿良和这个叫舒盼的就好了。

能被儿子这么温柔对待的女孩，应该是个很不错的姑娘。

晚餐的最后，陆母看舒盼已经越来越顺眼。她的确不像一般的母亲，对待舒盼仿若同龄的挚友，就算单从她个人的经历上来说，也算得上是奇女子了。

送走了准婆婆，舒盼仿佛回归尘世，这才开始烦恼起自己和乔楚那档子事情。

“她不是哭着要公布出整段视频来吗？”陆辰良缓缓启动车辆，“我还没见过哪个女艺人，这么希望自己被撕破衣服的视频被人反反复复拿来看。”

他当即让公司的法务直接联系席钧尧，双方现在就进入了协商的阶段，如果乔楚不收敛，干脆就把她走光的那段视频交给法院，到时候开庭就热闹了。

舒盼咬了咬下唇，感觉让乔楚被网民视奸……估计她会崩溃的吧？

陆辰良还是冷冷地来了一句：“你就别为她想了，乔楚肯定还有后招。”

比起舒盼和陆家母子的悠闲，半路被拐跑到机场的顾淼就没有那么好运了。

经纪人从几公里外的高速带着四个助理追来，听着顾淼不愿意报警又十分紧急的语气，男经纪人只得出了一个惊人的结论——那就是他被过去的情人缠住了。

杀至机场，最后也不过是把顾淼连人带车一起搞回来。

顾淼一肚子无处发泄的郁闷，他主要是觉得被个不认识的小姑娘劫车，这件事情也太丢人了，即使是报警了，说出去也不光彩。

他上车翻了几页微博，才知道自己在机场也被偷拍了。一场飞机失联，不仅把秦隽和顾千千这对真爱给炸出来了，小部分媒体还注意到了同一航班上的陆辰良，来接他的人正是嘉扬旗下的艺人舒盼。

有个十几秒的画面正是两人旁若无人地紧紧拥抱在一起。

顾淼的视线定格在视频里的舒盼身上，他瞪大了眼睛，不可置信地喃喃道：“还真是她啊。”

这个舒盼有点厉害了，这样不怕死地要去接陆辰良，看来是真爱了！

不知道为什么，这个拼搏的背影看起来莫名地有点像云芳菲。

顾淼有点惆怅，是不是所有长得好看的小姐姐，都要跟陆辰良那样冷冰冰的怪人搭上点关系？

娄晓楼被舒盼的事情弄得没了半条命，恹恹地前往陆家开这场善后的战斗会议。

舒盼主动跟她道歉，又撒娇地抱着哄了好一会儿，她才终于软化下来，带着哭腔说道：“舒盼你不能这样，半路人就这么失踪了，就是急着要去找陆先生，你也要时刻注意自己还是个艺人呀。”

关心则乱，舒盼还真的没顾得上去计较一路上被多少人直接拍了正脸。

顾淼的录制延后了半天，这事情可轻可重，好在那边将责任都算到顾淼失约这件事情上，舒盼反而没有那么大的压力。

她现在的处境本就不乐观，前边是乔楚惹出来的丑闻，后边还有陆辰良跟她的关系曝光的危机，摆在最正中央的，是她劫车去机场的壮举。

小欢苦等了几个小时，公安局那边风平浪静，没有收到任何消息，她让舒盼仔细回忆一下车上坐的是什么人物。

舒盼想了想，得出了一个惊人的结论——金发少年那一身的行头也不便宜，举手投足甚至是口头禅，无不暴露着他跟舒盼是同行的事实。

易南听到这个说法之后反而松了一口气："是艺人就好。那至少报警的风险是没有了，毕竟谁也不愿意把事情闹大。"

舒盼双手捂脸，劫车就算了，还抢了个同行的保姆车。这圈子说大不大，说小不小，人家是没报警，但哪天遇上就尴尬了。

"我当时也没认真看是谁，估计就是面对面要指认我，我现在也认不出来……"

"对。"易南打了个响指，他点了点娄晓楼和小欢，"你们也要统一口径，舒盼今天是临时身体不适，所以不得不放弃拍摄。"

几人散会后，陆辰良放下手上的财经杂志，忍不住捧腹大笑起来："没想到你拍了几天武打戏，现在身手了得。佩服佩服。"

舒盼枕着陆辰良的大腿，用脚夹起散落在周围的剧本，扔到陆辰良身上："你就笑吧，等我被抓入狱了，看你还笑不笑得出来。"

放在往日，陆辰良肯定会嫌弃舒盼的这个举动，今天却格外宽容，他拿起那本无辜的剧本："《游园惊梦》你打算接了？"

舒盼用力点点头："我抽空看了这个故事，挺喜欢。比起小欢让我选的其他戏，我最喜欢这个电影。"

陆辰良毫不谦虚地道："把其他商业片跟它放到一起，根本没有比较的价值。"

和舒盼想的一样，陆辰良写《游园惊梦》的创意的确来源于昆曲。

故事背景在二十世纪二三十年代的苏州，青楼之中有一名容貌出众、尤擅昆曲的歌女翠薇，她虽然一度受到男人们的追捧，最后却因身世坎坷而嫁入富户，做了一名小妾，至此受尽了白眼和冷落。

另一主角是徐府的一位表亲，女儿身的徐敏之却有男儿之志。她留学归来，面对家道中落的境况，仍决心要摆脱封建思想的桎梏，做一个新时代的女性。

徐敏之和翠薇因一曲《牡丹亭》而结识，听着翠薇唱出杜丽娘的曲段，徐敏之自然相和。两人虽同为女子，但在昆曲的合作中唱出了天衣无缝的默契。

而在昆曲之外，翠薇和徐敏之也产生了一种超脱于友情之外的情感，两人惺惺相惜。在翠薇的丈夫病逝后，这种情感更甚。直到徐敏之同样留学国外的初恋秦子敬归国，徐敏之对初恋仍怀有爱意，三人深陷于这段绮丽而梦幻的关系之中，无法自拔。

战争爆发，秦子敬去做了前线记者，至此了无音信。全篇就在他初见徐敏之和翠薇在府院中唱的那曲《牡丹亭》之中，缓缓结束。

舒盼一直觉得自己是个俗人，她对那种很文艺的片子没有太大的欣赏兴趣，但陆辰良这个本子的特点很明显。以一个观众的角度来看，新时代女性徐敏之、歌女翠薇、爱国青年秦子敬，是那个动荡年代最鲜明的三个缩影，两个女人之间还若有似无地有着一段不容于世俗的感情，配合上那种生离死别的家国情仇，全篇由昆曲贯穿始终，那画面一定很美了。

舒盼仰天感慨："难怪说你最会拍女人和禁忌恋了。我看也就只有你，不怕那些因为女女恋而不敢进电影院的直男不买账了。"

陆辰良把剧本盖在她脸上："双女主的情感这块是梁先负责的，我感觉会过不了审核，所以修改了。但是他对于我要把秦子敬添加进三角恋关系的意见很不满意。"

他感觉梁先这些年没能谈成几次恋爱，肯定跟他脑子里一直放着满满的禁忌恋有关系。

舒盼埋头在剧本间，笑声有些闷闷的："前阵子你一直不停地出差，原来是去请昆曲大师了。完了，我觉得徐敏之这个角色很难，至少也要提前培训好几个月。"

"我在电脑桌面上放了些材料，你可以先看看。"

舒盼的兴奋劲上来，蹬着小脚丫扑腾起来，几下蹦跶到陆辰良的电脑桌前："你电脑里没有什么不可告人的十八禁小动画吧？"

陆辰良的声音听起来云淡风轻："我有陆太太，我不需要。"

舒盼的话语戛然而止，伴随着陆辰良吐字清晰的"陆太太"这三个字，她还瞄到了电脑桌上的戒指盒。

她吞了口唾沫，慌张地打开了陆辰良的笔记本，虽然尝试着让自己的手不去碰那个充满诱惑力的盒子，但眼神还停留在上面。

太套路了！怎么把戒指放在这种不起眼的地方，这是让她亲自去发现的意思？

陆辰良在舒盼愣神的这一会儿时间，已经走到了她背后，双手轻搂她入怀，下颚抵着女人的肩窝："我也不知道为什么，觉得今天就是最好的时间……可能人侥幸活下来，就不愿意再浪费时间了。尤其是，当他知道自己的真爱，就在眼前的时候。"

舒盼看着眼前那枚的钻戒，忽然有些说不出话来，甜蜜和酸涩同时往她心头上涌。

她也曾幻想过陆辰良会求婚，只是从没想过，此时此地，会温馨得让人这么想哭啊！

“我知道女孩子喜欢仪式感，但是被众人盯着单膝下跪求婚，对我来说，做这种事情还是有一定难度的……戒指可以补一个更精致的，求婚仪式也可以重新安排。但就现在，我想问你，盼盼，你愿意做陆太太吗？”

陆辰良话声恳切，字字句句就在舒盼的耳边，仿佛一种带着香艳色彩的魔咒，让舒盼禁不住去幻想十年、二十年，甚至百年之后，都和身边这个男人以家人的身份携手站在一起的情境。

她吸了吸鼻子，声音里有点颤抖，半开玩笑地道：“我今天去的路上一直不停不停地在想，要是以后都见不到你了，我可就亏大了。那么多人都说我是你的新欢，可明明你的前任、现任都是我呀……以后，也只能有我一个人。”

陆辰良轻吻在她的耳际，戒指自舒盼青葱般的指尖滑下，牢牢套在了她的中指上：“你说了算。”

舒盼忽然想起了些什么，她深吸一口气，眉间微蹙：“等等……那这个戒指，你是什么时候买的？”

她认出这款戒指是定做的，也就是说至少要三个月以上，加上陆辰良这种极端完美主义的性格，从选裸钻到跟造型师沟通，再到做出成品来，至少也要五个月左右……

接近半年，可那个时候她才刚回到嘉扬，两个人还闹着别扭，她正进组准备拍《大漠英豪》呢！

她走过的最长的路，就是陆辰良的套路啊！要是不细想，还真的以为陆辰良是被飞机失联刺激得知道要珍惜眼前人了……

陆辰良轻咳了一声，试图转移话题：“我怀疑笔记本是不是在飞机上颠坏了，怎么这么久还没开机？”

舒盼抓着陆辰良的手腕：“从实招来，什么时候就有了要娶我做陆太太的念头？”

陆辰良装作听不懂的样子，继续捣鼓他的笔记本电脑。

“陆辰良，飞机失事都治不好你嘴硬啊？”

“你听说过一场意外，就能彻底改变一个人的性格吗？”

“……你使诈。”

“你把戒指摘下来试试？”

陆辰良放下电脑，将仍在纠结套路问题的女人一把抱了起来，舒盼一声惊呼，怒怼他道：“我要是反悔真摘掉了戒指，你打算怎么办？”

陆辰良的公主抱已经很熟练了，他将舒盼以一个安全的姿势扔到床上：“举手之劳，那就帮你再戴回去。”

舒盼没了脾气，接受求婚的第一个夜晚，她由衷地感到陆辰良原来还挺无赖的。

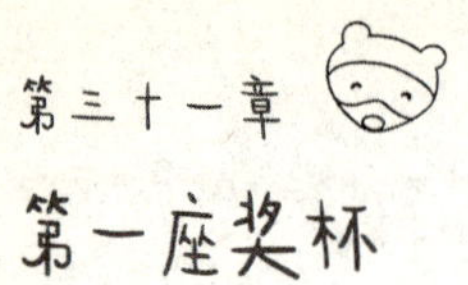

第三十一章

第一座奖杯

陆辰良没开玩笑，他的求婚是真的，但他的电脑出了问题也是真的。

值得庆幸的是，他其余的东西在另一台电脑里仍有备份。但让陆辰良比较无奈的是，他原本在这台电脑里做了个求婚策划，打算拿出给舒盼看一看。

如今电脑暂时坏了，便没有了那份惊喜感。

事实证明，陆辰良套路之深，远远超出舒盼的想象。

舒盼在陆家休息的周末，舒母带着舒凡来了。她还没能解释上两句，两人就直奔陆辰良而去，舒凡在他身边转了几圈，有点别扭地问道：“我和老妈来看看姐姐，顺便……看看飞机失联有没有对你造成什么不可逆的伤害。”

这话说得，生怕被陆辰良听出来一点点关心他的嫌疑。

陆辰良拍了拍他的肩膀，有点一笑泯恩仇的味道：“我很好，你姐姐也很好。”

舒母抱了抱女儿，自从舒盼加入演艺圈以后，她就开始跟着舒凡一起看八卦新闻。两人在机场被拍下那段视频以后，微博底下的评论有些就骂得很难听，加上乔楚的事情牵连，舒母担忧得好几晚都睡不着。

舒盼抱了抱老妈，她想得很开：“妈，以后那些你就少看一点。他们当中的很多人，根本就不了解我，也就是躲在手机屏幕后面骂一骂。”

“我是好是坏，是成功还是失败，都不是他们说了算的。能够朝着自己的梦想努力，我已经很开心了。”

舒母的眼眶有点湿润，从前总觉得舒凡像极了丈夫，实际上盼盼坚韧的性格又何尝不是和老爸一个模子刻出来的。

“以前爸爸希望我做一只人见人爱的小熊猫，”舒盼也想起了父亲，但她的眼中没有悲伤，而是充满了坚定，“现在虽然走偏了点，但只要我努力，真心喜欢我的人，也会越来越多的。”

舒盼始终这么相信着，她的进步是有人看在眼里的。

舒母低头见着女儿手上那枚戒指，终于笑着肯定：“你过得好就好。老妈这次就是来表态的，阿良是个有分寸的孩子，做什么事情都有计划，你和他在一起，我放心。”

她一早就知道陆辰良求婚的安排。之前亏欠舒盼的太多，在这件事情上，舒母决定完全尊重舒盼的选择，只是主张着挑个吉利一点的日子再去领证。

舒盼虽然做好了准备亲自跟老妈说求婚的事情，但事到临头，还是感觉自己脸上在烧。她将陆辰良拉到厨房，眉间微蹙，咬着下唇逼问道：“你什么时候跟我妈说的？那要是求婚不成功呢，这不是很尴尬吗？”

陆辰良很淡定地沏茶：“可能性是有的，就跟我飞机失事，你变成寡妇的概率差不多。”

舒盼一个刀叉挥舞过去：“呸呸呸，你能说点好话吗？”

他随后姿态潇洒地端茶到舒母身边，在舒家姐弟的注目下，喊了一声无比中听的“妈”。

舒母笑得合不拢嘴，连声回应了陆辰良数个“好”字。

舒凡深觉自己这边的帐营不稳，就要彻底失去老姐了，梗着脖子又跟陆辰良瞪了好一会儿，这才绕到老妈后面去小声嘀咕道：“什么计划，都是套路……”

舒盼从厨房里端出来冷冻好的甜点，竟觉得这样的画面无比温馨。陆太太不仅是被冠一个称呼，陆辰良一开始，就打算要给她一个家。

还有什么能比一个男人为你精心安排这种套路，更让人感觉开心呢？

一切回到正轨，重录顾淼MV那天气温骤降，仿佛是积蓄了整个秋日的寒意。

舒盼内里穿着一身清凉的夏季纱裙，外边披着一件羽绒服。娄晓楼往她身上塞了几个暖宝宝，抬头看着室外飘下来的雪花沫。

“这下再回组里，估计更冷了。”

舒盼眯着眼睛任由女造型师折腾：“杀青的时候在12月，拍完正好回家过年。”

女造型师细细扫过她的脖颈，发现了一根精致的银质项链，再往下，银链子似乎串着一枚钻戒。

“哎哟，这个项链好漂亮，之前没在今天的赞助里看见过。”

舒盼警觉，她睁开眼睛朝造型师笑了笑，伸手将链子藏好：“私人物品。”

她目前不能明目张胆地把戒指戴在手上，娄晓楼给她找了个链子戴起来藏在胸口。带着那种小甜蜜，舒盼出门的时候还自拍了好几张给陆辰良看。美其名曰离心脏更近的位置，方便两个人时时刻刻都有联系。

不消一会儿时间，顾淼那边的人来了。

舒盼远远地瞥见他那一头的金发，心里忽然咯噔一下，有种不太妙的预感。

之前她给云芳菲当替身的时候跟顾淼拍过一期综艺，那时候他还是乖乖的黑发，脾气也好，只是中文不太利索，现在换了造型，好像整个人的气质都不一样了……

重点是，实在是好像昨天被劫车的那个暴走少年！

顾淼过来和舒盼问好，两人的眼神一搭上，似乎有了那么点心照不宣的意思。

“是你……吗？”

“圈子真小，是吧。”

这支MV的名字叫*Shadow*，中文译名是《影子情人》，整个歌曲和画面走的是暗黑童话风格。大致的剧情是，顾淼是女孩在镜子中的情人，每次两个人都在镜子中的世界约会，直到某一天，女孩在街上偶遇了一个跟顾淼长得一模一样，性格却截然不同的男孩。

两个形象对立，女孩忽然分不清孰真孰假。

租赁的摄影棚太大了，因此开拍的时候是没有暖气的，顾淼和舒盼两人一边演着惬意的约会，一边冻成狗。

镜头拉远，顾淼坐在圆桌前跟舒盼互相喂蛋糕，他挑了个白巧克力的，撑着一张明朗的笑脸：“那天要是早知道你是舒盼就好了。”

还不如做个人情，开车送她去机场呢……

舒盼最不喜欢白巧克力，但她脸上的不适转瞬即逝：“我就这么冲上去说自己是，你肯定也不信。还是要多谢你的车，我听说你后来也没报警。”

有那么一瞬间，顾淼的表情又恢复了当初拍综艺时的乖巧，他笑了笑：“我这么大一个人，被一个姑娘劫车，说出来要被那些粉丝笑死了。”

舒盼被他逗乐了，两人之间的气氛倒也没有想象中可怕：“这算什么，你不是还怕鬼屋吗？”

顾淼手上拿的叉子差点掉了：“这件事情你怎么会知道？”

糟糕，这下可说漏嘴了！

舒盼的眼神朝别处瞟了瞟，所幸这段约会的戏码终于结束，她站起身来，顾淼却拉着她的手不放，他脸上忽然浮现出一抹奇异的神色：“舒盼，我能问你个问题吗？”

娄晓楼感觉不太妙，她快步走上来，正听到顾淼的那句问话：“你和云芳菲小姐熟吗？”

舒盼已经很久没被人拿出来和云芳菲一起说事了，离当初和顾淼一起录制综艺，也过去好长一段时间了，没想到他还记得。

“顾先生，舒盼，导演喊你们过去录制了。”娄晓楼的到来很及时，终止了顾淼对舒盼的进一步探究。

花了一个小时拍到下午五点多，MV的素材已经拍好了一半。

中间休息的时候，顾淼迎来了一拨粉丝签名合照，还顺路放了几个探班的人进来。这完全在之前商量的计划之外，娄晓楼过去交涉的时候很不满意。舒盼正处于比较敏感的时期，顾淼那边的人明知道这一点，却还是放人进来。

“算了，他也是赶时间。”

舒盼猜想劫车的事情多少还是对顾淼的行程造成了影响。娄晓楼带着她绕到角落休息，两人好巧不巧地正面撞上一个女粉丝。

女粉丝眼尖得很，一下便认出舒盼，凑上前仔细看了看，确认无误后才惊叫起来：“盼盼，是你啊，原来MV保密的女主角是你！”

娄晓楼尽力把舒盼护在背后，压低声音道：“不要管，我们先上保姆车再说。”

女粉丝倍感惋惜，她求情似的拉着舒盼：“能不能和顾顾一起给我拍张合照留念啊，我可喜欢你了。”

舒盼想了想，同意停下来跟她合照，但顾淼那边还有太多其他的人，搞不好就有自己的黑粉，如果场面闹得不好看，对谁都没好处。

女粉丝“哦”了一声，忽然想起个合理的解释：“云芳菲今天也来探班，估计你们两个站在一起是挺不合适的。”

舒盼停住了脚步，她的耳朵没出毛病吧？云芳菲居然要来探顾淼的班，这事情她怎么一点都不知道？

娄晓楼的脸色更差，她是知道云芳菲和舒盼有过节的。这几天接二连三遭到暴击，再不能把舒盼安全送回剧组，简直就要了她的命了，她当即决定不管那么多，一定要避开云芳菲！

可惜已经来不及了，继女粉丝之后，云芳菲本人很快就现身了。远远望过去，就能见到她那万年不变的高冷面孔和孤傲姿态。

顾淼站起来迎接她，云芳菲摘下墨镜，只微微跟他寒暄了几句，紧接着，两人便一起朝舒盼踱步走了过来。

娄晓楼差点要出冷汗："盼盼，你真的不躲躲吗？"

"她有意来找我，躲得了吗？"舒盼淡然一笑。

舒盼静静地盯着那个由远而近的熟悉身影，不由得生出几分感慨，她曾经是云芳菲的影子，但现在，她已经能够坦坦荡荡地站在阳光下，接受众人的注目。

云芳菲在走向舒盼之前，的确是打着探顾淼的班的旗帜来的。

事实上，顾淼前几天就知道云芳菲会来，但那时候他还不认识舒盼，更不知道舒盼和陆辰良真的跟外界传闻的一样有这么深的关联。

他回国以来，跟这位昔日视后在微博上的互相关注并没有取消。

顾淼处处找寻着和云芳菲有关的新闻，他实在难以想象，在自己印象里那样温柔的一个人，会被国内的媒体描述得这么不堪。

但他见到云芳菲的那一瞬间，这种困惑更深了……

面前这个妆容精致、姿态孤傲的女人，跟从前那个主动牵着他的手开玩笑的小姐姐，俨然就是两个人！

云芳菲将点心摆放到顾淼面前，她对这种被小女生追捧的偶像少年没多大兴趣，只敷衍地笑了笑："我拍戏经过附近，顺便来看看你。"

顾淼心里好失落，他低垂着脑袋，只应了声"谢谢"。

云芳菲没空顾忌少年的心情，便自顾自朝舒盼那头走去。

舒盼索性不躲了，她就坐在原来的位置上，抱着茶壶取暖。这么大冷天的，云芳菲这种下衣失踪露出大长腿的穿法，她看着都感觉更冷。

娄晓楼严阵以待，没想到云芳菲直接从她边上走过去了，竟是看也没看她一眼。

云芳菲眼神睥睨，冷冷地对着座上的舒盼："你胆子倒挺大，不怕顾淼认出我们俩不一样吗？"

舒盼抬眸，正对上云芳菲那张讽刺意味浓重的脸孔。

拜托，如果她不主动出现在这里，顾淼就是脑洞再大，估计也猜不到她们之间会有替身这种狗血的戏码。

"你特意来这里，不会就是为了跟我说这个吧？"

云芳菲捂嘴轻笑了一声："我只是想告诉你，你得意不了多久了。陆辰良是什么人，恐怕你还不太了解，他说新电影《游园惊梦》会找你做女主角，背地里徐敏之的角色却已经安排好了要给曾黎。"

舒盼眉间微蹙，她站起来一把抓住云芳菲的手腕："你从哪里看到剧本的内容？"

陆辰良对创作内容的管理一向很严格，包括梁先在内，身边只有不超过三个人看过，云芳菲是从哪里知道剧本上的徐敏之的？

云芳菲没想到舒盼有这么大的劲，恨恨地推了几次都不能脱身："你以为只有你们会用监听和翻人家电脑这种下作的手段吗？"

舒盼怒从心中起，难怪陆辰良求婚那天电脑里的东西全部都打不开了，原来这并非偶然，竟是遭人暗算了！

云芳菲见舒盼急了，心中油然生出一种报复的快感："我以为你们两个有多坚定，现在你就怕了是不是？"

舒盼扶额，她那是心疼的！

一想到陆辰良笔记本里头的那些东西，居然被黎剑辉和云芳菲两个坏胚子窥屏，她就气不打一处来好吗？

顾淼在失落的情绪当中呆愣了一会儿，眼见自己请来的两个女艺人就要动起手来，他赶紧上去拦在中间："是我想得不周到，边上还有那么多人拍照，还是不要闹得难看吧。"

顾淼这话提醒了娄晓楼，她侧头见着顾淼的好多粉丝已经过来围观了，拿着个手机在后头噼里啪啦地拍个不停。舒盼气闷了好一会儿，松开云芳菲的手，拿出最后的耐心对顾淼道："你快点请自己的客人出去吧。"

可惜请神容易送神难。

云芳菲揉了揉自己的手腕，丝毫不在顾淼面前掩饰自己尖厉的嗓音："她都能当面扒了乔楚的衣服，在这里对我动动手算什么？"

顾淼就跟不认识云芳菲一样，用震惊的眼神仔仔细细地打量了她好一会儿。

果然不是同一个人……

顾淼的脑子反反复复地回荡着这个猜想，他的目光在云芳菲和舒盼之间不停地切换着，有了一种奇异而古怪的答案——难道他一直以来以为的云芳菲，其实是舒盼？

联想两人之间和陆辰良的若干联系，这简直跟他MV的曲折情节有得一拼！

娄晓楼积蓄的怒火已经到了顶点："云小姐的经纪人呢，怎么就放她在这里胡闹！"

听到这句话，云芳菲仿佛被人狠狠打了一耳光。经纪人？她去了华奥之后，黎剑辉承诺的一切好处根本就是空话，给她配备了一个二三线的助理，既没资源，处理事务又无能。

她的面色青白交加，整个人委顿下来，身体突兀地抽搐了几下。

舒盼感觉不好，这莫不是云芳菲之前那药瘾还没戒掉的后遗症吧……

舒盼把自己身上的外套脱下来，赶紧披到了云芳菲的身上："顾淼，你快抱着她去保姆车上，找人打电话急救。她这是旧病复发了，搞不好要出人命。"

顾淼哪里见过这种阵仗，老老实实按照舒盼的吩咐抱起云芳菲就走，云芳菲的身体仍在痉挛，看起来扭曲得有些惊悚。

娄晓楼当即和顾淼的经纪人一起行动起来，把现场的所有粉丝都请了出去。娄晓楼想授意他们千万不要发挥想象力发微博之类的，然而已经来不及了。

云芳菲被人接走后不久，网络上立刻就出现了一组高清大图配字，大意是云芳菲来探班跟舒盼发生争执，然后云芳菲被打了，需要急救送医……

舒盼哭笑不得，她是什么大力士或者大姐大？先是把人家乔楚的衣服撕了，现在直接手撕云芳菲，这帽子一个个盖得还真是离谱。

听起来好笑，真正经历起来却叫人束手无策。

补录完顾淼的MV出来，娄晓楼一颗玻璃心碎了满地，她想帮舒盼关了评论。舒盼扫了一眼，哟呵，自己的微博粉丝一下子过了百万，其中有一半都是加进来骂她的，有乔楚和云芳菲的粉丝，剩下三分之一是乔楚和云芳菲的纯黑，双方自然是对骂得热闹。

剩下六分之一少得可怜的，才是她真正的粉丝。

舒盼淡定得很："别关了，留着呗。"

顾千千说过，黑到深处自然粉。她对这个定律还是比较相信的，毕竟那六分之一也是从这条路上走过来的。

顾淼在心里为她的心理素质跪了一把："你可真经得起骂……"

舒盼穿了件新外套，换了双平底鞋，准备出发回剧组拍摄，她毫不含糊地斜了顾淼一眼："还敢说，罪魁祸首就是你。"

顾淼追在后头，毫无形象地猛捶胸口："你先别走啊，至少给我解答几个疑问好不好？你到底是不是我认为的那个人？还有云芳菲那是怎么了，你们到底是怎么回事？"

舒盼已经拉开了保姆车车门，回头给他做了一个噤声的手势，莞尔一笑道："上一个知道这么多的人已经被我打得进医院了，你也想试试看吗？"

顾淼的心口梗了一下，他看着眼前这个女子潇洒上车的背影，不禁回想起他们上一次的相遇。

其实仔细看看，舒盼和云芳菲两个人的气质根本不像，当初想出整个替身计划的人，不知道是存了什么私心……

远在A市的陆辰良打了个喷嚏，作为一切事端的主谋，他对自己的这个计划并未觉得有什么不妥，在云芳菲彻底滚蛋以后，他也从没把黎剑辉的反击放在眼里。

直到，他的家庭电脑出了毛病。

易南将修好的电脑重新拿回来分析，可以确定是蓄意的商业黑客入侵。攻击方的地址是国外，主要是动了他和梁先未完成的剧本，其他所有的文件也都打开检查过。

更让陆辰良愤怒的，并不是这件事情。在谣传云芳菲被打入院之后，在各大娱乐版面，“舒盼滚出娱乐圈”这个话题的热度被炒到第一页，明显也是人为操作的。

所有的计划都指向了一个人。

第二天早晨，易南跟着陆辰良去了华奥传媒，两人对一路上阻拦着的保安人员直接无视，上了二楼。

陆辰良迈进了黎剑辉的办公室，正见到那人西装革履地端坐在位子上，似乎对他的到来早有预料。

黎剑辉在华奥占有绝大部分股份，所以实际上，他才是华奥的幕后大先生，说话也有决定权。陆辰良找到他，就是要抓住这决定权给上致命一击。

黎剑辉抬眸看着眼前清俊冷漠的男人，话声讽刺：“有生之年，你居然还能主动来华奥传媒，主动出现在我面前，真是稀客。”

陆辰良手拿着一个纸质的文件袋，语气里不带任何温度：“我跟你就不废话了。有两个消息，想先听哪一个？”

黎剑辉扫了一眼陆辰良手上的文件袋，里头的资料露出一角，居然正是《游园惊梦》的剧本：“陆辰良，你想做什么？”

“你不是一直想在这个圈子里挑战我吗？好消息是，恭喜你，你的挑战我收到了。”

陆辰良随手将文件甩在桌面上，里头分页的剧本散落了满地，他居高临下地睥睨着黎剑辉：“坏消息是，接下来你会输得很难看。”

舒盼重回组里的时候，《大漠英豪》组里的风向似乎有了转变。乔楚俨然已经是“社会姐”舒盼手下的第一个受害者，除了丁然和魏子扬两个男演员以外，组里其他女演员都再也不敢在背后嚼舒盼的舌根了。

这一度让舒盼在休息时间内获得了宁静。

陆辰良和梁先合著的剧本《游园惊梦》的前半部分，她已经欣赏第三次了。

这故事表面上读起来勉强算个三角恋，本质却和她参演过的《巾帼》一样，主要是女人戏，情感变化和转折都比较细腻，画面唯美，所有的男性角色不过是在其中打个酱油。

可即便是只能在陆导的电影里露个脸，无数的男演员还是趋之若鹜，连丁然和魏子扬在闲聊的时候都不忍住提了几句。

魏子扬希望能登上大银幕已经不是一天两天了，毕竟一直被称作“沈清淮第二”绝对不会是一种愉快的体验。

舒盼当然支持他去试镜，魏子扬的年龄和气质，恰好也符合剧本里留洋归来的秦子敬，至于丁然……

舒盼只好苦笑。

她这头安静，陆辰良那边却跟华奥拼得火热。

对于黎剑辉试图抄袭的不要脸的行为，陆辰良的应对方法更绝——直接抢人头外加抢时间。

他明明没写完剧本的下半集，却敢直接筹资拍摄，放出了明年3月开机的消息。

舒盼刚知道这事情的时候，心里七上八下的。

要知道不怕贼偷就怕贼惦记，谁知道黎剑辉拿着那上半部分会去做什么呢？陆辰良和梁先两个人写全剧本总要时间吧，华奥要是铆足了劲，半路处处使坏怎么办？

她急得郁闷死了，刚拍完一场爆破戏，就顶着灰头土脸的造型，在景区用流量打了个视讯电话问他。

“陆导，陆导，你写到一半，剩下一半不写了？你就这样拿去给合作方看？”

陆辰良见她那脸蛋化妆得跟逃难似的，不禁连连摇头：“徐喻铭的造型做得有毒，我要是剪辑师，这一集你的脸我就剪得一刀不剩下。”

舒盼一阵悲从中来：“啊啊啊啊啊，亲爱的，你是不是被黎剑辉怼糊涂了，亲生的老婆都认不出来了？”

陆辰良被她逗乐了：“你可以喊得再大声一点，毕竟很多人还不知道，我有钦定你做女主角的打算。”

他特意把镜头转了一轮，舒盼见到周围坐了一圈生意人在吃饭，是梁先、席钧尧、俞周那批熟人，边上还坐了一个看起来慈眉善目的胖子。

这么多人!

舒盼手上抓的手机差点飞出去，赶紧关了摄像头，手打一行字："陆辰良，我很担心嘉扬跟华奥对打的情况啊，你这样故意敷衍，我要生气了！"

陆辰良非常霸气地给她回了一条："担心？不存在的。那是会输的人需要考虑的。"

后来舒盼才知道，那个看起来眼神和善的胖子，就是这次电影最大的推动力应乾。文化部那边已经获得了拍昆曲类电影的首肯，因而各方金主才能打着"传承昆曲"的名号对《游园惊梦》进行大笔的注资。

果然，有陆辰良在的地方，所有的问题都将不成问题。

《大漠英豪》拍杀青戏的那天，方旭和唐笑携手闯荡江湖的整个故事已经渐入尾声。

方旭从一个稚气未脱的少年，变成了心怀天下的一代大侠，甚至在领兵抵御元兵的几场战役当中起到了重要的作用，而唐笑一直陪伴在他的左右，不离不弃。

时隔多年，已经壮年的方旭携唐笑故地重游，隔江见着对面的一艘船远远驶来。

唐笑莞尔一笑，忽地回想起少年时，第一次身着白衣金带现身在方旭眼前的模样。她从树梢撷来一片绿叶，轻声吹奏起来。

方旭将唐笑揽进怀中，他的目光飘远，记忆仿佛穿梭时空，也同步到了唐笑令人惊艳的岁月里。

舒盼自己掏腰包做的白衣金带，在这戏末的三分之一才有了用武之地。

在高清镜头下，舒盼只身一人站在船头，持桨而立，白衣飘动如同仙女一般，长发披肩，发带上闪着灿灿然的金光，恰好符合原著之中对唐笑"肌肤胜雪，容色绝丽，不可逼视"的一系列描写。

片段回放的时候，连林琛都被舒盼那种纯真的美感震撼，拍完这一系列的动作戏，舒盼的演技，已经比初初试镜的时候还要好上一些。但最让人难忘的，还是她那双比通湖湖水还要清澈明亮的眸子。

舒盼的眼睛会说话，放在镜头里，即便不说任何台词，也是有内容的。

在这场回忆的戏份里，她还非常努力地唱了一首《临江仙》，尽管在声音、气息上有着种种的不合适，但至少口型是对得上的，比起乔楚好几处台词不按照原著，还拗着性子不改要好得多。

在事实面前，林琛终于对徐喻铭屈服了。

尽管戏已经拍到了杀青，但他始终不愿意承认，舒盼其实比乔楚会演戏，也比乔楚要让人省心。

杀青宴会上，曾经在开机仪式上出没的媒体记者也来了一小拨，杜攸自然是其中一个。

小欢特意赶来片场为舒盼铺了一次排场。虽然自上次不小心撕了乔楚衣服以后，舒盼一直秉持着不跟女演员打交道的原则，但毕竟是拍了小半年的戏，几个主演之间多多少少都有了感情。

当娄晓楼推着四层的蛋糕出来的时候，连乔楚都有了点动容的意思，而舒盼心中那种怅然若失的感觉更达到了顶峰——再见了，唐笑；再见了，方旭……

魏子扬就显得淡定多了，毕竟是老前辈了，他举着酒杯跟徐喻铭一拨人闲聊。而酒过三巡后，丁然的情绪最为激动，这是他演艺生涯当中的第一部戏。

“我这人就是脑子有点轴，经常惹导演和林监制生气。”丁然捧着蛋糕围到魏子扬边上去，“魏哥……教了我很多。我祝你新电影试镜成功！至于我，唉，看来是没那个缘分了。”

魏子扬笑了笑，作为一个过来人，他言辞当中有些隐晦地暗示丁然，最近要注意华奥的动向。

“能不能拍作品都是看缘分，小丁啊，重要的是，你对以后事业的规划安排要心里有底，你还这么年轻……”

他说罢，似有似无地看了舒盼一眼：“盼盼就比你聪明。”

舒盼和他心照不宣，乔楚发现自己愣是没地方能进来插话，白白浪费了那么点刻意酝酿出来的伤感的情绪。

丁然也不知道听没听明白，他大大咧咧地拍了拍魏子扬的肩膀：“好！魏哥说的话我记下了，记在……脑子里了。”他放下手上的酒杯，就冲上台去跟副导演砚一抢着放花絮。

剧组拍了个VCR作纪念，这会儿放出来，吸引了在场不少人的目光。

舒盼掏出手机准备和陆辰良报个平安，电话刚接通，娄晓楼就推了推她，神神秘秘地道：“有好戏看，专心点好不好。”

舒盼不明就里，皱眉转头，原来那大屏幕上的花絮，播着播着，画面就放大到了她那天不小心撕破乔楚衣服的那一段。

明显是有人刻意挑了这段，放了三个机位的全景，整个过程不过十几秒，但是从后面能非常清楚地看到，舒盼还没拉住乔楚的时候，乔楚的绿色外衫就已经被树木上的倒刺给生生勾住了！

全场愕然，乔楚则是彻底傻眼了。

在短暂的沉默之后，杜攸带头对着花絮片段就是拍拍拍，身手敏捷地越过餐车和一众工作人员的包围，将话筒塞到了乔楚的面前：“乔小姐，你对这段视频澄清出来的真相，有什么想解释的吗？”

乔楚流眼泪的那招已经不好使了，她干干地朝向身边的丁然求助，丁然已经微醺了，他开口便道：“解释什么，本来舒盼就不是故意的。那天剧组里的人都不瞎，就是懒得找事而已，魏哥……是吧？”

魏子扬微眯着双眸，继续欣赏着画面上那段跟卡带一样的鬼畜视频：“哦，瞎不瞎不敢说，但是不是故意的，总有人心里有底。”

话筒里传来两个男演员清晰可闻的声音，乔楚的脸顿时青白交加，当场受辱，她几乎要昏倒过去。

现场有些混乱，林琛想组织人员先赶走记者，满嘴奶油的徐喻铭却冒头出来警告：“轻一点，轻一点，人家记者都是我辛辛苦苦请来的，何必这么对人家是吧？”

杜攸朝徐喻铭眨了眨眼睛，哎哟，还算这人有良心。

舒盼也喝了两杯，这导致她一时之间有些看不清楚眼前发生的这一切是什么情况。

她拿起手机，电话那头陆辰良清冷的声线里，透着些幸灾乐祸的味道：“谁想让我的女人受委屈？不存在的。”

陆辰良的第一拨反击有效达成了，但事情还远远没有结束。

乔楚吃了瘪，她原本就不会这么乖乖认输。但坏就坏在，之前在顾千千的事情上，她也曾经用一样的手段试图把自己营造成受害者。

这就跟狼来了的系列故事一样，首杀之后，威力就渐渐衰弱，现在反而引火烧身，围观的各路人都已经开始怀疑乔楚的人设走偏了——怎么哪儿哪儿都有人欺负她？

席钧尧对这种过时而不聪明的做法非常不满意。

但他要维护乔楚的态度还是很明确的，毕竟钱都投进去培养了，现在还没回本，总不能就这么让她做了弃子吧？于是当晚，席钧尧就连线了陆辰良，要他开个条件，双方商量着解决。

陆辰良对席钧尧提出的价码嗤之以鼻，但是对他身为经纪公司老板的经历还是表示同情的。

他一直觉得此人可能是眼神有点问题——除了秦隽和顾千千，你看看他之前收的都是些什么人，养大了就跑的白眼狼祝尔岚、无脑甜心公主程夏桐，现在加个满地自黑的乔楚……

很好，很好，这至少说明易南错看了云芳菲，也许并非小概率事件？

借由这个有共鸣的话题开始，两个公司管理阶层的大佬稍微放下了戒备，惺惺相惜着，正式开始了谈判。

陆辰良和席钧尧开大会的时候，舒盼正窝在陆家的沙发上和一众圈内闺密开小会。

舒盼先咨询了顾千千，乔楚虽然跟她是一个公司的，但顾千千说起这人来也不客气："长得白白净净一个小姑娘吧，脑子不往正途上用。还好公司当初没想把她跟我男神放一起宣传，不然我要呕血！"

这个评价很犀利，一针见血。

许珊附议道："盼盼不怕，上啊，撕她，撕她！我们挺你。"

嗯……许珊这是高估她的战斗力了。

杜攸的回复角度最诡异："胸是真不错，上次走光花絮只拍到了一半，可惜，可惜……"

女人们的思考千奇百怪，丁然和顾淼两个年纪差不多大的男生脑回路就差不多了："微博已经炸锅了，女人之间的战争就是可怕！"

连一向话少的魏子扬也发来贺电："时间点挑对了，接下来可要好好回应一下，切记，别浮躁。"

舒盼顾不上脸上的面膜，捧腹大笑起来，笑过之后觉得心里暖暖的。在这个圈子里，遇到奇葩和交到朋友的概率，似乎一直就是一半一半。这么算来，她还算是运气很好的那一个了。

不同于两个公司冷静的态度，舒盼和乔楚的粉丝已经在各大平台撕了几百回合。舒盼还是一如既往地没有关评论，但渣浪系统似乎受不住这种狂轰滥炸，主动给她清了一部分不堪入目的评论。

这样也好，乐得清净。

三天后的早晨，易南肩负着和平鸽的使命，赶赴成信传媒那里，以某种秘密的条约顺利谈拢。次日乔楚便在微博上放出了唯一一段她和舒盼尚算和谐的共同用餐的花絮，配字："我们很好，谢谢关心。"

看到这条微博的时候，舒盼正在给陆辰良抹剃须膏，手机屏幕一亮起来，她看了看，随手一点，非常有良心地给乔楚点了个赞，希望能够以此平息网友的骂战。

陆辰良手把手地教舒盼拿剃须刀，余光瞟见微博内容，语气平淡地道："慢慢来，毕竟是有刀片的，你悠着点。”

舒盼撇撇嘴：“总觉得吧，你拿我跟成信传媒做了什么不可告人的交易。”

陆辰良笑出声，他把剃须刀从舒盼手上拿下来，将她抱上盥洗台，似笑非笑地问道：“猜猜？”

舒盼的脑袋靠着镜面，伸手沾了点薄荷味道的剃须膏抹到男人鼻子上：“是不是跟公司的事情有关？”

黎剑辉和云芳菲最近的日子过得有点太平了，两人也没敢用《游园惊梦》的剧本做文章，舒盼觉得这不太像反派的风格，而陆辰良居然没有下一步动作。

陆辰良淡淡地笑了几声：“我想了想，要让某些苍蝇闭嘴，最好的办法就是把窝给端了，永绝后患。”

舒盼倒吸一口冷气，黎剑辉把自己的身家都压在了华奥，听陆辰良这种口气，不会是想……把华奥给买下来吧？！

陆辰良肯定了她的猜测：“席钧尧已经答应帮忙了，毕竟这次乔楚搞这么大的事情，也是有人背后怂恿，谁也不瞎，都看得出来。”

果然，这场战争也隐隐和成信传媒有着关联。

众所周知，成信传媒在上市之后曾经募集了很多的资金，前几年年初的时候，曾在二级市场收购过不少华奥的股票，华奥的管理层一直没有在意，都只以为成信传媒在进行股权投资，双方的合作关系也一直保持得不错。

直到如今成信对华奥的股权持有已经达到了临界点，一旦席钧尧转手把股份全部卖给陆辰良，那场面可就好看了……

舒盼为嘉扬的敌人默哀十几秒，她深深觉得黎剑辉的报应这次是真的要来了。

对华奥股权的收购才提上日程，第二天陆辰良就马不停蹄地出发去打下一场硬仗了，他要去寻找下半部电影剧本的创作灵感。

舒盼心里舍不得，但表面上又不好意思提出来。陆辰良临走的时候，她正盘坐在大厅的地上练瑜伽，眯着眼睛等他过来吻别。

陆辰良似乎看破了女人的这种守株待兔的心态，他打算逗逗舒盼，作势要从外面的草坪走，直接绕过了大厅。

舒盼见势不妙，憋不住郁闷，一下就扑过去，抱着陆辰良的大腿：“假期，假期，你到底懂不懂什么叫作假期？你这样我都不好意思说陪你一起去了……”

陆辰良弯腰下来，舒盼身上因为有氧运动出了一层薄汗，鼻尖上有点泛红，整张脸蛋嫩得能掐出水来，一双眼睛可怜兮兮地对着他。

他的唇畔勾起一抹好看的弧度，伸手去松了松舒盼那双小爪子：“你以为逃得掉吗？不过是时间上先后而已。我早一天去，主要是明天有个电视访谈。”

舒盼想了想，这才恍然大悟：“你要去昆曲起源的地方，那就是江苏了。难怪小欢把那个剧本放在最显眼的地方让我挑！”

陆辰良这么一说，她才反应过来，原来自己也要去江苏。

前几天，小欢给舒盼明确了下个阶段的目标：选个容易点的网剧，继续拍戏。

据说《大漠英豪》的片源剪辑才到一半，因为某星台砍了上一部独播剧，所以要被提档了。这意味着唐笑很快就要出现在电视荧幕上。

在积蓄力量等待电影作品的时期，舒盼选了个题材很轻松的喜剧《青春时代》，一集才十五分钟左右，讲述了五个花样年华的女孩同居在一个屋檐下的故事。

比较吸引舒盼的是，五个女孩各有各的定位和特点，非常鲜活可爱，每一个几乎都能在自己身边找到原型。她的大学半工半读，大半的时间都是三点一线，奔波在家庭、打工地点和学校之间。

现在能重新演个认真读书的大学生，多少有点能圆梦的意思。

舒盼两天后进组，取景的地点在无锡影城，这就意味着她跟陆辰良两个人，至少可以不用异地恋了。

陆辰良轻弹了一下她的额头：“还想着放假吗？”

舒盼摇晃脑袋表态，放假什么的，哪里比得上跟老公大人同进同出，忙里偷闲约会来得有趣。

迟了两天左右，舒盼出发了，同行的还有要一起进组的曾黎。

一切都好，只是保姆车开去影城的国道上发生了车祸，所有的车都被堵在高速上，这让舒盼想去陆辰良录制的座谈节目那里探班的计划泡汤了。

百无聊赖，舒盼只得和同座的曾黎开始交流经验。两人的关系其实在乔楚的事件后好了不少，曾黎曾经偷偷问舒盼为什么不趁着这次的机会，也对着网民表现表现委屈。

“他们骂的时候一点都不嘴软，现在却蔫了，就当作无事发生过。只要你愿意多说几句，以后肯定反转占优势。”

舒盼这样回答她：“我要他们的愧疚和同情做什么？又不能吃。”

愧疚和同情的确不能当饭吃，但网民的情绪反弹的表现是很微妙的。一时之间，她的盼盼熊猫乐园那个账号又涨了五万粉，私信骂她的人少了一些。

而她跟陆辰良机场相会的视频，这几天被人翻出来转发，点击量已经破百万了。据说很多本来就喜欢意淫陆导的女粉看了表示服气，云芳菲什么的都是浮云，陆先生遇到真爱还是很不一样的。

在录音棚内，陆辰良的访谈已经录了小半个下午。女主持人程欢是出了名的知性美女，她也正是舒盼参加的人文节目的解说。

陆辰良很少接受电视节目的邀请，但不可否认的是，他的形象本身就是公司及其出产的电影很好的一个招牌。挑了这个点上节目，多半还是为了生意。

好在程欢很会挑问题问，提问的方式也很幽默，基本不会触犯到陆辰良的底线。

双方谈得尚算愉快，快进入最后一个阶段的时候，全场休息了十分钟。程欢私下找到陆辰良，想写一篇关于这次访谈的文章，也希望能再问他一些留言板上的观众提问的问题。

陆辰良扫了扫题目，只思忖了十几秒，转而抛出个有点犀利的问题："程小姐，你也认为现在媒体人一味挖掘公众人物的私生活吸引关注，是正确的取向吗？"

程欢愣了愣，随即带了点暧昧的笑意："陆导说笑了，很多时候不是我们故意蹭热点，是人们的好奇心都集中到一处去了，由不得我们不改变方向。更何况，是人都有好奇心。就像我，单是看到您手上的戒指也会好奇，另一半应该是什么款式，这是一个道理。"

陆辰良双手交叠在桌面上，骨节分明的无名指间，透着婚戒的点点光芒，他低头抿了口茶水，丝毫不掩饰已婚的事实。

"我曾经跟我太太说过，做了演员，就难免会成为公众人物。她的生活，很有可能就不再属于自己一个人，要时刻警觉，为自己的言行负责任。至于回击恶评，最有利的永远是用作品说话。要做到这些并不容易，但幸运的是，一路走过来，我看到了她的成长。"

陆辰良说得有些感慨，明珠蒙尘，舒盼刚起步时的种种不如意，他比谁都看得清楚。现在舒盼渐渐有了人气，他心里其实多少还有些舍不得。

程欢的眼底闪过一丝惊喜，陆导这是有意要通过自己的节目宣布已婚的消息？

她毫不含糊地接口问道："那么您婚后肯定是支持她事业上的发展的，对吗？"

陆辰良抬眸看了女主持一眼，做了个很官方的回答："会，我认为把她局限在家庭里，对观众来说是一个不小的损失。"

这句超高的评价让程欢更惊讶了，她甚至对这个陆太太的人选已经有了答案，但话到嘴边，又生生吞了回去，她笑着岔开话题道："陆导，如果您愿意的话，接下来这个部分想弄得轻松一些。当然，如果您还是愿意多谈谈新电影，也是可以的。”

陆辰良站了起来，从西装外套里拿出一只录音笔：“这份录音，我想给你们一个独家。”

另一边，曾黎和舒盼被堵车围困了整整一个小时，难得闲暇的时间，两人聊得开心起来，又把微博互相关注了回来，甚至互相通气了各自的小号。

曾黎注意到舒盼跟一个英文的小号互动频繁，点进去一看不得了，发现居然是陆辰良的微博小号。

紧跟未来老板娘的步伐，曾黎决定立刻关注！

舒盼让曾黎聊归聊，就是千万别不小心串号回复了。因为最近她经常登录陆辰良的小号来玩，之前黎剑辉找人搞陆辰良的电脑，她都快气炸了，但是明面上又不敢声张。

于是乎，闲暇的时间，舒盼登上陆辰良的小号，学着自家男人的语气，不仅把电脑被恶意入侵的事情写了上去，还把那个妖孽男狠狠喷了一顿。

无独有偶，曾黎也用小号撕过黎剑辉。她拍网剧的时候，曾经被这个妖孽男找营销团队坑过，条条标题都是她这个女主角长得还不如男人美之类的……

有了共同的敌人，两个人之间的契合度一下子拔高了。

两人进组开机一路上都有说有笑。《青春时代》的主创班子是清一色的娘子军，演另外三个同居姑娘的女演员相貌并无十分出众的地方，但胜在年龄卡在大学的阶段，是各方票选出来的新晋校花。每个都一脸的胶原蛋白，笑起来青涩甜美，透着阳光的味道。

五位主角互相问好，一系列简单的程序过后，烧香、定妆、合照、发微博互动。

不知道是不是舒盼“社会姐”的余威仍在，三个年轻的小姑娘都对她怕得不得了，一口一个“盼盼姐”地叫她，比对待导演的态度还要尊敬。而深知内情的曾黎在边上乐个不停，舒盼除了拿眼神威胁她以外，也实在是无话可说。

回酒店的路上，舒盼发了个定位给陆辰良，还没等发出去，娄晓楼就从路边捧着个冰激凌回来，火急火燎地把手机亮出来给众人看。

原来，黎剑辉似乎再也按捺不住反扑的情绪，终于有了下一步动作。

事情可以简单概述为，云芳菲过去一年精神抑郁的事情被曝了出来，记者围堵在医院追问，而黎剑辉不仅英雄救美地拦下了记者，还非常戏剧性地当众对云芳菲求婚了！

这两人是闹哪样，玩什么啊？子子孙孙无穷尽也，这是要通过婚姻来建立一个反陆辰良的神秘组织吗……

舒盼心里堵得慌，云芳菲坏是坏了点，但毕竟也是被黎剑辉处处利用着，她几乎搭上了一切，最近拍的爆米花电影票房烂得可以跟袁晶并驾齐驱。

现在连嫁人这种事情都拿出来用了，难以想象被黎剑辉彻底压榨完最后的价值以后，云芳菲会是个什么出路。

曾黎没被黎剑辉的烂招吓到，但她被舒盼这种同情心吓得手上的瓜子都要掉了：“舒盼，你没搞错吧？云芳菲把你整得这么惨，你……”

舒盼长长地叹了一口气，最终摇了摇头：“你看，这就是代沟。你比我小几岁，云芳菲正火的那个时候，你还在读高中。可我是切切实实幻想过能变成她的呀。”

影界有祝尔岚，电视剧这边云芳菲的风头也是一时无两，她们渐渐地下坡，或许正意味着一个时代已经结束。

回酒店后，舒盼心里还一直放不下黎剑辉对云芳菲求婚的事情。

头一次看到，她多少有点为云芳菲唏嘘的意思，但细细想来，她感觉这里头的套路太深，很有可能是黎剑辉的又一个阴谋。

杜攸和舒盼有着差不多的猜测，她今天奋战在求婚事件的第一线。按照她的说法，黎剑辉的英雄救美根本就是精心布置好的，有意让人知道云芳菲精神不稳定的情况。

杜攸歪脑袋夹着电话，手上还在整理新闻的材料：“我最想不通的是，云芳菲怎么会同意公司发通稿出来说她有病呢？这对她根本没有好处。”

舒盼在床上滚来滚去也是想不通：“是不是黎剑辉觉得她药物上瘾的事情已经瞒不住了，所以干脆提前做个准备？”

杜攸眉间微蹙，她咬开签字笔的笔盖，在地图上做了个标记：“我觉得看今晚吧，黎剑辉把人接回去总得有个交代，听说云家的人今晚会去那边，至于是两家人吃个饭商量结婚，还是谈判，这可就不好说了。云芳菲最近经历的事情也太多了，画风跟你这边完全不一样。”

杜攸自己还在追这个新闻，凭她追踪了云芳菲多年绯闻的预感，今晚可能有大事发生。

陆辰良是夜里两点多回来的，除了录制节目，他还和梁先去古镇里走了一趟。取景的地方锁定在当地一家旧宅，宅子的主人也是十足的昆曲戏迷，见着陆辰良一行人态度如此诚恳，于是忍痛同意了拍摄的计划。

当然，合约上的数字也是相当好看的。

陆辰良尽量放轻动作上床，舒盼还是迷迷糊糊之间醒了一次，她翻了个身，钻到男人怀里取暖。

她睡不踏实，梦里都是云芳菲那张凄厉又哀伤的面容，不过这一次，云芳菲不是在指控舒盼抢走了陆辰良，而是声泪俱下，求着易南和陆辰良能救救自己。

陆辰良感觉到舒盼有心事，于是轻拍她的后背："一天到晚都在想什么，有得睡还不抓紧。拍戏的时候打盹被骂了可别找我哭。"

舒盼蹭了蹭陆辰良的胸膛，小声呢喃道："阿良，同样是做演员，为什么有些人的心理负担会那么重？抢戏、抢资源、抢话题，什么都要争，太累了……"

陆辰良也有些倦意，他伸手摩挲着舒盼的锁骨，正好摸着一点冰凉，低头一看，那是他们的婚戒还挂在女人的脖子上："老婆，你要做的只是好好演戏，至于剩下的，让我来做就好了。"

"还好，还好有你在。我什么都不怕了。"

舒盼鼻子一酸，天知道陆辰良漫不经心地说出这种情话令她有多感动。

舒盼本以为喜剧会比较好上手，毕竟整个调调都洋溢着轻松感，然而在组里待了几天，她才领悟到原来拍喜剧并不容易。

要让观众由衷地笑出来，剧本只承担了笑点的一半，剩下的全在演员身上。

为了制造笑点，舒盼被造型师安排着拉直了卷发，染回了纯黑色。为了继续减龄，造型师来回几次折腾舒盼的头发，甚至剪了个不怎么好看的平刘海，让她戴个超大的黑色边框眼镜。

娄晓楼看得直皱眉，忍着拍了几张照片发上微博以后，发现舒盼其实还算好的了——那边的曾黎更是村出天际，背着好似二十世纪幼儿园小学生用的书包，颜色是红绿相间。

小欢感觉这太毁形象了，可人家女导演说了，在剧情里，舒盼和曾黎都是从乡下第一次来大城市读书的孩子，为了后期的整体形象改变，前面就要这样穿。

曾黎似乎遇到了她演技生涯当中最大的考验——论如何对着雷人造型的队友还能不笑场。

她一次次地失败，甚至到了后来，她跟舒盼一对上眼睛就莫名其妙地想笑。

中间休息了好几次，这种情况一直持续到后来。舒盼饰演的角色林舒舒因为失恋而痛苦泪崩，精神恍惚。这段剧情里，四个女孩误会舒盼想不开要自杀，因此几人在天台上敞开心扉地劝解了她好久。

那一刻，林舒舒才意识到，不是所有人的恋情都像看起来那么美好。

女导演罗子笙一声令下，当特写镜头移到舒盼面前的时候，她坐在石阶上开始啜泣起来，那是一种无声的哭泣，却叫人看着十分揪心。

“为什么没人喜欢我呢？”

她说得无比委屈，一开始还是中气十足的控诉，但渐渐地就混杂了哭腔。

“为什么大家的恋爱都谈得好好的，就我遇到坏人呀？我就这么不值得别人喜欢吗？”

朋友曾小小以为一向没心没肺的林舒舒这是喝醉了耍酒疯，她并排坐到闺密身边，用肩膀推搡了她几下：“喂，你醒醒，别哭了。好歹你还谈过恋爱啊，我这单身二十几年的，连个活的男朋友都没见过……”

舒盼抬起头来，一双眸子里盛满了泪水，通红通红的，哭得跟一只小花猫似的，她用手背抹了抹脸上的泪水：“你没男朋友关我什么事情啊，我还是难过啊！”

她的泪水好似有个开关一样，一旦罗导喊卡就能停下，再接上情绪的时候，精准得几乎能不浪费分秒时间。

戏里戏外，判若两人。

在一起待了小半个月，几个年纪稍小的女演员已经很熟络了，她们围在监视器前叽叽喳喳地讨论着舒盼的演技。

“她的哭戏真的好厉害。”

“你没发现每次开始前十分钟，舒盼总是不见人影吗？该不会是去滴眼药水了吧？”

“这你也想得出来，或许人家生活里就是哭戏的一把好手。你可别忘记了，她靠哭就能把云芳菲哭下位，陆导现在要捧她做电影女主角了，试镜都不用试一下的。”

到底还是有些酸溜溜的味道。

娄晓楼听得浑身不自在，果然小剧组的演员素质就是参差不齐，一些都不知道名字脸面的小艺人，也好意思质疑别人的演技。

小欢却笑了笑：“人红才是非多，你可别以为舒盼来拍网剧是自降身价。到时候播了你就清楚了。”

小欢这话说得不假，《大漠英豪》因为被提档的原因已经播了前七集，可以说是近几年来翻拍颇成功的典型之一，好评如潮，在话题上打头阵的是配角当中的老戏骨。

而第五集，舒盼白衣金带的形象在结尾一出来，收视居然破了1！这在武侠剧已经被打到最冷门类别的年代里，可以说是很不错的成绩了。更不用提这个收视率，其实是在隔壁还有两部热门仙侠剧夹攻的情况下产生的。

电视剧的宣传期里，舒盼和丁然两个主演格外忙碌，行程最多的一天，舒盼都赶不及换掉《青春时代》里这身奇葩的打扮，就站上台跟影迷互动合影了。

等《大漠英豪》第一轮播完，这部《青春时代》就可以在网络平台独播了，这就给了舒盼充足的时间投入电影。陆辰良和梁先的剧本创作，已经进入最后的阶段。她基本上是每天调剂着，喜剧剧本看几页，就稍微看看《游园惊梦》的剧情。

有空的时候，舒盼也会拉着陆辰良看几眼自己演的唐笑，她问得最多的一句话就是："陆导，陆导，我演得怎么样，您给点评一下？"

陆辰良面不改色，呵呵笑了几声："也就你还能看。"

主要是方旭和唐笑在这剧里几乎没有分开的时候，有人非常鬼畜地统计了唐笑一集叫方旭"方哥哥"的次数，居然多达三百多次……简直是生生给观众喂足了狗粮!

当然喂到陆辰良这里，就理所应当地喂出了一坛闷醋。

陆辰良最近都想卸载微博了。每次只是想用小号给舒盼点个赞，莫名扫到底下说方旭和唐笑CP感爆棚，在现实里肯定也有机会发展等诸如此类的评论，他就一口老血要呕出来。

丁然那种看起来跟舒凡差不多大的小朋友，呵呵……

每到这种时候，舒盼就会特别腻歪地围过去，双手揽住陆辰良，柔若无骨地赖在他身上不下来。如果这样都没用，那她就会猛眨那对水灵的眸子，然后用唐笑的语气，甜甜地唤道："陆哥哥，人家要陪你浪迹天涯。"

陆辰良斜她一眼，黑白分明的眸子里透着朦胧的情欲，温香软玉在怀，就是一坛醋压心底似乎也泛着淡淡的甜味。

他拍了拍舒盼最近渐长的小翘臀，似笑非笑地道："浪迹天涯不用，在床上浪就可以了。"

陆辰良最近热衷于这种游戏，在床榻上的活动当中，舒盼多半是拿捏着唐笑的姿态，殷殷切切地叫他"陆哥哥"。而且拍过一段时间的打戏以后，舒盼把以前跳舞的基本功又拿出来练了练，现在不仅软萌易推倒，还可以解锁各种新姿势……

两个人沉溺在这种游戏当中，这就苦了单身狗梁先。他多年来还维持在那种深夜来了灵感就要拉人讨论的状态，陆辰良最近晚上基本直接关机。

漫漫长夜里，梁先起夜了好几次，深觉孤枕难眠，终于起身打开电脑里的文档，大笔一挥，索性把留学生秦子敬给悲剧结果了。

“无论戏里戏外，都是英雄难过美人关！”

他最后这样总结道。

平静的日子总是很短暂的，事实证明，舒盼的忧虑并不是空想。在网络喜剧的拍摄进行到一半的时候，云芳菲在微博上发了一篇长文，还是那些陈腔滥调的谴责和解释。

但这一次，云芳菲用了一种直接而血腥的方法，让这篇微博传遍了整个网络——她吞药自杀了。

舒盼日夜颠倒压缩了两天的戏，听到这件事情的时候还是被吓清醒了。

杜攸奋战在抢救云芳菲的第一线，她告诉舒盼，云芳菲写的博文就是遗书，而上面已经把抑郁症和精神异常的源头都指向了陆辰良的始乱终弃。华奥传媒表示会对云芳菲负责到底，黎剑辉更是守在抢救室外寸步不离。

“我亲眼见着云芳菲口吐白沫，一身脏兮兮的，翻着白眼被人抬上救护车，这多半不会是演的。我看无论云芳菲是否抢救得过来，陆导这次都要背锅了！”

杜攸叹了口气，她感觉黎剑辉现在肯定巴不得这位昔日视后演戏演到底，直接死了算了。

舒盼的心口如同压了块巨石，但眼前的工作仍要继续。《青春时代》这剧本的特点之一是有大量的角色独白，都由演员本人配音。林舒舒这个角色的独白，舒盼才完成了三分之一，还需要晚上留下来继续录完。这样才能空出一天，跟陆辰良去昆曲的起源地千灯镇找灵感。

陆辰良也听到了云芳菲自杀的风声，但他的日程雷打不动，依然安静地在外候妻。整个组里的人早就对舒盼和陆辰良两个人的关系了然，在导演罗子笙的三令五申下，也没人再敢拿这个事情爆料。

舒盼在棚里平复了十多分钟，这才切换到林舒舒的状态。她要对着屏幕录的这段，正是舍友误会她要为爱跳楼殉情的剧情。

她对着片段试图统一自己的口型，眼前一模糊，仿佛就见到画面里的林舒舒自楼顶坠下了。

舒盼惊出一身冷汗，她放下耳麦，快步走出了录音棚。

对云芳菲自杀的事情，反应最大的其实是易南。

正如舒盼之前种种的不安，在云芳菲出事之前，易南的心情也一直不太平静。

毕竟是他亲手带出来的艺人，再怎么说要彻底不联系，听闻了这种事情，心里多少也有不落忍，加上易南本质上就是一个内心很柔软的人。

新闻爆出来的第一时间，他找人去医院证实了云芳菲的病情，有些恍惚地问陆辰良：“小云变成今天这个样子，是不是我也要承担一部分的责任？”

陆辰良久久地沉默着，他在烟灰缸里摁灭那一点零星的火苗，声音低沉：“易南，你不能为她整个人生负责。她选择了自己想要的，就要付出代价。这几天你要多注意，出了这种事情以后，舆论上很快就会有大批波及……”

电话的那一头，易南有些凝重地点了点头，忽觉得身后有一只软软的小手正拉着自己的袖口，他捂着手机转身，见到睡得香甜的许珊趴在床上，迷迷糊糊地提醒他：“快点睡啦，明天还要出差。”

易南猛然想起，云芳菲曾经联手他人把小珊狠坑一顿的事实，心间一紧，那点惆怅和愧疚便烟消云散了。

他动作轻柔，将许珊的小手安放回身侧，又伸手掖了掖被角，俯身在妻子的头上落下一个吻：“好，我们睡吧。”

陆辰良挂断电话，便见着舒盼慌里慌张地从录音棚里跑出来，一脸关切地猛盯着他看。

他眉宇微皱，眸子里浮现出几分不屑：“这么点事情你的心理素质就不过关了，熬夜工作效率还这么低，你对得起女演员的这张脸吗？”

舒盼心里这个气哟，且不说她的确一直就对云芳菲有些同情，很明显闹出这事情来，就是黎剑辉要拉自家老公下水的，她能不紧张担心吗？

关心则乱，于是她提了一个很不成熟的建议：“云芳菲的事情好像越来越复杂了，现在舆论压倒一切，我怕……会有一些极端分子对你不利……你真的没事吗？要不要跑路去国外躲几天啊？”

云芳菲的脑残粉是很可怕的，即便是闹出劈腿那件事以后，舒盼还是陆陆续续收了脑残粉半年的威胁信和各色染了红色不明物体的邮件，这次再加上华奥的煽动，搞不好陆辰良回了A市也要被报复的。

陆辰良随手给了她一个爆栗：“我要是现在跑路，明天立刻就登报出来‘某导演情债累累，为躲前女友不惜出国避难’。黎剑辉还能趁着这段时间伺机拉拢成信传媒，云芳菲是死是活都血淋淋地往我家门口一摆，等我回来，一切就齐活了。”

舒盼打了个寒战，别别别，千万别，她是早烦了云芳菲，万一弟弟和老妈哪天来陆家的时候冤家路窄遇上了，那陆辰良好不容易重建起来的好感，可就算是败光了……

“我们只安心做事就好。”

那些威胁信和邮件的余威仍在，舒盼低垂着脑袋叹了口气：“要让小孟多注意你的安全了。”

除非真有人敢突破虚拟网络的保护，冲到他面前来搞事情，否则流言蜚语对陆辰良来说，根本不造成什么攻击力。受影响最大的，就是那期访谈节目不能如约播出了。

程欢刚才致电来抱歉，决定把这期节目延后，以免造成不良影响。但这是很理性中肯的选择，陆辰良并不觉得有什么不妥。他紧紧握住舒盼的手，试图把那些奇怪的念头驱赶出她的脑子：“怕什么，你承担得起来，到我身上就不行了？”

好像也有点道理?

舒盼唉声叹气地蹲在陆辰良的椅子边上，让他给自己好好地顺了一会儿毛，这才准备安心回去重录独白。

外头送夜宵进来的娄晓楼一时不察，正撞到两人亲密无间的样子：“哎哟，我是不是来错时间了……”

小欢旁若无人地从秀恩爱的两人边上走过去，将娄晓楼手上的夜宵接过来：“没来错啊，时间正好。你再不来，我狗粮都要吃饱了。”

舒盼回过头朝她吐了吐舌头：“我听见了，我可都听见了。”

陆辰良继续翻看外文杂志，头也不抬地评价道：“小欢不错，越来越有易南的风范了。小娄，你要多学一下了。”

结束这部网络剧的配音工作，舒盼决定转战千灯镇感受一下昆曲的氛围。

在去千灯镇的途中，舒盼收了一切现代化的电子设备，打算珍惜这几天时间好好钻研剧本里的人物。

刚下车的时候，因为只见着一些被商业规划过的乡镇街道，她还有些小失望，但经当地居民的提醒走到老街石桥以后，游客和摄影师一路锐减，那种古朴浓厚的历史气息越发突出，真让她一改都市人疲惫浮躁的心态，有了几分闲情漫步的兴致。

舒盼已经完全沉浸在古镇的氛围里了，陆辰良跟在她边上稍作解释，他的话不多，句句点到为止，都靠她自己去琢磨思量。

昆山这里便是昆曲的发源地，但与周庄、同里、锦溪这样的知名古镇不太一样，千灯镇的名气稍弱，历史却是最久的，长达两千五百年，几乎和苏州建城有一样悠久的年代。

舒盼一度对昆曲的题名有谜之误解，直到亲眼见到一路的古迹：“原来牡丹亭是真的有个亭子在那里……所以柳梦梅和杜丽娘的故事，该不会也是真的吧？”

陆辰良有时候真是被舒盼这种无知无畏的精神感动了：“你说的是主角梦中相会，还是杜丽娘最后在花神的帮助下还魂？盼盼，你能有点创造力和想象力吗？老婆饼里就真的有老婆吗？”

舒盼撇撇嘴，她伸手摸了摸牡丹亭的柱子：“老婆饼里没有老婆，但你老婆我就站在面前！”

陆辰良笑了，笑容里带着些惬意：“可以，我服了。”

看到陆辰良的笑容，舒盼这才在暗地里松了口气，他还会笑就好，至少说明外头的事情还不算太严重。

来偏远古镇的额外好处是，这里基本上没什么人认出舒盼和陆辰良来，两个人一路不带伪装，通行无阻。直到中午吃饭的时候，梁先鬼鬼祟祟地围到两人边上，塞给他们一人一个墨镜。

“戴上，戴上，免得被人认出来又生事情。你们两个的情况现在很不乐观，我告诉你们，今天都有人在嘉扬大门口泼红油漆了……”

舒盼拿着茶杯的手抖了抖，茶水打在桌上，差点打湿了梁先的平板。

陆辰良淡定地将梁先的话无视了，漫不经心地给舒盼继续倒水：“那人早晨已经处理了，就是个高中生，没关几天估计就会被放出来。不过我已经找人通知学校了，最好让他上大学之前去精神病院看看。”

舒盼低头抿了口茶水，她知道陆辰良一直都很在意自己的情绪，所以才故意把公司的事情一个人承担了下来。她要争气，绝对不能再露怯了，也不能再对敌人有多余的同情！

她抬眸，对身边神色淡然的男人莞尔一笑：“那我们下午就去看一出《牡丹亭》吧？昆曲老师说我脑子太笨了，不懂得用巧劲，要多看多思考才行。”

陆辰良的眼底浮现出一丝欣慰：“好。”

梁先抱着自己的平板，独自心疼：“你们这是要修仙的节奏啊，出了这个古镇，难道还真能不管外头的风言风语了？”

舒盼给梁先碗里夹了一块剔了骨头的红烧鱼：“编剧大大，我来巴结你一下，你觉得徐敏之和歌女翠薇，哪个角色更适合我？”

梁先扫了眼陆辰良不善的眼神，终究还是把话题回归了剧本本身：“徐敏之保底一点，肯定更受欢迎。你想要哪个方向的突破，就朝哪个方向去试试吧。”

他其实更想说，翠薇虽然是更有挑战性，但舒盼初试大银幕，演徐敏之这个角色肯定不亏，陆导这不都给你兜着了，你还矫情个什么劲……

舒盼若有所思：“嗯，那我更应该试试翠薇了。”

梁先一口鱼肉在嘴里差点呛个半死，转头看看陆辰良那一副笑而不语的表情，合着这两夫妻专门逗他是吧？

来古镇的最后一个下午，《牡丹亭》已经反复看了四场，舒盼都能把门口卖票的小姑娘认出来。这个地方有趣的点是，昆曲在当地有着血脉一般的群众基础。

每场唱戏的杜丽娘都是当地小镇上的姑娘，虽没有昆曲大家的来头，但一招一式都表演得极其投入，尤其是脸上哀婉的表情，格外楚楚动人。

陆辰良静静地待在戏院的二楼，笔记本开着，他很快要将最后几场剧完工。舒盼坐在他身边，微眯着双眸，足尖点地，一遍遍地和着楼下《游园》那一出戏的节拍。

她口中轻轻和声哼唱着那缠绵的曲调："梦回莺啭，乱煞年光遍，人一立小庭深院。炷尽沉烟，抛残绣线，恁今春关情似去年……"

舒盼起程离开此地的时候，收到了易南传来的消息——云芳菲总算是抢救回来了。

各大综艺节目将这起为情自杀当作典型的案例，找来各色的心理医生大谈特谈，中心思想始终是"论分手的正确方式"以及"前任是个渣男应该怎么办"……

有云芳菲的死忠粉在微博底下特别煽情地评论："她已经为自己曾经的错误死过一次了，你们还要她怎么样？"

黎剑辉甚至转发了这一条，一行配字，又是赚人热泪："过去的伤痛就由我来抚平。"

陆辰良一直都沉默着，他冷眼看着这对戏精在现实生活里上演一出出矫情到不行的"宫心计"。

仗义路人和粉丝见到他这么冷漠，于是纷纷站出来，指手画脚地对着他鼻子骂："没良心，让女人为你自杀，不是个好东西。还敢和新女友秀恩爱，祝你们早点死。"

网民是善良而且健忘的。仅仅三个月的时间，已经让他们如同失忆一般，忘记了黎剑辉和云芳菲两个人，都是背着当时的伴侣走到一起的事实。

舒盼看着这样一面倒戈的评价只好苦笑，曾黎在边上调侃："你还别说，有时候网络舆论最讨人厌的地方就是，爱你的时候爱得要死，恨你的时候恨不得你全家进火葬场，戏这么多，才不管笔下评论的那个到底是不是真相。"

谁说不是呢……

能说出这种精辟的评价，舒盼感觉曾黎真的成熟了很多。

最近许珊一直在国外宣传电影《瓷画》。在同一个公司里，她跟曾黎的空间距离反而是最近的，随着相处时间的增多，两个人的关系也越来越好了。

舒盼这才觉得，曾黎这姑娘本质上是很好的，小欢果真没有看错人。

曾黎的理论在另一件事情上得到精准的认证。

在柳絮纷飞，过敏频发的晚春4月末，《青春时代》正在杀青的尾声，而《大漠英豪》也已经播到了结尾。

让人比较郁闷的地方是，唐笑和方旭的镜头被剪掉了很多，到了后二十集，对整个故事的流畅性造成了比较大的伤害。陆辰良回A市的时候，第一件事情就是追问徐喻铭到底是怎么回事。

徐喻铭一把辛酸泪地表示："怪谁都不能怪剪辑师啊，林琛拍板的成品，拿给我的时候就是这个鬼样子。本来就因为提档周播了，还经历了春节档的灾难，这总不能什么都不交上去，空着一周亏血本吧？"

陆辰良冷笑了几声，一针见血地点出来："我怪剪辑了吗？这里头是谁的错，外行不知道，我们做导演的还能不清楚吗？"

徐喻铭收敛了点玩笑的语气，依旧很无奈："你说得对，怪我没监督好。"

陆辰良一句话给怼回去："我们是老朋友了，你有心替华奥背这个锅，甚至愿意赔上自己的名声，这我都没意见，但你考虑过人家领情吗？"

徐喻铭这才认真起来："阿良，我这次认栽了。我现在只能把锅背起来，剪辑师都是我自己找的人，不能看着他们丢了饭碗。你帮我向舒盼说声对不起，老子混了这么多年，居然被黎剑辉这个小子给阴了！"

《大漠英豪》这剧的剪辑师是真冤，他们在毫无准备的情况下遭遇了两轮暴击。

第一次俨然就是提档风波了，这使得他们爆肝熬夜，在不牺牲质量的同时，加快剪辑的速度；第二次正是舒盼身为女主角，多少都跟这起丑闻擦边了。

华奥传媒因此找事，联合了成信传媒，正儿八经地逼着监制林琛剪掉一些舒盼的镜头。

林琛并不知道事情的严重性，他照做了。

结果第三周播出来的剧情被观众喷了个狗血淋头，很多片段花絮都实拍出来了，明明拍摄好了，到了全剧剪辑里面居然没了，这是闹什么鬼了？

舒盼好不容易在贴吧和论坛互动一回，但她自己都不忍心翻贴吧里的回复了，有骂导演徐喻铭的，有骂监制林琛的，有骂乔楚后台成信传媒不要脸故意挤走女主戏份的，还有骂剪辑师脑残的。

舒盼头大得很，她看着自己辛辛苦苦演的戏份被剪掉固然不好受，但她一眼就看得出来是黎剑辉作祟啊，剪辑师也不容易，徐喻铭也是背锅啊，乔楚这次得益纯粹也跟她个人意愿无关……

她乖乖地上线，用小号跟徐喻铭说：“没关系。徐导，你是我见过的最好的导演了（PS：陆导身份特殊，不入围此次评价）！”

陆辰良见着舒盼小学生般的鼓励，他连发几个狗屎的表情，意图明确：“辛苦地帮你把原片拿回来重新剪辑，争取在港播出的时候搞个精剪的五十集，这样都不算好导演？”

舒盼没想到陆辰良能秒回，她本来还打算稍微表扬一下就赶紧删掉的，这下只好硬着头皮跟陆辰良撒娇：“您是一流的导演，一流的剪辑师，但这些都比不上你是一流的老公，对吧？”

徐喻铭本来感觉舒盼还是那么善解人意又懂事，谁知道无意间又被陆辰良乱入，他唉声叹气地评价陆辰良：“突如其来的闷骚，闪了我的老腰！”

工作中的杜攸翻着这几条@了徐喻铭顺便秀恩爱的微博，都快乐死了，可以，商业互吹，这很可以！

舒盼心态良好，基本保持在四天一个商业活动曝光，一周一次杂志拍摄和红毯活动的低调频率，剩下的时间就钻研新剧本。毕竟《游园惊梦》的电影试镜在即，不管陆辰良怎么内定了舒盼演两个女主之一，她都是要在一众投资商面前展现实力的。

可《大漠英豪》主演群里的其他人就没有那么淡定了，第一个爆炸的就是丁然。

他是真的脾气上来了，不仅在微信群里怼天怼地，说得乔楚一个字都不敢蹦出来，后来还索性冲到黎剑辉的办公室发了火：“剪掉舒盼的镜头？老板你有没有搞错？方旭跟唐笑大部分都是一起出现的，你这是干脆让我也扑街的意思？！”

黎剑辉很不要脸地安抚他：“不怕，你不是还有跟阮清颜一起的镜头吗？那些片段都给你留满镜头总行了吧，一刀不剪……”

丁然依旧愤愤不平，黎剑辉真以为他傻吗？方旭跟阮清颜拍的那些剧情都是新的故事线啊，大家对翻拍剧，当然是更喜欢原著情节多一些了，大佬你真这么喜欢乔楚，干脆让我跟她拍一部新的啊。这直接把宣传海报上的镜头都剪掉了，不带这么坑自己公司艺人的！

他当即就告知了舒盼，然后在微博上@了原作者章老师，非常机智地询问他对剧本新加的情节怎么看。

呵呵，人家能怎么看。

章老本人虽已高龄，但仍颇具为人处世的智慧，在微博上答曰："我也赞同改编，但很多时候难以比原作者写得好，这就是一个比较令人遗憾的地方了。"

原作者发话了，这让剧迷和原著书迷更加群情激愤："导演和编剧你们有毒，拍了的片段不放出来。可惜了男主女主的演技，看这么多新翻拍的剧，最顺眼的就是他们了。"

丁然适时地放了几张图片花絮，舒盼跟他在草原上那几场拍得极其辛苦，有几场甚至是一边吸氧气一边背台本，可偏偏那段的剧情被剪到最少。

明面上，舒盼也不跟丁然一样卖惨，她一向就没那种习惯，只用小号很理性客观地安抚丁然："不怕，不怕，公司和徐导交流过了，说是在TVB播出的时候能放正常剪辑的五十集。"

丁然乐得跟个二傻子似的，差点用大号转发了舒盼的评论，最后秒发秒删，但还是被不少看客捕捉住了两人的互动。

舒盼害怕小号暴露，只好对此一问三不知。

最近的微博真是让她感觉既危险又幸福啊。随着作品热度的提高，舒盼赢得了更多的认可，顾千千和许珊一拨人可以开始在微博上公开地跟她互动了，甚至连顾淼也关注了她的大号，时不时还能进行一拨商业互吹。

盼盼的熊猫军团势力日益壮大，他们对云芳菲自杀事件的态度是统一的：说陆导几句不要紧，关我家盼盼什么事情？搞清楚，人家后来可是正经谈的恋爱，而且低调得不得了，要不是之前飞机失事闹了一出，估计到现在都没有要秀关系的意思！

自然是有人要反驳的，但这个说法大致上没有什么错误，毕竟舒盼在《大漠英豪》这剧里被剪辑害得这么冤枉，也不见陆辰良公开帮她说过一两句话……

可舒盼私下感觉很甜啊，陆导对我的好，当然不能都让你们知道了，不然你们这些小妖精还不翻天吗？

吵吵闹闹的整个5月，舒盼和陆辰良异地恋了一个月，彼此思念得不得了。好在舒母精心算了日子，试镜会后的那个下午是一年里最好的日子，这意味着领证这件大事终于可以提上日程了！

5月的最后一天，舒盼瞒着所有人，只带上助理娄晓楼秘密回了A市。车开到半路，舒盼让司机改道去一个偏僻的咖啡馆，娄晓楼睡到一半，蒙眬之间见着舒盼以要上厕所的名义下了车，虽然颇觉得有几分怪异，但到底还是没说什么。

舒盼要去见一个人，这人不是别人，正是小记者杜攸。

杜攸点了杯黑咖啡，坐在最角落的位置已经等了好一阵子。

舒盼进店，将墨镜从鼻梁上顺下来一点，等到确认了角落的人影正是杜攸之后，她才敢朝那个方向迈步。

杜攸不怀好意地笑笑："听说你最近混得不错哟，小盼盼。"她第一眼就瞟见舒盼脖颈间那枚价值不菲的钻戒，"你这挂在脖子上也藏不住啊。"

舒盼被她看得有点不自在，赶紧把项链往毛衣里塞了塞："藏不住什么啦，我这叫低调。"

杜攸低头戳了戳咖啡里的冰块，压低声音贼兮兮地道："当然是人妻的光芒！"

噗——

舒盼差点没喷出来，她很快对杜攸的调侃施以还击："好久不见徐导，也不知道他最近过得好不好，有没有兴趣听我讲讲什么小记者和金牌经纪人之间的……"

杜攸大窘："我对易南那点花花心思都是猴年马月的事情了，你能不能不要拿出来说了！"

舒盼耸耸肩，笑着低头猛吸冷饮："哦。"

女服务员过来上了一份甜点，她感觉舒盼实在太眼熟了，难免多看了几眼："你、你是不是那个女明星舒盼呀，长得超级像哎……"

杜攸赶紧插嘴道："是吧，像吧？我就说我这个二姑妈家的小女儿最有明星相了，这一路过来都好几个人认错了。傻妞啊，娶你的男人就有服气了，这首先基因就好啊，是不是？"

舒盼脸一红，她咬咬下唇，没好气地瞪杜攸一眼，点头默认了她的称赞。

盆栽冰激凌摆在两人中间，她们却都没什么动勺子的心思。

舒盼按捺不住了，她将顶峰上的樱桃摘下来："你……你去见过云芳菲了吗？"

杜攸挖了一大勺冰激凌，一听舒盼这么问，忽然又没了胃口，索性把刨出来的坑又盖了回去："见过了，她现在吧……总之挺惨的。华奥的人跟看犯人似的跟着她，这次要不是徐喻铭帮我，我差点就要被抓住了。"

对于还在A市的人来说，经历云芳菲自杀事件的始末，恐怕是在所难免的。

杜攸的职业让她居于风暴的中心。但她和一般的娱乐记者用的套路还不太一样，同行惯会堵医院的大门，上楼堵主治医生，可杜攸的思路是直接假扮病患入院，再找个靠谱点的人帮着一起混进去。

深入敌营，肯定获益颇丰。

她假装成烧伤的病患，把整张脸包得只剩下右边的眼睛，佝偻着背脊，一瘸一拐地踱步到了十四层云芳菲的病房。

杜攸用右眼稍微打量了一下，见着两个穿着黑色西装的彪形大汉，跟左右护法一样守在病房门口，连医护人员进出都要出示身份牌，摘下口罩认脸。

她简直不敢相信自己的眼睛，这不是等于软禁云芳菲吗？她家里人能同意？

好不容易挨到保镖换班，杜攸想扮作走错房间混进去，结果迎面撞上黎剑辉本人从房间里出来。

"阿姨，你好像走错房间了，有什么能帮到你吗？"

阿姨个鬼啊，你全家都是阿姨！

杜攸抬头想用仅剩的一只眼睛瞪一下黎剑辉，结果被这人脸上那种阴恻恻的微笑吓到了，好在脸上被绷带遮掩，对方一时半会儿没看出什么异样。

"我……我还真是记错房间了，咳咳咳咳，我在哪个房间？"

黎剑辉跟一条毒蛇一样缠了上来，单手搀扶着杜攸："我看您这也伤得不轻，怎么不找个家属陪着，不如送您去前头找医生问问吧？"

杜攸心里咯噔一下，差点给跪，这要是被黎剑辉抓了还得了，会不会直接被打残扔出去……

就在这种万分紧张的时刻，迎面走来一个熟悉的男人，他急急地赶到杜攸身边，一把推开了黎剑辉："姑妈，姑妈你还好吧？怎么没吃药就出来了，姑丈要担心的。"

杜攸感觉到一双有力而温暖的臂膀，抬头一看，原来是她亲爱的徐喻铭！

徐喻铭跟黎剑辉打了个照面，真是人生如戏全靠演技，他装作是刚认出黎剑辉的样子，摆手直接让他滚蛋。

黎剑辉皱着眉头，他敏感地察觉到事情不太对劲，目光还锁定在杜攸身上来回打量，无奈对方全副武装，一时半会儿也看不出什么。

徐喻铭大怒："姓黎的，你现在该不会是连我姑妈都不放过吧？我现在很不耐烦看见你，赶紧自动消失，免得气到老人家，你赔不起！"

他说罢，便头也不回地拉着杜攸走了。

杜攸的手还在抖，好一会儿才缓过劲来问徐喻铭："你大爷的，我哪里有你这么大的侄子！"

徐喻铭将她塞进电梯间，拳头猛砸在一楼的按钮上，转头也对她骂道："你能不能不要犯这种我姑妈都不会犯的低级错误，想见云芳菲我可以帮你想办法，这样上去不是找死吗？"

杜攸被男人抢白了一阵，但看着他眼里的点点关切，总算软软地撒了个娇："那……那你真有办法让我见见她吗？我急得很，答应了舒盼要确认一下云小姐的情况。"

徐喻铭余怒未消，但想起之前对舒盼的亏欠，又禁不住杜攸卖萌的样子，终是点了头。

杜攸讲完了那段惊心动魄的经历："还是老徐有办法，后来他直接让一个医生把我们俩带进去的。我见着云芳菲，她哭着跟我说……说她不是自愿自杀搞那些花样的。她本来打算跟全家去新西兰度假，结果黎剑辉用巨额的违约金锁着她，她连家人都见不到，被逼着吞了二十几颗安眠药……"

舒盼的勺子掉在地上，她的十指紧紧地蜷缩向手心，变成一个拳头狠狠地砸在桌面上："黎剑辉这个王八蛋！"

杜攸叹了口气，捡起勺子："淡定，淡定。说不定是她跟黎剑辉一起骗你们呢？"

舒盼静静凝视着杜攸："说实话，你觉得她是骗人的吗？"

"我……"杜攸吞了口唾沫，有点不好开口，"哎呀，我不知道了，我还是头一次见着云芳菲哭得那么难看。但是老徐说是真的，你知道他一向禁不住女孩子流眼泪……但无论真假，舒盼，我帮你查这件事情只是希望让你安心一点。现在结果出来了，无论你相不相信云芳菲，你都没有救她的责任。"

杜攸眉目之间有着难得的认真："你和陆辰良都没有，说到底，这就是她自己作的，坏人自有坏人治。"

舒盼也明白这个道理，可她的心里怎么就压着块石头放不下呢？

见过杜攸以后，舒盼的心情一直难以平复，脑子更是乱成了一摊糨糊。

舒盼不知道该不该把这件事情告诉陆辰良，不知道该不该最后相信云芳菲一次，甚至不知道应该怎么帮她……

难道真的像曾黎说的那样，她就是太心软了？可难道任由黎剑辉这样榨干那个曾经在自己心中占据偶像地位的视后，这样就是正确的了？

那一瞬间，她忽然很后悔让杜攸去查云芳菲。

晚上六点，舒盼和丁然去参加了年中华鼎奖的晚会。运气和实力各占一半，即便顶着二流剪辑的恶名，《大漠英豪》还是荣获了上半年的收视冠军，而舒盼被提名了最佳新人的奖项。

造型师给舒盼化了个高冷的妆容，眼角高高地上调，橙色腮红，色泽饱满的红唇，在冷色调的打光下，她整个人呈现出一种和刚出道时期截然不同的气质——明丽，复古而冷艳，宛如一朵绽放在玻璃瓶里的永生玫瑰，带着一种永不褪色的魅力。

丁然见她边上空了位置，一心想扑到那个缺口上。

组里的老人魏子扬好意提醒丁然，那个位置多半是给陆辰良留的，人家红毯没办法陪红颜走了，全程陪跑总是必须要的。

丁然有些悻悻然，但看着舒盼脖颈上那枚忽然出现的钻戒，似乎一切都已经了然。

颁奖到了一半的时候，陆辰良来了，他直奔舒盼边上的位置而来，坐定之后，发现舒盼的神色有点不对劲。

他凑到舒盼耳边，对她温柔地耳语："怎么，紧张了？"

舒盼低垂着脑袋含糊地应了一声："我在想万一中奖，上台要讲点什么……"

她觉得自己真的好不争气，这种时候居然还在为别的事情操心，丝毫没有顾千千描述的那种迎来人生当中第一个奖杯的惊喜和期待。

男主持人在台上继续卖着关子："那么接下来，我们就要宣布今年华鼎奖的最佳新人了。首先，荣获这项提名的女演员有哪些呢？"

陆辰良握了握舒盼冰凉的小手："怕什么，等下上去了，你想说什么就说，说什么都好——有我在，你说什么，我都给你兜着。"

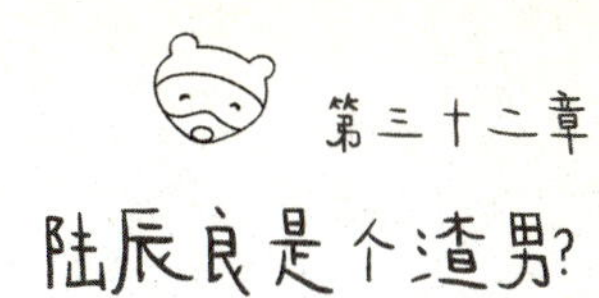

第三十二章 陆辰良是个渣男?

舒盼强压下脑海里那些乱七八糟的念头，侧头看了看身边的男人，心底涌起一股难以言说的感动。

“阿良，我忽然发现时间过得还是挺快的。如果算上《巾帼》这部电视剧的话，这么短的时间内，我居然拍了三部电视剧！”

现在看她眼熟的人变多了，平时回家稍微帮着买个菜，都能被堵在半路上动弹不得。

而舒盼的身价也早已水涨船高，即便是没有年中这次华鼎奖的红毯，她获得年末电视节的最佳女主角，也只是时日问题而已。在这样的趋势下，舒盼下半年的代言和造型都提升了两个档次。

虽然她选择的空间大幅度增加，但造型师和小欢都一致认为，化繁入简，用最大气简洁的妆容，尽量塑造出舒盼多变的气质形象，这才是现阶段最重要的任务。

于是在这个重要的颁奖场合里，这套冷艳隆重的造型应运而生，成了舒盼不二的选择。

为了看女儿领奖，舒母放弃了做饭这个步骤，决定今天破天荒地跟儿子舒凡一起订外卖，这样就可以节约时间搬个小板凳守在电视机前，屏息等待着舒盼的出场了。

舒母很少看颁奖晚会，她戴着眼镜在一堆明星里找女儿显然有点吃力：“儿子，这是直播吗？怎么半天不见你姐姐？”

舒凡调大了音量：“现场画面转播，可能会慢个十分钟吧，老姐刚才发短信说她坐在第三排右边的位置，她那边已经进行到最后一个奖项了。”

二十分钟以前，华鼎奖颁奖晚会开幕了。

作为国内一线的电视剧盛典，现场自然是明星云集，从当红的大热电视花旦到持久不衰的老牌明星，必不可少的自然还有一众明星的家属亲友，该来的不该来的都尽数到场凑热闹，争奇斗艳，走了一拨红毯。

舒盼的不少老熟人都来了，包括同一个公司的曾黎、许珊，远一点的旧冤家袁晶、余施洛，甚至是没有演过电视剧的顾淼等人，也因为陪同走红毯的原因，纷纷入镜。

最遗憾的是顾千千没来。她初春时期才生产，此后的一段时间都在专攻电影，如今又因为孩子哺乳期的缘故，对这种没什么意义的刷脸的红毯活动，就暂时不参与了。

一百个人参加颁奖，估计会有一百种不同的心理活动。

顾千千作为过来人曾经告诉舒盼，颁奖现场就是跟某些人作战的第一线，眼观六路，耳听八方，这都是小意思。最重要的是，上台领奖的时刻，可以直观地看到很多演员，以及演员家属的演技巅峰啊！

舒盼知道，她说的演技巅峰，就是指乔楚领新人奖的说辞，堪称年度最佳。

舒盼也曾很多次想过自己在提名现场的心理活动，只是没有想到，除了被云芳菲那件事情硌硬得慌之外，她的心里居然出奇地平静。

三天前，当华鼎奖组委会向嘉扬传媒递出请柬，表示舒盼上榜被提名为最佳新人的时候，在舒盼的小分队里，助理娄晓楼才是最激动的那个，而晋升经纪人职位要早一些的小欢，面上的表现就已经淡定了许多。

小欢过去抱了抱舒盼，千言万语，化作一句评价：“盼盼，这是你应得的。”

从外貌条件上来说，她并不属于近几年来很讨喜的类型，她的长相太无害了，看起来一点攻击性都没有。

在这个女王攻和傲娇公主横行的年代里，舒盼的身上还保持着直男最喜欢的那种柔弱性。

出道一年半，舒盼可以说是运气和实力并重。

前一年的电视剧圈被清一色的大女主戏霸占，顾千千的《巾帼》就是一个最好的例子。时代在不断进步，当女性的刚毅坚韧成为一种刚需的时候，这种需求自然会在电视剧里大幅度展现出来。

整个去年，大女主戏扎堆了，大众审美严重疲劳，因此不少女星都在试图复制顾千千的辉煌的路上，一败涂地。而舒盼在《大漠英豪》里，是刁蛮在外、温柔在内的少女形象，温婉、小清新的小狸猫性格又在刚刚杀青的《青春时代》里有所体现，这直接导致她后来居上，在电视圈被评为两年之间决定收视率的黑马女主演。

此外，舒盼的话题能力也是不可小觑的。华鼎奖在微博上拉起了一项有点讨打的投票，名为“你心目中的绯闻人气王”，时间限定在去年的后半年到今年五月，舒盼稳居榜首。显然除了因为时间跨度而无法参与这项投票的顾千千以外，小狸猫舒盼也是占尽了人气。

有细心的粉丝发现，在乱态丛生的八卦新闻当中，关联度最高的四个词就是“舒盼”“云芳菲”“陆辰良”以及“黎剑辉”……

这现象被业内的娱乐人士反复提炼，最后总结出一个答案——小狸猫的春天也要来了。

在宣布后几个重要奖项之前，《大漠英豪》剧组作为收视冠军被请上台，这使得几个主创再次同台，舒盼心里的感慨还是不小的。

林琛和乔楚都没来。

林琛是不敢来的。自从上次大老板俞周知道他把《大漠英豪》这么一线的配置砸出一手烂牌之后，两人之间就一直矛盾不小，因而他就更不好意思来领奖了。至于乔楚，她自去年拿了新人奖之后，一直在作死的道路上不断走偏，席钧尧让她搁置活动，在家反省。

没了两个扫兴的人物，徐喻铭导演兴致很高，他一改在剧组里有些邋遢的大叔形象，一身笔挺的西装，只那条蓝白相间的领带看起来颇有几分俏皮，上头还夹上了个足金的领带夹。舒盼在他身侧悄悄地问：“杜攸挑的？”

徐喻铭笑得很有内涵：“某人知错就改，主动奉献出两个月的工资买的，说是配合我们两个上次在医院的惊魂主题……”

舒盼想起云芳菲的事情，太阳穴处的青筋又跳动个不停：“徐导，如果……我是说如果，把云芳菲从医院里救出来，有什么可行的办法吗？”

徐喻铭愣了愣：“你想救她，陆辰良知道吗？”

舒盼咬了咬下唇，有些艰难地摇了摇头：“我暂时……还没机会说。我感觉要是对阿良说了……即使他不愿意，最后肯定也会妥协让我救的。”

你男人可比我有本事，这种事情还真别来让我出主意啊！

徐喻铭有点焦虑，他转头不自然地看了看台下的陆辰良，却发现陆辰良也正朝着两人的方向看来。那个洞悉一切的眼神，仿佛在告诉他，千万不要在这种时候让舒盼分心。

徐喻铭最后无奈地笑了笑："盼盼，这个你不应该问我，要救云芳菲有一千种一万种办法，前提是她值得你和阿良救吗？"

又绕回这个核心了……其实哪里有什么值不值得，多半只是愿不愿意而已。

舒盼低垂着脑袋，用十几秒的时间重新管理了一下脸上的表情，很快便跟着丁然、魏子扬两大帅哥一起登台了。

场上的男主持人是丁然曾经的同行，身材高挑颀长，嗓音浑厚，看起来一派正气，与丁然都是模特出身，在台上便开始自然地互相调侃，话题的内容是针对丁然最近要换东家的传闻。

丁然虽然莽撞而年轻，但他并不愚忠，之前黎剑辉的种种行为已经让他彻底看清了，跟着华奥是没有未来的。当断则断，他私下已经接受了成信传媒抛出的橄榄枝。据说，黎剑辉知道以后，气得把办公室里的花瓶都砸烂了，但碍于成信传媒的控股，又不得不笑脸答应。

女主持人显然更喜欢舒盼的低调，为了方便引出后面的奖项，她顺带抛了个问题给舒盼："我们盼盼今天还被提名了最佳新人奖。我能代替所有喜欢唐笑的小姐姐们，请求你发射一个唐笑的标准眼色吗？"

高清的镜头下，舒盼尽管妆容庄重，笑容之间却尽显那种温暖自然的亲和力。

她歪着脑袋道："当然可以。不过，我要朝着谁比较好呢？"

女主持人心领神会："来来来，盼盼先闭上眼睛。我们从观众席里随机挑一位，接受唐笑眼色的那位，拜托站起来跟舒盼表个白，不甜的不算数！"她话音刚落，现场的摄影也非常配合地玩起了这个有点心机的互动。

一轮毫无规律的扫动后，镜头猛然倒退，直直地锁定在了第三排倒数第四个位置的——陆辰良。

舒盼睁开眼睛，转过身一看，差点没当场笑开花，这节目组会玩，这哪里是随机挑中的，分明就是故意的！

镜头匆匆扫过，坐在观众席前三排的一众明星嘉宾忽然躁动起来，谁也不知道这是大会的既定安排还是某个别出心裁的设计。舒盼的知名度虽然不低，但万一叫起来的人根本就没看过唐笑这个角色，那到时候就尴尬了。

所幸，在万众屏息以待的时刻，幸运观众的身份，就这么稳稳地落在了陆辰良的身上。

隔着三四个座位，坐在易南边上的许珊比谁都要激动，她猛拍了几下丈夫的大腿："哎哟，好激动，好紧张！这是什么新玩法？陆辰良不是不喜欢当众告白这一套吗？节目组不怕砸锅吗？"

易南耸耸肩，表情淡定而无辜："老板做事情什么时候会跟我这个打工的交代？"

许珊杏目微侧，瞪了易南一眼，提高了点音量："乱讲，我和舒盼没来之前，你跟陆辰良分明就是革命情谊，你快说，陆辰良是不是就打算好了今天这个场合搞告白？"

余施洛因为跟许珊同拍一部电影的缘故，正坐在边上，她对许珊的种种举动十分鄙夷："有些人是不是从没参加过颁奖礼，以为这里是菜市场还是饭店？还告白，要是陆导不接茬可就好笑了。"

许珊也不是个任人拿捏的软柿子，她登时反击道："有些人参加过很多颁奖礼，可惜吧，总是跟拿奖杯没什么缘分，每次都只能给别人颁奖。"

她说的，就是这位运气和演技一直都不大好的余小姐，刚出道的几年她一直想混迹电影圈，结果撞上一个女星频出的时间段，领奖的时候次次陪跑；再后来退到电视圈，高不成低不就，只拿了个有点尴尬的新人奖。

可她拿奖的那年都是开始演戏的第六年了……

余施洛被踩到了痛脚，气得几乎想当场站起来给许珊几巴掌："你以为自己比我好多少？同个公司里，好处和资源都让舒盼占尽了，你和曾黎还不是上赶着巴结人家！"

你自己都是塑料姐妹情，就别扯上我跟盼盼！

许珊在心里翻了个白眼，但她还没来得及开口，易南先开了腔："余小姐还是谨言慎行的好。之前在综艺上的闹剧，最好别在今天重蹈覆辙。"

余施洛见着易南那副护妻的样子，心头又是一阵不爽，舒盼和许珊都是什么东西，也就是嘉扬传媒跟捡破烂似的次次都收拾残局，居然让这两人上了位，一个傍上陆辰良，另一个赖着易南……

她现在惹不得许珊，一会儿颁奖的时候便要让舒盼好看！

易南小幅度地拉了拉许珊，把她的手安稳地放回膝盖上："嘘，你小声点。丰原导演怎么指导过你的，之前在嘴巴上吃的亏都忘记了？"

许珊吐了吐舌头，决定暂时休战，认真看热闹。

转播的镜头里，陆辰良对这个结果丝毫不觉得尴尬。他只身站了起来，话筒已经从边上递到他手上，开麦，男人冷静自持的声音顿时在整个会场流淌。

"既然挑中我了，该表白的还是要说几句。舒盼今年被提名电视剧最佳新人，中肯一点说，我觉得这个奖项不太适合她——"

全场哗然，男主持人几乎是惊悚地和身边的搭档对视了一眼，那眼神里全部是问号。

这个环节明明是嘉扬传媒的人商量着让会方加进来的，也知道陆辰良作为经纪公司的老板很毒舌，作为导演很苛刻，就是没想到他精心安排这个环节，居然是为了当场批评自己的绯闻女朋友舒盼？！

舒盼眉间微蹙，她是在场所有人当中最了解陆辰良说话习惯的人，他通常欲扬先抑，看来接下来这是要放大招的节奏……

女主持人还算是大场面见得比较多，她推了推边上的丁然，想来救个场："丁然，如果让你表白舒盼，你觉得剧里唐笑哪个时候最好看？"

丁然感觉这是个公然呛声陆辰良的机会，他忽然壮起胆子答道："都好看，舒盼本来就好看。我不知道别人怎么想的，但盼盼拿新人奖我觉得没问题。"

当场炸出个情敌来？！

边上看戏的许珊异常激动，继续猛拍易南的大腿："哎哟，我家盼盼行情这么好，不妨考虑一下小鲜肉好吗？什么丁然、顾淼，都非常可以啊！"

易南坚持站队陆辰良这边："准确来说，他们两个是即将领证的关系。"

许珊到嘴边的话又吞了回去，那不也还没领吗……陆辰良就应该时时刻刻保持警惕才对！

台上，女主持人在心里叫苦连天，她显然也被丁然的这种热情击败了，气氛没调节好不说，差点把两头都得罪了。

所幸搭档的男主持人及时反应过来，他稍微镇定了一下："丁然，你为了证明我们这个环节没有台本，也不用这么拼吧？其他都好说，陆导，这个告白你是躲不掉了，先来正面评价一下我们盼盼。"

随着问题的抛出，众人的视线再次回到陆辰良的身上，只见他的唇畔勾起一抹好看的弧度，几乎是毫不犹豫地答道："我很喜欢。"

华灯璀璨，一道光静静地打在陆辰良身上，他旁若无人地凝视着台面上的舒盼，黑白分明的眸子里透着一股柔和："我之所以这样说，是因为舒盼算不上是个新人，她虽然看起来小，但已经在片场打磨了五年多。新人奖和她在这一行付出的努力并不成正比。大家应该知道，大约八年前，我也就还在片场玩泥巴而已……"

台下不少人笑出了声，对陆辰良的自黑调侃抱以适当的回应。

"七年前，我的第一部电影才刚拍出来……人生有多少个五年和七年，能遇见她，无论是作为导演，还是作为一个男人，我都很幸运。"

陆辰良在告白时，场下作为观众的许珊，紧张感似乎就一刻也没停下来过，大喘气，下手猛拍易南的大腿，幸好，幸好，还是没脱离公开关系这个套路。

易南被她的小粉拳捶得有点痛：“小珊，我知道你很兴奋，但是能别谋杀亲夫吗？我腿都麻了。”

舒盼虽然也激动兴奋，但她的震惊感溢于言表，陆辰良这题属于明显超纲啊，让他作为合作对象表扬一下自己的颜值，怎么忽然就从外在美延伸到内在，整个上升到人生的高度了！

这种情话近在耳边去说，舒盼估计已经免疫了，但现在当着剧组里几个人的面被告白，她忽然间脸就有点发红，感觉周身都沉浸在那种粉红色的气泡氛围里。

女主持适时地八卦道：“陆导的评价这么高，盼盼你有什么想回应的吗？”

舒盼低头看了看那枚被她藏在胸前的钻戒，心里忽然涌起很多很多的感慨，他们一路藏了这么久，今天……就这么公开了？这一遭还不知道能不能得奖呢，现在这么招摇，会不会把一会儿的运气都用光啊？

舒盼心里甜滋滋的，凝眸低垂，语带笑意，千言万语只化作羞涩的四个字：“我很荣幸。”

个中甜蜜，明眼人自然都是看得出一二的，于是下台的时候，舒盼便更加荣幸地成了众人调侃的对象。徐喻铭在她边上轻声笑：“可以的，陆辰良这个人，会玩。”

魏子扬非常淡定地补了一句：“谈恋爱还能说什么，说来说去都是虐狗，不像我这种结过婚的人……”

丁然仿佛受到暴击，他心底有点哀怨，小声地嘟囔了几句：“他把该说的都说了，等下舒盼万一真的拿了新人奖，她都没词说了嘛。”

舒盼没下来多久，很快就在颁发电视剧新人奖的时候被二轮传召了上去。上去之前，陆辰良还特意强调一遍，他刚刚说舒盼不适合新人奖是一个比较傲气的形容……

能拿到奖，当然就要好好地感恩致辞。

舒盼重新站上台，颁奖嘉宾是年龄上尚算她前辈的余施洛，可这人素来就跟舒盼不大对付，把奖杯拿捏在手里，张口便问道：“刚才陆监制也说了，舒小姐在演技上不能算作是个新人。那今年能拿到这个奖项，想必会很感谢当初给你机会入行做替身的云小姐吧？”

伴随着颁奖的乐声戛然而止，余施洛这句话起到了效果，场面一下子便有些静默。

舒盼倒吸一口气，她目光灼灼地对上余施洛，而对方正用一种讥讽而轻蔑的眼神回应着她，仿佛叫嚣呐喊着要代替曾经的云芳菲多踩她几脚才够。

在众目睽睽之下，舒盼缓缓接过余施洛递过来的奖杯，面带笑意地对上镜头：“是的，我感谢云小姐。直至今日，我也常常回想起做替身演员的日子。正是那段辛苦的时光，教会了我很多，让我认识了宝贵的朋友……”

舒盼的眼前浮现出许珊、顾千千、于卿双的面容，能够与这些人结伴，真的让她获益良多，她朗声继续道：“做过替身演员，才让我知道了自己存在的理由。原来我是这么喜欢演戏，想做一个好演员，这也是支撑我今天站在这里的信念。我想告诉那些跟我一样，在这条道路上努力的朋友，感谢你们，你们的付出不会是没有意义的。”

她轻拂过胸前的那点璀璨的光亮，将那枚钻戒从脖颈之间带了出来：“今后，我会继续朝前努力，不论是在演戏这条道路上，还是作为某人的太太。”

一语掀起千层浪啊。

颁奖晚会后的几天里，舒盼都留在A市里跑活动。

嘉扬对两人公开关系后的种种风暴都做了一定的准备，但这次批评的方向似乎并没有对准舒盼，而是更多地对针对陆辰良。

云芳菲自杀事件余威犹在，陆辰良就主动在颁奖典礼上搞事情，大肆宣布要跟新欢结婚？这是要跟曾经深爱的女人相爱相杀到底，比谁更快结婚？还是他根本就没走出云芳菲的阴影，只是看着人家舒盼长得像前任？

舒盼意外收获了很多大V朋友的祝福，跟她有过正面接触的所有艺人，基本上都表态了。首先是最近晒娃上瘾的顾千千，携宝宝拍摄了一段萌到爆炸的小视频，配字：“欢迎加入家庭卖萌大军。”

许珊搭乘这班快车，秀了自己鸽蛋般大小的钻戒，那行字配得格调极高，一看就知道是出自易南本人的手笔：“世界上所有的感情都是冷暖自知，所以祝好。”

顾淼非常聪明地借舒盼的颁奖词宣传新单曲*Shadow*：“突破自我和极限，不再做谁的替身，选择做真我，*Shadow*大卖！”

除了舒盼的朋友们，陆辰良的人脉圈子也都一致祝福，最有分量的应该是沈清淮沈影帝，他跟夫人江晓发了满满一桌的菜肴：“说不上别的，有空一起吃饭。”

舒盼自然乐意，谁能拒绝江女神做的菜？只要沈清淮真愿意做东，她跟顾千千就是撇开维持体重的原则和女演员的形象，也要同桌吃他个痛快啊。

唯有丁然一个人画风不太一样，他沉浸在失恋的情绪中，半调侃半自黑地发了一张唐笑执剑对着方旭的剧照，和三个心碎的图标。所幸还有丁然和舒盼的CP粉纷纷冒泡安慰他，猛刷话题："丁然不哭，今夜，我们都是方旭！"

比起圈内人的各色祝福，圈外不知道内情的围观者，横竖都只能得出一个答案——陆辰良是个不折不扣的渣男啊！

"没良心，没天理，仙女菲出事到现在，你们两个还在逍遥快活？真是婊子配狗天长地久！"

"楼上不要带我家小熊猫，盼盼选择现在跟陆先生公布，我们也很不开心好吗？谁知道是不是我家盼盼被胁迫着同意的，之前问了好几次也没承认不是？"

"应该是真爱吧，圈内谈个恋爱都不容易，快走到结婚这步了，还是给个祝福吧！"

"我看盼盼藏着项链也好久了……说不定就是不想刺激云小姐。陆导也真是的，这才新人奖，就忽然公开了，想没想过我们盼盼要承担多么大的压力。"

"我就想提一下替身梗……有没有人觉得能脑补很多虐恋情节？要是真这样，某盼也挺可怜啊，下一个去精神病院的说不定就是她了，呵呵！"

林林总总，大多是在骂陆辰良的，甚至有心人故意提出要抵制陆辰良的电影来报复，类似言论也有不少："电影圈多出渣男，陆辰良表里不一，让我还怎么相信他笔下的爱情和唯美，垃圾！"

电影还未开拍准备档期，却有水军恶意在豆瓣上利用这点刷恶评，给《游园惊梦》的期待值打了负分，甚至是在评论区大肆辱骂陆辰良和请来给舒盼培训的昆曲大师。

舒盼第一次对评论看得痛苦，她憋着怒火要发一篇超长的微博，精心编辑的内容却被陆辰良抢走手机强行删掉了。

陆辰良挑眉检阅老婆的洗白微博："写得有进步，果然跟昆曲老师学了几天，肚子里也有了点墨水，但是还没到能发出去的程度，我这就帮你删掉了。"

舒盼这个郁闷啊，怎么人家顾千千就能发长微博护短，她就要看着陆辰良遭骂，甚至是影响新电影?

陆辰良一眼看透舒盼的焦虑，他淡淡地反问道："顾千千的立场在于秦隽在唱片解约的事情上是利益受害者，我们呢？你看看我们哪里看起来像受害了？而且你打算怎么解释？除非你当场宣布不跟我领证了，否则再解释也是浪费口舌。"

舒盼愣了愣，想想还真是这个道理……

解释他们两个根本就没谈恋爱？解释他们根本没打算让大众知道两个人在谈恋爱？还是，解释他们两个人的恋爱、婚姻不需要别人操心?

陆辰良本来就是精心布置地要在颁奖礼上告白的，只是没预判到舒盼的仇人这么多，偏偏在拿奖的时候被余施洛提了一次云芳菲……

陆辰良冷笑着，眼中尽是点点的讽刺意味："这可能就叫作阴魂不散吧。"

舒盼心里那个把云芳菲搞出医院的念头又有一点点萌芽，她举着小手提问道："如果，我是说如果，云芳菲真的也是被黎剑辉利用的，我们能把她救出来吗？"

陆辰良摘下眼镜，揉了揉自己的太阳穴，漫不经心地道："救出来以后让云芳菲再反转一局，说黎剑辉才是坏人，我们是好人，然后大团圆收场？盼盼，云芳菲没有那个价值。我更不希望因为这件事情跟你吵架。"

这不是陆辰良第一次听到这个计划了，之前徐喻铭就把整件事情告诉过他，可他一点都不同情云芳菲。

舒盼眉目间渐渐认真起来，语气里带着一股执拗，她想救云芳菲，不仅仅是因为恻隐之心，还觉得实在气不过。

"我就是想亲自听云芳菲说出来，在所有人面前说出来，说你根本不欠她。我已经受够了她装作受害者坑你的样子，你这么好，凭什么被他们在新闻中乱写？"

她最近压力大到睡不着，熬夜看了好多帖子，都是诅咒陆辰良这个渣男早点去死的，看着太糟心了，比看到那些骂自己的言论更让她难受。

陆辰良是一个很好很好的人，别人都以为他冷漠又自私，计较利益，精于把握筹码。可黎剑辉跳槽搞事情的时候，他也没有下狠手封杀；云芳菲自我堕落，他现在还锁着资料一条也没漏出去；许珊年轻闯祸，曾黎年少任性，却都能按照秉性一一在圈子里自由发展。

讲道理，陆辰良这么好的老板和上司，怎么就要被白眼狼这么对待！

陆辰良觉得舒盼气呼呼的样子活像只松鼠，可爱极了："原来我在你眼里这么善良？"

面对舒盼的愤怒，陆辰良不是不理解，而是很无奈。其实黎剑辉已经满盘皆输了，华奥传媒被成信吃得死死的，成信明显跟他的嘉扬才是盟友关系。

比彻底让黎剑辉失去华奥更可怕的是慢慢消耗掉他的人脉，让他在经纪公司这块找不到资源，同时电影、电视剧也接不到好角色。

陆辰良拿着干发布帮舒盼擦着头发："如果你真考虑救她，我不拦你，可也不会帮你。"

舒盼侧头，刚想说自己可以找杜攸，结果陆辰良便立刻补充道："不怕告诉你，徐喻铭也是这个态度，他对这蹚浑水恶心得不行，拿跟我决裂威胁，让我顺便提醒你，别拉杜攸下水。他故意爆料了好几个内幕让杜攸去查，人家正忙着。”

万恶的资本主义恋爱啊，小天使杜攸也不让用了？！

舒盼一脸惆怅，那把某人搞出医院，估计还真的有点难度……

她实施计划还要一段时间，其间的工作总是不能断的。

第二天给*SHOW GIRL*杂志拍封面的时候，舒盼得到了跟许珊的钻戒同一个牌子的赞助。今天的造型是民国复古风情，她就顺便把新电影里歌女翠薇那个形象给带入了一下。拍摄进行得十分顺利，直到后半程，那枚钻戒登场，这才引得一众女性都过来围观。

拍摄的场地在舒凡的高中附近，午休的时候弟弟过来探班，舒盼正端坐在一堆女人中间，摆弄着那颗鸽子蛋拍照。

她拿到手上以后，真的被这个戒指的尺寸惊到了。易南还真是宠妻狂魔，知道许珊没什么别的爱好，就是喜欢钻石，所以在婚戒上下了这么大的手笔。

舒盼把钻戒掂量着放在手心上，感受了一下重量，周围一圈女人纷纷对舒凡激励道：“同学，你快看看这个，好好考试，以后求婚送个比这更大的，对方不答应就直接砸晕带走！”

舒凡被逗得整张脸红到了耳朵根，差点就忘记了此行的目的。

舒盼捂住弟弟的耳朵，护着他到身后：“你们都不准带坏我弟弟，他现在连女生的手都还没碰过，好不容易来探班，吓跑了你们赔给我。”

过了好一阵子，舒凡才慢慢缓过劲来，他拿出一份时间表来递给舒盼，有些别扭地道：“要开个填志愿的家长会，但是老妈看不懂……她想让你出出主意。”

舒盼看了看时间，发现是晚上七点半的家长会，再看日期，那天的安排的确是有点紧……

她抬眸，面对弟弟有些忐忑期待的眼神，笑着答道：“高考是大事，可惜我都没怎么认真经历过，帮你出主意也不太容易，这样好了，到时候我和你姐夫一起去接你。”

要去给小鬼头舒凡开家长会？陆辰良对这件事情没意见，拿出日历数了数，发现近家长会那两天的日程安排得紧得不行。

先是头天去给舒凡开家长会，次日上午是《游园惊梦》的试镜会，下午是和舒盼一起去领证，紧接着要送母亲回德国，舒盼则希望回乡下去祭拜父亲。

“最优先等级的是试镜会，你要做好准备。前年云芳菲也演了一部戏曲类的电视剧，角色跟歌女翠薇有相像的地方，恰巧你又做过她的替身。虽说电视剧和电影是两种不同的艺术，但被比较是常态，你只能做得更好，否则我也保不了你。”

陆辰良还在工作的状态当中没有切换过来。对他而言，舒盼的演技才是让他首肯加入电影的关键，如果这一点做得不到位，即便她是妻子的身份，也难以避免被淘汰的命运。

他说得这样认真，舒盼反而很开心。

舒盼转过头，将陆辰良办公室的百叶窗拉开，看着一楼底下来来往往的新人，心底油然而生一股感慨：“我看过她演的那部，监制还是你呢。但我不怕，被别人知道做过替身不是什么丢脸的事情，丢脸的是我从此就失去了跟她作比较的勇气。云芳菲只是摆在眼前我要突破的第一个障碍，绝对不会是最后一个！”

她能够在工作上得到陆辰良的尊重，这个基础不是他们两个的感情，而是她真正的实力。这在什么时候都是对舒盼最高的评价和最大的肯定。

晚上的时候，舒盼敷了个急救面膜，连续几天日夜颠倒的工作让她看起来有点憔悴。她想在结婚证件照上看起来精神一点，于是准备这两天紧急补救一下。

她从面膜袋里挤出来的精华也一点都不浪费，顺手全部抹在了陆辰良的脸上。

陆辰良也不含糊，摘下眼镜来，任由女人的小手在自己的脸上细细地涂抹着，他扫了眼两人的日程，忽然有些疑问：“你早晨拍纯净水广告要四个小时，下午回来一趟，直接去学校找那个小鬼头应该是没有问题的。中间空出来一个小时，你打算去做什么？”

舒盼的手顿了顿，她有点心虚地答道：“回来换个妆，不然作为家长，浓妆去学校似乎不太合适吧？”

陆辰良挑眉侧头，长久地凝眸对着舒盼：“是有点家长的意思了。等小鬼头去念大学，你也可以把这件事情提上日程了。”

舒盼脸一红，睁着一双水灵的眸子来回打量陆辰良的神色：“我就希望如果是男孩子，能跟舒凡一样懂事就好了。”

陆辰良斜了舒盼一眼：“跟舒凡似的天天怼我？还是不列入考虑范围吧。”

在这一点上，陆辰良一心想要个小公主的强烈愿望，根本不输给秦天王。舒盼私下询问顾千千生孩子的感受，顾千千那么怕疼的人，居然斩钉截铁地回她道：“生，生到有女儿为止……”

两人的讨论从日程安排扩展到家庭未来，舒盼这才松了口气，她知道陆辰良多半不会真的打电话给小欢去核实日程。

万一他真的这么做了，也许就会有惊人的发现，在明天的那一个小时里——

除了舒盼以外，曾黎、许珊和杜攸三个人也分别以不同的理由旷工了。

她们几个要去A市的中心医院，进行一件密谋已久的大事。

次日中午，作为无偿献血形象大使的许珊和曾黎两人刚拍完个人照，便不约而同地避开镜头来到车上准备开饭。因为毕竟是做慈善活动，嘉扬给两人精简了行头，让她们同乘一辆保姆车。

上车的时候，小欢感觉到一种异样的气氛，正围绕着两个八竿子打不到一起的人。

曾黎和许珊两人一上车便聊得不亦乐乎，一会儿说说刚才哪个护士小哥哥俊俏好看，一会儿说说自己最近的代言行程和试镜的电视剧，因为实在谈得太和谐了，反而没有一般女星在同一个公司争奇斗艳的征兆。

许珊被小欢的眼神看得毛毛的："我脸上有什么东西吗？"

"这倒没有，不过你什么时候跟小黎关系这么好了？"小欢笑了笑，言语之间流露出一丝困惑，"一会儿还要上楼慰问小朋友，你们两个是单独呢，还是就这么打算一起了？"

"我们俩也合作好几次了，熟起来很奇怪吗？"曾黎笑了笑，和许珊对视了一眼。

许珊也没觉得有什么不对，她脱口而出："分开，当然是分开。毕竟我们各自有任务……哎哟！"

曾黎欲言又止，最后不得已踩了她一脚："许珊的意思是，我们各自有形象定位，做慈善本来就容易被说成作秀，还是不要扎堆引话题的好。"

小欢点点头，脸上写满了欣慰："你最近的确考虑得多了，珊珊你多跟人家学学，不然肯定还要继续吃亏。还记不记得那时候我们两个被黎剑辉找来的记者堵得躲在同一辆车上？"

许珊想起那段往事，恨恨地答了句："哼，这奇耻大辱我要是能忘了，名字就倒过来写。"

她这次能答应舒盼过来帮着把云芳菲从医院里搞出来，多半是想到黎剑辉那张气到发绿的脸，一定是好看极了！

三天前，舒盼聚集了许珊、曾黎和杜攸三个人，在微信上组了一个特别行动小队，名为"爆炸吧，黎剑辉"。

曾黎举手提问："那这个组跟云芳菲有什么关系？"

舒盼耐心解释，其行动的目的就是通过救出云芳菲来，让黎剑辉彻底不能再利用她，以后就不能再有事没事装成受害者，在公众面前博同情。

曾黎再度提问："虽然我也很讨厌黎剑辉，但是就我们三个，做这个事情能成吗？”

杜攸发挥小队长的精神安排步骤：“曾黎和许珊两个人会分别在十楼给白血病童送温暖，那天就可以放记者进电梯了。按照云芳菲含泪给我的时间表，结合我的调查，中午这个时间点，黎剑辉都会来医院作秀，推云芳菲出去放风散步。”

那就是她们给云芳菲的唯一机会了。

如果在大量记者撞到云芳菲的时候，她还愿意说出些实话，那么自然接下来作为类似“污点证人”一般的存在，嘉扬会给她一个出路。

许珊认真研究了一下医院的地形。之前黎剑辉也以让她休养的名义，将她困在过十二层，特殊障碍电梯有两个，只要曾黎故意占用右边的那个，那么黎剑辉毫无选择地只能用左边的，届时她顺势将记者引到另一间障碍电梯附近，这个机会多半就送到了云芳菲面前。

许珊笑得如同漫画里的女魔头，肆意想着接下来将大反派踩在脚底的画面：“即便不成，我们也没有损失；但是如果成了，黎剑辉那个贱人这次就好看了……”

曾黎第三次发问：“计划是还不错，那盼盼为什么一定要在医院楼下等……她不是还要去开家长会吗？”

曾黎希望舒盼干脆不要来医院，她的目标太大了，一旦出现在医院楼下被发现，很可能整件事情的性质都会被改变。

“我想亲自看到结果，如果她宁愿继续被黎剑辉拿捏着，也不愿意说一句真话，那今天这个计划就当作我们之间的秘密，谁也不要再提起来。”

舒盼斟酌了许久，最终还是决定亲自来见云芳菲一次。陆辰良虽然并不在乎被八卦记者乱写，但难以保证新电影甚至是公司丝毫不受影响。

解铃还须系铃人，如果整件事情能够从云芳菲这里解决，那她为了陆辰良冒险一次，也是值得的。

吃过午饭后，舒盼开车到了医院楼下候命，与云芳菲接头的车就在不远处停着，计划顺利的话，不出半个小时，乔装打扮好的娄晓楼就会将她带下楼。

等待的时间总是煎熬的，没了娄晓楼跟在身边碎碎念，车里的空气几乎凝固，舒盼都能听见自己的心脏一下下跳动的声响。隔着墨色窗户，她紧张地观察着窗外的一切，感觉下一秒，随时都会有一个答案。

一分钟过去了……

两分钟……

三分钟……

就在约定好的时间快要耗尽的时候，前方忽然出现一阵嘈杂的响动，舒盼急急地拉下窗户，正见到头戴鸭舌帽的娄晓楼匆匆从楼上下来，背后护着一个身着病号服的女人。

她正欲多看几眼，口袋里的手机却响个不停，低头一看，她倒吸一口冷气，顿时就做贼心虚起来，居然是陆辰良的来电。

就在今天下午，陆辰良接到舒盼临时有事的消息，所以一个人接舒凡去学校。

舒凡面对陆辰良时一直板着脸，他还以为姐姐会和陆辰良一块来，没想到来的人只有一个烦人的陆辰良。

他低头翻开简易的英文单词本，心不在焉地翻着，脑洞大开，姐姐没来一定是陆辰良的阴谋！

陆辰良难得亲自驾驶，副驾座的小鬼头却显得兴致缺缺，丝毫没有想跟他交流的意思。他懒得跟小朋友计较，于是主动挑了话头道："我还不知道现在的高中小鬼喜欢倒着看书。"

舒凡有些愤愤地合上单词本："我已经成年了。"

陆辰良斜他一眼，眼神中带着些挑衅："我像你这么大的时候，就从来不会拿自己的年龄来证明成熟。"

"呵呵，那你拿什么？"

"车技。"

舒凡愣了愣，他猛然联想到一语双关的某些意思，看着陆辰良潇洒的样子极度不顺眼："如果你对我姐姐不好，我是不会承认你是我姐夫的。你敢不敢跟我承诺，以后都不会惹出八卦杂志上面的那些事情让她伤心？"

陆辰良眉宇微皱，语气淡定地反问："小鬼，你高三也不轻松，居然有空看八卦杂志？"

舒凡的心口被堵得一滞："你那些事情传得满大街都是，班上有女生就稍微会知道。你该庆幸我妈这人根本就不看八卦，否则第一次见面就会拿着扫帚给你打出去！"

小鬼头还是个姐控？

两人话不投机，陆辰良索性给舒盼打了个电话想确认她的动态，前方的二环路大堵车，按照这个前进速度，不只是二十分钟后两人没办法到学校，估计等他带着小鬼开完家长会，舒盼都不一定赶得来……

难道他要继续跟着这个半大的孩子讨论人生？千万不要！

陆辰良按了公放，舒盼那头的声音听起来异常嘈杂，根本不像是在保姆车上换妆容的动静，她捂着手机低声解释着："我信号不太……不太好，很快很快就到了。"

陆辰良明知她在撒谎，仍是柔声嘱咐她注意安全，记得绕路去学校，别跟个二傻子似的让娄晓楼往堵车的路上挤。

舒凡听着不大对劲，他忽然得意起来："看来我姐也不是什么都跟你说的嘛。"

"她？她要去冒险，去做一件不符合自己利益的事情，去救一个把自己坑惨了的仇人，我是不希望她去的。"

陆辰良抬眸扫了眼十字路口前的红绿灯，灯光闪红，他将车缓缓停在白线上，单手倚着窗台："可我又知道她是非去不可的，而且，她是为我而去的。"

原来他什么都知道。

娄晓楼这个双面间谍玩得比当初的小欢要溜得多，知道深入虎穴危险万分，于是转头就把舒盼几个人给卖了。陆辰良也不含糊，顿时签给她一笔费用，又派了几个用得上的人跟着。

云芳菲的事情他是不会插手管的，但是舒盼他不能不管。

舒凡听得云里雾里，不由得咕哝道："你都知道却不说破。你们两个到底是在谈恋爱，还是在搞谍战，怎么能一点信任都没有？外头给我姐的压力也不小，我可再也不想看到她因为你受伤了！"

"不是没有信任，是默契。"

陆辰良眉目间渐渐认真起来，双目平视前方，眼神深远："八卦怎么写，我是无所谓的。其实我很遗憾这个行业的特殊性，在某些方面给盼盼带来不良的影响。等你长大了就会懂，这既然是工作，就有必须承担的责任——退一步说，即便你不相信我，也应该相信舒盼的选择。"

舒凡终究是没再出声，他深深地看了驾驶座上的这个男人一眼，忽然意识到为什么一度跟自己相依为命的姐姐，会渐渐将陆辰良计划到她未来的生活当中。

大抵是这人虽然话说得不好听，但总是有真心的。

两人之间的气氛缓和了不少。舒凡放下单词本，开窗看看沿途的景观，预估前方距离学校不过几公里的距离，忽然在后视镜里头见着有两辆轿车正不远不近地跟在后头。

两车之间似乎刻意保持着一段距离，但明显能认出他们已经跟着很久了。

舒凡的心底忽然浮现出一股不太好的感觉。他有过在校门口被闹事的车辆撞倒的经历，事后车主逃逸，姐姐也对那件事避而不谈，他总隐隐觉得那事情没有那么简单。

陆辰良自然也注意到了这种异样，往常这样跟着的车辆不过是八卦记者之类的，但他今天并没开私家车，用的也并非嘉扬的公车。

有能力在一开始就查到他会送小鬼头去家长会的行程的人，在A市并不多。而这其中和他有仇的，撇掉已经毫无战斗力的云芳菲，也就只剩下黎剑辉一个了。

“小鬼，坐稳了。我们估计遇上点麻烦。”

舒凡并未理解透彻陆辰良话中的意思，他愣了愣：“这车跟着我们要做什么？”

陆辰良紧紧盯着后视镜里的那两辆忽然加速的轿车，语气森寒：“这取决于你姐姐计划的事情有没有成功。”

“如果……我姐成功了呢？”

“那估计这两辆车是不会让我们平安到你的学校了。”

陆辰良冷笑了一声，忽而提挡加速，变道上了三环路：“小鬼，之前连累你一次，这次就当我还给你的。”

三环路上正上演一幕速度与激情，而在另一头的医院里，事情如计划一般顺利进行着。

这其中，心情最爽的人是许珊。她正面遇上黎剑辉的时候，那个假惺惺的男人正推着自己所谓的未婚妻出门散步，双方人马一经交战，惹来无数闪光灯的招呼。

她已经不再是过去那个任人摆弄的小透明，昂首挺胸地走过去。

“好久不见了，我还没恭喜师哥你订婚了。哟，这不是云小姐吗？看起来精神不太好。”

黎剑辉显然对这一出始料未及，他只知道曾黎会来，却没料想到许珊敢主动过来惹事，脸上的笑容顿时就僵住了。他推轮椅的手紧了紧，凑到云芳菲耳边状似温柔地低语了几声，一反常态地没有搭理许珊，转头就打算将云芳菲塞回病房里。

杜攸跟摄影师不怕死地冲去最前头跟拍云芳菲：“云小姐，云小姐，您最近的身体状态如何，据说黎先生有意将您转院，你们将在医院秘密举行婚礼，这个情况属实吗？到时候你们的家人都会到场吗？”

听到“家人”这两个字，云芳菲忽然拼命挣扎起来，也不知哪里来的劲，伸手狠狠地推了黎剑辉一把，声音尖厉地朝四周吼叫着：“不，我不要嫁给黎剑辉，他是个变态。我根本没有自杀，是他！是他喂我吃了安眠药！报警……求你们帮我报警，我要回家……”

她这话一出，全场哗然。

一阵混乱之中，杜攸冲在最前头，身侧几个装扮成记者的大汉直接一字排开，虽然没有和黎剑辉的人起正面冲突，却也有效地阻止了他们再次接近云芳菲。杜攸把手上的设备扔给摄像师，趁机推着云芳菲的轮椅就钻进了电梯间。

黎剑辉追上去，许珊却快走几步挡住了他的去路：“师哥，我已经帮云小姐报警了，我觉得你最好还是留下来好好解释一下。”

黎剑辉俊俏的脸蛋气得几乎变形：“解释？我解释什么？你们把我生病的未婚妻从医院带走了，反倒报警来抓我？”

许珊冷笑了两声，异常解气地回他道：“黎师哥，不好意思，两天前云小姐的家人就已经以女儿失踪的名义报警了，现在超过二十四小时，警察叔叔正好能上来处理。”

许珊的话音刚落，几乎同一时间，警务人员便从楼梯赶了上来，显然正是冲着黎剑辉而来。

这可真是一出好戏，峰回路转，把那些有些资历的记者都看得目瞪口呆了，他们以为今天不过是来拍一次慈善活动，结果捡漏拍了个头条新闻。

云芳菲居然是被黎剑辉软禁起来的，而就这么巧，今天还被前女友许珊遇见了。这可比普通电视剧的情节精彩多了！

黎剑辉神情愕然，警察围在他身侧，催促他现在就要进行取证调查。黎剑辉掉头走了几步，仔细回想了前后便忽然清醒过来，自己这是被嘉扬的人套路了。

此刻，他再也控制不住自己，在众目睽睽之下，回过头愤怒地拉扯着许珊：“陆辰良自己不来，反而让你们这几个女人给他出头，真是好算计，我不会让他好过的……”

许珊平静地看了这个曾经是自己偶像的男人一眼，只觉得厌恶至极，她甩开黎剑辉的手：“你真可怜。”

不是陆辰良太过强大，而是这个黎剑辉从头到尾都不是人家的对手，这什么心理素质，连盼盼都赢不过还不认！

舒盼赶到学校的时候是五点三十分，整整超过家长会的时间半个小时，她像所有因为忙工作而顾不上孩子的家长一样，对舒凡有一种油然而生的愧疚。

但同时，因为一举解决了云芳菲的事情，她心中又有着满满一堆的话想跟陆辰良倾诉。这两种感情交织在一起，统统被校园里来往围着舒盼侧目的学生和家长打断了。

“那不是唐笑吗？”

“我还真是第一次见到真的明星来开家长会。”

“该不会是来找她私生子的吧？哎哟，看上去年纪轻轻的……”

助理娄晓楼因为护送云芳菲的关系并没有来到学校。舒盼踏进学校，就去门卫问了教室的方向，接二连三地被人认出来，多少有几分寸步难行的意思。

她戴上墨镜在教室里煎熬地等待了十分钟，中途小欢打了个电话过来，逼问营救云芳菲的计划是不是她跟曾黎、许珊和杜攸三个人策划的。

舒盼在一楼目睹了整个事件发生的过程，她确认云芳菲已经和记者碰面，警察也陆续到了现场之后才离开。

“小珊这次可是狠狠地出了一口气，黎剑辉演了这么久的温柔情人形象，算是被她一下子给毁了。小珊堵路，杜攸带着记者上去点题，曾黎倒是没做什么，但仔细想想，如果不是她占着右边的电梯，这一切也就没有发生的机会。全场最给力的应该就是云芳菲自己……她似乎是把自己这段时间以来攒着没地方表现的演技，全用在反扑黎剑辉身上了。”

小欢到底还是站在舒盼这边，虽然多少知道这事情估计就是几人预谋的，但亲眼见到曾经多次欺负舒盼的黎剑辉吃瘪，言语之间也是难掩一阵幸灾乐祸。

舒盼听着小欢轻快的描述，心底却丝毫不觉得轻松，她捂着手机躲在角落，压低声音问道：“不过……许珊这样硬碰硬，万一被报道出来也不太好看吧？”

许珊这般直接和黎剑辉正面对上是计划之外的，说到底，舒盼心里是担心许珊的。

“这倒不至于。”小欢断然否认，“现在的焦点都集中在云芳菲和黎剑辉身上，光是她遭未婚夫软禁向媒体求救这一点，估计就够闹个几天了……”

从表面上看来，整件事情不过是许珊凑巧碰见前任渣男和现任的纠葛，况且之前两人之间的对错，多少有些说不清。如今黎剑辉一遭云芳菲曝光，人品可见一斑。

噼里啪啦说了一通，小欢的语气转而正经起来：“盼盼，你老实告诉我，这件事情陆先生是不是也帮了你？我看着跟杜攸上去堵人的那几个蛮眼熟的……”

舒盼的脑子有点糊涂。

啊？这不科学，陆辰良不是三令五申拒绝她做这件事情，怎么可能出手帮她呢？

小欢最后重重地强调道：“算了，算了，这事情你做就做了，反正也是得到陆先生首肯的，娄晓楼瞒着我也不计较了，可你要记住，以后别再招惹黎剑辉了。你是没看见他走的时候的表情，简直像个恶魔！”

舒盼打了个激灵，猛然回想起黎剑辉如同毒蛇一般的眼神，她的心里忽然有种不好的预感，这种感觉和上次陆辰良乘坐的航班失联时有些类似。

陆辰良的电话早早地关机了，直到她一个人在教室找到位置坐定下来，这才发现原本应该早早到校开会的两个人根本还没来。

舒盼还来不及反应，便被舒凡的班主任的出现生生地打断了思绪，她抬眸，正准备道歉，谁知道这位中年班主任反倒有些困惑起来："你是舒凡的哪位家长呀？他不是刚从医院打来电话说，跟姐夫一起赶来的路上出了点车祸，不来了吗？"

舒盼如遭雷击，舒凡口中的姐夫不正是陆辰良，两个人明明之前通话的时候还好好的，怎么一通电话过后便出了车祸？！

想到弟弟曾经的车祸，舒盼一秒也待不下去了，她当即站了起来，一把抓住中年班主任的手，焦急地问道："我弟弟现在在哪个医院？"

舒盼赶来医院的时候，迎面遇上的第一个熟人不是别人，正是易南。易南焦虑地在手术室外头来回踱步，而在角落里，乖乖站着个还背着书包穿着校服的少年。

周围的空气仿佛都凝固了，她几乎腿软，定睛一看那高中生模样的少年，虽然身上沾染了点点血迹，看起来却并无大碍。

她扑上去抱住舒凡，声线颤抖："小凡，你吓死我了，老师说你来的路上出车祸了。"

舒凡被姐姐抱得一愣，高中以后就没再哭过的他，眼圈刹那间就红了："姐，我没事，但是……但是姐夫出事了。"

舒盼的心脏一紧，缓缓转头看向易南，她心里最糟糕的预感似乎应验了——陆辰良真的出事了！

易南表情沉重地点点头："两辆轿车恶意夹击，陆先生为了护着舒凡，伤到了腿。正好是以前旧伤的地方，现在人已经被推进去做手术了。"

饶是舒凡再嘴硬，也不得不承认，他坐在副驾座上，那生死攸关的时刻，陆辰良几乎是完全用身体护着他的，这才导致后来救护车来现场的时候，他的腿被卡在了座位上，动弹不得。

车身翻滚了好几次，耳边全是刺耳的碰撞声响，耳鸣和撞击让舒凡有长达两分多钟的晕眩。

等再次醒来的时候，生平第一次，这个少年因为眼前的景象彻底慌了神，扑鼻而来的浓烈血腥味、满地碎落的玻璃、几乎变形的座位，这一切都让舒凡在刹那之间不知所措。陆辰良双目紧闭，面上毫无血色，只眉宇紧皱。

“陆、陆辰良，你……你怎么样了？”

舒凡慌乱地伸手去触碰陆辰良，他并没感觉到疼痛，除了后脑勺被撞击了几下有点晕乎之外，身上并无明显的外伤。那流血受伤的那个，无疑正是眼前这个清俊冷漠的男人了。

舒凡找了找出血点，猛然间看见男人被卡在驾驶座上的腿部，正冒出股股殷红，他惊呼出声。陆辰良被这叫声弄醒了，他晨星似的眸子微微睁开，看了看眼前面色惶恐的舒凡，伸手遮住了少年的双眼，话声喑哑：“小鬼，别看，我没事。”

陆辰良一醒来，膝盖上传来的疼痛便几乎让他再度昏厥过去。他努力维持着清醒，舒凡再怎么倔强，也只是个十几岁的孩子，这种情况没有大人的指挥是不行的。

更何况，他是舒盼唯一的弟弟。

陆辰良勉力撑起身体，在舒凡的耳边耐心地说了几句，让他下车报警求助。事情一件件来，最重要的是，暂时不要跟舒盼说，而是让易南先过来。

上次舒盼为了赶来机场都能劫车，这次真的出事了，他都难以想象那个女人会用什么方法赶到医院。

在舒凡断断续续的叙述当中，周围的声音舒盼仿佛听得不再真切，少年的话好像是一句句的审判，愧疚、难过和忧虑化作一股酸涩冲上她的口鼻，堵得她连一句完整的话都说不出来。

“小凡，你看到的时候，阿良，他……他伤得重吗？”

舒凡的眼眶红红的，无言以对，如果陆辰良当时没有护着他，也许一切就都不会发生了。

易南拍了拍舒凡的肩膀，眼底深沉，语气里却没有责备：“医生通知陆伯母过来了。陆先生是旧伤复发，很有可能会导致以后落下一些不便。”

陆辰良可能会残疾?

舒盼再也忍不住眼眶里的泪水，她从没想过陆辰良这样一个意气风发的男人，最后会因为自己，终身都要凭借轮椅和拐杖度日。

医院本来通知手术只要四个小时，结果却延长了两个多小时。媒体的关注也随着陆辰良手术时间的延长而渐渐发酵，娄晓楼惨白着一张脸赶到医院，她提出想带舒盼先回家。

舒盼双目无神，默默垂泪的样子实在让人太心疼，娄晓楼推搡了两下，最后也放弃了挣扎，只好让舒盼直接藏到陆辰良的病房里躲起来。她上楼的时候已经见着好几家过来追拍的媒体，一旦被盯上，很可能甩都甩不掉，要知道舒盼明天还要去参加《游园惊梦》的试镜会……

然而话说回来，连导演都负伤在床了，明天的试镜会还能继续吗？即便继续了，没有陆辰良的加持，嘉扬艺人的试镜恐怕也不会那么顺利了吧，难保其他资方或是制片之流不会借此机会，把自己的人给塞进来。

到时候，舒盼也难保电影女主角的位置了吧？

想清楚一切因果的娄晓楼忽地惊出一身冷汗，发觉整件事情都源于舒盼将云芳菲从医院带走的蝴蝶效应——黎剑辉做困兽之斗，最后报复在了陆先生身上，现在甚至会间接导致舒盼在新电影中的女一位置也泡汤！

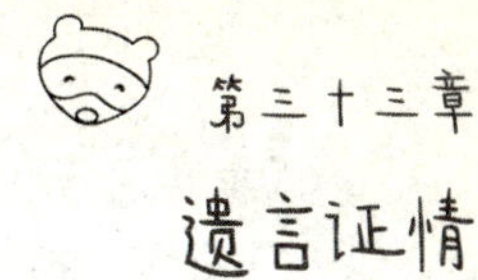

第三十三章 遗言证情

舒盼夜里也没回去，实在困了就趴在陆辰良身边睡着了。再次从梦中惊醒时，她满头冷汗，梦境之中全是弟弟舒凡口中描述的车祸场景，血腥、恐怖，充斥着黎剑辉诡异疯狂的笑声。

她抬眸，见着病床边的时钟才凌晨一点多，距离今天的《游园惊梦》试镜会还有八个小时。

术后三小时，失血和止痛剂的作用使得陆辰良睡得比往日在她身边的时候，还要沉上几分。病房里的呼吸机传出均匀的机械声响，男人的情况比她想象当中要好一些，中途艰难地醒转过三次，药效退去之后最后一次醒来，他第一件事情便是睁开眼睛找舒盼。

舒盼伸手过去，轻轻握住陆辰良的手，泪盈于睫："你要是再不醒，小凡那几声姐夫都白喊了。"

陆辰良薄唇微张，努力挣扎了几下，愣是没有发出声音。

舒盼心底又酸又痛，凑到男人耳边，细细地听，这才隐隐约约听清他在说："那小鬼没事吧？"

舒盼抽了抽鼻子，眼泪差点又下来。

陆辰良跟舒凡再不对付，却也早早就把弟弟当作了未来家庭的一部分。

实际上，舒凡在这次车祸里的伤情并不严重，除了轻微的脑震荡以外，他没有外伤，晚上回家的时候为了不让舒母担心，甚至连这件事情都不大敢提起。

陆辰良长出了一口气，事情发生的时候，他来不及想太多。但对黎剑辉而言，他才是理所应当的第一报复对象，小鬼舒凡不过是搭了个顺风车，却遭横祸，仔细想来，倒也挺倒霉。

他侧了侧身，这才仔细打量起面前的舒盼来，只见她眼底红肿，一张白净的小脸早已经哭花了妆容，看起来格外惹人怜爱。

陆辰良眉宇微皱，冲舒盼做了个口型，依旧是毒舌到底的风格："哭得都丑了。"

舒盼揉了揉眼睛，努力恢复平静，她把陆辰良的手搭在自己的脸颊上："对不起，这次都是我不好……如果不是我主动去招惹黎剑辉，也不会偏偏在这个关头出事了。医生说……你可能以后腿脚会有点不方便，要明天做个彻底的检查才清楚。"

舒盼甚至不敢直视陆辰良的目光，她蹭了蹭男人因失血过多而冰凉的手指："我、我不该瞒着你做这件事情。"

她早就预料到黎剑辉会有疯狂的反扑，却根本不曾想到，经过上次舒凡被撞伤的事件之后，他便找准了自己的软肋，派人时时刻刻都盯着学校的动态。

云芳菲这个最后的把柄一脱离黎剑辉的手掌，他自觉再也没有了筹码，这才会在陆辰良去接舒凡的途中，忽然发难，想将两人齐齐害死。

陆辰良出乎意料地平静，他试了试气力，忽地反握住舒盼的手，在她的手心缓缓地写下两个字，外加一个感叹号：笨蛋！

从设套逼迫许珊签恋爱合同，联合云芳菲逼走舒盼，找人撞伤舒凡，到现在试图同归于尽的可怕举动，这一桩桩，一件件，哪个都怪不到舒盼头上。罪魁祸首黎剑辉在极端的道路上越走越远，无论从哪一点看，都不像是个正常的人……

更何况这件事情，他早就已经有了打算，舒盼走的这一步，不过是以她自己的方式，稍微提前了而已。

舒盼被陆辰良这个费劲的感叹号给逗笑了，这是一种很新奇的体验，一直以来，陆辰良在她的面前是绝对强势的一方，即使是表露脆弱和伤痛，也是淡而不着痕迹的；哪有跟今天一样，就像个几岁的孩子，化繁为简，急于用最简单的方式表达自己的情绪。

陆辰良开始渐渐感觉到手术处传来的一股股钝疼，这是止疼药消退最明显的反应。这种痛感并不尖锐，反倒是时时刻刻提醒着他能从恶意肇事当中存活下来的幸运。

生死时分，在短短的十几秒之间，人的思绪似乎超越了时间的限制，他想到了很多。

第一次见到舒盼，那个在冷雨里一次次挨着巴掌却死撑着不愿意放弃的她；那个虽然做了云芳菲的替身，却以惊人的速度成长起来的她；那个让陆辰良生平第一次患得患失，感觉到失落的她……

他的第一个念头不是找到下手的幕后之人，不是嘉扬和未竟的事业应当如何处理，甚至不是向远在德国的母亲捎信。从混沌之中重回人间，唯有一人，在他心底，在他脑海里，挥之不去。

飞机失事的乌龙和这次的真事故，都让他确认无误——那个人，原来一直是舒盼。

两人静默着凝视了一会儿，仿佛该说的话，都在这种静谧的气氛当中变得不再必要。无论是舒盼对陆辰良伤情的焦虑和愧疚，还是陆辰良想尽力表达的无恙，统统化作一种绵长的爱意，静静流淌在两人之间。

三点一刻，医生过来查看了陆辰良的基本情况，暂时确认了伤口没有大碍。作为家属的舒盼很想陪同在旁，继续听接下来的治疗方案，但陆辰良态度坚决地要和医生展开一段私人对话。

除了被额外召唤进去的易南，没有人知道两人具体的谈话内容。

舒盼焦急地在病房外来回踱步，而娄晓楼在长椅上默默睡着了，她定了个四点的闹钟，手机在兜里疯狂地振动起来，将她吓得一个激灵差点直接从长椅上蹦下来。

娄晓楼睡眼惺忪地爬起来，扫了眼闹钟，又扒拉了几下舒盼的裙角："盼盼，如果你还去试镜会的话，现在要去准备了。"

她的话提醒了舒盼，横遭变故的漫漫长夜终于挨了过去，到了白天，舒盼和陆辰良始终还是要考虑电影《游园惊梦》试镜会。

娄晓楼这样解释道："外头知道陆先生出了车祸，但伤在哪里，伤得重不重，没人敢乱传，只是都在猜测这件事情是谁做的。不过猜也没什么好猜的了……"

昨天的娱乐圈集中爆发了一系列事件。云芳菲被黎剑辉软禁的事情一波未平，一波又起，说是黎剑辉在局子里待了一夜，华奥传媒带了律师和钱去做保释工作，这人又因为涉嫌一起严重的教唆伤人，被留在了公安局。

这下华奥的名声被彻底搞臭了。

黎剑辉一直就模仿着陆辰良的套路。对嘉扬来说，陆辰良名导和监制的身份，正是外宣方面最管用的招牌。黎剑辉作为一线的广告明星、二线的电视圈小生，照搬照抄，俨然已经被定位成了华奥最成功的明星转型案例。

如今一朝翻车，死的不仅仅是黎剑辉，还有投注了大量心血的华奥。

这两样放到一起，已经足够八卦群体忙一阵子了，更别提黎剑辉身上的第二项指控，十有八九正和陆辰良有关。这样一分析，是堵在公安局追问心理防线已经几近崩溃的黎剑辉，还是留守医院撬开陆辰良的嘴巴……前者出结果的概率自然更高了。

况且陆辰良的病情究竟如何，只要看一看人家明天去不去试镜会，也就知道了。

舒盼的脑子里胡思乱想了一通，黎剑辉自然是不能放过的，但眼下最重要的是，即便陆辰良想继续参加试镜会，也断然是不可能的。

易南跟着医生从病房里出来，两人小声地讨论了几句，舒盼心急如焚地凑到医生旁边，哪知道主刀的这位医生却跟见了鬼似的拔腿就跑。

“这个我是不能，绝对不能透露的。您还是自己进去了解情况……”

看来，倒是陆辰良威胁着人家不肯说了！

舒盼又急又气，连忙去拉医生的手腕：“我是他的家属，这不是想从医学方面问问情况吗？”这才捡回一条命，陆辰良的老毛病就又犯了，现在就连腿伤都不让她知道了。

易南和主刀医生交换了个眼神，医生的底气忽然足了起来，满嘴瞎跑火车：“您就别为难我了，现在知道伤情就抛家弃口，连夜逃走不交钱的家属也不在少数，谁知道你们是什么情况！”

“我！”

成名之后头一次，舒盼真恨不得能把自己的海报贴到医生的鼻子上，让他好好看个清楚，自己像是个会因为准老公瘸了就丢下他跑掉的人吗……

易南都被眼前这样滑稽的场面逗笑了，他那张和善温柔的面容已经沉了一晚上，此刻知道陆辰良暂时无恙，这才恢复了往日的镇定和从容。

易南走到舒盼身边，温声说了几句，陆辰良的病情保密的确有理由，至于用途在哪里，很快便会见分晓。

一番宽慰之后，他缓缓问出了娄晓楼一直在纠结的重点：“陆先生让我通知你，试镜会分两批进行，但他今天不会到场了。如果你有其他顾虑，可以下次跟他一起去。”

试镜会分两个批次的情况并不多，在少数情况下，导演组和资商都会带各自选中的演员到场。

能够进入一场电影试镜会的人物已经小有来头，更何况嘉扬的很多女演员有金牌陆导做靠山，原本都已经被划入了内定的范围，如今陆辰良出了意外，几人踏上大荧幕的前途也再经波折。

这其中，除了舒盼，自然还包括对徐敏之这个角色非常感兴趣的许珊和曾黎。

易南耐心地解释道："盼盼，你完全可以放心，分两次试镜不完全是因为这次陆先生的事故。梁先找来的合作方也有自己的考虑，毕竟有几个试镜的女演员彼此之间不太对付，实在不适合放到一个场合里。"

他话中意指的，显然是余施洛和袁晶那一拨人。当然，圈子里对翠薇和徐敏之这两个角色志在必得的，又何止是这种段位不高的人物呢……

面对什么样的对手，已经不在舒盼的考虑范围内了，可她又很难解释得通，陆辰良故意给她一个如此显而易见的选择，究竟是什么意图。

思忖了半晌，舒盼从长椅上站起来，拍了拍娄晓楼的肩膀，坚定地道："不用等了，我们今天去。上午去一趟，下午我就继续回医院守着阿良。"

易南点点头，医生下午便会出一个复健和治疗的方案，舒盼陪在陆辰良身边，自然是再适合不过。

而他不能留在医院坐以待毙了，下午要开个简易的记者会对外宣布一下陆辰良的伤情。股市那头已经在隐隐躁动了，横遭打击的华奥，蓄力打算做困兽之斗，一心要趁此机会把嘉扬拿在手上的股权一举夺回。

"好，那我们就出发吧。"

这点底气舒盼还是有的，即便陆辰良不在，她的实力也不可能缩水到无法获得创作组的认可。更何况，准备揣摩一个角色总是有一个状态期的，就像体育选手打比赛一样，一旦状态消退，表现出来的人物也会大打折扣。

舒盼进了病房内，又瞧了一眼陆辰良，见他睡得正沉，在心底轻轻跟他道了声早安。

亲亲老公，等着我凯旋吧……

许珊和曾黎比舒盼早到试镜场地，两人正在上妆试旗袍，虽然看起来精神比舒盼要好一些，但细细看来，眼底却有一层浅浅的乌青。

显然也是经历了惊魂一夜。

许珊的心理素质显然要更好一些，她在肚子里垫了几块糕点，随手从包里拿出一瓶速效救心丸递给曾黎："你实在吓着了就吞点药，慌什么，这件事陆辰良自己心里有底。你看试镜会还能如期举行就应该知道，他八成已经脱离危险了。"

曾黎感觉自己做错了大事，她手上拿着徐敏之的台本，抖个不停："陆先生……他们说陆先生真是被黎剑辉派人撞伤的，现场都是血……”

舒盼眼神一黯，想起陆辰良还在医院，她整个人都有些颓然。许珊顺手就过去把曾黎的嘴捂上了：“你都知道是黎剑辉做的了还说！”

曾黎噤声，感觉舒盼的样子看起来好可怜，肯定是昨晚眼睛都哭肿了，她的乖乖哟，这个黎剑辉当真是有毒，有毒！

舒盼叹了口气，还是让两人专注在试镜上。她基本一夜没合眼，此刻放松下来居然意外地有了些困倦。

化妆师过来整理妆容的时候，舒盼眯着眼睛，乖乖任由化妆师动作，不知不觉间小睡了十几分钟，直睡得浑身酸痛。迷糊之中，她仿佛又回到了跟陆辰良在昆山旅游的那段时光。

绵延的青石板街，秦峰塔隐隐地没入长夜，一个身穿旗袍的女子，撑着一把绣花边镶嵌的油纸伞，缓缓地走过古镇的白墙黑瓦间，身姿婀娜，媚态万千，一双美足点地。

她所踏及之地，溅起零星的水花，涟漪渐微，连地面上点点的水洼都映出千灯闪烁。

油伞轻扬，那巷口之中的女子扬起下颚，朦胧之中，只见得她的那双妙目之下点着颗诱人的泪痣，口中轻声呢喃着什么，听得又不十分真切。

“偶然间心似缱，梅树边。这般花花草草由人恋，生生死死随人愿，便酸酸楚楚无人怨。待打并香魂一片，阴雨梅天，守的个梅根相见……”

舒盼被娄晓楼摇醒，她睁眼一看，见鬼了，自己的妆面服饰竟然都和梦境中那个女子别无二致，除了右眼底下的泪痣。舒盼随手拿起眉笔，索性对着镜子点上了。

娄晓楼吓了一跳，以为她还在梦里不清醒，绕到镜子前一看，这么加上居然还挺顺眼的。

“你这是什么新招数？”

“……说起来你可能不信，这是歌女翠薇托梦给我的。”

许珊只当舒盼痴了，这种情况在入戏的时候就常有出现，再加上舒盼昨夜经过那么大的打击，精神压力大也是可能的。

不知是有意还是无意，嘉扬的人都抽到最后几个顺位，许珊挽着舒盼的胳膊，打算跟她一起并排坐到最后去。

曾黎在外头哀号了几声，磕磕绊绊地跟到两人边上。

原来曾黎的旗袍长了一点，昨晚根本没心思试，只好临时改短了一小截，走两步绊三步，怎么看都有些艰难。

这个房间里的人，试镜的角色都是翠薇和徐敏之。按照统计来看，基本所有进来的女演员都不会轻易放弃徐敏之这个角色，即便是专攻歌女翠薇的，多少也会试一两段徐敏之的戏。

一来二去，梁先索性发明了个新招，让进来的女演员无论是面试哪个角色，都自觉来一段另一个角色的表演。

这可让曾黎有些发愁，她一心想试的只有翠薇。因为小欢跟她分析过了，以她现在的年龄和实力，基本是不可能得到徐敏之这个角色的，得亏她长得娇小柔美，和翠薇的侧写还是十分吻合的。

曾黎小声抱怨道："你们想过怎么在徐敏之和翠薇之间切换吗？我感觉这等会儿上去要给跪啊……"

许珊非常有个性地回道："我不喜欢翠薇那个哭哭啼啼的苦样子，所以也不想演她。等下上去可以照实说。你看无论是《牡丹亭》的戏文里头，还是在真实的情节里头，她都是在扮演弱势的一方，非常被动，等着男人帮，等着徐敏之救，最后是等着秦子敬回来。"

舒盼没说话。

她感觉自己还在回忆着那个意犹未尽的传梦。之前在陆辰良身边的时候，她设计当中的翠薇身如浮萍，性格上是比较脆弱温婉的，和留学归来的徐敏之正是截然相反的两个性格。

经过昨天一夜惊魂，她好像忽然明白了徐敏之于翠薇的意义，如同陆辰良之于她，那是重生的开始。

歌女翠薇先是家境坎坷，被卖做歌女，日日夜夜学着那些曼妙缠绵的曲调，只为了取悦来往的男人。在漂泊了半生之后，她更因性命轻贱，遭人转卖，差一点要远去他乡。为了活下去，她做出了生平第一个自主的决定，托身于他人做了深宅之中的妾室。

这一切的漂泊和孤苦，都在遇着了徐敏之后骤然结束，一个跟她一样热爱昆曲，教会她渴望自由和生命的女人。至此，庭院深深，却再也关不住她婉转柔美的歌喉。

都说剧本里的徐敏之是新时代的坚强女性，翠薇又何尝不是呢？

从肉体到精神的蜕变，她的坚强隐忍字字句句都在那唱段之中体现得淋漓尽致。她唱的杜丽娘，才是《牡丹亭》这段凄美的爱情故事的灵魂，如同她脸上那颗标志性的泪痣一般。一个女子耗尽一生，坚韧追寻梦境之中的真爱，又怎么不令人动容？

"盼盼，盼盼——"

许珊的试镜刚结束，她干脆就真没试翠薇。梁先见她如此坚决，倒也有那么几分徐敏之的定力，大笔一挥，将她纳入备选。反正都是嘉扬的，万一别人砸锅了，顶上总是没问题的。

许珊下来推了舒盼几下，感觉她似乎还沉浸在思考人物的情绪当中，不禁有些头疼。

试镜的时间总是过得飞快，转眼间整个房间已剩下不到五人，昆曲已听了数遍，前排的导演组成员都有些审美疲劳。曾黎已经上去一小会儿了，她显然没有底气说服梁先，于是在演完翠薇之后，硬着头皮演了一小段徐敏之。

梁先的反应平平，在他看来不是演技的问题，而是曾黎那张娃娃脸，根本不适合这电影里的任何一个古典女性角色。陆辰良设计这个角色的时候，有些说不出的私心，无论是气质还是外形设计，都偏向舒盼那一挂……

梁先甚至还怀疑过，这是陆辰良对云芳菲的执念，毕竟这个舒盼原来不过就是个替身。

看了看空荡荡只剩几人的屋子，梁先的助理喊出了最末位的名字："嘉扬传媒的舒盼可以上来了。"

曾黎和许珊都没走，她们两个有点担心舒盼现在的状态。

她有点魔怔了。

曾黎跟舒盼一起拍过戏，知道她在演强烈情感表达的戏份之前，基本上都有那么半个小时是完全不跟人说话的。因此很长一段时间以来，她都说不清楚舒盼到底是哪种类型的女演员。

要说天赋，舒盼并不比曾黎见过的任何一个女演员平庸；而要比努力，舒盼是她见过的所有同辈当中付出最多的。

舒盼应该是真的很喜欢演戏吧。

曾黎俨然成了舒盼的小迷妹，而许珊比自己试镜的时候还要紧张，她的脚指头都蜷缩起来了，屏住呼吸静候着舒盼的表现。

舒盼深吸一口气走了上去，没忘记恭恭敬敬地弯腰鞠个躬："我是舒盼，来自嘉扬传媒，代表作是《大漠英豪》。"

唐笑这个角色给她带来的那个水晶奖杯还在头顶闪闪发光，只是可惜她以真实身份演电视剧的时间还是太短，除了唐笑以外，拿得出手的角色很有限。

在最中央位置坐着的梁先点点头，率先给了她一点鼓励："你是最后一个试翠薇的，拿去看看，稍微准备几分钟就可以开始了。"

比起梁先尚算厚道的态度，周边围坐的几人可以说是反应各异了。表情最为严肃的是坐在最右边的齐裕进，舒盼猜得出来，这人大抵是被文化部派过来过目女主演的。

《游园惊梦》这个电影是嘉扬打着弘扬昆曲传统文化的旗帜而策划的第一个项目，文化部对此有意慷慨，前提肯定是演员要过关。齐裕进还不太清楚舒盼跟陆辰良的关系，他昨天就提出过要单独见舒盼，无奈陆辰良这个中间人忽然出事，舒盼临时失约，多少都给他造成了不太妙的第一印象。

齐裕进将一张台词拿给舒盼，干干地笑了几声："舒小姐，想见见你的庐山真面目，还真是有些难度。"

舒盼装作听不懂他话中挑刺的意味，硬着头皮接过那张足以决定她生死的薄纸。齐裕进的确有理由责怪她的失约，但他之所以铆足了劲挑刺，其原因也和他自己早已相中的一位女演员有关。

齐裕进更看好曾经跟顾千千搭过戏的林媚。林媚前面也来试戏了，整体感觉都很到位，人如其名，雄性动物都能感觉到她身上显然就有一股江南女子的妩媚柔情。

舒盼收起心思，看了看那短短几行的描述：翠薇独自在破落的庭院之中回忆徐敏之，含泪说词，背后传来脚步声，翠薇回头，见着的人却是秦子敬。

这场景，只需翠薇一个人的表现力足矣。

舒盼长舒了一口气，担心了好久会现场让人唱一小段《牡丹亭》的考法终究是没有出现，毕竟不少女演员都跟舒盼一样，根本就不适合唱吴侬软语一般的昆曲，强行让她们来一段，试镜现场简直会变成灾难。

"我可以了。"

舒盼不再看那张纸，须臾之间，翠薇、徐敏之和秦子敬三个形象在她脑海里已经各自过了几遍。

"这么快？"

一个较为喑哑的声音略带着些惊讶。

悉心教导过舒盼几天的那位昆曲老师并不在，今天来的这位丁老先生还要更大牌，资历更老一些，他似乎不太喜欢舒盼，轻咳了两声，因舒盼这样不走心的准备，不冷不热地对梁先抱怨道："身段还可以，人看起来倒不大精神。小陆恐怕是英雄难过美人关，千挑万选，也不见得要了个精细的。"

梁先心想，老人家您就少说两句吧，被你批评眼瞎的那位现在还躺在医院里呢。

"行，那就开始吧。"

周围渐渐沉静下来，舒盼将一寸乱发捋到右耳后，指尖点过之处，那颗泪痣仿佛鲜活起来了一般，有着一股说不出的柔媚。她双肩耷拉下来，闲闲地坐在塑料椅上，跷起了二郎腿，从侧面望去，一双美腿尽显出修长香艳的弧度。

紧接着，舒盼从手包里掏出一支烟，象征性地做了个点燃的动作，重复了几次之后，怔怔然地看着手中的香烟，表情怅然若失。

她终究是没有抽烟，仿佛连得到这点精神麻醉，对翠薇而言也是残酷的。正如同徐敏之的离去，如同这曾经繁荣的庭院在经历战乱之后，沦为废墟。

这姿势有点厉害了……

梁先最先有了反应，他是知道舒盼对研究翠薇做出过一些努力，却并不知道她身上的天赋和灵性这么惊人。同样是穿旗袍，他也看过顾千千穿旗袍的试镜片段，那种为爱郎憔悴痴心的哀愁，到了舒盼的身上统统化作一种说不清道不明的忧郁。

这种忧郁是翠薇特有的，是每一个曾经得到却又失去的风尘女子身上，共同的叹息。

舒盼站了起来，试镜的房间里安静得仿佛只能听见高跟鞋点地的声响，她看向四周，双目含泪，一脸悲戚之色，右眼下的泪痣越发生动起来。

齐裕进有些不自然地拧开矿泉水的瓶盖，他忽然就有点后悔这么快答应了林媚要给她一个角色，林媚显然就是不适合徐敏之的。放眼面前，看过的这么多女演员当中，又有谁能比舒盼更像翠薇?

即便让他下个批次再来，估计也不可能找到这么出色的了……

镜头仍对着舒盼，忠实而安静地继续记录下她的每一个微表情。舒盼没有落泪，嘴角反而牵起了一丝苦笑，台词轻轻地从她口中流淌出来："如花美眷，似水流年，似这般，都付与了断瓦残垣……良辰美景奈何天，赏心乐事谁家院。"

她念罢，一滴晶莹的泪珠恰好自泪痣边滑落。

试镜出来，三个嘉扬的女演员围在一起，第一件事情不是讨论试镜的结果如何，而是不约而同地感觉到好饿。

曾黎已经忍不住了。她最近被勒令减肥保持身材，顿顿都是蔬菜沙拉，昨晚那么一惊吓，连沙拉都没吃几根，现在早已经是饥肠辘辘的状态，趁机点了份炸鸡就要开荤解禁。

许珊随身携带零食，拆了一包薯片，放到舒盼怀里。

舒盼双手捧着薯片，才跟松鼠似的吭哧吭哧啃了一块，擦擦手就打算回医院了。

许珊有点想跟去，但是想想易南提醒过让她尽量别再跟舒盼扎堆出现，于是又强行忍住了："盼盼，你帮我跟陆辰良道个歉吧……说真的，我当面给黎剑辉打脸的时候可解气了，就是压根没想到会连累你老公跟弟弟。”

舒盼丝毫没怪许珊，整件事情都是小概率事件，谁让黎剑辉是个疯子。所幸经过这么一闹，他也要倒台了，以后就能永绝后患了。

曾黎小声地提了个请求，希望舒盼在试镜会结果出来的第一时间能跟她分享。

毕竟也算一件大事，无论成与不成，早点知道结果，早点放下心事。

舒盼也很想得开，反正试镜她已经尽力了，最后那个昆曲大家丁老师对她的态度也算有点改观，只是别有深意地问她如果有需要把她的角色换成徐敏之，能不能接受。

梁先也用那种颇为陌生的眼神盯着她看。

舒盼有点尿，她是冲着翠薇去的，如果临了拿了徐敏之，也许是对于翠薇，他们几个已经更属意别人了。这个人会是林媚吗?

就是不知道林媚是不是也过得了陆辰良那关……

她最后只好含蓄地说可以接受，但是要再和公司谈一下。

舒盼归心似箭，揣着薯片立刻就找司机开车回了医院。在半路上的时候，司机听着广播，而娄晓楼用手机看微博直播，她要观摩学习一下易南是如何开记者会的，以后迟早也会遇到类似的情况。

舒盼有一搭没一搭地听着，两种声音交汇到她的耳朵里，混成了一种奇妙的催眠乐。她的上下眼皮都在打架，直到迷糊之间似乎听到了陆辰良的声音。

她乍一惊醒，让司机把声音开得大一点：“小楼，我是不是听错了……怎么觉得广播里都是陆先生的声音……”

娄晓楼手机里的直播正放到易南公布陆辰良的伤情并不严重，但需要时间疗养，其间会由他暂代公司管理的职位。她暂停手机，仔细辨认广播里的声音，也讶然道：“你没听错，是陆先生。”

三人安静下来，电台里正播的这个节目直连着电视台，正是陆辰良之前因为云芳菲自杀丑闻而迟迟未播出的访谈节目，司机打开收听的时候已经到了尾声。

只听得女主持人深情而动容地在做结语：“非常感谢陆先生来到节目，跟我们分享他电影背后的故事。而今天在这里，陆导也有一段特殊的告白——这段录音出自陆先生飞机失联时的遗言，他有一些话，想要告诉陆太太。”

舒盼的睡意全消，她来了精神，想起之前飞机失联，陆辰良对她求婚的那个晚上，似乎隐隐约约提过有这样一份遗言的存在。

车内的三个人屏息以待，听着陆辰良的录音，音频里头的声音明显经过了二次降噪的处理，却还依稀听得见剧烈的响动和喧闹。

可以想见，人们在生离死别的时刻总是有着太多的惊慌失措。

“盼盼，我不能确保这份录音最后会在你的手上，但如果有一天，它被人找到，我希望你听到、记得，在我和这个世界告别的时候，唯一放不下的人，是你。我去德国之前就买好了求婚戒指，放在口袋里一直没有拿出来。我们两个总是思考得太多，表达得太少，在挑戒指的时候，我也曾经幻想过跟你公开求婚的画面……我想告诉所有人，我爱的女人，值得最好的求婚，最好的婚礼，最好的祝福……”

舒盼鼻子酸酸的，她根本就想象不出来，陆辰良那种冷清得要命又嘴硬到底的人，是在什么情况下才会这么老老实实地告白，应该是真的以为自己会没命吧……

没有哪个女人能拒绝这么深情的告白，放完这么一段，就连一向对情情爱爱少有评论的司机大叔都抽了抽鼻子：“陆先生原来还是个这么深情的人呢……”

电台里的女主持人适时地补充了一段：“在陆先生住院后的第一时间，栏目组也联系了他。经过他的同意，最终我们还是决定将这段录音，在陆导准备进行手术之前公布出来。舒小姐，不……现在应该叫陆太太了，祝您和陆先生，新婚愉快。”

她侧头一看，娄晓楼的眼泪已经在眼眶里打转了，她把水汽硬憋回去，握着舒盼的手道：“盼盼，你赶紧去医院陪着陆先生进行下午的手术吧。我觉得现在这件事情比天大！千万别让这遗言派上两次用场。”

呸呸呸，舒盼恨不得猛拍几下娄晓楼的乌鸦嘴，她男人肯定会没事的，这都还没领证呢，她可不想没过门就变成寡妇。

舒盼匆忙赶到医院，陆辰良已经完全从昏迷当中清醒了。他的精神状态刚好一点，就开始操心舒盼的试镜，在医院里放着梁先录下来的试镜片段查看。

舒盼一进门就扑到床边抢遥控，这人下午还要做一场大手术，现在居然就这么不听话，不好好休息了。

陆辰良很无奈，伸手挣扎了几下：“记者会和访谈说我下午的手术更重要，你就当真以为很重要了？你见过动腿部手术不成功会直接死人的吗？大不了就是瘸了，死倒还不至于。”

舒盼对他这副把生死置之度外又云淡风轻的样子实在好气：“下午的手术要是不重要，你急着找人把遗言放出来做什么？所有人都以为你这次手术比上次飞机失联还凶险，搞不好就要……就要挂了。”

她说着眼泪差点下来，想起最近几次都险些跟陆辰良生离死别的经历，心脏都抽痛了。

陆辰良这才露出点伤者应该有的虚弱，他挥了挥手，让舒盼靠在床头，耐心地告诉她其实下午的手术只是稍微更新一下放在腿部关节里的夹片。说得严重，完全是为了公关效果。

“经过云芳菲的事情，我有两个感悟：第一，人们对从生死边缘过来的人总是格外宽容，现在骂得越狠，以后洗得越白；第二，为了我们以后过得太平一点，适当学着秦隽和顾千千营销一下我们模范夫妻的形象，这样也很好。”

两经生死的陆辰良此刻看起来格外地豁达：“乖，等我出院，我们就能光明正大地去领证了。”

舒盼此刻真是万般滋味在心头，谁能想到陆辰良在伤得这么重的时候，还能想到利用遗言的录音来做公关，而一份遗言，居然能在这种时候起到这么关键的作用。

之前他参加的那期访谈节目，因为云芳菲被胁迫自杀的事情起了波澜，渣男的帽子就这么稳稳扣在他的头上，连那期节目也不得不延后播出了。舆论的影响深远，即便是黎剑辉的真面目已经暴露，他和云芳菲的粉丝仍死死咬着陆辰良不放。

现在双线并行，易南那头宣布陆辰良要进行重要的手术，这头又把曾经的遗言录音翻了出来。舒盼是陆辰良临死前也要拼命维护的女人，而她更是曾经为了去机场找陆辰良不顾暴露身份，两人的形象不就瞬间洗白了吗？

娱乐圈真的戏好足啊……舒盼感觉这些比今天试镜的内容都要精彩得多。

陆辰良握着舒盼的手，在手背上轻轻落下一个吻：“多想无益，还是先给你老公我喂饭吧。”

说得也是，舒盼感觉自己手背上凉凉的，低眸看着陆辰良少见的软弱模样，声音软软地回他：“那不谈工作的事情了，你想吃什么，我现在给你做。”

陆辰良住的病房比一般酒店的设备还要齐全，舒盼下楼买菜买米，动手煮粥，心心念念着下午那场说是并不凶险，但也令人揪心的手术。

她不走了，暂时把接戏的打算都搁置，即便要跑活动，至少这一周也要陪伴在陆辰良的身边，毕竟给他喂饭才是最要紧的事情。

下午做手术的时候，舒母也来了，外头几件事情闹得声势浩大，就算对娱乐圈再没有研究的人也知道了消息。她带着一串平安符过来，在陆辰良进去做手术之前让他老实放在手心上。

这是舒盼老爸以前留给家里人的，舒母没什么文化，只期盼自己那个早走的老公能保佑女儿的幸福不要再溜走。

徐喻铭和杜攸一行人也赶来了医院。杜攸守在舒盼身边，让她最近还是少看论坛和微博的评论。现在这个时期，沉溺于黎剑辉谎言的群众一旦得知真相，难免产生戒断反应——俗称被骗久了，自然不愿意承认自己傻。

以至于现在陆辰良出车祸，也仍然有小部分的人在论坛和微博上叫嚣着“这个渣男终于遭报应了”“最好瘸了，看那个新欢还要不要残疾”“也算是替那些被陆导骗身骗心的女演员报仇了”云云。

更多的路人则是不惜将陆辰良的病情朝着最可怕的方向猜测：“《游园惊梦》要成遗作了？”“我看这就是电影营销的伎俩，票价都值不回来吧。”“手术前放遗言，这不是自己诅咒自己吧？恐怖片。”

舒盼还是看了，本来是她的熊猫军团组织了一个给陆辰良祈愿的活动，她打算上去说说话点赞之类的，结果就看到了遍地的污言秽语。

舒盼非常非常生气，这是她第一次这么玻璃心地愤怒于网民的愚昧和跟风，也顾不得之前陆辰良嘱咐过让她不要发长微博怼黑子的事情，当即就写了几段长微博，重重地摁下发送键：

“这段时间以来，围绕我和陆先生发生了很多事情。我从来不为自己发声，并不是因为我默认了那些骂名。陆先生从来不让我亲自发声，也不是因为他忍心纵容舆论将我们两个都设计成不堪的形象，而是因为事实摆在那里，不会因为哪一个人的歪曲而改变。陆先生也曾多次告诉我：要做真正的飞鸟，因为飞鸟是不会在意井底之蛙的目光的。

“我是艺人，所以勤勉约束自我，展现出最好的形象，这是我的义务和责任。但我并不清楚你们对陆先生的要求是什么。难道要求他是一个深情，永远高冷，不会受伤，甚至是不会为流言皱一下眉头的完美意淫对象吗？他不是，也永远不用是——

“只要我在他身边，他就可以有不完美，因为陆辰良不仅仅是你们喜爱的监制和导演，还是我的家人！为了维护我家人的名誉，我势必会对散布谣言的人诉诸法律。陆先生的背后有我，有嘉扬，也有无数真心愿意支持他的人。”

这一番话说得荡气回肠，比那次在新人奖上公开身份的护夫宣言还要更霸气外露。尽管从经纪人的层面，娄晓楼并不同意舒盼做这种事情，但她现在只想拍手称快，在嘉扬里工作的每个人，谁不是早就想怼那些满嘴喷粪的渣渣了，只不过没那个机会而已……

舒盼一剂猛药下去，倒让那些骂骂咧咧想让陆辰良在手术中惨遭不测的人彻底闭嘴了。

手术结束的那一刻，梁先赶到了，见着半麻做完手术出来的陆辰良，这个一米八几的汉子几乎要泪洒当场。陆辰良牵着舒盼，旁边站着徐喻铭、杜攸等人，梁先无法进入，只得拼命用眼神知会陆辰良自己来了。

陆辰良得空临幸了梁先一下，以口型问他情况。

梁先凑到旧友耳边，略有歉意地道："哎，阿良，试镜那边有结果了，你家舒盼拿了徐敏之。"

5月末的空气里隐藏着一丝初夏的躁动，高考即将来临，而准高考生舒凡除了学校和家以外，又多了一个隔三岔五就要拜访的地方——医院。

舒凡每次过来，都要观察一下准姐夫的康复情况，心里分明是对陆辰良关心歉疚的，可这个倔强的少年，偏偏嘴上不承认。

"你伤的是腿又不是手，好意思让我姐天天喂你吗？"

"小鬼，我是你姐夫，我有什么不好意思的？"

此类日常互怼不断，好在舒盼的适应能力极强，很快就说服自己，相爱相杀何尝不是另一种相处模式，何况这两个男人还一起经历过生死，个中感情自是不同。

舒凡总是故作不经意地询问舒盼，陆辰良究竟什么时候才能出院。一方面是不忍心舒盼天天住在医院里头，另一方面也有点担忧陆辰良这一病，会不会把什么新电影或者公司的事业发展给耽误了。

舒盼被少年这副少有的紧张模样给逗乐了："你放心，阿良要是破产了，就轮到我养他了。"

复健期是漫长的，但这也是陆辰良计划当中的一步——减少在大众面前的曝光度。

这样才能增加他那份遗言录音的真实性。

尽管关于他在术后就瘸了传言依然很多，但大部分的看客都已经妥当地接受了"舒盼是陆辰良临终前仍然希望守护着的女人"这个设定。

听起来鸡皮疙瘩掉一地，却很符合时下少女的心态。

易南更在舒盼的定位上下了一番功夫：非科班出身，家境普通，演技又天赋满点，肯用心学习，此前一直做着各类女明星的替身。他定时定点爆出一些料来，让有心人慢慢去寻找那些曾经由舒盼做过文替的电视剧，一步步地，拼凑出一个小替身的成长史。

再加上舒盼仅仅出道一年就拿了新人奖，这样一个优秀又努力的人，怎么会不值得陆辰良喜欢呢？

一时之间，盼盼的熊猫军团成员激增，其中很大一部分是原来陆辰良的死忠粉，无论是电影方向的，还是单纯被陆导的人格魅力吸引的，一声声的"陆太太”叫舒盼听起来无比舒心。

“求陆太接管陆导的微博啊，他八百年不更新，想看张自拍都没机会！”

“盼盼，你要好好照顾陆先生，他的膝盖可不能再中箭了，平均三年一次，再受伤以后就真给跪了。”

“我是跟着录音那个访谈过来的，太感动了。真的，其实仔细想想，陆先生对待盼盼和某人根本就是不一样的，连比较的价值都没有……”

这句话引起了广泛的认同，甚至有人整理出了一条陆辰良坎坷的感情线。

要说起来，当初陆辰良对云芳菲多少都投入过真心，却换来了对方无情的出轨，偏还选了黎剑辉那么一个渣男。

那段时间陆辰良的内心应该是受到了极大的打击，随后这位可软萌可女王的舒盼，进入了他的生命，抚平了他的伤痛。至此这位号称冰山冷面的男人，忽然开窍，走上了甜蜜虐狗的康庄大道。

对于这个脑补，舒盼给了满分，至少在这个故事里，她终于翻身农奴把歌唱，站在能够统治陆辰良的地位上了！

复健以外的时间里，陆辰良几乎将办公室搬来了医院。比起人们对他健康状态的好奇，更多的流言交锋集中在《游园惊梦》的主角选择上。

男主角的竞争虽然激烈，出来的结果却并未让人有着很大的异议，最终选定了最近在电影方面势头正盛的陈初阳。

虽然年龄比剧里设定的秦子敬要小一些，但毕竟人家演技和身家都在那里，梁先也敢下定论，这锅不会砸。

可女主角方面，就比较纠结了。这也是梁先亲自出动，选择在陆辰良做完手术的当日，就赶过来告知结果的原因——他还不怎么放心舒盼，万一任由她在阿良那里吹了枕边风，那这戏估计不太容易好好拍下去了。

横空出来一个林媚，截和了舒盼试的角色翠薇，这点已经足够让人不舒服了。坊间隐隐传言，这完全是因为陆辰良倒台而舒盼又没有演技的缘故。

现在明明看了她试镜的梁先也站在林媚那边，这让舒盼格外忧愁。

到底是她演得不如林媚好，还是根本不适合翠薇这个角色？如果她两个角色都能胜任，为什么得不到自己心仪的那个呢……

她第一次决定暗戳戳地向陆辰良打个小报告：“我有点想不通啊，如果一开始翠薇就定下了要给林媚，那根本就没必要分成两次试镜吧？”

齐裕进单独找舒盼谈过一次，小欢陪着她到了咖啡馆谈判。这林媚是打哪里冒出来的，大家都心知肚明，她走的是齐裕进的那条路子。

齐裕进直接告诉舒盼，综合考虑一下，徐敏之能保证给舒盼，但是翠薇这个角色给谁就不要舒盼操心了，只要她能放过，他们自然也有办法让陆辰良同意。

舒盼有点郁闷，怎么说呢，她其实对徐敏之和翠薇两个角色都喜欢，一心选了那个难度更大的，结果落空了。这感觉就像是你只要一个苹果，对方给了你一车梨的即视感。

陆辰良将乌金边眼镜摘下，嘴角勾起一抹笑意："舍得问我了？我还以为你就真打算硬着头皮，单枪匹马跟梁先他们干到底了。"

他早就想提这个事情了，之所以试镜会被临时分成两次，是因为陆辰良出了车祸，去不了现场。

而他曾经提出要亲自过目其他资方引进的女演员，于是在主创团队的内部，早就对这两个女主角的选择分成了两派：一边是文化部那边想塞进来林媚，另一边是直接选择嘉扬的几个女演员。

在这件事上，梁先中立了，因此人选的抉择也变得格外艰难。

陆辰良虽然给了舒盼选择，但他清楚自己的女人，她无疑不会因为自己不在场就放弃第一次的试镜会，甚至可能因为她的带动，整个嘉扬组都会在第一次就试镜完毕。

舒盼做到了，甚至是在她的带动下，嘉扬女演员的表现水准都高于往常。

因此文化部的齐裕进等人，才会如此着急地将翠薇这个弱势一些的角色给了林媚，因为如果这个也不给她留，两个女主就真没他们的份了……

舒盼被陆辰良的话堵得一滞，但见着他脸上缓缓绽放出的笑容，又忍不住愣了愣："早知道跟你打小报告有用，我就早点说了。"

陆辰良自腿受伤以后，虽然佯装着无事，但那种疼痛和落寞时常会在深夜纠缠他，舒盼就只能心疼地陪着。

她白天于其他城市间往返飞行，《青春时代》网剧已经在平台播出了，这让舒盼的行程安排又变得紧张起来，和曾黎一起参加宣传成了家常便饭。

虽然是一部中等成本的网剧，但因为反响极佳，资方显然有心要拍续集，而已经播出的第一部更打算在上星卫视进行二轮播出。为了给在卫视上播出的结尾搞点噱头，导演重新集中队伍，补拍了两个版本的结局。

拍摄的场地已经拆掉了，临时重建和补拍都耗费了不少的人力物力，舒盼熬了几个大夜才完成戏份，以至于回到了医院，只能蜷在陆辰良身边打瞌睡。

她可好久都没看见陆辰良这么幸灾乐祸又欠揍的笑容了。

陆辰良拿起手边的拐杖，试着从轮椅上站起来。舒盼赶紧过去扶他，谁知道这人却并不领情，抢先一步在地面站稳，方才侧头看着舒盼，眉目间俱是认真的神色："你这不是对老公打小报告，这是对老板提出的正当诉求——我郑重承诺你，给予考虑。”

舒盼扑哧一声笑出来：“别光说，陆先生你总要给个解决的方法吧？”

陆辰良单手搭在她肩膀上，一步步朝衣柜走过去，准备换一身正装以便办公。舒盼有点纳闷，这下午两点多的时间，一会儿就要去复健了，他没事忽然换西装做什么。

陆辰良站定在衣柜边，除去装模作样隐瞒大众的成分，复健的确成效很大，他相信过几天就能出院了，而在出院之前，他要将舒盼这件事情给解决了。

“老婆，你过来帮我选个领带吧。”

舒盼被陆辰良这声喊得心底酥酥的，但又忍不住围在他身边一脸问号：“说到关键的地方又岔开话题……”

陆辰良随手轻敲了敲舒盼的脑袋，双眸含笑：“急什么，等会儿第二场试镜就在这里进行。”

在医院？病房里？进行第二场试镜？

舒盼感觉陆辰良有点病糊涂了，且不说人家剩下的演员愿不愿意来，就是她待在这里看新人试镜，似乎也说不过去。

陆辰良一语拆穿舒盼的困惑，他声音轻柔，仿佛盛着星河般的双眸里也点染着温柔：“你哪里也别去，我虽然是这戏的导演，可我也是伤了腿的病人，病人离开陪护，寸步难行——所以你要陪着我，陆太太。”

这个称呼，三个字，从他的嘴巴里说出来，便好似咒语一般，有种神奇的魔力，叫人难以抗拒。

舒盼低眸对上陆辰良的领带，伸手细细帮他收拾领口，语气甜蜜而自然：“那我就勉强同意吧。”

下午两点半，正点的时间，访客陆陆续续来齐。

舒盼的担忧完全是多余的。陆辰良这间病房的规格，比她之前见过的许多试镜场地还要高档宽敞，除了这地点叫人有些匪夷所思之外，其余一切设备都被易南安置得无比齐全。

第一个来的是梁先，他见着舒盼跟陆辰良青天白日就忙着虐狗，兀自有点憋闷。

要说他和陆辰良的友情，虽然比不过陆辰良和徐喻铭等人的关系深厚，但也绝不会差到哪儿去。

按照时间来看，舒盼仅仅跟了陆辰良三个月，怎么就让他跟陆辰良之间生了嫌隙，搅得整个主创组都不得安生了呢？

梁先有苦说不出，总不能直接说自己吃醋了吧，还是吃一个小姑娘的醋：“阿良，你还真打算让舒盼在这里观看试镜全程吗？”

陆辰良坦坦荡荡：“我觉得没什么问题，林媚不是说也想得到我的点评，今天还要来一次吗？那舒盼在这里，自然也没有什么不妥。今后两人一起搭戏，肯定是知根知底要好一些。”

梁先只能干叹气，他其实有点后悔了，当初一心担忧陆辰良为爱情失去判断，但经过试镜会以后，他至少认可了舒盼的工作能力。

要说演技，不出意外的话，无论是试徐敏之还是翠薇，今天新来的这一批是不可能有人超过她的程度。舒盼的表演珠玉在前，别说一个林媚，就是十个，今天人还在跟前看着，评审就是再瞎，也没办法把一个庸人说成天才……

陆辰良这是打定了主意，要帮媳妇讨回公道啊！

舒盼感觉梁先那副小媳妇的样子很有意思，在某种程度上，她其实可以理解梁先的感受。

对于全程不知道真相的人来说，她跟陆辰良的关系的确有些扑朔迷离，他们之间的感情几乎是没有铺垫的，从她一出道开始就一直处于热恋期，一直热恋到了快领证的阶段。

“云芳菲”时期她的出走、受伤，陆辰良的思念和种种反省，都是别人看不到，也看不懂的。

可是又何必要求他人看懂呢？

日子是过给自己看的，别人还真的管不着。

在梁先闹别扭的间隙，林媚跟着齐裕进来了。两人见着舒盼，也是跟梁先一模一样的反应，他们脸上那种疑惑、不满，渐渐转化为憋闷和深深的失落。

上次钻了陆辰良不在的空子，想着从舒盼这边突破，只要她能同意把翠薇这个位置腾出来，后续的事情都将没问题。

谁承想如今一朝跳反，不仅林媚拿不到翠薇这个角色，接下来齐裕进想放进来的配角也都一一没了着落。

林媚还穿着上次试镜的那套衣服，上回她和舒盼并没有正式照面，如今一看，这人丹凤眼，高鼻梁，樱桃小嘴，长相标志，一张只得巴掌大的小脸上涂抹了厚厚的脂粉，嘴角有一颗美人痣。

陆辰良将舒盼曾经拿到的题目转交林媚之手，林媚愣是盯着齐裕进，半天不知道该如何动作。她是见过舒盼的表演的，这让她还怎么演，反正都演不出新花样来啊！

林媚双手交叉叠放在胸前，朝着一旁的舒盼怒目相对，口中阴阳怪气地道：

“如果有心要将我赶走，直接开口就是了，何必今天弄这一出来羞辱我？”

这话说得简直不能听，舒盼都有预感，林媚下一秒就会被陆辰良怼得很惨。

果然她话声刚落，陆辰良便冷笑了几声，索性将试题纸撕碎，重重拍在桌面上：“林小姐，我想你大概还没弄清楚，不是我要赶你走，而是你的能力在那里，评审的双眼都看得清清楚楚。我想，撤资重组，考虑自投一笔更大的数目进来，或者干脆搁置这个本子，都会花费不少时间。至于羞辱你，在场任何一个人都没有那个时间和兴趣。”

齐裕进听得心头一惊，手头拿着的稿子都揉成了一团，撤资重组？搁置电影计划？就因为舒盼没得到她想要的角色，陆辰良竟然连国家批下来的资金都能抛弃不要，甚至索性放弃这个电影了？！

林媚瞪大了眼睛看向梁先，梁先双手一摊，表示以他对陆辰良的了解，这事情他完全做得出来。

林媚见无人帮她，刚想回嘴，抬眼对上陆辰良的眼睛，那眸中的凌厉之色尽显，竟是瞬间吓得她斗志全无，半晌哆哆嗦嗦说不出一个字来。

这和之前齐裕进计划的根本不一样，林媚自知选角无望，要不是有经纪人牢牢拉着她，悲愤得几乎要当场离开。于是她索性全程冷脸，看完了这多余的第二场试镜。

舒盼很想说点什么，但陆辰良在桌子底下死死拉着她的手，示意她一句也不要多说，坏人自然是要他这个导演来做，他还在场，哪里有让舒盼吃亏的道理。

于是陆辰良做得很到位，无论是什么人来面试，都要把林媚和齐裕进两人提出来鞭打提醒一番，弄得一排人物心里都忐忑不安，生怕他果真就一口气撂了挑子。

两人不断眉来眼去，差点没把边上的梁先亮瞎了。

这批试镜者的素质没有之前那批高，十个当中也难以挑出一两个可圈可点的。

其间舒盼好奇地瞄了瞄林媚，对比她跟试镜者的妆容打扮，发觉这人竟然还蛮适合这身旗袍装扮的。

只可惜，人如其名，眉宇之间的风情饶是妩媚勾人，但整个人看起来就像是一具空有外壳的玩偶，任人摆弄，一丝灵性也无。难怪顾千千会评价林媚的眼界只得一丁点，天生是个只能演网剧和在正剧里打酱油的角色了……

这个评价很中肯。

试镜结束后，林媚再也忍不住了，她捂着脸就跑到外边痛哭起来。齐裕进早已无心试镜，经过一场激烈的思想斗争，最终决定弃车保帅，先把陆辰良这头留住。再说那个舒盼演技也不差，就这个夫妻档组合，还是不要自讨苦吃拆掉来得好……

一场无形但血腥的战争，在试镜会悄悄打响却又随着敌人的投降而平安结束。

舒盼从不知道，原来有人当面帮着撑腰竟然是这种感觉，以前听顾千千说过，她从不以这个作为炫耀的资本，当然心底还是很爽的。

今天舒盼总算知道了，“有后台”这三个字还真的不是白说的。

梁先在心中暗暗捏了把冷汗，待众人都走后，终于忍不住对陆辰良问出了心底那一连串问题：“你跟舒盼到底是怎么回事，什么时候就爱得这么风风火火了？你忘记自己是个生意人了，怎么一遇到她的事情就全部绕着她转，以前你不是说好不跟圈内人在一起吗？即使在一起了，肯定也要让老婆息影啊，圈子里多乱，你又不是不知道……”

梁先喋喋不休，也不管舒盼就在旁边，他就像个老妈子一样围着陆辰良一通问话。

舒盼非常不合时宜地打了个哈欠，她在《巾帼》的时候就已经习惯这样打嘴炮又八卦的梁先了，他在她面前似乎也没什么好隐瞒的。

陆辰良拍了拍舒盼的手，两人对视了一小会儿，终于决定将真相说出来。

“梁先，我跟你正式介绍一下吧，我身边这位陆太太，其实你们是合作过两部作品的。”

梁先一头雾水：“欺负我算术不好是吧？不就《大漠英豪》一部吗？哪里来的两部？”

舒盼从陆辰良的身边站出来，乖巧地对梁先鞠了个躬道歉：“梁导，其实吧，真的是两部，因为之前拍《巾帼》的那个，不是云芳菲……是我。”

梁先一脸不可思议的表情，但他看陆辰良眉目间那种认真的神色，又觉得这不像是谎话……

当一个谎言听起来实在太假，假得根本不可能有人浪费脑细胞去编造的时候，它就很有可能不是编的！

他回想着认识舒盼以来的种种，又对比了陆辰良对待所谓的前任云芳菲的种种态度，一切谜团似乎都渐渐解开了，舒盼和陆辰良两人的感情也完全说得通了……

梁先扶额，喃喃自语道：“我的天，我竟然全程错过了一个比平生任何剧本都要精彩的故事啊！”

舒盼和陆辰良相视一笑，梁先不是第一个知道替身秘密的人，但绝对会成为最后一个。

6月的第一天，陆辰良刚出院，连陆家都没回去，便直接跟着舒盼一起进组了。翠薇这个角色仍是舒盼的，而徐敏之爆了个冷门，因为之前选角的风波，不少女演员都望而却步，沈清淮适时地给旧友推荐了一个人物——他老婆江晓。

江晓和舒盼两人都是以这部《游园惊梦》冲着今年年底的影后去的，但因为人家江晓有着更为辉煌的女神般的过去，她能冷静下来客观地分析和拍戏，就像奶妈一样，一路挥舞着影后这个标杆鼓励舒盼。两人在一起，戏里戏外倒亲近得叫人嫉妒。

在最热的天气里拍戏，对人的精神和肉体都是一种全新的考验，但更大的考验是拍亲密戏的时候。舒盼和江晓两人都要摒除巨大的杂念，毕竟自家老公都在那里看着不是……难度简直翻倍啊！

顾千千的原话是："你们两个一组搞个'百合'，这样就能见证两大醋王交锋了，这样甚好。"

舒盼回怼顾千千："秦天王不见得就醋劲小啊，亲爱的，你看看他连儿子的醋都吃，显然是想做你后半生唯一的男人……"

江晓表示头疼，但是世界上没有什么事情是一顿美食解决不了的，如果有，那就两顿，以后他们三家人肯定要热热闹闹地来聚餐一回！

曾黎来客串了个角色。这个角色是秦子敬和徐敏之留学时期的同学，因为参与革命而被暗杀，死在了秦子敬怀里。曾黎有缘和陈初阳对戏，激动得好几个晚上没睡好，结果开拍的那天，没多久就在人家怀里睡着了。

没想到此举似乎打动了陈初阳，打完酱油以后，两人戏里戏外隐隐还有些联系。

说到了同个公司的曾黎，那就不得不提一下人生赢家许珊了。她近来工作清闲，但心情很好，一是因为她怀孕了，去医院一查是一对双胞胎，这让一直对她有些冷淡的易妈妈高兴坏了；二是，她持续关注着已经跌到底的云芳菲和黎剑辉双人组合，两人还在持续地撕。黎剑辉抛出了云芳菲曾经吸毒的事情，而后者更绝，索性就说当初做练习生的时候正是黎剑辉带着她偷偷吸毒，他被陆辰良发现了，这才被人赶了出去的……

有这些作为茶余饭后的笑料，许珊感觉通体舒畅，现在就开始认真考虑以后当妈了走什么路线，毕竟敌人的眼泪就是她前进的动力。

舒盼对那些事情已经没什么兴趣了，但她跟顾千千、江晓两人之间的联系，她觉得太有趣了。娱乐是个圈，生活又何尝不是呢？好的循环跟坏的循环，总是连接在一起的。

她喜欢江晓和顾千千身上的乐观、积极和坚强，命运让她们之间有了关联，变成同一个圈子里的人。她们的道路或许并不相同，却同样努力寻找自己生存的意义。

在这个城市里，还有太多这样默默努力的人，这些人都将迎接自己的幸福。

而这一种幸福，只属于认真工作、认真经营生活的人。

舒凡高考结束后第一件事情就是去考驾照。而就在他拿到驾照的当天，陆辰良和舒盼赶着去领证了，这个执着的姐控拿着自己的新司机证件，冒着接近三十八度的高温赶赴民政局，誓要见证舒盼和陆辰良领红本本的时刻。

领证当日，除了舒凡，舒盼还携带着一个特殊的公证人。

陆辰良表现出了浓浓的嫌弃：“你把它抱出来做什么？”

舒盼抱着怀里的小狸猫不松手：“这是我的真身好吗？带它走过场，见证我获得幸福。”

舒凡连连叹气，感觉自家无害的熊猫盼盼已经一去不复返，不知什么时候，被黑心的陆先生带坏成一只狡猾的小狸猫了。

民政局给两人登记的工作人员见着舒盼，激动得不得了，碍于是在工作又不方便要签名，只好在登记完成后，来来回回跟舒盼抱了好几次，把陆辰良冷落在一边。

舒凡抓准了时机幸灾乐祸：“陆导，你确定要让我姐继续拍下去吗？以后你的名气可就没有她大了。我姐还这么年轻，就算是结婚了，天后级别的人物，应该还是会有很多人追求的，以后绯闻肯定也少不了……”

他最近为着老姐看了不少娱乐新闻，年底的影后荣誉极有可能会被舒盼纳入囊中，到时候这个醋王姐夫肯定又要吃瘪了，想想就痛快呀。

陆辰良揉了揉少年的脑袋，双眸如同晨星一般，看着眼前那个因为粉丝的热情而有些无措的女人，他话声温柔，透着一股浓浓的自豪感：“只要她想继续演戏，就应该继续下去。到了巅峰的位置，我也会站在她身边，只做她的陆先生。”

“陆辰良，我姐也听不到，你还是跟我说实话吧，你真甘心只做天后的男人？”

“嗯，因为我爱她。”

陆辰良松开手，朝着舒盼的方向走过去。舒盼跟粉丝交流完，回过头来，左手挽住了陆辰良的胳膊，右手牵着舒凡，一双妙目在两人之间来回打量：“你们……是不是背着我商量什么事情啦？”

少年和男人同时摇摇头：“没有。”

舒盼皱眉撇嘴：“真没有？”

舒凡闷闷应了声“是”，抬眸看向男人，终是说了句：“你问姐夫就知道了，反正他不骗你。”

陆辰良的唇畔勾起一抹笑意，伸手推开民政局的大门，外头已经聚集了一小拨等候拍摄的记者，依稀还能看到最前排的是最敬业的小记者杜攸。

舒盼牵着身边的两个男人，幸福感十足。

陆辰良的怀里揣着那只小狸猫，来往行人侧目，他也颇觉不好意思，想塞到舒凡手里，却被舒凡机智地推了回来。

舒盼发现两人的小动作，不由得嗔怒道：“你们对我的幸运物好一点。”

“知道了。”

“听你的就是了。”

男人和少年齐齐无奈，只得将小狸猫放在中间的位置，谁也不放手。

舒盼笑了。

谁说只有熊猫人见人爱呢？其实，只要找到了追求幸福的方法，小狸猫也有春天！

杜攸是导演系毕业的，她却有一颗做记者的心，准确地说，是做一个娱乐记者。

在杜攸短短二十几年的人生里，她生而为人的梦想就是，拍美男，拍美女，以及这些男男女女之间的狗血爱恨情仇。而集这三者于一身的职业，俨然就是当下在娱乐圈里存在感极其强烈的——狗仔。

杜攸所在的向日葵工作室，相较于其他主拍娱乐八卦类的报社，没有什么突出的优势，可这挡不住她对八卦事业的向往和一腔热血。

为了做顶尖的娱乐记者，杜攸爬楼跳车抢人头，乔装打扮的技能甚至也混到了满点，装成清洁大妈、买菜路人、医院小护士、精神病人、孕妇，甚至是男人……

可即便是有实力，她的运气实在太差，每每赶至现场，不是已经人去楼空，就是其他同行早已焐热了新闻稿子，她被挫得一鼻子灰不止，次次还要倒贴上油费。

“都说香港记者跑得快，可大陆的记者也跑得不慢呀，我们小杜就跑得贼快……不知道的还以为她是被八卦耽误了的短跑运动员，再不然啊，就是被工作耽误了的女演员。我说小杜啊，你要是再没业绩，不如就改行算了。”

茶余饭后，杜攸那个写过几条大新闻的男同事最喜欢拿业绩笑话她。

杜攸在电脑桌前，翻了个标准的白眼，呵呵，老娘的内心毫无波澜，甚至有些想笑。厚积薄发懂不懂什么？等我哪天在云芳菲身上找到个大新闻，你们这些渣渣都要给我跪着唱《征服》！毕竟我有着鹰的眼睛、狼的耳朵、豹的速度、熊的……

好吧，她必须得承认，追高冷视后云芳菲的新闻，的确是件苦差。谁让这人就一个绯闻对象陆辰良，偏偏两人一副相敬如宾，死磕到底，要踏入婚姻殿堂的模样呢！

天地良心，不是她诅咒这两人不能白头偕老永结同心，但好歹像普通的小情侣一样吵吵架，分分手，搞搞小情绪嘛，娱乐圈里恋爱谈得这么和谐，不是假的，就是陆辰良压根是个同性恋……

事情的转机，发生在那年的初秋，好死不死，她新西兰的姨妈的表舅的二大爷，拍到了云芳菲在国外入住精神病院的照片，可在A市，明明就有云芳菲去医院整容的消息呀！

杜攸的八卦小天线很快竖了起来，两个云芳菲？一个去精神病院，一个去整容？这事情如果不是闹鬼，单单挑出来选，都是大新闻好吗？于是乎，她很快借了钱，借了辆车，甚至借了病号服，直奔云芳菲所在的病房而去。这一次，不成功便成仁！

她都想好了，这次如果再失败，索性就找块鱼豆腐在医院门口撞死算了……

肯定是平时烧的香起了作用，这次居然还真的被自己遇着了大新闻，附赠一个经纪人——花美男易南。

她还是第一次见着易南本人，都说经纪传媒界有两大美男——成信传媒的席钧尧和嘉扬传媒的易南。席钧尧常年神出鬼没，而且已经有了女朋友沈夕，杜攸也就不惦记了，可眼前这个易南，看起来还是很不错的。

杜攸对易南的好印象也就维持了两个小时，在她全神贯注完成了《云芳菲为爱整容》的通稿后，转眼就被这位笑颜美男搞进了公安局！

她心里这个郁闷哟，早知道刚才就不对那个贱男搭档同事那么嚣张了。这个点，连个能出来担保她的人都没有，总不能把她家里人叫来吧？亲爹亲妈就没一个同意她去做狗仔的，要是被知道现在还因为写八卦进了局子，估计以后都要鸡飞狗跳了。

杜攸捂了捂自己的肚子，饿得这么快，肯定是因为刚才写稿子的时候动了脑子，所以体力消耗这么快。

没办法求助别人，她也只好忍着了。

经过了几个小时的煎熬，“幕后黑手”易南终于出现了。这位天使面容黑心肠的花美男饱含歉意地接她出来，虽然仍对她有些怀疑，但最终还是爽快地对她发出了下次一起合作的信号。

“欢迎你随时来找我，杜小姐。”

杜攸抓过那张镀金的名片，心里将这个永远笑得优雅斯文的男人骂了个狗血淋头，下次谁再主动找你谁就是小狗，你这蛇蝎美男，要不是看你长得好看，我早就不理你了！

她抬头，猛然间就对上易南那双清澈温柔的眸子，心头那点愤慨和郁闷就是发泄不出来。

唉，罢了，罢了，以后找男朋友也要这么好看的，别的不说，看着就心情愉悦，心情愉悦了，自然也就不会吵架，会跟云芳菲和陆辰良似的一直相亲相爱下去了吧。这大抵就是云芳菲明明长得已经够好看了，却还要去整容的原因吗？

杜攸看着易南远去的背影，心生感慨，长得好看的人谈恋爱，脑回路肯定跟她不一样。

事实证明，后来几次见到易南那副近乎完美的皮相，她都有点恍惚，俗称花痴。知晓易南在跟许珊谈恋爱，还是地下情，她的心口一阵阵发疼，万一易南因为跟人偷情被黑社会拉去三刀六洞，死相肯定很不美好。

“稳住，稳住，要稳住，娱乐圈的腥风血雨可不是你能管得着的……”

杜攸反反复复这样安慰自己。有时候，单身太久了，又根本不追男明星的她，压根分不清楚自己到底只是喜欢意淫易南呢，还是真的就这么喜欢上他了。看人家长得好看就喜欢，这也太肤浅了！

化悲愤为食欲，她忧愁了一个秋天，手头上也有了几条成名的八卦大新闻，尽管源头都是从嘉扬传媒得来的。到了冬天，她胖了六斤，多了个拥有传奇经历的朋友舒盼，而从盼盼的嘴里，她多多少少了解了易南那个家伙跟许珊谈恋爱的血泪史。

杜攸忽然就想开了，易南就是那镜中花水中月，是只能看，吃不饱的类型。

她完全想象不出来，他到底是怎么忍着看自己的女朋友跟黎剑辉表演恩爱的，如果是她，早就扯着黎剑辉那个浑蛋的领子，打得他屁滚尿流喊祖宗了！

舒盼似乎被杜攸身上这种攻气震撼，她表示以后杜攸应该找一个更攻的，那话怎么说的，两攻相逢，必有一受？

那不行，除了比她攻，肯定也要长得好看，如果在这个基础上，还能是个既多金，又能理解她职业的男人就好了。

这么想想，原来她的要求也不算低了。

就在她以为自己就要这么单身一辈子的时候，一场停车的意外，就这么莫名其妙地让她碰见了徐喻铭这个冤家。哪知道徐导比当初的易南更过分，不仅把她公司的车强行扔在了非停车区，还害她被罚了几百块！

两人第一次见面就火药味十足，她看这个男人的第一眼，哼，垃圾，一口一个女司机算是怎么回事，女司机吃你家大米了吗？看他的第二眼，长得不错，怎么装扮上这么不讲究；第三眼，哎哟，原来不是不讲究，只是这一身的高级货，竟也压不住这人身上那种随性到有点邋遢的气质。

那是一种跟永远精致而优雅的易南截然不同的感觉。

对方直接开口嘲讽道："杜小姐的倒车技术真是一言难尽。"

杜攸愣了愣，美色当前也不甘示弱，张口便反驳道："彼此彼此，徐导坑人的技术也是登峰造极。"

徐喻铭伸手敲了敲车窗，眼底有点不耐烦，有点嫌弃，但更多的是挑衅的意味："不会好好停车就下来，我让助手给你停好。"

杜攸单手拍掉徐喻铭伸进车里的那只贼手，另一只手死死扣着方向盘，斜眼睥睨徐喻铭："用不着，你助理我可用不起，停一次花四百块，扣了我两分。"

徐喻铭眉目间那种桀骜不驯的气质越发明显："哟，还挺记仇。"

杜攸瞪他一眼，那双透着机灵劲的眸子清亮得惊人："不好意思，我们做记者的，什么都不好，就是记忆力好。"

两人僵持了一会儿。杜攸天生性子倔强，徐喻铭说她停不好车，她就偏偏要做好给这人看看，于是提心吊胆，凝神静气，倒车倒得比考驾照的时候还要认真。

她下车来，准备对着徐喻铭这个垃圾一阵耀武扬威，谁知道对方却双目含笑地直勾勾盯着自己看。

笑什么笑，不许笑，尤其是笑得这么充满男性荷尔蒙的魅力……

杜攸往后退了两步："徐喻铭，你到底要干吗，我不就送舒盼来试镜吗，有必要这么揪着我不放吗？"

徐喻铭似笑非笑，往前两步："杜攸，你不是记性很好吗，难道真的把我们两个以前结仇的事情给忘了？"

徐喻铭心里很清楚，停错车位的偶遇，并不是跟杜攸的第一次相遇。

早在很久之前，两个人在导演系所在的学院里头，就有了生命里的第一次交集。他在国内上了一年多的大学就作为交换生去了英国，在那短暂的一年多光阴里，两人同院不同班。杜攸喜欢捣鼓设备，却不是为了拍电影，而纯粹是为了拍照。于是她玩着花样地偷懒逃课，在院里基本就是废柴。

大一的期末作业是要他们组队合作拍一部微电影，杜攸的舍友系花戚晴跳票了，她便被拉来做了女主角。

徐喻铭一组的人对系花这样敷衍换人的行为很不满意，但碍于人家始终是系花的地位，当面撕总是不太合适，索性把怒火都撒在了杜攸的头上。

杜攸整个人都在状态外。她以为自己就是来演个路人甲，穿了身浅蓝色的牛仔背带裤，一头杂乱的小卷发，额头夹了个卡通的向日葵发夹，脚上是圆头小皮鞋，甚至两边的袜子颜色都不一样。

“戚晴是故意找个这样的来恶心我们的？”

“好歹是系花的舍友，怎么程度差这么多？”

“这样都能做朋友，我看小晴就是故意找个陪衬的，难怪说女人的友情都是塑料花。”

徐喻铭正在检查设备，镜头对准了画面里那个有些不修边幅的女孩。在正午的阳光照射下，杜攸那张还有些婴肥的侧脸，泛着一种红润而健康的光泽，跟邻院里那些对身段和面容要求极其严格的妖精们，有着一股截然不同的气质。

他忍不住出声问道：“喂，那个来代替的，你叫什么？”

杜攸正低头捣鼓着自己的相机，听着似乎是有人叫自己，抬头一看，正对上不远处那台老旧的机器。

“杜攸，我叫杜攸。”

徐喻铭眉宇微皱，发现面前那女孩的双眸似乎有些异于常人。他擦了擦镜头，低头再看，果然，杜攸的双瞳不是墨色，而是少见的如同琥珀一般的浅棕色。

有这样的一双眼睛，系花也不见得比得上她。

徐喻铭身边的舍友推了推他：“还拍不拍了，这样质素的还不如找组里的穿个女装反串拍呢……徐导，徐导，你倒是说说还拍不拍了呀。”

徐喻铭摁下开机键，对准杜攸，头也不抬地道：“拍，谁不想拍就现在退组，我不勉强。”

大学时候的徐喻铭还没有那么大的名气，自然也就不大镇得住那些同组的愣头青。一行七人，有四人因他这话陷入了犹豫，而剩下三人仍在骂骂咧咧地针对杜攸。

徐喻铭谁也不偏帮，系花跳票找人代替这事情做得不厚道，杜攸接了活，就代表要为朋友负责任承担压力。

镜头里的那个女孩叹了口气，放下手上的相机，皱眉打量着边上的四个男生，不过十几秒时间，脸上闪过一丝狡黠的笑容：“我认得你们三个，导演系四大才子是不是？”

为首的男孩面上浮起一丝倨傲："看来你平时也没少听八卦，也知道我们四个是……"

"年级里最能搞事情的四个，好意思自称什么才子？斯文扫地。"杜攸负手，走到四人跟前，"你，前天晚上找了两个隔壁学校外院大一的学妹，借醉装疯，骗人家说你要闹分手，可我今天早晨还见着你女朋友给你送早餐呢。

"还有你，大学英语六级是找高三的表弟替考的吧？昨天证件发下来，上头的照片都是你表弟的。

"你就更别提了，去年挂掉的那几科，现在已经花大价钱买及格了吧？得亏老师喜欢的是名贵品种的猫咪，要是老师喜欢小怪兽，你是不是还要去抓几只野生的呀？"

杜攸如数家珍地指着鼻子一个个数落过去，将刚才还嚣张跋扈的三人骂得没了气焰。奇了怪了，她口中说出来的这些都是几人最隐秘的私事，其中大部分都是不可能被外人知道的，除非他们当中有叛徒！

三人听得面面相觑，双眼越瞪越大，彼此之间的信任度也是大打折扣。

杜攸丝毫没有停下的意思，她很快便走到了徐喻铭的位置："至于你……"

杜攸到了镜头面前，她那张婴肥的脸蛋陡然放大，徐喻铭抬头，伸手拨了拨鸭舌帽，正对上杜攸的指尖："有何指教？"

女孩的小肉手拐了个弯，缩了回去："徐、徐同学嘛，倒是没什么好说的，纪录良好，成绩也好，又受女孩子喜欢。"

杜攸只说了一半，剩下一半在她肚子里。那就是徐喻铭似乎根本就对女孩子不感兴趣，终日和那三个渣男才子混在一起，说他不是同性恋都没人信，难道他们四个经常在一起做一些不可描述的……

当时的杜攸还是一枚纯洁的女汉子，她脑补了一会儿，不自觉地面色绯红，摆了摆手："要拍就赶紧拍，我好去做兼职，再拖时间我就没档期了，这都快迟到了。"

徐喻铭很好奇她的兼职是什么，能够全方面掌握校园里的八卦资讯，捏人短处，找的点还精准得可怕，难道她兼职做侦探？

他没问出口，只是默默点头示意可以开拍。

双方总算是从刚才剑拔弩张的气氛当中解脱出来，也许是知道了杜攸并不好惹，拍摄组剩余的几个人都对她客气了起来。

一个下午的工作，只NG了三四次，拍摄就完成了。

收工的时候下了大雨，雨具本来就不够，众人更是视新加入的杜攸如同病毒，避之唯恐不及。杜攸也不在乎，脱下外套，护着自己的相机就准备跑出去拦的士。

徐喻铭收了机器，独自撑了一把伞过来拿给杜攸：“拿去，借你。”

杜攸狐疑地看了他一眼：“戚晴有男朋友了，你想从我这里打听她的联系方式也不是不行，但是她不会喜欢你这样的。”

徐喻铭将伞柄塞到女孩手里：“不要戚晴的，要你的。”

“什么？你要什么？”

雨势渐大，透过圆点黑伞的边缘，杜攸只能瞧见徐喻铭那双深邃的眸子，透着点点耐人寻味的笑意。

“你兼职做什么？”

这句杜攸倒是听清了，她望了望前方驶过来的的士，含糊不清地回了一句：“我在向日葵工作室做实习记者。”

徐喻铭琢磨了一会儿，很快反应道：“狗仔？”

杜攸半个身子已经踏出雨伞外头了，仍不忘记回头反驳道：“什么狗仔，新闻工作者是什么概念懂吗？新闻工作不分贵贱，迂腐！”

徐喻铭没有回嘴，也来不及回嘴，那个有着琥珀色眼睛的女孩上了车，绝尘而去。

后来，他去向日葵工作室找过杜攸，也去隔壁班找过。但就是那么刚好，在他出国前的一周，杜攸因为淋雨得了急性肺炎，在医院瘫了好几天。

出国学习的无数个日夜里，徐喻铭也曾怀念在国内大学的时光，而杜攸变成了一道明丽而难忘的色彩，画在他的掌心，叫他时刻惦记，叫他无法忘怀。

回国后，工作来得太急太赶，他为了闯出名头，在香港奋斗了五年。在这期间，向日葵工作室搬了好几个地方，也因为不景气的原因陆陆续续改过名字，偌大一个A市，竟然是再也找不到当年杜攸的影子。

很多波折之后的今天，当杜攸安静地坐在徐喻铭的对面吃甜点的时候，听罢这一段故事，伸手就遮掉徐喻铭的下半张脸，惊讶得几乎要骂脏话：“天哪，你是那个徐喻铭，我一直以为就是同名同姓，还想着长得好看又跟我过不去的人，都叫徐喻铭！”

徐喻铭冷哼一声，伸手扬起杜攸的下颚，仔细端详起她的脸蛋来，那张曾经肉乎乎的脸庞已经褪去了稚气：“眼睛以前很好看的，怎么变了颜色？”

杜攸被男朋友看得怪不好意思：“做我们这行的，如果有个太标志性的面目特征，不就很容易被认出来吗？唉，所以根据前辈的经验，我就戴了个美瞳遮住了。”

徐喻铭在她右脸颊上掐了一下：“看着不顺眼，摘了吧。以后在家里就不用戴了，我喜欢你的眼睛，第一次见着就喜欢。”

杜攸难得地害羞了一把：“为什么呀？是从我眼里你能看到什么吗？”

徐喻铭端起红茶抿了一口：“眼屎。”

杜攸猛踢了对面的男人一脚：“重说，重说，不说个好的，今晚不准上床睡。”

徐喻铭脚背吃痛，面上却故作隐忍，这么多年了，杜攸这个动手动脚，张牙舞爪的毛病还没改掉。

“需要我提醒你一下吗？你现在睡的一直就是我的床。”

“……日子没法过了！你到底会不会聊天？不是说我眼睛好看吗？具体好看在哪里不能表扬一下吗？好歹你也是个导演啊！”

“好，我重说。在你的眼睛里，能看到我们的未来。”

番外二 易南的求助对象

许珊最近的烦心事不少，而摆在首位的，就是她看中了一个和成信传媒的沈夕合作的电影剧本，但易南态度十分明确，不希望她接。

原因是这部电影的武打戏太危险了，要求的程度也很不一般。在武打片场上因为意外受伤致残的例子，易南见得太多了。旁的不说，连陆辰良膝盖的旧伤都是在拍爆破戏的时候伤到的，上至导演尚且如此，更别说是娇滴滴的女演员了。

许珊扯着一袋子牛肉干跟舒盼在微信上聊："导演之所以选中我跟沈夕，还不是因为我们两个都有舞蹈功底，而且都很拼，人家沈夕的段位比我还高，怎么不见她因为难度系数高就给推了。"

舒盼刚洗完头发，披着件浴衣，瘫倒在沙发上看着手机，长长地出了一口气。

她跟沈夕并不太熟，但从跟顾千千八卦来的爆料里，多多少少能听出来，沈夕和席钧尧之间的关系，也因着她对这部武打电影的执着而受到了伤害。

舒盼可一点也不希望许珊跟易南也闹到这步田地，她给许珊回复："家家有本难念的经，你如果当真想接这个角色，就好好跟易南商量，两个人都是做这行的，这个矛盾是不可避免的。"

她专心致志地给许珊回复，丝毫没有注意到后头的陆辰良。男人轻手轻脚地走过来，扔过来一条毛巾盖在舒盼头上，声音清冷好听："快把头发吹干，不然要生病的。”

舒盼眼前一黑，扯下毛巾，转头朝陆辰良做了个鬼脸：“哪里这么容易生——”那个“病”字还没说出来，她便鼻尖一痒打了个喷嚏。

陆辰良顺手拿起毛巾，摁住那个湿漉漉如同小动物般的脑袋，语气无奈又温柔：“坐好，我帮你吹干。”

舒盼卖了个乖，手上还拿着手机等许珊的回复，侧头在陆辰良拨弄自己头发的手上亲了一口：“服务这么到位？难得难得。”

陆辰良也不气恼，低头瞟见她正在跟许珊聊天：“许珊能跟你倒苦水，可怜易南却不见得有人说理了。”

他素来知道女人之间的情感互助联盟密不可分，一旦谁出个什么问题，四面八方的援助涌来，千言万语都化作一句话：分手，下一题。

舒盼生怕被窥屏，撇了撇嘴，赶紧藏起手机：“你肯定也是站在易南那边的。虽然那部电影危险，但是他这样直接阻止小珊，只会让她起逆反心理，她只会更想去而已。”

陆辰良伸手朝她的额头扣了个爆栗：“从来都是当局者迷，所以我什么意见都没给易南。”

“真的？”

“要站队，我做老板的，自然还是希望利益最大化，女演员都像许珊一样有拼搏精神。”

舒盼梗着脖子：“那我呢？”

自从有了拍摄《大漠英豪》这部武打电视剧的经验以后，她发现原来拍高难度的打戏就跟受虐一样让人上瘾。尤其是后期将那些略微羞耻的武打动作加上特效剪辑出来后，那个效果……简直太帅了！

“打戏还是床戏？和男演员还是和女演员？看不出来，你对动作戏这么热爱？”

陆辰良眉宇微皱，他联想到在《游园惊梦》里江晓和舒盼那段暧昧至极的情感戏，原本梁先甚至想在翠薇的梦境之中加一段朦胧禁忌的床戏，但左边畏惧于尺度限制，右边畏惧于两大女主的家属都在，反而不能在剧本上自在挥洒。

糟糕，舒盼心里咯噔一下，知道以陆辰良的脑回路八成又要想到奇怪的地方，她心下一定，灵光闪现，决定要用演技应付过去。

“其实吧，我觉得动作戏不是重点，跟谁拍……才重要。”

舒盼脸一红，如水的眸子含羞带怯地对上陆辰良的眸子，捏着他手腕上的袖扣，一圈一圈地摩挲着，样子勾人得很。饶是陆辰良这样见过无数演技的男导演，心头也被她的眼神带得难耐起来。

陆辰良深吸了一口气，索性弯腰将她从沙发上公主抱起来："实践出真知，试试就知道了。"

舒盼的手机从口袋里滑落，掉在沙发的缝隙之间，屏幕上的光亮一闪而过，再没了动静，舒盼惊呼了一声："我和许珊还正聊着呢……"

"让她自己跟易南好好聊聊吧。我们办正事要紧。"

"办……办正事？"

"学术交流探讨，主题是你最喜欢的动作戏。"

"……"

可怜的许珊哪里知道，舒盼临时加戏跟陆辰良演了个十八禁，她苦等了半个小时却没有回答，只好自顾自想着要如何跟易南进行精神上的对决。

她在A市休息了两天，本来是想好好跟老公甜蜜的，没想到糖没吃到，啃了一肚子炸药。偏偏这时候闺密团里的其他人都在你侬我侬，舒盼和陆辰良就不说了，连曾黎那种小丫头都跟陈初阳偷偷谈着地下情……

难道事业和爱情双丰收这种事情，在她身上真的就不存在了吗？

她越想越气，索性不管不顾那些健身教练每日严格设置的卡路里要求，打开冰箱，铲了一大勺香草冰激凌往嘴里送。她站在冰箱门口吃得正欢，一推冰箱门，这才发现易南不知道什么时候已经站在边上了。

"我的妈呀，吓死了！"

许珊吃得太投入，呛了一大口冰激凌进了气管里，扶着冰柜门剧烈地咳嗽起来，谋杀媳妇了，忽然躲在这里暗算是怎么回事？

易南见她呛得厉害，赶紧伸手帮她顺气："偷吃也不小心着点，没人跟你抢啊……"

许珊一脸想杀人的表情，我气得吃冰激凌解闷难道还不是因为你吗？你好意思在这里说我偷吃？！

她做足了姿势，扶着自己的腰，侧脸恶狠狠地瞪了下眼前依旧温柔清俊的男人："谁让你管，我就是吃冰激凌噎死，也不干你的事。"

易南见许珊态度如此，不怒反笑，眉眼间都是抚慰孩子的温和："怎么不干我的事了？不出三天，你吃冰激凌这锅还要背到我的头上。"

许珊用那冰激凌勺子愤愤地戳了戳易南的胸口："少来！"

易南从许珊的手里掰开勺子，慢条斯理地放回去，打开冰箱门，细细地解释起来："你吃冰激凌还没噎死，应该已经被健身教练骂死了。一个月只去几天也就算了，现在还不好好按照食谱节制，到时候他肯定会来找经纪人，要死要活地说不想带你了。至于你的经纪人，也免不了来找我抱怨，说是同住在一个屋子里，却不知道帮着你管理身材。”

许珊听得直皱眉头，何止同住在一个屋子里，他们还同睡一张床呢，这人说这话试探自己是几个意思，这日子没法过啦！

她气得一把又打开冰箱门：“起开，有本事就让他们直接怼我啊，明人不做暗事，早知道当初就不公开了，现在知道我跟你在一起了，还学会找舍友告状了？”

易南也有了点怒意，伸手压在那只粉嫩的小手上，紧紧扣住冰箱门：“小珊，你的意思是我只是同住一屋的舍友？”

男人的手劲很大，加上生气的缘故下手重了点，把许珊的手背压出几道红色的横条来。连日不见，一见面就吵架的憋闷、委屈和不甘，化作一股酸涩冲上许珊的鼻尖。

许珊破罐子破摔，一屁股坐在地上，带着哭腔骂道：“什么室友，你见过室友做了饭生怕你回来吃冷的，反反复复热了好几次等你的吗？你见过舍友吃冰激凌还为你留着最喜欢的味道吗？你见过舍友跟你一起还房贷吗？最重要的是，你见过我这么可爱的舍友吗？”

她转头就走，眼泪跟止不住似的从脸上下来：“沈夕说的都是真的，易南你这大骗子。这电影我还拍定了，你要是敢扣下来，沈夕跟席钧尧分手的事情，就是我跟你的前车之鉴！”

最近实在是负能量太多了。好几次试镜的时候她听到沈夕跟席钧尧打电话，两人明显是吵了好几回，每次沈夕回来眼眶都红红的，最后彻底谈不拢了，新闻也出来了，说是两人就这么分了。

沈夕略为绝望地跟许珊说，找个经纪人男朋友无法避免就会遇到这样的问题，好聚好散。许珊当时还很骄傲地说易南肯定不会这样，如今打脸，心里真是郁闷死了。

易南知道坏事了，他赶紧跟在许珊后头：“小珊，你是不是误会了什么……”

许珊摆出偶像剧女主的标准姿态，捂住耳朵：“我不听，我不听，我不听。”

易南无法，只好提高了音量：“我这次回来，是想告诉你，以后你接什么剧本，我不再插手了。”

许珊愣了愣，虽然很想装作没听见，但终究还是回头问了句：“什么意思啊，你要抛弃我了啊？”

易南笑了，薄唇上扬起的那抹笑意，温柔如水："你在怕什么？许珊，我不是席钧尧，你也不是沈夕。我们不会分开，比起一部电影的争论，我们经历过更多，不是吗？"

许珊的眼泪还挂在眼睫毛上，眨了眨眼睛，掉下一颗来，打在易南的手背上。她默然了很久，缓缓地应道："是啊。"

易南是如此无私地相信过她，即使她蠢到被黎剑辉骗去做绯闻女友，即使她背着骂名一路黑上来，即使她任性、自私、嘴坏这些毛病一个也改不掉，可在易南的身边，她总能找到自己的位置。

易南看她呆愣的样子，忍不住有些心疼，赶忙搂着她入怀，又伸手帮着擦了擦眼泪。对他们两个来说，一起在低谷的回忆是劫数，也是缘分。过往种种，形成一道道锁链，在无形之中，将他们两个紧紧地捆绑在一起，回过头来看看，明明那么大的难关都渡过了，怎么想也不应该在这种事情上翻船。

"以后少跟沈夕玩了，小珊，毕竟她刚刚分手……不要刺激人家。"

许珊破涕为笑，她眼底的黯淡很快过去："我刚才把你最喜欢吃的香草味冰激凌挖干净了，我们出去再买几个新的吧。"

一场风暴俨然已经过去，易南欣然点头，同意出门。许珊刚转过身回房间换衣服，他的手机便响了，划开屏幕一看，是一条来自席钧尧的短信："你妥协了？"

易南叹了口气，随手回复："你应该知道，即使你不同意，她也是会去拍的。我舍不得小珊吃苦，同意拍电影，如果她受伤了，我还可以陪着。如果不同意，她不在我身边的时候，如果发生什么意外，我承担不起这种遗憾。可能要一辈子，错失许珊的遗憾。"

对方长久地沉默着，没有再回复。

易南收起对话框，找助理订了机票，打算许珊一进组便跟着过去看看情况。有时候他无比庆幸这个职业，幸好他还是个经纪人，幸好许珊还是公司里的艺人。

许珊对发生的种种一无所知，欢欢喜喜地换了身衣服，冲出来拉着易南的手腕："走吧，走吧，老公，向超市前进！"

易南笑而不答，侧头看着她，许珊身上的情绪来回总是比别人快上许多。他从前只以为她能把只有三分的快乐表达成十分，现在才发觉，有这样一个人陪在身旁，原本三分的快乐，也许早已经是十分、二十分，甚至远不止百分了……

也许，这种相守的快乐，还有另一个名字，叫作幸福。

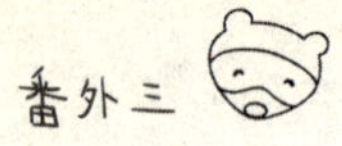

杜攸的采访时间

主持人杜攸，采访对象陆辰良、舒盼夫妇，节目导演兼摄像徐喻铭。

杜：欢迎来到新一期的《娱乐是个圈》，我是杜攸，今天非常有幸能邀请到节目开播以来的第一对明星夫妇来这里捧场。陆导、盼盼，跟大家打个招呼吧。

陆（礼貌而不失尴尬地微笑）：我是陆辰良，很多人叫我陆先生、陆怼怼，当然，我最近才发现也有不少人喜欢叫我导演界第一醋王。个人认为最后一个称号有待商榷，毕竟徐导还在这里，如果他居第二，没人敢称第一。

镜头冲陆辰良摇了摇头，徐喻铭从摄像机背后探出脑袋来，脸上带着一抹意味深长的笑意。

杜（朝舒盼使眼色）：咳咳咳咳……

舒（使劲揪陆辰良的衣角，小声地）：亲爱的，你能不能稍微给我朋友一点面子？配合一点嘛。

陆（冷漠脸）：呵呵。

舒：……我是舒盼，可以叫我盼盼，当然，叫我陆太太也可以。

杜：打个岔，陆导，你的名字被人议论过很多次你知道吗？

舒：关于这点我要帮陆辰良正名一下，是陆——辰——良，不是那个在下陆——良——辰。当时这个名字还很好听啊，后来写的时候正好撞上陆良辰大火，所以……世事难料，陆先生不要伤心，还是有很多人透过你的名字看到了你的本质！

陆：哦。

舒：……我为你解释那么多，你就回个“哦”？

陆：名字就是代表人的一个符号而已，你之前做替身工作，不是还自称陈小姐吗？

舒：……

杜：很好，很好。这种气氛非常适合我们的节目。那接下来我们就开始进行传说中的“夫妻默契度五十问”。请问你们两个的年龄是？

陆：三十岁。

舒：二十四岁。我补充一下，其实阿良是二十九岁，因为今年生日还没到。

杜（标准微笑）：相差五岁而已，盼盼你叫人家大叔就不太对了。

陆：情趣，情趣而已。

杜：请问你的性格是怎样的，对方的性格呢？

舒：我嘛，我的个性还挺简单的。比较好说话的那种，有点迷糊，情绪来去都比较快，然后不记仇。嗯……阿良的性格就跟我完全相反，所以我们两个是互补类型的，跟千千和秦隽是蛮相似的状况。

陆（皱眉）：有仇为什么不报？我不是慈善家为什么要好说话？精明是商人的必备条件。我不觉得我跟我老婆性格互补，也不觉得我们两个像任何男女关系当中的一种。

舒（插话）：不像男女关系，那……应该像什么？

陆（微笑）：白兔子和黑心主人。

杜：噗，可以，可以。

舒：……

杜：下一个问题就很能测试默契度了，请同时回答，你们两人是什么时候相遇的？在哪里？

舒：片场。

陆：衣柜。

杜（黑人问号脸）：你们连第一次在哪里见面都对不上号？

舒：等一下，我在片场给云芳菲当替身被打了那么多下，你没道理都不记得吧……

陆（扭过舒盼的脸）：嘘，小声点，主要是你出场的第一幕太惨了，不知道有很多读者都觉得你是苦情女吗？

舒：……

杜：那么在那个场合对对方的第一印象是？

舒：在片场对阿良的第一感觉是，冰块脸，生人勿近，可能因为长得好看的缘故，我就多看了几眼。然后躲在衣柜里被发现之后，就完全验证了我对他的第一印象，就是近看……真的比远看还要好看。说真的，感觉阿良当初没打算出道做明星还蛮可惜的。

陆：嗯，是这样的，我不太了解你们节目的需求，所以现在是说实话还是……

杜（小声地）：实话。

陆：片场人太多，我没怎么注意到盼盼。

杜：扎心了，老铁……

陆：但是——在酒店里我认真看了一下，当然因为某些特殊的误会，我也只看了长相和身材。就长相来说，很过得去。

舒：等等，那你那个时候让我试戏是几个意思？

陆（摊手）：依照惯例给个机会而已。

舒：怎么感觉你对这种事情已经轻车熟路了？！

陆：亲爱的，在我们俩错过的五年里，我和徐导经历了各种类似的事情，你希望我一一讲给你听吗？

杜（指向镜头）：等等，这又关你什么事？这么说，你跟陆辰良一样都是老司机啊。

镜头外的徐喻铭：学妹你能稍微注意一下吗，这还在录呢……可以了，可以了，下一题。

杜（大力扯稿子）：咳咳咳咳，那么，你们最喜欢对方哪一点，讨厌对方哪一点？

舒：喜欢阿良专一，最讨厌他有事情憋在心里不说，一个人在旁边演忧郁，然后还有大段大段的心理独白，肯定是作者为了拖进度想出来的烂梗。

陆：喜欢她那种敢拼的精神吧，讨厌的也是她有事情憋在心里不说，然后爆发出来就会一声不吭地从我身边离开。说到独白，肯定是她的多一点吧。在个性上我们两个的差异蛮大的，所以一路走过来也没有那么容易，但我们之间还是发糖的时候居多。

杜：你们一般怎么称呼对方？

舒：阿良，陆先生，陆导，亲爱的……

陆：盼盼，陆太太，老婆。

杜：如果以动物比喻的话，你觉得对方是？

舒：黑心大灰狼。

陆：小狸猫和熊猫的综合体。

杜：如果要送对方礼物，你会选择?

舒：送领带吧。我打开他衣柜才发现这人西装超级多，会用到领带的时候应该蛮多的。

陆：送新内衣，她现在的款式实在是太小学生了，看不下去。

舒：眼睛看不下去，但是你也照样下得去手啊。口嫌体正直（？）吗……

陆：哦，你现在才发现吗?

舒：……

杜：咳咳咳，注意一下我们这个是十八禁节目，太过分的就不要说了啊。可以选择一件礼物让对方送的话，一般会选择什么?

舒：送内衣吗?

陆：其余不用，她自己包成一个礼物，躺平在床上就行了。

杜：接下来是个拉仇恨的问题，对对方有哪里不满吗？一般是什么事情?

舒：对他批评我的内衣不满。

陆：……

杜：重头戏来了，接下来这两个问题是我最喜欢的，请问你的癖好是?

陆：足控。等等……这问题是徐喻铭想出来坑我的是不是?

舒：我没有特殊癖好的吧。

杜（戴上眼镜）：你确定没有?

舒（看一眼陆辰良）：不不不，我以前觉得自己是眼镜控，后来发现不是。

陆：你确定不是?

舒：严格来说，我是只喜欢你戴眼镜，所以我应该是陆辰良控才对。

陆：逻辑满分，没毛病。

杜：……

舒&陆：下个问题还问不问了?

杜：好的，继续下一个问题。请问你做的什么事会让对方感觉不愉快?

舒：我的话应该是，无论在什么场合什么地点，跟男性太亲密，包括对戏的情况在内，都会让阿良感觉不愉快。

陆：毒舌吧。当某人讲不过我的时候心情就不好。

杜：其实读者很喜欢你们的互动，尤其是喜欢看盼盼吃瘪讲不过陆先生的样子，对此盼盼你有什么想说的吗?

舒：我还能说什么，我也很绝望……不过也不是只有我一个人说不过阿良啊，细数文中几次陆辰良发嘴炮的场合，战果累累。对了，你不也被他怼过吗？徐喻铭也被怼过啊，你们应该也有所体验吧。

杜：……

镜头外的徐喻铭：深有体会。

杜：下、下一个问题，请问你们的关系现在发展到什么程度？

舒：……我们这个节目真的有年龄限制吗？

陆：已经结婚，程度自行想象。

杜：两人初次约会是在哪里？那时两人的气氛怎么样？进展到何种地步？

舒：这个应该是统一的答案，《巾帼》片场，因为当时一直在考虑是不是明天就要离开阿良了，所以比起浪漫的气氛，更多的是珍惜和小心翼翼吧，想留住跟他在一起的每一分每一秒。当时刚刚发展到告白。

陆：对了，提到《巾帼》片场，你还记得那个心愿锁吗？你失踪的时候，我为了找你回去过一趟，见到那把锁了，发现锁的位置不太对。你放在求财那一块了，边上都是生意兴隆之类的愿望签，只有你求的是姻缘，风格独树一帜。

舒：……

杜：所以在那之后，你们经常约会的地点是？

舒：还是片场或者家里。目前为止，最长的约会是去昆山千灯镇的时候，也会约在外面吃饭，但是因为比较容易被认出来，所以外出要做好充足的准备，否则约会泡汤的可能性高达百分百。

陆：我个人中意在人少，有床、沙发的地方约会。综合这几点，可能也就是家里比较舒服了。

杜：……哟哟哟，没看出来陆导居然是个宅男？

陆（扶眼镜）：相信徐导除了工作，出门的次数绝对不会比我多。

杜：停停停，陆辰良你再这样变相毁坏徐喻铭伟光正的形象，我要生气了。

陆：他本来就没什么形象可言，尤其是在你面前。不谈他也行，我们来谈谈易南，哦，我记得你之前和易南好像也有点……

镜头外的徐喻铭：杜攸和易南怎么了？他们认识？发生过什么？我怎么不知道？易南不是就许珊一个女友吗？搞什么，戏份比我多就算了，还要跟我抢女友？

舒：淡定，淡定……人家最多就是无疾而终地花痴过易南，详情可见杜攸个人番外的独白。

杜：嗯……那么你们是哪一方先告白的？

舒：算是我先喜欢上他的，但是没有很明显地告白。

陆：你来定义一下什么叫作“很明显”，你就差没把“我很喜欢你”这五个字写在脸上。

舒：……

杜：接下来这个问题比较具有现实意义，如果约会对方迟到一个小时以上，你会怎么办？

舒：我可以找个咖啡厅坐坐，背台本之类的。

陆：女明星迟到一个小时，就代表她今天的日程安排里不可能再有约会这一项了。所以我回家继续等，反正在家里约会也是一样的。

杜：你们的脾气都超级好哎，不会生气吗？

陆：已经浪费一个小时的私人时间了，难道要再浪费一个小时在控制情绪上吗？

舒：啊，生气什么？迟到挺正常的吧……我们等场经常超过一个小时啊。我觉得我们不应该把坏情绪留给亲近的人，如果工作里等场再久都可以保持一个好的态度，那对阿良态度应该更好才对。

陆：嗯，你最近的觉悟很高嘛。

杜：约会迟到这么大的敌人都能对抗，那情敌呢，你们认为自己的情敌是谁？

舒：我的情敌一定是工作。陆辰良就是个工作狂……

陆：太多，数不过来。

杜：对方做什么会让你觉得没辙？

舒：生病。阿良生病最让我觉得没办法。

陆：失踪。她失踪的时候。

杜：如果对方有变心的嫌疑，你会怎么做？

陆：不存在这个可能性，所以不考虑了。

舒：同样的事情我貌似做过一次了，我大概还是会不打招呼就离开。因为已经没有留下来的必要了。

杜：即使只是嫌疑？陆辰良惹上的桃花嫌疑也太多了，你绕地球一周都不够失踪的。

舒：下一题！

杜：能原谅对方的变心吗？

舒：……下一题！

陆：不能。

杜：最喜欢对方身体的哪部分？

舒：眼睛。阿良的眼睛里有小星星。

陆：没什么好考虑的，脚。

杜：感觉对方最性感的表情是？

舒：早晨醒过来，找不到眼镜的样子。

陆：保密。不想跟无关的人分享这个答案。

杜：曾经向对方撒过谎吗？你善于撒谎吗？

舒：没有撒过谎。虽然我是演员，但并不擅长撒谎，尤其是在某人面前，谎言简直无所遁形。

陆：善意的谎言算吗，必要的时候会撒谎。

舒：那什么样算善意的谎言，什么算必要的时候？你说的本身就很有歧义，但你每次都能给自己找到借口。

陆：生气了？

舒：因为被你善意的谎言坑了好几次。就不能答应我以后不撒谎吗？

陆：可以考虑。

杜：什么时候觉得最幸福？

舒：被求婚的时候。

陆：求婚的时候。

杜：曾经吵过架吗？

舒：吵过，很多次啊……

杜：都是些什么样的吵架呢？

舒：基本的套路是我被骗，然后我发现自己被骗，然后我生气，吵架，最后被哄骗得信了他的歪理，然后就和好了。

陆：……挺有道理。

杜：转世后还希望做恋人吗？

陆：如果可以选择，我希望能够继续和盼盼做恋人。但我个人不是有神论者，所以不相信转世的说法。

舒：当然希望。因为感觉这辈子没谈够恋爱就结婚了，这是目前为止最可惜的部分。

杜：什么时候觉得自己被爱着呢？

舒：阿良为我妥协的时候。因为他大部分的时候都很固执，当他愿意为我做妥协和改变的时候，我就能明确感觉到自己是感情里被爱得更多的那个。最近的是他做饭的时候。

杜：陆先生厨艺比你好？

舒（脸红）：嗯……

陆：很遗憾，她做出来的东西，不能够被称为食物。

杜：哈哈哈哈哈，很好，盼盼，我们又多了一个共同点。下个问题是，你表现爱情的方式是什么？

舒：大概是不强行给对方做吃的吧……

陆：做。

杜：做……陆辰良你又开车。

舒：嘘，当作听不懂算了。

杜：两人之间有相互隐瞒的事情吗？

舒：应该没有。

陆：没有。

杜：倒数第二个问题是，两人的关系是公认还是机密？这问题好瞎啊，徐喻铭，你给的提问本好鸡肋，他们的关系当然是公认啊。

舒：曾经有一段时间是机密。那时候基本关于我的一切都是秘密，替身是秘密，我暗恋陆辰良是秘密，甚至连我的名字都是秘密。

陆（握紧舒盼的手）：嗯，不过那些都已经过去了。

杜：你觉得与对方的爱是否能持续到永远呢？

舒&陆：可以。

杜（往下翻本子）：哟，这么快就结束了，后半部分的提问和回答还真是意外地和谐……

陆：建议你跟徐喻铭也搞一个五十问，记得把情敌那块加进去，一定相当精彩。

舒（扯陆辰良的袖子）：都结尾了，给点面子。

杜（黑脸）：彼此还有什么想说的吗？

陆：没想法。尽量别拉我串场，我很忙。

舒：嗯，我和阿良就在这里，希望以后很快还能在其他系列里，作为串场和大家见面吧。

杜：很高兴今天能邀请到陆导和舒小姐来我们的节目进行愉快的访谈。节目虽然结束了，但我们的故事还在继续。老公，老公，你有没有什么想说的？

镜头外的徐喻铭：咳，如果非要我说点什么总结的话，愿所有在娱乐圈发生的美好爱情故事永不落幕吧。

【全文完】

图书在版编目（C I P）数据

狸猫也要幸福 : 全2册 / 竹宴小生著. -- 南京 : 江苏凤凰文艺出版社, 2019.3

ISBN 978-7-5594-3147-9

Ⅰ. ①狸… Ⅱ. ①竹… Ⅲ. ①长篇小说－中国－当代 Ⅳ. ①I247.5

中国版本图书馆CIP数据核字(2018)第295577号

书　　名 狸猫也要幸福
作　　者 竹宴小生
选题策划 北京记忆坊文化
特约策划 张才曰
特约编辑 单诗杰 莫桃桃
营销统筹 杨　迎
统　　筹 姚　丽
责任编辑 白　涵 刘洲原
封面绘图 三　乖
封面设计 80零 · 小贾
版式设计 天　缈
出版发行 江苏凤凰文艺出版社
出版社地址 南京市中央路165号，邮编：210009
出版社网址 http://www.jswenyi.com
印　　刷 北京中科印刷有限公司
开　　本 670毫米×970毫米 1/16
字　　数 705千字
印　　张 39
版　　次 2019年3月第1版，2019年3月第1次印刷
标准书号 ISBN 978-7-5594-3147-9
定　　价 75.00元（全二册）

影视版权抢订热线 010-57194853
江苏凤凰文艺版图书凡印刷、装订错误可随时向承印厂调换

MEMORY
HOUSE